徜徉在
文学与剧学之间

陈建平 著

中国戏剧出版社
CHINA THEATRE PRESS

图书在版编目（CIP）数据

徜徉在文学与剧学之间 / 陈建平著.
-- 北京 : 中国戏剧出版社, 2021.6
ISBN 978-7-104-05077-3

Ⅰ. ①徜… Ⅱ. ①陈… Ⅲ. ①中国戏剧一文集 Ⅳ.
①I207.3-53

中国版本图书馆CIP数据核字(2021)第065563号

徜徉在文学与剧学之间

责任编辑：肖　楠
项目统筹：李　静
责任印制：冯志强

出版发行：中国戏剧出版社
出 版 人：樊国宾
社　　址：北京市西城区天宁寺前街2号国家音乐产业基地L座
邮　　编：100055
网　　址：www.theatrebook.cn
电　　话：010-63385980（总编室）
传　　真：010-63383910（发行部）

读者服务：010-63381560
邮购地址：北京市西城区天宁寺前街2号国家音乐产业基地L座

印　　刷：北京九州迅驰传媒文化有限公司
开　　本：787mm×1092mm　1/16
印　　张：32.5
字　　数：495千字
版　　次：2021年6月　北京第1版第1次印刷
书　　号：ISBN 978-7-104-05077-3
定　　价：198.00元

序

朱伟明

2020 年 10 月的一天，建平打电话给我，问是否可以给她即将出版的论文集写个序言，我当即答应了。随后她很快给我发了电子版，又寄来了纸质版。但是因为学期中间事多且杂，直到 2021 年元月，学校放寒假后，我才打开她几个月前寄来的文稿。

光阴似箭，一转眼，建平离开湖北大学，赴京求学工作已经整整二十年了。记得建平是 2000 年入门跟我研修元明清文学硕士学位的，那时她腼腆稚嫩的模样，还如在昨日。2003 年硕士毕业后，在我的建议下，建平直接报考了中国艺术研究院的博士，拜在刘荫柏先生门下，成为了刘先生的关门弟子。2006年博士毕业后，入职中国戏曲学院戏文系，工作至今。2008年晋升副教授，如今她也已是硕士研究生导师了。

回想起来，在我的学生中，建平无论从学业、工作还是家庭来看，都算是十分顺利的了。印象中最深的则是建平当年备考博士时的一段佳话：

2003 年初，为了准备寒假后的博士生入学考试，建平没有在家过完年就回到湖北大学备考，和她一起返校的，还有她当时的男朋友、现在的先生李承锋。他们是湖大基地班的本科同学、研究生同学，是湖北老乡。当时已相恋数年，感情深厚。因此，建平返校时，承锋就作为“志愿者”同行回到学校。因为过年，学校食堂和周边的小店及摊位都关门了，承锋承包下了每天一日三餐的任务。赴京赶考时，承锋又一同前往。建平考试，承锋在北京找工作。结果是：建平考上了博士，承锋也在北京高校找到了工作，遂一同进京，开始了他们的北漂生活。

建平入学后不久，她先生在单位赶上了集体购房“末班车”，入住一套单元房，两人终于在北京定居下来。这期间，结婚、生子、养娃，一路走到现在，按部就班，十分顺利。毕业后同门聚会时，常常有人羡慕建平的运气好。确实，建平的运气是不错。再晚几年，两个没有任何家庭背景、刚毕业的外地学生，要想在北京买上房，可能真的是“难于上青天”了。但是其实比运气更重要的，是勤奋和努力。

收在这本论文集中的四十余篇文章，见证了建平多年的努力与成长，留下了建平从一个稚嫩的学生一步一步成长为青年学者的轨迹。

作为本科和硕士都是中文专业的学者，很多人对戏曲的关注与研究，最初都是从作家与文本开始的，建平也不例外。收在这本论文集中的第一组文章“文本发微”，便是建平硕士与博士时所关注的戏曲文本的相关内容。以元杂剧为中心，从元杂剧中的商人形象，到元杂剧中的“水浒戏”，兼及明清传奇中的“水浒戏”的文化意蕴，文学与文化，大约是建平步入戏曲研究的学术起点。

入职中国戏曲学院之后，建平的学术视野与知识结构随之发生了明显的变化。收在这本论文集中的主要论文，从“剧学探胜”“邕剧管窥”“现状观察”“观剧随感”等相关文章中，我们发现：建平所关注的对象，已不再是单一的，而是更加丰富多彩了：既有“文本发微”，也有“剧学探胜”；既有京、昆大剧，也有地方戏剧种（邕剧、粤剧、汉剧等）；既有剧史的回顾，也有现状的考察；既有理论的思考，也有实践的探索；其中最重要的变化，应该是观念的转变所带来的研究视野与方法的变化。尤其是在《明清时期〈南西厢〉的舞台传播考述》（《戏曲研究》第86辑）、《元明清水浒戏的舞台传播探略》（《中华戏曲》第44辑）和《元杂剧旦色刍议》（《中华戏曲》第51辑）等论文中，其所体现的学术视野、文献基础与理论眼光，已与早年的青涩大不相同。建平将自己的这本论文集最终定名为“徜徉在文学与剧学之间”，可能也正是基于对自己学术经历的一种认识与总结吧。

对于建平来说，这本论文集的出版，既是多年学术积累的总结，更是走向更高学术水平的起点。如何在现有基础上，突破瓶颈，拓展学术研究的空间，深化相关问题的思考，形成自己独特的学术特点与风格，应该是这本论文集出版的深层意义所在。

建平留京参加工作后，我因公或因私去北京时，也常常相见相聚，但每次都是来去匆匆，难得深聊。从前我对她的工作也只有表面的了解，但在我印象中，她一直是一个勤奋的人。这次看到寄来的书稿，才有机会较为全面地了解她近二十年来学术研究的全貌，也证实了我一直以来的印象是不错的。

古人云：天道酬勤。我一直都相信，这是真的。建平应该也是相信的。砥砺前行，未来可期。是为序。

2021 年 1 月 25 日

目　录

CONTENTS

第二编　剧学探胜

第三编　邕剧管窥

第四编　现状观察

第一编　文本发微

元代水浒戏题材探源

摘要：元代水浒戏数量众多，内容关涉宋江、李逵、鲁智深等水浒英雄的种种事迹，其题材继承了前代水浒故事的发展成果，从史籍记载到民间传说，无不给元代水浒戏提供了深厚的思想和艺术渊源，再加之元代剧作家的生花妙笔，从而使元代水浒戏形成了异彩纷呈的局面。

关键词：元代；水浒戏；水浒故事；题材

水浒故事是元代最受欢迎的戏曲题材之一。根据钟嗣成《录鬼簿》、无名氏《录鬼簿续编》、朱权《太和正音谱》、朱有燉《诚斋乐府》、王国维《曲录》的著录可知，现存元代杂剧中的水浒戏剧目约有35种，现存全本共有10种，分别是：高文秀《黑旋风双献功》，李文蔚《同乐院燕青博鱼》，康进之《梁山泊黑旋风负荆》，李致远《大妇小妻还牢末》，无名氏《争报恩三虎下山》《鲁智深喜赏黄花峪》《梁山五虎大劫牢》《梁山七虎闹铜台》《王矮虎大闹东平府》《宋公明排九宫八卦阵》；其他25种存目为：康进之《黑旋风老收心》，高文秀《黑旋风穷风月》《黑旋风大闹牡丹园》《黑旋风乔教学》《黑旋风诗酒丽春园》《黑旋风借尸还魂》《黑旋风斗鸡会》《黑旋风敷演刘耍和》《双献头武松大报仇》，李文蔚《燕青射雁》，红字李二《病杨雄》《折担儿武松打虎》《踏板儿黑旋风》《全火儿张弘》《窄袖儿武松》，杨显之《黑旋风乔断案》，庾吉甫《黑旋风诗酒丽春园》，王实甫《诗酒丽春园》，无名氏《张顺水里报冤》《一丈青闹元宵》《鲁智深大闹消灾寺》《小李广闹元宵夜》《宋公明劫法场》《宋公明喜赏新春会》《征方腊》。这数量众多的剧目涉及宋江、李逵、鲁智深、武松、花荣、关胜、徐宁、燕青、杨雄、吴用、张顺、刘唐、史进、阮小五等水浒英雄的种种事迹，可以说是对前代水浒故事的一个汇总与发挥。

另外，根据钱南扬《宋元戏文辑佚》可知，在现存宋元戏文中，尚有9种水浒戏的存目（其中仅存两种残曲），分别是：《宋公明大闹元宵夜》《黑旋风乔坐衙》《吴加亮智赚朱排军》《时迁夜盗锁子甲》《林冲雪夜上梁山》《黑旋风下山取母》《景阳冈武都头单拳打虎》《木梳记》《宣和遗事》。从这些戏文的剧名亦可看出，当时南戏中水浒戏的内容是非常丰富的，像宋江、李逵、吴用、时迁、武松、林冲等这些后世小说中主要的人物原型都已经具备了。

在《水浒传》尚未问世之前，元代水浒戏何以会涵盖如此繁复的内容呢？周贻白在《中国戏曲发展史纲要》一书中曾总结道："元剧的故事取材，基本上都有所依据。除了一部分民间传说无从考知其来源外，大部分是历史记载和唐代传奇文，或唐宋文人的笔记。"元代的水浒戏正是取材于北宋末年以来有关宋江起义的众多历史记载和民间传说中的水浒故事，同时也是剧作家结合时代与民众的需要，用自己的生花妙笔精心改造创新的结果。

一、史籍记载

水浒戏题材的直接来源是正史。宋江起义在历史上确有其事，有关宋江起义的史料多取自北宋以来官方的档案以及其他公私著述，比如宋人王称《东都事略》、徐梦莘《三朝北盟会编》、李焘《续资治通鉴长编》、杨仲良《皇朝通鉴长编纪事本末》、李埴《皇宋十朝纲要》、王明清《挥麈后录》、李心传《建炎以来系年要录》，以及元人脱脱等著《宋史》、吴师道《敬乡录》、陆友《杞菊轩稿》、袁桷《清容居士集》、陈泰《所安遗集补遗》等中都有关于宋江等人的记载。

元代脱脱等人著的《宋史》并非提到宋江起义的最早资料，南宋著名历史学家王称所撰野史《东都事略》就曾述及宋江事迹。如《东都事略·徽宗纪》云："宣和三年二月，方腊陷楚州。淮南盗宋江陷淮阳军，又犯京东、河北，入楚海州。夏四月庚寅，童贯以其将辛兴宗与方腊战于青溪，擒之。五月丙申，宋江就擒。”又据《东都事略·侯蒙传》记载，当时有一退休官员侯蒙给皇帝上书建议：“宋江以三十六人，横行河朔、京东，官军数万无敢抗者，其材必过人。不若赦过招降，使讨方腊以自赎，或足以平东南之乱。”侯蒙建议皇帝以“贼”攻“贼”，至于后来是否这样发展，历史上没有明文记录。

此外，《东都事略·张叔夜传》中还记载：“张叔夜……出知海州。会剧贼宋江剽掠至海，趋海岸，劫巨舰十数。叔夜募死士千人，距十数里，大张旗帜，诱之使战。密伏壮士匿海旁，约候兵合，即焚其舟。舟既焚，贼大恐，无复斗志，伏兵乘之，江乃降。”宋江投降之后，大概确实参加了征方腊之役，在《皇宋十朝纲要》里有载：“辛丑，辛兴宗与宋江破贼（即方腊，笔者按）上苑洞……擒其伪太宰吕助等。”

而《宋史》所载，则是直接抄袭《东都事略》，只是略有改动。如《宋史》卷二十二《徽宗纪》云：“三年……二月……淮南盗宋江等犯淮阳军，谴将讨捕。又犯京东、江北，入楚、海州界，命知州张叔夜招降之。”又卷三百五十一《侯蒙传》云：“宋江寇京东，蒙上书言：‘江以三十六人横行齐、魏，官军数万无敢抗者，其材必过人。今青溪盗起，不若赦江，使讨方腊以自赎。’”又卷三百五十三《张叔夜传》云：“张叔夜……再知海州。宋江起河朔，转略十郡，官军莫敢婴其锋。声言将至，叔夜使间者觇所向，贼径趋海濒，劫巨舟十余，载卤获。于是募死士得千人，设伏近城，而出轻兵距海诱之战。先匿壮卒海旁。伺兵合，举火焚其舟。贼闻之，皆无斗志，伏兵乘之，擒其副贼，江乃降。”可见，这些记载与《东都事略》所载大同小异，只是略加发挥而已。

南宋人的诗文集中也有述及宋江事迹的，如汪应辰《文定集》卷二十三《显谟阁学士王公墓志铭》云：“公讳师心，字与道，世为婺州金华人……登政和八年进士第，授迪功郎，海州沭阳县尉。时承平久，郡县无备。河北剧贼宋江者肆行，莫之御，既转掠京东，径趋沭阳。公独引兵要击于境上，败之，贼遁去。”又张守《毗陵集》卷十三《左中奉大夫充秘阁修撰蒋公（圆）墓志铭》云：“……未几，徙知沂州。宋江啸聚亡命，剽掠山东一路，州县大震，吏多避匿。公独修战守之备，以兵扼其冲。贼不得逞，祈哀假道。公阨然阳应，侦食尽，督兵鏖击，大破之。馀众北走龟、蒙间，卒投戈请降。”另外，1939年陕西省府谷县出土的华阳范圭书撰《宋故武功大夫河东第二将折公墓志铭》云：“公讳可存……宣和初元……方腊之叛，用第四将从军……腊贼就擒，迁武节大夫。班师过国门，奉御笔捕草寇宋江，不逾月，继获，迁武功大夫。”这些记载中的诸公都曾与“贼寇”宋江等人正面交过锋。

从上述现存文献中，我们可以勾勒出宋江起义的一个大致轮廓：北宋末年，宋江等三十六人，往来穿梭于山东、河北、河南一带，作“流寇”式的斗争有一年多，曾使官兵们大伤脑筋。无奈，侯蒙就出来向朝廷建议招安他们，让其去打当时闹得更厉害的方腊起义军，宋江也就真的接受了招安。但受了招安之后还是“贼心不死”，又想要复叛。终于复叛未成，遭了暗杀。此外，元代水浒戏及《水浒传》中所述其他重要人物及事迹均未述及，甚至连义军根据地梁山泊亦未曾提及。但这一鳞半爪的记载毕竟为后世水浒戏的创作提供了基本的素材，同时也正因其简略，才为后人预留了广阔的想象空间。然则，这些简略的资料，是如何被元人敷演出众多丰富多彩的水浒戏的呢？这又涉及民间水浒故事的演化问题。

二、民间传说

水浒故事的演变，或者说《水浒传》的形成大致经历了三个阶段：人民大众口头传说阶段→民间艺人讲述和记录阶段→作家的编辑加工或改写阶段。对此问题，小说研究者们看法基本一致，几无争议，像聂绀弩、石昌渝等学者皆持此说。其中，民众的口耳相传为水浒故事的日渐丰满起到了推波助澜的作用。下面来看看宋江起义的事迹为何会得到广大民众的青睐。

宋江起义的故事能由历史记载进入街谈巷语，并在社会上广为流传，其间原因颇多：一是由于当时金人入侵所造成的政治形势的突变。本来一般民众对农民起义军的态度是相当矛盾的，他们既不满封建统治阶级的饕餮腐败，对起义者的种种不幸遭遇有一定的同情和理解；又摆脱不了封建思想意识的影响，认为这些“贼寇”的行为实在是“大逆不道”；并且，他们总免不了担心这些专事“杀人越货、打家劫舍”的“盗贼”有一天会把火放到自己头上来。但异族入侵、国难当头的严峻形势使他们看清了统治者的“庐山真面目”，对怯懦无能、一味退让、无耻卖国的统治者已不再抱任何幻想，而同时农民起义军的性质也发生了质的变化，他们的斗争目标转向了残暴无道的异族入侵者，此时这些所谓的“叛臣逆子”实际上已成了弱小百姓的保护神，所以，民众对义军的恐惧也自然就转化为深切的同情和热情的赞颂了。与此同时，民间吸收散见于正史和野史中宋江起义的资料，把这段历史通俗化、故事化、大众化。这样，关于宋江等人的种种传奇故事便应运而生，并在进入勾栏瓦舍不久，便迅速成为盛传各处、备受民众景仰和欢迎的英雄传奇。宋末元初人龚开在《宋江三十六人赞》中记载了三十六人的姓名和绰号，并在序中说：“宋江事见于街谈巷语，不足采著。虽有高如李嵩辈传写，士大夫亦不见黜。”由此可知，当时关于宋江起义的民间传闻已很盛行，甚至连宫廷画师李嵩这样的高明画师也要为他们画像，而“士大夫亦不见黜”。

二是得益于宋元时期“说话”艺术的发展。“说话”这门根植于民间的技艺，约在北宋时期就已很繁盛了。关于宋江起义的“说话”，在南宋时期也已发展得颇具规模。有人凭借着自己丰富的想象力，在宋江等三十六人的故事基础上加以虚构，写成话本，供给说话人演出。宋人罗烨所著《醉翁谈录》“小说开辟”一节内，录有话本 107 种，分为八类。其中“公案”类的《石头孙立》，“朴刀”类的《青面兽》，“捍棒”类的《花和尚》《武行者》，大概都是水浒故事。这些故事同宋江起义可能没有什么联系，但是在水浒故事的流传过程中，艺人将这些故事也逐渐吸纳了进去，自然而然也把民间的英雄崇拜、侠义情结等内容融合了进去。水浒故事在民间之愈传愈盛，显然是投合了老百姓的心理与爱好。这亦暗示了从水浒故事诞生伊始，就因其与民间侠义文化的纠缠不清而显示出顽强的生命力。

宋末元初的《大宋宣和遗事》更是水浒话本的集大成者。《大宋宣和遗事》是一部宋人旧编、元人增补的讲史话本。鲁迅先生在考察宋元拟话本时曾说：“《大宋宣和遗事》世多以为宋人作，而文中有吕省元《宣和讲篇》及南儒《咏史诗》，省元南儒皆元代语，则其书或出于元人，抑宋人旧本，而元时又有增益，皆不可知，口吻有大类宋人者，则以钞撮旧籍而然，非著者之本语也。”①元人有感于时移事变，借钞撮整理“宋人旧本”之际，加进个人的一些观点，是完全有可能的。郑振铎先生将这一故事分为五段：花石纲→生辰纲→宋江杀惜→受招安→征方腊。其中，作者所着力叙写的，只有三节：杨志卖刀、晁盖等伙劫生辰纲、宋江杀阎婆惜，而“李进义、林冲、李逵、武松、鲁智深诸人都没有个别的描写，打州劫县，收抚投降，讨平方腊诸事也都只轻轻的带过了一笔”②。需要指出的是，《大宋宣和遗事》只是采录了集纳后的水浒故事的一个梗概而已，但尽管其“本讲史之体，意在演说南北宋兴亡，不为宋江而作，故取小说家梁山泊话本，删除繁文，存其大略耳”③，它毕竟还是为我们了解水浒故事的演变提供了宝贵的资料。

上述都是一些外部因素，而内因才是矛盾发展的真正动力。所以笔者又把思维转向了水浒故事本身。但是，我们也知道，历史上的农民起义从陈胜、吴广的揭竿而起到洪秀全的太平天国，可谓不计其数，那又为何只有宋江起义的历史取得民众的普遍同情和赞扬，并进入勾栏瓦肆被作为最受民众景仰的一些英雄故事传颂着呢？并且这个并未酿成多大气候的起义故事还逐渐被添枝加叶、精心装扮，直至发展成为一个气势磅礴、蔚为壮观的大运动，甚至还被请进宫廷，编成《忠义璇图》这样的连台本戏供帝王之家娱乐呢？窃以为，关键是水浒故事中蕴涵的侠义理想暗合了民众的心理期盼。

“侠”作为一种历史现象，曾是中国历史宏伟乐章中的一阕插曲。侠最初萌生于“士”这一特殊阶层，春秋时期，“士”开始分化为儒士和武士，其中武士的一支逐渐衍生出侠来。较早提及侠的是法家的《韩非子》：“漆雕氏之儒废，而闾里有游侠。”（《韩非子·显学》）两宋以降，义侠既继承古典侠风，又接受新兴市民阶层的影响，最终成为中国底层社会理想文化的主要体现者，

① 鲁迅：《宋元之拟话本》，《中国小说史略》第十三篇，齐鲁书社1997年版，第99页。

② 郑振铎：《〈水浒传〉的演化》，《中国文学研究》第二卷，人民文学出版社2000年版，第100页。

③ 余嘉锡：《宋江三十六人考实·序》，《余嘉锡论学杂著》，中华书局1963年版，第187页。

活动场所由权力层边缘移向了武林、绿林和帮会。侠终于在民间构筑了自己的生存空间，并成为重要的社会组织成分。伴随着活动空间由社会上层到社会底层的转移，侠的人格精神、道德修养、生活准则也逐渐成为下层民众追求的目标和理想，侠士成为了中国下层平民的精神偶像和精神寄托，在民间已具有超凡的人格意义。

元代水浒戏中替天行道的宋江、李逵、鲁智深、杨雄等在某种意义上就是这种精神寄托的载体。如在《鲁智深喜赏黄花峪》一剧中，落魄书生刘庆甫与妻子李幼奴在一家酒店饮酒时，不幸被恶少蔡衙内撞见。蔡衙内听得李幼奴唱曲，便命其来陪酒。刘庆甫才一争辩就被吊起来一阵猛打。适遇杨雄经过，救下刘、李二人，痛打蔡衙内。杨雄临走不忘叮嘱："若有事呵，你上梁山来告俺哥，我与你做主。"（《鲁智深喜赏黄花峪》第一折）① 果如其然，杨雄一离开，半路上就杀出蔡衙内，抢走了李幼奴。刘庆甫深知："我别处告，近不的他（指蔡衙内，笔者按），直往梁山上告宋江哥哥走一遭去。"最后在梁山好汉的仗义相助下，李逵化装货郎救出了李幼奴，鲁智深暴拳擒拿了蔡衙内。全剧在宋江"虽落草替天行道，明罪犯斩首街前"的断语中落下帷幕。百姓在现实生活中无法宣泄的冤屈，在戏曲中侠士们的身上得到了痛快淋漓的宣泄。水浒戏中的侠士无疑是悬挂于他们心中的一面明镜，正如刘庆甫在剧中所唱："怀揣万古千秋镜，照察衔冤负屈人。"（《鲁智深喜赏黄花峪》第二折）

正因为如此，水浒故事才能广泛并迅速地深入民心，并被触觉敏锐的元代剧作家们所捕捉，加工改造为卖点极高的抢手好戏。这里又涉及下面将要谈到的剧作家的选材与创新问题。

三、文人创作

当宋江起义的故事借着异族入侵政治形势突变的东风，在民众中间愈传

① 本文所引水浒杂剧戏文均据傅惜华、杜颖陶编《水浒戏曲集》第一集，古典文学出版社 1957 年版。

愈盛的时候，剧作家们也敏锐地捕捉到了这一信息，并将其纳入自己的写作视野。

考察元代现存（包括元末明初）的水浒戏，可发现如下特点：

第一，其情节关目多为《水浒传》所没有，如李文蔚《同乐院燕青博鱼》写燕青目盲，下山与燕顺、燕和结为兄弟，又因识破燕和妻王腊梅与杨衙内通奸，反与燕和双双入狱，幸遇燕顺解救上山，此一情节未见著于《水浒传》。又如《梁山五虎大劫牢》写李应、鲁智深、武松、阮小五、刘唐五人如何骗得韩伯龙上梁山之事，而韩伯龙在《水浒传》第六十七回里想投奔梁山，却又稀里糊涂地被李逵一斧头砍死，是个典型的冤大头。

第二，李逵、燕青、鲁智深等少数几个梁山好汉在剧中占有突出地位，其为民除害行动构成了剧作的情节主线。如以李逵为主角的戏，仅剧作家高文秀一人就写有8种；在现存12种剧目中亦有6种是关涉李逵的，分别是：《黑旋风双献功》《梁山泊黑旋风负荆》《大妇小妻还牢末》《黑旋风仗义疏财》《鲁智深喜赏黄花峪》《宋公明排九宫八卦阵》。

第三，往往与公案戏纠合在一起，但平反冤狱、惩恶扬善的是梁山好汉，而不是包拯之类的清官良吏。如《黑旋风双献功》《同乐院燕青博鱼》《鲁智深喜赏黄花峪》《大妇小妻还牢末》《争报恩三虎下山》等剧都因衙内、令史或都管从中作梗而使良人遇难，最终解救好人的还是李逵、鲁智深、阮小五、关胜、花荣、徐宁等梁山好汉。

可以说，以上这些特点很大程度上是元代剧作家结合现实生活的独创，也反映了当时广大民众的一种阅读期待。

有研究者通过对元人水浒故事杂剧的分析和比较研究，看出它们的主要内容大体是一致的，而推论在元代似乎有一种水浒故事的“底本”，话本和杂剧作品都是依据这种“底本”的故事大纲来进行创作的，宋江的上场宾白便是这种大纲最明显的例证，如《黑旋风双献功》第一折宋江的开场白：“某，姓宋名江字公明，绰名顺天呼保义。幼年曾为郓州郓城县把笔司吏，因带酒杀了阎婆惜，脚踢翻蜡烛台，沿烧了官房，致伤了人命，被官军捕盗，捉拿的某紧，我自首到官，脊杖六十，迭配江州牢城去。因打此梁山过，有我八拜交的哥哥晁盖，知某有难，领喽罗下山，将押解人打死，救某上山，就让某第二把交椅坐。哥哥晁盖，三打祝家庄身亡，众兄弟拜某为头领。某聚三十六大伙，七十二小伙，半垓来小喽罗，威镇梁山。寨名水浒，泊号梁山。”此外，《同乐院燕青博鱼》《鲁智深喜赏黄花峪》《大妇小妻还牢末》《梁山泊黑旋风负荆》《黑旋风仗义疏财》《豹子和尚自还俗》《王矮虎大闹东平府》《梁山五虎大劫牢》等剧中都有词句与此类似的道白，可见，宋江上山前的这段经历在当时杂剧界得到了公认，似乎元代确曾流行过一种水浒故事的“底本”，只是今人尚未发现而已。

不管这种“底本”是否存在，水浒故事在宋元两代尚处于自由发展阶段，水浒人物形象尚未定型，尤其是与《水浒传》有着迥然的区别，这点是毫无疑问的。因此，元代水浒戏多是剧作家根据历史资料、口传见闻，并加上自己对时代的独特把握，自由发挥而创作的。所以，在现存的几种水浒戏里，同一人物故事情节互有差异的现象屡见不鲜，比如在《黑旋风双献功》《大妇小妻还牢末》等剧中，梁山好汉中排名第十三的是李逵，而在《争报恩三虎下山》里，花荣则自称是“宋江手下第十三个头领”（《争报恩三虎下山》第二折）。这恰恰构成了元代水浒戏与《水浒传》成书后水浒戏的显著区别，也正反映了其自由创作的特征。

综上所述，元代水浒戏主要取材于北宋以来关于宋江等三十六人事迹的历史记载、民间传说，并根据时代的需要推陈出新，最终成为具有独特思想风貌和艺术个性的文艺作品，它在我国古代水浒故事的流变过程中承上启下，其思想和艺术价值均是不容忽略的。

（原载《水浒争鸣》第八辑，崇文书局 2006 年版）

士人儒意识与平民侠意识的交融

——元代水浒戏的文化透视

摘要：元代水浒戏作家在向民间传说取材的同时，平民侠意识层面的俗文化因子也进入水浒戏中；而剧作家的文士身份、以雅融俗的思维方式、以剧写心的创作旨意又使其印有雅文化的色彩，反映出元代士人群体复杂的文化心态，这从理想秩序的重构、超我人格的满足、人物品格的雅化等方面可见一斑。本文拟从这三方面对元代水浒戏的思想文化内涵进行探析，力图对元代水浒戏作出新的诠释。

关键词：元代；水浒戏；士人意识；侠意识；文化内蕴

水浒故事在民间早有流传，到了元代，在文人与民间的共同呵护下，水浒故事更加枝繁叶茂，宋江、李逵、鲁智深、燕青等水浒英雄的身影在戏曲舞台上随处可见。根据元人钟嗣成《录鬼簿》、明人无名氏《录鬼簿续编》、明人朱权《太和正音谱》、明人朱有燉《诚斋乐府》、明人孟称舜《柳枝集》《酹江集》、明人赵琦美等录校《脉望馆钞校本古今杂剧》、清人姚燮《今乐考证》、近人王国维《曲录》、王季烈编校《孤本元明杂剧》、卢前编《元人杂剧全集》、傅惜华《元代杂剧全目》、王季思主编《全元戏曲》等相关书籍著录可知，现存元代水浒戏剧目约有37种，其中流传至今的全本共有10种。[①]受过良好正统教育、作为水浒戏创作主体的士人作家，在向民众传说取材的同时，平民侠意识层面的某些质素也进入水浒戏中；而剧作家士人意识的历史积淀、以雅融俗的思维方式、以剧写心的创作本旨又使其印有雅文化的色彩，个中寄寓着士人群体复杂的文化心理，这就使得该时期水浒戏的思想文化内涵呈现出多种元素并存的混沌状态。从其思想倾向、道德观念、审美理想等角度看，该时期水浒戏既有随着采纳民间水浒故事而来的对平民侠义观念的接受，又有来自经典文化的文人思想观念的倾注，二者呈现出并存互渗的复杂状态。

一、理想秩序的重构

数千年的中国封建社会，始终以严格的等级制度作为社会基础。不仅统治者与被统治者之间壁垒森严，就是被统治者内部也要细分“士农工商”四等。而元代人民的苦难无疑更为深重，他们在承受着阶级压迫的折磨之外，还要备受民族矛盾的煎熬。同时，民族上的等级划分，也将汉族士人打入备受种族歧视的悲剧地位，形成了“儒人颠倒不如人”的特有文化现象。这些仕途无望、沉抑下僚的士子儒生，心灵深处郁结着浓重的悲愤与不平。于是，有人遁隐山林，以闲云野鹤、青山绿水来抚慰内心的郁闷；有人则“大隐隐于市”，流连于勾栏瓦舍，与杂剧艺人汇合，借杂剧系统的情节展现与注重内在情意抒发的特征，淋漓酣畅地宣泄心底的郁闷情结，“以其有用之才，而一寓之乎声歌之末，以舒其拂郁感慨之怀”（胡侍《真珠船》卷四），这种人生遭际遂使得他们在审美观念上与广大民众靠近，较易接受民间流传的思想。但另一方面，从剧作家的文化素质来说，他们毕竟又是饱读经书的士人，强烈的社会责任感使他们对社会的黑暗、权豪的逞强、官吏的残暴又不能无动于衷，于是，在假梁山好汉以除暴安良的情节铺展中，他们的社会理想和人生

① 有关现存元代水浒戏的剧目数量，历来众说纷纭，莫衷一是：有4种说，有6种说，有10种说等。本文综合各家观点，认为现存元代（包括元末明初）水浒戏有10种，分别是：《黑旋风双献功》《梁山泊黑旋风负荆》《同乐院燕青博鱼》《大妇小妻还牢末》《争报恩三虎下山》《鲁智深喜赏黄花峪》《梁山五虎大劫牢》《梁山七虎闹铜台》《王矮虎大闹东平府》《宋公明排九宫八卦阵》。

抱负也随之向世人展开。元代水浒戏里所描绘的理想社会蓝图就既融合了民间侠义文化的传统，又渗透了士人“齐家治国平天下”的内心渴慕。

元代水浒戏突出赞扬了好汉们“替天行道”的侠义精神，如李逵、燕青诸人的“路见不平，拔刀相助”，就是汉民族长久以来礼赞的一种义侠人格模式，这种精神具体体现在梁山英雄为人民铲奸除恶的行为中，而不仅仅体现在弟兄之间的侠情义气中。作品几乎都把以宋江为首的梁山侠士当作正义力量的化身，作为理想的人格美、道德美的寄托者。这显然是吸收了民间流传的水浒故事的侠义传统，并与士人心目中的社会理想达成共识、融为一体的结晶。

侠“以武犯禁”（《韩非子·五蠹》），“不轨于正义”（《史记·游侠列传》），不顾及封建法纪和世俗约束，游离于社会统治秩序之外，历史上的侠大多数时期是以统治阶级的异己力量出现的。他们凭借自己超凡的个人力量，以武立世，独掌正义，伸手管人间不平之事，敢于同朝廷对立，敢于和黑暗邪恶势力作斗争。这在饱受统治者欺凌与恶势力迫害的民众心目中，无异于神话中手舞干戚的叛逆的刑天。而元代水浒戏中替天行道的宋江、李逵、鲁智深等的确不愧为刑天再世。高文秀《黑旋风双献功》、康进之《梁山泊黑旋风负荆》、李文蔚《同乐院燕青博鱼》、无名氏《鲁智深喜赏黄花峪》等剧目都写了无辜百姓遭遇迫害，而梁山好汉则成为恶势力的“克星”和老百姓的“救星”。

如高文秀《黑旋风双献功》中孔目孙荣与妻子郭念儿同去泰安神州烧香还愿，因生性软弱，又惧“泰安神州谎子极多，哨子极广”，特向宋江告请一个护臂，李逵欣然前往护送。途中郭念儿与白衙内私奔，孙孔目告状，反被“借这大衙门坐三日”①（《黑旋风双献功》第三折）的白衙内打入狱中。李逵先后假扮庄家呆后生、祗候人，救出孙孔目，怒杀白、郭二人，大快人心。像孙荣这样在衙门中多少还有点地位的人，尚且受到权贵的如此欺压，其他平民百姓的境遇更是可想而知了。不过，幸运的是，还有“黑旋风拔刀相助”“宋

① 本文所引杂剧中的曲词均出自王季思主编《全元戏曲》，人民文学出版社 1990 年版。

公明替天行道”（《黑旋风双献功》第四折）。

元代水浒戏中大量出现的权豪势要（如《黑旋风双献功》中的白衙内、《同乐院燕青博鱼》中的杨衙内、《鲁智深喜赏黄花峪》中的蔡衙内）、贪官污吏和豪强恶棍（如《大妇小妻还牢末》里的赵令史、《梁山泊黑旋风负荆》里的宋刚和鲁智恩）实质上都是统治阶级的代表。他们一手遮天，飞扬跋扈，杀人不偿命，百姓见了避之唯恐不及，又焉敢奢想申冤昭雪。但梁山上的侠士们却公然与朝廷对抗，肆无忌惮地破坏着现存的秩序。《黑旋风双献功》里的孙荣本是县衙的孔目，却要求助于他本来应该防范剿灭的梁山泊；《鲁智深喜赏黄花峪》中知书达理的秀才刘庆甫被蔡衙内夺走妻子，不去告官，而是“直往梁山上告宋江哥哥”（《鲁智深喜赏黄花峪》第一折），这些情节本身就颠倒了乾坤，梁山的“强盗”变成了正义力量，政府治下的社会倒成了“黑道”，而作家却丝毫不觉得这种情节构成有何违悖情理之处——当时官场吏治的腐败、权豪势要的横行不法就可想而知了——这也正是梁山泊反而成了正义象征的社会背景。“侠”的这种破坏性并非自水浒义士起，早在我们先民的原始意识中就存在了。共工“怒而触不周之山”（《淮南子・天文训》）弥漫着的悲壮意绪，就表达了对现存秩序的不满。作为一种原始意绪，它对民族文化的历史无疑具有永恒的穿透力。因此，当元王朝普遍的道德理性处于风雨飘摇的险境时，“侠”这一潜藏在我们民族血脉深处的力量便挺身而出，试图点燃清明世界的火花。在他们锄强扶弱、平天下人间之不平的“任侠”的背后，我们看到，在生命原欲的支配下，其个性的伸张使得他们对现存秩序共同提出否定，而客观上却为大众构筑了一个理想的天堂。

当然，这个“理想的天堂”既是剧作家吸收民间艺术创造的结晶，也是士人心底有悖于传统理性与政治现实的社会理想的辉映。身处多种矛盾压迫的元蒙社会，剧作家们不能用武器（武装）的批判来抨击封建统治者，那么，就只有用批判的武器（思想）来反抗封建统治。于是，重构理想秩序的重任便落在了以水浒英雄为代表的侠士或侠女的身上。在元杂剧中，涉及侠义内容的不限于流传至今的水浒戏，著名的像纪君祥的《赵氏孤儿》、关汉卿的《赵盼儿风月救风尘》等都不乏义侠的特征。在这些具有不同程度义侠色彩的杂剧中，随处可见“路遇不平，拔刀相助”的义侠精神以及由此延伸的对“义”的顶礼和勇敢的反抗意识。这些侠士或侠女用手中的利剑“秉直正替天行道”（《黑旋风双献功》第四折），劈开黑暗社会的铜墙铁壁，让水深火热中的人们看到了黎明的曙光。

二、超我人格的满足

司马迁在《史记·游侠列传》中首次概括了游侠的精神特征：“今游侠，其行虽不轨于正义，然其言必信，其行必果，已诺必诚，不爱其躯，赴士之厄困，既已存亡死生矣，而不矜其能，羞伐其德，盖亦有足多者焉。”这实际上指出了先秦社会存在着一种赖力仗义的侠客人格模式①。发展到元代，游侠的形态已逐渐异化，远离了最初的精神，但侠作为一种理想的人格模式，作为一种群体的“超我”形象，作为一种文化角色，已进入民族的价值系统，成了公理和正气的化身。在元代，水浒戏中频频登台亮相的侠不仅是大众心目中的英雄，也是士人理想人格的外化。从某种意义上说，他们是把实际的生活困境从精神上转移给侠来解决，获得某种“替代性满足”，在人格似乎得到提升的快乐中陶陶然飘飘然，怯懦地回避严酷生活的真实挑战。

《同乐院燕青博鱼》中双目失明的燕青流落在长街市上乞讨时，被策马扬鞭的杨衙内撞倒。不甘受辱、正直刚强的燕青一把揪住正要扬长而去的杨衙内的马头，厉声怒斥：“我不向梁山泊里东路，我则拖的你去开封府的南衙。你做甚么眼睁睁挡翻了人……又不是官街窄，怎故意的把人欺压！”（《同乐院燕青博鱼》第一折）杨衙内用马鞭毒打燕青，挣脱跑了。燕青由于两眼昏黑，错把燕二当作杨衙内抓住，质问他：“清平世界，浪荡乾坤，你怎么当街里打人？”后来，燕二告诉他，打他的是“有权有势”的杨衙内，燕青听了却道：

你道是他打了我呵似房檐上揭瓦，不信道我打了他呵就着我这

---

① 鲁德才：《历史中的侠与小说中的侠——论古代文化观念中武侠性格的变迁》，《南开学报》2001年第1期。

脖项上披枷！调动我这莽拳头，搦动我这长梢靶，我向那前街后巷便去爪寻他。若见了他呵，我一只手揪住那厮黄头发，一只手把腰胯牢掐，我可敢滴溜扑活摔那厮在马直下。

果不久，燕青再遇杨衙内时，三拳两脚就把他打了个半死。这些笔墨有力地刻画了燕青不畏权势、敢于反抗的性格。这正是芸芸众生在现实生活中身处逆境时所渴慕的能力和勇气，他们在侠的身上看到了自己理想中的影子，并由此获得了一种精神上的满足，使他们战胜邪恶力量的渴望得到快慰地实现。

《梁山泊黑旋风负荆》中李逵一听说宋江抢了老王林的女儿满堂娇，顿时便火冒三丈，向王林表示回去要数说宋江罪过，逼他“同着鲁智深一径离了山寨，到你庄上”（《梁山泊黑旋风负荆》第一折）赔罪；接着怒气冲冲地上山斥责宋、鲁青天白日霸占良家民女的罪行，见到宋江等横眉冷对，就说“原来个梁山泊有天无日”（《梁山泊黑旋风负荆》第二折），还拔斧欲砍聚义的杏黄旗；当听说假宋江、假鲁智深的消息时，立即一马当先去擒拿贼人。李逵一贯地疾恶如仇、反对坏人坏事，最富于正义感。《水浒传》中更把他写成了世间正义的象征：“梁山泊里无奸佞，忠义堂前有诤臣；留得李逵双斧在，世间直气尚能伸。”（《水浒传》第七十三回）在元代的水浒戏中，李逵也是“出镜率”最高的，元代剧作家何以对其如此偏爱？固然是那个畸形的布满阴霾的社会使然，而深层原因还要归结到侠对大众价值观念的建构。

《水浒传》成书前的水浒戏还特别强调侠士恩仇必报的执着与坚定。这是大众所公认的英雄人格的首要标志。同时，这种恩仇必报的精神，也给过于阴柔的儒家文化人格注入了一丝勃勃生机——阳刚之美。《争报恩三虎下山》就尽情地挥洒了知恩必报的快意。剧中写赵通判大夫人李千娇先后义释落难的水浒英雄关胜、徐宁、花荣，并与之结为姐弟。后来李千娇遭陷入狱，消息传到梁山，花荣发誓：“舍一腔热血，搭救千娇姐姐。”关胜怒曰：“便好道蒙人点水之恩，尚有仰泉之报，知恩不报，非为人也。”徐宁也不甘示弱：“我这点钢枪‘可搭’搠透他那三思台。”三人迅疾赶至法场奋勇救出李千娇，并生擒恶人王腊梅、丁都管，在梁山将其绳之以法：一个攒剑射死，一个枭首山前。又如《大妇小妻还牢末》里李逵误伤人命，被孔目李荣祖救下性命。后李孔目被陷入狱，李逵闻讯立即拼死搭救，奸人萧娥、赵令史最终落得个“剖腹剜心”的可悲下场。水浒侠士惩治恶人的复仇场面尽管过于残酷血腥，却是最庄严最神圣的时刻，也是人格向神格升华的阶段。

但毋庸讳言，在这种种不乏残忍的复仇行为背后，是原始的野性在支配着侠客们复仇的快意。当然，在元代水浒戏中还甚少有像后来的小说《水浒传》那样惨不忍睹的场面描写，但作者们对摘心肝、砍人头、烧人肉津津乐道的描绘还是让我们不寒而栗。固然这些都是反人性的，而读者却并未因此而生厌恶之感，个中原因就只能从残存在种族记忆中的深层文化因子来找寻，这是人的野性在一定社会环境和自然环境中的浮现，它往往显示着人的本质和力量，或者是对人的本质力量的反拨。也就是说，元代水浒戏中侠客快意恩仇暴力行动的原型来自于“人的野性——原始性的潜能”[①]，可以说，这种野性已内化为整个人类的“集体无意识”。但较之前代，元代的侠意象已经有了法制观念的萌芽，比如《黑旋风双献功》中，李逵在杀了白衙内、郭念儿之后，还不忘“在白粉壁上写道：是宋江手下第十三个头领黑旋风李逵杀了这白衙内来”（《黑旋风双献功》第四折）。这反映了侠的世俗化，即在一般情况下，他们也遵守公共关系的准则，承认官府的权威，原始野性有所减弱。总之，不管是野性的冲动，还是理性的约束，侠客们的快意恩仇，都是以生命的原始力量否认现存秩序的不合理性，是他们个体生命价值的展现。与此同时，剧作家似乎也获得了自身人格得以提升、自我价值得以实现的快感。

剧作家之所以在水浒戏中塑造了这一系列疾恶如仇、勇于反抗、恩仇必报的侠士形象，就因为在侠的身上寄托了他们自身的人格理想。正因为侠是各阶层人士主观意识中某种理想的人格模式，经过与现实的碰撞后逐渐形成的一种理想形象，它使得社会中的弱势群体似乎能体验到一种更合理的生存方式，获得一种被提升到更高贵世界的慰藉，在幻想与想象中给受挫的生命

① 张强：《复仇：〈水浒〉的原始意象》，《明清小说研究》1996 年第 3 期。

一种心理补偿；同时，由于侠意象的原型意味，使大众的“深层恐惧”获得一些释解。这就使得像李逵这样的侠，备受士人与大众的青睐。虽然这种心理的补偿只是暂时的、虚幻的，但只要“侠”永存，只要英雄不死，生命就不会枯萎，社会就会前进。

三、人物品格的雅化

民间流传的水浒侠士形象无疑都具有鲜明的平民化或世俗化色彩，元代水浒戏在保留这种色彩的同时，又从士人的立足点与视角将其拉向自己的层面，针对不同人物的特点，以不同方式赋予其某种雅化色彩，以借其传达出作家心中之意。这种俗化与雅化的并存与互渗，使得元代水浒戏人物的整体面貌与小说有了显著区别。其雅化方法在主要人物身上有以下两种表现形态：

一是智能化，即增加人物性格中的智慧谋略成分，使文武、智勇达到某种平衡。这在李逵身上表现最为突出。在小说中，他身上有着明显的草莽英雄气质，粗中无细，勇而少谋；而元杂剧中的李逵，虽仍然粗莽有余，但其智谋方面已经大大增强了。如《黑旋风双献功》中孙孔目被下入死囚牢后，李逵心生一计，扮作个庄家呆后生给犯人送饭，在牢门口正要拽牵铃索时，猛想起“既是个庄家呆后生，便怎生认的这个是牵铃索”，遂装疯卖傻拾起半块砖头猛敲牢门，还故意管牢子叫“叔待”，把监牢称作“你家”，又装作不会作揖，抱住牢子两只手臂不放，一副呆头呆脑的傻模样。但当牢子要欺负他时，他却机智地反把牢子蹬倒在地。最后还成功地哄着牢子吃下他拌有蒙汗药的羊肉泡饭，将牢子麻倒，干净利落地救出了孙孔目和众狱囚。这里，在在可见李逵随机应变、应付裕如、粗中有细的机智和干练。

《鲁智深喜赏黄花峪》中李逵再次乔装成货郎儿，孤身潜入水南寨，救助被蔡衙内拐走的李幼奴。李幼奴思夫心切，急于从李逵口中打听丈夫消息。李逵却不慌不忙，从容应答。直到李幼奴急不可耐地对黑旋风连珠炮般地问了四句“再有甚么”后，李逵才说出要卖那把作为幼奴夫妇信物的枣木梳。当幼奴认出木梳，并继续追问刘庆甫及其他情况时，他还是吞吞吐吐。直到幼奴说出“他正是我的丈夫”时，李逵还开玩笑似的说：“你好爱便宜，赶着货郎叫丈夫。”他偏要等到幼奴说出“那秀才是我的丈夫”时，才暴露出来意，说道：“我与你做主。”这种不见菩萨不念真经之做法，正体现了李逵的富于心计和策略。李逵这种智能化与粗莽性格的结合，使他成为元代水浒戏中最丰满生动、最为人喜爱的英雄侠士之一。施耐庵笔下智勇双全、妙计迭出、运筹帷幄的吴用形象，就有吸收水浒戏智能化创造的成分在内。

二是文士化，这主要体现在人物的唱词中。自《诗经》《楚辞》开始，中国文学就形成了源远流长的比兴寄托、抒情言志的诗骚传统。诗歌的发达，遂奠定了元杂剧主体歌唱部分的基石。作为水浒戏创作主体的士人，也接受了这一言志抒情的传统。其作品创作所遵循的更接近表现自我意志情感的抒情诗的创作方法，即借助水浒人物事件，利用剧诗这一独特的艺术形式，把在元代社会文化氛围下产生的感情愿望、审美追求等精神层面的东西抒发出来。元代水浒戏中就屡屡写到英雄侠士们面对美好景致的由衷感叹，如《同乐院燕青博鱼》第三折，燕青迎着中秋圆月，脱口而唱：

> 【中吕】【粉蝶儿】鼓打初更，是谁人推出这一轮明镜？原来是配金乌那兔魂东生。这早晚玉绳高，银河浅，恰正是夜阑人静。端的这月白风清，我则见明滴溜倒垂着斗柄。

再如康进之《梁山泊黑旋风负荆》第一折，李逵在清明时节的感叹也是这种“浪子”风流的体现：

> 【混江龙】可正是清明时候，却言风雨替花愁。和风渐起，暮雨初收。俺则见杨柳半藏沽酒市，桃花深映钓鱼舟。更和这碧粼粼春水波纹皱，有往来社燕，远近沙鸥。

向来是“性如烈火，直似弓弦”（《鲁智深喜赏黄花峪》第二折宋江语）的莽汉子黑旋风，竟然也有如此细腻的情思和愁绪，这分明就是士人内心郁结情绪的自然流露。王国维《宋元戏曲史·元剧之文章》曰：“古今之大文学，无不以自然胜，而莫著于元曲……故谓元曲为中国最自然之文学，无不可也。”正是这种“自然”的魅力使得元代水浒戏里的侠士形象别具一番风味和韵致。不仅燕青、李逵偶吐此类惜春悲秋之语，元代水浒戏里其他侠士也都具有这样的两面性，如《鲁智深喜赏黄花峪》第一折，杨雄一路观赏重阳秋景：

【仙吕】【点绛唇】九月重阳，暮秋霜降，闲云往。满目山光，对景堪游赏。

【混江龙】猛然观望，见宾鸿摆列两三行。枯荷减翠，衰柳添黄。我则红叶满目滴溜溜枝上舞，可这黄菊可都喷鼻香，端的是堪写在围屏上。看了这秋天景致，怎不教宋玉悲伤。

此时的杨雄俨然一位多愁善感的行吟诗人，闲云、宾鸿、枯荷、衰柳被他信手拈来，融情入景，风流与豪气共存一身。他们虽都是武夫，却对大自然的美好景物有着细致的感受，粗豪中略带妩媚，既使人窥知他们善良的心地和丰富的内心世界，又拉近了人物与作者的距离，换言之，剧作家赋予燕青、李逵、杨雄等水浒侠士以文士化的倾向，正是为给“雅”与“俗”找到一个平衡的支点，以更便于借他人之酒杯浇自己之块垒。施耐庵笔下的宋江也有浓重的文士化倾向，这与剧作家的创作意象有异曲同工之妙。

通过以上从理想秩序的重构、超我人格的满足、人物品格的雅化三方面对元代水浒戏的文化内蕴和民族心理所作的粗浅探索，可以看出：元代水浒戏实际上是精英阶层士人意识与下层民间侠意识观念交融互渗的产物。借助于水浒人物故事，利用剧诗的独特形式，元代水浒戏不仅反映了士人在元代特殊情境下产生的社会理想、人格期盼、审美趋向等精神层面的追求，还透射出下层平民对“路遇不平，拔刀相助”的义侠精神的虔诚向往。士人意识与侠意识的这种水乳交融实际上是由元代剧作家特殊的“双重身份”所决定的，正如么书仪《元代文人心态》所论：“他们既是来自上层社会的正统儒生，有着传统儒学的知识和修养；他们又是属于下层社会的书会才人，具有‘混迹勾栏’和粉墨登场的体验。这种双重身份，使他们产生了既互相冲突，又互相渗透的思想、性格的‘二重性’，包括对于传统观念的信守和一定程度的突破。这种‘双重身份’又使他们常有观察生活的两种视角——书生的和市民的视角。”① 恰是这种“书生的和市民的视角”，使得元代水浒戏呈现出独特的艺术风貌和美学风格，并且也影响着小说《水浒传》的创作。

（原载《文艺理论与批评》2005年第6期）

① 么书仪：《元代文人心态》，文化艺术出版社1993年版，第180—181页。

士人意识与平民意识对侠意识的重新编码

——明清水浒戏的文化透视

摘要：明清水浒戏中的侠士们经历了从横行江湖到皈依庙堂，再到笑傲江湖的循环，这反映出明清士人意识与平民意识对侠意识的不同编码，这种全新的演绎使得明清水浒戏呈现出复杂的文化内涵。本文主要从传奇和花部中水浒戏对侠意识的不同解读进行分析，以期进一步挖掘明清水浒戏蕴涵的独特文化内蕴和民族心理。

关键词：明清；水浒戏；士人意识；平民意识；侠意识；文化内蕴

《水浒传》问世以后，明清以来的水浒戏便主要根据已经定型的小说敷演成篇，此外，前代水浒戏的发展成果和民间长期流传、绵延不绝的水浒故事也为之提供了深厚的思想和艺术渊源。根据《曲品》《远山堂曲品》《鸣野山房书目》《古人传奇总目》《传奇汇考标目》《重订曲海总目》《曲海总目提要》《曲海总目提要补编》《春台班戏目》《庆升平班戏目》《花天尘梦录》《永禁淫戏目单》《今乐考证》《花部农谭》《缀白裘》等文献统计，明清杂剧中《水浒传》成书后的水浒戏存目约有 9 种，现存全本 3 种：凌濛初《宋公明闹元宵》、张韬《戴院长神行蓟州道》、唐英《十字坡》；明清传奇中水浒戏存目约有42种，现存 19 种（包括残存 8 种）：李开先《宝剑记》、陈与郊《灵宝刀》、沈璟《义侠记》、许自昌《水浒记》、沈自晋《翠屏山》、李素甫《元宵闹》、范希哲《偷甲记》、金蕉云《生辰纲》、介石逸叟《宣和谱》、宫廷大戏《忠义璇图》等；清代中叶花部中的水浒戏约有 43 种，如《神州擂》《蜈蚣岭》《杀货》《落店偷鸡》等。

由于囿于《水浒传》，明清水浒戏的人物故事趋于定型，缺少元杂剧那种引人入胜的新意；但由于创作者世界观、思想格调、作剧意旨的差异，又使得明清水浒戏变化多端，水浒侠士们从横行江湖到皈依庙堂，再到笑傲江湖的循环演绎，使得明清水浒戏呈现出复杂的文化内涵。本文拟从士人意识和平民意识对侠意识的不同编码来分别阐述，以探讨明清水浒戏蕴涵的独特文化内蕴和民族心理。

一、忠为百世荣，义使令名彰——从横行江湖到皈依庙堂

如果说《水浒传》成书前的水浒戏描绘了一群天马行空、独掌正义的孤胆侠士的话，那么在明清传奇中，他们则逐渐告别了刀光剑影、海阔天空的江湖生涯，开始信奉"学成文武艺，货于帝王家"，如李素甫《元宵闹》第二折卢俊义开场所言"所为幼而学，壮而行，当货作皇家砥柱；出则将，入则相，堪绘于帝室之凌烟"[①]；希望凭借一刀一枪，"替朝廷出力，图个荫子封妻，名垂竹帛"（范希哲《偷甲记·吊甲》）。这种判若云泥的转变既是明清时期封建专制制度发展到登峰造极的地步，暴露出解体危机的产物，也是这一时期文人士大夫阶层政治意识自觉高涨的表现。

明太祖朱元璋登基后，以强有力的手段空前地加强独裁专制，加强以奴化人性为目的的思想统治。朱元璋的子孙们继续效法乃父乃祖，任用群小，实行特务统治。有明一代，特别是明中叶以后，朝内派系林立，互相攻讦。统治集团宁愿任用那些迂腐冬烘、平庸无能之辈和口是心非、言清行浊之徒，而对有才干且富有个性的人才，则予以排斥打击甚至残酷杀害。忠奸势力的消长，关乎国运民生，以天下为己任、深受儒家济世思想浸润的文人士大夫

---

① 本文所引明清传奇中的曲词均出自傅惜华、杜颖陶编《水浒戏曲集》第二集，古典文学出版社 1957 年版。

又岂能等闲视之，于是，晚明东林党人起而倡之：“家事国事天下事，事事关心”；清初顾炎武疾呼：“保天下者，匹夫之贱，与有责焉耳矣！”（《日知录》卷十三《正始》）他们明确而清醒地认识到：忠臣义士与权奸邪佞作斗争，“决然以死生去就争之，其有关宗社非细也”（吴伟业《清忠谱序》）。

正是在这种奸佞小人当道、有才之士被压抑被埋没的情况下，明代的才智之士发现了《水浒传》。其中展现的英雄沉屈、小人得志的社会现象，无疑正中他们胸中之块垒；而它所描绘的英雄豪杰不受羁勒，终为慧眼所识、一吐豪气的壮观场面，无疑就像漆黑如墨的世界里突然吹来的一股清新浩荡之风，使他们的满腔怨愤借之一舒。于是，从嘉靖初年开始，就迅速兴起了一股“水浒热”。

爱屋及乌，对小说《水浒传》的这种偏爱，也波及戏曲创作领域，这就是传奇中对水浒题材的青睐。由于传奇抒写文人心志的独特性，他们在创作水浒戏时融入了较多个人的理想和抱负。然而它又不同于元代水浒戏中所注入的士人意识。较之元代的读书人，明清的文人应该知足得多，虽然他们也屡经磨难，但还远未沦落到如元代书会才人那样与倡优、乞丐不相上下的地步。他们从未放弃对天子的信赖与崇敬，尽管社会黑暗如磐，官僚结党营私，市民暴动频频，就连他们自身也动辄遭贬或免官，但他们依然痴忠满腹，相信朝纲的弛毁皆是奸佞所为。这种思想在明清水浒传奇中得到了鲜明的体现，从而使得其中水浒侠士的形象迥异于前。

最典型的就是李开先《宝剑记》中的林冲，这是一个标准的“忠臣义士型”的侠士，其剪恶除奸的行为已不再仅仅具有行侠仗义、打抱不平的性质，在某种意义上，已成为一种代表政府意志的活动。他眼见的“太平非昔”，却执拗地认为，都是“方今在朝高俅等，拨置天子……致使百姓流离，干戈扰攘”。（《宝剑记》第四出）他坚信天子是贤明的，“天下荒荒，胡马南渡”皆因高俅等奸党小人“拨置”“引诱”圣上所致，所以满怀着对皇帝的希望，挺身而出与奸党对垒：“愿吾皇听微臣短谏，从今礼俊英，剪除逆党。”（《宝剑记》第六出）他也意识到谏诤的危险，但早已做好了打算：“将颈血一腥腥把龙袍溅”（《宝剑记》第六出），并且从未动摇过皇帝是“圣德明君”的坚定信念。即使在忠义堂对天盟誓时，他念念不忘的仍然是自己忠君报恩的一片苦衷：“上苍！上苍！背主为寇，非是林冲不忠，乃被高俅逼迫，略无喘息之地”，反复强调自己投奔梁山皆是奸佞逼迫所致，实乃一时权宜之计：“龙居浅水真非计，终归大海作波涛。专望招抚，再报君恩。”（《宝剑记》第四十出）这与小说《水浒传》中坚决反对招安的林冲形象判若两人。

在传奇中林冲的身上，已看不到昔日仗剑江湖、狂放不羁的游侠英姿，只剩下一个逐渐皈依庙堂、“非敢背君逆亲”的“公务员”的影子了。对水浒英雄的这种改写当与剧作家自身的性情、遭际、所处时代环境密切相关，所谓读其书，当知其人，论其世是也。李开先亢直拒上的个性，使他既无法掩饰自己的政治观点，又难免会开罪一些当朝权贵，最终惨遭罢官。但即使在闲居期间，他也与朝中故交鱼雁频频，希冀能重被起用，为国效力，尽管这一纸诏命终是未来。这些从《宝剑记》中林冲的曲折遭遇中即可窥一斑。据此，我们对传奇中水浒侠士从浪迹江湖到皈依朝廷的转变当有更深入的了解。

不唯《宝剑记》如此，陈与郊的《灵宝刀》、沈璟的《义侠记》、范希哲的《偷甲记》等都写到宋江等人一心盼望“圣上”招安。如《灵宝刀》第三十出宋江自陈落草为寇的原因是：“朝廷上是非颠倒，清浊混淆；权门希宫监爱憎，言路论交游同异。蔡京、童贯、朱勔、高俅，搅得不成世界，使天下英雄豪杰，在在离心。以此纠合亡命四十余万，扎寨在此。”其内心始终是忠于朝廷和“圣上”的，所以才有了后来燕青向青楼女子李师师打通关节的一幕。又如《义侠记》更是着力描写水浒侠士一意盼望招安，最后一出《家荣》里，作者大声疾呼：“荷皇恩，把前非鼎新。男儿志欲酬圣恩，区区首功不足云。”再如《偷甲记》写宋江不仅一心想归顺，还极力为“忠孝节义”辩解：“静听招安，力勤王事，谓之忠也；去邪返正，不堕先声，谓之孝也；夫妇重逢，死生相倚，谓之仁也；一心不二，交谊克全，谓之义也。”（《偷甲记》第二十八出）这似乎更像一个饱读经书的士大夫在一本正经地说教，与民间水浒传说故事中那位“勇悍狂侠”① 的义军首领和元杂剧中“风高敢放连天火，

① （元）陈泰：《所安遗集补遗·江南曲序》，朱一玄、刘毓忱编《水浒传资料汇编》，南开大学出版社 2002 年版，第 49 页。

月黑提刀去杀人”[①] 的叱咤风云的绿林豪杰简直判若霄壤。

由此可见，在明清传奇中水浒侠士的身上，作家涂抹了较多“儒”的色彩。因为明清剧作家多为士大夫阶层，在其意识层面里，儒家传统的价值观始终占据着统治地位，面对世道的混乱、人心的沉沦，强烈的使命感和责任感使他们将自己的观念和期望糅进侠形象里，使这种侠的生命力按其意愿有向有序地发挥，凡不符合士大夫对侠的期望的，就被排斥于侠圈之外。这样的侠就逐渐具有了儒家文人士大夫的气质，开始遵守既定的社会秩序。《宝剑记》里的林冲就是一个典型的经儒家思想整合规范后的“忠侠”形象。

儒家思想是两千年来中国上层社会的主流意识，它的一些思想能够包容侠的信念，它的学理也能生长出侠的精神。有些学者，比如章太炎在其《检论·儒侠篇》中甚至把侠的源头追溯到儒，他认为儒者之义如“杀身成仁”，儒者之用如“除国之大害，解国之大患”，都是“任侠之雄”所兼具的。他如梁启超也认为侠出于儒，以为儒学八派之一的“漆雕氏之儒”“不色挠，不目逃，行曲则违于臧获，行直则怒于诸侯”（《韩非子·显学》），以至于游侠兴。这里暂且不论这种侠的起源说是否合理，漆雕氏所体现出的儒侠精神的同一却是不言而喻的。的确，儒家对理想人格的许多描述与规范，诸如“见义不为，无勇也”[②]“富贵不能淫，贫贱不能移，威武不能屈”[③]“言必信，行必果”[④]等，无不可看作对侠精神的注释。

其实，儒家人生观、价值观对侠意识的熏陶早在先秦就已现出端倪了。孔子言教的润泽，身教的垂范，惠及着他的传人，在使其成为杰出儒士的同时，又洋溢着令后人追慕的侠者风范。孔子的这位传人就是当“道不行”时将与之“乘桴浮于海”（《论语·公冶长》）的得意门生子路。子路并非孔子最得意的弟子，颜渊才是孔门翘楚。但在《论语》中，子路出现的次数却最多，形象也较孔子的其他弟子鲜明活脱得多。他偏执鲁莽、天性率真，认定自己

① （元）高文秀：《黑旋风双献功》第一折，傅惜华、杜颖陶编《水浒戏曲集》第一集，古典文学出版社 1957 年版，第 2 页。

② 《论语·为政》，《诸子集成》第一卷，团结出版社 1996 年版，第 42 页。

③ 《孟子·滕文公章句下》，《诸子集成》第一卷，团结出版社 1996 年版，第 637 页。

④ 《论语·子路》，《诸子集成》第一卷，团结出版社 1996 年版，第 276 页。

行为磊落就据理以争，见百姓修水渠时劳苦匮饿，就“人与之一箪食，一壶浆”，却遭孔子制止，于是忿然与夫子申辩，并果决表示不听劝告，侠者肝肠自然流露；他为人朴实、忠诚坦然，对老师忠心耿耿，对父母恭顺诚孝，对朋友坦荡无私，曾发出“愿车马、衣轻裘与朋友共，敝之而无憾”（《论语·公冶长》）的壮言，这实乃历代侠者“解衣衣之，推食分之”和“大碗筛酒，大秤分金”的雅化；他英勇好斗，孔子曾言“由也好勇过我”（《论语·公冶长》），这无疑又可列为侠者骄人之美德。

子路以下，历代儒者在思想上大多都能容忍侠，只是在容忍的同时，还不断地进行着改造侠义、同化侠义的努力。司马迁在《史记·游侠列传》中首次概括了游侠的精神特征：“今游侠，其行虽不轨于正义，然其言必信，其行必果，已诺必诚，不爱其躯，赴士之厄困，既已存亡死生矣，而不矜其能，羞伐其德，盖亦有足多者焉。”太史公对游侠精神的这种归纳，成为千古侠士的核心理念和行事准则，但其价值标准并非与儒家扞格不通。唐代的李德裕也竭力将侠“节义”化，把侠往儒家的轨道上拉：“夫侠者，盖非常之人也，虽以然诺许人，必以节义为本。义非侠不立，侠非义不成。”（李德裕《李卫公外集》卷二《豪侠论》）他正式将儒家所讲的“义”附着在侠的身上，在给侠正名的同时，也给其定下了儒家“节义”的道德标准。北宋以后，由于儒学复兴的影响，许多社会生活中的日常伦理，都带上了儒的义理色彩，侠也在此时成为所谓“义侠”，儒与侠的关系空前紧密。明清两代理学的流播直接导致了封建皇权的高度集中和文化思想的严厉控制，在此氛围中，一切异端的思想、言行都将受到最严厉的打击。侠在此氛围中，反抗力越来越小，也难奏效，于是，就不得不另谋出路，打着“忠义”的旗帜，去伸张正义，实现侠的人生价值。于是，他们就从“设取予然诺，千里诵义，为死不顾世”的慷慨气度逐步走向依附关系和奴性意识渐渐增强的堕落，奉君王为恩主，化国危为私仇，进而发展为丧失自我的恋主情结。

明清传奇中的林冲、宋江们就这样在士大夫的笔下一步步远离风云变幻、血为之沸的江湖，最终走向庄严肃穆、高高在上的庙堂。这既是封建士人意识对侠意识重新编码的结果，也是封建国家机器逐渐强化、封建法制秩序逐渐完善条件下侠客们的必然悲剧结局。

二、乱世天教重侠游——从恋主情结到笑傲江湖

中国古代崇侠尚武的意识源远流长，从春秋战国到明清的几千年中，代代皆有侠客纵横放任、使气轻生。关于侠客备受广大民众崇拜和爱护的原因，前人多有论述。郑振铎曾精辟地论及其内在的文化心理因素："一般民众，在受了极端的暴政的压迫之时，满肚子的填塞着不平与愤怒，却又因力量不足，不能反抗，于是在他们幼稚的心理上，乃悬盼着一类'超人'的侠客出来，来无踪，去无迹的，为他们雪不平，除强暴。"（郑振铎《论武侠小说》）中国封建社会的平民百姓，受尽欺压与凌辱，其内心深处对社会正义和公平的渴望，与以"除暴安良、以暴制暴"为使命的侠客不谋而合。侠客手执正义之剑，一扫天下不平之事，令贪官污吏、地痞恶霸为之胆战心惊。这对于专制社会来说，无异于拔九牛之一毛，但对于手无寸铁、饱受欺凌的平民百姓来说，至少在心理上得到一种复仇的快感，心中郁积的怨气为之一舒。这不仅是对弱者灵魂的安慰，更是人们在艰难竭蹶的生活中生存下去的勇气。所以，中国民间文化中的侠士，实已成为手执正义之剑的"民间神"，并且千百年来，绵绵不绝，强有力地支撑着国民沉重的灵魂。清中叶以来，花部中的水浒戏正是这顽强生命力在封建社会末叶迸发出的一束划破漫漫长夜的耀眼星光。

与明清传奇中水浒戏里的侠渗透着较多的士大夫意识不同，花部中的水浒戏带有更多的平民色彩，其侠意识里渗透着世俗的解嘲和如释重负后的轻松，水浒英雄被他们信手拈来，或编织改造或精心装扮，以表达他们对侠形象的独特诠释。民众按照自己的意愿，把梁山侠士塑造成惩暴除恶、扶弱铲强、豪放勇武、行侠仗义的"民间神"，在这些短小精悍的折子戏中减少了明清士大夫那种枯燥乏味、老成温厚的忠义说教，增加了元代水浒戏中那种粗放强劲、豪纵不羁的侠情义气，这不啻给垂垂老矣的封建末世注射了一剂鼓舞民气的强心针。

但与元人不同的是，花部中的水浒戏带有更多的民间生活气息，在嬉笑

怒骂、粗朴通俗的戏谑打诨中，生龙活虎地再现了梁山侠士的生活画卷。如《落店偷鸡》用大量篇幅敷演时迁与店家之间的“口水战”，以及时迁对店家的善意戏弄，还写了时迁假装出恭，去偷吝啬的店家的更鸡。这似乎有损豪侠义士的英雄形象，但剧中轻松幽默的笔墨不仅不令人反感，反而会让人产生一种会心的微笑，白璧亦有微瑕，这才是可亲可敬的侠士本色。同时透过这种夸张与戏谑，我们也看到了不受儒家正统限制、不受理性思维束缚的自由自在的民间感性精神的延伸。宋江、时迁等人固然是豪客侠士，却不是正统社会所崇拜的英雄，像《三国演义》里的不少英雄后来都由凡人而成为民间顶礼膜拜的神祇；他们的事迹，人们喜闻乐道，却从不把他们看得多么神圣。人们大可以狎弄他们，曾经风靡全国、甚至今天仍在流行的水浒叶子戏[①]即可为证，《落店偷鸡》对时迁不厌其烦的描写也反映了民众的这一心理。

又如《杀货》演述的是孙二娘惩治一个风流好色、不怀好意的卖皮弦的客人的故事。此前的水浒戏甚少有浓墨重彩地描写梁山女侠的，花部却毫无顾忌地把笔墨伸向民众所喜爱的巾帼英雄们，随意采撷，尽情抒写。本来《水浒传》的作者只是用一句介绍性的虚写“二年前，有个头陀打从这里过，吃我放翻了，把来做了几日馒头馅”来叙述孙二娘杀恶僧之事，而到了地方戏中，则用简练明确的白描语言详尽地勾勒了这个梁山女侠的泼辣、机智、勇猛与敏捷。她察言观色，发觉这个客人心怀鬼胎，便甜言蜜语、虚与委蛇：“你有缘，我有缘，千里姻缘一线穿”，直到把这个一心想把“腰间的银子花了”“死在黄泉也甘心”的“皮弦”客灌得头晕眼花、甚至幻想起成亲后既当掌柜又算账的白日梦时，才当机立断、手起刀落，轻而易举地结束了“皮弦”客的美梦。“凡此种种细节描绘，都像生活本身一样地自然，但又经过了选择和提炼”[②]，既集中刻画了水浒侠士的英雄形象，又真实反映了当时社会底层的世态人情。这里纯是按照民间的意愿去演述，迁就民间的情感和想象，“推原编戏

---

① 叶子戏类似于后代的“麻雀牌”，后来逐渐演变成了“麻将牌”。明清以来的叶子牌上，画有宋江等人图像，据《陶庵梦忆》卷六《水浒牌》记载，明代著名画家陈老莲也曾画过“水浒牌”，也就是叶子牌。叶子戏能风靡全国，演变为麻将，成为一种“国粹”，其中跟梁山好汉的形象上了纸牌不无关系。

② 张庚、郭汉城主编：《中国戏曲通史》，中国戏剧出版社 1992 年版，第 998 页。

的人所以要把古人的事实迁就于他们的想象的缘故，只因作者要求情感上的满足，使得这件故事可以和自己的情感所预期的步骤和结果相符合”[①]。此外，从此剧亦可看出民间比上层更加看重女性，对女性更亲近、更宽容。水浒故事本是男性驰骋的天地，是尽显男儿本色的舞台。文人传奇写水浒侠士，对巾帼英雄也总是惜墨如金，她们匆匆而来，急遽而去，甚至有始无终；相形之下，花部中的水浒戏则对女性多了份关怀，对女性既有心又用心，脑海里始终有女性的存在，保留了一份天然的儿女情怀，体现了男权话语与女性叙事的差异。

再如搬演燕青打擂的《神州擂》，可谓义气凌霄的水浒侠士的群体亮相。且看宋江出场是：“水泊英豪，替天行道。兵符饱，胸藏韬略，威名四海遥”；燕青是：“手段强，神拿七十二，敢夸张”；李逵是：“太凶勇，两柄板斧染腥红，下山去好一似黑煞神，其实英雄”；花荣、林冲是：“人强马壮，搅得他地乱天荒”；秦明、王英是：“猛如虎，貌似狼，乔装结束气昂昂”；众女将是：“快登程，去往神州护燕青；若得成功回山转，方显得梁山娘子军”。一个个英姿飒爽、器宇轩昂，既再现了梁山豪杰的宏伟气概，又流露出民众由衷的景仰与拥戴。

虽然花部水浒戏主要发扬了民间水浒故事的优良传统，但身处特殊的社会情境，它们也不可避免地刻上了统治阶级的某些思想烙印。如《神州擂》写水浒侠士下山打擂的宗旨即“非关逆天啸聚，愿除君侧权奸”。宋江等以“清君侧”的名义发兵泰安，即表现了宋江等以“忠义”为本的主导思想。只是，这里不像传奇那样极力渲染侠士们的忠心耿耿，而更多地还是展现了其替天行道、仗义行侠的激烈肝肠。剧中洋溢着的雄桀强健的阳刚之气与明清传奇的阴柔敦厚恰成鲜明对照。民间细民不像文人学士那样，把儒家的仁义礼智信等道德规范或信仰看得高于人的生命，而认为生存、生命大于一切，现实需要大于一切，不求功名利禄，不求伦理意义，只求平安无事、无灾无祸等，这是朴实的生存哲学和世俗情怀，因此他们更加推崇能替他们消灾免祸、铲除强暴的梁山侠士刚烈勇武的热辣质性，从而上层精英人士所提倡的忠义观

① 顾颉刚：《古史辨自序》，《顾颉刚古史论文集》第一册，中华书局 1988 年版，第 21 页。

念，在民众的现实需要和严酷生活面前，便黯然失色了。

所以，当明清传奇中的水浒侠士们逐渐消减了向来民间绿林侠客对抗官府、替天行道的反抗精神，蜕变为具有浓厚忠君报恩思想、被统治阶级利用的“官侠”的时候，清中叶花部水浒戏中的侠士们却在民间的呵护下继续手持利剑、逍遥江湖，肆意张扬着放浪洒脱的自由情性和独立人格。这是水浒侠士从恋主情结到笑傲江湖所获得的新生。汉末荀悦于《汉纪》中曾谓，侠生于“制度不立，纲纪废弛”的“季世”（即乱世）。正是在季世，原有阶层划分和道德观念的失落，导致社会秩序的混乱，这就必然造成个人游离于社会组织和社会结构之外的可能性大增，而这恰是侠士得以任性使气、赴汤蹈火以拯世济难的特定空间。也正是乱世的“纲纪废弛”，使得庶民百姓翘首以待，愈加渴望侠士们横空出世，为他们主持公道。于是乎，英雄豪侠便从蓬蒿草泽中挺身而出，匡扶正义，维持社会的良心。清中叶以来花部中水浒侠义精神的重新张扬，正是在封建末世这块干旱龟裂的饥渴土壤和愚民百姓急待拯救的焦灼心理下诞生的一个奇迹。花部中被苦难而懦弱的人们丰富的想象力理想化、艺术化了的水浒侠士，以其凛然正气召唤着现实中的人们，给他们提供了一种人格模式和行为规范，激励着他们模仿侠行、崇尚侠气。“因为侠的形象，实际上是显现这个社会英雄崇拜无意识的一个原型，从而，集中在这一形象身上，人们构建起他们所愿看到或践行的那种人格。这种人格在整个中国文化性格上，至少起到一种代偿作用，因为在那样的社会条件下，人们无法任性行动，游侠的任侠个性和自由崇尚，便在对抗异化、维护人性完整方面，发挥了不可替代的生态功能。”① 侠士们再次浪迹天涯的返璞归真，同时也是中华民族久被其精英文化中极其成熟的理性压迫和抑制的集体无意识的自然显现，是广大民众理想人格的尽情舒展。在深层意义上，民众寄托在侠士身上的是人们个体情性的解放和独立人格的觉醒。

通过以上对明清传奇、花部中水浒戏文化内涵的探讨，可以发现文人与民间对待水浒侠士的不同态度，一方面，文人试图把他们拉向儒家的正统轨

① 汪涌豪、陈广宏：《游侠人格》，长江文艺出版社 1996 年版，第 263 页。

道，给侠披上一件温文尔雅的外衣；而另一方面，民间则固执地沿着自己的叙事传统，还侠以浪子本色。透过他们对侠意识的不同编码，我们看到了在中国古代精英阶层和下层民众之间穿梭流淌的一条主要的精神通道——源远流长的侠文化的永恒魅力。芸芸众生正是通过水浒英雄等侠士形象来感知和把握儒家的核心理念的，而文人士大夫也在对侠义精神的检阅中保持着一种浩然情怀，给日趋僵硬的精英文化输送着鲜活的血液。

（原载《戏曲研究》第 75 辑）

元杂剧中的李逵形象探析

——兼论元代水浒戏与《水浒传》人物描写的演变发展关系

摘要：元杂剧中的李逵是一个见义勇为、疾恶如仇、滑稽多智、文才风流、既可畏可敬又可亲可近的纯真而仗义的侠士；而小说《水浒传》中的李逵却逐渐定型为一个目不识丁、粗鲁爽直的草莽英雄。李逵形象的前后变化，既反映了水浒侠士对"义"这一价值理念的曲折而坚定的实践历程，也反映了水浒戏与《水浒传》之间相互影响、相互渗透的复杂关系。

关键词：元杂剧；李逵；义；《水浒传》

梁山侠士是一个以"义"为核心，并且为之不惜牺牲生命的坚定团体，而水浒戏中作为"义"之最彻底的奉行者和实现者，当非李逵莫属。李逵在小说《水浒传》里虽没有宋江、林冲、武松等人的事迹丰富，但在水浒戏里却尤为特出，尤其在《水浒传》定型以前的元代及明初水浒戏中，李逵的个性和人格最为突出和鲜明，在他身上，我们看到了一个磊磊落落、光明正大的"真人义士"的存在，一个人的"本我"的存在。

一、李逵形象的演变

李逵其人，在元代以前是名不见经传的。虽然在宋代史传里，确有一位名曰李逵者，据《宋史》《三朝北盟会编》等书记载，北宋有个曾在密州做“节级”的名叫李逵的人，先是造反，继“以密州降金”。但据余嘉锡《宋江三十六人考实》和陈汝衡《元明杂剧中的黑旋风李逵》考证后均指出，史书中这个背信弃义的李逵，不过偶与水浒人物“黑旋风”同名而已，二者断非一人。

即使在元代之前流传的水浒故事中，李逵也是微不足道的一个小人物。有关他的文字记载，最早见于周密《癸辛杂识续集》卷上所录南宋龚开作的《宋江三十六人赞并序》，但其中李逵被排在第二十位，远在关胜、刘唐、燕青、鲁智深之后。宋罗烨《醉翁谈录》中列举了一百零七种话本名目，有石头孙立、青面兽、花和尚和武行者的故事，却对黑旋风只字不提。最早讲述水浒人物故事的长篇话本《大宋宣和遗事》将李逵排在第十四位，但除了提供“黑旋风李逵”这一简单的名号外，也没有任何关于他的情节或细节，对李逵也是一笔带过。由此可见，至少在元代以前，李逵的故事尚未引起社会轰动效应。到了元代，李逵才像一匹“黑马”异军突起，他的故事被大量创作出来，搬上舞台，在民间广泛传唱。从元杂剧的存目来看，在三十多种水浒戏中，有将近一半的杂剧写到了李逵；在现存的六种水浒杂剧中，就有四种写到了李逵，其中三种是以李逵为主角的。

元杂剧中的李逵见义勇为且善于体察他人疾苦、疾恶如仇兼滑稽多智、慷慨激昂而又天真烂漫、既不脱莽夫本色又小心精细，是个既可畏可敬又可亲可近的纯真而仗义的侠士;《水浒传》成书以来才逐渐定型为一个目不识丁、粗鲁爽直的草莽英雄。李逵形象的前后变化，既反映了水浒侠士对“义”这一价值理念的曲折而坚定的实践历程，也反映了水浒戏与《水浒传》之间相互影响、相互渗透的复杂关系。

二、“路见不平，当道撅坑”

李逵在《黑旋风双献功》第一折中曾自我介绍道：“理会的山儿情性，我从来路见不平，爱与人当道撅坑。我喝一喝骨都都江海沸，撼一撼赤力力山岳崩。世恼犯我咱情性，千方百计，翻过来做一个可吊盘的煎饼。”由此，一个见义勇为、疾恶如仇、耿直鲁莽、性情粗暴的豪侠形象顿时跃然纸上。这正是《水浒传》成书前的水浒戏中李逵形象的基本特征。

李逵这种爱打抱不平的性格，纯是任天而行、率性而动，既不受外界的威胁利诱而掩饰，也不因计较个人的利害得失而做作，可以说，他是个婴儿般透明的人。所以每当梁山有任务分派时，他总是毫无顾忌地自告奋勇、一马当先。如在《鲁智深喜赏黄花峪》中，当宋江询问众头领谁敢去十八层水南寨打探消息时，李逵几乎是未加考虑地立即应声：“有、有、有，我敢去！”似乎唯恐有人抢在前头，夺了他的“风头”；接受任务后，他果真不畏强暴，痛打权豪势要蔡衙内，救出了李幼奴。

每当他人有难时，李逵也总是最先挺身而出，赴汤蹈火在所不惜。如《黑旋风双献功》第二折中，孙孔目之妻郭念儿被白衙内拐走后，孙惧于白的势力大，人手多，劝李逵不要独自去找，李逵却说：

> 我去呵！也不用一条枪，也不用三尺铁，则俺这壮士怒目前见血。东泰岳相逢，磕塔的揪住玉洁，把那厮滴溜扑马上活挟。他若是与时节，万事都休；不与呵，山儿放会劣缺。恼起我这草坡前倒拖牛的性格，强逞我些敌官军勇烈，我把那厮脊梁骨，各支支生撧做两三截。

其不顾一己之安危、急人之所急的侠义肝肠，实乃司马迁所赞“不爱其躯，赴士之厄困”的游侠精神的遗响。

每当看到百姓有苦难言、饮泣吞声时，他更是义愤填膺、无名火起，真可谓“舍得一身剐，敢把皇帝拉下马”。如在《梁山泊黑旋风负荆》中，当听到老王林哭诉自己的女儿被“宋江”“鲁智深”抢走时，登时便“磨拳擦掌，行行里按不住莽撞心头气”（《梁山泊黑旋风负荆》第二折），怒气冲冲地赶回山寨，不分青红皂白地点着宋江、鲁智深的名字一阵痛骂和斥责。较之大家乐于称道的“智取生辰纲”这一行动的“取此一套不义之财，大家图个一世快活”的享受欲望和世俗心理而言，李逵就很少有为个人考虑的打算和谋划，他的行动是一种超功利、超个体的行动，就像一团烈火、一股旋风，燃所当燃，行所当行，从不算计自身的后果及利害。所以，他的行动尽管有时难免受情绪左右，常表现为某种粗鲁和莽撞，但他不同于其他好汉的突出个性和可爱之处恰在于此：脱却世故的聪慧，露出天然之童心。李贽论童心曰：“夫童心者，真心也……若失却童心，便失却真心；失却真心，便失却真人。”① 李逵就是这样一个本真而自由的存在，一个义之精神与价值的存在。《水浒传》中李逵的粗豪、天真、淳朴、憨厚、莽撞就主要借鉴和继承了元代水浒戏的精华部分。

但不同于小说的是，在李逵的鲁莽仗义和心直口快之外，剧作家又赋予他一副睿智多谋、精细机警的气质。如在《黑旋风双献功》中孙孔目被下入死囚牢后，李逵心生一计，扮作个庄家呆后生给犯人送饭，在牢门口正要拽牵铃索时，猛想起“既是个庄家呆后生，便怎生认的这个是牵铃索”，遂装疯卖傻拾起半块砖头猛敲牢门，还故意管牢子叫“叔待”，把监牢称作“你家”，又装作不会作揖，抱住牢子两只手臂不放，一副呆头呆脑的傻模样。但当牢子要欺负他时，他却机智地反把牢子蹬倒在地。最后还成功地哄着牢子吃下他拌有蒙汗药的羊肉泡饭，将牢子麻倒，干净利落地救出了孙孔目和众狱囚。据此，一个小心精细、富于智谋、机敏过人的李逵形象呼之欲出。在《梁山泊黑旋风负荆》中，当他知道自己误会了宋江、鲁智深时，也是自己设计负荆请罪，而非像《水浒传》中那样还需燕青代为谋划。另外，他乔装成货郎儿，孤身打探水南寨，救助李幼奴（《鲁智深喜赏黄花峪》），这些都显现了人物鲁莽之余的聪慧和细腻。但是到了《水浒传》中，李逵的谋略和精细却被武松、鲁达、石秀等人分享了，只剩下了粗鲁与莽撞。

还有一点值得注意的是，《水浒传》成书前水浒戏中的李逵尽管鲁莽有余，但他的鲁莽往往是与同情弱小、粗中有细相结合的，而且是有分寸的；而在小说中，李逵的粗莽却向两个方向延伸到了极致：一极是延伸到了愚憨，憨厚近

① （明）李贽：《焚书 续焚书》卷三《童心说》，中华书局1975年版，第98页。

乎痴愚、天真近乎童稚，如小说写他下枯井救柴进，担心上面的人割断绳索；另一极则引向了凶猛嗜杀，如在江州劫法场时杀得兴起，就抡起板斧排头砍去，而所砍的是看客。

总之，由于元代水浒故事尚处于自由发展阶段，这些故事由民间传说和艺人加工逐渐发展而来，剧作家吸收了这些营养，又发挥自己丰富的想象力，所以李逵就被渲染成具有多方面才能和各种不同个性的人物。但万变不离其宗，李逵性格中最根本的一点还是取得了共识，那就是几乎集中了梁山侠士所有优秀品德的见义勇为、勇敢无畏、正直无私的侠义精神。

三、莽夫亦风流

提起李逵，人们眼前可能就会浮现出一个黑面虬髯、怪目圆睁、手舞两把板斧左右砍杀的“黑凛凛大汉”来，自然而然也会联想到他憨厚纯正、鲁莽刚直、义胆包天、勇于厮杀的性格。但就是这样一个泰山压顶也不弯腰、力大胆大可以摇天撼地的莽汉子，在元杂剧中居然也表现出了风流儒雅、幽默俏皮的一面。

如高文秀《黑旋风双献功》第二折中，李逵陪同孙孔目去泰安州的途中情不自禁地唱道：

【仙吕】【点绛唇】柳絮飞花，乱红飘叶，纷纷谢。莺燕调舌。此景堪游冶。

……

【油葫芦】二月春光景物别，好着我难弃舍。你觑那佳人仕女醉扶者，你看那桃花、杏花都开彻，更和兀那梨花初放如银叶。我这里七留七林行，他那里叨叨絮絮说，又被这伙乔男乔女将咱来拽。田地上赤留兀刺那时节。

言词之中，别具一种旖旎风流。后人读《水浒传》所形成的李逵之粗犷野蛮印象，也许会与此处李逵对“柳絮飞花”“莺燕调舌”“佳人仕女”“桃花杏花”的盎然兴趣相冲突。但元代人看杂剧时，却会觉得意趣天成，和谐自然。因为这个李逵体现了“浪子与斗士的时代风貌”[①]。

康进之《梁山泊黑旋风负荆》第一折有一段李逵清明节玩赏梁山景致的唱词和宾白：

【醉中天】俺这里雾锁着青山秀，烟罩定绿杨洲。（云）那桃树上一个黄莺儿，将那桃花瓣儿唆阿唆阿，唆的下来，落在水中，是好看也！我曾听的谁说来？我试想咱，哦！想起来了也，俺学究哥哥道来。（唱）他道是轻薄桃花逐水流。（云）俺绰起这桃花瓣儿来，我试看咱，好红红的桃花瓣儿！（做笑科，云）你看我好黑指头也！（唱）恰便是粉衬的这胭脂透。（云）可惜了你这瓣儿，俺放你趁那一般的瓣儿去。我与你赶，与你赶，贪赶桃花瓣儿，（唱）早来到这草桥店垂杨的渡口。（云）不中，则怕误了俺哥哥的将令，我索回去也。（唱）待不吃呵，又被这酒旗儿将我来相迤逗，他、他、他，舞东风在曲律竿头。

在李逵眼里，梁山泊山清水秀，处处充满生机与活力。看到桃花飘落，他居然想起了吴学究念过的杜甫的诗句“轻薄桃花逐水流”，还怜惜地把它拾起来赞赏一番，且不愿让它委弃在桃蹊柳陌，任人践踏，特意把它放在流水中，任其随波而去，自己还孩子似的蹦蹦跳跳地沿溪追赶。在李逵粗豪鲁莽的外表下，我们看到了他天真烂漫、妩媚多姿的另一副心性。与大自然嬉戏玩耍，本来是稚童、情侣、闺秀、雅士的事情，与李逵的豪侠性格似乎扞格不通。但正是这些踏青赏春的景物描写，表现了生活在梁山泊的李逵为正义理想而奋斗的愉快心情。作者还通过李逵的宾白画龙点睛地说：“人道我梁山泊无有景致，俺打那厮的嘴！”（《梁山泊黑旋风负荆》第一折）可谓一语中的，

① 梁归智、周月亮：《大俗小雅——元代文化人心迹追踪》，河北大学出版社2001年版，第232页。

如见肺腑。它既展现了人物粗莽的性格，更道出了李逵热爱梁山泊的自豪与骄傲。

在李逵的心灵深处，梁山泊的事业就是为民除害、伸张正义的事业，理当受到十分的尊重。好义，是侠之最一般最本质的理性特质。行侠与仗义是紧密联系而不可分割的行为，所以司马迁说："朋党宗强比周，设财役贫，豪暴侵凌孤弱，恣欲自快，游侠亦丑之。"（《史记·游侠列传》）"义"之于李逵，更是几乎出自于本能地去履行扶危济困、拯世济难的社会使命。所以对于张扬"正义"的根据地——梁山泊，他是极力维护，不容丝毫的借口践踏。

又如朱有燉《黑旋风仗义疏财》第一折中李逵在买粮途中对着一天秋景大发感叹：

> 【仙吕】【点绛唇】看了这一带青山，两行白雁，秋空晚，枫叶凋残，篱菊迎霜绽。
>
> 【混江龙】平堤古岸，小舟闲却钓鱼竿。黄芦野水，红蓼沙滩。遥听犬声行客喜，倒骑牛背牧童还。趁着这半竿斜日把后车催，遥望见几家灯火将前村盼。正投林鸟倦，出岫云闲。

试想青山绿水、斜阳古道、三五马车，披着几抹余晖，迤逦行来，也难怪黑旋风此时会"诗兴"大发呢。朱有燉虽生在明初，但他的作品却极力摹元，这里的李逵融浪子的洒脱与文士的优雅于一身，颇富元曲余韵，即为一证。

元杂剧对李逵形象这种文士化的渲染，显然投射了更多文人剧作家的气质，但这丝毫无损李逵作为一个豪客、侠士的伟岸形象，反而给人物增添了几许天然、浩然、沛然的淋漓元气。诙谐幽默也好，风流倜傥也罢，在这种原生魅力和活力的映衬下，更显人性的健康和雄伟。但到了《水浒传》及其成书后的水浒戏中，李逵身上这种文雅的气质不仅无影无踪，而且还反向发展，逐渐形成了凶猛嗜杀的性格。这也正反映了水浒故事发展过程中李逵这一形象的某些原始状态，这当然要归功于元人的独创了。

四、象征意义

自古以来，在中国人的头脑中，凡属人之正道、众所推崇、至行过人的正确合理的善举和追求都属于“有义”的范畴，而错误乃至罪恶行径便是“无义”。因此，侠士路见不平、拔刀相助，虽“不轨于正义（朝廷之义）”，但却是替天行道，是“义”的。侠士的自掌正义、振穷周急、打抱不平等都是“义”的各种行为选择。“义”在侠士心目中，是一种至高无上的人生理想和道德标准，他们为了“义”而甘冒风险、不惜犯禁，乃至流血牺牲。在某种意义上，“义”就是他们自我价值实现和社会普遍认可的表征。作为“义”的勇敢的实践者，李逵是当之无愧的。“他是元代社会弥天黑暗中照耀人心的阳光，是正义与光明的代表，是苦难中人民群众崇拜的英雄，是水浒杂剧中‘义’的化身。”[①] 李逵的侠义人格已升华为民众的理想人格，他的形象已超越了行侠仗义这一单纯的行为本身，而具有了更为广泛与深刻的象征意义——作为“义”的化身，他至少鼓舞了整整一个时代人们的心劲和意气。

李逵的疾恶如仇、扶危济困、舍身赴难、正义凛然，不惜给自己招来杀身之祸，也要扫尽天下不平之事，使遭受磨难、柔弱善良的人们获得安全生存的机会，从而使人们战胜邪恶力量的渴望得到快慰的实现，这些无疑都使他成为最佳的人选而备受宠爱和广为传颂。同时，正是在这一“义”的实践中，李逵完成了他自我的第一重塑造——“真李逵”，也即金圣叹所谓的“真人”。他尽情地舒展着人性的本色，舒展着侠的本色，淋漓尽致地言人所不敢言、做人所不敢做，可以说是芸芸众生心灵的代言人。同时，借助于水浒戏中李逵这一侠士形象，我们看到，中国历史文化中的阳刚精神得到了继承流传和发扬光大。千百年来，水浒戏中李逵对“义”的这种坚定执着的追求和实践，已化为精神的感召，成为鼓舞人们反抗邪恶和强暴的一种力量。

（原载《水浒争鸣》第八辑）

① 佘大平：《忠义水浒论》，陕西旅游出版社 1992 年版，第 59 页。

明清传奇中林冲形象的文化意蕴

摘要：在《水浒传》中，林冲是一个武艺超群、谨小慎微、逆来顺受、被逼反抗的侠士；在传奇中，林冲则被美化为一个文武双全、疾恶如仇、不屈不挠、主动谏奏的儒将。林冲形象的前后变化，使我们既看到剧作家扶正祛邪、匡正时弊的良苦用心，以及对一定社会理想与人生意义包括自我价值实现的积极思考，也体会到豪侠生命的痛苦觉醒和不懈追求。

关键词：明清传奇；林冲；文化意蕴

林冲是梁山群侠中最能引起广泛同情和共鸣的人物。从八十万禁军教头到“黑道大哥”，从逆来顺受到奋而反抗，千回百转，百转千回，个中辛酸，一个“逼”字总览无余。虽然从小说到戏曲，林冲的逼上梁山被演绎出各种迥然不同的版本，但林冲走上“黑社会”的不归路，都是山穷水尽时的柳暗花明，是一种非常古老的无奈与愤懑。它和武松、鲁智深等草莽豪杰的英雄故事大相径庭，“它在大碗喝酒、大块吃肉和快意恩仇之外别抒怀抱，在水浒世界里独奏了一曲怨郁而又慷慨的悲壮之音”①。尤其是明清传奇中的林冲形象，在被逼与无奈的沉痛之外，还传达了一种张扬人类个性、肯定独立人格的独特文化意蕴。

① 陈洪、孙勇进：《漫说水浒》，人民文学出版社2001年版，第144页。

一、林冲形象的演变

在现存元代及明初水浒杂剧中，林冲若有若无，似乎是个无足轻重的人物，他的名字只在无名氏《梁山七虎闹铜台》和朱有燉《豹子和尚自还俗》中出现过。而且,《豹子和尚自还俗》中仅仅提到了“豹子头林冲”这一名号，此外别无他述;《梁山七虎闹铜台》中，林冲虽有几句上场宾白，但也是昙花一现，“七虎”中究竟是否有林冲在内，也不甚明了。当然这两剧更未提及林冲被逼上梁山的经过。此外,《大宋宣和遗事》所列三十六人中虽提到了林冲的名号，而龚开所作《宋江三十六人赞》却并无林冲此人，只是到了小说《水浒传》中，林冲才摇身一变而成为梁山集团中一个重量级的领导人物。虽然我们尚未看到《水浒传》成书前有关林冲形象的详细记载，但林冲的故事未必就纯是小说家的杜撰，宋元时或许另有话本或杂剧敷演他的故事，只是可能已经散佚，今人无缘目睹而已。

现存明清传奇中，取材于《水浒传》并且以林冲为主角的水浒戏，主要有李开先的《宝剑记》和陈与郊的《灵宝刀》两种;其他剧目中也偶有提及林冲的，如许自昌《水浒记》、李素甫《元宵闹》等，但都是一些跑龙套的角色。因《灵宝刀》在情节安排和文字顺序的铺陈叙述上全都据《水浒传》而来，虽极力摹仿李开先的《宝剑记》，但远远逊色于前者，无甚新意，所以本文的分析以《宝剑记》为主。从小说到戏曲，林冲形象发生了很大的变化。小说中，林冲是一个武艺超群、谨小慎微、逆来顺受、被逼反抗的勇士;传奇中，林冲则被美化为一个文武双全、疾恶如仇、不屈不挠、主动谏奏的儒将。在这种悄无声息的衍变中，我们既看到剧作家扶正祛邪、匡正时弊的良苦用心，也体会到豪侠生命的痛苦觉醒和不懈追求。

二、浮云蔽日与压抑人生

《古诗十九首》之《行行重行行》中有一名句:“浮云蔽白日，游子不顾反。”

对于“浮云”和“白日”这一对语码，向来有不同的理解，一种较为通行的解释是：“浮云”喻指谗间小人，“白日”喻指国君。《宝剑记》通过林冲的蹇顿遭遇抒发的正是对“浮云蔽白日”的深广的忧愤：“我林冲春夏读书，秋冬演武，学的文武全才，遇着高俅等，挡着贤路，与古人不遇，真果一般！”（《宝剑记》第四出）[①] 另外，从更广泛的意义上而言，林冲的遭际还传达出中国古代怀才不遇之士那种普遍而深重的压抑人生的况味。

剧中林冲受到的压抑来自社会的各个层面、各色人等：有“拨弄威权、盗窃名器”（《宝剑记》第二出）的奸佞小人，如高俅、童贯之流，林冲屡次主动上书弹劾他们，不仅未能“清君侧”，反而几遭杀身之祸；有“惯追随柳巷花衢，欢娱锦帐卧氍毹”（《宝剑记》第五出）的高俅螟蛉之子高朋，为强占林夫人，不择手段，先后逼死林母和侍女锦儿；有“狐假虎威”“狗仗人势”（《宝剑记》第五出）的帮闲子弟陆谦、傅安，为高朋百般献计，欲谋娶林冲娇妻；有倚权附势、恃强凌弱的狱吏石虎、不济，奉高俅之命，几番欲加害林冲至死而未得逞；有助纣为虐、利欲熏心的公人董超、薛霸，欲在野猪林结果林冲，幸遇鲁达搭救。这一切，林冲也都暂时忍受了，可当陆谦、傅安又一路追杀至沧州，林冲终于忍无可忍了，在“轻如柳絮，细似鹅毛，白胜梨花”（《宝剑记》第三十三出）的漫天风雪中，在火烧草料场的熊熊红光中，猛挥正义之剑，怒斩奸人之首。在剑起头落的一刹那，林冲也斩断了他通过合法手段取得胜利的途径，为他的前半生画上了一个斩钉截铁的惊叹号。

需要指出的是，戏曲中林冲的压抑要远比小说中深广得多。小说中引起林冲、高俅矛盾的原因是高俅之子看中了林冲美貌的妻子，才招致发配沧州的横祸，这是一种个人恩怨；而《宝剑记》中则由林冲的被动受欺，变为由于“朝廷听信高俅拨置，谴朱勔等大兴土木，采办花石，搔动江南黎庶，招致塞上干戈”（《宝剑记》第六出），而再次主动弹劾，才被贬谪。这时的矛盾斗争已远远超出了儿女情长、风花雪月的一己之愤，而扩大为统治阶级内部不同政治集团之间的冲突，林冲与高俅的私恨已退居次要地位。

---

① 本文所引传奇中的水浒戏曲文，均出自傅惜华、杜颖陶编《水浒戏曲集》第二集，古典文学出版社 1957 年版。

由于基本冲突已改变，故事情节和人物形象也随之调整，林冲反抗奸邪的浩然正气得以突显，如《宝剑记》开场就写到林冲因见“圆情子弟封侯，刑余奴辈为王”，而直言切谏，反“被奸臣拨置天子”，坐以“毁谤大臣之罪，谪降巡边总旗”（《宝剑记》第二出），与《水浒传》中林冲的出场截然不同，剧中人物忠心报国的侠肝义胆于此已略窥一斑。该出林冲还唱道：“豪放，画中宝剑无尘障，知何日诛奸党？自奖，虽不能拜将封侯，也当烈烈轰轰做一场。”这就为全剧的情节主线和人物性格奠定了基调：“烈烈轰轰做一场”。林、高之间的殊死搏斗，不再是个人利益的冲突，而是如何维护国家利益和统治阶级利益的不同政见的冲突。这也预示着他此生注定要承受更多的排挤和压制。

所以当他看到皇帝因奸党“引诱”，而广建宫室，以致天下惶惶、胡马南渡、生灵涂炭、哀鸿遍野时，便愤然挺身而出，再次主动上书弹劾权贵，希望：“吾皇听微臣短谏，从今礼俊英，剪除逆党。一旦浮云净扫，重开日光。”（《宝剑记》第六出）只是人微言轻，尚未听到天颜回复，便措手不及地被打入大牢。但即使身陷囹圄，备受折磨，他依然“只有一点丹心终不屈，那怕你摘胆剜心刀剖腹”（《宝剑记》第十二出），喊出的仍是“天如留我残躯在，不斩奸臣誓不休”（《宝剑记》第二十七出）的豪言壮语。这里林冲的痛苦与忧愤，已远远超出个人和小家的闭塞范围，而升华为“安得广厦千万间，大庇天下寒士俱欢颜”式的宏阔胸怀，这是对黄钟毁弃、瓦釜雷鸣、“冠履倒施，大贤处下，不肖居上”[①]的黑暗政治格局的深深的无奈与悲愤，和《水浒传》中为娇妻之事入狱已不可同日而语，其间高下优劣不难分辨。

究其实质，传奇中林冲在上梁山之前所受种种压抑、磨难的根源，是来自他对自己儒将官身的定位，是“立志报圣门”的“忠肝直胆心”在“作祟”。试看《宝剑记》中林冲的自我介绍：“下官姓林、名冲、字武师……父……官拜成都太守……林冲早承父业，习读诗书……方腊入寇，黄榜招贤，吾乃仗剑投于军门……授我征西统制之职……小人拨弄威权、盗窃名器，因谏言一

---

① （明）李贽：《忠义水浒传序》，朱一玄、刘毓忱编《水浒传资料汇编》，南开大学出版社2002年版，第171页。

本，乃被奸臣拨置天子，坐小官毁谤大臣之罪，谪降巡边总旗。幸蒙张叔夜举荐，做了禁军教师，提辖军务。”（《宝剑记》第二出）可见，林冲出身于世代簪缨的官宦家庭，文武兼修，虽然与《水浒传》一样，是禁军教头，但却是因为弹劾奸佞才被贬谪，具有典型的忠君报国倾向。不唯如此，林冲还一直以官身自矜，即使身陷囹圄，依然自视甚高，如狱吏石虎在提审林冲时，问他为何不跪，他还“不识抬举”地振振有词：“先生，我林冲膝下无金，腰间有金。念我一官仍在身，将就些儿个。”（《宝剑记》第十四出）可见，他一直认为自己是官非民，一直幻想着能通过合法的方式击败对手。直到杀了陆谦、傅安，重返官位的可能性已完全不复存在，他才不得不接受已经不再是“官”的残酷现实。

林冲何以对自己的官身臣位如此痴迷与执着？当然不是如某些贪官污吏那样，欲借机大捞一把，而是一种“士为知己者死”的报恩思想和恋主情结的自然流露。这就要从中国文化的特点谈起。在世界四大文明古国中，中国是唯一没有发生文化断层的国家，五千年色彩斑斓的华夏文明源远流长，富有旺盛顽强的生命力和无与伦比的延续性。而贯穿其中的精神主干是“重伦理”的儒家精神，在其主导下，伦理观念、入世精神遂构成华夏儿女的主导心理。这种心理的支配，使中国传统文化形成以人伦关系为出发点，以礼教道德为中心，强调修身、齐家、治国、平天下，以严于律己、宽以待人、对父母孝、对兄弟悌、贵义贱利、忠君爱国等为行为规范和价值观的一种重礼制人治、强调群体的伦理道德型文化。这种伦理道德在漫长的历史发展过程中，建构了成熟的价值体系，培育了一代又一代的子民。可以说，它们已渗透到了每个中国人的骨髓里。历代的杰出作家和优秀文人在这种深厚的儒家思想熏陶下，其作品无不闪烁着伦理的光辉。当明代的文人在舞台上重塑梁山侠士的大写人生时，自然也把其纳入了伦理的轨道，明传奇中的林冲、宋江、武松等都被笼罩在这种封建伦理的光芒之下。

而在奔向梁山之前的林冲身上，“忠君报国”的伦理色彩又尤为浓厚。他多次自我表白：“止知忠君爱国，不解附势趋时”（《宝剑记》第四出），“敢在君傍剪妖孽，忠心真个切”“言及救苍生，忠臣不怕死”“顾微臣欲不全忠，有何颜见比干？条陈事登闻在日边，铁铮铮忠言直谏”（《宝剑记》第六出），“十年磨剑，未遂英雄愿。为国忘家，要图荣显……孤忠同死追伍员，头挂在高杆，丹心日月悬”（《宝剑记》第十四出），“死生事最小，但只念君亲恩重，未尽忠和孝”（《宝剑记》第十五出），即使在入伙梁山之际，他也不忘对天盟誓：“上苍，上苍！背主为寇，非是林冲不忠，乃被高俅逼迫，略无喘息之地。龙居浅水真非计，终归大海作波涛。专望招抚，再报君恩。”（《宝剑记》第四十出）

这里有必要对“忠”的内涵稍作剖析。在儒家文化中，“忠”的伦理内涵有一个复杂的演变过程。“忠”原意上“要求的是归返到自己内在生命而做的是非善恶的标准”，但秦汉以来，君臣关系逐渐变成单向度的以下事上的关系，忠君就不再是能“回到自己内在生命而做的是非善恶的恰当分判，而是一切依于外在绝对权威的势力所加予自己生命的任何要求。‘忠’成为一绝对外化的、规约性的、命令式的伦理，而不再是相对的、互动的、感通式的伦理。再者，当‘君臣’被‘父子化’后……被异化了的‘孝道’则与‘忠君’彻底地结合在一起……‘忠君’成了一彻底的顺服性的伦理、奴隶式的伦理”①。在封建统治者看来，只要人人做到忠，其统治就会稳固。因此，统治者特别提倡“忠”。《忠经》说：“天之所覆，地之所载；人之所覆，莫大乎忠”，“为国之本，何莫由忠”。儒家更是把“君为臣纲”作为三纲之首，举国上下都必须服从天子的统治。在统治者的高压控制下，天子乃至尊的观念已深入每个臣民的内心。这样，忠于国家、忠于民族，实际上变成了对国君一人的忠诚，也就成了忠于天子的同义语。投奔梁山前的林冲始终以官身、臣子自居，即使眼见天下“太平非昔”“百姓流离，干戈扰攘”，也并不把“采办花石，荒淫酒色”看成是天子的昏庸，而以为全是“在朝高俅等拨置”所致，坚信他所“忠”的君始终是“明君”，就是这种忠君观念和恋主情结的体现。这里林冲的“忠”虽带有愚忠和顺服的特色，但同时也不乏“兴革天下利害”（《宝剑记》第八出）、救四海苍生于水火间的热忱与志向。

① 林安梧：《“三纲”的哲学理解与诠释——以“血缘性纵贯轴”为核心的展开》，《中华文史论丛》第58辑，上海古籍出版社1999年版，第218页。

正因为背负着“忠”这副沉重的枷锁，才使得林冲的前半生别样的疲惫和沉痛，使得他的投奔梁山更显曲折和意味深长。其中传达出的深沉的感慨与悲愤，其实早自屈原的《离骚》就开始了，千百年来，诗歌、戏曲、小说反反复复地传写着“冯唐易老，李广难封”这一古老而永恒的主题，汇聚成了一阕雄浑悲壮、慷慨激昂的华美乐章，深深撩拨着人们脆弱的心弦，而传奇中林冲的故事不过是其中一个跳跃的音符而已。

三、官逼官反与生命觉醒

如果说《水浒传》的主题之一是“官逼民反”的话，那么传奇中林冲的故事演绎的就是一个“官逼官反”的悲剧。上文已述及林冲投奔梁山前始终以官身自居，他与高俅之间的矛盾是统治阶级内部不同集团之间的矛盾。矛盾双方虽有忠奸之分，但都是朝廷官员，均可直接上书禀奏皇帝。林冲上梁山之前，双方的斗争采取的都是官方的手段，至少表面上是合法的、正当的手段。高俅为“趁早图之，以除后患”（《宝剑记》第九出），先是给林冲安上“身带宝剑，擅入白虎节堂，刺杀上官”（《宝剑记》第十一出）的罪名，打算置之死地而后快。只是阴谋未得逞时，才派遣心腹陆谦、傅安去暗中行刺林冲。同样，林冲上梁山前针对高俅的斗争也是以官方的形式进行的。他先是上书弹劾高俅等奸佞小人，被陷入狱后，又由林妻张贞娘出面去冤鼓楼前击鼓申冤，希图借助法律来澄清冤情。在他与高俅的斗争过程中，“官”影在他身上无处不在、无时不在。林冲之所以最终被逼上绝路，就因为他是封建官僚体制中的一员，他必须服从“君为臣纲”“君要臣死，臣不得不死”的游戏规则。在这样的前提下，高俅等人才能假借皇帝之命，取得斗争的阶段性胜利。可是一旦林冲跳出这种官僚体制之外，即官逼官反之后，斗争的胜负就非高俅之辈所能想象了。

可见，戏曲中林冲的反叛行为是在“官逼官”的情势下迫不得已的选择。当然这种选择是不彻底的，他在“专心投水浒”的同时，还在“回首望天朝”（《宝剑记》第三十七出）；在入伙梁山之后，还一再表白：“专望招抚，再报君恩”“非敢背君逆亲，只为应天顺人”（《宝剑记》第四十出）。但投奔梁山后的林冲，毅然决然地带领大队人马主动出击、直逼国都、怒斩奸人的果敢气概却是小说所没有的。《水浒传》中高俅被活捉后，林冲最过激的表现也不过是“怒目而视，有欲要发作之色”（《水浒传》第八十回），这与他一贯的逆来顺受、忍气吞声的性格是相符的。而传奇中的林冲却像一头苏醒的雄狮，以一种惊天骇地、疾风暴雨的方式打了一场又一场在正常社会秩序下通过合法手段无法获胜的漂亮的攻坚战：“两赢童贯，三败高俅”（《宝剑记》第五十出），甚至逼得皇帝最后不得不降旨招安求和，林冲那蜷缩压抑了太久的疲惫而沉重的灵魂终于可以借此得以舒展了。

这头雄狮的苏醒，不仅是一个“禁军教师”的苏醒，更是一个侠者意识的觉醒。明清以来，“随着封建国家的发育健全，各种体制和机构运作上轨道……各种社会弊端被规定只能在制度内部消解，个人倘要扮演拯救者的角色，一定会受到来自法律和礼俗两方面的责难甚至追究”[①]。而侠客得以存在和发展的前提条件，是国家机构的不完整和法律政策的不健全，所以，当法律与秩序逐渐完善后，侠客的生存空间便越来越小，侠客们昔日可以自由呼吸、逍遥快活的乐土也逐渐不复存在。但是当一个社会的肌体被赵高、屠岸贾、秦桧们腐蚀得千疮百孔、满目疮痍时，人们内心那趋善弃恶、匡扶正义、追求自由的永难磨灭的侠气便会油然而生，直逼云霄。林冲千里长驱逼汴京的“犯禁”之行和不斩奸臣誓不休的凛然之举，正是这种冲天侠气膨胀和泛滥的结果。郑春元在分析侠意识观念的渊源时指出“侠的正面行为来源于远古社会的原始正义”[②]，原始正义的内涵是什么呢？郑春元认为就是平等互助和为血亲复仇。数万年来原始氏族公社成员所尊奉的原始正义观念对后世人们的影响是不可低估的，可以说这种原始正义观念已内化为中华民族的“集体无意识”。林冲这里“非伤往日君臣义，欲报生身子母情”（《宝剑记》第五十出）的仗义之举，正是按原始正义观念来行事的。

像林冲这样“止知忠君爱国，不解附势趋时”的忠臣尚且会被逼到如此

① 汪涌豪：《中国游侠史》，上海文化出版社1994年版，第121页。

② 郑春元：《侠客史》，上海文艺出版社1999年版，第242页。

地步，这个社会的不可救药也就可想而知。这样的社会、这样的制度只会将人性夸张变形，使原本美好的人性扭曲乃至残缺。而人们内心总是渴望美好的人性能得到修复，使人不至于完全蜕变为某种抽象的符号，以保证其基本的完整性。所以，林冲这里的犯禁放纵、率性而为，在某种意义上，无疑又是一种人性的回归和修复。林冲通过这种“以武犯禁”的侠的正义之举舒展着人的充分的自由，修复着被等级森严的封建制度扭曲而残缺的人性，并借此激扬着被各种社会规范所压抑的生命力。

四、宣泄共鸣

从浮云蔽日到云开天显——传奇中林冲的大悲大喜，正折射出明代中晚期知识分子对人才问题与个性自由问题的深切关注与独立思考。明代统治者大力倡导程朱理学，还制定了一套苛刻的科举考试制度，大量有真才实学者终生难以踏进仕途，“非奸党不容，无赀财难进”（《宝剑记》第四出）就是当时官场的实录。明中叶后，特别是随着资本主义萌芽的出现，社会生活中开始出现个人觉醒的呼声。许多才智之士敏锐地感觉到了这一时代气息，开始追求思想自由和人身自由。统治集团对此极端仇视，“奸细结为心腹，贤良视若寇雠”（《宝剑记》第六出）就是当时大贤处下、不肖处上的真实写照。

一言以蔽之，明代中晚期的才智之士，内迫于建功立业和人身自由两种欲望，外承受政治上的打击和思想上的禁锢两种压力，与统治阶级当权集团的矛盾更加激化，对怀才不遇、受压抑被埋没的痛苦感受更加深刻，对施展抱负、自由发挥的呼唤也更加强烈。然而，即使身遭百般谗害，要想如林冲那样铤而走险，“专心投水浒”，毅然进入血性沸腾的江湖世界，于李开先等人也只能是一个可望而不可即的幻想。

“幻想的动力是未被满足的愿望，每一个单一的幻想都是愿望的满足，都是对令人不满意的现实的纠正。”[①] 李开先们的“幻想”，在《宝剑记》中是由

① ［奥］西格蒙德·弗洛伊德著，常宏、徐伟译：《论文学与艺术》，国际文化出版公司 2001 年版，第 102 页。

林冲来实现的。剧中展现的英雄沉屈和小人得志的现象，无疑正中他们胸中之块垒；而林冲最终愤斩奸佞、一吐豪气的壮举，无疑就像赐给浑浊人间的一股沁人心脾的浩荡清风，使其内心愤懑为之一舒。故而，他们能深深理解和同情林冲等人泄愤的欲望和行为，在为之情不自禁地欢呼雀跃的同时，心理上的压抑也得以酣畅淋漓地宣泄，他们收获的是身心得到暂时解放的快感，而不是离经叛道、背离正常社会秩序的恐惧感。

在任由压抑情感肆意宣泄的同时，他们也释放了自己久被束缚的灵魂，任其自由翱翔。其表现就是林冲身上侠者意识的尽情挥洒。当林冲义无返顾地举起正义之剑，将高俅父子"剖腹剜心，碎尸万断"（《宝剑记》第五十出）时，作者和观众一起享受的是侠士快意恩仇、除恶扬善的快感，对林冲的义举唯有拍案称快之乐，而无剧终长叹之憾。实际上，在被迫造反的林冲身上，体现的是一种张扬人类个性、肯定独立人格的文化意识，凝结着人们对一定的社会理想和人生意义包括自我价值实现的积极思考。所以，千百年来，"林冲夜奔"的故事才能久演不衰，引起一代又一代人的强烈共鸣和无限感慨。

（原载《水浒争鸣》第九辑）

漠视与异化

——男权强势话语支配下的元明清水浒戏女侠形象

摘要：元明清水浒戏中的女侠形象较之小说增添了一份天然的儿女情怀，但剧作家们总体上构筑的还是一个漠视女性、排斥女性的英雄世界。这既让我们深味到传统男权世界里女性价值的缺失和生存状态的悲凉，也折射出传统侠义文化对女性的歧视与恐惧。

关键词：水浒戏；女侠；男权话语

男性和女性共同组成了人类社会，并共同创造着人类的物质文明和精神文明，这是亘古不变的真理。然而，历时两千多年的中国封建社会是绝对的男权社会——男性掌握着绝对话语权，“理应和男性平等的女性束缚于男权社会的罗网中，处于被奴役的无权状态”①。中国古代的妇女始终以一种不存在的方式悲哀地苟存着。恩格斯说：“母权制的被推翻，乃是女性的具有世界历史意义的失败。丈夫在家中也掌握了权柄，而妻子则被贬低，被奴役，变成丈夫淫欲的奴隶，变成生孩子的简单工具了。”② 这正一针见血地道出了父权社会中男女不平等的悲剧实质。元明清水浒戏中的女侠就处于这样一种尴尬的情

① 李新灿：《女性主义观照下的他者世界》，中国社会科学出版社 2001 年版，第 1 页。

② ［德］恩格斯：《家庭、私有制和国家的起源》，中共中央马克思、恩格斯、列宁、斯大林著作编译局译《马克思恩格斯选集》第四卷，人民出版社 1972 年版，第 52 页。

境之中[①]，剧作家虽然也让三位女性跻身于一百零八天罡地煞之列，让她们与众好汉一起“替天行道”，平起平坐，“大块吃肉，大碗喝酒”，但剧中关于这些女侠的英勇故事叙述却少之又少，她们不仅罕以主人公的身份在剧中出现，而且即便偶尔出现也多半是昙花一现，转瞬即逝。总体上，同小说一样，剧作家们构筑的是一个漠视女性、排斥女性的英雄世界，其中，崇义尚力的男性世界写得生动饱满、异彩纷呈，虽然忠的阴影已悄悄入侵，但并不影响江湖侠士们蓬蓬勃勃的精神状态；相形之下，巾帼英雄的天地不仅狭小闭塞，而且黯然失色，曾在元明清戏曲舞台上一展飒爽英姿的梁山女侠，仅有扈三娘、孙二娘、顾大嫂这么屈指可数的三位。水浒戏中女侠形象的单薄与苍白，不仅是女侠们生命悲悯的外显，也折射出传统侠义文化对女性的歧视与恐惧，同时亦让我们再次深味男权世界里女性自身价值的缺失和生存状态的悲凉。

一、元明清水浒戏女侠略说

水浒故事的演变主要经历了历史记载、民间流传、作家加工三个阶段。在历史记载中，并没有扈三娘、孙二娘、顾大嫂三位女性英雄的形象。但南宋初年，确有一位名叫一丈青的女将。岳珂《金陀粹编》卷五有载：“相州人张用，勇力绝群，号张莽荡；其妻勇在用右，带甲上马，敌千人，自号一丈青。”《三朝北盟会编》也载：“张用……号张莽荡……马皋之女一丈青嫁用为妻。”此一丈青很有可能即为扈三娘的原型。

《大宋宣和遗事》中曾提及“一丈青张横”，此张横系男性，至于三女侠，在该书中并无踪迹。现存确定为元人所作的六种杂剧[②]中亦无三位女侠的倩影，只是在关汉卿《钱大尹智勘绯衣梦》第三折有“比及拿王矮虎，先缠住一丈青”两句曲文，此“一丈青”是否即梁山女英雄扈三娘，尚须进一步考证，但其为女性已可断定；又《录鬼簿续编》载有无名氏《闹元宵》一剧，该

---

① 本文关涉的水浒戏主要指元明杂剧、明清传奇、清代地方戏中有关水浒故事的剧目。

② 据傅惜华、杜颖陶编《水浒戏曲集》第一集统计，此六种杂剧分别为：高文秀《黑旋风双献功》、李文蔚《同乐院燕青博鱼》、康进之《梁山泊黑旋风负荆》、李致远《大妇小妻还牢末》、无名氏《争报恩三虎下山》与《鲁智深喜赏黄花峪》。

剧的题目正名是“猛烈士擒贼汉，村姑儿闹元宵”。这里的村姑儿是否即一丈青，也有待进一步考证，但由这些记载略可推知，至少在《水浒传》成书之前，已有关于一丈青的故事在民间流传。这种推测在朱有燉《黑旋风仗义疏财》和无名氏《王矮虎大闹东平府》中得到了印证。这两本剧作中，一丈青扈三娘都曾作为重要角色出过场，尤其是《黑旋风仗义疏财》还绘声绘色地描述了一丈青扈三娘如何假扮媒婆、配合黑旋风李逵智擒恶霸赵都巡的一幕，这些情节都是小说《水浒传》所没有的。

纵观现存元明清的水浒戏，三位女英雄中一丈青与孙二娘的形象出现得较早且略为突出，顾大嫂则姗姗来迟，只是到了清中叶以后的地方戏和京剧中才崭露头角。其中，尤其是扈三娘的形象较小说更为丰富生动。但总体上，水浒戏中的女侠形象似乎只是可有可无的一种点缀，她们仅是戴着女性的面具，活跃在水浒戏中的一个融女性生理特征与男性刚强勇猛于一体的独特类群。不过较之小说，戏曲中的梁山女侠增加了几许妩媚神韵，减少了几分铁石心肠。

二、巾帼不让须眉

当代著名作家张抗抗曾经把《水浒传》中的女人分为好坏两类，其中和梁山好汉同甘共苦打江山的孙二娘、顾大嫂、扈三娘，因其身手不凡、武艺高强、作风正派，而且颇有男子气概，忠肝义胆，能杀能打，故归于“好女人”类。仅仅一个“好女人”，似乎不足以概括这一群体的特殊秉性，但她们能杀能打、勇猛善战，倒的确是巾帼不让须眉，水浒戏也同样展现了女侠们这一令芸芸众生景仰的风范。

《黑旋风仗义疏财》中，李逵自告奋勇前去为老汉李懒古报仇雪忿，宋江担心他独自一人有闪失，欲派人同行，李逵却挑三拣四，既不要史进、徐宁去，也不要武松、鲁智深往，最后单点一丈青前去。宋江起初还担忧一丈青是一介女流之辈，恐不能胜此重任，当得悉是要她假扮媒婆协同擒贼后，才勉强答应。而一丈青也的确未让宋江和观众失望，试看其一出场就自我介绍：“巡山伏路为活计，打家截道觅营生。随定这越岭爬山王矮虎，则我是敢战官军一丈青”（《黑旋风仗义疏财》第二折）①，凛凛英气立刻扑面而来；待听说原委后，大为赞赏李逵的妙计，并斩钉截铁地向宋江许诺：“哥哥放心，俺这一去，必然成功也。不用长枪和巨斧，准备细索蔓麻绳。舒出捉将挟人手，这一去活拿贼子赵都巡！”（《黑旋风仗义疏财》第二折）执行任务时，一丈青也处处表现出女性特有的心细如发，如假扮新娘的李逵在走路、下轿、施礼、拜堂时不时地露出马脚，都是一丈青在旁机智地适时提醒，才未被“戳穿西洋镜”。最后，李逵打得兴起，不肯撒手，也多亏一丈青在旁劝止，二人才在遭围攻前及时撤退。剧中一丈青的戏虽不多，但其胆大勇武、豪爽仗义的侠情胜概绝不亚于男子，可以说，这一役若无一丈青的参与，李逵就不会那么顺利地功成身退。陈与郊的传奇《灵宝刀》中一丈青也是乔装改扮，暗中寻访并救助林冲失散沦落的夫人张贞娘，这一情节亦不见于《水浒传》，大约是受杂剧《黑旋风仗义疏财》的启发而来。

此外，李素甫的传奇《元宵闹》也对一丈青的飒爽英姿作了简笔勾勒：“少长闺门习武文，绣鸾刀举电光生，敌人一见心皆裂，谁敢高声问姓名！”能令敌人闻风丧胆，其武艺之高强可窥一斑。该剧对同时出场的孙二娘这位女中“伟丈夫”也大加赞赏：“盏内倾蒙汗，腰间配莫邪。女中称俊杰，威震在金沙。”可惜的是，剧作家惜墨如金，孙二娘、一丈青们仅仅是闻令仓促而来，令消迅即散去，无人在意她们的出现或是消失，后人只能透过历史的重重雾障去遥想她们当年的叱咤风云。

在文人戏曲中，唯一作为主角出现过的梁山女侠，可能非孙二娘莫属了，这就是唐英的杂剧《十字坡》中出场的孙二娘形象。但这种殊荣恐怕并非因为孙二娘本身有什么超人的魅力，而多半是由于打虎英雄武松介入的缘故。《十字坡》系由当时流行的梆子腔《杀货》《打店》改编而来，写孙二娘先是杀死不怀好意的货郎，继与武松交手，后与武松定交言和。此剧中的孙二娘既“风流俊俏”，又笑里藏刀，是个“铁芳心杀人如草，善良辈水米无交”的“粉

① 本文所引杂剧与传奇中的水浒戏曲文，均出自傅惜华、杜颖陶编《水浒戏曲集》，古典文学出版社 1957 年版。

面英豪”，她虽然自诩“家住十字坡，铁汉也难过，瘦的包馒首，肥的熬汤喝”，似乎是个杀人不眨眼的“女魔头”，但这一切皆因“吏奸贪，商狡狯”，非因“残忍贪饕”，只为“替天行道”。尤其是剧中细致的心理描写，惟妙惟肖地描画出了一个聪慧狡黠且雄强勇猛的绿林女侠形象，如面对好色的货郎，她自忖道：“癞蛤蟆妄想天鹅，癞蛤蟆妄想天鹅，轻轻堕入俺圈和套，慢慢的将他开剥”；面对心生疑窦的武松，她细思量：“且按纳猛勇雄心，且按纳猛勇雄心，奉承些眉欢眼笑”。较之小说中的粗豪刚毅，戏曲中的孙二娘显然更多了几分女性的娇媚情怀，但这丝毫不减其豪迈雄姿，试看其与武松打斗时风云为之变色的壮阔场景：“忽地山崩倒，不亚雷轰电扫。拳飞处棍举抛，棍到处残生了。纷纷杂杂，似惊林飞鸟。百忙里显英豪，那怕他卞庄存孝。拼得个你我低高，誓灭强梁，剪除凶暴。好一似昆阳血战把兵鏖。”其肝胆豪气可谓直逼云霄，毫无输于须眉之嫌。

更为可贵的是，水浒戏在颂扬梁山女侠的果敢爽直、勇武仗义的同时，还朦朦胧胧地意识到了她们首先是女性，且拥有女性的丰富情感。如《王矮虎大闹东平府》第一折中，当宋江询问众兄弟谁敢去东平府买花灯时，王矮虎应声而出，自恃“论文呵舌似枪，论武呵拳脚疾，因此上强承头，不暂推”，这下可把一丈青给急坏了：“夫主也，你则怕失了事，累及妾身。你不要去，着别的个头领哥哥去罢！”其间对丈夫的殷殷关切和难舍之情溢于言表。该剧第四折，当王矮虎买灯迟迟未归时，宋江等人都以为怕是出了什么事，唯有一丈青信心十足地安慰众人：“哥哥，不妨事，料他每怎肯失下事。小喽啰，山寨前看者，众弟兄每这期间敢待来也。”言语之间，夫妻二人长久以来形成的默契和信任跃然纸上。果不久，王矮虎就带着胜利的果实凯旋。剧中一丈青的言行举止虽不多，但从她的只言片语和剧本对王矮虎英勇无敌的极力褒扬，如：“也知道王矮虎英雄天下奇，智量谁及，心细微”、“者莫是东平府里有英豪，直着他一个个见俺天灵碎”（《王矮虎大闹东平府》第一折）、“者莫是英雄彦彪，威风赳赳，争似我气勇食牛”（《王矮虎大闹东平府》第二折）、“也不索用枪大棒，我与你战一场。看我这脚快拳疾难堵当，擎着拳托塔天王，像翻身轮杵金刚。我见他拳来架住两壁厢，脚起处背脊着伤”（《王矮虎大闹东平府》第三折）等中，可以推测出他们夫妻二人堪称英雄美人、人中龙凤的天作之合，大概不会谬之千里。

这较之小说中貌美艺高的扈三娘与猥琐平庸的王矮虎“鲜花插在牛粪上”的结合，恐怕更符合观众的审美期待。此外，小说中的扈三娘几乎一直被作者置于一种“失语”状态，前后总共才讲了一句话，而且这绝无仅有的一次开口还是对自己同性的破口大骂，这就是一百二十回本《水浒传》的第九十八回中，扈三娘对打伤了自己丈夫的另一位美女琼英的咒骂：“贼泼贱小淫妇儿，焉敢无礼！”这显然是一种男性叙事的语言，是用男性的话语来丑化、鄙薄女性。相较而言，戏曲舞台多少还为女性预留了一份生存的空间，她们不仅有着男性般超人的勇力和强健的体魄，也同样拥有女性的细腻和妩媚，虽然这份女性的情丝似乎很难捕捉，但至少体现出了对女性价值的难得的关怀。这种对正统观念的偏离，恰体现了下层民间文化对戏曲创作的影响。而这正是《水浒传》所缺乏的。

《水浒传》中的顾大嫂和孙二娘从形象到气质都被典型地异化为男性了，如若不是作者在书中冠之以女性的性别，读者恐很难从其容貌和言行举止中准确地判断出其性别来。扈三娘虽然才貌双全，且不及顾、孙二人粗野泼辣，可始终是一个毫无主见的“哑美人”。从小说作者对英雄女性气质有意无意的忽略和漠视，我们看到的是女性生命价值的缺席，她们只是男性世界的陪衬和附庸，没有独立的社会权利和人格，缺乏人的本质力量的张扬；只是如木偶般任人操纵和支配，充当着征战厮杀的工具，“可以说，她们在男人群中丧失了个性、迷失了自我，从未——也不可能——思考过做女人的权利和价值，从未体验过家庭的温馨和被爱的滋味”[①]。可喜的是，小说里的这种缺憾在水浒戏中得到了稍许的弥补。水浒戏对女性的这种关注在清中叶以后表现得更为显著，如地方戏中相继出现了《杀货》《打店》《卖皮弦》《过关》《女三战》《扈家庄》《卢林坡》等一批较为集中地展现梁山女侠风姿的作品，这固然与人类文明的进步密不可分，而在这前后陆续出现的《红楼梦》《儿女英雄传》等重

① 张红运：《〈水浒传〉妇女群象审美新探》，张国光、佘大平主编《水浒争鸣》第六辑，光明日报出版社 2001 年版，第 148 页。

新审视女性价值的传世之作，对水浒戏女侠形象的演变也有不可忽视的影响。

虽然水浒戏比之小说多了一份天然的儿女情怀，但在叙述中还是不期然地流露出了对女性的轻蔑，如《黑旋风仗义疏财》中，宋江闻听李逵要一丈青前去助战，便心生疑窦，不屑之情溢于言表："你要一丈青去？他是个女将，你和他去，他有甚么见识？"这种有意无意间流露出的对女性价值的漠视乃至鄙视，显然是受典型的男权话语模式影响而产生的。除此之外，这种漠视还表现在水浒戏对女侠形象的普遍忽略上，较之李逵、宋江、林冲、武松等脍炙人口的侠士形象，顾大嫂、孙二娘、扈三娘等女侠形象要薄弱得多，她们的生命意识和人生理念很少得到关注和表现。

总之，水浒戏在展现梁山女侠重情尚义、巾帼不让须眉的飒爽风姿的同时，也打上了男权社会素有的轻视女性的烙印，但这些并未完全掩盖其对女性的宽容和亲近，这就是女侠身上时不时地不加掩饰的女儿情态的自然流露。这也证明水浒戏在接受上层传统文化浸润的同时，也受到了来自下层民间的朴素的平民文化的滋养。由此，从戏曲和小说中女侠形象的辗转多变，亦可觇知时代精神之动向。

三、"失语"背后的恐惧

上文提到扈三娘在小说《水浒传》中几乎一直处于"失语"状态，其实古代水浒戏中的女侠也一直处于"失语"的边缘化状态。因为在古代中国，身处父权宗法制度控制下的女性，必须经过男性话语系统即父权制意识形态的整合，才能被父权社会所容纳和认可。水浒戏中的女侠被整合后的表现就是，她们被嵌入男性话语系统，以后者的话语来言说和行事，此即为"失语"。虽然她们比之小说中的同类，显得更加自由和生气勃勃，但基本上还是按照男权社会对女性的期望和控制，按照男权传统的女性价值尺度来行事说话，她们的语言主要还是身为主流文化持有者的男性一手打造的，真正的女性话语从来就不存在。这在传奇中体现得尤为突出。如《灵宝刀》中扈三娘的出场，是奉宋江之令探访、资助林冲落难的妻子张贞娘。无独有偶，沈璟《义侠记》中的孙二娘收容并安顿落魄的贾氏母女，扮演的也是同样英雄助美的角色。除此之外，剧中对女侠们没有任何儿女情长的渲染，不给她们以丝毫披露内心情感的权利。虽然《义侠记》中特意描摹了一幅孙二娘与武松搏斗的精彩场面，但孙二娘举止之磊落、个性之强悍，绝不亚于男子。在其身上，展现更多的是江湖味和绿林气，这与雍容典雅的大家闺秀和温婉乖觉的小家碧玉不啻霄壤之别。

水浒戏中女侠形象的"失语"和异化，其实暴露了中国传统侠义文化对女性的来自骨髓的恐惧。一方面，侠义文化担心好汉们若是与女性走得太近，就会出现"重色轻友"的现象，因为侠义文化是建立在兄弟情谊的根基之上的，若是失去了兄弟情谊这块牢固的根基，侠士团体就会分崩离析，从而使侠士们丧失立锥之地。因此，"不亲女色"就成为检验侠质的试金石，仿佛"儿女情长"就必然"英雄气短"。对女色的态度，往往能反映侠士人格的崇高或卑下。所以，梁山侠士多是不懂"怜香惜玉"、对异性不理不睬的独行者，似乎愈是儿女情薄，愈能显其英雄气旺。而梁山一百零八位好汉中之所以能容纳三位女性，正是因其粗豪不羁如男子，才使得她们与江湖好汉容易产生亲和力。

另一方面，侠义文化是一种流动状态的文化，有着尽可能多的远离日常生活的特质。侠总是在永无止境的浪迹天涯、笑傲江湖中仗剑独游，其一生都在流浪和漂泊，行走就是江湖侠士的命运，侠士的精彩人生无不是与行走联系在一起的，就像电影《小李飞刀》的插曲所唱："行走，永远的行走；像一首不回家的诗，是春天都留不住的一首诗。"的确，侠的一生与家都有段遥远的距离，家是其行侠仗义的负累，女性则是其纵横江湖的累赘。如此看来，女性就对他们构成了一种潜在的威胁：若是与女性交往过密，就有脱离江湖回归日常生活的可能。所以，结果就如费孝通在《乡土中国》中指出的那样，中国家族乡土社会的侠的"感情倾向偏于同性方面"，而且"感情定向走向同性关系的程度已不浅"。于是，侠士之间就有了一种不成文的结交原则，即漠视女性而重视男性之间的交情，就像《三国演义》中刘备所言"妻子如衣服，兄弟如手足"，已不把女人视为人，而把兄弟手足之情看得远胜于男女异性的爱情，这实质上是在强行克制感情和欲望，以杜绝牵挂与负累。这种源于异姓兄弟、偏于同性的感情定向，必然会忽略女性的价值，排斥异性的介入。

最后，更深层次的恐惧是来自侠士们的性禁忌。在侠士看来，女色对于修炼武功危害极大。中国传统观念认为，男性属阳，女性属阴，男性若沉迷女色，阳气就会被阴气所耗，导致阴盛阳衰，丧失意志与精力。由此，我国的古人才会把红颜视为“祸水”，把女人看作是引诱男人的罪恶渊薮。由于惧怕面对女性的诱惑会失去自我控制能力，男性就极力在心中抗拒、贬抑女性，而对英雄豪杰来说，这种恐惧心理尤其强烈，正所谓“英雄难过美人关”是也。正是源于这种心理，女色遂成为侠士心中的禁忌。在他们看来，女色是武功登峰造极的大碍，“打熬气力”才是习武之人的正道。要想做一个响当当的好汉，就必须远离女色，勤练武功。所以他们就奉行禁欲主义，对异性往往采取一种很冷漠的态度，虽然他们也常常“英雄救美”，但贯穿其中的不是爱情的主旋律，而是扶危济困的主题曲。这就与西方的骑士形成了鲜明的对照，骑士们舍身相救的是自己心仪的佳人，而侠士们拼死以救的却是别人的爱人。

水浒戏中女侠形象的“失语”，正是这层层恐惧心理的曲折反射。因为对女性莫名的恐惧，所以侠士的生活圈中就绝少女性的介入，即便偶尔有了不幸的闯入者，也或者是被温顺化，即成为符合封建道德规范的“淑女”，或者是被男性化，即异化为丧失性别、无情无欲的“木偶”式的“女中大丈夫”。虽然，在现实生活中，男性与女性之间的关系是不可回避的，恩格斯曾指出：“人与人之间的、特别是两性间的感情关系，是自从有人类以来就存在的。”①但在水浒戏所构筑的英雄世界中，女性存在的价值还是被忽略或抹杀了。虽然剧中对女侠们也不乏赞语，但这种歌颂不妨可看作是诱使女性归顺男权的钓饵，其意仍在指证男性自我的中心地位，从中不难发现那紧紧箍在古代戏曲桂冠上的男性话语咒圈。换言之，水浒戏中女侠形象的边缘化，或曰对女性的漠视和异化，可以说就是侠义文化为自己设置的保护层，而这一保护层恰暴露了侠义文化在做女性价值评判时的男权立场。这种男权的女性价值评

① 中共中央马克思、恩格斯、列宁、斯大林著作编译局：《马克思恩格斯选集》，人民出版社1972年版，第229页。

判尺度，其实已内化为一种“集体无意识”，积淀在人类的文化心理结构之中，经过一代又一代的精神遗传，已为人们所习以为常，并左右着世人的价值取向，规范着作家的创作视角。水浒戏同样未能摆脱这种男权文化视角的纠缠。

（原载《水浒争鸣》第九辑）

元杂剧商人形象浅论

翻开中国历史，从先秦开始，就出现了形形色色的商人，其中高洁之士如弦高、子贡、范蠡，富可敌国、买国的如田常、吕不韦，腰缠万贯的大工商业者如猗顿、郭纵、卓氏、孔氏……翻开中国文学史，从先秦的《诗经》到唐诗宋词，从唐传奇到宋话本，形形色色、林林总总的人物形象可以连缀为一幅绚丽夺目的织锦。然而遗憾的是，在这一使人眼花缭乱的人物画廊中，商人形象的塑造却显得较为单薄。即使偶尔发现商人形象，也只是零星散存于史传、诗辞赋、唐传奇、宋话本等中的少量作品当中，而且多带有文人强烈的偏见。可以说，在元杂剧之前，独立而完整的商人形象群体是不存在的。

令人欣喜的是，元杂剧中却出现了大量的商人形象，这填补了我国古典文学人物形象体系的空白。他们身份不同，资本不一：有的是财主富户，如《救风尘》中的周舍；有的是地主豪商，如《秋胡戏妻》中的李大户；有的是小商铺经营者，如《魔合罗》中的李德昌；有的是走村串疃的货郎儿，如《盆儿鬼》中的杨国用。他们性别各异，除了大量男性商人外，还出现了一些独当一面的女商人，如《剪发待宾》中的韩夫人、《留鞋记》中的王婆婆母女等。他们性格丰富：有的悭吝刻薄，如《看钱奴》中的贾仁；有的老实谨慎，如《朱砂担》中的王文用；有的乐善好施，如《合汗衫》中的张员外；有的糊涂软弱，如《货郎旦》中的李彦和；有的正直诚实，如《东堂老》中的李实；有的轻财仗义，如《来生债》中的庞居士；等等。他们的人生遭际更是千姿百态，各不相同。

从整体上说，他们具有历代商人的共性：精明、勤苦、孜孜谋利；他们同时又具有元代商人的时代特性：自卑与自信兼备，卑劣与高尚共存。元杂剧较为客观地展示了商人在伦理与现实之间的矛盾，高扬了赞颂商人的旗帜。本文拟从时代特征、社会背景、审美价值与影响等方面对元杂剧中的商人形象群体作以深入剖析，以丰富对元杂剧中商人形象审美内涵的理解，加深对元曲艺术魅力和社会价值的认识。

一、徘徊·自信·自卑——商人形象的时代特征

“商人来到这个世界，他应当是这个世界发生变革的起点。”（《资本论》第三卷）元代的商人正是以其勤勉经营、孜孜谋利创造了大量的财富，推动了社会的发展与变革。元杂剧中的许多篇章就生动地展示了元代商人在经商谋利过程中的艰辛执着。虽然身受政府的重重盘剥和官吏的层层压榨，以及豪强恶霸的倾轧威吓，但源于对利的重视，商人们毅然而勇敢地奔波在多舛的道路上，推动着元代的经济大车缓缓前行。这一点在元杂剧中表现得颇为明显。像元杂剧中随处可见的店小二的上场诗：“买卖归来汗未消，上床犹自想来朝。为甚当家头先白，每日思量计万条”，“营生道路有千条，若无算计也徒劳。为甚青年便头白，一夜起来七八遭”，就不仅道出了小店铺经营者的辛酸，也是大多数商人日夜操劳的如实写照。

如《东堂老》中的东堂老，这位本贯东平府，后因做买卖而流落在扬州定居的富商，他的大半生都是在备尝艰辛的经商生涯中度过的。他回想起自己幼年从商的含辛茹苦，曾不胜感慨：“想着我幼年时血气猛，为蝇头努力去争。哎哟！使的我到今来一身残病……我只去利名场往来奔竞，那里也有一日的安宁？”（第二折【滚绣球】）这辛酸的唱词足证其财富之来之不易。这些话和明中期产生的进步认识“商贾亦何可鄙之有？挟数万之赀，经风涛之险，受辱于关吏，忍诟于市易，辛勤万状，所挟者重，所得者末”（李贽《焚书·又与焦弱侯》）可谓前后呼应。

另如《老生儿》中的刘从善，这是一位白手起家的巨富。剧本形象地描

绘了他早年是怎样抛家别妻，跋山涉水，甚至不顾生命危险，才“贫困里可便夺的一个富豪”的：“哎，钱也，我为你呵……遮莫他虎啸风崒律律的高山直走上三千遍，那龙喷浪翻滚滚的长江也经过有二百遭。我提起来，魄散魂消。”（第二折【滚绣球】）刘从善为了金钱，似乎有些“商人重利轻别离”的无情无义，而这恰恰道出了商贾阶层逐利的艰辛。

像东堂老、刘从善这样历尽千辛万苦而终成巨富的商人毕竟还是幸运的。还有一些商人为做买卖不仅餐风露宿，而且连性命都搭了进去。《朱砂担》中的货郎王文用为躲灾求利，带了些小本钱到江西南昌地面做买卖。然而，无论他怎么忧愁、惧怕，最终也没能逃脱强盗铁幡竿的利刃，落得个人财两空。《魔合罗》中的李德昌、《盆儿鬼》中的杨国用也都在千里迢迢到外地做买卖的途中惨遭杀害。当作者把这些逐利商贾的生涯表现得如此艰难困苦的时候，他们的喜怒哀乐、他们的希望和痛苦也就透露出那个世俗社会强烈的人情味，从而他们的悲惨遭遇就不由得不让人扼腕叹息。

毋庸置疑，图财致富是元杂剧中形形色色的商贾的共同追求与共同行为。此外，在描写了商人经商生涯的同时，元杂剧作家还更多地把目光投向了致富之后的商人形象，并在其中表现出更为丰富的内涵。

在元杂剧中，商人们获得巨额财富之后，对于金钱的不同态度是剧作家着墨较多的地方。一方面，剧作家在作品中表现出商人对钱财的痛恨和憎恶。如《老生儿·第二折》中，刘从善一桩桩地数说着金钱的罪恶：“则被你引的我来半生忙，十年闹，无明夜攘攘劳劳……”（【正宫·端正好】）“哎，钱也，我为你呵，也曾昧着心说咒誓……”（【倘秀才】）又如《来生债》中的庞居士虽拥有万贯家财，却认为“富极是招灾本，财多是惹祸因”（第一折【寄生草】），最终决定将所有家财都沉在东洋大海以赎罪免灾。刘从善与庞居士对金钱的态度，在今人看来，确乎匪夷所思。但剧作家对他们的刻画，确实形象地反映了那个独特时代部分商人“另类”的金钱观。

另一方面，元杂剧还刻画了一批视财如命的商人形象，他们对金钱表现出过度的热衷与追求。这种商人以吝啬鬼的形象最为典型。《看钱奴》中的贾仁就是一个悭吝刻薄、一夜暴富的财主。他拥有解典库、粉房、磨房、油房、酒房，但却一文不使，半文不用，不仅自己的东西舍不得与人，就是别人的东西也恨不得擘手夺将过来。无名氏《冤家债主》中的乞僧亦是一个一毛不拔的富商。乞僧之吝啬较贾仁有过之而无不及：因家里台盏被抢，他居然死而复生。对这类商人而言，金钱就是他们生命的全部。金钱可以决定一切，为了钱，他们可以不择手段，甚至不惜改变自己人生的轨迹。

金钱不仅改变了商人的命运，也改变了商人的生活。元杂剧作家就以其生动感人的笔触描绘了金钱给商人家庭带来的种种变化。《绯衣梦》中的财主王员外的女儿原与另一个财主李十万的儿子指腹为婚，但不料后来李十万家道中落，王员外便想赖掉这门婚事，为女儿另攀高枝。《神奴儿》中的李德义为了与兄长李德仁争夺家私，不惜害死年仅十岁的侄儿神奴儿。此外，《合同文字》的夺占产业、《儿女团圆》的侵吞家私等有乖伦常的冲突都是由金钱而引发的。在这里，家庭关系上面所笼罩的温情脉脉的面纱，完全被金钱无情地撕破了。

当商人的家庭生活因金钱而出现裂痕的时候，整个社会的价值观念也随之悄然地起着变化。在元杂剧中部分商人形象身上就表现出，以金钱为支撑点的世俗冷暖，正逐渐取代传统的伦理观念。《金凤钗》中开状元店的店小二即是这样的一类市侩人物。他与穷秀才赵鹗的关系，就完全以金钱为转移。当赵鹗穷得付不起房钱时，店小二对他说："秀才，看你这等也不能够发迹。"并挑唆他的妻子改嫁。但当赵鹗高中头名状元的消息传来时，店小二立马又拿了一瓶酒，准备给赵鹗贺喜。及至又得知赵鹗获罪革职时，店小二便又急着追索房钱。以致赵鹗不由得感叹："小二哥，你好乔……我得官也，相庆相贺，剥落了也，不追随！正是世情看冷暖，人面逐高低。"（第一折【金盏儿】）或许对一个店小二来说，我们并不该陈义过高。但《东堂老》一剧的描写，却使人深深地体会到现实的冷暖。在该剧第三折中，家财败尽的扬州奴，在出门觅食不着之余，不禁大为感慨："我往常但出门，磕头撞脑的，都是我那朋友兄弟。今日见我困穷了，见了我的，都躲去了。"由此看来，当时人心的现实似乎已成一种普遍风气，对金钱的崇拜直接影响了人情世态。

显然，在肯定商人活动的同时，元杂剧作者并没有忽视这一群体的出现所带来的商人人生态度与社会价值观念的变化。为了解决商人及其商业活动与传统道德观念的冲突，元杂剧作者塑造了一系列儒商的形象，他们成为商人群像中一道独特的亮丽风景。

在众多的儒商形象中，无疑该首推东堂居士李实。《东堂老》一开始就借赵国器之口这样介绍李实："此人平昔与人寡合，有古君子之风，人皆呼为东堂老子。"由此，作家似乎在透露这样一个信息：这是个与众不同的商人形象，在他身上隐隐笼罩着儒家思想风范的光环。东堂老力劝浪子回头的故事也的确印证了这一点。东堂老的义举不仅赢得了众人的高声赞扬，也破除了长期以来把商人看成是"见利忘义""唯利是图"的奸诈小人的因循陋见。

《刘弘嫁婢》则塑造了一个洛阳巨富——财主刘弘的高大形象。刘弘"所积家财，万贯有余"，却也是个"读书的人"，"有疏财仗义之心"（《刘弘嫁婢·楔子》）。他不仅热情收养了仅凭一张白纸书信投奔他而来的张氏、春郎母子二人，另外还买下卖身葬父的裴兰孙为春郎婚配，并义助春郎进京赶考。作品虽旨在宣扬"仁义礼智信"的儒家传统思想，但客观上却描摹了一个值得讴歌的商人典型。他如《圯桥进履》中"积家财万贯有余"的李长者、《伊尹耕莘》中的老员外伊致祥、《灰阑记》中的马员外等，也都是颇通经史、知书达理的财主富户。从这些堪为人师的儒商身上，我们看到了剧作家对传统儒家伦理观念的深情呼唤。

这些为人处世有礼有节的儒商，与前述或憎恶金钱或视财如命的商人形象一起，丰富了我们对元代商人形象的认识。由此，可以看出，元杂剧中的商人为了追求利润，既坚定执着，肯吃苦敢冒险；同时却又对自己的人生之路充满疑虑，或多或少地向往着朱衣紫袍的荣耀。其中部分商人更是在传统的读书入仕与现实的经商致富之间辗转反侧，彷徨不定。徘徊在传统与现实之间，正是元代商人形象的一大行为特征。

元杂剧作家的卓越之处，不仅在于他们生动地描写了商人形形色色的活动，同时还在更深的层面上，揭示了商人行为的心理基础，对商人的精神世界作了较为深入的透视，充分表现了商人形象的复杂性。元杂剧对商人心理的描写，无论是在细腻程度还是在思想深度上，较之前代文学，都有了很大的开拓。在元代作家的笔下，自信与自卑、顽强与动摇成为元代商人显著的心理特征。

东堂老，这位扬州富商，在其人生理念上，呈现出的是一种强烈的自信色彩。这集中体现在他对后代的教育中。他不仅向自己的儿子灌输着“由人不由命”的顽强追求财富的精神，对老友赵国器的不肖子扬州奴，他也一样的直言不讳：“我着你做商贾身里出身。”（《东堂老·第四折》【沉醉东风】）可见他的意识层面中，非但没有文士阶层“书中自有黄金屋”的虚妄幻梦，也从不期望后世子孙“金榜题名”，“光耀门楣”。经商之于他，是同样能光宗耀祖的“不朽”之业。从根本上说，东堂老的这种自信还来源于他经商带来的物质富足，以及在此基础上对商人自我价值的肯定。

在《裴度还带》中的王员外夫妇身上，我们也看到了这种不可多得的自信色彩。王员外几次三番地要提供资本，教裴度做买卖，可心高气傲的裴度一点都不领他的情。连王氏也“恨铁不成钢”地对外甥裴度说：“你空有满腹文章，你则不如俺做经商的受用。”“裴度，你学你姨夫做些买卖。你无本钱，我与你些本钱，寻些利钱使，可不气概？不强似你读书，有甚么好处！”（第一折）一曰“受用”，再曰“气概”，经商人家的自得自满，由此表露无遗。这种自信虽带着些飘飘然的满足，但毕竟透露了一种崭新的时代气息，那就是商人的地位开始悄然崛起。当然，元杂剧中商人的自信也有一部分来自于某些负面因素的支撑。那就是商人与官府之间“互惠互利”无形中抬高了商人的身价，由此带来的商人的自信就带有较多盲目自大的成分。

与上述充满自信色彩的商人们形成鲜明对照的是另一类商人形象，这类商人的人生指向多呈现出浓厚的自卑色彩。元代商人毕竟是生活于深受儒家传统观念浸染的封建时代，他们在追求财富和享受财富的同时，还背负着另一个沉重的十字架，那就是儒家传统的贵义贱利的义利观和重农轻商的经济政策对其思想心灵的摧残，使他们常常在读书与经商的矛盾旋涡中游移不定，常常带有一种经商的罪恶感与自卑感。他们深知自己所处的社会是一个权力统治财产的社会，皇权高于一切（虽然元朝相对来说松弛开放得多），即使你富敌王侯，一旦触犯皇权，便顷刻化为乌有，由此形成了他们一种异化的人格。

刘从善就是这样的一个典型。他“做买做卖，挣扎下许来大家私”（《老生儿·楔子》）。但主观上，刘从善不仅从未把做买卖盈利引以为豪，还从内心深处鄙视自己从事的行当，丝毫不敢肯定自己的努力。即使是侄儿引孙前来向他借钱打算做买卖时，他也反复地告诫引孙做买卖不如读书好，还一再地诉说着读书与经商的优劣贵贱，这反映了那个特定时代里商人的卑微与无奈。此外，在刘从善看来，老来无子，也是经商谋利惹的祸。他潜意识中的自卑情结再次抬头，并且这种强烈的自卑感在世人对他无子的冷嘲热讽中有增无减，连他自己也认为不仅无颜见人，还对不起列祖列宗。可见，刘从善自始至终都未能正视自己作为商人的独特生存价值，始终被笼罩在商末意识的阴霾下，尽管他历尽千辛万苦拥有了大笔财富，却并未做到扬眉吐气，“趾高气扬”。这是时代所产生的一个畸形儿。

无独有偶，《刘弘嫁婢》中的刘弘虽是个疏财仗义、值得讴歌的儒商形象，却也因乏嗣无子而长吁短叹，最后还关闭了他所认定的祸之源——解典库。这同刘从善一样，把后继无人都归因为经商谋利所致。这里反映的依然是对经商致富的一种愧疚补偿心理，它同样是传统贱商意识的一种折射。

此外，从《来生债》中庞居士的参禅拜佛，《剪发待宾》中的韩陶联姻，亦足可看出“士农工商”这样森严的等级区分在商人心目中依然是一块抹不去的阴影，他们纵然腰缠万贯也仍然自视低人一等，仍以交结士人为荣，而从未站在平等的地位上与人对话。这种自卑自贱的心理与“东堂老式”的自信人格形成了鲜明的对照。

上述自信与自卑两种心理虽似互相排斥，但却不是截然分离的，而往往矛盾地统一于某一个体。像东堂老、刘从善、韩夫人、刘弘等，一方面他们富比王侯，底气十足；另一方面却又对从商心存芥蒂，企盼着传统的读书致仕的理想生活。正是这种看似矛盾的心理，才使他们的言行举止中不时流露出在传统与现实间彷徨不定的特征：一只脚踩在现实的此岸，另一只脚却还踏在传统的彼岸；一方面为利汲汲奔走，一方面又憧憬着白襕换紫衣的幻梦。元代的商人的确活得很沉重，他们是一个在伦理与现实的夹缝中苦苦挣扎的卑微孱弱的群体。

二、儒人颠倒不如人——商人形象产生的背景

从唐代开始，叙事文学的地位在文学体系中逐渐上升，那么为什么直到元杂剧才开始涌现出如此众多的具备新特征的商人形象呢？下文将从两方面进行探讨。

一方面，来自于异质文化的冲击。元朝是我国历史上第一个由异族统治者建立的封建国家。由于蒙古游牧民族的文化与中原地区世代以农耕为生的汉民族文化风格迥异，所以元初整个社会的道德伦理观念自然处于解构重整的状态，必然是多种价值在互相碰撞、互相作用，呈现出迥异于前的新景象，这就有利于解放自古以来束缚人们思想的条条框框，从而提供了商人地位有所上升的可能性。

元代的政治也出现了某些新变。由于元初在开拓土宇之际，多得商人之助而往往畀以政权，这就使得在传统社会中一向遭受贬抑轻贱的商人，此时却摇身一变，成了一个备受优待的特殊阶层，这是元代政治的一大特色。不同于以往历代统治阶级所奉行的“重农抑商”政策，元朝政府推行重商政策，“以功利诱天下”，大力发展商业。其最上层统治者不仅经商而且巧取豪夺，违法增富，如“阿合马、张惠挟宰相权为商贾，以网天下之利”（《元史·阿合马传》）；王公、贵族、大臣、僧侣也热衷经商谋取暴利，有时还搞商业垄断。故而经商谋利渐成风尚，商人的地位已不被轻贱，在客观上对社会有刺激作用。元代社会中这些异质因素的出现，为文学形象的转化、产生提供了背景，元杂剧中众多商人形象的涌现正是这个特殊时代的特殊产物。

另一方面，与元代杂剧作家异乎寻常的身世遭际密切相关。有元一代，在民族歧视、阶级压迫的淫威之下，在中国思想发展史的历次变革中都充当了先驱的知识分子此时却处于社会的最底层，忍受着强权暴政的摧残和精神上的蹂躏。儒生的社会地位降到了前所未有的被人嘲笑、瞧不起的可悲境地，民间流传着“生员不如百姓，百姓不如祗卒”（李继本《一山文集·与董涞水

书》）的俗语，甚至于“小夫贱隶，亦以儒为嗤诋”（《青阳先生文集·贡泰父文集序》）。为了生计，他们中的大多数人不得不混迹于瓦肆勾栏、出入于青楼妓院，积极创作杂剧，并且在审美观念上逐渐与广大人民群众靠近。还有些儒生甚至不得不辍学经商，在扰攘红尘中艰难觅食，如《录鬼簿》载，杂剧作家施惠“杭州人，居吴山城隍庙前，以坐贾为业”。又载范居中“假卜术为业，居杭之三元楼前”，乔梦符“居杭州太乙宫前”，他们或为坐贾贩鬻者，或与其谋生手段有近同之处。这些导致了元代读书人精神支柱的坍塌，并随之引发了他们对传统价值观念的深刻怀疑，兼之北方理学的中断，使得元代文人较之前代没有太多的理学束缚，因此容易接受新的价值观念，对通商货利也有了新的认识。元杂剧作家正是在这样复杂的历史背景下塑造出了大量洋溢着市民气息的体现了新的义利观的商人形象。

三、辨是非好歹清浑——对传统价值观的重新审视

正是时代所赋予的这种鲜明特色，使得元杂剧商人形象成为中国古典文学人物形象体系中特殊的一类，具有独特的审美价值与意义。元代以前，由于重农抑商的国家政策和儒家“崇义黜利”价值观的影响，文人较少去注意表现商人，即便有，也常常带有强烈的偏见。而元杂剧尤其是后期剧作中的商人形象，却以一种独立、自信、昂扬的姿态挺立于剧坛之上：东堂老勤苦经营获利致富，刘弘疏财仗义济贫救困，庞居士高才大德博济众施……他们独立经营，商人的主体意识得到了前所未有的高扬；他们富而好义，拥有回报社会的慈善情怀；更可贵的是，他们沐风浴雨、披星戴月，屡遭打击、屡逢厄难，却从未因苦难和失败而畏缩不前，始终保持着如火如荼的经商热情和坚定执着的人生信念。这正如黑格尔在《历史哲学讲演录》中所说“没有情欲，世界上任何伟大的事业都不会成功”，情欲是精力的主观方面，因而也是它形式的方面，并强烈表现和贯穿于几乎一切行动上。这在元杂剧之前的文学作品中是难以想象的，更不可能大书特书。受儒家传统义利观的影响，在元杂剧之前的文学作品中，像正直诚实、重然信诺、疾恶扬善、仗义疏财、宽大无

私、勤劳节俭等优秀品质常常是附着于士大夫形象身上的，极少用于赞美商人，绝大多数的商人形象显示出畏缩怯懦、贪婪丑陋、奸猾可恶、一味求利、粗鄙庸俗等特性。即使出现过某种转变的信息，但由于元杂剧之前的文学体裁以抒情文学为主，即诗、词、赋等抒情体裁占了主导地位，叙事成分不多，所以对商人的塑造也显得极为简略、单薄。元杂剧商人形象群则大量加入了那些本来附着在士大夫身上的传统美德，带着蓬勃进取、扑面而来的朝气突现在我们面前，在审美价值上与以往的同类形象相比，有了重要的突破，使得自信和崇高成为这一群体的显著美学特征。饱经风霜、历经磨难的商人们，以独立的人格、宽大的胸怀，扶弱济贫，诱人向善，从而产生了引起人们尊敬、赞美的特殊美感。列宁曾经说过："判断历史的功绩，不是根据历史活动家没有提供现代所要求的东西，而是根据他们比他们的前辈提供了新的东西。"[①] 从这一角度来看，元杂剧商人形象群无疑是对前代文学的一种超越。

首先，打破了"无奸不商""无商不奸"这种传统的鄙俗陋见，对文士阶层唯以功名仕进为求的狭隘和迂腐提出了善意的规讽。元杂剧作家清醒地认识到坐贾贩鬻者流中亦不乏德行高尚的仁义之士，"金榜题名"不再是"光耀门楣"的唯一途径，对金钱富贵的追求亦并非都是罪恶。"朝为田舍郎，暮登天子堂"，这种谚语的产生绝非空穴来风，而是无数事实证明后的概括。但是，大多数书生都不可能达到这种人生归宿，得到他们日思夜想的辅弼天子的机会。况且元代废止科举达八十年之久[②]，知识分子出仕为官的愿望变得极其渺茫。精神支柱的坍塌，引发了他们对传统人生观的反思和怀疑，加之元代多数儒生迫于生计不得不沉抑下僚或辍学经商，这都使他们对经商致富以及商人在社会经济生活中的地位和作用有了新的认识，而不再固守"书中自有黄金屋"的痴人呓语。明中叶开始有许多人宁愿放弃科考做官的"正途"而经商求富的原因于此也可见一斑，在此意义上，元杂剧正面刻画的商人形象无疑有更重要的价值。

---

① 列宁：《评经济浪漫主义》，《列宁全集》（第二卷），人民出版社 1972 年版，第 150 页。

② 早在窝阔台时和忽必烈初年，就曾多次诏议复科举。仁宗皇庆二年（1313 年）十月，诏命"每三岁一次开试"。延祐二年（1315 年）春，仁宗恢复科举，直到后至元元年（1335 年）十一月，顺帝又诏罢科举，其间近二十年。故笼统言元代废止科举八十年，实不确切。

其次，元杂剧对“商人”的重新定位意味着社会观念深层次的进步。古代中国是农业传统深厚的社会，造成了人们对土地有很大程度的依赖，一切听天由命，而轻易不肯去冒险，不肯做主观努力。商业活动则不然，它要求人们要敢于进取，甘冒风险，以获得最大收益。如《东堂老》中，当东堂老的儿子因“这几时做买卖不遂其意”，抱怨“也则是生来命拙”时，东堂老反驳道：“孩儿，你说差了……我则理会有钱的是咱能，那无钱的非关命。咱人也须要个干运的这经营。虽然道贫穷富贵生前定，不倈，咱可便稳坐的安然等？”（第二折）这里，作者对富贵前定提出了疑问，而东堂老公开宣称的“有钱的是咱能”，强调了事在人为的进取观，反映出当时社会重实际的人生态度和积极进取的精神，也表明了社会观念更深层次的进步。

最后，须指出的是，元杂剧商人形象身上，虽然出现了一些新的异质因素，但它只是对传统价值观的重新审视，而本质上并未形成对传统道德观念的反叛。比如《东堂老》虽然正面歌颂了东堂老这个高大的商人形象，但作者赞扬的还是东堂老身上那种勤俭持家、辛苦经营、重然信诺的传统美德。再比如刘弘、庞居士、李仁、王长者等都是一些以商家的行为作风为其形，以儒家思想品格为其神的典型。在他们身上，都流露出了对儒家文化传统的深情依恋。总之，在元杂剧商人形象身上仍然体现了汉民族传统的道德观念，这在元代这一由异族实施统治、精英阶层沦落失位、社会道德观念混乱、统治阶层腐化的时期，对维系中原固有文化传统确实起到了一定的作用。

通过对元杂剧商人形象群体的考察，我们既看到了商人主体意识的逐步觉醒，也看到了元代文人微妙复杂心态的投影，更看到了社会观念深层次的进步。同时，还可看到，元杂剧中的商人形象群在思想形态方面有着历史性的转折意义。在它之前，几乎没有人把商人阶层的思想意识表达得如此鲜明而肯定。这体现了在商品经济的冲击下，人们的价值观念从传统的社会规范中不断背离而发生的潜在且深刻的变革，也体现了剧作家对时代脉搏的准确把握与对人生价值的深刻思考。

（原载《戏曲研究》第65辑，中国戏剧出版社2004年版）

困惑与觉醒

——《老生儿》与《东堂老》商人形象之比较

摘要:《散家财天赐老生儿》与《东堂老劝破家子弟》是元杂剧中较有代表性的反映商人生活的作品。从两剧主人公刘从善与东堂老形象对比分析及其产生背景的探讨中，可以透视元代商贾阶层的生存状况和特定心理状态。同时，这两个形象亦体现了在商品经济的冲击下，人们的价值观念与传统的社会规范不断背离所发生的潜在且深刻的变革。

关键词: 商人; 主体意识; 价值观; 比较

反映商人生活的作品在元杂剧中为重要一脉。据笔者统计，在臧晋叔《元曲选》和隋树森《元曲选外编》共计 162 种杂剧中，涉及商人形象的就达到 48 种之多，约占现存元杂剧总数的三分之一。这诸种杂剧中，一个比较显著的特征就是，商人对自我人生价值的体认经历了一个由否定到肯定的发展过程。然而，检索以往元杂剧的研究文献，对元杂剧中商人人生价值观的系统研究似还不足。有鉴于此，笔者试图选择其中较有代表性的《散家财天赐老生儿》(以下简称《老生儿》)与《东堂老劝破家子弟》(以下简称《东堂老》)①，对元杂剧中的商人形象作一粗浅的比较分析。

① (明)臧晋叔:《元曲选》(第一册)，中华书局 1958 年版。本文所引曲目若非另注，均见此书。

一

《老生儿》是元代前期杂剧作家武汉臣的一部反映社会现实问题的时事剧。它反映了元代社会由于商业经济的畸形繁荣而带来的一个具有普遍意义的新问题，即商人家庭内部财产继承纠纷问题。作品通过富商刘从善家产的三次分配，塑造了一个早年“瞒心昧己，使心用幸”，晚年则一心忏悔，博施济众的商人形象。自卑勤苦而又精明善良，构成了刘从善这一形象的突出特征。

刘从善靠自己的双手，挣得了“泼天也似家私”。可以说，他是实现了一个商人的自我价值的。然而，他对此不仅不敢肯定，还一再地数说着行商的低下，如第二折【滚绣球】所唱：

> 我道那读书的志气豪，为商的度量小，则这是各人的所好。你便苦志争似那勤学，为商的小钱番做大钱，读书的把白衣换做紫袍。则这的将来量较，可个做官的比那做客的妆幺。

言语间既流露出无法掩饰的自卑情绪，又充满了对读书人的艳羡。可见，“士农工商”的封建等级观念，在他的潜意识中是何等强烈。这反映了那个特定时代里商人的卑微与无奈。

虽然主观上，刘从善从未把经商谋利引以为豪，并且从内心深处鄙视自己从事的行业；但客观上，他又为经商活动倾注了自己毕生的心血，甚至不惜付出生命的代价，如第二折【滚绣球】所唱：“哎，钱也，我为你呵，那搭儿里不到，几曾惮半点勤劳。遮莫他虎啸风崒律律的高山直走上三千遍，那龙喷浪翻滚滚的长江也经过有二百遭。我提起来魄散魂消。”其间的风险、辛劳自不待言。这种思想意识与人生实践的矛盾，从某个层面上，也反映了随着商品经济的发展，元人对通商货利有了新的认识，传统的“义利之辩”并未完全阻遏人们对“利”的趋骛。

除了自卑勤苦，精明善良也是刘从善的一大鲜明特征。这突出表现在他对万贯家财的三次分配和“散家财”的慈善之举中。当然，一个成功的人物形象应该是个完整和谐的有机体。单从“散家财”这件事上，我们不仅能看出刘从善的仁慈善良，也可看出他内心深处的怯弱和对自我人生道路的怀疑。究其“散家财”的初衷，原是为了博得老天的同情，赎回无子的罪孽，如第二折【呆骨朵】所唱：

> 则俺这做经商的，一个个非为不道，那些儿善与人交。都是我好贿贪财，今日个折乏的我来，除根也那翦草。我今日个散钱波，把穷民来济，悔罪波，将神灵来告：则待要问天公赎买一个儿。

在刘从善看来，老来无子，都是经商谋利惹的祸。他潜意识中的自卑情结再次抬头，并且这种强烈的自卑感在世人对他无子的冷嘲热讽中有增无减，连他自己也认为不仅无颜见人，还对不起列祖列宗：“则俺这一双老枯桩，我为无那儿孙不气长。百年身死深埋葬，坟穴道尽按着阴阳。咱两个死时节便葬在兀那绝地上。”（第三折【调笑令】）可见，刘从善从始至终都未能正视自己作为商人的独特生存价值，始终被笼罩在商末意识的阴霾下。其根本原因在于商人独立人格的残缺，这不能不说是封建时代商人的大悲哀。

总而言之，无论是刘从善的自卑勤苦，还是他的精明善良，都不能掩饰其意识深层对“四民之末”的商人价值的卑视，都让人感到一个尚未觉醒的灵魂在传统与现实之间的苦苦挣扎。但这一形象又有其独特的审美意义，即他不仅是中国古代商人在封建体制与儒家思想等诸种因素的制约下，人格萎缩变异的一种客观写照，也是作者对现实生活精心提炼和深沉思考的结果。从某种意义上讲，这个人物身上所体现的人格特点，正是封建社会传统贱商意识的一种曲折反映。

二

如果说自卑勤苦、精明善良构成了刘从善的突出特点的话，那么，自信勤勉、正直诚实则是东堂老的明显特征。从本质上说，东堂老正是以其人格的自我完善，确定了他在中国古典文学商人形象体系中的独特地位和价值。

《东堂老》是元代后期杂剧作家秦简夫的代表作。与《老生儿》重点描写财产如何分配不同，它侧重描写巨额遗产是如何继承的。剧本通过一个“浪子回头”的故事，塑造了东堂老这位正直诚实、胸次恢宏的儒商的形象。这一形象不仅在元杂剧中罕见，在整个中国古代文学中也颇为罕见。其成功塑造同时也是作者努力寻找儒、商之间在道德判断、价值取向等方面契合点的一次尝试，显现出具有鲜明时代特色的新思想和新观念。

东堂老的突出特点是：自信勤勉与正直诚实。前者主要体现在他对物质财富的不懈追求中，后者主要体现在他教育扬州奴的高行义举中。东堂老充分意识到了个人的主体作用，表现出了与刘从善截然不同的“由人不由命”的自信与执着。这从他对后代的教育以及自己的经商生涯中都可印证。例如第二折他与儿子的一段对话：

【小末云】父亲，您孩儿这几时做买卖不遂其意，也则是生来命拙哩。

【正末云】孩儿，你说差了。那做买卖的，有一等人肯向前，敢当赌，汤风冒雪，忍寒受冷；有一等人怕风怯雨，门也不出，所以孔子门下三千弟子，只子贡善能货殖，遂成大富。怎做得由命不由人也？（唱）

【正宫·端正好】我则理会有钱的是咱能，那无钱的非关命。咱人也须要个干运的这经营。虽然道贫穷富贵生前定，不俫，咱可便稳坐的安然等？

东堂老相信只要肯吃苦敢冒险，就会发财致富。他对那些“肯向前”的买卖人是深情赞扬的，对个人的生活信念是坚定的。对扬州奴，他也一样的直言不讳：“我教你成个人物，做个财主。”可见他的意识层面中，非但没有文士阶层“书中自有黄金屋”的虚妄幻梦，也从不期望后世子孙“金榜题名”“光耀门楣”。从根本上说，东堂老的这种自信还是来源于他经商带来的物质富足，以及在此基础上对商人自我价值的肯定。

在追求物质财富这一点上，东堂老也有着与刘从善一样的执着和艰辛。“我可也问甚的是夜，甚的是明，甚的是雨，甚的是晴。我只去利名场往来奔竞，那里也有一日的安宁”，道尽了他幼年从商的含辛茹苦。但这里却没有刘从善那样的怨天尤人与对金钱的憎恨，有的只是对生活信念的顽强追求。这是二人在生活观念上的本质区别。在东堂老身上，我们看到了商人主体意识得到了前所未有的高扬。

除此之外，作者还赋予东堂老更多理想化的儒家伦理美德。剧本一开始就这样介绍他：“有古君子之风”“素德雅望”等，寥寥几笔即勾勒出了一个淳厚朴实的儒商轮廓。但纵观全局，东堂老并不是一位空谈性理的淳儒处士，而是一位坚忍果敢的扬州富商。他的大半生都是在备尝艰辛的经商生涯中度过的。作者竭力为他罩上一层“儒”的光环，不过是为了协调长期以来势若水火的儒、商关系而已。

总而言之，东堂老正是以其主体意识的弘扬而成为旧时代勤苦经营获利致富的商人典范。同时，这个人物身上也流露出作者对儒家文化传统的依恋和对完美人性的呼唤。

三

上文我们探讨了刘从善与东堂老两个迥然相异的商人形象特点，那么在元蒙不到一百年的统治下，何以会出现反差如此之大的商人形象呢？这需要从元代特定的社会背景说起。

元代农业经济由于先天不足、后天失调，终元之世，一直未能起死回生，而商业经济则得到了畸形的发展。商业的畸形繁荣必然造就形形色色的商人形象，也必然会引起不同时期不同人们的不同评价。元代前期，商品经济虽也受到提倡并有所发展，但传统的商末意识还未完全退出历史舞台。士人传统的优越意识，导致他们在自己的作品中，“对于商人们是，往往加以不必要的轻蔑或侮辱”[1]。诞生在这一时期的《老生儿》杂剧便是一个力证。元代后期，随着商品经济的更趋繁荣与市民意识的迅猛崛起，商人地位大大提高，文人对其已不得不刮目相看。然而，身处儒、商两种截然不同价值观的对峙与冲撞之中，秦简夫与其他市井文人一样，又常常陷于金钱物欲的诱惑与恪守伦常之道的心理困惑之中。究竟怎样才能填平金钱与道德之间的天然鸿沟，让二者以前所未有的亲和关系培植与建构温馨和谐的伦理秩序，藉以救治道德沦丧、罪恶公行的病态社会，就成为元代后期杂剧作家普遍关注的焦点之一。东堂老这一理想化的儒商形象，就是富有崇高社会责任感的剧作家深挚思考的艺术结晶。可见，正是在元代特定社会背景之下，商人形象才出现了由刘从善到东堂老的巨大转变。

但刘从善与东堂老不仅仅是商人主体意识觉醒与否的表层次对照，这两个形象的深刻意义还在于，他们的人生实践显示了在商品经济的冲击下，人们的价值观念与传统儒学规范碰撞而激发的深层矛盾，以及解决这种矛盾的不同方式。作为商人，他们都以对物质财富的不懈追求与成功获得来实现自我价值。但在其自我实现的过程中，却呈现出迥然不同的心态与精神风貌。身处商品经济的大潮中，却又极力去仰视高高在上的儒家伦理规范，这使得刘从善陷入一种难以自拔的矛盾心理。东堂老则充满自信，原因就在于他摆脱了儒学规范的束缚，充分肯定了自我的价值。总之，如果说刘从善在传统与现实之间还是游移不定的话；那么东堂老则已基本摆脱了传统的束缚，而向现实迈出了坚实的一大步。

从这两人身上，我们还可以看到封建时代文人对两种儒商价值观的不同看法。武汉臣显然没有超越儒家思想的窠臼，可以说，他笔下的刘从善在相当程度上，仍是对积淀在其意识深层的封建正统文化的阐发。商人在以他为代表的文人眼中是微不足道的。而秦简夫则要公正得多，他更多的是用作家的良心去体会商人群体的酸甜苦辣。基于商业都会生活的切身体验，他既看到了商人为生计而奔竞筹算，甚至唯利是图、倾轧争斗的一面，也清醒地意

① 郑振铎：《论元人所写商人、士子、妓女间的三角恋爱剧》，《郑振铎文集》（第五卷），人民文学出版社 1988 年版，第 492 页。

识到对金钱富贵的追求并不都是罪恶，坐贾贩鬻者流中不乏德行高尚的仁义之士。从东堂老身上，可以看出作者在努力协调儒、商之间日趋表面化的潜在冲突。虽然东堂老身上仍然带有浓厚的儒家伦理人格的理想色彩，但并未完全湮没市民阶层鲜明的道德亮色。正是两位剧作家对儒商价值观的不同认识，才塑造了这样两个大相径庭的商人形象。

总之，刘从善与东堂老的价值就在于他们超越了个体生命的意义，体现了在商品经济的冲击下，人们的价值观念与传统的社会规范不断背离所发生的潜在且深刻的变革；体现了人们的物质欲望不断得到肯定，商人主体人格逐渐完善的轨迹；同时，也体现了剧作家对时代脉搏的准确把握与对人生价值的深刻思考。

（原载《湖北大学成人教育学院学报》2002 年第 6 期）

从《错斩崔宁》到《十五贯》

——兼论明传奇对明代短篇白话小说的改编

摘要：《十五贯》是依据话本《错斩崔宁》改编而来的一部传奇名作。从话本到传奇对主要人物身世和经历的改编，可以透视不同作家对商贾阶层或同情或鄙视的不同看法，以及传奇与话本的不同价值，即它记录了一代文人艰难的心路历程。

关键词：商人；士子；改编；价值观

《错斩崔宁》(《醒世恒言》作《十五贯戏言成巧祸》①）是一部宋人话本。《十五贯》② 是明末清初戏剧家朱素臣在《错斩崔宁》故事的基础上改编而成的一部脍炙人口的传奇名作。由话本改编而来的传奇所取得的成就是有目共睹的，前人已多有论述。本文拟结合明代中后期的社会特点，仅就从话本到传奇对主要人物身世和经历的改编，来探讨商人形象的嬗变，并试图揭示出传奇与话本不同的价值所在。

---

① （明）冯梦龙：《醒世恒言》（第三十三卷），人民文学出版社 1994 年版。

② （明）朱素臣：《十五贯》，《古本戏曲丛刊》编辑委员会编《古本戏曲丛刊三集》，文学古籍刊行社影印本 1957 年版。下文所引《十五贯》曲文，均出自此。

一

在我国漫长的封建社会，随着生产力的发展，从事工商业的人数日益增加，封建社会内部诞生了一个新的阶层——工商业者阶层，他们对社会生活各方面产生着不可忽视的影响。在因都市经济兴盛而蓬勃发展起来的通俗文学领域——小说、戏曲园地里到处活跃着他们络绎不绝的身影。

小说与戏曲在传播过程中，彼此借鉴，相互改编，使同一内容题材故事以两种不同的样式获得广泛久远的流传，是明代以后文坛上极其普遍的现象。但即使是相同题材作品，在思想倾向和价值取向上，也往往存在很大差异。即以该时期在通俗文学中蜂拥而现的商人题材为例，不同作家对商人的态度就迥然相异。有的作家从平民视角出发，对其笔下的商人倾注了较多同情与关注，《十五贯戏言成巧祸》即为一例；有的作家从文人视角出发，对现实社会中的商人表现了漠视乃至鄙视，明末清初的戏曲作品如《十五贯》等对此有较多的流露。下面具体就《十五贯》对《错斩崔宁》的改编试析商人形象的这种变化。

话本《错斩崔宁》围绕“错”字着笔，把崔宁冤狱的形成作为重点，旨在表现“世路狭窄，人心叵测”的社会现实。虽然小说主要是对昏官糊涂断案的嘲讽讥刺，但其中关涉的主要人物一概是市井中人。刘贵因读书不济，而“半路上出家”做生意，由于不善经营，把本钱耗尽，岳父好心资助了十五贯钱，却又因这十五贯钱为盗贼所杀。崔宁在城中卖了丝，收账而归，由于携带的钱钞和刘贵被盗的数目恰好相符——都是十五贯，同时由于他和被害人刘贵的“小娘子”陈二姐偶然相遇，结伴同行，就被人误认为骗奸、杀人、盗财的凶手，最后被临安府尹错判致死。在小说中，商人明显的是受损害者，对他们的不幸遭遇，作者是寄寓着满腔同情的。

传奇《十五贯》写况钟在双熊衔鼠入梦示冤的启发下，平反熊友兰与苏戍娟、熊友蕙与侯三姑两桩冤案的经过。传奇虽然也详细描写了冤狱的形成过程，但剧作家认为，冤狱的成因，关键不在于小人物一时的“戏言”，而在于官吏如何断案执法。作者意在说明，为官仅有公正无私的精神是远远不够的，还必须有调查研究、实事求是的正确工作方法，这也正是传奇《十五贯》对清官戏主题思想一种新的开拓和挖掘。剧中熊友兰与苏戍娟一案的情节关目与话本《错斩崔宁》大体相同。熊友兰在背负着义商陶复朱资助的十五贯钱前去营救狱中胞弟的途中，因与被害人游葫芦"拖油瓶"的女儿——苏戍娟碰巧相遇并且同行，同时由于他所带的钱数与游葫芦被盗的钱数刚好相符，而被误当作凶徒收监在狱。与崔宁悲剧不同的是，熊友兰的平地风波幸遇清官况钟，理清了冤枉。

以白描的笔法，出神入化地展示市井细民、商人、手工业者的生活情态和精神风貌，对他们和他们的事业热情颂扬，是使白话小说在文学园地里显示出独特风采的特点之一。因此，在传奇《十五贯》对《错斩崔宁》故事内容的诸多改编中，最引人注意和耐人寻味的是对主要人物身世和经历的改编。崔宁与熊友兰，一为商人，一为出身于"诗书承荫"的书香世家的读书人，这种身份变化本身即反映了传奇作者对商人及其从事的商业活动的漠视乃至回避。崔宁与熊友兰一屈死一获救的不同遭遇更反映了剧作家对商人与士子的不同看法。

通过上述《十五贯》对《错斩崔宁》主要人物身世和经历的改编的考察，似乎可以发现：从小说到传奇，商人处于一种逐渐边缘化的地位。在小说中，商人以正面的主要形象出现，是被肯定、被同情的对象。而在传奇《十五贯》中，商人的形象不仅退居次要地位，被同情的对象更是直接由商人而变成了士子，并且蒙冤士子还得以洗清罪名、高中皇榜。这种人生追求，小说中身为小商贩的崔宁等人是根本没有的。这就使得传奇与同题材的白话小说在基本构架和基调上存在很大差异。从这种人物身世与经历的变化，可以明显看到剧作家对小说中业已存在的"商人世界"的漠视和回避。

二

上文简要分析了从话本《错斩崔宁》到传奇《十五贯》，商人由被热情关注到被漠然视之的变化，那么，面对相同的题材，对商人的态度何以会出现如此巨大的差异呢？这就要从作者本身谈起了。

话本的作者多为民间艺人，他们长期浸染于商业都会中，与商人、市民保持着千丝万缕的联系，较少传统价值观念的束缚，能够较为客观地正视商人和商业活动。他们的作品也常常以表现市井细民的社会生活、反映他们的思想愿望为主要内容。因此，像崔宁、刘贵等小商人得到艺人作者的关注与同情，就是自然而然的了。这一倾向在晚明的拟话本小说“三言”“二拍”中表现得尤为显著。像《蒋兴哥重会珍珠衫》（见《喻世明言》）、《卖油郎独占花魁》（见《醒世恒言》）、《桂员外途穷忏悔》（见《警世通言》）、《转运汉巧遇洞庭红》（见《初刻拍案惊奇》）、《叠居奇程客得助》（见《二刻拍案惊奇》）等等，均以商人为主人公，正面描写他们的艰难坎坷与成败得失。

而传奇《十五贯》为文人独创，在改编的过程中注入了创作者朱素臣强烈的主观情绪和意愿。这就使得戏曲作品呈现出全然不同于小说的特点：商人的主人公地位被文人士子所取代，对商人生活的津津乐道变成了对文人处境的苦涩哀叹。

从传奇《十五贯》不仅让商人退居幕后，而且让士子高中皇榜，可明显看出：作家对社会人生有自己的价值判断，什么样的人生值得大力书写，在其心中有一定之规。给作品中的主要人物改换门庭，改变身世和经历，就是这种价值判断的结果。作家判断人生价值的尺度，主要还是传统儒家思想。在儒家的传统观念中，读书而后入仕是公认的第一等选择，儒家在人生观上是极其功利主义的，而在物质价值论上却主张“崇义黜利”的反功利主义的价值观。这遂使得剧作家不仅给熊友兰安上一个“诗书承荫”的家庭背景，还圆就了他“帽檐相接御楼前，靴踪不离金阶上”的美梦，而商人及其从事的商业活动则被漠然置之。

再考之明代中后期的社会现实，我们会发现《十五贯》有意回避商人和商业活动，却着力刻画文人苦涩境遇的一个更具特殊性的内在原因在于，剧作家自身由新的社会力量挤压带来的心理失衡和新的价值观念冲击导致的优越感的失落。明中叶以来商品经济的发展，促进了资本主义萌芽的出现。商业繁荣使商人财富大大增长，安徽、江苏、福建等地商人皆以积资巨万而闻名。

金钱势力的崛起，大大提高了商人的社会地位。延续千百年的人们“安于农田，无有他志”的状况也发生了变化，弃农经商已不罕见。在这样的氛围中，整个晚明社会人们的价值取向发生了与传统价值观根本不同的转变，追求金钱已成为一种时尚，有钱就有地位，有钱就能受到尊重。

商人地位的急剧提高，还深刻地反映到思想文化方面。明人王阳明曾讲过“四民异业而同道”的话，是已将古之四民等量而齐观了。但是，“农本商末”的观念依旧根深蒂固。更多的文人还沉浸在面临外界变化极不适应的过程之中，原因在于，文人士大夫是全社会中接受儒家思想最全面、最深入的人。长期以来，社会各界对儒家人生观、价值观的认同，使这种“本”“末”观念有了广泛的社会基础，也培养了文人位于“四民之首”的优越感。然而朱素臣生活的时代，许多情况发生了变化。人们的价值观念在商品经济的冲击下有所转变，科举入仕已不再是最佳选择，这必然会引起像朱素臣这样一批文人深沉的失落感。另外，文人矻矻以求的入仕目标，商人凭其钱财轻而易举就可获得，这亵渎了文人追求理想的神圣性，也更进一步加剧了文人的失落感。优越感的失落使得固守儒家理想的剧作家，在面对色彩斑斓的“商人世界”时，必然会感到格格不入，也无法保持精神上的平衡和情绪上的宁静。这使得有些作家在自己的作品中尽可能浓墨重彩地刻画士子虽身处逆境而矢志不渝的心态，也显现出两种价值观在作家心目中的冲突与分歧。《十五贯》对“商人世界”的漠视与回避正是这种失衡心理的反映。

由以上论述可知，创作者价值取向的不同，从根本上导致了话本《错斩崔宁》到传奇《十五贯》商人形象的变化，即由被热情关注到被漠然视之。

三

像朱素臣这样，对商人身世和经历的改编，在传奇对同题材小说的改编中相当普遍。李玉的传奇《占花魁》[①] 对小说《卖油郎独占花魁》的改编，主

① （明）李玉：《占花魁》，《古本戏曲丛刊》编辑委员会编《古本戏曲丛刊三集》，文学古籍刊行社影印本1957年版。

要人物的身份和出身即截然不同。小说中，女主角辛瑶琴的父母是“粜米为生”的乡村小商人；男主角秦重的养父是个“开油店的”，秦重被养父逐出门后亦成为卖油的商贩，并安于此业，且无其他抱负。而在传奇《占花魁》中，莘瑶琴的父亲“官拜郎署”；秦种之父“在种经略辖下做一个统制官”，他历来所受教导是“娴熟些弓马韬略……博得封妻荫子”。所以秦种即使在战乱中沦为卖油郎后，仍念念不忘“学成文武艺，货与帝王家”的抱负，并始终认为卖油降低了身份，只是权宜之计。在其身上，商人的精神素质已荡然无存。无独有偶，张大复的传奇《快活三》对白话小说《转运汉巧遇洞庭红》和《陶家翁大雨留宾》主人公身份的改编亦如是。小说里原有的商业活动都被删掉或被改得面目全非。

在这些传奇作品中，商人形象的缺席说明了对商人的轻视在当时相当一部分文人心目中，并未因时代的发展而改变。商人和商业活动在社会各个领域尚未得到普遍认可。尤其在固守儒家传统思想的文人士大夫那里，他们不仅不愿看到商人在社会中越来越具影响力这一现实，反而是社会的变化最让他们萦绕于心、难以释然，由于不适应而苦苦思索。因此，当一些传奇作家在作品中涉及士与商的地位、遭遇的描写时，与同题材白话小说的洒脱、明朗截然不同，而是渗透着深沉的悲凉与苦涩。

譬如，在《十五贯》中，我们看到更多的是文人面对生活的那种无能为力、悲观凄凉的心境，和时刻不忘诗书之业的心态。熊友兰一出场便唱道：“齑盐梦稳，雁序秋风窘。盼秦楼凤萧谁引？品行坚修，饥寒固忍，叹蠖屈何时待伸？”（《十五贯·泣别》）接下去还有一段独白：“衰宗未振，一身长抱终天恨。谊笃鸰原，侧陋谁将锡有鳏？书窗勤苦，五更风雨三更火；破甑生尘，满腹文章不疗贫。”满纸的失意、困窘，已很少踌躇满志的必胜信心。尽管家徒四壁，但“古来学问之士，无恒产而有恒心，但谋道而不谋食”（《十五贯·泣别》）的文人士大夫所崇尚的，安贫乐道、知足克己的价值观仍足以使他们自慰，并使他们在饥寒交迫中坚持下去：“一意读书，岂为饥寒改节？”（《十五贯·泣别》）

当一个作家基于某种固有观念的目光落在新出现的社会现象乃至生活“热

点”上时，必然会感到刺眼，继而移开目光。这种观察外界、描述外界的视野是主观人为的。在这种主观限制下编写作品，必然会使描写对象损失掉一部分属于那个时代的、鲜亮的、饱含生命力的精髓。这样，当这些剧作家在把白话小说中的故事吸收进戏曲时，不是尽量保留和仿照民间流传作品的样式进行改编，而是坚定地用传统的人生观、价值观当标尺，重新结构故事。这就会影响到作家们对描写对象的选择取舍，决定他们对描写对象在情感态度上的亲疏好恶。而且，在改编过程中，他们还不时给描写对象注入难以掩饰的创作者的苦楚。这种蕴含在作品中的创作者的主观情绪同样是那个时代社会精神的一部分，同样富有时代气息。

如果说，《错斩崔宁》《卖油郎独占花魁》等作品较为真实地反映了当时社会商贾阶层的生活情态、精神风貌；那么，像朱素臣这样，把当时由于商人力量的壮大而造成的文士阶层内心的不平衡写进自己的作品中，实则是记录了一代文人艰难的心路历程。从这一点上讲，《十五贯》《占花魁》之类的传奇作品又为文学园地提供了不同于白话小说《错斩崔宁》《卖油郎独占花魁》等所提供的珍贵内容。这也正是传奇《十五贯》不同于话本《错斩崔宁》的独特价值所在。

（原载《黔东南民族师范高等专科学校学报》2003 年第 2 期）

结构的转变

——从《枕中记》到《邯郸记》看叙事艺术的发展

摘要：“临川四梦”中，《邯郸记》的叙事技巧堪称一绝。从唐传奇《枕中记》到明传奇《邯郸记》，汤显祖进行了巧妙的改编：叙事线索上，除了以卢生为主线，进而增设崔氏、宇文融、热龙莽、萧嵩与裴光庭四条副线，交相辉映；叙事时间上，除以多线并进的顺叙为主外，还采用了预叙、追叙、概述、间断等方法，对故事时间进行重构或变形；叙事空间上，通过人物的唱念、上下场、身段表演等方法，流转自如地转换空间。

关键词：《邯郸记》；叙事技巧；叙事线索；叙事时空

由于中国戏曲“剧诗”的独特属性，古典戏曲的抒情性理所当然地受到人们的重视。而对于与“抒情性”相对的“叙事性”，似乎瞩目不多。其实，在中国戏曲从短篇的元杂剧发展到长篇的明清传奇时，如何在一个较长的篇幅内，把故事编排得更加摇曳多姿、引人入胜，已经日渐成为剧作家们首要关注的大事。虽然彼时并未提出过叙事视角、叙事时空、叙事结构、叙事话语等叙事学的范畴，但在剧作家的创作实践中，却不乏在叙事技巧方面堪称典范的优秀之作。汤显祖的《邯郸记》即是一例。下面，即从《邯郸记》对《枕中记》结构的改编，分叙事线索和叙事时空两方面略为阐述。

一、叙事线索：从单线到多线

叙事线索是在叙述故事的过程中贯穿情节始终的脉络。中国古代的小说或戏曲处理结构的方式大都是线性的，即多以某一人物或事件作为贯穿全文的脉络，其他种种情节、细节便围绕着这个脉络渐次敷衍开来，这与西方叙事文学中的团块结构迥然相异。但即便如此，小说和戏曲的线性结构也由于不同体裁的差异，而判然有别。譬如讲述同一故事的唐传奇《枕中记》与明传奇《邯郸记》，其叙事线索即不尽相同：

唐传奇《枕中记》是史学家兼小说家的沈既济，在历尽人世沧桑后，恪守史传风格，简笔写就的一则短篇小说。小说以卢生数十年宦海沉浮的经历为主要线索，把人物的一生浓缩在一张履历表中，故事情节的演进主要通过官职的变化而实现：

> 明年，举进士登第，释褐秘校，应制转渭南尉，俄迁监察御史，转起居舍人，知制诰。三载，出典同州，迁陕牧……移节汴州，领河南道采访使，征为京兆尹……帝思将帅之才，遂除生御史中丞、河西节度使……归朝册勋，恩礼极盛。转吏部侍郎，迁户部尚书兼御史大夫……大为时宰所忌，以飞语中之，贬为端州刺史。三年，征为常侍。未几，同中书门下平章事。与萧中令嵩、裴侍中光庭同执大政十余年……同列害之……数年，帝知冤，复追为中书令，封燕国公。①

小说提纲挈领式的叙述，颇似史传中的人物传记，虽简练清晰，但又觉粗疏冷峻、索然无味，人物形象亦显得单薄、模糊。不过，主人公屡贬屡升的曲折经历，却为后人的改编预留了极大空间。

---

① 汪辟疆：《唐人小说》，上海古籍出版社1978年版，第45—46页。

明传奇《邯郸记》正是汤显祖在唐传奇《枕中记》的历史缝隙中，精心编织、补苴罅漏而成。围绕着卢生梦境中的官场遭际，汤显祖设置了多条线索分头演进，把现实社会的宦海波澜在虚幻世界中演绎得跌宕起伏、惊心动魄。剧本的中心线索依然是卢生波谲云诡的仕宦生涯。为了展现更为广阔的社会内容，汤显祖又增设了崔氏、宇文融、热龙莽、萧嵩与裴光庭四条副线，有条不紊地拱卫着卢生这条主线，彼此穿插、互为补充、共同演进。

《邯郸记》共三十出，以卢生为主的内容就有十六出，分别是："行田""入梦""骄宴""外补""凿陕""望幸""东巡""西谍""大捷""勒功""死窜""备苦""召还""极欲""生寤""合仙"。围绕着卢生的这条主线，剧本从现实中抑郁不得志的书生写起，到梦中经历了奇特的逼婚、劝试、高中状元、钦除翰林学士兼知制诰、贬知陕州、开河三百里、延边近千里、封为定西侯兼兵部尚书、发配崖州鬼门关、获免恢复相位、帝赐御医诊病，再到梦醒大悟、拜见七仙。迤逦写来，六十年宠辱迁谪，历历在目；道不尽人情世故，如在眼前："宠辱之数，得丧之理，生死之情，尽知之矣。"①

如果仅此而已，则汤氏《邯郸记》不过是唐传奇《枕中记》的加长版而已。考虑到传奇戏曲生旦双线齐头并进的传统格局和舞台演出的观赏性，汤显祖又对卢生的妻子崔氏一线着意揣摩，细加点染。唐传奇《枕中记》中，对崔氏的叙述只有"清河崔氏女，女容甚丽""其妻救之"②的寥寥数语；《邯郸记》中，则有"入梦""赠试""外补""东巡""闺喜""死窜""织恨""极欲""生寤"九出戏，或以崔氏为主，或以其为关键角色，赋予这一人物不可剥夺的"女一号"地位。

卢生从入梦到即将梦醒，崔氏始终不离不弃、相伴左右：梦境伊始，崔氏便巧遇卢生，结为夫妇；婚后不久，即促夫京城赴试；状元新任不许还乡，崔氏苦等三年；三年后等来了丈夫双手捧来的五花封诰，也等来了卢生被贬陕州凿石开河的钦命；但陕州三年虽苦犹乐，一来有夫君相伴，二来夫君开河有功；不想边境告急，立功心切的卢生竟不辞而别，从此又是天各一方；春去秋来，

① （明）汤显祖：《邯郸记》，引自毛晋编《六十种曲》（四），中华书局1958年版，第109页。

② 汪辟疆：《唐人小说》，上海古籍出版社1978年版，第45页。

崔氏终于等来了卢生大捷封侯的喜讯；然好景不长，卢生被诬陷即将斩首的大祸又从天而降，坚强的崔氏用聪慧和隐忍护持了卢生的残生，直到其耄耋高龄，安然离世。

卢生宦海的起起伏伏，崔氏不仅是见证者，很多时候还起了关键的引导作用。比如“赠试”中，是知书达理的崔氏，给了沉湎于儿女情长的温柔乡里的卢生一剂清凉散：“卢郎，自招你在此，成了夫妇，和你朝欢暮乐，百纵千随，真人间得意之事也。但我家七辈无白衣女婿，你功名之兴却是何如？”[①]且不论崔氏的功名观是否迂腐，单就其对卢生的激励作用而言，也是不可小觑的。卢生的仕途由此起步，人生的百相从此展开。

再如，卢生在惊闻将被斩首的噩耗，不知所措而欲自刎时，是崔氏及时阻拦，并巧言劝之：“圣旨不准自裁，要明正典刑哩。”[②]所谓“留得青山在，不愁没柴烧”，看来人情练达的崔氏是深谙此理的。果然，后来痴情而勇敢的崔氏先是带领众子到午门喊冤，免了丈夫死罪；后又巧用回文锦打动圣上，最终成功解救了自己的夫君。围绕着崔氏的这一系列层层相因的事件，既重塑了一个挚爱丈夫、有胆有识的贤妻形象，又从多个侧面揭示了宦途的叵测、世态的炎凉。

要让故事一波三折，卢生的对立面自然也不可忽略。于是，专在背后一心一意搞破坏的宇文融，便被提了出来，围绕着这个擅长放冷箭的狠毒角色，《邯郸记》安排了“夺元”“骄宴”“东巡”“飞语”“谗快”“功白”六出戏，从宇文融意图操纵科举排名写起，到轻狂傲慢、不谙世事的卢生因在曲江宴上大放厥词，而得罪当朝宰相宇文融，于是宇文融便处心积虑地罗织“题目”，意欲“处置”卢生而后快，紧接着便有了接二连三的“题目”被构设出来：先是阴告卢生利用职务之便偷写五花官诰、蒙骗圣上，继而力荐不懂军法的卢生征西讨番，最后是诬告卢生阵前通敌卖国。但这些旨在刁难卢生的精心布局，并未如宇文宰相所愿，相反，却把彼此推向了两个极端：卢生最后位极人臣，而宇文融则落得了阶下囚的惨局。由上观之，卢生的仕宦沉浮和宇文融

① （明）汤显祖：《邯郸记》，引自毛晋编《六十种曲》（四），中华书局1958年版，第21页。
② 同上书，第67页。

这条副线密切交织。删却宇文融一线，卢生的仕宦人生可能会平坦幸福得多，但观者诸君恐无从想象明代科举之污浊、官场之黑暗、世情之冷暖，竟至于此。这也正是《枕中记》中语焉不详的“大为时宰所忌，以飞语中之”十几个字，却被汤显祖铺排得如此舒展有致、波澜起伏。

吐蕃大将热龙莽，是卢生敌对阵营中的一员，但这个骁勇豪强的“敌人”却与阴险狡诈的宇文融截然不同。他既是促成卢生事业之巅的重要陪衬，又是剧作家寄托其投军报国理想的一个载体。《枕中记》对这一人物的原型烛龙莽只有“攻陷瓜沙”的简单描述，而《邯郸记》中，汤显祖却围绕着热龙莽的征战生涯，精心设置了“虏动”“边急”“大捷”三出戏，讲述了热龙莽先是与吐蕃丞相互相策应，斩杀了凉州都督羽林大将军，后来与卢生交战，力单不支而败走天山；临危之际，想出雁足寄书的妙策，既打动了惺惺相惜的卢生，又保全了自己的性命和边疆的安宁。沙场之上，无论是大捷还是惨败，热龙莽都表现出沉着应战、机智应敌的大将风范。这与巧用离间杀人、大展韬略之才的卢生也可谓旗鼓相当了。总之，热龙莽一线的加入，让戏曲舞台上的文戏和武戏互相交错、冷热交织，起到了调剂舞台气氛、陪衬卢生的良好作用。

萧嵩与裴光庭，是汤显祖潜心埋设的另一条副线。作为卢生的同年，他们与卢生似乎并无多深的交情，而更像宦海风波中的一叶扁舟，不由自主地被时代风浪裹挟着踉跄前行。在《枕中记》中，与二人相关的描述，只有“与萧中令嵩、裴侍中光庭同执大政十余年”这一句话，而《邯郸记》则为其安排了“招贤”“骄宴”“东巡”“飞语”“死窜”“功白”“友叹”七次出场机会，从二人结伴赴试，与卢生一同高中，直至看到卢生病危，感慨万分，他们更像是卢生一生仕途遭际的见证者。他们亲眼见证了卢生高中雁塔题名、卢生开河政绩灿然、卢生延边功勋卓著、卢生被贬命悬一线、吐蕃侍子为卢生雪冤、卢生因滥用采战之术而命不久矣等种种际遇。

其中，对于萧嵩在卢生被发配崖州的冤案中的作用，作者用笔尤多。这起冤案的始作俑者，虽非宇文融莫属，但被胁迫并屈从的萧嵩，毕竟也同意了签押宇文融事先拟好的诬陷卢生通敌卖国的奏章，并将其上呈君王；不过，良心未泯的萧嵩却在其中暗做了手脚，这为以后在皇帝和诸番侍子面前澄清是非埋下了伏笔。但令人心寒的是，在卢生险些被砍头直至发配的过程中，除了崔氏拼死为夫喊冤外，群臣之中却并无一人伸出援手。不过，从另一方面来看，萧嵩与裴光庭此时的“不作为”，似乎也是汤显祖的有意为之。现实生活中的汤显祖也曾仗义执言，但他更见惯了官场老手们的明哲保身，所以，索性就让卢生的遭际来得更凄惨些吧。或许，这正是汤翁的机心所在。因此，萧嵩与裴光庭一线的设置，并非只像那些无聊的看客般可有可无，这条线索看似若有若无，却绵延始终，与卢生的主线互相映衬，一同为观者揭开了封建社会群僚图的重重面纱。

由上述论述可知，在集中笔力铺叙卢生梦境中的宦海风波时，汤显祖又刻意安排了多条线索，交错进行，主次分明，既突破了生旦各领一线，最终团圆当场、两线并作一线的模式化叙事线索的窠臼，又通过崔氏、宇文融、热龙莽、萧嵩与裴光庭等多条副线的设置，拓宽了剧本的社会内涵，避免了舞台气氛的沉闷呆板，做到了角色的均衡分工、劳逸结合，取得了远比《枕中记》更为动人心魄的艺术效果。

二、叙事时空：从僵硬嵌套到无缝衔接

戏曲作为舞台艺术，要在特定的舞台时空中讲述一段故事，因此从叙事学意义上说，戏曲艺术中的时空就具有双重意义：一是故事时空，指故事本身涉及的时间和空间；二是叙事时空，指通过剧作家特殊的艺术处理而呈现出来的舞台时间与空间。本文重点探讨《邯郸记》的叙事时空。

中国古典戏曲向来“重视叙事文学所具有的那种时间和空间的转换自由，重视叙事文学那种开放式的对故事情节的铺叙和人物形象的描写”①，《邯郸记》显然继承并发扬了这种时空流转自如的叙事传统，把几十年的漫长岁月和遍布天南地北的辽阔天地浓缩在一方小小舞台上，而不让人觉得勉强生硬。下

① 张庚、郭汉城主编：《中国戏曲通论》，上海文艺出版社1993年版，第169页。

面分叙事时间和叙事空间两方面试为阐述。

先看叙事时间。

叙事时间是故事在叙事文本中呈现出来的时间状态，它不同于故事发生的自然时间状态。对此，法国叙事学家托多罗夫有深入的论述："从某种意义上说，叙事的时间是一种线性时间，而故事发生的时间是立体的。在故事中，几个事件可以同时发生，但是话语则必须把它们一件一件地叙述出来，一个复杂的形象就被投射到一条直线上。"[①] 这种直线式的顺叙框架，也是中国古典小说和古典戏曲主要的叙述方法，但并非是唯一的。汤显祖在《邯郸记》中就尝试了多种改变叙事时序的方法。前文所分析的多条线索交错进行，即是对同一时段发生的不同故事进行多侧面补充交代的一种技巧，这种多线交替并置的方法，借助故事与故事之间的关系所造成的张力，获得了强烈的戏剧效果。此外，剧作家还采用了预叙、追叙、概述、间断等方法，对故事时间或重新构建、或进行压缩、或刻意拉长，满足不同情境和叙事意图的需要。

预叙，是提前暗示故事走向的一种叙事方法，它产生的效果是叙事时间的倒错。在《邯郸记》中，预叙或者通过人物的唱词、或者通过人物的上下场诗来完成。如《邯郸记》第三出"度世"写吕洞宾寻遍岳阳楼，无人可度，接下来会去向何方呢？本出的最后一曲【尾声】预示了情节的下一步走势："欠一个蓬莱洞扫花人，走一片邯郸城寻地主。但是有缘人，俺尽把神仙许。则这热心儿，普天下遇着他都姓吕。"[②] 其中的"邯郸城"就是吕洞宾下一个搜寻目标，紧接着第四出"入梦"一开始就是赵州桥北店小二的出场。故事情节自然吻合，清晰明了。又如第六出"赠试"下场诗："开元天子重贤才，开元通宝是钱财。若道文章空使得，状元曾值几文来？"[③] 既含有对黑暗科场的揭露和讽刺，又是对下一出"夺元"剧情的交代。再如第十九出"飞语"的下场诗"功臣不可诬，奸党必须诛。有恨非君子，无毒不丈夫"[④]，已经让人预感

① 张寅德编选：《叙述学研究》，中国社会科学出版社1984年版，第294页。

② （明）汤显祖：《邯郸记》，引自毛晋编《六十种曲》（四），中华书局1958年版，第10页。

③ 同上书，第23页。

④ 同上书，第64页。

到卢生未来仕途的血雨腥风似乎马上就要到来，同时也预示了宇文融终会受到惩罚的结局，是第二十四出“功白”的先声。这种提前告知故事走向的预言叙事貌似削弱了观众的阅读期待，但同时又促成了观众的另一种心理期待：“这种事情会怎样发生呢？”进而引发人们的思考，进入更高的欣赏层面。

追叙和预叙相反，是对已发生事件的事后追述，它是重构叙事时序的另一种手段。这种叙述方法可以在有限的篇幅内，扩大戏曲的故事容量。如《邯郸记》第二出“行田”卢生刚登场时的定场白，就具有追叙的叙事功能：

小生乃山东卢生是也。始祖籍贯范阳郡，土长根生。先父流移邯郸县，村居草食。自离母穴，生成背厚腰圆。未到师门，早已眉清目秀。眼到口到心到，于书无所不窥；时来运来命来，所事何件不晓。数什么道理茧丝牛毛，我笔尖头一些些都簺的进挑的出；怕那家文章龙牙凤尾，我锦囊底一样样都放的去收的来。呀，说则说了百千万般，遇不遇兮二十六岁。①

这段念白通过人物“背景介绍式”的追叙，把故事叙述的上限时间向前大大推移了，便于读者了解现阶段之前卢生二十多年间的人生经历。

又如第十出“外补”中崔氏的念白：

我家深居独院，天赐一位夫君，欢心正浓，忽动功名之兴。我将家资打发他上京取应，一口气得中头名状元，果中奴之愿矣。只为圣恩留他，单掌制诰。三年之外，方许还乡。②

第十九出“飞语”中宇文融的念白：

数年前，状元卢生不肯拜我门下，心常恨之。寻了一个开河的

---

①（明）汤显祖：《邯郸记》，引自毛晋编《六十种曲》（四），中华书局1958年版，第2页。
② 同上书，第30页。

题目处置他，他倒奏了功，开河三百里；俺只得又寻个西番征战的题目处置他，他又奏了功，开边一千里。圣上封他为定西侯，加太子太保，兼兵部尚书，还朝同平章军国事。①

第二十四出“功白”中热龙莽之子的念白：

俺父亲当年战败，为卢元帅追剿，危急之际，白雁题书，求他拨转马头，放条归路。书云：莫教飞鸟尽，留取报恩还。②

这三段念白都是对以往事件的追述，但它们并非一种简单的重复，而是一种别有意味的强调：“过去描写的事件用现在的眼光看又具有了新的意义。”③以宇文融的念白为例，“飞语”追叙的是第十一出“凿陕”和第十六出“大捷”中所发生之事，但“凿陕”和“大捷”所述，旨在表现卢生的显耀政绩和赫赫战功；而宇文融的追述，暴露的则是这一人物的阴险狠毒、老谋深算。这种追述通过对叙事时序的重构，营造了一种意蕴更丰富的时间形式。

再如第十出“外补”通过生旦之间的对话，交代了过去三年发生的事情：

（旦）闻的你中了状元，留你中书三年掌制诰，因何便得锦旋？（生）你不知，小生因掌制诰，偷写下了夫人诰命一通，混在众人诰命内，朦胧进呈，侥幸圣旨都准行了。小生星夜亲手捧着五花封诰，送上贤妻，瞒过了圣上来也。④

这里通过角色的追叙，既把卢生中状元以来发生的事情做了个简单回顾，又把本出和被第九出“中断”了的第八出的剧情前后勾连起来，三言两语之间

① （明）汤显祖：《邯郸记》，引自毛晋编《六十种曲》（四），中华书局1958年版，第61—62页。
② 同上书，第86页。
③ 罗钢：《叙事学导论》，云南人民出版社1994年版，第139页。
④ （明）汤显祖：《邯郸记》，引自毛晋编《六十种曲》（四），中华书局1958年版，第31页。

即弥补了故事情节的“漏洞”。

概述，是把故事时间大大压缩的一种手段。如《邯郸记》第二十出“死窜”堂候官的念白：“铁券山河国，金牌将相家。自家定西侯卢老爷府中堂候官便是。我家老爷掌管天下兵马数年，同平章军国事。文武百官，皆出其门。圣恩加礼，一日之内，三次接见。”① 这段陈述性念白虽然高度概括，却把卢生受封定西侯以来数年间的荣耀全盘托出，与第十八出“闺喜”的故事时间自然衔接。在这里，寥寥数语间，时间就跨过了好几个春秋，故事时间远大于叙事时间。又如第十出“外补”崔氏的唱词：“状元郎拜满了三年限，猛思量那日雕鞍，又早春风一半，展妆台独自捻花枝叹。”三年光阴，在人物的浅吟低唱中倏忽而过，这种灵活处理时间的方式，正反映了戏曲艺术“无戏则短”的情节特点。

间断，是戏曲艺术常用的暂时中止故事时间、有意拉长叙事时间的一种手段。由于戏曲擅长描摹人物内心情感的抒情性特点，在故事进展中，几秒钟或者几分钟的物理时间，在剧中往往被放大为几分钟或几十分钟的叙事时间。如《邯郸记》第三出“度世”中，吕洞宾接连唱了【鲍老儿】【满庭芳】【耍孩儿】【尾声】四支曲子，抒发其寻遍千山万水，好不容易觅得“一道清气”时的惊讶与喜不自胜。又如第十八出“闺喜”连用【桃源忆故人】【掷破金字令】【夜雨打梧桐】【掷破金字令】【夜雨打梧桐】五支曲子（几乎占了一出的篇幅），尽情抒发崔氏埋怨卢生为了功名轻易离别，感叹春光易逝、孤寡难度的落寞寂寥之情。所以，本出名曰“闺喜”，实为“闺怨”。像这些用大段唱词抒发人物情感、让时间仿佛静止下来的技巧，极大地深化了人物的内心世界，与前之“概述”恰成鲜明对比，是戏曲情节“有戏则长”的典型体现。

上述追叙和预叙两种技巧主要是为了叙事时序的重构，概述和间断两种方法则是为了叙事时间的变形。《邯郸记》通过对这些技法的娴熟使用，把剧作家对官场世情之慨叹、对善情恶情之褒贬，倾向鲜明地铺陈在了读者和观众面前。

---

①（明）汤显祖：《邯郸记》，引自毛晋编《六十种曲》（四），中华书局1958年版，第64页。

再看叙事空间。

《邯郸记》的故事跨越了人间、梦境和仙界多重空间。梦境中又从京城到边疆、从卢府到宫廷、从朝堂到战场、从高山到大海、从客厅到庭院……如此变幻多姿的空间转换，在简陋的舞台上是如何实现的呢？汤显祖继承了前人的优良传统，主要采取了以下三种方法：

一是通过人物的唱念，暗示故事空间的变化。如第三出“度世”中吕洞宾所唱【醉春风】:“则为俺无挂碍的热心肠，引下些有商量来的清肺腑。这些时，瞪着眼下山头，把世界几点儿来数数：这底是三楚三齐，那底是三秦三晋，更有那找不着的三吴三蜀。说话中间，前面洞庭湖了。好一座岳阳楼也！”[①]伴随着人物的唱念，仿佛顷刻之际就穿越了三楚三齐、三秦三晋、三吴三蜀，来到了洞庭湖畔的岳阳楼。又如藉由第二十二出“备苦”中的【玉札子】:“是乌艚还是白艚，浪崩天雪花飞到。（内风起介众）飓风起了。恶风头打住蓬梢，似大海把针捞。浮萍一叶希，带我残生浩渺。”[②]观众在转瞬之间又被带到了波涛汹涌的大海面前。正是这些或叙述或描写的曲词，让一方小小舞台自由变换成各种各样的故事场域。

二是通过演员的身段表演来实现空间的转换。如《邯郸记》第四出“入梦”通过“生作睡不稳介看枕介”“抹眼介”“瞧介”“起向鬼门惊介”“做跳入枕中枕落去生转行介”等动作提示，轻快自如地完成了从现实到梦境的空间变换。又如《邯郸记》第二十二出“备苦”通过“行介”“叹介”“走介”“虎跳上生惊介”“张伞作斗介”“醒介”“看介”“踭起正头叫疼介”“望介疼介”“船覆众下介”“生得木板漂走哭上介”“跳介”“生抱颈介”“倒介”“各色随意舞弄介”“鬼替捋须塞口诨介”等动作表演，把卢生被发配途中所经历的崇山峻岭、苍茫大海、阴曹地府、蛮荒之地，交替展现在观众面前。从京城到崖州鬼门关，其间千山万水，不可历数，但戏曲舞台上丝毫不用拘泥，一个圆场几十里，一个趟马几百里，剧本中仅需一个“走介”的提示，就可让空间瞬间发生转移。

三是通过人物的上下场自由转换空间。如《邯郸记》第二十出“死窜”，

---

① （明）汤显祖：《邯郸记》，引自毛晋编《六十种曲》（四），中华书局1958年版，第5页。
② 同上书，第76页。

开始的场景是崔氏和卢生在家中饮酒欢庆，官兵突然到来，奉旨要将卢生押赴云阳市斩首，于是，官兵、卢生和崔氏先后下场；紧接着，高力士和崔氏母子相继登场，场景已经转到了正阳门，崔氏母子的苦苦跪告，终于换来了皇帝的一纸赦命，高力士、崔氏母子、裴光庭遂次第下场；再接着，是身着囚服的卢生被刽子手押上场来，舞台又变成了刑场。从卢府到正阳门，再到刑场，在现实生活中至少需要几个小时的时间，但戏曲舞台通过人物频繁的上下场，在一场戏中，轻松自如地就实现了空间的转移，让故事显得更加紧凑。另外，像“虏动”“边急”这样的过场戏，更是通过番将热龙莽、番相悉那逻和羽林大将军的上下场，充分发挥了舞台空间自由变换的优势。

以上三种方法并不是截然分开的，它们最终都汇聚在了演员的表演中，通过演员的唱、念、做、打，把故事空间从田庄小店延展到虚幻梦境，从森严地府延伸到缥缈仙山，从古道寒鸦伸展到红粉高墙，从宫廷府衙拓展到荒郊沙场，从闺房密室延伸到机坊边疆。凡此种种，不一而足，空间转换之灵活、地域变换之不定，莫不给人以俯视天地、一览万物之浩叹。但这些虚拟出来的空间，又并不让人感到杂乱无章，而是在观众的默契配合下，有条不紊地转换的。这正是中国古典戏曲处理叙事空间的独特之处和傲人之处，也是《邯郸记》较之《枕中记》的场景转换更为流畅自如的三昧之所在。

《枕中记》中，卢生入梦是经由外力推动而强行进入的：“翁乃探囊中枕以授之，曰：‘子枕吾枕，当令子荣适如志。’”[①]带有明确的目的性。卢生的出梦也很简洁，直接由死亡过渡到梦醒：“是夕，薨。卢生欠身而悟，见其身方偃于邸舍，吕翁坐其傍……”[②]这种现实和梦幻僵硬嵌套的处理方式，虽带来虚实相对的显见效果，却不利于人生如梦的意蕴传达。

而《邯郸记》的处理则要高明得多，卢生的入梦与出梦都是在无意识状态下自然而然转换的。剧中写卢生欲睡而少枕，吕洞宾遂开囊取枕赠于卢生，卢生却翻来覆去睡不安稳，突然发现磁枕两头光明大作，其中竟暗藏着齐整官道和红粉高墙……壶中乾坤由此展开。现实与梦境在演员的唱念与身段配

---

① 汪辟疆：《唐人小说》，上海古籍出版社 1978 年版，第 45 页。

② 同上书，第 47 页。

合下衔接流畅，似梦又非梦。卢生的出梦也是在浑然不觉中进行的：奄奄一息的卢生在交代完临终遗言、写下遗表后，解下朝衣朝冠，换上旧衣旧帽，安然辞世；随即在一片凄凄哀号中，卢生被崔氏“卢郎好醒呵”的连声呼叫陡然惊醒，梦中情景，历历在目，片时方知：“六十年光景，熟不的半箸黄粱。”[①] 梦中时空与现实时空实现了了无痕迹的无缝衔接。这种双重构架的时空重叠，把现实社会难以或不便言传的感慨与沉思，通过虚实交错、似梦非梦的巧妙连接，委婉地传达了出来，取得了发人深省的效果。

叙事空间和叙事时间其实是很难分开的，上文出于论述的需要才分而论之。《邯郸记》改编自《枕中记》，而能不拘泥于兹，在三十出的篇幅中，纵横六十载，驰骋千万里，和剧作家对预叙、追叙、概述、间断等叙事技巧的灵活运用，以及通过人物的唱念、上下场、身段表演等方法，流畅自如地转换空间，是密不可分的。这样处理叙事时空的编剧技巧依然值得今人借鉴。

对《邯郸记》的叙事结构，前贤一向评价甚高。如吴梅先生曾盛赞《邯郸记》：“惟此记与《南柯》，皆本唐人小说为之，直截了当，无一泛语。增一折不得，删一折不得，非张凤翼、梅禹金辈所及也。”[②] 今人邹自振先生亦曰：“从戏剧结构看，《邯郸记》以卢生宦海浮沉为主线，笔力相当集中。情节既连贯又有分隔，针线缜密，张弛相济，在明清传奇中可算得短小精悍之作。关目安排跌宕多姿，常用极端的变化推动剧情的发展。”[③] 本文不过是在前贤的肩膀上，“接着说”而已。当然，从《枕中记》到《邯郸记》叙事结构的变化，绝非只有上文所言叙事线索和叙事时空两方面，还应包括情节方面的繁复与简略、突转与发现、渲染与铺垫、伏笔与悬念等，限于篇幅，本文仅从线索和时空两方面探讨了汤显祖的叙事意识，不足之处，还请方家指正！

（原载赵晓红主编《汤显祖与明代戏曲——纪念汤显祖逝世 400 周年学术研讨会论文集》，经济科学出版社 2018 年版）

① （明）汤显祖：《邯郸记》，引自毛晋编《六十种曲》（四），中华书局 1958 年版，第 108 页。
② 吴梅：《中国戏曲概论》，《吴梅戏曲论文集》，中国戏剧出版社 1983 年版，第 158 页。
③ （明）汤显祖著，邹自振评注：《邯郸记》，中国戏剧出版社 2010 年版，第 6—7 页。

第二编　剧学探胜

呼唤戏曲创作的诗性精神

摘要：中国戏曲有着独特的创作规律，这种特殊规制的形成，和中国戏曲悠久深厚的诗化传统密不可分。当今戏曲舞台上那些真正打动人心的佳作，如京剧《骆驼祥子》、京剧《成败萧何》、越剧《陆游与唐琬》、川剧《死水微澜》、梨园戏《节妇吟》等，都和剧作家对剧本创作的诗意追求密不可分。戏曲创作的诗性精神不仅内含于剧本创作中，还体现在演员表演、导演语汇和舞美设计等舞台呈现上。由于戏曲运用诗、乐、舞这样独特的表现方式来描情、叙事、状物，这种特殊的“物质媒介”，决定了它的舞台呈现必然以抒情写意、遗貌取神为主，简言之，即在尊重戏曲艺术诗化节奏的基础上，求得艺术的真实。戏曲的舞台创作和戏曲剧本的创作一样，只有遵循了戏曲的诗化原则，才能让我们的传统戏曲历久弥新，真正葆有绵延不绝的生命力。有了这种诗性精神的引导，我们也才会正视戏曲舞台上布景过“实”、配器过“浓”、服饰过“真”、群舞过“滥”等“现代病”，才会让我们的戏曲舞台更有魅力，从而赢得更多的观众。

关键词：戏曲；剧本；舞台；创作；诗性精神

作为一门综合性极强的舞台艺术，中国戏曲有着独特的创作规律。而这种特殊规制的形成，又和中国戏曲悠久深厚的诗化传统密不可分。经过千百年的发展，戏曲这种浓郁的诗性精神早已融化在历代观众乃至国民的血脉之中，伴随着中华民族度过了一段又一段或荣耀或屈辱、或振奋或低迷的岁月。

曾有学者指出中国是一个“诗的国度”[①]，诚然如斯，那么，戏曲艺术可算得上是让这种诗情诗意弥漫整个国度、浸润芸芸众生的光辉使者了。

诗性，可以理解为“艺术家与欣赏者共同构筑的一种虚实相生的想象空间”[②]，它以抒情写意为核心，以创造意境为旨归，具体表现为诗化的语言、诗化的动作、诗化的叙事、诗化的节奏、诗化的意境等。诗性精神[③]，本来是中国戏曲的应有之义，这一命题似乎没有争论或谈论的必要，可曾几何时，反观当下戏曲舞台上五彩斑斓、花样繁多的各种演出，真正意蕴绵长、打动人心，能够产生“余音绕梁、三日不绝”的感人效果的优秀之作却并不多见。果真是忙碌紧张的现代生活，已然容纳不下浅斟低唱、缓歌慢舞的“诗意栖居”了吗？还是我们的戏曲创作导向出了问题？本文尝试着从中国戏曲的诗化传统入手，对戏曲剧本创作和舞台创作的诗性精神分别展开论述，以此抛砖引玉，希望能对新世纪的戏曲创作有所启发。

一、中国戏曲的诗化传统

中国有着悠久的诗歌传统，尤其是抒情诗的传统。诗歌和中国戏曲的亲密关系，早已为历代学人所关注。如明人王世贞《曲藻》曰：

> 三百篇亡而后有骚、赋，骚、赋难入乐而后有古乐府，古乐府不入俗而后以唐绝句为乐府，绝句少宛转而后有词，词不快北耳而后有北曲，北曲不谐南耳而后有南曲。[④]

在王世贞的勾勒下，由诗到词、由词及曲的发展脉络清晰可辨。这也是

---

① 林庚：《谈古典文学研究和新诗创作》，《林庚诗文集》第9卷，清华大学出版社2005年版，第241页。

② 易勤华：《戏曲诗性论》，福建师范大学博士学位论文，2006年。

③ 本文所谈戏曲创作的“诗性精神”，不仅包括戏曲剧本的语言形态，还兼指剧本立意、剧作结构、表演形态、导演艺术、舞美艺术等方面所蕴蓄的诗意内涵，是对戏曲文本创作规律和舞台创作规律的总概括。

④ 王世贞：《曲藻》，《中国古典戏曲论著集成》第四册，中国戏剧出版社1959年版，第27页。

大多数古人所认同的一种戏曲发展观。

直到近代，王国维依然秉承了这种“古诗之流”的戏曲观：

> 追原戏曲之作，实亦古诗之流。所以，穷品性之纤微，极遭遇之变化，激荡物态，抉发人心，舒轸哀乐之余，摹写声容之末，婉转附物，怊怅切情，虽雅颂之博徒，亦滑稽之魁桀。惟语取易解，不以鄙俗为嫌；事贵翻空，不以谬悠为讳。①

这种戏曲观虽然有着偏文本轻舞台的局限性，但对中国戏曲抒情状物、抉发人心、意境隽永的归纳倒也切中肯綮。

此后，较早从美学高度探寻戏曲诗性品格的学人，当推余上沅。20 世纪 20 年代，中国旧戏正成为时代的众矢之的，年轻的余上沅却逆流而上，认为中国戏曲构筑了一个“诗美的空间”，并对其大赞特赞，试看余上沅眼中的“旧戏”：

> 譬如画家看见了一面墙，墙前面摆了一张桌子、几把椅子……假使他真是个艺术家……他所看见的只是一些线条和颜色彼此在发生一种极有趣味的关系——形象……它是不是代表桌子椅子倒不要紧，要紧的是你去正看倒看，左看右看，它都能给你一种乐趣。②

这段话流露出的是一种纯粹、超然的审美姿态。余上沅正是以其艺术家的敏感，发现了中国戏曲表演、舞美等方面的抒情写意性，而倾心于戏曲、寄情于戏曲的。

当代戏剧家张庚先生，在继承王国维、余上沅等前贤学说合理内核的基础上，提出了被戏曲理论界广为推崇的“剧诗说”。关于“剧诗”，张庚先生曾语重心长地讲过这样一段话：

---

① 王国维：《曲录自序》，《王国维戏曲论文集》，中国戏剧出版社 1984 年版，第 252 页。

② 余上沅：《旧戏评价》，《余上沅戏剧论文集》，长江文艺出版社 1986 年版，第 150 页。

中国的诗是从四言诗到五言诗，从五言诗变成七言诗，又变成词，词又变成曲（一个是散曲，一个是戏曲），就是这么发展过来的。所以中国的文学家，向来把戏剧看成是一种诗，称之为戏曲，曲就是诗的一种。戏曲也就是剧诗……我们现在写戏，对“戏曲实际是诗”的这一概念比较模糊，所以往往写不出好的戏曲文学剧本来。①

这段话不仅指出了戏曲作为“剧诗”的诗性因子，更是对当时剧坛创作偏离诗化传统、难以出现戏曲佳作的现象的批评，可谓良言警句。遗憾的是，直到今天，这种背离诗化传统的现象，似乎仍未引起广大戏曲从业者的重视。真正的戏曲精品之所以总是芳踪难觅，恐怕与此不无干系。

不唯戏曲界有着像张庚先生这样强烈的呼声，就连话剧界的有识之士，也早已发出“英雄所见略同”的呼喊。焦菊隐，这位有着丰富的话剧舞台创作经验的戏剧家，在 1961 年曾经庄严地提出：

我们要有中国的导演学派、表演学派，使话剧更完美地表现我们民族的感情、民族的气派。②

而焦菊隐为中国话剧开出的创建自己的演剧学派的良方，就是学习戏曲艺术的诗性审美。他强调话剧表演要深入人物的内心世界，挖掘其“内在的真实”和“诗意的真实”，“要用话剧艺术的形，来传戏曲艺术的神”③；认为导演艺术创造最重要的，是要“在舞台这种画布上，画出动人心魄的人物来”，并强调“这就是诗意”④；强调舞美设计要以虚实结合的创造，在舞台上有力地

① 张庚：《中国戏曲的美学特点——在全国中青年戏曲作者读书会上的讲话》，《张庚文录》第五卷，湖南文艺出版社 2003 年版，第 2—3 页。

② 焦菊隐：《谈话剧接受民族戏曲传统的几个问题》，《焦菊隐文集》第 4 卷，文化艺术出版社 1988 年版，第 13 页。

③ 焦菊隐：《〈武则天〉导演杂记》，《焦菊隐文集》第 4 卷，文化艺术出版社 1988 年版，第 1 页。

④ 焦菊隐：《导演·作家·作品》，《戏剧报》1962 年第 5 期。

烘托出“饱满而富有诗意的整体形象”①。可见，焦菊隐是将“诗意”的创造，看作是话剧演剧向戏曲艺术学习的最高境界的。也正是以其诗人般的激情和睿智，焦菊隐才在话剧舞台上创造出了《虎符》《茶馆》《蔡文姬》《武则天》《智取威虎山》《关汉卿》等一台台富有浓郁诗意的精彩演出。

无需再一一列举，中国戏曲的诗化传统，早已被元杂剧、明清传奇的辉煌成就所证实。《西厢记》《琵琶记》《牡丹亭》《长生殿》《桃花扇》……这些传唱至今的戏曲经典，之所以打动了一代又一代观众，凭借的正是其幽微细腻、隽永醇厚的动人诗意。当今戏曲舞台上那些给人留下深刻印象的作品，像川剧《金子》、梨园戏《董生与李氏》、黄梅戏《徽州女人》、甬剧《典妻》等，也无一不是因其对人物内心情感的深挖细掘、对舞台意境的诗意营造、对戏曲语言音乐化节奏化的追求、对舞台表演“离形得似”的探寻等。这些佳作的脱颖而出，恰在其成功地创造了舞台的诗意形象。

当代话剧史论家田本相先生曾在《天津日报》上发表了《试论中国戏曲的诗化》一文，文中呼吁“戏曲的诗化传统，是中国戏曲发展的根基”，“戏曲的诗化传统，是值得我们认真总结和传承的”②。我们的姊妹艺术尚且在研究、借鉴戏曲的诗化传统，那戏曲的从业者们，还有什么理由不重视和发扬这种历史悠久的诗性传统呢？

二、戏曲剧本创作的诗意内涵

中国文学的诗化传统深深地影响和制约着中国戏曲的发展轨迹。在传唱至今的杂剧、南戏、传奇经典中，像柔婉妩媚的《西厢记》、委曲尽情的《琵琶记》、旖旎多姿的《牡丹亭》等，莫不是以其空灵蕴藉的诗意而触动着人们的心弦的。放眼当今戏曲舞台，那些真正打动人心的佳作，如京剧《骆驼祥子》、京剧《成败萧何》、越剧《陆游与唐琬》、川剧《死水微澜》、梨园戏《节妇吟》等，也无不是以其隽永醇厚的意蕴而让人记忆犹新的。这些舞台精品

---

① 焦菊隐：《谈灯光的作用》，《焦菊隐文集》第4卷，文化艺术出版社1988年版，第12页。

② 田本相：《试论中国戏曲的诗化》，《天津日报》2017年7月19日第12版。

的诞生都和剧作家对剧本创作的诗意追求密不可分。

需要指出的是，本文所论“戏曲剧本创作的诗意内涵”，不仅仅指剧本的语言形态，还包括人物塑造、情境营造、结构布局等方面，涵盖戏曲剧本创作的每一方面。以被誉为“剧坛最优雅的古典诗人”的当代剧作家王仁杰创作的剧本《董生与李氏》为例，我们可以看到，剧作家把中国戏曲的诗性精神，发挥到了堪称“无以复加”的地步。

先看人物塑造。

翻开剧本，首先看到的是人物的出场。

女主人公李氏在一曲【长寡·空闺恨】的哀哀吟唱中姗姗登场：

乍吟白头，何曾到白头！游丝悬君命，冷月照孤舟。虽未效孟姜哭夫、绿珠坠楼，但恐望夫石畔，亦作了怨妇空自守。①

彭员外是伴着【短滚·太子游四门】的演唱忐忑登台的：

魂魄已到酆都游，忽闻红粉哭声啾。不忍骤然去，惶惶急回头。唉！舍得下，花朝月夕，肥马轻裘；舍不得蛾眉粉黛，黄昏独自愁。

董四畏则是随着一支【短潮】的曲调出场的：

亦广文，亦五柳，古人文章，描我在前头。今日出场缘底事，细思量，端的无来由！

人物的出场没有自报家门式的烦琐介绍，而是径以一支支曲牌直刺人心，不同人物的别样心思，就这样曲曲如绘地袒露在观众面前。

男女主人公之间欲说还休的情感关系也是在一首首清新婉约的词调中逐

① 本文所引《董生与李氏》剧本中的曲词，均出自王仁杰：《董生与李氏》，剧本杂志社、武汉市文化局编《曹禺剧本奖获奖作品选》（第三卷），作家出版社2007年版。下同。

步清晰明朗的，请看第三出“登墙夜窥”中李氏与董生的两段对唱：

东邻多病萧娘，西邻清瘦刘郎。被无端一堵粉墙，将人隔断，抵多少水远山长。

乍见一身缟素，霎那间春衫窄窄衬柳腰。灯下对镜，重把双眉仔细描。虽非蜀中卓文君，却比文君别样娇。教人隔墙，魂儿销，心旌摇。

咀嚼着这些委婉含蓄、发自肺腑、充满节奏感的语句，你无法不被王仁杰笔下人物的诗意、柔婉、真诚所打动，更绝不会以为这对怨妇旷男的结合是为人所不齿的逾“礼”之举，相反，却是顺应人情、天经地义的合“礼”之措。这就是剧作家在精心营造的诗意氛围中烘托出的让人回味良久的人物形象。

次看情境营造。

王仁杰的剧作可谓惜墨如金，简洁得连每场戏的场景提示都被省略了。但独特的戏剧情境却被人物用典雅细腻的曲词给“唱”了出来，如第三出“登墙夜窥”的故事场景，是藉由李氏之口，用一曲【双闺】来交代的：

彩云归去月满庭，岂独对青娥翠画屏。素手推绿窗，为向银河窥双星。

一幅月朗星稀、清雅幽静的夜色就这样在观众身边氤氲开来。把这份万籁俱寂、令人浮想联翩的宁静，推向更加充满诗情画意的意境的，是接下来董生对眼前美景的一番感慨：

好景——月影花影树影灯影，更哪堪亭亭玉立佳人影。云汉无声，四周好寂静。书生何幸，如到桃源境。方羡得刘阮入天台，不忍问归程。

这段唱，既符合一个酸秀才的口吻，又为剧本营造了一个恍若仙境的氛围。剧中类似这样寄情于景、情景交融的优美唱段不胜枚举。不难看出，王仁杰是以一种非常敬畏的姿态来对待中国戏曲的诗化传统的，并且，将其驾驭到了出神入化的地步。

再看结构布局。

王仁杰也是匠心独运，奉行“有情则长，无情则短”的原则。《董生与李氏》的故事很简单，作者似乎无心花费太多笔墨去交代情节，却总能抓住最富戏剧性、人物情感最绵密的地方去“做”戏，反复揉搓人物内心的细微波澜，使人物关系变得更加婉转妩媚，而非剑拨弩张、势不两立。这在第三出“登墙夜窥”和第四出“监守自盗”中表现得最为明显。

比如，董生在墙头偷窥李氏时，内心极为矛盾，一则庆幸终于“等来”了捉奸的大好时机，对彭员外总算有个交代；二则又担忧万一奸情败露，李氏有何面目存世。此时，作者用一曲【短潮】形象地描摹了人物这一左右为难的心理：

> 我心郁结，更与何人说？煞费踌躇，此时有计计亦拙。

待到董生终于下定决心，“学一下张君瑞”，却又在门外徘徊不前了。这时，作者适时地给人物安排了一段细腻形象的唱段：

> 如临深渊，如履薄冰。瓜田李下走，战战亦兢兢。西厢门外，欲进无胆，欲退却不能。

一个“有贼心无贼胆”、酸腐而又善良的书生形象已是跃然而出。王仁杰总能在最简单的情节中，巧妙运用简洁、微妙的心理外化手段，酣畅淋漓地渲染出人物丰富而精微的内心“小宇宙”的生动情状。对人物何时该唱，何时该止，拿捏精准，为舞台表演预留了充足的时间。

以上从人物、情境、结构等方面，对《董生与李氏》的诗化特色做了简要的分析。王仁杰的确不愧“古典诗人”的雅称。《董生与李氏》更像一首简洁而凝练的小诗，虽然惜墨如金，却在简练的形式下洋溢着活泼丰盈、余味不绝的醇厚意蕴，正因其契合并发扬了戏曲的诗性本体精神，才具有了叩击心扉的艺术魅力。这正是深谙戏曲美学三昧的“古典诗人”对当代戏曲创作的重要启迪。富有诗意的凝练剧本，是催生舞台精品的基础，期待剧坛能够涌现更多这样富有隽永诗意的“化工”之作！

三、戏曲舞台创作的诗化原则

戏曲创作的诗性精神不仅内涵于剧本创作中，还体现在演员表演、导演语汇和舞美设计等舞台呈现上。由于戏曲运用诗、乐、舞这样独特的表现方式来描情、叙事、状物，这种特殊的“物质媒介”，决定了它的舞台呈现必然以抒情写意、遗貌取神为主，简言之，即在尊重戏曲艺术诗化节奏的基础上，求得艺术的真实。

戏曲理论家阿甲先生向来主张，只有完成了唱念做打的诗化，才能创造出具有美学价值的艺术形象。在为曾经风靡全国的京剧《李慧娘》的主演胡芝风女士说戏时，他曾讲过这样一段话：

> 在戏曲表演中，人物的喜、怒、哀、乐，包括回忆、思念、判断、推理等情感体验，必须在生活原形的基础上，赋以诗韵化、节奏化，才能与戏曲有韵律、有节奏的外部表现相谐调，才能产生戏曲的艺术真实感和美感力量。
>
> 戏曲的体验不能像话剧、电影那样，哭要真哭，笑要真笑……戏曲讲究美，哭要哭得好听，笑要笑得动人，这就需要用诗韵的节奏，甚至舞蹈来装饰它、美化它，使它比生活的原来形态更鲜明、更夸张、更优美，因此，更具有真实感。①

---

① 转引自胡芝风：《艺海风帆——我的艺术道路》，中国国学出版社 2009 年版，第 151 页。

这些经验之谈一针见血地道出了戏曲表演的美学真谛。在诗化原则的统领下，戏曲舞台上人物内心的喜怒哀乐都要转化为诗韵的节奏；眨眼、抽泣、呼吸、拭泪等外部情状，都要提炼加工为有韵律感的身段和有美感的面部表情，而不能像生活中真正的咧嘴大笑、涕泗滂沱一样。京剧《李慧娘》之所以能在当时掀起一阵席卷海内外的“胡旋风”，正和它在舞台上精心打造的传神表演、悠远意境密不可分。

如“访裴”一场中，裴舜卿有感于李慧娘冒死相救，而表示愿做一个“患难知己”，李慧娘听后百感交集，伴随着富有韵律感的“羞答答情怯怯心意彷徨”的内心体验，她用舞蹈化的身段将手帕先是无意识地缠绕，继而又轻轻地扯开，面部神情也配以相应的节奏感，把初恋少女的羞赧、兴奋、喜悦、激动含蓄微妙地传达了出来。又如，李慧娘正欲和裴舜卿从红梅阁逃走时，猛然惊闻一声鸡鸣，这才醒悟自己与裴郎已然阴阳两隔，永无完好之望，不禁悲从中来、怨恨不已，此时的李慧娘面带恐慌之色，与裴生短暂对视后，下意识地攥紧了手帕；紧接着，在一阵急促的锣鼓伴奏声中，李慧娘转身奔向窗棂，留给观众的，只是一个伴随着乐曲而有节奏地起伏的悲痛背影。这里，没有过多语言的烘托，但人物内心翻江倒海的巨变，却在演员优美的程式动作中跃然而出，使得观众无法不被这个多情、忘我、勇敢、怨愤的女鬼所深深感染。

再看“见判”一场，李慧娘出场后有段快速圆场的舞蹈，行走时除脚步像白莲一样轻轻浮动外，全身纹丝不动，只见衣袖、裙袂、绸带不断地随风飘扬。这里，胡芝风把一般花旦的脚跟着地改为前脚掌着地，使得鬼魂的形象既柔美又挺拔，构成了一种昂扬、轻柔的意象，很好地烘托了李慧娘义无反顾、急于救裴的迫切心情。

一台好戏，除了要有演员的传神表演，还离不开舞美设计对戏剧情境的烘托。京剧《李慧娘》在舞美方面就很注意营造一种朦胧的美感。比如开场时空无一人，但见烟云飞动，在阵阵喊冤声中，一袭白衣的李慧娘急急出场了，此时烟云汹涌，烘托出沉郁、阴森、激越、顿挫的地府情境。这既引起观众的好奇心，又让人产生隐隐的担忧和恐惧，为全剧奠定了一个悲而不恸的情感基调。紧接着，是李慧娘的长袖翻飞、上下盘旋，众小鬼的飘忽灵动、时隐时现，这一切在灯光和烟雾的衬托下，显得既空灵旷远又诡异莫测，给人一种虚无缥缈的朦胧联想。观众在这种氤氲迷离的气韵中，也感受到了“境外之境”的审美愉悦。

戏曲舞台创作的诗意呈现，当然不限于演员表演和舞美灯光，它还和导演的舞台调度、乐队伴奏、服饰装扮等息息相关。所有这一切，都和戏曲剧本的创作一样，只有遵循了戏曲的诗化原则，才能让我们的传统戏曲历久弥新，真正葆有绵延不绝的生命力。有了这种诗性精神的引导，我们也才会正视戏曲舞台上布景过“实”、配器过“浓”、服饰过“真”、群舞过“滥”等“现代病”，才会让我们的戏曲舞台更有魅力，从而赢得更多的观众。

希望我们的传统戏曲能藉由这道“诗意”的彩虹，把当代生活装点得更加多姿多彩！

（原载《西安艺术》2018 年第 1 期）

整一·中和·意境

——明清戏曲创作结构论的美学追求摭谈

摘要：戏曲结构是包含着创作主体和客观外物诸因素的内容与形式的有机结合，有着丰富的审美意蕴。明清时期的戏曲结构论更是深深烙印着中华民族传统的审美文化心理和思维模式。本文主要论述了明清戏曲创作结构论的三大美学追求：整一美、中和美、意境美。

关键词：结构；整一；中和；意境

结构的原意，本来指建筑上的连结构架，以成屋宇；进而引申为组成整体的各个部分的搭配和排列。具体到戏曲的结构，则是指戏曲作品内部各种元素的组织方式和构造序列，古人习称为“章法”“布局”“格局”等。但又不能简单地认为戏曲结构仅仅是对客观生活素材的一种组织形式，戏曲结构是包含着创作主体和客观外物诸因素的内容与形式的结合，它通过对生活素材的加工，“表现出对人和社会的本质认识，从而形成为戏曲从审美上把握现实的一种手段”①，因而有着丰富的审美意蕴，而不是单纯的感性材料的形式美。对此，明清时期的戏曲创作结构论已有了较为深入的探讨。以下，本文拟从整一美、中和美、意境美三个方面对明清戏曲创作结构论的美学追求作一粗浅探析。

---

① 吴毓华：《古代戏曲美学史》，文化艺术出版社 1994 年版，第 183 页。

一、整一美

整一美，是指戏曲结构作为一个整体的统一美。这既是古人对戏曲结构的一种基本要求，也是一种普遍的创作理想。早在对戏曲结构探讨甚少的元代，博学多能的乔吉就已提出："作乐府亦有法，曰凤头、猪肚、豹尾六字是也。"对此，元末的陶宗仪详加阐述：

> 大概起要美丽，中要浩荡，结要响亮。尤贵在首尾贯穿，意思清新。①

乔吉所说的"头、肚、尾"和陶宗仪所说的"起、中、结"，都强调了戏曲剧本的创作要重视首尾的完整一致，显示了对戏曲结构整一美的初步追求。但由于我国古代抒情文学传统的强大影响，他们主要还是以诗文的审美观来评价戏曲，所以，其关于"首尾"的概念，还只是从曲本位的角度对戏曲结构提出的美学要求，尚未涉及叙事结构的理念。

然而，元代毕竟是这样一个特殊的时代：它在极短的时间内把戏曲艺术的创作和表演推向了令人惊叹的高峰，似乎理论家们还来不及对这种文艺现象细加揣摩，它的光芒就已逐渐黯淡。那么，我们也就不必苛求元人对戏曲剧本结构研究的浅尝辄止了。尽管如此，乔吉的"六字"真言和陶宗仪的"首尾贯穿"，对后世的启迪却是不容忽略的。明清时期，不少剧作家和理论家在谈到戏曲结构时，都非常强调结构的和谐统一。

明代的菊坛巨擘汤显祖在《玉茗堂批评〈焚香记〉》中对《焚香记》的结构大为赞赏："一线索到底，宛转变化，妙不可言"，"真寻常院本中不可多得"。这里的"一线索到底"，是指《焚香记》的各个场次既缤纷复杂又首尾统一。这种观点直接秉承了乔吉和陶宗仪有机统一的结构思想。

---

① （元）陶宗仪：《南村辍耕录》卷八《作今乐府法》，文化艺术出版社1998年版，第116页。

如果说以戏曲创作闻名的汤显祖的论述还较为粗疏的话，那么曲学大家王骥德的观点则要缜密得多。王骥德在其《曲律·论剧戏》中曰：

贵剪裁，贵锻炼：以全帙为大间架，以每折为折落，以曲白为粉垩、为丹艧；勿落套，勿不经。勿太蔓，蔓则局懈，而优人多删削；勿太促，促则气迫，而节奏不畅达。毋令一人无着落，毋令一折不照应。传中紧要处，须重著精神，极力发挥使透。如《浣纱》遗了越王尝胆及夫人采葛事，红拂私奔，如姬窃符，皆本传大头脑，如何草草放过！若无紧要处，只管敷演，又多惹人厌憎：皆不审轻重之故也。又用宫调，须称事之悲欢苦乐，如游赏则用仙吕、双调等类，哀怨则用商调、越调等类，以调合情，容易感动得人。其词格俱妙，大雅与当行参间，可演可传，上之上也。①

这段精辟的文字从总体布局、发展线索、结构层次、结构方法、宫调选用等方面论述了戏曲作品中各种艺术因素的结构安排问题。王氏认为最好的戏曲作品应该是“词格俱妙”“可演可传”，由此可以看出他是兼顾了戏曲的文学性和舞台性的特征来讨论戏曲完整统一的结构美的。

此外，王骥德还以“工师之作室”“常山之蛇”“鲛人之锦”等比喻进一步阐发了这一首尾周密、表里一体的结构思想。如：

《曲律·论章法》曰：

作曲，犹造宫室者然。工师之作室也，必先定规式，自前门而厅，而堂，而楼，或三进，或五进，或七进，又自两厢而及轩寮，以至廪庾、庖湢、藩垣、苑榭之类，前后、左右、高低、远近、尺寸无不了然胸中，而后可施斤斫。作曲者，亦必先分段数，以何意起，何意接，何意作中段敷衍，何意作后段收煞，整整在目，而后可施

① （明）王骥德：《曲律》，《中国古典戏曲论著集成》第四册，中国戏剧出版社1959年版，第137页。

结撰。[①]

《曲律·论套数》曰：

有起有止，有开有阖。须先定下间架，立下主意，排下曲调，然后遣句，然后成章。切忌凑插，切忌将就。务如常山之蛇，首尾相应，又如鲛人之锦，不着一丝纰颣。意新语俊，字响调圆，增减一调不得，颠倒一调不得，有规有矩，有色有声，众美具矣！[②]

从“何意起，何意接，何意作中段敷衍，何意作后段收煞”和“有起有止，有开有阖”的起承转合、有条不紊中可以看出，王骥德所追求的结构美，是各种因素的完美配合所形成的和谐整一的艺术美。尽管王骥德的论述已经看到了戏曲剧本舞台性的一面，但他的戏曲“章法”论，主要还是着眼于“曲”和“意”。

在王骥德之后，明末清初的李渔把这一追求阐述得更为系统完备。李渔在其《闲情偶寄·词曲部·结构第一》中围绕着“立主脑”，分别提出了戒讽刺、脱窠臼、戒荒唐、审虚实、密针线、减头绪等一系列原则。其中，“立主脑”是李渔戏曲结构论的核心，具体指戏曲创作中起关键作用的“一人一事”。确定了这“一人一事”，接下来创作者就要以此“一事”为核心安排，营构其他情节，“其余枝节，皆从此一事而生”[③]。戒讽刺、脱窠臼、戒荒唐、审虚实便是对“其余枝节”的选择要求，密针线、减头绪是对“其余枝节”的组织要求。如此，形成作品布局的有机整体。对此，李渔在《结构第一》的总论中有一个形象的比喻：

① （明）王骥德：《曲律》，《中国古典戏曲论著集成》第四册，中国戏剧出版社1959年版，第123页。

② 同上书，第132页。

③ （清）李渔：《闲情偶寄》卷一，浙江古籍出版社1985年版，第8页。

如造物之赋形，当其精血初凝，胞胎未就，先为制定全形，使点血而具五官百骸之势。倘先无成局，而由顶及踵，逐段滋生，则人之一身，当有无数断续之痕，而血气为之中阻矣。

这里的"点血"之论与其"主脑"说前后呼应，指出了戏曲结构应选取某一关键情节作为生长点，由此生发推延，前推其因，后致其果，形成全篇。否则，若"尽此一人所行之事，逐节铺陈，有如散金碎玉"①，则戏曲作品就会成为"断线之珠，无梁之屋"②。

由此可见，李渔的结构论非常注重戏曲作品的有机统一、浑然一体。这与亚里士多德对戏剧的论述是一致的："事件的结合要严密到这样一种程度，以致若是挪动或删减其中的任何一部分就会使整体松裂和脱节。如果一个事物在整体中的出现与否都不会引起显著的差异，那么，它就不是这个整体的一部分。"

但显然，李渔所说的"结构"不完全等同于现代文艺理论的"结构"，它的内涵更为广泛，关涉到人物塑造、戏剧功用、艺术真实、艺术创新等方面，既包括整体布局等形式方面的因素，也涵盖了人物情节等内容方面的因素。这在今天看来似乎不太严谨，但"恰恰体现了中国古典美学的一大特色，即概念范畴内涵的宽泛性、模糊性和不可分析性，其长处是保存了事物内部的复杂联系，避免了人为地分割所带来的强制性和片面性，其缺陷是概念范畴缺乏明确的界说，在逻辑上常常导致疏漏和矛盾"③。

尽管如此，李渔对前人的戏曲结构论还是做了极大地拓展，已经从传统的"曲"本位过渡到具有现代叙事意味的"戏"本位，对戏曲结构的整一和谐美有了更深的思索。

稍后的孔尚任在《〈桃花扇〉凡例》中也一再强调戏曲结构的变化要服

---

① （清）李渔：《闲情偶寄》卷一，浙江古籍出版社 1985 年版，第 8 页。

② 同上。

③ 姚文放：《中国戏剧美学的文化阐释》，中国人民大学出版社 1997 年版，第 89 页。

从全剧浑然一体的总体要求，做到“有始有卒，气足神完”[①]。其代表作《桃花扇》正是这种结构理论的完美演绎。

综上所述，从乔吉到孔尚任，对戏曲结构和谐整一美的追求伴随着戏曲史的发展而逐步走向深入。时至今日，这依然是评价戏曲作品优劣的一个重要标准。这种对戏曲结构整一美的执着追求，不是一时的心血来潮，而是中华审美文化独特的整体思维模式的产物。与西方文化注重推理与分析的思维方式迥然相异，中华文化对人生和世界所做的是一种不肢解对象的整体性而非分解式的把握和观照，这样，自然外物就成为一个以人的生命活动方式为内在机制的统一整体，一个天人合一的有机生命整体。李渔的“点血”论正是这种传统思维模式在戏曲艺术领域的典型体现。

二、中和美

中和美是明清戏曲结构论的又一重要美学追求，集中反映在戏曲剧本大团圆的结局程式上。中国古代戏曲少有彻头彻尾的悲剧，大多数剧本都以“大团圆”作结，这是中国古典戏剧的显著美学特色。即便是《窦娥冤》《赵氏孤儿》这些曾被王国维誉之为“列之于世界大悲剧中，亦不愧色”[②]的悲情之作，也被冠以雪冤、复仇等大快人心的结局。对此，历来的戏曲美学家都极为重视，李渔更是在其《闲情偶寄·词曲部·格局第六·大收煞》中对这种模式做了系统的理论总结：

> 全本收场，名为“大收煞”。此折之难，在无包括之痕，而有团圆之趣。如一部之内，要紧脚色共有五人，其先东西南北各自分开，至此必须会合。此理谁不知之？但其会合之故，须要自然而然，水到渠成，非由车戽。最忌无因而至，突如其来，与勉强生情，拉成一处，令观者识其有心如此，与恕其无可奈何者，皆非此道中绝技，

① 陈多、叶长海选注：《中国历代剧论选注》，上海古籍出版社2010年版，第356页。

② 王国维：《宋元戏曲史》，岳麓书社1998年版，第84页。

因有包括之痕也。骨肉团聚，不过欢笑一场，以此收锣罢鼓，有何趣味？水穷山尽之处，偏宜突起波澜，或先惊而后喜，或始疑而终信，或喜极信极而反致惊疑，务使一折之中，七情俱备，始为到底不懈之笔，愈远愈大之才，所谓有团圆之趣者也。①

这里，李渔明确提出戏曲应以团圆作结，认为这是收束全剧情节的理想范式，正如“一部之内，要紧脚色共有五人，其先东西南北各自分开，至此必须会合”。并对这种“会合”提出两点要求：一是要避免牵强凑合，“须要自然而然，水到渠成”，“最忌无因而至，突如其来，与勉强生情，拉成一处”；二是要避免平淡无奇，“水穷山尽之处，偏宜突起波澜”。李渔不仅在理论上崇尚团圆之趣，在创作上，其“十种曲”也无不以洞房花烛、金榜题名、骨肉团聚等告终，充分展示了李笠翁结构论的美学追求。

戏曲结构对中和美的追求，除了表现在上述大团圆结局上之外，还体现在冷热场子的交替出现，悲喜、贫富等场景的错落安排。如晚明的吕天成在其《曲品》中评论高明的《琵琶记》曰：“串插甚合局段，苦乐相错，具见体裁。”②“苦乐相错”指《琵琶记》将蔡府与牛府一贫一富的不同景象交互上演，使观众既把感情的焦点都集中在赵五娘身上，又不致酸鼻至极，在“乐而不淫，哀而不伤”的美学情调中把玩戏曲的迷人风姿。

从根本上说，中国戏曲大团圆的结局模式和冷热相济的场次安排，反映的是对传统礼乐文化的中和美的追求。传统礼乐文化从维护统治者的最高利益出发，提出了“乐从和”的观点：

乐者，天地之和也；礼者，天地之序也。和，故百物皆化；序，故群物皆别。（《乐记·乐论篇》）

---

① （清）李渔：《闲情偶寄》卷一，浙江古籍出版社1985年版，第58页。

② （明）吕天成：《曲品》，《中国古典戏曲论著集成》第六册，中国戏剧出版社1959年版，第224页。

乐从和，旨在维护群体秩序的和谐稳定，它追求的不仅是人际关系中上下、长幼、尊卑的“和”，而且还是天地自然与人间世界的“和”。为了达到这种天人的“和”，古代美学提出了两种解决办法：

一是多样性的相杂，如《国语・郑语》曰：“夫和实生物，同则不继。以他平他谓之和，故能丰长而物归之；若以同裨同，尽乃弃矣……声一无听，物一无文，味一无果，物一不讲。”

二是对立项的相济，如《左传・昭公二十年》曰：“先王之济五味，和五声也，以平其心，成其政也。声亦如味……清浊、大小、短长、疾徐、哀乐、刚柔、迟速、高下、出入、周疏，以相济也。”

无论是相杂还是相济，都是讲乐的矛盾性。如何协调这种“不和”的现象，让人的情感和心理彻底回归宁静与放松，传统艺术美学进一步提出了“中和”说，如《中庸》曰：“喜怒哀乐之未发，谓之中；发而皆中节，谓之和。中也者，天下之大本也；和也者，天下之达道也。”反映在文学领域，孔子提出了“乐而不淫，哀而不伤”的美学思想；《诗大序》倡导：“发乎情，止乎礼义。发乎情，民之性也；止乎礼义，先王之泽也。”① 这些观点都认为人的喜怒哀乐的情感的抒发应该始终有所节制，否则就是超出了艺术应该遵守的规范。

李渔所说的“团圆之趣”和吕天成所说的“苦乐相错”正是这种深层文化心理的折射。李渔是深谙戏曲舞台的神韵的，他更洞晓戏曲观众自我满足、消解凝重的民族心理，所以从创作到理论，他都尽可能地减轻导致观众心理创伤和情感激荡的可能性，他在《闲情偶寄・词曲部・结构第一・戒讽刺》中就首先要求创作者要“务存忠厚之心”：“岂千古文章，止为杀人而设？一生诵读，徒备行凶造孽之需乎？……凡作传奇者，先要涤去此种肺肠，务存忠厚之心，勿为残毒之事。”② 虽然大量的团圆之作，不可能都是出于创作者的“忠厚之心”，但其中流露的对中和美的追求，对戏曲观众审美趣味的重视，却是古代戏曲结构论的一个显著特色。总之，在苦乐相错、冷热相济、团圆作结的精心营构中，流露的是对儒家传统的中和美学思想的执着追求。

① 陈多、叶长海选注：《中国历代剧论选注》，上海古籍出版社 2010 年版，第 35 页。

② （清）李渔：《闲情偶寄》卷一，浙江古籍出版社 1985 年版，第 5 页。

三、意境美

意境是一种特殊的审美意象，是主观的“意”和客观的“境”的契合，是艺术家的主观情思与客观景物相交融而创造的一种象外的艺术空间。唐宋以来，很多理论家都探讨过这个问题。意境也是古人评价戏曲艺术的综合标准和最高要求，高居戏曲赏评系统的核心地位。对意境美的追求，是艺术家们在创作艺术作品时的一个普遍理想。明清时期，曲论家们在论述戏曲结构时，也注意到了剧本结构与作者才情和全局意趣的关联，表现出对戏曲结构的意境美的追求。

前文所引元末陶宗仪对戏曲结构相关部分要“美丽”“浩荡”“响亮”的描述，已含有对结构意境化的追求。明末祁彪佳在其评戏专著《远山堂曲品》和《远山堂剧品》中，更是常常把结构与人的主观情感相联系。此处摘录数段以窥一斑：

> 《花筵赚》：洗脱之极，意局皆凌虚而出，真是“语不惊人死不休”。
>
> 《青雀舫》：疏疏散散，灵气统于笔墨，若无意结构，而凑簇自佳。
>
> 《轩辕记》：构局之妙，令人且惊且疑；渐入佳境，所谓深味之而无穷者。
>
> 《百花记》：结构亦新，但意味尚浅。①

“意局”是祁彪佳评曲惯用的一个术语，从“意”和“局”的相提并论，可以看出祁彪佳在论述戏曲结构时是非常看重主体情意的制约的。那种串和无痕、空灵脱俗、无意之间引人渐入佳境而余味无穷的剧本结构是他最为赞赏的，而若缺乏意味，即使构局新奇，也要略逊一筹，如“意味尚浅”的《百

① （明）祁彪佳：《远山堂曲品》，《中国古典戏曲论著集成》第六册，中国戏剧出版社 1959 年版，第 11、15、58、30 页。

花记》仅被列入“妙、雅、逸、艳、能、具”六品之第五品——“能品”。

李渔在谈到戏曲结构的“密针线”时，也明确指出，戏曲结构的针线最密之处在于人物的情感、性格与情节的一致性。他以《琵琶记·中秋赏月》为例，写道：“同一月也，出于牛氏之口者，言言欢悦；出于伯喈之口者，字字凄凉。一座两情，两情一事，此其针线之最密者。”[①] 与祁彪佳有所不同的是，祁氏主要从作者的主体情意出发来统帅结构，李渔则主要从舞台性的角度来研讨结构，看重人物个性与情节安排的关系。从祁彪佳到李渔的迁延，是古代戏曲叙事观念由抒情性叙事向戏剧性叙事转变的一个个案。无论是曲本位，还是戏本位，他们都重视对戏曲结构意境美的追求。

由于意境具有“言外之味”“弦外之响”的特征，戏曲作家还尤为注重尾声的创作，从而形成全剧结构的意境美。如李渔在《闲情偶寄》中写道：“终篇之际，当以媚语摄魂，使之执卷留连，若难遽别，此一法也。收场一出，即勾魂摄魄之具，使人看过数日，而犹觉声音在耳、情形在目者，全亏此出撒娇，作‘临去秋波那一转’也。”[②] 这里对戏曲尾声意境化的追求，正是旨在使戏曲结构呈现出摇曳多姿、挹之不尽、余味无穷的美学特征。

清人刘熙载在《艺概·词曲概》中的论述也充分体现了对结构意境化的追求：“篇法不出始、中、终三停。始要含蓄有度，中要纵横尽变，终要优游不竭。”[③] “含蓄有度”“优游不竭”恰显示了对具有象外之象、言外之意特征的意境美的追求。

结构看似只关乎各种形式因素的安排罗列，但在明清时期，多有论者着眼于情感、意趣等内容方面来探讨戏曲的结构美。这种对结构的意境美的追求，既是戏曲艺术形态和特征的必然产物，也是戏曲艺术独特美学追求的必然体现。因为从曲演变而来的戏，更多继承了抒情文学的传统，所以来自抒情艺术审美范畴的意境自然也成了戏曲艺术的独特美学追求。那么反映在结

① （清）李渔：《闲情偶寄》卷一，浙江古籍出版社 1985 年版，第 11 页。

② 同上书，第 58 页。

③ （清）刘熙载：《艺概》，《中国古典戏曲论著集成》第九册，中国戏剧出版社 1959 年版，第 118 页。

构上，对遗貌取神、含而不露的意境美的追求就是自然而然的了。

通过以上从整一美、中和美、意境美三个方面对古典戏曲创作结构论的美学追求的审视，可以看出，我国古代的戏曲创作深深烙印着中华民族传统的审美文化心理和思维模式。其中不乏消极的一面，如对大团圆结局的一味热衷，但对戏曲构架有机统一的不懈追求、对冷热虚实不同场面的交错安排、对“超以象外，得其环中”的诗意要求，对于今天的戏曲编剧还是启迪颇多的。

（原载《戏曲艺术》2012 年第 3 期）

意境美·幽玄美

——中日古典戏剧之审美追求探略

摘要：公元 12 世纪诞生的中国戏曲和 13 世纪孕育成熟的日本能乐，在审美追求上既有着同属于东方戏剧体系的共性，也有着各自鲜明的特点。本文主要从意境美和幽玄美的对比中来展示两者在审美追求上的异同，并进一步追踪造成两者差异的根本原因，从而肯定这两种民族戏剧样式在世界剧坛的独特地位和深远影响。

关键词：戏曲；能乐；意境美；幽玄美

世界四大古老戏剧中，至今尚活跃于舞台的除了公元 12 世纪诞生的中国戏曲外，还有于 13 世纪孕育成熟的日本能乐。这两种戏剧样式既有着同属于东方戏剧体系的共性，也有着各自鲜明的特点。虽然日本能乐从其产生伊始直到发展成熟，都受到了中国戏曲文化多方面的濡染与影响，但它却有着迥异于中国戏曲的诸多特质。本文拟主要从意境美和幽玄美的对比中来展示中国戏曲和日本能乐在审美追求上的异同，并进一步追踪造成两者差异的根本原因，从而肯定这两种民族戏剧样式在世界剧坛的独特地位和深远影响。

一、戏曲意境美与能乐幽玄美的相似之处

意境是中国古代文论的一个重要范畴，也是中国古典戏曲美学的一个核心范畴，它是作家的主观情思与外在的客观景物相互交融而创造的浑然一体、韵味无穷的艺术境界，是我国古代戏曲理论有别于西方剧论的重要标志。幽玄是日本民族传统审美意识的一个核心范畴，它虽是从汉语中借用的词汇，却与汉语的原意不尽相同，是指一种能让读者浮想联翩的、复合了静寂和哀感的、纤细敏锐、深沉玄远的含蓄美。日本著名的能乐大师世阿弥在其理论代表作《风姿花传》中将“幽玄”推崇为能乐艺术美的最高境界，幽玄美作为日本戏剧中一种被普遍接受的美学原则一直流传至今。中日两国一衣带水，自古以来，交往甚多，在文学、哲学、宗教等领域有许多共通之处。意境美和幽玄美作为两国各自文论和剧论中的重要概念，也有诸多相似之处，试析如下：

1. 审美构成——情景交融

在审美构成上，意境和幽玄都强调主观的“情”和客观的“景”的相互交融、物心合一。离开了“情”和“景”这两种元素，意境和幽玄都成了无根之谈。

我国古代的曲论家们在论述戏曲意境的问题时，非常强调情与景的结合，常把其看作是戏曲意境产生的基本条件。如明人何良俊《曲论》评《王粲登楼》曰：“托物寓意，尤为妙绝，岂作调脂弄粉语者可得窥其堂庑哉！”[①] 吕天成《曲品》评《琵琶记》曰：“其词之高绝处，在布景写情，真有运斤成风之妙。”[②] 祁彪佳《远山堂剧品》评《团圆梦》曰：“只是淡淡说去，自然情与景会，意与法合。”[③] 他们都把情与景的有机结合，视作赏评戏曲作品成就高低的一个重

① （明）何良俊：《曲论》，《中国古典戏曲论著集成》（第四册），中国戏剧出版社 1959 年版，第 7 页。

② （明）吕天成：《曲品》，《中国古典戏曲论著集成》（第六册），中国戏剧出版社 1959 年版，第 224 页。

③ （明）祁彪佳：《远山堂剧品》，《中国古典戏曲论著集成》（第六册），中国戏剧出版社 1959 年版，第 140 页。

要标准。清初深谙戏曲舞台三昧的李渔在《闲情偶寄》中也认为，戏曲作品“则不出‘情’‘景’二字，景书所睹，情发欲言，情自中生，景由外得”，“善咏物者，妙在即景生情”[①]。也是强调情和景不仅要结合，而且要高度融合、水乳难分。像这种情、景完美融合的作品被李贽誉为是“化工”之作，如《西厢记》和《拜月亭》就是备受李贽赞赏的典型的“化工”之作。试看《西厢记·长亭送别》中莺莺上场所唱【正宫·端正好】：“碧云天，黄花地，西风紧，北雁南飞。晓来谁染霜林醉？总是离人泪。”这里没有正面抒发莺莺的离愁别绪，但在五组自然意象的密集排列中，人物内心深处的哀怨凄怆跃然纸上，挥之不去，可谓字字皆是情语。

日本民族的审美意识最早起源于对自然美的感悟，在其心灵深处认同自然即美，美源于大自然，源于人们对森林植物的生命姿态和日月星辰风花雪雾等自然物的感动和欣赏，这些自然物的生命形态、色彩风姿的变化导致了人们对四季更迭的深切感受和对生命本质的深入感悟，因而形成了日本美学范畴以具体事物的形象特征来表达普遍感觉和审美观念的美学特点，从而萌生出日本民族“物我交融、情景交融”的独特审美意识，这种审美意识也深刻地体现在日本民族的传统美学范畴——幽玄上。据此可见，被能乐奉为最高审美境界的幽玄，在审美构成上也同样强调情与景的交融。如谣曲的代表作之一《松风》，正是在对明月、泪水、海水、松林、秋风、茸草、雁群等意象的描绘中，尤其是在对清幽月色的描摹中，把人物的别情幽绪、哀怨孤寂娓娓道出。

可见，情景交融是意境和幽玄在审美构成上的共同点。

2. 审美特征——含蓄蕴藉

在审美特征上，意境和幽玄都具有含蓄蕴藉、耐人寻味、词尽而意尚悠悠的特点。

戏曲意境的美，就美在需要读者和观众运用审美的眼光、幽缈的想象去

---

① （清）李渔：《闲情偶寄》卷一，浙江古籍出版社 1985 年版，第 20 页。

思索、探寻其象外之意。汤显祖在《答凌初成》中申明其创作《牡丹亭》的旨意，正犹如王维的《雪中芭蕉图》，“骀荡淫夷，转在笔墨之外”。这“笔墨之外”的意味，正是戏曲艺术要传递给接受者的咀嚼不尽的意蕴。王骥德《曲律·论套数》亦谓曲之妙处“政不在声调之中，而在字句之外。又须烟波渺漫，姿态横逸，揽之不得，挹之不尽。摹欢则令人神荡，写怨则令人断肠，不在快人，而在动人。此所谓‘风神’，所谓‘标韵’，所谓‘动吾天机’。不知所以然而然，方是神品，方是绝技”①。王氏认为优秀剧作的主旨索之不得，思之愈远，可谓深得“意境”之三昧。

除了创作意旨，意境美对戏曲的选材、结构、语言等方面都提出了要蕴藉隽永的要求。如明末张岱主张在普通的人情世故中取材，因为“布帛菽粟之中，自有许多滋味咀嚼不尽。传之久远，愈久愈新，愈淡愈远”。祁彪佳强调戏曲结构要宛转空灵、余味无穷，如他称赞《轩辕记》：“构局之妙，令人且惊且疑；渐入佳境，所谓深味之而无穷者。”②王骥德《曲律》要求戏曲语言应是介于“浅深、浓淡、雅俗”之间的富有诗味的语言。由上可见，含蓄蕴藉是意境美的一个突出特征。

日本传统戏剧中的幽玄也非常强调这种只可意会、不可言传的特性。从字源学上来看，幽者，深也；玄者，寂也。幽玄合起来就是深远、清寂之意。幽玄本是日本歌论中的一个重要概念。世阿弥借用过来作为能乐的术语，强调谣曲辞章的余情。世阿弥穷其一生孜孜以求的幽玄美，就是指这种用余情来表达的深远而永恒的境界。观阿弥、世阿弥父子所作的被誉为“幽玄美”的代表作——《松风》，在结尾的时候，松风、村雨告别行僧而去，她们的幽灵瞬间无影无踪，只剩下行僧眼前一片萧瑟荒凉的景象：“关塞鸟啼天破晓，旅人梦痕全消，夜来疑是村雨响，天明望去，原是松风大作如狂涛。”③主人公的身影消失在破晓的晨曦里，但她们年复一年、魂牵梦绕的爱恋和焦虑、忧

① （明）王骥德：《曲律》，《中国古典戏曲论著集成》（第四册），中国戏剧出版社1959年版，第132页。

② （明）祁彪佳：《远山堂曲品》，《中国古典戏曲论著集成》（第六册），中国戏剧出版社1959年版，第58页。

③ 申非译：《日本谣曲狂言选》，人民文学出版社1985年版，第56页。

伤和孤独却超越时空、挥之不去、绵绵不绝。又如《熊野》中，当熊野最后终于获准可以东归探母时，她不仅没有欢欣雀跃，反而是陷入了无尽的哀伤。金井清光对此评价曰："余韵缭绕、华丽幽玄之中飘散着一抹寂寥感。"① 这些表明，幽玄美同样强调含蓄深远、意味无穷的"韵外之旨"。

总之，意境美和幽玄美都强调一种情韵隽永的"余情"之美。

3. 外部影响——禅宗渗透

在产生的外部环境上，意境和幽玄都受到了佛教禅宗思想的影响。

我国古代戏曲美学在论述意境美的形成时，非常强调有关"悟"的思想。如徐渭《南词叙录》谈曲词风格："填词如作唐诗，文既不可俗，又不可自有一种妙处，要在人领解妙悟，未可言传。"② 王骥德《曲律·杂论》谈及作剧之道："当行本色之说，非始于元，亦非始于曲，盖本宋严沧浪之说诗。沧浪以禅喻诗，其言：'禅道在妙悟，诗道亦然。惟悟乃为当行，乃为本色。有透彻之悟，有一知半解之悟。'又云：'行有未至，可加工力；路头一差，愈骛愈远。'……知此说者，可与语词道矣。"③ 他们都把"悟"看作戏曲意境论的一个重要概念。"悟""妙悟"都是佛教禅宗的术语。禅宗主张佛道在内心，完全靠心领神会，重直观、顿悟。戏曲的意境美受其影响，便形成了重视领解妙悟、只可意会不可言传的特点。

日本传统戏剧所崇尚的"幽玄美"也与禅宗密不可分。中国的禅宗佛学在12世纪末传入日本以后，对日本社会产生了很大的影响，渗透到审美意识中，就形成了颇具禅思色彩的美学范畴，如与空寂、闲寂、无常等相伴的幽玄。日本能乐大师世阿弥在《至花道》中指出："观赏能乐之事，内行者用心来观赏，外行者则用眼来观赏。用心来观赏就是体（本体）。"这里将空寂的幽玄与"心"联系在一起，就发展到一种精神性、内在性，进而将空寂的幽玄推

① ［日］金井清光：《能的研究》，樱枫社，昭和四十七年（1972年），第410页。

② （明）徐渭：《南词叙录》，《中国古典戏曲论著集成》（第三册），中国戏剧出版社1959年版，第243页。

③ （明）王骥德：《曲律》，《中国古典戏曲论著集成》（第四册），中国戏剧出版社1959年版，第152页。

向禅宗所主张的"无"的境界，真正达到"有即是无，无即是有"的具有超越意识的幽玄境界。[①] 据此，让观赏者从"无"的背后，去发现更多的"有"，去想象无限大的生活世相，从而造成一种神秘朦胧的气氛，使能乐的表演达到幽玄的"无"的美学境界。

由上述论述可知，作为中日传统戏剧美学范畴的意境和幽玄，在其形成过程中，都受到了佛教禅宗思想的影响。

二、意境美与幽玄美的不同之处

由于地理方面的毗邻关系，中华民族和大和民族在对自然的感受与宇宙观上有着相近的地方；也因此，中日古典戏剧在思维模式、性格特征、美学追求等方面有着相似之处，但两者毕竟诞生在各自的文化母体中，所以又有着迥然相异的个性。如意境和幽玄既有上述种种相似之处，又有着各自鲜明的特色。下面从审美创造、结构布局、情感抒发三方面分论之：

1. 审美创造

上文提到戏曲的意境美和能乐的幽玄美都重视情和景的交融，但二者在"戏境"的审美创造上，则判然有别。戏曲的意境强调情、景、事三者的交融；能乐的幽玄则特别重视情和景二者的交融，缺乏外在的冲突，有意淡化情节和场面。

王国维《宋元戏曲史》在论述元杂剧之意境时曰："写情则沁人心脾，写景则在人耳目，述事则如其口出。"这里对"写情""写景""述事"提出的标准也就是要求在戏剧的特定情境中，通过剧中人特定的情怀和意愿的抒发，来达到对生活的道德评价和美学评价。

其实，对戏曲的这种叙事性特点的重视，在我国是渊源有自的。明末孟称舜在《古今名剧合选序》中曾论及诗词与戏曲之区别：

① 叶渭渠：《日本古代文学思潮史》，中国社会科学出版社 1996 年版，第 190 页。

> 盖诗词之妙，归之乎传情、写景。顾其所为情与景者，不过烟云花鸟之变态，悲喜愤乐之异致而已……迨夫曲之为妙，极古今好丑、贵贱、离合、死生，因事以造形，随物而赋象。时而庄言，时而谐诨，孤末靓狚，合傀儡于一场，而征事类于千载。笑则有声，啼则有泪，喜则有神，叹则有气。非作者身处于百物云为之际，而心通乎七情生动之窍，曲则恶能工哉！吾尝为诗与词矣，率吾意之所到而言之，言之尽吾意而止矣。其于曲，则忽为之男女焉，忽为之苦乐焉，忽为之君主、仆妾、佥夫、端士焉……学戏者不置身于场上，则不能为戏；而撰曲者不化其身为曲中之人，则不能为曲。此曲之所以难于诗与词也。①

这里对剧作家提出的“化其身为曲中之人”的要求，和上述王国维“述事”的标准实质上是一致的，即都强调戏曲的意境是由作家的情与剧中的景物、事件、人物相融合而生成的。如孔尚任《桃花扇》借李香君和侯方域的“离合之情”写作者对南明王朝的“兴亡之感”，整部作品在情、景、事的完美交融中营造了悲凉凄清的意境美。

而日本传统戏剧能乐所追求的幽玄美，则有意忽略对故事情节、对外在的矛盾冲突的刻画，无意于写实地再现人类生活和时代风貌，只是把人类情感理念的抽象化作为其目标。如把取自同一题材的谣曲《邯郸》和汤显祖的传奇《邯郸记》作一对比，便可窥一斑而见全豹。汤作对主人公卢生和宇文融的矛盾、对卢生一生的宦海浮沉叙述甚详；而谣曲《邯郸》里的主人公则一步登天平步青云、无惊无险地享受了五十年的荣华富贵，既没有政敌也没有情敌，全剧无明显的冲突可言。又如谣曲代表作《松风》只是一个僧人和两个幽灵的交谈，幽灵在讲述完她们的恋爱经历后就消失了。僧人和幽灵之间无丝毫冲突，全剧的幽玄美是在情和景的交融中形成的。

① 陈多、叶长海选注：《中国历代剧论选注》，上海古籍出版社 2010 年版，第 257 页。

可见，在审美创造上，中国戏曲的意境兼重情、景、事三者的交融，而日本戏剧的幽玄则有意忽略“事”，更看重情和景的交融。

2. 结构布局

由于上述中日古典戏剧对叙事的不同态度，它们在结构布局上也表现出不同的美学倾向。中国古典戏曲重视在曲折跌宕、宛转空灵、圆融和谐的完美结构中营造出耐人寻味的意境美，以能乐为代表的日本古典戏剧在结构设置上则追求柔和舒缓、哀伤凄怆、缥缈玄远的幽玄美。

清人刘熙载在《艺概·词曲概》中的论述充分体现了对戏曲情节结构意境化的追求：“篇法不出始、中、终三停。始要含蓄有度，中要纵横尽变，终要优游不竭。”① “含蓄有度”“纵横尽变”“优游不竭”正显示了对具有象外之象、言外之意特征的意境美的追求。又如清初李渔在《闲情偶寄》中写道：“终篇之际，当以媚语摄魂，使之执卷留连，若难遽别，此一法也。收场一出，即勾魂摄魄之具，使人看过数日，而犹觉声音在耳、情形在目者，全亏此出撒娇，作‘临去秋波那一转’也。”② 这里对戏曲尾声意境化的追求，正是旨在使戏曲结构呈现出摇曳多姿、挹之不尽、余味无穷的美学特征。

较之中国古典戏曲结构的多变、曲折，日本的古典戏剧结构则要平淡、纯粹得多。如取自中国题材的能乐《杨贵妃》，与元代白朴的《梧桐雨》、清代洪昇的《长生殿》都大不相同，《杨贵妃》中作为爱情的一方——李隆基始终没有现身，全剧只是让因爱而亡的杨贵妃以一个因爱而不甘消散的亡灵的身影，频频回望人生，回望人生旅途中让人魂牵梦绕的爱情，显得极其洗练浓缩。这全然不同于《长生殿》中的帝妃怄气、吃醋拌嘴、时分时和等曲折跌宕的情感经历。

又如能剧《钵木》，写云游僧人时赖在一个风雪交加的夜晚住进佐野山上的常世旅店，店主不惜将松、梅、樱花的盆栽作为柴火点燃让其取暖，后来

① （清）刘熙载：《艺概》，《中国古典戏曲论著集成》（第九册），中国戏剧出版社1959年版，第118页。

② （清）李渔：《闲情偶寄》卷一，浙江古籍出版社1985年版，第58页。

的情节发展虽也有常世在时赖的帮助下官复原职，但此剧最感人、让人回味无穷的还是在那个风雪弥漫的夜晚，围炉烤火、暖气袭人的惬意和温馨。这些作品都是把随着情节发展而翻滚的情感狂潮化解为涓涓细流，呈现出幽寂清闲的美感，而非强烈的刺激，《松风》《筒井》《葵上》等都是如此，通过静态的结构创造出深邃的幽玄美。

此外，在结局上，中国戏曲大多以善恶有报的大团圆形式出现，日本能乐则多以凄怆的悲剧作结，也是二者在构局上的一个主要区别。总之，由于对意境美和幽玄美的不同追求，使得戏曲和能乐在结构布局上判然有别。

3. 情感抒发

在情感抒发方面，中国戏曲在营造全剧的意境美时，更加注重群体伦理感受的抒发，侧重美与善的结合；而日本能乐所追求的幽玄美更注重个体感受的抒发，侧重美与情的结合。

中国古代的读书人素以“修身齐家治国平天下”为己任，这种传统反映到戏曲艺术领域，就是在即便以描摹青年男女出生入死的爱情传奇闻名的《牡丹亭》《桃花扇》等名剧中，以国家为重、以社稷为重、关心百姓民生的思想也时常流露其间，甚至主宰着本与名利无关的爱情本身，像《桃花扇》中的李香君与侯方域，在历尽艰辛终于重逢之后，却在道士张薇的棒喝之下割断情缘、决然出家。在我国传统剧目中，有不少“杀身成仁”“舍生取义”的人物，如《赵氏孤儿》中的程婴、《宝剑记》中的林冲、《精忠旗》中的岳飞、《清忠谱》中的周顺昌、《万民安》中的葛成、《庆顶珠》中的萧恩等，他们往往为了民族的生存，为了社会的进步，而毅然舍弃个人或家人的生命。这些作品在字里行间常常弥漫着感怀时事、忧国忧民等崇高的社会责任感，而作为个体的人的情感却常被忽略。这是古典戏曲在营造意境美时的一大特点，即美常常与道德伦理、与善紧密结合。

日本能剧则相反，它所崇尚的幽玄美，就是要把人物深沉的内心情感用言辞表现出来，它通常采用情感物态化和环境情绪化的手法，将人物无法明言的感情和观念用可观可感的物象表现出来。如《松风》在清幽宁静的月色烘托中，让两个幽灵讲述了自己的恋爱经历。在对月色的多次渲染中，主人公无尽的思念、孤独、悲哀得以展现，生命的有限和爱的无限，对生的留恋和对爱的渴望等种种个体的思绪飘荡在松风、海水、月光交织的缥缈清寂的景色中。《熊野》也表现了这种哀伤寂寥的孤独的悲剧体验。人生的无常、焦虑的无穷，不会因为现实冲突的解决而被消除。熊野最后虽然踏上了探望母亲的归途，但内心的孤独和哀伤，却在她对群山晨霭的回望中被延伸到无极无限的地方。可见，能乐的幽玄美擅长演绎个体的情感，尤其是个体内心的苦闷和无常的幻灭之感，这种美的表现往往是和情联系在一起的。

以上是戏曲和能乐在情感抒发上不同的美学取向，前者重视伦理感情，重视美与善的结合；后者重视个体感情，重视美与情的交织。

三、造成两者差异的原因

中国戏曲和日本能乐虽同属东方戏剧，却以各自鲜明的美学风貌独立于世，其中有着深刻的原因。下面从地理环境和思想渊源两方面简析之：

1. 地理环境

人类历史和文化的发展是以自然为基础和前提的，自然地理环境在给人类文化的创造提供物质材料的同时，也在一定程度上影响着文化的发展趋向和色彩，它是形成不同民族的审美观的决定性因素。

中国大部处于北半球的温带和亚热带，最南部深入热带，最北部深入亚寒带，完备的气候带提供了农业经济多样发展的地理基础，促进了我国古代农业经济的发达。同时，我国疆域辽阔，东濒茫茫沧海，西北横亘戈壁，西南耸立高原，属半封闭的大陆性地理环境，虽然有三面陆路，交通极不便利，但内部回旋余地相当开阔，且物产丰饶，自给自足。这些，形成了中国人的崇尚中庸、少走极端，着眼于现世和人事等特性，也使得戏曲艺术在营造意境时，偏重“怨而不怒、哀而不伤”的中和美和以伦理道德为重的审美倾向。

而日本远离大陆，是一个狭长的群岛国家，地理条件和气候条件变化多样。自然风景的多变使得人的情感比较敏感细腻，长期的封闭状态使其心胸不够开阔，普遍存在民族内倾心态。另外，由于地震频仍，自然灾害暴虐无常，常常交织在幸福与毁灭的反复降临和体验中，形成了日本文化审美中的悲剧性心理。这些体现在能乐对幽玄美的追求中，就是对瞬间美的捕捉和咏叹，对个体幽隐情感的娓娓传达，对悲伤和忧虑的细腻体验。

2. 思想渊源

中国戏曲和日本能乐在各自的文化土壤中孕育萌生，不同的思想文化影响也是导致其审美理想各异的重要原因。

儒、释、道是中国传统文化的三大主要支柱，它们最终不是走向分裂，而是趋于融和，是因为三者都具有中和思想。而中国戏曲在形成伊始，就将三种文化融为一体。儒、释、道也都给了戏曲的审美文化以潜移默化的影响。儒学的伦理特征赋予了戏曲艺术一种冷静的理性美；老庄崇尚的“天乐”之情，孕育了剧中才子佳人出生入死、无拘无束的爱情；佛家“非有非无的中道思想”①，让戏曲平添了一种隐隐约约、不即不离、若有若无的禅性风韵。大多数戏曲的大团圆结局更是典型的儒家中庸思想的体现。戏曲意境美所追求的天人合一、美善结合、超以象外、得其环中等，都深深刻上了儒、释、道思想的烙印。

而能乐“幽玄美”的产生则与佛教禅宗的影响密不可分。在中世纪的日本，佛家思想一直占据主导地位。中国的禅宗佛学传入后，因其世俗性、现实性、心灵的自由性和实现人生终极目标的直截了当性，适应了日本民族的文化心理，切合日本社会的现实需要，所以很快被日本民族所接受，随即产生了幽玄等审美意识。但日本禅宗并不是简单照搬中国禅宗的思想，它在形成过程中受到了日本本土宗教神道教“万物有灵，神皇一体”的教义和原有佛教末世观的影响。它形成的思想与哲学基础也与中国禅宗迥然相异，因而，在意识形态与文学艺术中的禅义发生了较大的变化，在禅宗思想影响下的文艺创作

① 赖永海：《中国佛性论》，上海人民出版社1988年版，第193页。

也呈现出迥异的风格、境界。日本学者铃木大拙称“幽玄”就是禅中的“妙”，即在瞬间的感悟中把握无限的佛性。可见，禅宗的传入，使日本民族更加深悟佛理，感悟到世事无常，一切悲欢喜乐都不过是过眼云烟，这种宗教的神秘、超脱蕴含在日本民族审美意识的悠远意境中，不仅使审美趣味逐渐趋向闲寂清幽，而且丰富了能乐幽玄美的内涵。

四、结语

一个国家、一个民族的戏剧审美观的形成是个漫长而复杂的过程，有着自然环境、人文观念、宗教传统等多方面的因素，上述对中日古典戏剧审美追求的考察只是从某个侧面、透过某个角度进行，以求窥斑见豹。总之，正是在不同文化环境的孕育下，中国戏剧和日本能乐表现出了各自鲜明的美学风貌，并以此傲立于世。

（本文为2012年9月“国际戏剧评论家协会第三届亚洲戏剧论坛”参会论文）

元大都戏曲演员考

摘要：元大都是当时全国名副其实的戏曲文化中心，戏曲演员作为大都演剧活动的主体，对促成大都剧坛的繁盛至关重要。大都的戏曲演员呈现出三方面的鲜明特色：构成多元，以杂剧演员为主，院本、傀儡戏等演员为辅；技艺传承方面，有民间师徒相承、宫廷教坊专业教习、梨园之家世代相传等多种形式；舞台表演方面，技艺精湛、唱功尤著、戏路宽广。这对推动与深化当今北京剧坛的改革与发展有一定的启示意义。

关键词：元大都；戏曲；演员

元代大都剧坛作为当时的戏曲创作、演出与理论中心，对全国的剧坛形成了强大的辐射与带动作用。而戏曲演员作为大都剧坛的重要组成因素和演剧活动的主体，他们对大都剧坛乃至整个元杂剧的鼎盛所起的作用，更是不容忽视。由于大都在政治、经济、文化艺术等方面得天独厚的优势，大都的戏曲演员呈现出来源复杂、技艺精湛、阵容强大、文化修养较高，并与编剧往来密切、经常切磋的特点。大都能成为当时全国名副其实的戏曲文化中心，与此关系甚密。因此，对元代大都剧坛的戏曲演员进行专题研究，不仅是中国戏曲史上的一个重要课题，而且对把北京打造成当今中国乃至世界的戏曲文化中心，有着一定的启示意义。

虽然现存的资料有限，但从夏庭芝《青楼集》和其他相关史料中，还是能寻摸到大都剧坛戏曲演员的一些蛛丝马迹。本文将根据这些零星的记载，对元大都戏曲演员的多元构成、技艺传承和表演特色等，分别进行考述。

一、大都城市文化的多元性与演员的构成

1. 大都城市文化的多元性

中国传统封建社会以农业立国的特性，决定其都城更多发挥的是政治、文化中心的效能。但元代的大都，不仅是全国的政治、文化中心，而且雄视八表、通达海外，是当时首屈一指的东方国际贸易大都会。

马背上长大的蒙古游牧民族，历来重视手工业生产和商贸活动，建立元朝以后更奉行“以功利诱天下”“重利诱商贾”的政策，大大降低大都的商贸税率，甚至“置而不税”，以此吸引天下商贾、充实都城，使得大都迅速成为全国乃至世界的商业贸易中心。这里不仅云集着国内的坐贾行商，还有来自中亚、西亚乃至欧洲各国的商旅和使团。在元世祖时期来到大都，并在中国游历多年的意大利旅行家兼商人马可·波罗，曾在其游记中这样描述大都商贸活动的兴盛：

> （大都）城内人户繁多……郭中所居者，有各地来往之外国人，或来入供方物，或来售货宫中……外国巨价异物及百物之输入此城者，世界诸城无能与比……百物输入之众，有如川流之不息……盖此城为商业繁盛之城也。①

元世祖时期的福州人黄文仲也曾据其亲身见闻撰有《大都赋》（周南瑞编《天下同文集》前甲集卷一六），栩栩如生地再现了元大都的繁华风貌：

> 论其市廛，则通衢交错，列巷纷纭，大可以并百蹄，小可以方八轮。街东之望街西，仿而见，佛而闻；城南之走城北，出而晨，

① ［意］马可·波罗著，冯承钧译：《马可·波罗行纪》，上海书店出版社2001年版，第237—238页。

> 归而昏。华区锦市，聚四海之珍异；歌棚舞榭，选九州之秾芬……复有降蛇搏虎之技，援禽藏马之戏，驱鬼役神之术，谈天论地之艺，皆能以蛊人之心而荡人之魂。是故猛火烈山，车之轰也；怒风搏潮，市之声也；长云偃道，马之尘也；殷雷动地，鼓之鸣也。繁庶之极，莫得而名也……若夫歌馆吹台，侯园相苑，长袖轻裾，危弦急管，结春柳以牵愁，伫秋月而流盼，临翠池而暑消，褰绣幌而云暖。一笑金千，一食钱万，此则他方巨贾，远土谒宦，乐以消忧，流而忘返。

商业的发展、生活的便利，使得大都的城市吸附能力急遽增强，吸引了全国乃至世界的宗教信仰不同、风俗习惯不同、交流方式不同、语言不同的人们，不远万里，到此定居。

大都城市人口的多样性，必然带来城市文化的多元性：草原游牧文化、中原黄河文化、南方水乡文化、西方伊斯兰文化等，都在此生根发芽、茁壮成长，使得大都文化呈现出开放包容的多元化特征。大都演艺人才的茂盛与这种广纳百川、包罗万象的城市文化有重要的关系。

2. 大都戏曲演员的构成

演员队伍的庞大，是剧坛繁荣的一个重要表征。大都戏曲演员的数量，从马可·波罗的游记中可见一斑。《马可·波罗行纪》曾记载大都的娼妓多达“二万五千名”，这里的娼妓并非单纯出卖色相，很多青楼女子同时具有歌唱、舞蹈、音乐、戏剧表演等多方面的才能。夏庭芝在《青楼集》卷首的《青楼集志》中曾说：“我朝混一区宇，殆将百年，天下歌舞之妓，何啻亿万。”① 据初步统计，仅《青楼集》就记载了四十多位大都的戏剧名伶。由于夏庭芝个人见闻的局限性，这个数目显然只是其中的一部分而已。那么，虽然“二万五千名”和“何啻亿万”皆有夸张之意，但在大都娼妓中存在着为数不少的梨园艺人，是无疑的了。此外，还有来自宫廷、教坊和民间的各种艺人。

---

① （元）夏庭芝：《青楼集》，《中国古典戏曲论著集成》第二册，中国戏剧出版社 1959 年版，第 7 页。

这些数量庞杂的戏剧演员，并非专攻杂剧，而是“诸艺并呈、杂剧最盛”[①]，包括杂剧、院本、傀儡戏等多种戏剧样式，这使得大都戏曲演员的构成呈现出一种多元化的特征。下面择其要者简述之：

（1）**杂剧演员**

根据夏庭芝《青楼集》的明确记载，当时在大都剧坛曾经风靡一时的杂剧演员就有29位：珠帘秀、顺时秀、南春宴、李心心、杨奈儿、袁当儿、于盼盼、于心心、吴女、燕雪梅、牛四姐、元寿之、周人爱、司燕奴、宋郭、班真真、程巧儿、李赵奴、天然秀、国玉第、赛帘秀、和当当、张鸾童、大都秀、孙秀秀、燕山秀、荆坚坚、玉莲儿、曹娥秀。

《青楼集》对这些演员擅长的表演只有一些简略的记载，如：

> 顺时秀：杂剧为闺怨最高，驾头、诸旦本亦得体。
>
> 天然秀：闺怨杂剧，为当时第一手，花旦、驾头，亦臻其妙。
>
> 国玉第：长于绿林杂剧。
>
> 玉莲儿：尤善文楸握槊之戏。
>
> 荆坚坚：工于花旦杂剧。[②]

虽然，对这些大都名伶擅演的剧目，夏庭芝没有更详细地著录，但从驾头、花旦、闺怨、绿林、软末泥、诸旦本等名目看来，她们应该各有自己擅长的戏码。这些身份卑微的青楼伶人和她们擅演的多姿多彩的剧目共同构筑了大都剧坛的璀璨星空。

见于《青楼集》以外的文献或文物（如元·钟嗣成《录鬼簿》、无名氏《录鬼簿续编》、元·胡祗遹《紫山大全集》、元·陶宗仪《南村辍耕录》、明·高启《听教坊旧妓郭芳卿弟子陈氏歌》、明·杨基《听老京妓宜时秀歌慢曲》等）的杂剧艺人，尚有：张国宾、红字李二、花李郎、金文石、赵文益、李当当、刘耍和、陈氏、宜时秀、忠都秀等。

---

① 李国平：《元大都的戏剧文化》，《河北学刊》1991年第3期。

② 本文所引夏庭芝《青楼集》的演员资料，均出自《中国古典戏曲论著集成》第二册，下同。

上述一长串表演者的真实名录，无可辩驳地向世人宣告了他们曾是元代大都剧坛的主力军。相信在元代大都的舞台上，绝不仅仅有这些杂剧演员的妙曼身姿，夏庭芝在《青楼集》卷首的《青楼集志》中就不无遗憾地感慨道："遗忘颇多，铨类无次，幸赏音之士，有所增益，庶使后来者知承平之日，虽女伶亦有其人，可谓盛矣！"[①]那些奔波于漫漫歧路之上，被岁月风尘淹没的名字显然不在此之列。

（2）**院本演员**

除了居于中流砥柱地位的杂剧演员，大都剧坛还活跃过一些擅演院本的演员。当然，不排除有文武昆乱不挡的全才，如兼擅杂剧、院本演出的多面手。

元末陶宗仪在《南村辍耕录·院本名目》中记载："金有院本、杂剧、诸宫调。院本、杂剧，其实一也。国朝，院本、杂剧，始釐而二之。"[②]这说明，在元代，院本和杂剧是两种不同的艺术样式，而且都在舞台上流行着。紧接着，陶宗仪又记录了三位身怀绝技的教坊艺人："教坊色长魏、武、刘三人，鼎新编辑。魏长于念诵，武长于筋斗，刘长于科泛。至今乐人皆宗之。"[③]

其中"刘"，即钟嗣成《录鬼簿》著录的艺人作家红字李二和花李郎的岳父刘耍和。刘耍和是金末元初的一位著名艺术家，他的名字在散曲、杂剧、南戏中屡屡出现。如元初杜仁杰《庄家不识勾栏》套曲中云："背后么末，敷演：刘耍和。"《录鬼簿》在"高文秀"名下有一剧目曰："《黑旋风》，敷演：刘耍和。""敷演"即扮演，这两条资料都说明刘耍和的身份是主演。南戏《宦门子弟错立身》第十二出写延寿马自愿到王金榜的家庭戏班当演员，班主王恩深对他进行了严格的考核："不争你要来我家，我孩儿要招个做杂剧的。"[④]延寿马答："子这撇末区老赚，我学那刘耍和行踪步迹。敢一个小哨儿喉咽韵美，我说散嗽咳呵如瓶贮水。"[⑤]可见，刘耍和的表演在当时的梨园界是被奉为典范

① （元）夏庭芝：《青楼集》，《中国古典戏曲论著集成》第二册，中国戏剧出版社 1959 年版，第 8 页。

② （元）陶宗仪：《南村辍耕录》，文化艺术出版社 1998 年版，第 346 页。

③ 同上。

④ 钱南扬校注：《永乐大典戏文三种校注》，中华书局 2009 年版，第 243 页。

⑤ 同上书，第 244 页。

的。再结合陶宗仪的记载来看，刘要和很可能是位既擅演杂剧又长于院本的梨园大家。

“魏、武”二人，生平不详。但从陶宗仪在列举院本名目之前，把“魏、武、刘”三人相提并论，可知他们大约为同时代人，而且都擅长院本表演。

大都舞台上流行着院本的表演，还可从古代朝鲜学汉语的一个读本《朴通事谚解》的记载得到证明。该书用元时口语，多记元代大都时事，有不少可资元曲研究借鉴的珍贵资料。如卷上开头记载三十个人举行赏花筵席消愁解闷，“着张三去，叫教坊司十数个乐工和做院本诸般杂技的来”。杜仁杰在《庄家不识勾栏》中也提到：“前截儿院本：调风月。”这是挂在剧场门口的宣传广告，意在预告要演出的剧目是院本《调风月》。虽然这些零星的记载并未注明演员的情况，但至少可以推断，在大都舞台上活跃过擅演院本的演员，也是一个不争的事实。

另外，由于院本的表演主要是以谑浪调笑为主，所以，从《青楼集》所记载的部分大都杂剧演员也长于诙谐谈笑，或可推断，这些杂剧演员亦兼擅院本的表演。如：

> 张怡云：善谈笑。
>
> 国玉第：尤善谈谑。
>
> 玉莲儿：歌舞谈谐，悉造其妙。

上述三位艺人有一个共同点，就是都擅长“谈笑”“谈谐”，大约类似于杜仁杰在《庄家不识勾栏》中提到的“唇天口地无高下，巧语花言记许多”的口才极好的副净。虽然夏庭芝的记载并未注明她们演过院本，但院本表演的基本素养她们应该并不欠缺。而推想夏氏为何没有给后人提供有关大都剧坛院本演出的信息，大概是，在元代，可以“厚人伦，美风化”的杂剧是要远远盖过短小简陋、文辞粗俗的院本的，而欲使卑贱如斯者能在史册中占据一席之地，当然要择取著录其成就最著、影响最大的方面。

（3）**傀儡戏演员**

中国的傀儡演艺据考在汉代就有了，一直绵延至今。元代大都的舞台上也不乏傀儡戏的演出。

据元代文学家苏天爵《故嘉议大夫江西湖东道肃政廉访使董公行状》（《滋溪文稿》卷二十三）载：

> 近侍请于禁中海子为傀儡之戏，拟筑水殿以备乘舆游观。公言："唐文皇尝命工曹选巧工，尚书段纶教作傀儡。文皇曰：'向求巧工，本以供国利民。今造戏具，甚失官师相规之意。'诏免纶官。史氏载之，以为美谈。方今圣明在上，岂宜作此？"宰臣是公言，遂罢其役。①

虽然大都勾栏中傀儡戏的演出尚未见诸史乘，但从此资料记载的罢演傀儡戏，可知傀儡戏在当时还是有相当的演出市场的，否则不会传至内廷并引起争议。

据此，则可判断，在大都剧坛上，除了杂剧演员、院本演员，应该还有从事傀儡演技的人员。他们共同构筑了元代大都剧坛以杂剧演员为主、其他演员为辅的多元化的演员阵容。

笔者浅陋，尚未发现大都是否有南戏演员活动的相关资料，但从大都商业的繁荣、交通的便利和南北文化的频繁交流、路岐演员的冲州撞府等迹象看来，在大都多姿多彩的勾栏演出中似乎不会缺少南戏演员的身影。这只是笔者的一个臆测而已，尚期待方家指正。

二、技艺传承

"中国民间表演伎艺的结构方法是所谓的'格式化框架内的套袭与变异'，

---

① （元）苏天爵：《故嘉议大夫江西湖东道肃政廉访使董公行状》，《滋溪文稿》卷二十三，商务印书馆四库全书出版工作委员会编《文津阁四库全书》第四百零五册"集部·别集"类，商务印书馆2005年版，第593页。

这是一种既有套式又能灵活变通的‘活套’。它通过将某一行之有效的、经过观众选择的优秀表演伎艺以格式的方式将其固化，形成所谓的‘格范’‘框格’‘戏式’。”[①]这样的表演“格范”在大都的戏曲舞台上是如何被演员传承下去的？有哪些特殊的条件促成了这些技艺被有效地传承下去？通过梳理相关的资料，可以发现，大都戏曲演员的技艺表演主要有三种传承形式：

一是民间师傅带徒弟的传统方式。

这与后世梨园界普遍的拜师学艺的做法非常相似。比如《青楼集》对赛帘秀、燕山秀、李娇儿的记载：

> 赛帘秀：珠帘秀之高弟，侯耍俏之妻也……声遏行云，乃古今绝唱。
>
> 燕山秀：姓李氏……珠帘秀之高弟，旦末双全，杂剧无比。
>
> 李娇儿：王德名妻也。姿容姝丽，意度闲雅，时人号为“小天然”。

其中，赛帘秀、燕山秀都是元代戏剧皇后珠帘秀的高足，在表演上各有自己的特色：一个唱功卓绝，一个旦末兼擅。李娇儿号称“小天然”，当师承“尤为白仁甫、李溉之所爱赏”的杂剧名家天然秀。

又如《录鬼簿续编》对金文石与顺时秀的记载：

> 金文石……幼年从名姬顺时秀歌唱，其音调清巧，无毫厘之差，节奏抑扬或过之。

其中，顺时秀是元代后期著名的艺妓，有关她的记载很多。除了《青楼集》，陶宗仪在《南村辍耕录》“妓聪敏”条云：

---

① 刘晓明：《杂剧形成史》，中华书局2007年版，第23页。

歌妓顺时秀，姓郭氏，性资聪敏，色艺超绝，教坊之白眉也。[①]

元末诗人张昱《辇下曲》对其更是赞不绝口：

教坊女乐顺时秀，岂独歌传天下名？意态由来看不足，揭帘半面已倾城。[②]

因为演技卓越，顺时秀还常到宫廷应承，明初高启的《听教坊旧妓郭芳卿弟子陈氏歌》有言：

文皇在御升平日，上苑宸游驾频出。仗中乐部五千人，能唱新声谁第一？燕国佳人号顺时，姿容歌舞总能奇。中官奉旨时宣唤，立马门前催画眉。建章宫里长生殿，芍药初开敕张宴。龙笙罢奏凤弦停，共听娇喉一莺啭。遏云妙响发朱唇，不让开元许永新。[③]

这首诗歌由顺时秀的弟子陈氏演唱。其中"文皇"指元文宗，诗歌真实地反映了顺时秀被传入宫后，宫廷管弦齐奏，佳人娇喉莺啭的表演情景。从诗中可以得知，顺时秀的表演在当时是艺压群芳、独占鳌头的，所以有机会常在御前呈演。《录鬼簿续编》所记载的金文石正是幼年时便师从这位著名的表演艺术家，潜心学习歌唱，甚至"青出于蓝而胜于蓝"。

像珠帘秀与赛帘秀、燕山秀，天然秀与李娇儿，顺时秀与金文石、陈氏这样师徒相承的模式，不仅扩充了大都的演员队伍，还使得戏曲表演技艺得到了很好的传承。他们是大都剧坛繁盛的重要人才保障。

---

① （元）陶宗仪：《南村辍耕录》，文化艺术出版社 1998 年版，第 270 页。

② （元）张昱：《辇下曲》，（清）顾嗣立编《元诗选》，中华书局 1987 年版，第 2070 页。

③ （明）高启：《听教坊旧妓郭芳卿弟子陈氏歌》，傅乐淑著《元宫词百章笺注》，书目文献出版社 1995 年版，第 53 页。

二是宫廷教坊的专业教习。

元代是一个非常重视音乐歌舞艺术的时代。蒙古统治者对杂剧等表演艺术可说是酷爱有加。不仅重大庆典和应酬宴饮时要有歌舞相伴，甚至是征战时也不忘带上乐人。如《蒙鞑备录》载：“国王出师，亦以女乐随行，率十七八美女，极慧黠，多以十四弦等弹大官乐等曲，拍手为节，甚低，其舞甚异。”在政策方面，对优伶也颇多优待。如蒙古南下中原之初，采取野蛮的屠杀政策，而优伶却除外，《元史·木华黎传》有载：“除工匠优伶外，悉屠之。”又如元世祖中统初年，“立仙音院，复改为玉宸院，括乐工”（《元史·世祖纪》），同时还设立教坊司，管理演员。而且，教坊司的级别在元代还曾被提到了正三品，《元史·百官志》对教坊司品级沿革情况有明确记载：“教坊司，秩从五品。掌承应乐人及管领兴和等署五百户。中统二年始置。至元十二年，升正五品。十七年，改提点教坊司，隶宣徽院，秩正四品。二十五年，隶礼部。大德八年，升正三品。”元代教坊司地位之高，是前所未有的，这些为表演艺术家的成长提供了得天独厚的条件。

既然宫廷专设教坊来管理乐人，那么，教习、训练、指导乐人，当是他们的份内之事。陶宗仪在《南村辍耕录·院本名目》中提到的“至今乐人皆宗之”的“教坊色长魏、武、刘三人”，应该是金末元初教坊中著名的教师。魏、武、刘三人在有元一代的影响时时见于有关记载，如元·高安道《嗓淡行院》散套讽刺艺人技艺的低劣：“辱末煞驰名魏、武、刘。”①《青楼集》中记载国玉第的丈夫童关高的职务是“教坊副使”，也是教坊机构的管理者之一。钟嗣成《录鬼簿》记载的作家张国宾是“喜时营教坊勾管”②。“教坊勾管”，疑为“教坊管勾”之误。元代教坊司中设有“管勾”，掌管艺人演出事务，是职位较低的属员，很可能由艺人中的管事者充当。张国宾担任的正是这样的管理职务。

虽然没有太多资料证明元代教坊是如何教习戏曲演员的，却有不少史料保存了一些教坊伶人的事迹。除了上文提到的歌舞双绝的顺时秀，在史料中被记载下来的教坊名伶还有李当当、连枝秀、凝香儿等。

---

①（元）高安道：《嗓淡行院》，隋树森编《全元散曲》下册，中华书局1991年版，第1110页。
②（元）钟嗣成：《录鬼簿》，《中国古典戏曲论著集成》第二册，中国戏剧出版社1959年版，第113页。

李当当者，教坊名妓也，姿艺超出辈流。忽翻然若有所悟，遂著道士服。江浙儒学提举段吉甫先生天佑赠之以诗曰："歌舞当今第一流，洗妆拭面别青楼。便随南岳夫人去，不与苏州刺史留。"①

京师教坊官妓连枝秀，姓孙氏……年四十余。因投礼逸士风高老为师，而主教者褒以空湛静慧散人之号。②

元顺帝宫嫔进御无纪，佩夫人、贵妃印者，不下百数。如淑妃龙瑞娇、程一宁、戈小娥，丽嫔张阿玄、支祁氏，才人英英、凝香儿尤见宠爱。所好成之，所恶除之。位在皇后之下，宫中称为"七贵"……凝香儿善鼓瑟，晓音律，能为翻冠飞履之舞。③

李当当和连枝秀都曾是著名的教坊官妓，后来都看破红尘而告别青楼生活；凝香儿，原是官妓，不仅歌舞俱佳，而且还善鼓瑟，通晓音律，所以入宫后能从官妓升为才人，并成为"七贵"之一，深受元顺帝的喜爱。从这些教坊名伶和宫廷才人的多才多艺，至少可以推断，这些艺人的成长、成名与教坊的教习、引导是有内在联系的。可见，通过教坊教授和传承表演技艺，也是大都戏曲艺术承传的一个重要渠道。

三是梨园之家的世代相承。

元代对娼妓、乐人的管理非常严格，实行乐籍管理制度，规定在籍的乐人不得与良人通婚，其本人、配偶及子女都必须终身从事该行业。如《大元圣政国朝典章》规定："今后乐人只教嫁乐人……其余的人每，若娶乐人做媳妇呵，要了罪过，听离了者么道。"④《元史》规定："诸倡妓之家，所生男女，每季不过次月十日，会其数以上于中书省。有未生堕其胎、已生辄残其命者，禁之。诸倡妓之家，辄买良人为倡，而有司不审，滥给公据，税务无凭，辄

① （元）陶宗仪：《南村辍耕录》，文化艺术出版社 1998 年版，第 214 页。
② 同上书，第 168 页。
③ 进步书局编辑所编：《古今宫闱秘记》，上海文艺出版社 1990 年版，第 63 页。
④ 《大元圣政国朝典章》（影印元刊本），中国广播电视出版社 1998 年版，第 720 页。

与印税，并严禁之，违者痛绳之。”这种禁令虽然残酷，却在客观上形成了很多梨园之家和梨园世家，使得表演技艺能够稳固地传承下去。

在大都，一家几代人都从事梨园行的不在少数。如《青楼集》对周人爱与儿媳玉叶儿、和当当与女儿张鸾童的记载：

> 周人爱：京师旦色，姿艺并佳。其儿妇玉叶儿，元文苑尝赠以南吕《一枝花》……皆一时之拔萃者。
>
> 赵梅哥：张有才之妻也……张继娶和当当，虽貌不扬而艺甚绝，在京师曾接司燕奴排场，由是江湖驰名。老而歌调高如贯珠，其女鸾童，能传母之技云。

此外，大都的梨园世家还有刘要和与女婿红字李二、花李郎，在钟嗣成《录鬼簿》的“红字李二”“花李郎”条下，分别注有“教坊刘要和壻”“刘要和壻”的字样，说明这也是一个典型的两代从艺的梨园世家。

除了上述梨园世家之外，在大都还有不少艺人与同行联姻的家庭。如《青楼集》记载的吕总管与瑶池景、萧子才与贾岛春、花蠢才与赛金带、王元俏与天然秀、童关高与国玉第、侯要俏与赛帘秀、张七与大都秀、马二与燕山秀：

> 瑶池景，吕总管之妻也；贾岛春，萧子才之妻也；赛金带，花蠢才之妻，皆一时之拔萃者。
>
> 天然秀：姓高氏……始嫁行院王元俏。
>
> 国玉第：教仿副使童关高之妻也。
>
> 赛帘秀：珠帘秀之高第，侯耍俏之妻也。
>
> 大都秀：姓张氏。其夫张七，乐名黄子醋，善杂剧。
>
> 燕山秀：姓李氏。其夫马二，名黑驹头。

这些梨园家庭因其经常互相切磋而使得技艺水平不断提高，这不仅为演艺人才的成长和发展提供了很好的条件，还使得优秀的表演技艺代代相传。

大都梨园演艺水平之高超和大都剧坛之繁盛，当与此不无关系。

通过上述民间传统的师徒相传、宫廷教坊的专业教习和梨园之家的孕育熏陶，大都剧坛的演员队伍得以不断充实和提高，最终铸造了中国戏曲史上第一个繁荣的剧坛奇观。

三、表演特色

大都的杂剧艺术能成为剧坛之翘楚，受到上至宫廷、下到民间的热烈追捧，和演员的精彩表演密不可分。总体上看，大都演员的舞台表演呈现出如下三个特色：

一是技艺精湛、各有专长。

在大都剧坛上，青楼艺妓是演员的主要来源。而大都的娼妓数量是非常庞大的。那么，在大都这样一个商业贸易繁盛、行业竞争激烈的大都会，要在众多青楼女子中脱颖而出，独占花魁，仅凭姿色，显然是无法达到目的的。而精通各种技艺，尤其是当时颇为时尚的杂剧表演，显然能为这个行当的从业者增加竞争的优势。这也直接促进了杂剧演员表演技艺的精益求精。对于大都戏曲演员的高超演技，《青楼集》有诸多记载，如：

> 珠帘秀：姓朱氏，行第四。杂剧为当今独步，驾头、花旦、软末泥等，悉造其妙。
>
> 孙秀秀：都下小旦色。名公巨卿多爱重之。京师谚曰：“人间孙秀秀，天上鬼婆婆”'。
>
> 南春宴：姿容伟丽，长于驾头杂剧，亦京师之表表者。

这个名单上还有顺时秀、天然秀、大都秀、国玉第等，这些演员均以自己别具一格的表演赢得了大都观众的青睐，成为独步一时、傲视剧坛的佼佼者。其中珠帘秀的表演尤其为人称道，和珠帘秀有过密切交往的元代文学家胡祇遹，在为其诗集所作的《朱氏诗卷序》中对她的表演描述甚详：

以一女子，众艺兼并。危冠而道，圆颅而僧，褒衣而儒，武弁而兵；短袂则骏奔走，鱼笏则贵公卿。卜言祸福，医决死生；为母则慈贤，为妇则孝贞。媒妁则雍容巧辩，闺门则旖旎娉婷。九夷八蛮，百神万灵，五方之风俗，诸路之音声，往古之事迹，历代之典刑，下吏污浊，官长公清。谈百货则行商坐贾，勤四体则女织男耕；居家则父子慈孝，立朝则君臣圣明。

这段话是说珠帘秀不仅擅演各色人等、人情百态，而且演得惟妙惟肖，无不曲尽其妙。更为可贵的是，她的表演达到了出神入化的天然境界：

九流百伎，众美群英，外则曲尽其态，内则详悉其情。心得三昧，天然老成。

珠帘秀正是凭借自己超绝流辈的杰出演技，不仅在戏剧界博得了“朱娘娘”的美誉，还赢得了胡祇遹、卢挚、王恽、冯子振等文坛名流以及菊坛巨擘关汉卿的激赏。

总之，大都的梨园演员不仅是“术业有专攻”，而且整体演艺水平颇为高超。

二是歌舞为主、唱功尤著。

元杂剧的表演以歌唱和舞蹈为主，歌唱占的比重尤其大，而且大多数剧本都只有一种脚色（正旦或正末）独唱，所谓“一人主唱”是也。这决定了演唱在舞台表演中的特殊地位。大都的很多名伶都是凭借自己出色的唱功在舞台上占据一席之地的，如赛帘秀、玉莲儿、荆坚坚、王巧儿、赵梅哥、和当当、张鸾童、金文石等。《青楼集》有载：

赛帘秀……声遏行云，乃古今绝唱。

荆坚坚：善唱。

王巧儿：歌舞颜色，称于京师。

赵梅哥……善歌舞。

和当当，虽貌不扬而艺甚绝……老而歌调高如贯珠，其女鸾童，能传母之技云。

金文石，见于《录鬼簿续编》：

金文石……幼年从名姬顺时秀歌唱，其音调清巧，无毫厘之差，节奏抑扬或过之。[①]

从这些一鳞半爪的记载，不难想象这些演员的歌唱在当年的大都舞台上该是多么风靡。这也体现了戏曲这门综合艺术在成长初期对唱功的偏好。于此，对艺术有着真切理解的元代戏剧家胡祇遹已在其《黄氏诗卷序》中做过理论总结："女乐之百伎，惟唱说焉。"[②]

三是戏路宽广、不拘一格。

大都的梨园演员不仅唱功一流，各有专攻，而且戏路宽广、多才多艺，很多女演员不仅可以演旦本戏，对末本戏也是驾轻就熟。如珠帘秀擅长"驾头、花旦、软末泥等"，天然秀擅演"闺怨、花旦、驾头"，顺时秀精于"闺怨、驾头、诸旦本"，燕山秀是"旦末双全，杂剧无比"。

其中，闺怨、花旦都是由正旦担任主演的旦本戏，驾头、软末泥则是由正末担任主演的末本戏。这说明珠帘秀、天然秀、顺时秀、燕山秀等人都是可以扮演男女老少各色人等的多面手，这一点，是足以让后生学子们心生敬佩的。而这也正是夏庭芝感慨颇多之处："虽女伶亦有其人，可谓盛矣！"

最后值得一提的是，大都的梨园演员不仅在舞台上纵横驰骋、叱咤风云，而且不少演员还有很高的文学修养，甚至在文坛上留下了不朽之作。如张国宾、花李郎、红字李二、珠帘秀、张怡云等，前人论述已多，此不赘述[③]。

---

① （明）无名氏：《录鬼簿续编》，《中国古典戏曲论著集成》第二册，中国戏剧出版社 1959 年版，第 288 页。

② 陈多、叶长海选注：《中国历代剧论选注》，上海古籍出版社 2010 年版，第 67 页。

③ 关于元代戏曲演员的文学创作，可以参看徐扶明《元代杂剧艺术》第三章"演员"（上海文艺出版社 1981 年版，第 62 页）、傅秋爽《人才茂盛——元代大都杂剧繁荣的必备条件》（《泰山学院学报》2012 年第 1 期）、李真瑜《元大都戏剧艺人略论》（《殷都学刊》2000 年第 4 期）等。

通过上文从大都城市文化的多元性与演员的多元构成、技艺传承、表演特色等方面，对大都梨园演员进行的考述，可以发现，首先是大都开放包容的文化氛围为演员发展提供了一个良好的客观环境；其次是激烈的商业竞争使得演员的技艺水平和艺术修养不断提高；最后是统治者的重视与一些特殊政策的实施，为大都演艺人才的稳固和发展提供了坚实的保障。正是这些合力的推动，使得大都的戏曲演员名家辈出，为剧坛繁荣和戏曲艺术的发展作出了不可磨灭的贡献。着眼于此，希望拙文对推动与深化当今北京剧坛的改革与发展有一定的借鉴意义。

（原载《戏曲艺术》2013 年第 4 期）

元杂剧旦色刍议

青木正儿在论及“元代杂剧之改进”时，曾尤为注意元杂剧旦色的发达：“促进旦色如此其发达者，无非因较昔日以歌舞、滑稽、杂剧为主之金宋杂剧院本，渐进一步，把捉古今社会之事件而写人情机微之新杂剧，发展时所连带发生之现象。”[①] 然则，元杂剧的旦色在元代何以如此“发达”[②]？除了其“把捉古今社会之事件而写人情机微”外，青木正儿没有更深入的考述。

千百年来，在元杂剧的基础上，旦行已逐渐发展成为中国戏曲舞台上最为抢眼的风景线，其俏丽的容颜、柔媚的声腔、袅娜的身姿、顾盼的秋波、旖旎的风情等，至今不仅让无数男性观众痴迷，也令不少女性戏迷陶醉。鉴于戏曲舞台上旦行的受宠程度最高，因此，本文欲从性别审美的角度切入，对促成元杂剧旦色发达的社会审美心理以及元杂剧旦色形象群的性别特征，但陈一孔之见，以供方家哂正。

自从 20 世纪 60 年代“性别”被引入到文学批评领域以来，关于女性意识和性别审美的论述不绝如缕。本文所说的“性别审美”，不仅仅是把研究对象单向度限定在女性身上，而是将男性也纳入考察视野中，从男、女两性关系入手，探讨这种主要是由社会性而非生物性决定的性别关系。其中既有从

---

① ［日］青木正儿原著，王古鲁译著，蔡毅校订：《中国近世戏曲史》，中华书局 2010 年版，第 27 页。

② 需要说明的是，元杂剧的旦色虽然“发达”，但其时的“旦”尚处于一种“人物类型与脚色意义混合并存的状态”，还不是纯粹意义上的脚色名称。参见李舜华《论元杂剧旦色的发展》，《学术研究》2004 年第 3 期。

女性视角出发的对“菲勒斯中心主义”[①]的批判，又有超越传统女性主义的对两性和谐的关注，更有跳出性别之外对戏曲脚色问题中性别要素的冷静审视和理性分析，从而使性别成为可以公正介入戏曲审美的一个重要维度[②]。

一、“在位”而“缺席”：元杂剧旦行的脚色建构

对比钟嗣成《录鬼簿》和夏庭芝《青楼集》这两部元代传记中主人公的性别，可以发现一个饶有趣味的现象：一部专门记载男性作家，一部尽力描绘女性演员（间或涉及一些男演员）。元杂剧的创作园圃中为何没有女性一席之地？而元杂剧的表演殿堂却主要由女性来支撑？是夏庭芝天然具有对女性的悲悯关怀，还是钟嗣成率真表现对男性高才博识之缅怀？

究其实，《青楼集》虽然是一部真切记录青楼女子才华与品性的传记式文献，而且其中记载的大多数女性俱是元杂剧旦行的出色演员，但这并不表明，元杂剧的旦行就真正以女性的姿态、女性的话语、女性的思维登上了历史的舞台，其实质和《录鬼簿》中女作家的缺席是一样的。虽然，元杂剧“旦色的发达，意味着女性问题受到前所未有的关注”[③]，但是，正如台湾影片《阿婴》（1993 年）里，女主角阿婴的脸上始终涂抹着厚厚的脂粉，而片中其他角色的脸上均未涂粉所隐喻的那样：在历史的长河里，女性的真实面貌一直没有真正呈现过。元杂剧的旦行正是在这样的“菲勒斯中心”语境下构建起自己的脚色体系的。

自从母权制社会被推翻以来，女性不是一般的“退居二线”，而是彻底地“失语”了。男性为了主宰世界，为了弥补自己不能生育的唯一“缺憾”，极

---

① 菲勒斯，英文“Phallus”的音译，原指男性阴茎的形象，后发展为男性权力的象征，被赋予决定一切秩序和意义的地位。西方女性主义通常把菲勒斯作为男权文化的象征，而并不仅仅指生理意义上的男性生殖器。“菲勒斯中心主义”（Phallocentrism）强调父权统治及男性价值中心的合理性，将其作为衡量一切的准绳；提倡男性的特权，限制和阻碍女性的创造力；主张在政治、经济、法律、教育和家庭等领域里，所有权威的位置都留给男性，并以男性的标准来评价女性。

② 本段论述受马琳《性别文化视域中的张恨水与金庸比较研究》（2012 年陕西师范大学博士论文）的启发。

③ 李舜华：《论元杂剧旦色的发展》，《学术研究》2004 年第 3 期。

力诋毁、压制、分化孕育了男性的女性。女性的存在主要是为了满足他们繁衍子嗣和淫欲的需要。所以，作为家庭婚姻制度的补充，娼妓制度就这么堂而皇之地登上了历史的舞台。当来自荒原朔漠的蒙古人带着胜利者的喜悦踏上中土之乐原时，“可慰彼等征服者之劳者，无非为酒色欢乐”[①]，元代之妓乐想不发达似乎都不可能了。夏庭芝在《青楼集》卷首的《青楼集志》中曾说：“我朝混一区宇，殆将百年，天下歌舞之妓，何啻亿万。”[②]“亿万”虽不无夸张之意，但从马可·波罗在其游记中记载仅仅大都的娼妓就多达“二万五千名”，类推开来，则在全国范围从事歌舞（包括杂剧演出）之艺妓数量也是相当可观的。有了这样庞大的女演员阵容做基础，元杂剧的“旦”由一色而分为数色，进而“变态纷纷”（胡应麟《少室山房笔丛》卷四十一），也就在情理之中了。

从现存元杂剧各版本的记载来看，元杂剧对女性脚色的标识极为繁杂，不仅有“正旦、旦、外旦、小旦、老旦、大旦、贴旦、搽旦、色旦、禾旦、旦儿、卜儿（偶作卜旦）”等名称，还有“李旦、岳旦、驾旦、魂旦、细旦”等称谓。当然，这些标识的芜杂，反映出元杂剧的旦色尚无严整的体系，虽然有些称呼已具有与后世传奇和地方戏相类似的脚色意义，但有些还只是对某种人物类型的指称，而且脚色意义和人物类型常常交织混杂。不过，从性别审美的角度看，这“变态纷纷”的旦色的出现，既蕴含着人类两性心理中，对异性的正常性别期待，同时也是男权文化符码渗透和侵蚀的结果。

首先，在元杂剧中，以“正旦”为代表的旦行脚色，是与以“正末”为代表的末行脚色分庭抗礼，出现在人们的视野中的。从文化人类学的角度看，这本是一种正当的无可厚非的心理需求，是人类在反观自身进行审美中天然喜爱异性的正常性别心理，“跟生活中原本有男有女一样，是人类正常的性别互补心理和伙伴关系的反映”[③]。但一者由于元杂剧大多数演员艺妓身份的卑微，二者由于“菲勒斯中心主义”集体无意识的积淀，决定了舞台上的“旦”

① ［日］青木正儿原著，王古鲁译著，蔡毅校订：《中国近世戏曲史》，中华书局2010年版，第49页。

② （元）夏庭芝：《青楼集》，《中国古典戏曲论著集成》（第二册），中国戏剧出版社1959年版，第7页。

③ 李祥林：《旦角审美·性别意识·文化透视》，《艺术广角》2003年第5期。

作为“审美主体”和“被观照的客体”的两难处境。红氍毹上装束各异、风流灵动的“女儿身”，始终无法真正以女性自我的独立意识，去感知和认识自己的生存世界；无法真正以女性主体的身份，去从事审美和美的创造。很多时候，她们的深情演唱，演绎的不过是须眉们在现实中无法满足的欲望和追求。

如很多士、妓、商的三角恋中，妓女们无一例外地选择了弃商从儒的归宿，就是一个明证。《青衫泪》中的裴兴奴与白居易、《玉壶春》中的李素兰与李斌、《玉梳记》中的顾玉香与荆楚臣等最终的花好月圆，并不是为了“塑造女性的独立人格，而是为了更鲜明地体现‘结良缘夫为纲领’的性别规范”①。这正如马致远在剧本中借皇帝之口所提倡的那样：“自古来整齐风化，必须自男女帏房。但只看《关雎》为首，诗人意便可参详。裴兴奴生居乐籍，知伦礼立志刚方。见良人终身有托，要脱离风月排场……这赏罚并无私曲，总之为扶植纲常。便揭榜通行晓谕，示臣民恪守王章。”②妓女们弃商从儒的叙述模式，不过是元代失意文士在想象中行使男性权力的一种廉价慰藉，是其脑海中根深蒂固的特权意识阴云不散的反映。

即便是那些举止“前卫”、行事果敢的闺阁女性，也从没有放弃“从一而终”“三贞九烈”的贞节理想，如《墙头马上》中以泼辣、率真著称的李千金。尽管她在追求爱情的过程中曾主动向男方示爱，并义无反顾地与家庭决裂，还与心上人私自同居生子，但当面对公公裴尚书的责难时，仍是义正言辞地宣称自己是遵循“三从四德”的典范：“谁更待双轮辗四辙。恋酒色淫邪，那犯七出的应拚舍；享富贵豪奢，这守三从的谁似妾！”③这一近乎声嘶力竭的豪言壮语，看似与人物前期的行动相悖，却实实在在地反映了父权社会对女性从肉体到精神的捆绑与钳制。从“盘古开天辟地”的父本神话，到《易经·说卦传》中的“乾，健也；坤，顺也”，再到前汉刘向的《列女传》、后汉班昭的《女诫》等，“阳尊阴卑”“三从四德”“贞女烈妇”等教义规范被层层深化，女性

① 张维娟：《元杂剧作家的女性意识》，中华书局2007年版，第226页。

② （元）马致远：《青衫泪》第四折，王季思主编《全元戏曲》（二），人民文学出版社1990年版，第155—156页。以下本文所引元杂剧曲文均出自王季思主编《全元戏曲》。

③ （元）白朴：《墙头马上》第三折，王季思主编《全元戏曲》（一），人民文学出版社1990年版，第531页。

作为“第二性”的位置逐渐被凝固。及至元代，蒙古人的思想统治看似宽松，但宋儒发明的理学观念，在饱受男性中心意识浸润的汉族士人心中，却越来越根深蒂固。尤其是在与宋代文人优越地位的对照之下，失去进身之阶的元代文人对礼教的松弛更是耿耿于怀。他们与勾栏艺人、青楼艺妓的亲密接触，与其说是同病相怜、惺惺相惜，倒不如说是欲借这些鲜活的女性，来实现功名未遂的缺憾和男性权力的幻梦。

所以，尽管在元代的文人笔下、舞台之上不乏女性的倩影，但她们多数只是一个空洞的“能指”。如同在现实生活中，被牢牢捆缚在父权、神权、族权、夫权四大绳索上一样，她们在杂剧作品和戏曲舞台上的处境并没有实质性的改善。所以，不管李千金们当初是怎样的“年少轻狂”，最终还是不得不回到伦理纲常的牢笼之中。

其次，以“正旦”为主体的元杂剧旦色，大多是二八佳丽，即便是丧偶寡妇，也多是花般容玉样貌。这不仅是为了满足“郎才女貌”的婚恋期待，更是女性视觉被动的悲剧写照，而实际上则是男性渴望性幻想、性心理满足的反映。

在元杂剧文本中，对青年女性体态、容貌之美的描写随处可见。那些随时等候官府传唤的上厅行首们自是一个个风流袅娜、玲珑剔透、艳压群芳，如无名氏《百花亭》中的贺怜怜“端的是腻胭脂红处红如血，润琼酥白处白如雪。比玉呵软且温，比花呵花更别”[①]；而蛰居阃内的香闺孤女们也多被描摹为“佳人领袖，美女班头，世上无双，人间罕比”[②]。扮演这些女性的演员也多半是天姿国色、冠绝一时，如《青楼集》记载，曹娥秀“色艺俱绝”，顺时秀“姿态闲雅”，杜妙隆“金陵佳丽人也”，聂檀香“姿色妩媚”，南春宴“姿容伟丽”，周人爱“姿艺并佳”，王金带“色艺无双”，玉莲儿“端丽巧慧”，王巧儿“歌舞颜色，称于京师”，杨买奴“美姿容”，李娇儿“姿容姝丽”，张奔儿“姿容丰格，妙于一时”，等等，不胜枚举。元杂剧对青年旦色超凡姿容的反复强调，

---

① （元）无名氏：《百花亭》第一折，王季思主编《全元戏曲》（六），人民文学出版社 1990 年版，第 507 页。

② （元）关汉卿：《望江亭》第二折，王季思主编《全元戏曲》（一），人民文学出版社 1990 年版，第 137 页。

不过是男权文化所规范的女性性别角色的内容之一，反映的实是男性话语主体充满欲望的窥淫心理。从社会学角度看，年轻化的性别审美主体更符合“菲勒斯中心主义”社会的心理期待，这也是从古至今，风流婀娜的小旦总是能撷取更多青睐和喝彩的重要原因。

“在一个由性的不平衡所安排的世界中，看的快感分裂为主动的/男性和被动的/女性。起决定作用的男人的眼光把他的幻想投射到照此风格化的女人的形体上。女人在她们那传统的裸露癖角色中同时被人看和被展示，她们的外貌被编码成强烈的视觉和色情感染力，从而能够把她们说成是具有被看性的内涵。”① 可以说，正是在这种“强势观看”的心理驱动下，元杂剧的正旦多被赋予靓丽的外形，这既使得戏曲演出在商业竞争中处于优势地位，又促进了以“正旦”为主体的元杂剧旦色的发展。

总之，较之宋金杂剧，元杂剧的旦色获得了长足的进展，无论是演唱主体，还是演唱内容，其脚色意义都越来越鲜明。其与末行的分庭抗礼虽也反映了对双性和谐相处的合理希求，但这一表象并不能掩饰，更不可能颠覆父权符码对女性的图绘与异化。这正是本文所说元杂剧的旦行虽“在位”而“缺席”之要义所在。

二、男性本位：元杂剧旦色的性别想象

上文主要从宏观上，粗略探讨了支配元杂剧旦行脚色建构的社会性别文化心理，具体到元杂剧文本中的诸多形象刻画，还可以发现：无论是青楼女子还是良家妇女，都无一例外被涂上了浓郁的忠贞守节色彩；即便是那些出轨的淫妇、吃醋的妒妇，也不过是从反面告诫女性，务必要严格遵守“三从四德”“从一而终”等苛刻的行为规范。可以说，“菲勒斯中心主义”的影响，犹如幽魂般附着于元杂剧作家的精神深处，渗透并蔓延于其剧本创作的角角落落，从而使元杂剧中的“阳性书写”或曰“男性书写”，成为一种挥之不

① ［美］劳拉·穆尔维：《视觉快感和叙事性电影》，李恒基、杨远婴主编《外国电影理论文选》，上海文艺出版社1995年版，第567—568页。

去的“显性”性别存在。元杂剧的旦色形象群自然也表现出“男性中心论”制约之下的显著特征。下面主要从婚姻至上、精神依附和忠贞守节三方面简析之。

1. 婚姻至上：旦色形象群的价值追求

在儒家家国同构的思想观念里，婚姻有着“合二姓之好，上以事宗庙，下以继后世”的功能，婚姻不仅是人人都有的权利，而且是每个人都应该承担的义务，所谓“男大当婚，女大当嫁”是也。元杂剧中千姿百态的旦角形象，无论是大门不出、二门不迈的闺阁少女，还是已为人妻、谨守妇道的良家妇女，甚至是那些沦落风尘、阅尽沧桑的青楼女子，都无不把“与良人结缘”作为她们人生的美好归宿。她们纵然性格各异、风姿超绝，却都在“婚姻”上获得共同的生命存在意义。

如无名氏《鸳鸯被》中的正旦李玉英在独居无依的日子里，整日郁郁寡欢：“耽阁了二十一二，好前程不见俺称心时。每日家鬓鬟羞整，粉黛慵施……每日家重念想，再寻思，情脉脉，意孜孜。几时得效琴瑟，配雄雌，成比翼，接连枝？但得个俊男儿，恁时节才遂了我平生志。”[①]

这里令女主人公李玉英心心系念的“好前程”就是寻一个“俊男儿”以成就其“百岁姻缘事”。稍微细心点的读者可能会疑惑，李玉英对父亲被诬进京、面君无果的多舛命运，好像是漠不关心，除了开场一句“自从俺父亲往京师，妾身独自忧愁死”外，更无其他对父亲生死未卜的忧虑和牵挂；相反，对自己“几时得效琴瑟”，却是“每日家重念想，再寻思”。这究竟是作者的疏忽，还是另有原委？

在中国古代，“‘男年十六、女年十三’，实为历代结婚年龄的折中”[②]。剧中的李玉英此时已年过二十，仍未婚配，在当时肯定已属“剩女”之列。这就难怪李玉英的“怀春”感叹毫不掩饰对及时婚姻的渴慕了。这正是传统社

---

① （元）无名氏：《鸳鸯被》第一折，王季思主编《全元戏曲》（六），人民文学出版社 1990 年版，第 122 页。

② 董家遵著，卞恩才整理：《中国古代婚姻史研究》，广东人民出版社 1995 年版，第 239 页。

会根深蒂固的男性本位思想对女性的性别规定：女性的存在价值就在于及时婚嫁，婚姻是她们的真正归宿。女子如果不能及时婚配，不仅会影响到宗庙社稷和社会人口的繁育，还会造成自身和家庭的烦恼，甚至产生一系列意想不到的后果。

《墙头马上》中的李千金为何会大胆私奔，除了性格上的泼辣直率外，更深层的原因就是因为父母延迟了自己的婚事，才“耽阁的女怨深闺”，所以她一出场，就毫不掩饰自己对“风流女婿”的思慕：“我若还招得个风流女婿，怎肯教费工夫学画远山眉。”①

美国人本主义心理学家亚伯拉罕·马斯洛认为，每个人天生就有许多基本需求，除了生理需求外，还有安全需求、归属或爱的需求以及自我实现之需求。对于衣食无忧的李千金来说，其生存需求与其说是一种单纯的生理需求，倒不如说是“菲勒斯中心”社会强加给她的一种婚姻归宿意识。婚前的少女生活总是充满着种种不确定性和迷茫感，从而导致安全感的丧失；而婚姻“是她得到供养的唯一方式，也是证明她生存之正当性的唯一理由”②。所以，李千金才会为此“消瘦春风玉一围”，才会“害的来不疼不痛难医治，吃了些好茶好饭无滋味，似舟中载倩女魂，天边盼织女期”③。

所以，《鸳鸯被》中的道姑在给李玉英做媒时，才力劝她“寻一个穿衣吃饭的”④。“穿衣吃饭”一说可谓妙绝，不仅解决了衣食方面的生存顾虑，关键是有了“人家”的归宿感，才是李玉英、李千金们安全感的真正来源。而这种所谓的“安全感”，不过是从父权的牢笼下转移到夫权的控制中而已，丝毫不能改变她们作为“他者”和“第二性”的从属地位。

此外，像《西厢记》中的崔莺莺、《东墙记》中的董秀英、《萧淑兰》中

---

① （元）白朴：《墙头马上》第一折，王季思主编《全元戏曲》（一），人民文学出版社 1990 年版，第 515 页。

② ［法］西蒙娜·德·波伏娃著，陶铁柱译：《第二性》（全译本），中国书籍出版社 1998 年版，第 487 页。

③ （元）白朴：《墙头马上》第一折，王季思主编《全元戏曲》（一），人民文学出版社 1990 年版，第 516 页。

④ （元）无名氏：《鸳鸯被》第一折，王季思主编《全元戏曲》（六），人民文学出版社 1990 年版，第 123 页。

的萧淑兰、《破窑记》中的刘月娥等，都是在“男女匹配，人道之大”的伦理驱使下，感叹“婚姻配偶迟，难挨更漏永”①，而勇敢地自择佳偶的。作品对她们的举动都采取了包容和赞许的态度，其中反映的恰是男权社会对女性“婚姻至上”的价值期许。

这种“婚姻至上”的价值追求甚至也反映在那些整日不得不陪笑追欢的青楼女子身上。元杂剧塑造了不少一心从良的妓女形象，如：

《救风尘》中的宋引章表达自己对“嫁人”的热切向往：“我嫁了，做一个张郎家妇，李郎家妻，立个妇名，我做鬼也风流的。”②

就连宣称要“一生里孤眠”的赵盼儿，也时常流露出对良人婚姻的渴盼：“咱这几年来待嫁人心事有”③，“我可也待嫁个客人”④。

《曲江池》中的李亚仙初见郑元和，就决意与他结姻缘；《金线池》中的杜蕊娘一心要嫁韩辅臣……这些青楼女子的从良热情，反映了她们以良家妇女自居的角色意识。“她们在沦为妓女前，和一般女子一样，都浸淫在男权文化为女性所规定的一整套贞节观念中。她们不仅默认了男权文化对她们的统治，并且力图按照男性社会的规范把自己塑造成完全符合男性标准的‘女性’。”⑤对婚姻的渴慕和向家庭的回归，实是男权文化强加于这些本不受“三纲五常”约束的亚文化圈中的“另类”们的一道绳索。在“菲勒斯中心”社会里，是决不允许有独立于男性统治之外的任何个人和力量的。所以，元杂剧中才有那么多迎来送往的妓女如此渴望良人的婚姻，渴望重新回到被男性控制的环境，从而实现她们人生至高无上的追求。

从上述论述可以看出，婚姻至上是元杂剧旦色形象群的终极价值追求。男性在婚姻之外可以有更多更高的追求，如苍生社稷、民族大义、家国抱负等；

---

① （元）白朴：《东墙记》第二折，王季思主编《全元戏曲》（一），人民文学出版社1990年版，第471页。

② （元）关汉卿：《救风尘》第一折，王季思主编《全元戏曲》（一），人民文学出版社1990年版，第90页。

③ （元）关汉卿：《救风尘》第二折，王季思主编《全元戏曲》（一），人民文学出版社1990年版，第94页。

④ （元）关汉卿：《救风尘》第一折，王季思主编《全元戏曲》（一），人民文学出版社1990年版，第89页。

⑤ 张维娟：《元杂剧作家的女性意识》，中华书局2007年版，第199页。

而女性的价值序列中，一切均低于婚姻。为了达到婚姻的目的，她们可以置高堂父母于不顾而大胆私奔，如李千金；她们可以灵魂出窍，追随所爱，如张倩女；她们可以主动向心仪的对象示爱，如董秀英；她们甚至可以冲出礼教的藩篱，与心上人私自同居，如崔莺莺；更甚者，她们可以倾尽一切，金钱、财富、容貌，乃至生命，如李亚仙、顾玉香等。这一切，都只为那个也许根本就配不上她们的异性，只因为那个异性才是这个世界的主宰。所以，元杂剧中的旦色无论多么光彩夺目，也始终免不了被物化的宿命。

2. 精神依附：旦色形象群的必要品格

由婚姻至上延伸而来的对男性的绝对精神依附，是元杂剧旦色形象群的必要品质。在中国古代，“德、言、容、功”被视为女性安身立命的“妇人四行”。对“四行”之首的“妇德”，古人这样解释：“妇德谓贞顺”（《释名疏证补》卷三），即要求女子对男子要既“贞”且“顺”。“顺”就是无条件地顺从、服从，就是要对男性绝对地依附。

无名氏《举案齐眉》中的孟光就是这样的典型。因父母阻挠，孟光与梁鸿婚后七日才得偷偷相见。梁鸿恼怒不语，为求夫君欢颜，毫无过错的孟光竟然恭恭顺顺地下跪请罪。如此唯“夫君”之马首是瞻，诚可谓“妇行”之楷模。

不仅如此，在孟光、梁鸿被孟从叔逐出家门，以舂米为生的贫寒日子里，每次用餐，孟光都是“高高的举案齐眉”，毕恭毕敬地伏侍梁鸿；甚至，送餐时孟光连话都不敢说，因为“恐怕唾津儿喷在茶饭里，有失敬夫主之礼”①。对此，连孟家的老嬷嬷都十分不解：“他有甚么高官重职，你怎生这般敬他那？”孟光却是一本正经地振振有辞：“岂不闻‘夫乃妇之天’？……虽不曾夫贵妻荣，我只知是男尊女卑。”②

“夫乃妇之天”“男尊女卑”——在孟光所受的教育中，这一切都是天经

---

① （元）无名氏：《举案齐眉》第三折，王季思主编《全元戏曲》（六），人民文学出版社1990年版，第432页。

② 同上。

地义的。即便这个“夫”一无是处，也必须“嫁鸡随鸡，嫁狗随狗”。父权制以来，女性一直被降为男性麾下的“他者”，被铸造为男性的“一部分”，而长期浸染于父权文化中的女性对此竟也习以为然，心安理得地扮演着男权社会为她派定的角色，自觉地按照男性的价值标准来塑造自己。孟光对丈夫的唯命是从、只求奉献不求索取，折射出的正是从男性视角出发的对女性温柔顺从、忠贞不贰的“无我”品质要求。

同样，《鸳鸯被》中的李玉英感叹“这世间男子无妻是家无主，妇人无夫是身无主”①，则是通过男女失婚的对比，借旦色之口反映了男性对女性依附地位的强调。按理，李玉英是没有衣食之忧的，因为一出场她就自称“掌把着许大家私”②，可这些都无法掩饰她“身无主”的恐惧感和无“夫”可依的缺憾感。男性的束缚与捆绑，对李玉英们来讲，不仅是求之若渴，而且是甘之若饴的。

即便大胆泼辣如李千金，当她被无情的公婆驱逐回娘家，对丈夫依然是念念不忘：“自从裴少俊将我休弃了，回到洛阳，父母双亡，遗下几个使数和那宅舍庄田，依还的享用富贵不尽。则是撇下一双儿女，又未知少俊应举去，得官也不曾？好伤感人也！”③李千金此时父母双亡，又无兄弟姐妹，对家族财产拥有完全的支配权，在经济上是自主独立的，可她依然没有摆脱对裴少俊的依赖，甚至移情于飞鸟：“谁叫你飞出巴蜀，叫离人‘不如归去’。”④可见，精神的依附才是女性真正的束缚。

元杂剧中旦色形象群对男性的精神依附，除了像孟光这样“女仆型”的无私奉献，和李玉英、李千金这样经济虽独立、精神上却从未“断奶”外，还有一个重要表现就是对丈夫科举高中后“另接丝鞭”的忧虑。这种让已婚或已有婚约的女性牵肠挂肚的“闺怨”，几乎是千篇一律地存在于元杂剧的婚

---

① （元）无名氏：《鸳鸯被》第一折，王季思主编《全元戏曲》（六），人民文学出版社 1990 年版，第 123 页。

② 同上书，第 122 页。

③ （元）白朴：《墙头马上》第四折，王季思主编《全元戏曲》（一），人民文学出版社 1990 年版，第 533 页。

④ 同上。

恋戏中。

如《倩女离魂》中的张倩女，在送别王文举进京赶考之际不无担忧："哥哥，你若得了官时，是必休别接了丝鞭者！"[①] 这种担忧甚至被作家无限放大为"灵魂出窍"的离奇模式。

张倩女和王文举的婚事是得到家长的首肯的，但封建时代的婚姻对男女双方的要求是迥然相异的：女性必须从一而终，男性则可三妻四妾；而且还为男性的眠花卧柳准备了若干说辞："不孝有三，无后为大""传宗接代"等。"菲勒斯中心"社会为女性预设的命运轨迹，就这样如天理般地嵌入女性的灵魂深处，而她们也泰然处之地接受了这种理念："夫"不仅仅是她们的"身之主"，而且是她们头顶最大的天；失去了"夫"，就意味着失去了她们最有力的精神支柱。所以，对丈夫"停妻再娶妻"的忧虑，几乎已沉淀内化为古代女性的集体无意识，对其精神世界产生着深远隽永的影响。于是，纵然是自择良偶、有着"牢固"感情基础的崔莺莺也表现得那么不自信："此身皆托于足下，勿以他日见弃，使妾有白头之叹。"[②] 这些都是女性对男性精神皈依的另类表现。

总之，在元杂剧旦色形象群的塑造中，对男性的精神依附，是"菲勒斯中心"文化赋予女性的必要品格。

3. 忠贞守节：旦色形象群的绝对要求

忠贞守节是元杂剧旦色形象群的又一重要品质要求。为了保证父系血统的纯正性，为了维系父系家族的继承权，男权社会的统治者不仅要求女性对他们言听计从，而且要求女性终其一生都必须为他们保持操守。所以，"女慕贞洁，男效才良""饿死事小，失节事大""一臣不事二君，一女不嫁二夫"等，才成为终日聒噪在中国古代妇女耳畔的道德颂歌。元杂剧的旦色形象群也是这一贞节理念的自觉践行者。她们要么为了忠于婚姻而勇斗邪恶势力，要么对被逼再嫁凛然力拒，要么倾其所有帮助、守护她们为之献身的男性；更甚者，

① （元）郑光祖：《倩女离魂》第一折，王季思主编《全元戏曲》（四），人民文学出版社1990年版，第586页。

② （元）王实甫：《西厢记》第四本第一折，王季思主编《全元戏曲》（二），人民文学出版社1990年版，第286页。

为了维护所谓的贞节，她们还必须忍受丈夫对自己的背叛乃至谋杀。试看：

《望江亭》中的谭记儿甘冒女性不能轻易抛头露面的风险，用类似青楼女子的风尘手段把好色愚蠢的杨衙内玩弄于股掌之中："你道他是花花太岁，要强逼的我步步相随。我呵怕甚么天翻地覆，就顺着他雨约云期。这桩事，你只睁眼儿觑者，看怎生的发付他赖骨顽皮"[①]。最终既惩治了淫贼，又维护了自己和白士中的清白婚姻。

《窦娥冤》中的窦娥为了维护自己的清洁之身，不仅对张驴儿的逼嫁严辞力拒，而且对婆婆再嫁的选择也是连讥带讽、厉声斥骂："梳着个霜雪般白鬏髻，怎戴那销金锦盖头？怪不的'女大不中留'。你如今六旬左右，可不道到中年万事休。旧恩爱一笔勾，新夫妻两意投，枉教人笑破口！"[②]在窦娥这样一个贞节烈妇的眼中，是揉不得丁点沙子的，更何况婆婆改嫁这样连累自己也"不清不洁"的有伤风化之举。这样的劝诫实是代替男性对女性实施管制、压迫之职。

《曲江池》中的李亚仙更是"万古纲常"的贞节楷模。自钟情于郑元和，李亚仙不仅在郑落魄之际，自赎其身，与郑同居，勉励其读书，而且在郑元和中了状元后，还不惜以死相逼，劝他与父亲言归于好。李亚仙以其坚贞不移的志向，见证了一个男人从得意到落魄再到显达的成长之路，她为"忠贞"付出的代价之大，不仅仅是耗尽多年的血泪积蓄，更是苦心孤诣抬举郑元和成才的艰辛和不易。但是，从职业规范来看，妓女本不受"从一而终"的贞节约束，而元代的旦角形象中却出现了如许多的贞节之妓，似在告知世人：青楼女子尚且如此，良家妇女更应严格自律！这实际上不过是"菲勒斯中心"社会掌握话语权力的男性，对元杂剧旦色一厢情愿的性别想象而已。

《潇湘雨》中差点被丈夫崔通害死的张翠鸾，纵然是"伤心切齿，怒气冲

---

① （元）关汉卿：《望江亭》第二折，王季思主编《全元戏曲》（一），人民文学出版社1990年版，第140页。

② （元）关汉卿：《窦娥冤》第一折，王季思主编《全元戏曲》（一），人民文学出版社1990年版，第187页。

天”[①]，可最终还要在廉访使父亲面前替这个无耻之徒求情。《秋胡戏妻》中被丈夫强奸未遂的罗梅英，尽管也是“忿气夯胸膛”[②]，最终也只得在“俺那婆娘家不气长”[③]的感叹中，被迫和禽兽不如的秋胡破镜重圆。在这类故事中，背叛了女性的男性仅仅被定义为在婚姻上偶然失误的人，只需适当的惩戒使其认识错误，就可轻描淡写地让女主人公再次与负心汉“镜剖鸾台复再圆”。女性倘不接受这一事实，要么就是守寡，要么就是如窦娥般惨烈地结束人生，要想再嫁几乎是不可能的。这是张翠鸾们权衡利弊后不得不黯然接受的现实。

如果哪个女性胆敢在婚姻之外另寻新欢，则必将成为谴责的对象，且往往不得善终。像元杂剧偷情戏中那些敢于越轨的女角：《灰阑记》中的马妻、《争报恩》中的王腊梅、《还牢末》中的萧娥、《双献功》中的郭念儿等，无不落得一个个身首异处的下场。这些背叛了男性的女性被置于以男性为叙述中心的道德话语的对立面，从而她们的背叛就不仅仅是对个别家庭的背叛，更是对整个伦理道德价值体系的背叛，因此，她们被置于男性和道德的“他者”地位而万劫不复，受到最根本性的打击和惩罚。男权话语从不会考虑这些“背叛”的根源多是由丈夫或宠妓或娶妾或酗酒而引起的，从不会考虑这些“背叛”者的委屈和无奈、心酸和泪水，而是不由分辩地将其置于罪魁祸首的十字架上，人人得而诛之。所以，她们的生命存在在男性作家笔下，就往往呈现为偏执、狭隘、自私、狠毒甚至变态，从而具有了可能被男性作家逐出“女性”范畴的文化意义。

正面也好，反面也罢，不管是谭记儿、窦娥、李亚仙、张翠鸾，还是王腊梅、萧娥、郭念儿等，都不过是男性权力话语想象中的一种理想的性别构建或其陪衬。从一而终、忠贞不贰始终是元杂剧对旦色形象群的绝对要求。

从上述三方面的论述可知，在元杂剧的性别建构中，女性和男性具有完全不等同的地位，男性再孱弱、卑陋，他也拥有独立的性别身份和毋庸置疑

---

① （元）杨显之：《潇湘雨》第四折，王季思主编《全元戏曲》（二），人民文学出版社1990年版，第404页。

② （元）石君宝：《秋胡戏妻》第四折，王季思主编《全元戏曲》（三），人民文学出版社1990年版，第542页。

③ 同上书，第545页。

的中心地位；而女性再刚强、聪慧，也始终处于“他者”“第二性”的地位，女性的价值借由“婚姻”指向男性，并形成对男性的精神依附和至死不渝的忠贞意识，始终难以超拔“菲勒斯中心主义”的潜在制约。

总之，是“菲勒斯中心”社会对女性特殊的性别审美、特殊的文化规范、特殊的品质要求，促成了元杂剧旦色的“表面”发达。尽管在元代的戏曲舞台上和戏曲文学中，旦色多以令男性黯然失色的光彩形象频频现身，但身体的“列席”，终究无法掩饰其独立个性和自由精神的缺失，她们只是披着女性的外衣，诉说着男性的性别想象罢了。从性别文化学的角度切入元杂剧的研究，应该还有更广阔的阐释空间，以上只是笔者的管窥之见，不足之处，恳请方家指正。

（原载《中华戏曲》第 51 辑，文化艺术出版社 2015 年版）

元明清水浒戏的舞台传播探略

摘要：元明清以来，水浒故事以不同的演唱方式被广为传唱，大大促进了其在各个阶层的广泛传播。在演唱方式上，水浒戏有北曲演出、昆山腔演出、青阳腔演出等；在演出接受上，上至宫廷贵族，下至平民大众，水浒戏都获得了广泛的受众群体。正是借助于戏曲舞台，水浒故事在元明清的传播与接受中才不断被赋予新的生命并越来越深入人心。

关键词：元明清；水浒戏；舞台传播

元明清以来，水浒戏一直是戏曲舞台上备受欢迎的题材之一。遗憾的是，由于原始演出的不可再现，今天已无法看到古代水浒戏的舞台演出实况。同时由于戏曲舞台演出资料的匮乏，也只能从一些零星记载和相关资料中，对古代水浒戏的演出情况有一模糊、不全面的了解。笔者将尽量勾勒并梳理水浒戏在元明清戏曲舞台上传播的细节和线索，探讨元明清水浒戏的舞台传播情况，并进行相应的理论总结。

一、演唱方式

地方性是我国戏曲的基本特征之一。因为我国幅员辽阔，各地的民情风俗、方言土语差异很大，而戏曲最早产生于民间，所以从其诞生伊始就带有鲜明的地方色彩。当一种戏曲流传到别的地方，它必定要吸收当地的方言俗语、民间小调，从而逐渐形成一种带有地方特色的新的唱腔或新的剧种。中国戏曲发展至今已经形成了几百种地方剧种。水浒故事自从登上戏曲舞台以来，先后被不同的声腔和剧种演绎，使得全国各地不同方言区的人们得以了解和熟悉水浒故事，为水浒故事的妇孺皆知起了推波助澜的作用，兹列举数例：

1. 北曲演出

从元代初期有“小汉卿”之称的山东籍戏曲作家高文秀创作《黑旋风双献功》《黑旋风乔教学》《黑旋风斗鸡会》等水浒戏开始，整个元代的水浒杂剧就都是用北曲演出的。元末明初人贾仲明在《录鬼簿续编》中为康进之作的吊词云：“编集《鬼簿》治安时，收得贤人康进之，偕朋携友莺花市。编《老收心》李黑厮，《负荆》是小斧头儿。行于世，写上纸，费骚人和曲填词。”康进之也是元初作家，所作杂剧有两种：《黑旋风老收心》和《梁山泊黑旋风负荆》，现仅存后者。吊词中所谓“行于世，写上纸，费骚人和曲填词”，不单指文本创作，还指出了《梁山泊黑旋风负荆》《黑旋风老收心》在北曲演出中的地位。

另外，在明初朱权《太和正音谱》之《乐府》部分对三百三十五支曲牌的分类编排中，《双调·汉江秋》选录了康进之《梁山泊黑旋风负荆》第四折为例：“言清幸不清，心大力不大，英雄少怪。主不吃客不宁，天不盖地不载，非是李山儿无赖。”①《商调·双雁儿》选录了无名氏《张顺水里报冤》第二折为例：“都磨到一炊时呵，行不到半条街，须臾间临左侧，前后撒道没遮寨。簌珠帘挂宝阶，点银灯侵亮槅。”②《张顺水里报冤》演张顺事，剧本已佚。因为《太和正音谱》是现存最早的北曲谱，它的曲谱部分，依据北曲十二宫调，选录元明的散曲、杂剧作品为例，列举每支曲牌的句格谱式，详明四声平仄，分清正衬，从而成为专门制曲的规范。所以从其选录《梁山泊黑旋风负荆》

① 中国戏曲研究院编：《中国古典戏曲论著集成》（三），中国戏剧出版社1982年版，第147、148页。

② 同上书，第188、189页。

和《张顺水里报冤》这两种水浒杂剧作为制曲谱例，可以看出，直到明代前期，水浒杂剧还是以北曲演唱占主导地位的。

但明代中叶以后，北曲演出开始逐渐减少。何良俊《曲论》曾记录："近日多尚海盐南曲，士夫禀心房之精，从婉娈之习者，风靡如一。甚者北土亦移而耽之，更数世后，北曲亦失传矣。"[①]潘之恒《鸾啸小品》亦载："武宗、世宗末年，犹尚北调，杂剧、院本，教坊司所长。而今稍工南音，音亦靡靡然。"由此推测，水浒戏的北曲演唱也处于逐渐衰落的状态，但并非已销声匿迹，从沈德符《万历野获编》的评述可窥一斑："《诚斋乐府》，至今行世，虽警拔稍逊古人，而调入弦索，稳惬流利，犹有金元风范。"[②]《诚斋乐府》是明初皇室作家朱有燉的杂剧集，其中包括《黑旋风仗义疏财》和《豹子和尚自还俗》两种水浒戏；"弦索"指北曲。据此可推测，万历年间尚有水浒杂剧的北曲演唱。

万历中期另一部以戏曲声腔进行分类的大型戏曲散出选本《群音类选》的"北腔"类收录了四折的《黄花峪跌打蔡疙瘩》，此剧演梁山好汉搭救李幼奴事，剧情同元代无名氏的《鲁智深喜赏黄花峪》，但文辞多有差异，应是当时尚能演出的北曲杂剧舞台本，故被编者胡文焕列入"北腔"类。

又清初大儒朱彝尊曾评论朱有燉的杂剧曰："音律谐美，流传内府，至今中原弦索多用之。"可见水浒杂剧的北曲演出一直持续到清代，但这与元杂剧的演唱时代已相去甚远，毕竟戏曲演唱的主体从明中叶以后就逐渐让位给南曲诸腔了，北曲演唱此时早已是寥寥垂绝了。

2. 昆山腔演出

昆山腔是南戏四大声腔中传播最广的戏曲声腔，清代以来被称为"昆曲"，现在又被称为"昆剧"。它是我国传统戏曲艺术中的珍品，被称为百花园中的一朵"兰花"。经过明代嘉靖时期魏良辅的改造和梁辰鱼《浣纱记》的创作实践，到万历中期，整个社会对昆山腔已经是靡然成风了。早在昆山腔萌芽的

---

① 中国戏曲研究院编：《中国古典戏曲论著集成》（四），中国戏剧出版社 1982 年版，第 6 页。
② （明）沈德符：《万历野获编》（下），文化艺术出版社 1998 年版，第 687 页。

时候，梁辰鱼就很推崇李开先的《宝剑记》，那么《宝剑记》之位列第一批昆剧常演剧目是无疑的了。自此，水浒戏的昆山腔演出一直延续至今。

现存明代水浒戏的昆山腔演唱主要保存在戏曲选辑中，如《乐府红珊》《珊珊集》《月露音》《怡春锦》《乐府南音》《歌林拾翠》《群音类选》等。其中无名氏编的《歌林拾翠》所选最多，共九出，计有：《水浒记》的《三郎借茶》《婆惜心许》《渔色定期》《情投野合》《活捉三郎》五出，《义侠记》的《武松打虎》《金莲诱叔》《挑帘遇庆》《王婆巧媾》四出。其他几种编选数量不一，从一二出至二三出不等。如万历时胡文焕编《群音类选》搜集当时舞台上流行剧目中的157种优秀散出，分为"官腔""诸腔""北腔""清腔"四类。其中"官腔"即当时盛行的昆曲传奇。"官腔"类收录了《宝剑记》中的《神堂相会》《公孙弃职》《逃难遇义》三折。从编选时间上看，上述选本主要集中在万历至明末，这说明明代昆山腔演出的水浒戏在这一时期非常流行。

另有明代沈璟的《义侠记》，据吕天成《曲品》称，此稿一出"吴下竞演之矣"[①]。明末祁彪佳在其《祁忠敏公日记》中记载了他从1632年到1639年的七年时间里共观看的八十多种传奇，其中就包括《宝剑记》《水浒记》《翠屏山》三种用昆山腔演唱的水浒戏。这些都说明在明代，无论是城市还是乡间，都对水浒戏的昆山腔演出保持了很大的热情。

清代水浒戏的昆山腔演出，可通过最有代表性的折子戏选本《缀白裘》来反映。完成于乾隆年间的《缀白裘》计收昆曲剧本四百多出，其中就包括《翠屏山》《水浒记》《义侠记》《蜈蚣岭》中的二十多出水浒折子戏。《缀白裘》的选录标准是以观众的好恶为依归，据此，昆山腔水浒戏在清代的受欢迎程度可窥一斑。

随着昆曲流入宫廷，清代内廷也常有昆山腔水浒戏的演出，如咸丰十年（1860年）同乐园承应昆山腔剧目有《翠屏山》《杀惜》，同治四年（1865年）内廷所演昆山腔剧目有《刘唐》《夜奔》[②]，同治十三年（1874年）内廷排练的

① 中国戏曲研究院编：《中国古典戏曲论著集成》（六），中国戏剧出版社1982年版，第229页。
② 范丽敏：《清代北京戏曲演出研究》，人民文学出版社2007年版，第108、109页。

昆山腔剧目有《快活林》《探庄》《借茶》[1]等。

直到今天，昆剧的舞台上还依然传唱着《借茶》《刘唐》《夜奔》《醉打山门》《挑帘裁衣》《盗甲》《诱叔》《别兄》《杀嫂》《服毒》《捉奸》《杀山》《戏叔》等水浒戏。昆剧界有一句非常流行的行话："男怕《夜奔》，女怕《思凡》"。其中《夜奔》出自李开先的《宝剑记》，敷演林冲被逼上梁山的故事，该出戏既讲究唱功又讲究做功，身段十分繁复，对演员的表演技术和功力要求很高，是昆曲小生最难演的一出戏，因此有"男怕《夜奔》"之说。由此，既可见水浒故事流布之久远，又可看出经过历代艺人反复研磨的水浒戏表演技巧之精深高妙。

3. 青阳腔演出

青阳腔是由明代四大南戏声腔之一的弋阳腔，流入安徽池州府青阳县，与当地民间曲调汇合而成，故又称池州腔。它形成于嘉靖、隆庆之交，流行于万历中后期。汤显祖《宜黄县戏神清源师庙记》曰："至嘉靖而弋阳之调绝，变为乐平，为徽、青阳。"[2]可见，弋阳腔在嘉靖年间流播到青阳变为青阳腔。它形成以后，不仅与昆山腔成分庭抗礼之势，而且成为在民间流传最广的南戏声腔，足迹遍布于江苏、江西、广东、福建、湖北、河南、山西、山东、四川、浙江等地。

作为剧种，青阳腔现已衰亡，但各地高腔继承其传统，不少剧目和曲调被保存下来。现存水浒戏的青阳腔演唱资料主要保存在万历时期的戏曲选本中，如《鼎雕昆池新调乐府八能奏锦》选有《木梳记·宋江智激李逵》《水浒记·夫妻拆散》两出，《新锓天下时尚南北新调尧天乐》选有《宝剑记·计赚林冲》一出，《新选南北乐府时调青昆》选有《水浒记·活捉三郎》一出。由于青阳腔不但保留了弋阳腔一唱众和、不用管弦伴奏的演唱方式，还在其基础上发展为滚调的形式，生动活泼，通俗易懂，对剧情和曲词具有很好的解释作用，因此深受观众喜爱。用青阳腔演唱的这些水浒折子戏也因此广为

---

① 范丽敏：《清代北京戏曲演出研究》，人民文学出版社2007年版，第114、115页。

② 程炳达、王卫民：《中国历代曲论释评》，民族出版社2000年版，第146页。

流传。

二、演出接受

水浒故事自元代被戏曲舞台搬演以来，受到整个社会的广泛关注，上至宫廷贵族，下至平民百姓，欣赏也好，抵制也罢，总之是家喻户晓。以下分别从官方和民间两个方面浅析元明清水浒戏的观众接受。

1. 官方接受

这里的官方接受主要指宫廷和贵族士大夫家庭的水浒戏演出，观众主要为皇室成员、王公贵族和官僚士大夫。

水浒戏的官方演出早在金代就已出现。王万岭《金代院本并非“行院之本”》指出，金院本与后来的元明院本有很大的区别，也与所谓的行院没有直接关系。金院本的“院”字并不是“行院”的简称，应是由金代宣徽院汉人教坊的“官本杂剧”演化而成。[①]如此看来，宣徽院教坊演出本应是属于官方的，那么，元人陶宗仪的《南村辍耕录》所载金院本名目有可能也是官方名目。《南村辍耕录》中记载了一些以梁山英雄故事或与宋江起义有关的故事为题材的金院本名目，如“上皇院本”类中描写宋徽宗腐化生活的《太湖石》《恋鳌山》《打毬会》，“诸杂大小院本”类中描写卢俊义故事的《闹元宵》，“拴搐艳段”类中描写武松故事的《打虎艳》等。可见，早在金代，已有了水浒戏的官方演出。

在明代，官僚士大夫之家的红氍毹上常可看到水浒剧目的上演。前引祁彪佳的观剧日记中所提到的《宝剑记》《水浒记》《翠屏山》等剧就都是在官府、文人、富绅聚会的厅堂中演出的。另据冯梦祯《快雪堂日记》记载，万历三十年（1602 年）九月，他在苏州吴文倩席上观看吴徽州班演《义侠记》，并对班中名旦张三搬演的潘金莲大加赞美、极为欣赏，赞之曰“绝技”。袁中

① 中国艺术研究院戏曲研究所《戏曲研究》编辑部编：《戏曲研究》第 64 辑，中国戏剧出版社 2004 年版，第 100 页。

道的日记《游居柿录》也曾记载，他于万历四十四年（1616年）四月，在北京李太和席上观看沈周班演出《义侠记》，对其中的武大郎一角称赞有加："举止语言，曲尽其妙。"

清代宫廷和王府演戏极盛。乾隆年间国运如日中天，社会风气日趋奢靡，帝王酷爱看戏，宫廷演剧规模达到了清代的顶峰。乾隆初年，张照等主持编写了一系列连台本戏，其中就有周祥钰、邹金生等编撰的敷演完整水浒故事的宫廷大戏《忠义璇图》。满清贵族昭梿的《啸亭续录·大戏节戏》有载："乾隆初，纯皇帝以海内升平，命张文敏制诸院本进呈，以备乐部演习，凡各节令皆奏演……又谱宋政和间梁山诸盗及宋金交兵、徽钦北狩诸事，谓之《忠义璇图》。其词皆出日华游客之手，惟能敷衍成章，又抄袭元明《水浒》《义侠》《西川图》诸院本曲文，远不逮文敏多矣。"嘉庆时，演剧规模缩减，但内廷演戏仍极其频繁。如嘉庆十六年（1811年），宫内演出的折子戏中有《夜奔》《借茶》等水浒戏[①]；嘉庆二十四年（1819年）的承应戏《山门》《刘唐》各上演过两次[②]；嘉庆二十五年（1820年）内廷演出的昆弋诸剧中的水浒戏有：《醉打山门》《杀惜》《吃茶》《杨志》《磨斧》《刘唐》《反诳》《夜奔》《盗甲》《前诱》《后诱》《借茶》《挑帘》《打虎》等[③]。另同治四年（1865年）内廷演戏剧目有《打虎》《刘唐》《蜈蚣岭》《神州擂》《青峰岭》《夜奔》等[④]，光绪十八年（1892年）内廷所演水浒戏剧目计有：《蔡家庄》《翠屏山》《青峰岭》《快活林》《闹江州》等[⑤]，光绪二十二年（1896年）演有《义侠记》《艳阳楼》[⑥]。

"上有所好，下必甚焉。"由于从乾隆到光绪，历朝皇帝都对戏曲情有独钟，故王府亦多好之。据《菊部丛谈》载："前清宗室中人，常能粉墨登场，一显身手。肃亲王善耆父子，均精音律，且喜在家中时时扮演，孝钦后亦无如之何。善耆之弟，尤工花旦，唱《翠屏山》，善耆之石秀及其弟之潘巧云，一时无两。"

---

① 朱家溍、丁汝芹：《清代内廷演剧始末考》，中国书店2007年版，第94页。
② 同上书，第103—110页。
③ 朱家溍：《故宫退食录》（下），北京出版社2000年版，第660—662页。
④ 范丽敏：《清代北京戏曲演出研究》，人民文学出版社2007年版，第109页。
⑤ 同上书，第130、132页。
⑥ 同上书，第135、138页。

可见王府的戏剧活动中，水浒戏也是常演剧目。

虽然统治者对水浒戏也算是青睐有加了，但水浒戏在元明清的传播中并不是一帆风顺的，将其列入诲淫诲盗诸戏之列，极力贬斥、严加禁演的言论不绝于耳，如《得一录》卷五载："《打渔杀家》《血溅鸳鸯楼》等剧，以小忿而杀及全家，皆足使观者称快，然其主人固有可杀之罪，而其合家中数十余口何罪？诸如此类，皆作者欲图快人意，信笔写去，未及究其流弊耳。藐法纪而炽杀心，更适足开武夫滥杀之风，破坏王法，端在于此"，"今登场演《水浒》，但见盗贼之纵横得志，而不见盗贼之骈首受戮，岂不长凶悍之气，而开贼杀之机乎？案优伶为本学所统管，凡有点淫盗诸戏者，仰班头即请更换，尔士民亦宜慎择之，以助本学正人心、消乱萌"[①]，同书卷十五又载："一应昆徽戏班，只许演唱忠孝节义故事，如有将《水浒》《金瓶梅》……等项奸盗之出，在园演唱者，地方官立将班头并开戏园之人，严拿治罪，仍追行头变价充公。"[②] 又清人徐时栋《烟屿楼笔记》卷四曰："一切如《水浒传》《说唐》《反唐》诸演义，并禁绝之，已习者不得复演，未习者不许复学。"[③] 尽管如此，水浒戏却是屡禁而不衰，在民间的演出依然是如火如荼。

2. 民间接受

这里所说的民间主要指平民大众（包括布衣文人）。在中国古代，下层民众大多是没有条件接受教育的，而这部分人口又是占绝大多数的。所以水浒故事的广泛传播，主要还是依靠舞台演出。因为戏曲舞台演出的直观性和形象性，使得舞台演出较之案头文本更易于让受众接受。尤其是在没有现代传媒手段介入的时代，五彩缤纷的戏曲舞台更是人们接触和感受让人血气飞扬的水浒英雄和水浒传说的最为便捷也最受欢迎的途径。戏曲舞台演出以其通

① 《禁止演淫盗诸戏谕》、《翼化堂条约》，马蹄疾编《水浒资料汇编》卷四，中华书局1977年版，第395、396页。

② 《江苏按察使裕谦训俗条约》（节录），马蹄疾编《水浒资料汇编》卷四，中华书局1977年版，第442页。

③ （清）徐时栋：《烟屿楼笔记》卷四，马蹄疾编《水浒资料汇编》卷四，中华书局1977年版，第397页。

俗晓畅的语言、生动活泼的形象、文武交错的场面、冷热相济的氛围、唱念做打的表现形式，使妇孺老幼一看即明。有诗人赵翼《扬州观剧》为证：

故事何须出史编，无稽小说易喧阗；武松打虎昆仑犬，直与关张一样传。

由此，民间出现在迎神祈雨时扮演水浒故事的风俗就不足为怪了，如明末张岱《陶庵梦忆》记载：

壬申七月，村村祷雨，日日扮潮神海鬼，争唾之。余里中扮《水浒》……于是分头四出，寻黑矮汉，寻梢长大汉，寻头陀，寻胖大和尚，寻茁壮妇人，寻姣长妇人，寻青面，寻歪头，寻赤须，寻美髯，寻黑大汉，寻赤脸长须，大索城中，无则之郭、之村、之山僻、之邻府州县，用重价聘之，得三十六人。梁山泊好汉，个个呵活，臻臻至至。①

这反映了明代末年张岱家乡在迎神赛会上搬演水浒故事的盛况，在不惜重金、四处求访中流露的不仅是祈祷的虔诚，还有广大民众对水浒戏的熟悉和热爱。我国古代农村的迎神赛会深得平民百姓的厚爱，特别是到了年终岁末或夏秋收获季节，各地迎神赛社活动此起彼伏。这种活动到了明清、民国时期尤为兴盛。而戏曲演出则是迎神赛会的重量级节目，在其演出剧目中，不时可以看到水浒戏的影子。

如清初李斗《扬州画舫录》卷五记载：

黄班三面顾天一，以武大郎擅场，通班因之演《义侠记》全本，人人争胜，遂得名。尝于城隍庙演戏，神前阄《连环记》，台下观者

① 朱一玄、刘毓忱：《水浒传资料汇编》，南开大学出版社2002年版，第478页。

大声鼓噪，以必欲演《义侠记》。不得已演至服毒，天一忽坠台下，观者以为城隍之灵。

这里，由观者对神前拈阄的不屑一顾、大声喧哗，可见民众对各大戏班特点和艺人演技优劣的熟悉。酬神演戏除了娱神，更主要还是为了娱人，演什么完全是人的选择，是为了满足人的身心愉悦。老黄班之大胆违背神意，满足群众要求改演《义侠记》，正印证了这一点。

在民间，戏剧班社的水浒戏演出成为大众接受的主要途径。除上述老黄班外，扬州其他著名的昆班也都有自己擅演的水浒剧目，如老徐班的徐天福擅演《杀嫂》《杀惜》，老张班的顾天祥以《盗甲》为绝技，老程班的冯士奎以《水浒记·刘唐》擅场；大洪班的王炳文亦擅演《刘唐》，乾嘉时人林苏门《续扬州竹枝词》有云："苏班名戏维扬聚，副净当场在莽苍。王炳文真无敌手，单刀送子走刘唐。"[①]另有京师萃庆班谢瑞卿"工《水浒记》之阎婆惜，每一登场，座客亲为傅粉，狐裘罗绮，以不得粉渍为恨"[②]。近代如四喜班的昆丑杨三擅演《盗甲》《活捉》，陈彦衡《旧剧丛谈》载其"早年北来即负盛名。故友何颂臣言其与朱莲芬演《活捉》，走场追逐时，足捷如风，身轻于纸，觉满台阴森有鬼气，可谓善于形容"[③]；大雅班的昆旦周凤林常演《借茶》《活捉》《后诱》《杀惜》《放江》《翠屏山》等[④]。

明末清初一些著名的串客，如丁继之擅演《水浒记·刘唐》，钱谦益有诗云："月夜刘唐尺八腿，扠衣阔步风飕飕。"焦循《剧说》卷六还记载了他在耄耋之年登台演出的风采："龚合肥邀顾黄公看丁继之演《水浒》赤发鬼。丁年已八十。顾即席赠以诗云：'左右看君正少年，翠鬟红袖并花前。按歌传遍青楼曲，作使当场白打钱。酒态惯撩监史罚，舞腰犹博善才怜。贞元朝士今无几，却有民间地上仙。'"[⑤]又有朱维章，以扮演《义侠记》中的武大郎擅名。

① 陆萼庭：《昆剧演出史稿》，上海教育出版社2006年版，第220页。
② 朱一玄、刘毓忱：《水浒传资料汇编》，南开大学出版社2002年版，第537—538页。
③ 陆萼庭：《昆剧演出史稿》，上海教育出版社2006年版，第270页。
④ 同上书，第294页。
⑤ 中国戏曲研究院编：《中国古典戏曲论著集成》（八），中国戏剧出版社1982年版，第216页。

清代花部中的水浒戏就更多了，根据《春台剧目》《春台班戏目》《庆升平班戏目》《花天尘梦录》《高腔戏目录》《花部农谭》《永禁淫戏目单》《今乐考证》《灵台小补》《缀白裘》等记载，多达四十多种。

另外，由民间戏班流动演出时题写于戏台、戏房中的舞台题记以及其他一些相关的戏曲文物，也可看出水浒戏在民间的盛演不衰。如建于乾隆五十年（1785 年）的江西省萍乡市芦溪源陂戏台的后台题壁记载了清末同春班曾在此演出《打渔杀家》《林冲夜奔》等剧目[①]；始建于康熙六十一年（1722 年）之前的江苏省高淳县沧溪乡三元殿戏楼的后台板壁上现留有《庆顶珠》等数十出戏码[②]；建于清代宣统元年（1909 年）的江苏省常州逸仙茶园于民国八年（1919 年）十月曾有花旦刘玉琴、老生高惊鸣等来此演唱《花田错》等剧[③]；建于清代同治三年（1864 年）的湖北省晓关禹王宫戏楼在民国年间有南剧名角徐双庆在此演出《狮子楼》[④]；山西省晋城市青莲寺舞台题记记载清代嘉庆四年（1799 年）曾演出《打虎》《神州会》等剧，嘉庆十四年（1809 年）演出《打店》等剧，嘉庆十五年（1810 年）演出《祝家庄》等剧，道光十一年（1831 年）演出《刘唐》等剧[⑤]；山西省泽州县追山乡月湖泉戏台题记记载清道光十四年（1834 年）曾演出《武松杀嫂》等剧[⑥]。又如陕西省户县秦腔脸谱折子于光绪二十二年（1896 年）绘的清代戏曲脸谱中就有武松、郑恩、周通等图像[⑦]；四川省成都市望江公园于光绪十四年（1888 年）落成的崇丽阁戏曲木雕，其中可确认的剧目有《杀惜》等[⑧]；江苏省无锡惠山戏曲泥塑有清末著名的彩塑艺人丁阿金创作的《挑帘裁衣》，西门庆立于后，前左为潘金莲，前右为王婆，

① 《中国戏曲志·江西卷》编辑委员会编：《中国戏曲志·江西卷》，中国 ISBN 中心 1998 年版，第 663 页。

② 同上书，第 769 页。

③ 同上书，第 776 页。

④ 同上书，第 459 页。

⑤ 李近义：《泽州戏曲史稿》，山西人民出版社 1989 年版，第 330、331、333 页。

⑥ 同上书，第 333 页。

⑦ 《中国戏曲志·陕西卷》编辑委员会编：《中国戏曲志·陕西卷》，中国 ISBN 中心 1995 年版，第 640 页。

⑧ 同上书，第 502 页。

人物栩栩如生[①]；江苏省高淳县的清代柱础石雕，约雕刻于清代中后叶，其中有《打虎》等戏文[②]；江苏省南通县石港镇清代瓷盘戏画，于光绪年间绘有《庆顶珠》等八出徽剧戏画，其中《庆顶珠》描绘了桂英随父萧恩过江报仇解缆的瞬间，桂英双腿微屈，高举左手，似在急促呼唤爹爹，萧恩双袖高捋，低头垂目，神情毕肖[③]。

根据以上与水浒故事相关的题记、雕塑、绘画等戏曲文物，不难看出，水浒戏已成为平民大众繁重劳作之余的一道重要的精神食粮。尤其是在中国古代这个充斥着文盲和半文盲的农业社会里，在并无其他传媒和信息机制的条件下，终年劳作、无法驾驭自己命运的平民大众，借着戏场里的所见所闻，透过舞台的方寸之地，在一切都是假设的空间里看到了自己的某些身影，也看到了芸芸众生的神游魂转，从而满足了精神世界的某些渴求。水浒戏之历经元明清三代而不衰，正体现了文人与民间对行侠仗义和英雄传奇的崇拜情结。

从元初直到清末，水浒故事以不同的演唱形式，被不同的声腔广为传唱，使其获得了从上层到下层的广泛的接受群体。从传播到接受，又从接受到再传播，双向互动，构成了一个由作家创作、作品完成、观众接受的完整、流动、开放的过程和体系，在这一过程中，水浒故事不断被赋予新的生命。一直到今天，在京剧、川剧、秦腔、豫剧、晋剧、滇剧、汉剧、徽剧、湘剧、评剧、粤剧、越剧、莆仙戏等众多地方戏中仍活跃着不少梁山好汉的英姿，他们与小说《水浒传》相得益彰，使水浒故事更加深入人心。

（原载《中华戏曲》第 44 辑）

---

① 《中国戏曲志·陕西卷》编辑委员会编：《中国戏曲志·陕西卷》，中国 ISBN 中心 1995 年版，第 810 页。

② 同上书，第 812 页。

③ 同上书，第 813 页。

明清时期《南西厢》的舞台传播考述

摘要：自明中叶以来，由崔时佩、李日华根据南曲改编的《南西厢记》（以下简称《南西厢》），逐渐取代了《王西厢》在戏曲舞台上叱咤风云的位置而独领风骚。本文主要从演出声腔（海盐腔和昆山腔）和演员构成（专业演员、家班艺人、业余串客）两方面，探讨了《南西厢》在明清时期的舞台传播情况。由此看出：《南西厢》生命力之持久，主要得益于其适应了戏曲声腔的演变规律和戏曲舞台演出的规律；同时，整个社会构成了一个有机的流动的传播体系，以文士为指导，以专业演员为支柱，以串客为辅助，互相补充，共同促进了《南西厢》的舞台传播及其传播程度的深化。

关键词：《南西厢》；明清；舞台传播

"新杂剧，旧传奇，《西厢记》天下夺魁。"①——元代王实甫作的《西厢记》（以下简称《王西厢》）一向被公认为元明杂剧的压卷之作。然而自明中叶以来，随着戏曲声腔的代代更迭，《王西厢》在戏曲舞台上逐渐式微，已是一个不争的事实。继之，由崔时佩、李日华根据南曲改编的《南西厢记》（以下简称《南西厢》），逐渐取代了《王西厢》在戏曲舞台上叱咤风云的位置而独领风骚②，并且绵延不绝，一直持续到清末民初，成为古代戏曲百花园中的一朵

① 见天一阁本《录鬼簿》于王实甫略传后贾仲明所补挽词，引自《中国古典戏曲论著集成》（第二册），中国戏剧出版社 1959 年版，第 173 页。

② 《李西厢》在戏曲舞台上的风行，并不能说明它自身的艺术成就就远甚于《王西厢》，它并没有成为文学的经典；只是在实际的舞台演出中，《李西厢》更便于搬演而已。

奇葩。勇于革新，适应舞台演出，正是其生生不息之原因所在。因此，考察《南西厢》的舞台传播情况，对于揭示戏曲艺术传承与发展的历史进程和客观规律，有着特殊的意义。

但由于戏曲舞台演出资料的匮乏，我们只能从一些零星记载和相关资料中，对《南西厢》的演出情况有一模糊、不全面的了解。笔者将尽量勾勒并梳理《南西厢》在明清戏曲舞台上传播的细节和线索，并作以客观的描述和理论的总结，以期对戏曲艺术在当代的传承和发展有所启迪。以下，本文将主要从演出声腔和演员构成两方面，对《南西厢》在明清时期的舞台传播作一粗浅探讨。

一、演出声腔

戏曲最早产生于民间，从其诞生伊始就带有鲜明的地方色彩。当一种戏曲流传到别的地方，它必定要吸收当地的方言俗语、民间小调，从而逐渐形成一种带有地方特色的新的唱腔或新的剧种。《南西厢》自从登上戏曲舞台以来，先后被不同的声腔和剧种演绎，深受全国各地不同方言区的人们的喜爱，兹以海盐腔和昆山腔为例简述之。

1. 海盐腔

海盐腔是明代万历以前广为流播的一种南戏声腔。据曾永义先生考证，早在南宋，海盐腔就已出现[①]。到了嘉靖年间，海盐腔已成为时风所尚。杨慎《词品》有云：

> 近日多尚海盐南曲，士夫禀心房之精，从婉娈之习者，风靡如一。甚者北土亦移而耽之，更数世后，北曲亦失传矣！[②]

---

① 曾永义：《戏曲腔调新探》，文化艺术出版社 2009 年版，第 105 页。

② （明）杨慎：《词品》，唐圭璋编《词话丛编》第 1 册，中华书局 1986 年版，第 438 页。

据杨慎自序，《词品》作于嘉靖年间，则上文所叙当为嘉靖年间现象。可见，彼时海盐腔正在盛行，士大夫颇为之倾倒。

另外，从大约成书于嘉靖后期与万历初年之间的《金瓶梅》，在其第36、49、63、64、74、76回中，分别记载的海盐子弟演戏唱曲的资料中，也可看出海盐腔在嘉靖时期的兴盛。但史籍中有关《南西厢》的海盐腔演唱资料并不多见。不过，从现存一鳞半爪的文献记载中，还是透露出：《南西厢》在海盐腔风行的时代也是一个“点播率”颇高的剧目。

首先，史料所记载的《南西厢》的第一编著者崔时佩就是海盐人。先看看最早著录《南西厢》的明人高儒的《百川书志》卷六“史·外史”所录：

> 李日华南西厢记二卷
>
> 海盐崔时佩编集。吴门李日华新增。凡三十八折。①

《百川书志》前有作者写于嘉靖庚子年（1540年）的自序，所录书目，俱是藏者高儒本人亲自披览和考订的，可信度很高。这条书目信息提示我们：嘉靖年间，崔时佩编集的《南西厢》已经问世。据此推测其舞台演出还当更早。孙崇涛先生认为崔时佩所作《南西厢》“本供‘海盐子弟’即海盐腔所唱”②。苏子裕先生也有专文考证崔时佩为海盐人，且以海盐腔将《北西厢》改编为《南西厢》。③笔者认为他们的推测都有道理。那么，在明代的戏曲舞台上，《南西厢》较早由海盐腔演唱，是无疑的了。

这一点，从《金瓶梅》第74回的记载亦可看出：

> 却说西门庆走到厅上看设席，海盐子弟张美、徐顺、苟子孝都挑戏箱到了，李铭等四名小优儿又早来伺候，都磕头见了。西门庆吩咐打发饭与众人吃，吩咐李铭三个在前边唱，左顺后边答应堂

① （明）高儒等著：《百川书志·古今书刻》，古典文学出版社1957年版，第88页。

② 孙崇涛：《南戏〈西厢记〉考》，《南戏论丛》，中华书局2001年版，第220页。

③ 苏子裕：《〈南西厢记〉作者崔时佩生平考》，《戏剧》2005年第3期。

客……安郎中唤戏子："你们唱个《宜春令》奉酒。"于是生旦合声，唱一套"第一来为压惊"。①

经考，"第一来为压惊"这套曲子在现存明末汲古阁本《六十种曲·南西厢记定本》中，为第 17 出"东阁邀宾"。孙崇涛先生将其与现存三种《南西厢》的明刊本仔细对比后，发现《金瓶梅》所引曲牌与曲文，与三种明刊本没有很大区别，从而认为其所搬演当为《南西厢》无疑②。可见，在西门家的这次堂会上，这些戏子所唱的《西厢记》当为海盐腔的《南西厢》。《金瓶梅》堪称是反映明朝嘉靖时期生活情状的百科全书，由海盐子弟在西门家的宴会上演唱《南西厢》，或可推测，在海盐腔盛行的时代，《南西厢》当也是达官贵人的红氍毹上常演的剧目。

综上所述，虽然崔时佩的原著已不复见，但在明代昆山腔兴起之前的嘉靖年间，《南西厢》应该是先由"体局静好"③的海盐腔来演唱的。

2. 昆山腔

昆山腔是明代南戏四大声腔中成熟较晚却传播最广的戏曲声腔。经过嘉靖时期魏良辅的改造和梁辰鱼《浣纱记》的创作实践，到万历中期，整个社会对昆山腔已经是"靡然从好，见海盐等腔，已白日欲睡"④，海盐腔已逐渐衰弱乃至渐次不闻。但《南西厢》并未因此销声匿迹，而是经过李日华的增删润色，在昆山腔的舞台上再次大放异彩。从梁辰鱼为《南西厢》亲自题叙⑤，可知《南西厢》之位列第一批昆山腔之常演剧目也是有可能的。自此，在明清的昆曲舞台上，《南西厢》一直绵绵不绝。

现存明代《南西厢》的昆山腔演唱资料主要保存在一些戏曲选本中，有

① 郝明翰、吴世轩、徐铎校点：《金瓶梅》，三秦古籍书社 1991 年版，第 1118—1122 页。

② 孙崇涛：《南戏〈西厢记〉考》，《南戏论丛》，中华书局 2001 年版，第 220 页。

③ （明）汤显祖著，徐朔方笺校：《汤显祖全集》第 2 册，北京古籍出版社 1999 年版，第 1188 页。

④ （明）顾起元：《客座赘语》，中华书局 1987 年版，第 303 页。

⑤ 中国艺术研究院图书馆转藏傅惜华旧藏本，明万历刊本《南西厢记》，二卷三十四出，署："明姑苏李日华编本"，卷首载有梁辰鱼《南西厢记叙》。

剧选、出选、曲选等不同选录形态。

曲白俱全的全本形态，除上述万历年间梁辰鱼题叙本《南西厢记》外，还有明末汲古阁本《绣刻南西厢记定本》，它们都是根据明代已经成熟的昆曲演出本刻印的。毛晋刊刻的《汲古阁六十种曲》共分六套，所选大都是当时比较盛演的剧本，故每套书的扉页均标榜“绣刻演剧十本”。从崔时佩、李日华的《绣刻南西厢记定本》名列第二套之第一种，大约可以想象它在明末剧坛的演出盛况。

不过，耐人寻味的是，颇谙戏曲三昧的行家毛晋在第二套“绣刻演剧十本”中竟然也选了并非南曲的杂剧《北西厢》，这是《六十种曲》中唯一的“另类”。笔者推测，编者的用意也许主要是与《南西厢》作一对比，毕竟《北西厢》的经典魅力是大多数文人无法抵挡的，毛晋大概也不例外，而且他很有可能也不满李日华对《北西厢》的“篡改”，正如比他稍晚的祁彪佳对《南西厢》的指责：“割裂北词，致受生吞活剥之诮。”[①]但艺术市场的规律终究是个人无法违抗的，身为精明书商的毛晋尽管难以割舍，却还是要照顾当时大多数受众的口味。历史的无情，编者的两难，被明末著名的戏曲评论家凌濛初在《谭曲杂劄》中一语道破：“《西厢》为情词之宗，而不便吴人清唱，欲歌南音，不得取之李本，亦无可奈何耳。”[②]这一点，从《北西厢》名列第二套“绣刻演剧十本”之末，亦可略窥一斑。据此可知，截至明末，《北西厢》在舞台上也许还小有市场，但《南西厢》强劲的舞台生命力，却是《北西厢》无论如何也无法与之匹敌的。

只有曲词而无宾白的全本形态，如万历时期胡文焕编的《群音类选》“官腔”类卷二十五收录了《南西厢记》二十出：“佛殿奇遇”“访僧遇红”“烧香吟句”“张生闹道场”“书遣惠明”“红娘请生”“夫人背盟”“莺莺听琴”“红娘寄柬”“莺莺见书”“红娘订约”“跳墙弈棋”“莺莺探病”“莺莺忆念”“红娘寄诗”“西厢幽会”“夫人拷红”“长亭送别”“草桥惊梦”“泥金报喜”。这

① （明）祁彪佳：《远山堂曲品》，《中国古典戏曲论著集成》（第六册），中国戏剧出版社1959年版，第57页。

② （明）凌濛初：《谭曲杂劄》，《中国古典戏曲论著集成》（第四册），中国戏剧出版社1959年版，第257页。

二十出均只有曲文，而无宾白，属于昆曲清唱本。《群音类选》所选剧曲是当时红氍毹上曾广为传唱的，而封建社会里的清曲，又多是士大夫和富商权贵们的专属，故从《南西厢》之入选其“官腔”类，可以想象，在当时达官贵人的厅堂宴饮中，大约常常能够听到《南西厢》那温润娴雅、莺声燕语的清唱之声。

在明代，《南西厢》的昆山腔选本更多是以单曲和单出的形式入选。曲选如万历四十四年（1616 年）周之标辑录的《吴歈萃雅》选录“写怀”【梁州序】、“佳期”【尾犯序】、“惊梦”【步步娇】、“自叹”【普天乐】等十六出中的十六支曲牌，天启三年（1623 年）许宇编选的《词林》选录“对月”【素带儿】、“请宴”【宜春令】、“传情”【降黄龙】、“暗约”【集贤宾】等十五出中的十五支曲牌，万历至天启年间凌濛初辑录的《南音三籁》选录“酬和”【白练序套】、“闹简”【榴花泣犯套】、“会合”【十二红套】、“暗约”【商调集贤宾】等十六出中的十六支曲牌，万历四十四年（1616 年）李郁尔辑录的《月露音》选录“酬和”【素带儿】、“听琴”【梁州序】、“传情”【降黄龙】、“闺怨”【绵搭絮套】、“报捷”【集贤宾】等六支曲牌，明末周之标编选的《珊珊集》选录“请宴”【步步娇】、“游殿”【忒忒令】、“月下听琴”【骂玉郎】、“送别”【普天乐】、“闺思”【大胜乐套】五支曲牌。

出选数目最多的是明末崇祯九年（1636 年）吴长公编选的《古今雅奏》，共选录“游殿”“对月”“请宴”“写怀”“传情”“闺怨”“佳期”“会合”“送别”“惊梦”“报捷”“闺思”等十二出。次如崇祯年间青溪菰芦钓叟点次的《醉怡情》选录了“奇逢”“请宴”“拷红”“惊梦”四出，明末锄兰忍人编辑的《玄雪谱》选录“游佛殿”“听琴”“送别”三出，明末冲和居士编选的《怡春锦》选录“赴约”“报捷”两出，明末熊稔寰辑编的《徽池雅调》收有“月下佳期”一出。

从形式上看，上述选本曲白俱录的较少，仅录曲词的清唱本较多；从出目上看，以上刊本所选大都是《南西厢》中戏剧性较强的关目；从编选时间上看，上述各家选本主要集中在万历至明末。据此可知，昆山腔演出的《南西厢》在这一时期当非常盛行，而且演出的多是《南西厢》中的经典折子戏。

清代《南西厢》的昆山腔演出，可从以下戏曲选本、曲谱和相关论著中反映出来：

首先，选录《南西厢》出目最多的是清代最有代表性的折子戏选本《缀白裘》。完成于乾隆年间的《缀白裘》计收昆腔剧本四百多出，其中就包括“惠明”“佳期”“请宴”“拷红”“游殿”“寄柬”“跳墙”“著碁”“长亭”九出选自《李西厢》的折子戏。《缀白裘》所载诸剧，多依当时伶工实际登台所用之演出本刊印，其选录标准是以观众的好恶为依归。据此，昆山腔《南西厢》在清代的受欢迎程度可窥一斑。

其次，是乾隆六十年（1795 年）成书的《消寒新咏》。署名为铁桥山人、石坪居士、问津渔者三人所著的《消寒新咏》，主要是对乾隆年间活跃于菊坛的花、雅名伶及其表演特色、擅演剧目的评论和记载。该书收录出自《南西厢》的昆曲剧目“寺警”“请宴”“寄柬”“跳墙著棋”“佳期”“拷红”“长亭送别”七出。可见，乾隆时期，昆山腔演出的《南西厢》依然颇为盛行。

再次，是嘉庆年间佚名编选的《审音鉴古录》，共收录“游殿”“惠明”“佳期”“拷红”“伤离”“入梦”六出。《审音鉴古录》是一部昆曲演出剧目的选本，共选九剧六十五出，可谓当时昆曲折子戏的集锦。其所选剧目，不仅曲文齐备，还在曲词上标明叶韵、板拍，而且在关键处纠正读音错讹，并佐以工尺唱谱，尤为突出的是对“穿关”“科介”的详细记载和说明，无异于当时的昆曲演出教科书。乾嘉时期，花部的蓬勃发展已对雅部形成强烈的冲击，《审音鉴古录》的编者正是抱着“鉴古”而“正音”的初衷，力图使已受到民间戏曲语音、声腔、词语等影响的昆曲演出规范化，从而维护所谓的“正统”。值此昆曲大势已去，大量剧目被无情淘汰之际，该选本所选《南西厢》的出目仍占其总数的十一分之一强，由此，既可见《南西厢》在观众心目中地位之非同寻常，又可见《南西厢》在几百年的传承演出实践中已积累了丰富的表演范式，堪为后世之师表。

第四，表现在不少演出性的曲谱不约而同地选用了《南西厢》中的大量出目，作为昆曲演唱的指南。如乾隆年间叶堂编订的《纳书楹曲谱》选录了《南西厢》中的十出：“听琴”“惊梦”“游殿”“酬韵”“请宴”“寄柬”“送方”“佳期”“长亭”“跳墙”；同治年间王锡纯编订的《遏云阁曲谱》收录《南西厢》中的两出：“佳期”“拷红”；清末殷溎深原稿、张怡庵校订的《六也曲谱》收录“跳墙”“着棋”两出；近人王季烈、刘富梁编订的《集成曲谱》收录《南西厢》中的八出：“请宴”“听琴”“寄柬”“跳墙”“佳期”“拷红”“长亭”“惊梦”；张怡庵编辑的《昆曲大全》收录《南西厢》中的四出：“游殿”“闹斋”“佳期”“拷红”。这些曲谱多从初学演唱的实际出发，在唱词旁注明工尺、板眼，并且按照昆曲演唱的需要，分别对《南西厢》的曲牌作有不同程度的增删，可见《南西厢》之颇受曲谱家的青睐，主要是因其场上之曲的性质，他们收录《南西厢》其实也是在“变相地收录《王西厢》”①。

此外，清初的《昆弋雅调》选录《南西厢》中的三出：“红娘请宴”“堂前巧辩”“莺莺听琴”；乾隆五十年（1785年）成书的《燕兰小谱》收录昆曲剧目“拷红”“佳期”两出；清中后期成书的《清车王府藏曲本》的昆腔类收有《南西厢·佳期》等，不一一赘述。

将上述这些清代著述与明代相比，可以看出，明代《南西厢》的昆山腔选本以宫调、曲牌为序编排的较多，文人清唱的特色较著；清代的则以按“出”编排的舞台演出本为主，可见其场上演出之盛。

另外，随着昆曲流入宫廷，清代内廷也时有昆腔《南西厢》的演出。从《故宫珍本丛刊》“昆腔单出戏”收录“惠明”“佳期”两折，就可看出，在以演出宫廷大戏为主的内府，像《南西厢》这样表现男欢女爱的所谓“有伤风化”之戏也在上演之列。又据中国艺术研究院图书馆藏《穿戴题纲》下册记载，道光年间上演的昆腔折子戏，有《南西厢》中的“寄柬”“佳期”“牌谱”“惠明”“游寺”“请宴”六折；嘉庆七年（1802年），内廷上演的昆腔折子戏有《南西厢》中的“请宴”“游寺”“寄柬”三折；同治十三年（1874年），内廷还上演过一次昆腔的折子戏“寄柬”。

值得指出的是，清代昆山腔的《南西厢》演出积累了丰富的舞台经验，有些甚至成为后世演出的传统，如女戏扮惠明“不用抹脸”；“长亭送别”又称

① 伏涤修：《〈西厢记〉接受史研究》，黄山书社2008年版，第134页。

"女长亭""女亭"，即全班人物例由旦色扮演。据说，这样的传统一直延续到清末[①]。这从陆萼庭《清末上海昆剧演出剧目志》一文可以看出。陆文是根据创刊于1872年的《申报》和《字林沪报》等旧报上的戏目广告，对清末苏州昆班在上海约半个世纪的演出剧目所作的整理。该时期的昆剧活动虽已成强弩之末，但演出剧目数量仍极为可观，如选自李日华《南西厢记》的戏码就有"游殿""闹斋""惠明""寄柬""跳墙""着棋""佳期""拷红""女亭""草桥""惊梦"等十一种。[②]其中《女亭》即《南西厢·长亭送别》，可见"长亭送别"这种全部由旦角扮演的传统一直延续到了近代。

不管怎样，昆曲舞台上的《南西厢》从明清一直唱到了今天。时至今日，昆曲舞台上还活跃着《南西厢》中的"游殿""闹斋""惠明""寄柬""跳墙""着棋""佳期""拷红""长亭""惊梦"等折子戏。由此，既可见西厢故事流布之久远，又可看出经过历代艺人反复打磨的昆曲《南西厢》表演技巧之精深高妙。

一言以蔽之，在明清的戏曲舞台上，《南西厢》主要是由海盐腔和昆山腔两种声腔来演唱的[③]，尤其是昆山腔对《南西厢》的演绎，更是积累了丰富的表演经验，并一直传承至今。需要指出的是，《南西厢》在明清时期的应运而生和日渐勃盛，都是其适应戏曲声腔的演变规律和舞台演出的必然结果，这一必然性也说明《南西厢》的价值主要在其是"场上之曲"。若论文学的经典性，当然是非《王西厢》莫属。但《王西厢》已不再适应当时北曲衰微南曲兴盛的演唱需要，所以在舞台上被《南西厢》逐渐取代，也是自然而然的。这也启示我们，戏曲剧本文学只有和舞台演出密切联系，才有可能获得永恒的生命力。

---

① 陆萼庭：《昆剧演出史稿》，上海教育出版社2006年版，第245—246页。

② 同上书，第344—346页。

③ 据孙崇涛《南戏〈西厢记〉考》一文（详见孙崇涛著《南戏论丛》，中华书局2001年版，第224—225页）考证，金陵富春堂刊本《南西厢记》可能是万历年间昆山腔之外的别种"杂调"声腔的本子，如万历青阳腔选本所收《南西厢》，大多接近这类本子，据此推测，则《南西厢记》可能还曾由除海盐腔和昆山腔之外的其他声腔，如青阳腔等演唱过。

二、演员构成

明清时期的演剧人才主要由三个方面构成：专业演员、家班艺人、业余串客。从现存的一些文人笔记、戏曲档案及相关的演员生平资料，可以看出传唱《南西厢》的演员主要分属这三大类，他们对《南西厢》的舞台表演互相补充、互相丰富，共同促进了《南西厢》舞台艺术的传播和发展。下面分别考述：

1. 专业演员

明代没有出现像元人夏庭芝的《青楼集》那样专门为艺人作传的著作，但在万历以后的明人文集里却出现了不少有关戏曲艺人事迹的著述；入清以后，由于戏曲演出的急剧繁荣，"各地艺人在文献中留下姓名和事迹的数以千万计"①。这为我们逼近历史去审视《南西厢》的演员构成状况，提供了有利的文献基础。

明末潘之恒《鸾啸小品》所记载的昆曲男旦张三，大概是史料中较早出现的一位擅演《南西厢》的职业演员。张三原是吴县申时行家班中的著名小旦，后来加入苏州著名的吴大眼戏班（即吴徽州班）演戏，不幸一年未到即病亡。潘之恒曾亲眼看过张三的演出："观其红娘，一音一步，居然婉弱女子，魂为之销。"② 张三演技之高超可窥一斑。

乾隆末年李斗《扬州画舫录》的相关记载为我们保留一些清代扬州著名昆班演员演出《南西厢》的信息。如《扬州画舫录》卷五"新城北录下"记载：

老徐班的马文观，"字务功，为白面，兼工副净，以《河套》《参相》《游殿》《议剑》诸出擅场……务功兼工副净，能合大面、二面为一气，此所以白面擅

① 廖奔、刘彦君：《中国戏曲发展史》第四卷，山西教育出版社 2003 年版，第 125 页。

② （明）潘之恒著，汪效倚辑注：《潘之恒曲话》卷三"醉张三"条，中国戏剧出版社 1988 年版，第 136 页。

场也”[1]。

老张班的老外张国相，“工于小戏，如《西楼记·拆书》之周旺、《西厢记·惠明寄书》之法本称最”[2]。

老江班的二面蔡茂根，“演《西厢记》法聪，瞪目缩臂，纵膊埋肩，搔首踟蹰，兴会飙举，不觉至僧帽欲坠。斯时举座恐其露发，茂根颜色自若”[3]。

又，《扬州画舫录》卷九“小秦淮录”记载：

扬州著名的女子昆班“双清班”中的女演员小玉，“为喜官之妹，喜作崔莺莺，小玉辄为红娘”[4]。

《扬州画舫录》为李斗“目之所见，耳之所闻”[5]，“考索于志乘碑版，咨询于故老通人，采访于舟人市贾”[6]而得来，所记扬州社会方方面面的史料极为可信。从上述关于扬州著名昆班演员的记述，可以看出《南西厢》中的经典折子戏，如“游殿”“寄书”等颇受职业演员的青睐，而且其舞台表演亦愈来愈精益求精、出神入化。

乾隆以后，昆曲渐趋没落，但是《南西厢》的演出依然流行不衰。张次溪编纂的《清代燕都梨园史料》收录了自乾隆至宣统，即清代中后期许多演员扮演《西厢记》的记载，其演出多为《南西厢》。对此，赵春宁女士在其专著《〈西厢记〉传播研究》的“附录四”中已有详细的钩稽。为免重复，下面仅择其中部分擅演《南西厢》的著名演员简述之。

据较为全面地记录同治年间北京剧坛状况的《菊部群英》所载，当时专工昆剧的以四喜班、三庆班为多，这两大徽班中有不少演员擅演《南西厢》的部分戏码，如四喜班中：

生王桂官、旦陈五云，常演剧目有《长亭》等；旦赵桂芸常演《寄

① （清）李斗著，陈文和点校：《扬州画舫录》，广陵书社2010年版，第66页。
② 同上书。
③ 同上书，第68页。
④ 同上书，第107页。
⑤ 同上书，第5页。
⑥ 同上书，第2页。

柬》等；旦薛桂芝、杜阿五常演《拷红》等；生旦兼工的顾芷荪、旦张芷荃常演《跳墙》《下棋》等；旦吴芷茵常演《跳墙》《下棋》《佳期》《拷红》等；旦曹福寿常演《草桥惊梦》等。

三庆班中：

生陈桂亭、旦仲瑞生常演《寄柬》《佳期》《拷红》等；生周素芳常演《寄柬》《佳期》等。[①]

又如小铁笛道人《日下看花记》卷三载春台部李桂林：

《跳墙》《着棋》扮莺莺，副以蒿玉林为红娘，闺秀娴雅，侍儿明颖，清姿淑质，天然如画。[②]

再如安乐山樵《燕兰小谱》卷四载周二官：

演《拷红》，眼色传神，跃跃欲语，不独齿牙吐慧，称可意侍儿。[③]

由上述记载可看出，尽管这一时期的昆曲已风光不再，但对一些昆乱兼擅的名演员来说，《南西厢》仍是他们常演不衰的剧目。而且，经过历代艺人的磨砺，《南西厢》中的一些经典折子戏被研磨得格外精致迷人，散发着穿透时空的永恒魅力。

近代以来，仍有一些著名的昆曲演员擅演《南西厢》。如光绪初期隶属上

① 以上演员资料据邗江小游仙客《菊部群英》（张次溪编纂《清代燕都梨园史料》，中国戏剧出版社 1988 年版，第 475—501 页。

② （清）小铁笛道人：《日下看花记》，张次溪编纂《清代燕都梨园史料》，中国戏剧出版社 1988 年版，第 87 页。

③ （清）安乐山樵：《燕兰小谱》，张次溪编纂《清代燕都梨园史料》，中国戏剧出版社 1988 年版，第 38 页。

海天仙茶园、享誉沪上的名旦邱阿增、名丑姜善珍曾合作演出《游殿》《寄柬》等，邱阿增单独常演的还有《佳期》《拷红》等[①]；同时隶属上海大观茶园、有“近代昆旦第一”之称的周凤林常演的戏中也有《游殿》《跳墙着棋》等出自《南西厢》的剧目。其中，周凤林的技艺尤为高超，据甲左梦畹生《粉墨丛谈》记载：

凤林虽工京戏，然其擅场者，究在昆曲。所演《惊梦》《佳期》……等剧，柔情绰态，宛转抑扬。[②]

海上漱石生《梨园旧事鳞爪录》亦载：

名旦周凤林……天性颖悟，在昆班为五旦[③]，《跳墙》《着棋》《佳期》《拷红》诸戏，风情旖旎，颦笑宜人，他伶无与抗手。[④]

黄南丁《吹弄漫志》亦曰：

凤林扮相甚佳……他演一种戏有一种戏的长处……六旦的戏，《西厢记》的红娘，传神阿堵……[⑤]

从以上各家所述可知，周凤林不仅擅演昆曲《南西厢》，而且表演技巧之纯熟精妙，在当时也是无与伦比的。

明清时期擅演《南西厢》的专业演员除了史料所载，肯定还有不少散落民间默默无闻者，上文所述只能是窥斑见豹。在中国古代，职业伶人一向被

① 陆萼庭：《昆剧演出史稿》，上海教育出版社2006年版，第292页。

② （清）梦畹生：《粉墨丛谈》，见清知虫天子辑《香艳丛书》十七集卷四，人民中国出版社1998年排印本，第2190页。

③ 陆萼庭在《昆剧演出史稿》中注曰“应作六旦”，因为后文所举均为六旦正场戏。

④ 陆萼庭：《昆剧演出史稿》，上海教育出版社2006年版，第296页。

⑤ 同上。

人所卑视。尽管昆曲在明清时期受到了文人热烈的追捧，但擅演昆曲的专业演员的艺术造诣、坎坷遭际还是较少被文人关注，更不用说被这些文化素养较高的读书人所详细记录了。但从现存的有限记载中，仍不难看出，《南西厢》获得了历代专业演员的“厚爱”，而且在长期的舞台实践中，在和观众的反复互动中，其中某些折子戏的表演技艺已经达到了出神入化的境界。

2. 家班艺人

在明清时期《南西厢》的演出阵容中，家班艺人也是重要的一翼。“家班”的全称是“家庭戏班”，又称“家乐”或“家伎”，主要是由士大夫和商人自费置办的。家班演出曾是中国古代一种重要的戏曲演出形式。从明代嘉靖时期直到清代康熙年间，家班曾盛极一时。后来，由于雍正、乾隆、嘉庆、道光四帝屡次下令禁止外官蓄养优伶，家班时兴时衰。嘉庆以后，家班遂逐渐退出历史舞台，戏曲演出渐渐从私人化的厅堂楼阁走向职业化、商业化的茶园戏馆。

私人置备的家班主要有三种类型：家班女乐（以女性童伎组成）、家班优童（以男性优童组成）、家班梨园（以职业优伶组成）①。《南西厢》曾是不少家班的热门剧目②，这些家班的女乐和优童在其主人和教习曲师的指点下，不断丰富、提升着《南西厢》的演唱技巧、舞台形象。下面择其要者略论之。

较早记载家乐搬演《南西厢》的资料可以在《金瓶梅》中找到。在《金瓶梅》第四十回，为宴请乔亲家，西门庆准备在元宵节请“王皇亲家一起扮戏的小厮，叫他来扮《西厢记》”③。第四十二回写到元宵节那天，“前厅王皇亲家二十名小厮，两个师傅领着，挑了箱子来，先与西门庆磕头……那日扮的是《西厢记》”④。小说中未明确指出王皇亲的家班扮演的《西厢记》究竟是《南

① 胡忌、刘致中：《昆剧发展史》，中国戏剧出版社1989年版，第191页。本文论述不包括“家班梨园”，如乾隆时期扬州盐商为接驾而置办的昆曲“七大内班”：徐尚志班、黄元德班、张大安班、汪启源班、程谦德班、洪充实班、江广达班。

② 伏涤修《〈西厢记〉接受史研究》第三章第三节（黄山书社2008年版，第154页），归纳了涉及《南西厢》演剧的明清家乐七种，主人分别是：潘允端、钱岱、米万钟、申时行、李明睿、张大安、江春。

③ 郝明翰、吴世轩、徐铎校点：《金瓶梅》，三秦古籍书社1991年版，第576页。

④ 郝明翰、吴世轩、徐铎校点：《金瓶梅》，三秦古籍书社1991年版，第592页。

西厢》还是《北西厢》，孙崇涛先生在《〈金瓶梅〉戏剧史料考论》一文中经仔细考辨后，认为王皇亲的家乐是早期“昆剧家班”，戏子是“苏州小厮”，所以王皇亲家班扮演的《西厢记》当是《南西厢》①，笔者赞同此说。从富贵豪奢如西门庆，尚且要从王皇亲家临时借用家乐，可以推测书中所写时代的家乐还不甚兴盛，远不如晚明家班之云蒸霞蔚。但即便是此时为数不多的家班，如王皇亲家的“小厮”已能搬演《南西厢》，可见《南西厢》流布之久远。

晚明吴县申时行的家乐曾为吴中之冠。郑桐庵《周铁墩传》记其家乐曰：“吴中故相国申文定家，所习梨园为江南称首……余素不耐观剧，然不厌观申氏家剧。”② 申氏家乐演员中著名的有周铁墩、沈娘娘、顾伶、管舍、张三等。张三平时为伟岸丈夫，酷爱喝酒，人称“醉张三”，“醉而上场，其艳入神，非醉中不能尽其技”。③ 他擅演《南西厢》中的红娘，曾令《鸾啸小品》的作者潘之恒“魂为之销”，演技冠绝一时。

万历年间常熟人钱岱的家班女乐中也有一些擅演《南西厢》的演员。据梧子《笔梦》记载，钱氏的家乐有张寅舍、韩壬壬、罗兰姐、冯观舍、张二姐、王仙仙、徐二姐、吴三三、周桂郎、吴小三、张五舍、徐小二、月姐十三名女演员。精于鉴赏的钱岱曾为自己的家班专门聘请了两位女教习，一位是擅长度曲的沈娘娘；另一位是擅长丝竹的薛太太。沈娘娘少时曾为相国申时行家女伶，薛太太原是苏州旧家淑媛。在主人和教习的严格调教下，女伶们经过含辛茹苦地勤学苦练，把戏曲表演水平推进到了一个相当的高度。其中，就出现了一些擅演《南西厢》中部分折子戏的高手，如张二姐、吴三三、徐二姐、周桂郎等。《笔梦》有载：

> 张二姐与吴三三之《芸香相骂》《拷打红娘》其擅长也；徐备瑶

① 孙崇涛：《〈金瓶梅〉戏剧史料考论》，孙崇涛著《戏曲十论》，台湾：国家出版社2005年版，第176—178页。

② （清）褚人获：《坚瓠集》第三册，浙江人民出版社1986年版，第7页。

③ （明）潘之恒著，汪效倚辑注：《潘之恒曲话》卷三“醉张三”条，中国戏剧出版社1988年版，第136页。

之张生，吴三三、周连璧之莺莺、红娘……尤为独擅。[①]

可见，张二姐、吴三三、徐备瑶、周连璧等人经过日复一日地操练，在《南西厢》的表演上已经形成了自己独擅一时的艺术风格。

明代著名的书画家米万钟，既是一代名宦，又是赏曲高士。米氏家乐（又称“米家童”）在北京地区颇负盛名，与“米家园”“米家灯”“米家石”共称“米家四绝”，为一时文人歌咏之题（参见朱彝尊《静志居诗话》卷十六“米万钟”条）。据刘水云先生考证，米氏家乐还是北京地区最早用昆腔演唱《南西厢》的家乐[②]。刘水云先生在钩稽明代家班演出材料时，发现范景文《范文忠集》卷九《题米家童》一诗，诗前有序，涉及米氏家班的内幕。现转录如下：

> 予素不蓄歌儿。以畏解故，不蓄也。每至坐间，闻人度曲，时作周郎顾误，又似小有解者。然则予自是无歌儿可蓄，以畏解故，强语耳。一日，过仲诏斋头，出家伎佐酒，开题《西厢》。私意定演日华改本矣，以实甫所作向不入南弄也。再一倾听，尽依本，却以昆调出之。问之，知为仲诏创调。于是耳目之间遂易旧观。介孺云：“米家一奇乃正在此，不如是不奇矣。”予之自谓有解者，亦独强语耶。因其赓咏以当鉴赏，拈得腔字，恨不能以仄韵作律体，堪与相对付耳。
>
> 诗云：
>
> 生自吴趋来帝里，故宜北调变南腔。每当转处声偏慢，将到停时调入双。坐有周郎应错顾，箫吹秦女亦须降。恐人仿此翻成套，轻板从今唱大江。[③]

米万钟虽自父辈起即在顺天（今北京）定居，但中进士后曾长期在吴越

---

① 胡忌、刘致中：《昆剧发展史》，中国戏剧出版社1989年版，第208页。

② 刘水云：《试论晚明昆曲之入京》，《戏曲艺术》2000年第4期。

③ 同上。

地区任职，深受昆曲濡染，这为其家班采用“昆调”演唱李日华的《南西厢记》即“北调变南腔”奠定了基础。但范景文认为用昆腔演唱《南西厢记》乃是米氏家班的独创即“为仲诏创调”，则未必然。更大的可能性则是米万钟将“《南西厢记》的昆唱从南方移植到北京，因为在当时南方吴、越等地区，用昆腔演唱《南西厢记》已经非常普遍”①。无论如何，米氏家乐之擅唱昆腔《南西厢》确是晚明北京剧坛的一大佳话。而由“《南西厢》之进军北京剧坛”亦可看出，经过李日华改调歌之的《南西厢》不仅在南方的青山绿水间广为传唱，在北方的边塞城郭也逐渐得到广大世人的青睐。

清初著名的戏曲理论家、剧作家李渔，也有着自己的家班。只是李渔的家乐与前述名公巨宦的家乐旨在满足一家一姓之享受有所不同，它带有半职业戏班的性质，是李渔全家赖以维持生计的一种手段。李渔的家乐成员多为其侍姬，其中乔姬（乔复生）、王姬（王再来）是骨干。乔姬工旦，王姬工生，两人合作默契无间。李渔虽曾对《南西厢》严词力责、痛加针砭：

> 词曲中音律之坏，坏于《南西厢》……作《南西厢》者，意在补此缺陷，遂割裂其词，增添其白，易北为南，撰成此剧，亦可谓善用古人，喜传佳事者矣。然自予论之，此人之于作者，可谓功之首而罪之魁矣。所谓功之首者，非得此人，则俗优竞演，雅调无闻，作者苦心，虽传实没。所谓罪之魁者，千金狐腋，剪作鸿毛，一片精金，点成顽铁。若是者何？以其有用古之心而无其具也……予生平最恶弋阳、四平等剧，见则趋而避之，但闻其搬演《西厢》，则乐观恐后。何也？以其腔调虽恶，而曲文未改，仍是完全不破之《西厢》，非改头换面、折手跛足之《西厢》也。南本则聋瞽、喑哑、驮背、折腰诸恶状，无一不备于身矣。②

但也自称：

① 刘水云：《试论晚明昆曲之入京》，《戏曲艺术》2000年第4期。

② （清）李渔：《闲情偶寄》，浙江古籍出版社1985年版，第24—25页。

> 予尝痛改《南西厢》，如《游殿》《问斋》《逾墙》《惊梦》等科诨，及《玉簪·偷词》《幽闺·旅婚》诸宾白，付伶工搬演，以试旧新，业经词人谬赏，不以点窜为非矣。①

可见李渔虽对《南西厢》百般指责，但他的家班搬演过《南西厢》也是个不争的事实。

经过历代家班艺人的演绎，《南西厢》被打磨得愈来愈精巧雅致。家班伶人作为中国戏曲演出史上一支重要的演出队伍，他们对《南西厢》表演技艺的提升有着不可忽视的贡献。虽然与职业演员相比，家班的艺人没有人身自由，也相对缺乏生机勃勃的艺术独创精神，但却较少受到商业因素和公众效应的影响。再加上某些文化素养较高的家班主人从文学剧本到舞台表演的全程参与和亲临指导，都促使着《南西厢》的演出在趋于雅化的同时，也进入了一个更高的艺术层次。

另外，从传播的角度看，一方面，家班演员在和民间戏班的交流中，也会把在家乐演出中积累的丰富的舞台经验传播开来；另一方面，由于文人的广泛交游和以乐侑酒的悠久传统，家班演员对《南西厢》从苏州、江南到北方乃至全国的流播也发挥了积极的作用。这些都促进了《南西厢》在更高层次和更广地域的积极传播。

3. 业余串客

在中国古代，有这样一个特殊的演出群体，他们不仅精通音律，还能开口唱曲，有时还粉墨登场，与职业演员合作，参加专业剧团的正式演出。这些人被称为“串客”。串客中，既有狎客妓女、平民布衣，也不乏痴迷文士、王公仕宦。像“吴中四才子”之一的祝允明、万历年间著名的文士屠隆、明末清初既为人不齿又深谙剧戏之道的阮大铖等，都是明清时期善于并且热衷

① （清）李渔：《闲情偶寄》，浙江古籍出版社1985年版，第66页。

串戏的文人。《南西厢》的旖旎多情、顾盼生辉，也深为串客们瞩目。下面即对明清时期擅演《南西厢》的业余串客，择其要者作一简述。

王怡庵，明万历、崇祯年间昆山的串客，同时也是一位精研音律的戏曲行家。王氏唱法在明末曲坛上曾自成一派，冯梦龙《墨憨斋重定双雄传奇》第二十二出【滚浪煞】眉批云："煞从来每句截板，此系王怡庵唱定，便于戏场，姑存之。"即为明证。王怡庵不仅在度曲上别出心裁，而且在清唱和演出方面也都很出色，登台擅扮净角中的白面。明末苏州人张大复《梅花草堂笔谈》载：

> 王在长安，薄游营伎间，戏演张敏员外，识者绝倒。诸部闻之，竞相迎致，至马足不得前，斯岂无挟而然耶？然诸部政不知此剧其一斑耳，擅场事故在《崔徽传》。予尝叩之，两颐翕翕自动，嵇谈阮笑，谁不自喜？①

引文中的《崔徽传》，是借指《西厢记》。王又为昆山人，所以其所"擅场"的当为《南西厢》。业余演员因技艺超凡脱俗，竟成为各大职业班社竞相争抢的"香饽饽"。这种做法一直流传到后世，"对剧艺交流起了很好的作用"②。

到了清末民初，由于各地清曲社的兴起，"清客串"成为一种时尚。清曲家的这种艺术实践也催生了一批杰出的业余表演家，其中不乏擅演《南西厢》的行家里手。

如光绪十三年（1887年）八月二十七日，上海老三雅园"请新叙清扬集诸台翁全清客串"，演出《卢林》《刀会》《寄柬》《藏舟》等。③

又如光绪二十一年（1895年），在上海的张氏味莼园——苏州昆班在沪的一个基地，后来以演新剧出名的名旦周凤文，当时以"姑苏头等清客串"的名义参加了苏州昆班的演出，工六旦，擅演《呆中福》《佳期》《寄柬》等。④

---

① （明）张大复：《梅花草堂笔谈》卷七"王怡庵"条，见《四库全书存目丛书》影印，明崇祯三年刻、清顺治十二年补修本子部第104册，第375页。

② 陆萼庭：《昆剧演出史稿》，上海教育出版社2006年版，第69页。

③ 同上书，第338页。

④ 同上书，第305页。

次如1922年2月10日至12日，上海昆剧保存社敦请江浙曲友在上海夏令配克戏院举行江浙名家大会串，第一天上演的剧目就有《佳期》，其中张生、红娘、莺莺分别由殷震贤、项馨吾、吕一琴扮演。[①]

另据陆萼庭先生珍藏的徐凌云、管际安口述的记录稿，晚清曲友中擅演《南西厢》的杰出人才还有：

> 杨见山，为藩司书吏，唱二面，扮相与艺人陆寿卿一般无二，如不开口，竟无从辨别。能戏极多，二面戏几无所不能。《别巾》《游殿》《乐驿》《折书》等一类要掉几句诗文的戏，最为擅长。《南西厢·游殿》中的插科打诨，因为他社会经验丰富，口才便捷，能随机应变，信手拈来，不拘陈式，自然生趣。
>
> 程练秋善演六旦，《跳墙·着棋·佳期·拷红》《相约·讨钗》等戏，都很有名。他具有身段灵活、表演生动、念白软糯几种优点，演六旦最为适合。[②]

从明末王怡庵的被“竞相迎致”，到清末杨见山、程练秋等的“清客串”，这些热衷串戏的业余表演艺术家，不仅丰富着《南西厢》的各种表演技巧，把文人的趣味融合进大众的娱乐之中，更以其精湛的技艺，与专业演员交相辉映，共同勾画了戏曲舞台上《南西厢》的绚丽图卷。

明清时期搬演《南西厢》的串客除了上述深谙曲律、技艺精湛的文士以外，还有一些善于串戏的娼妓。如尤侗在《西堂年谱》中就记载了他于顺治十八年（1661年）八月，在昆山盛珍示家宴上观看名妓冯素蓉扮演《西厢记》中红娘的情形。

成书于1818年的《画舫余谭》，对于当时秦淮游船上盛唱昆曲和其他曲艺的倡优，也多有着墨。书中说：“顾双凤之《规奴》，张素兰之《南浦》，金太平之《思凡》，解素音之《佳期》，雏鬟演剧，播誉一时。”像解素音这样小

---

① 陆萼庭：《昆剧演出史稿》，上海教育出版社2006年版，第362页。

② 陆萼庭：《昆剧演出史稿》，上海教育出版社2006年版，第341页。

小年纪的“雏鬟”，能把《佳期》这样唱做繁重的剧目演得惟妙惟肖、“播誉一时”，委实难得。

无论是文采风流的曲友，还是身份卑微的艺妓，这些热衷扮演《南西厢》的串客凭借自身的舞台经验，对《南西厢》的传播及其表演技艺的提升都作出了自己独特的贡献。正是这样的民间串客，维系着《南西厢》的表演水准于不坠，激活着蕴含其中的真实人性，使得《南西厢》像陈年的老酒，愈久而弥香。

综上所述，本文主要从演出声腔和演员构成两个方面，对《南西厢》在明清时期的舞台传播进行了粗略地探究。从《南西厢》在不同声腔传播中的消长、嬗变，可以看出《南西厢》生命力之持久，主要得益于其适应了戏曲声腔的演变规律和戏曲舞台演出的规律；从专业演员、家班艺人、业余串客对《南西厢》的多维演绎，我们看到整个社会构成了一个有机的流动的传播体系，以文化素养较高的士人为指导，以演技精妙的专业演员为支柱，以热衷串戏的串客为辅助，互相探讨、互相补充，共同促进了《南西厢》的舞台传播及其传播程度的深化。

（原载《戏曲研究》第86辑，文化艺术出版社2012年版）

第三编　邕剧管窥

20世纪50年代以来邕剧研究综述

摘要：本文梳理了20世纪50年代以来，学术界在关于邕剧的剧史研究、剧目整理与研究、舞台语言艺术研究、表演艺术研究、音乐形态研究、传承保护与发展研究、审美特质研究、文化内涵研究等方面，取得的骄人成绩；并对今后的邕剧研究提出瞻望：正确看待邕剧史与邕剧前史，加强对邕剧排场戏和邕剧传统剧目的研究，强化理性思辨色彩。

关键词：邕剧；研究；现状；反思

形成于清代嘉庆、道光年间的邕剧，曾名本地班、南宁班、本地戏、老戏、广戏、五六腔等，是一个历史悠久、主要活动于广西南宁及其周边地区，流行于粤西、滇东南、越南北部，由汉族和西南各少数民族共同创造的皮黄声腔剧种。它曾与桂剧、壮剧、彩调剧，并称为广西四大地方剧种；它还与粤剧同源相亲，保留了许多传统粤剧的原貌，被誉为传统粤剧的"活化石"，与粤剧有着千丝万缕的联系。

2008年，邕剧被列为国家级非物质文化遗产项目。近年来，在南宁市民族文化艺术研究院和南宁市非物质文化遗产保护中心的大力推动下，邕剧非遗保护的基础工作已经逐渐展开。作为"稀有剧种"，邕剧也参加了多次海内外演出，并屡获殊荣。但学术界对邕剧的探讨，既远不如对京剧、昆剧、粤剧等大剧种的研究，也远不如对桂剧、壮剧、彩调剧等广西地方剧种的关注。尽管如此，从1951年邕剧正式定名至今，对于邕剧的研究也已断断续续地走过了半个多世纪的历程，取得了一定的成绩。所以，为了更好地传承邕剧文化和繁荣邕剧艺术，回顾邕剧研究的学术史，总结其基本方法与结论，不仅可以进一步探讨未来邕剧研究的新空间，还将有助于深化我们对新时期戏剧类非物质文化遗产保护的新思考。

目前，学术界关于邕剧的研究概况，主要集中在以下几个方面：

一、剧史研究

对任何一个剧种的研究，都离不开对其“史”的脉络的勾勒和描绘。剧史研究是地方戏研究中的重头戏，邕剧也不例外。

最早对广西邕剧史进行研究的专著，是王兆椿、崔志光、高文秀等编撰的《邕剧志（征求意见稿）》①，此书编印于 1987 年 4 月。全书分为概述、图表、志略、剧目、音乐、表演、舞台美术、机构、演出场所、演出习俗、文物古迹、轶闻传说、谚语戏联、传记等部分。其中，“概述”一章比较全面地介绍了邕剧的名称、起源和形成概况，梳理了嘉庆以来邕剧的发展概貌，以及邕剧与其他剧种的关系和邕剧的壮族文化特色。虽然长期以来，邕剧为广大汉族、壮族群众所喜闻乐见，但囿于对民间戏曲艺术的偏见，以致史志不载、经书不传，使得邕剧的相关资料极其难觅。所以，《邕剧志》编写组在采访了大量民间艺人、老戏迷等广泛的社会调查基础上，搜集到的一手资料，显得弥足珍贵。

稍后，南宁市文化局戏曲志编辑委员会于 1987 年 12 月编印的《南宁市戏曲志》② 中的邕剧部分，也是由王兆椿、崔志光主要负责的，但内容只涉及南宁市的邕剧活动情况，较《邕剧志（征求意见稿）》简略；1995 年出版的《中国戏曲志·广西卷》③ 中的邕剧部分，亦主要由王兆椿、崔志光等人负责，内

① 《中国戏曲志·广西卷·南宁分卷》编辑部、《邕剧志》编写组编印：《邕剧志（征求意见稿）》，1987 年 4 月。

② 南宁市文化局戏曲志编辑委员会编：《南宁市戏曲志》，1987 年 12 月。

③ 中国戏曲志编辑委员会、《中国戏曲志·广西卷》编辑委员会编：《中国戏曲志·广西卷》，中国 ISBN 中心 1995 年版。

容涉及邕剧的概况、剧目、音乐、表演、舞美、机构、演出场所、演出习俗等情况，资料更为丰富。

进入 21 世纪以来，有两部邕剧研究专著值得关注：

一是洪琪口述、洪珏编撰，广西民族出版社于 2015 年 12 月出版的《邕州老戏——邕剧》。此书虽是一部口述史，却正如广西师范大学前校长张葆全教授所言："在系统阐述中探讨了一个又一个极富学术价值的课题。"①

该书口述者洪琪，从小就对邕剧耳濡目染，现为国家级非物质文化遗产邕剧项目传承人；撰稿者洪珏长期耕耘于教育园地，在语言学与文学、艺术领域颇有建树。兄妹二人出身于梨园世家。父亲洪高明早年投身戏曲界，中华人民共和国成立后担任南宁市人民邕剧团首任团长，不仅身兼编剧与导演，还致力于邕剧的研究与推广，其部分研究成果已被《邕州老戏——邕剧》所引录。所以这部书稿可谓凝聚了洪家两代人的心血。该书详细梳理了邕剧从 19 世纪至今的发展历史，对邕剧的剧目、表演、音乐、舞台语言、面谱、排场戏、提纲戏、文化内涵、名伶等，都做了生动、细致的探究，融汇了邕剧研究的最新成果。

二是赵岚编著②《邕剧》（北京科学技术出版社 2012 年版），对邕剧的源流、剧目、音乐、表演、舞美、演出场所、文化习俗、班社、剧团、传承机制、保护发展等，进行了全面的探讨。值得一提的是，本书除了延续《中国戏曲志·广西卷》的主要观点外，还对邕剧的生存现状与今后的保护发展建言献策，有一定的参考价值。此外，本书图文并茂，穿插了许多相关图片。特别是作者之一王兆椿精心保存、绘制的一批邕剧脸谱，尤为珍贵，具有宝贵的学术价值。

上述几部著作对邕剧史的研究，都不是单纯的历史的平面研究，而是融聚了文本与舞台的综合、立体的研究。这种综合的视野是 20 世纪 80 年代以来戏曲史研究的一个新变，所以，邕剧史的研究可谓起步不凡，但也留下了

① 张葆全：《保护非物质文化遗产的新典范——喜读〈邕州老戏——邕剧〉》，转引自洪琪口述、洪珏编撰《邕州老戏——邕剧》，广西民族出版社 2015 年版，第 3 页。

② 《邕剧》作者之一王兆椿先生，在书稿修改完善之际，不幸离世。

一些历史的疑点和难点，有待后人补充。此外，还有一些单篇论文对邕剧的起源、发展历史、与其他剧种的关系等也进行了探讨，提出了有价值的见解。综合分析以上论著，争议较大的问题主要有两个：

1．邕剧的起源

关于邕剧的起源，由于文献少有涉及，所以向来众说纷纭，莫衷一是。归纳言之，计有五种：

（1）“祁桂说”。此说认为邕剧是在清代道光、咸丰年间，祁剧艺人玉洪官、文福彩先后来广西传艺，从桂林、柳州、宾阳一路南下，最后到了南宁，发展成以邕州班为代表的本地班。此说最早见于1952年洪高明为广西省戏曲改进委员会撰写的《邕剧介绍》[①]，这是邕剧有史以来第一份写成文字资料的文献。后来周贻白、蒋细增、李玉昆、顾乐真、王兆椿、黄静芳、赵岚等人大致都认同此说。这也是当今学术界基本认可的一种说法。

（2）“广路说”。此说认为邕剧不是南宁戏，而是广府戏，是由广东粤剧艺人传入的。最早提出此说的是曾宁，他在1983年发表在内部刊物《戏剧艺术资料》上的题为《邕剧原是广府戏》的文章中指出，邕剧是清代太平天国年间，粤剧艺人李文茂把红船弟子带到广西后，流散各地而产生的。认为邕剧即是老粤剧的学者，还有关元光、何国佳、简圣宇等。

（3）秀才说。此说是说旧时有一南宁秀才进京赶考落第，归途中弃文学艺，回到南宁后以邕州官话演出，是为邕剧。顾乐真《两广戏剧交流考》及王兆椿、崔志光《对邕剧起源及其形成的初见》两文，俱已否认此说，认为“这是一般地方剧种有关起源的共同说法，可信程度不大”[②]。

（4）军旅说。此说由老艺人张少年所传，是说清军中有湘兵在军中唱板凳腔和小戏，后复员在南宁仍玩唱，久而久之，便由业余班发展成专业班。王兆椿、崔志光在《对邕剧起源及其形成的初见》一文中，认为“此说仅有

---

① 洪高明：《邕剧介绍》，转引自洪琪口述、洪珏编撰《邕州老戏——邕剧》，广西民族出版社2015年版，第6页。

② 顾乐真：《广西戏剧史论稿》，中国戏剧出版社2002年版，第189页。

来路而无具体年代，根据不足”[①]。

（5）木偶说。此说认为广西班和下四府班的许多先辈出身于木偶班，因而尊称木偶班为“师傅班”“师公班”或“师祖班”，邕剧即由此演变而来。此说并无起源的具体年代和来路，实为臆测。

上述五说，前两种证据较多，后三种多为艺人只言片语，虽有一定的道理，但缺乏证据，不足征信。前两种争论的焦点主要是邕剧和粤剧的关系究竟如何。邕剧和粤剧的确有着千丝万缕的联系，但从皮黄声腔南下路线和传播轨迹看，笔者更倾向于第一种观点。

2. 邕剧和粤剧的关系

在邕剧的形成和发展过程中，粤剧担当了一个重要的角色。鉴于二者的相似度极大，以致在探讨邕剧和粤剧的关系时，出现了两种针锋相对的观点：

一种认为邕剧是广府戏的一个分支，邕剧就是早期的官话粤剧。上述曾宁、关元光、何国佳、简圣宇等人即是此论的坚定拥护者。理由是：二者都是皮黄剧种，在传统剧目、唱腔音乐、锣鼓曲牌、表演程式、舞台语言上都基本一致，从过去到现在都能同台演出。所以，“邕剧并非严格意义上的一个独立戏剧种类，而是以地域命名的一种表演范畴”[②]。

另一种则认为邕剧是不同于粤剧的独立剧种。洪高明、蒋细增、秦似、顾乐真、洪琪、洪珏等人皆持此说。如洪琪、洪珏认为：“邕剧的‘南北路’声腔和基本剧目确立在先，而‘粤路’的板式名称和剧目传入在后，‘首板、滚花、二流等称谓’，其实是邕剧形成之后，在与粤剧（特别是‘下四府粤剧’）交流融合的过程中，逐步从粤剧吸纳过来的。无论从哪个角度看，邕剧与粤剧都是同源异流的兄弟剧种，不能说‘邕剧原是广府戏’。”[③]

这两种观点争论的关键之处在于，如何正确看待粤剧在邕剧形成、发展

---

① 王兆椿、崔志光：《对邕剧起源及其形成的初见》，广西艺术研究所编《两广粤剧邕剧历史讨论会论文集》，1986年8月，第136页。

② 简圣宇：《民国至解放初期的邕剧形态流变考》，《南方文坛》2016年第1期，第156页。

③ 洪琪口述、洪珏编撰：《邕州老戏——邕剧》，广西民族出版社2015年版，第15页。

过程中所起的作用。粤剧传入广西后，确实对邕剧产生了很大的影响。尤其是20世纪二三十年代，一度把城市的本地班挤到了偏远乡镇。南宁本地班艺人到广东上六府、下四府等地搭班演出，也吸收了大量粤剧的排场戏和剧目，借鉴了其粗犷豪放的南派武技，丰富了自身的表演艺术。但邕剧自身拥有一套不同于粤剧的排场和剧目、表演格范，与粤剧存在明显的差异，不能因为二者在历史上关系比较密切，有一些共性，就抹杀邕剧的个性和它的存在价值。

二、剧目整理与研究

邕剧剧目约有700多个，其中传统剧目最多，约有600多个。这数以百计的剧目中，保存有京剧、粤剧、昆剧等剧种中已经消失的珍贵资料，能为古代戏曲研究提供许多完整的原生态的样本。所以，称邕剧为古代戏曲的“活化石”，毫不为过。虽然，目前对这座宝库的挖掘还不够深入，但前人所做的整理和研究工作却是不容忽视的，有些甚至是彪炳史册的。

首先，是1957年广西省文化局主办的“邕剧传统剧目鉴定会”，以及会后组织老艺人和戏曲研究家整理校勘的《广西戏曲传统剧目汇编》之邕剧部分（第26—54集）[①]，俗称“黄皮书”。

《广西戏曲传统剧目汇编》（邕剧）共收录了410个邕剧传统剧目。这套书内容极其丰富，“是南宁人乃至两广人民数百年的历史记忆和文化积淀”[②]。虽然受制于时代因素，“黄皮书”各卷的体例不尽相同，甚至各卷编者的署名都不统一，有的还印错了艺人的名字，如把“黄三顺”印成了“王三顺”，但这套书及时挖掘、整理出来的大量邕剧剧目，为后人的研究提供了非常宝贵的一手资料。如2013年广西哲社规划课题青年项目“邕剧传统剧目研究”（13CZW002）、2013年广西大学大学生实验技能和科技创新能力训练基金项

① 广西壮族自治区戏曲工作室编：《广西戏曲传统剧目汇编》（邕剧），广西壮族自治区文化局戏曲工作室内部资料，1960—1963年。

② 洪琪口述、洪珏编撰：《邕州老戏——邕剧》，广西民族出版社2015年版，第361页。

目《邕剧传统剧目研究》（SYJN20131002），便都是在《广西戏曲传统剧目汇编》（邕剧）的基础上展开的进一步研究。因此，“黄皮书”重要的史料价值是毋庸置疑的。

其次，是洪琪、洪珏《邕州老戏——邕剧》和赵岚《邕剧》两书对邕剧剧目的相关研究。

尤其是洪琪、洪珏《邕州老戏——邕剧》之“宝藏篇”，不仅令人信服地阐释了《广西戏曲传统剧目汇编》（邕剧）不可取代的“活化石”价值，还另辟专章，深入论述了《马芳困城》《拦马过关》《李槐卖箭》《五郎救弟》《杨八姐搬兵》《百鸟衣》《红布恨》等邕剧经典剧目的题材渊源、艺术价值等，开辟了邕剧剧目研究的新天地。此外，该书附录三“邕剧传统剧目索引”对《广西戏曲传统剧目汇编》（邕剧）收录的410个剧目，逐一辨析其来源，并简要介绍有关背景和艺术特色，对研究者有着重要的检索、指引作用。

赵岚《邕剧》第二章“邕剧剧目”分传统剧目、改编移植剧目、创作剧目三类，简要介绍了700多个邕剧剧目，并对《拦马过关》《狮子楼》《天门阵》《李槐卖箭》《丹州城》《仙姬送子》《百鸟衣》《琼花》《红布恨》等剧目的剧情、艺术特色、演出情况等进行了较为详细的阐述。但总体上，此书具有“述而不作”的特色，对邕剧剧目的研究还有待深入。

此外，还有一些单篇论文展开了对邕剧剧目的个案研究。如黄斌《邕剧与粤剧响马戏在近代的发展走向》[①]，对移植、改编自粤剧传统剧目《山东响马》的一系列邕剧响马戏的地方文化特色、表演特色，及其与粤剧的异同等，进行了深入细致的解读；黄斌《近代戏曲发展进程中的〈芦花河〉》[②]，阐述了邕剧《芦花河》在近代戏曲发展嬗变中的独特意义；肖游、周永忠《浅析邕剧〈回笼鸽〉的地域文化特色》[③]，重点分析了邕剧《回笼鸽》在人物形象、意象运用、语言风格等方面的特性；陈建平《背靠古典，面向当下——广西南宁大型传统

① 黄斌：《邕剧与粤剧响马戏在近代的发展走向》，《戏剧》2013年第4期，第98—105页。

② 黄斌：《近代戏曲发展进程中的〈芦花河〉》，《戏剧文学》2015年第1期，第83—88页。

③ 肖游、周永忠：《浅析邕剧〈回笼鸽〉的地域文化特色》，《南宁职业技术学院学报》2015年第4期，第95—97页。

邕剧〈三进士〉晋京演出有感》[1]，从融贯古今的孝道之美、善恶妍媸的映衬之美、圆熟精湛的技艺之美三方面，探讨了传统邕剧《三进士》对古典与现代的良性嫁接。这些论文或着眼于文本、或着眼于舞台，对邕剧剧目的地域文化特色、审美特色等独有“个性”，加以梳理和剖析，有一定的参考价值。

但总体上看来，学术界对《广西戏曲传统剧目汇编》（邕剧）的资料价值和学术价值的认识还不充分，对其中蕴含的文化价值、艺术价值、欣赏价值、参考价值、借鉴价值等，尚有待深入挖掘；对邕剧经典剧目的流变过程、改编特色等，也有待进一步厘清；对邕剧新创剧目的编排与革新，尚需进一步探讨；对邕剧在剧目编创过程中积累的独特艺术手法，还需继续提炼，以期更好地发挥其示范效应。

三、舞台语言艺术研究

邕剧的舞台语言以戏棚官话（生、旦、净用）为主，邕州官话（丑用）为辅。戏棚官话是粤语化的专用于戏曲舞台表演的西南官话，是邕剧和粤剧共有的特殊舞台语言；但粤剧仅仅在其程式化的传统表演语汇中尚零星保存着“戏棚官话”，而邕剧在其主要行当的唱念中，还完整地保留着“戏棚官话”。戏棚官话和邕州官话共同构成了邕剧斑斓多姿的舞台语言系统。

最早对邕剧舞台语言展开研究的是洪高明，他在20世纪50年代末，发表过论文《邕剧的音韵》（见《南宁市志·文化卷》“文化志”第二章“文学艺术主要作品”第一节“文学作品”之“文艺评论”）；后来在此基础上，扩充为20万字的《邕剧音韵》书稿，可惜书稿毁于“文化大革命”十年浩劫，作者亦病故于“文化大革命”中。所幸，书中基本观点，其后人记忆犹新。

继承父亲洪高明衣钵的洪珏、洪琪，近年来在邕剧舞台语言的研究上，用力甚勤，陆续发表了一系列学术论文，如洪珏《“戏棚官话”的语言分析

① 陈建平：《背靠古典，面向当下——广西南宁大型传统邕剧〈三进士〉晋京演出有感》，《中国演员》2016年第6期，第41—44页。

和文化解读》[1]，论述了“戏棚官话”的历史渊源、音韵特点、文化内涵和审美价值；洪珏《邕剧戏棚官话语音系统》[2]，论证了戏棚官话异于邕州官话、柳州官话、桂林官话的独特性、夸张性、包容性等；洪琪、洪珏《邕剧舞台语言中的“番话”研究》[3]，根据邕剧“番话”传承人蒋耀鸣的录音和“黄皮书”的文献记载，对比分析了邕剧“番话”与戏棚官话、邕州官话的异同，邕剧“京话”（京白）与京剧“京白”的差异，邕剧“山西话”与山西方言的区别，进而揭示了邕剧“番话”的独特面貌。

此外，洪琪、洪珏《邕州老戏——邕剧》“艺术篇”之“独具特色的邕剧舞台语言”，在上述研究成果基础上，进一步分析了邕州官话与戏棚官话的关系，并对20世纪60年代兴起的“官话”与“白话”之争，给予科学、审慎的辨析：邕剧不同于粤剧，南宁白话不同于广州话，因此，邕剧不可能像粤剧那样，改用白话演出，这业已为历史的教训所证明；戏棚官话和邕州官话已经在邕剧舞台上流传了近两百年，并取得过辉煌的成就，其丰富经验值得继承和发扬[4]。

生于邕剧世家的洪氏兄妹有着得天独厚的条件，这使得他们对邕剧舞台语言的理论研究，因为有了舞台实践的厚实根基，而显得中肯、客观，为后人的进一步探讨奠定了良好的基础。但“独木不成林，一花难成春”，21世纪的邕剧在舞台语言上如何处理好“官话”与方言的关系？如何坚守邕剧的地域文化属性？显然需要更多的有识之士，参与到事关邕剧“剧种身份”认定的舞台语言的研究中来。

---

① 洪珏：《“戏棚官话”的语言分析和文化解读》，《南宁职业技术学院学报》2009年第3期，第81—86页。

② 洪珏：《邕剧戏棚官话语音系统》，《桂林师范高等专科学校学报》2010年第1期，第12—21页。

③ 洪琪、洪珏：《邕剧舞台语言中的“番话”研究》，《南宁职业技术学院学报》2015年第3期，第71—75页。

④ 洪琪口述、洪珏编撰：《邕州老戏——邕剧》，广西民族出版社2015年版，第191—206页。

四、表演艺术研究

在近两百年的发展历史中，邕剧逐渐形成了与众不同的行当体制、自成体系的表演语汇、富有南派特色的表演特技，以炽热火爆的表演特色独立于民族戏曲之林。对邕剧表演艺术的研究，主要涉及行当特色、表演程式、表演特技三方面，相关论述主要见于《邕剧志（征求意见稿）》《南宁戏曲志》《中国戏曲志·广西卷》、赵岚《邕剧》、洪琪、洪珏《邕州老戏——邕剧》等论著中。

邕剧最初拥有十大行当，即：一末、二净、三生、四旦、五丑、六外、七小、八贴、九夫、十杂。后来，逐渐归并为生、旦、净、丑四大行当，每个行当下又有许多分工，比如生行分为总生、武生、小生、小武、反骨小武、公脚六个行当，旦行分为散发旦、青衣、花旦、正旦、老旦五个行当，净行分为大花面和二花面两个行当，丑行分为文丑、武丑、女丑三个行当。《邕州老戏——邕剧》"艺术篇"之"鲜活火爆的邕剧表演"和《邕剧志（征求意见稿）》《南宁戏曲志》对此都有论述。其中，尤以《邕州老戏——邕剧》的阐释最为详细[①]（比如该书在介绍每个行当时，都兼顾其表演特色、代表剧目以及与其他剧种的比较），《邕剧》《邕剧志（征求意见稿）》《中国戏曲志·广西卷》次之，《南宁戏曲志》最为简略。

单篇论文涉及邕剧行当艺术研究的，愚目所及，只有洪琪、洪珏《邕剧旦行表演艺术与传承》一文。该文不仅细致地阐述了邕剧旦行的重要地位、表演特色，还为邕剧旦行的当代传承积极谋划，提出了政策支持、重视实践、人才培养等切实可行的传承良策。

对邕剧的手、眼、步、身法等表演程式的研究，以《邕州老戏——邕剧》最为详尽。作者在"鲜活火爆的邕剧表演"一章中，结合不同剧目，详略得当地介绍了邕剧不同行当的指法、掌法、拳法、眼法、步法、身法等表演特

---

① 洪琪口述、洪珏编撰：《邕州老戏——邕剧》，广西民族出版社 2015 年版，第 209—215 页。

点[①]，如对“辘单眼”的解释是：“一只眼珠固定不动，另一只眼珠则上下左右不停转动”，并以邕剧《打龙篷》为例，说明“扮演郑恩的演员必须能闭上左眼，睁大的右眼眼珠转动自如，表现郑恩歪面单眼的外形特点，以及粗豪滑稽的喜剧色彩”[②]。相较于《邕州老戏——邕剧》的详略有致，《邕剧志（征求意见稿）》对邕剧手、眼、步、身法的要领阐释得更为具体，如对“搭箭手”的阐述：“分单双。开掌竖指，举臂向天，手过头顶，肘微曲。单搭箭时，另一手作提甲。三搭箭和飞腿前皆用。”[③] 赵岚《邕剧》对邕剧手、眼、步、身法等各项技术程式的介绍，仅有名目而无具体说明和相应剧例。

邕剧的表演程式中，最为人称道的是具有南派特色的武打。《邕剧志（征求意见稿）》《南宁戏曲志》均简要介绍了邕剧武打的来源、内涵，以及与北派武打风格迥然不同的艺术特色，强调它是由“民间少林武技发展而来，讲究真桥实马的硬功夫”，讲究“六部齐全”（即拳、棍、刀、叉、扎嘴、牒六部分）和“打真军器”（即刀、棍、三叉、藤牌等铁、木器械），追求“六部通行”，强调真实感[④]。《邕州老戏——邕剧》则在此基础上，重点论述了中华人民共和国成立后，重现舞台的邕剧，在向京剧北派学习的同时，如何去粗取精，自觉发掘、运用南派的武打技艺，以彰显邕剧的特色，如在《黄花山》《雪仲冤》《三气周瑜》《方世玉打擂台》《百鸟衣》《虎穴擒雕》《红色娘子军》《西河会妻》等剧目中，都有大量的武打场面，穿插了白手对双刀、酒壶刀对三叉、“打手桥”、打梅花桩、打藤牌等惊险刺激的富有地域特色的南派技巧[⑤]。

排场是邕剧和粤剧特有的一种综合性表演程式，蕴含着邕剧和粤剧表演、导演、编剧、音乐、舞美等各方面艺术创造的精华。它不仅是演员入门的必修课，也是编导必备的工具书。但关于邕剧排场的定义和种类迄今尚无定论。

---

① 洪琪口述、洪珏编撰：《邕州老戏——邕剧》，广西民族出版社 2015 年版，第 217—227 页。

② 同上书，第 220 页。

③ 《中国戏曲志·广西卷·南宁分卷》编辑部、《邕剧志》编写组编印：《邕剧志（征求意见稿）》，1987 年 4 月，第 147 页。

④ 《中国戏曲志·广西卷·南宁分卷》编辑部、《邕剧志》编写组编印：《邕剧志（征求意见稿）》，1987 年 4 月，第 163 页；南宁市文化局戏曲志编辑委员会编：《南宁戏曲志》，1987 年 12 月，第 95 页。

⑤ 洪琪口述、洪珏编撰：《邕州老戏——邕剧》，广西民族出版社 2015 年版，第 241—247 页。

先看定义。《邕剧志（征求意见稿）》认为邕剧排场是“具有浮游性情节（包括雷同人物）、有固定表演程式（包括音乐锣鼓、曲牌）、唱白，可套用于其他戏的较大的场面过程或一场（或几个小场）戏”[①]，赵岚《邕剧》对邕剧排场的解释与此大同小异：“邕剧排场……是有相对固定的情节、人物（行当）和唱、念、做、打、伴奏等表导演、音乐处理的，曾套用于其他剧目的一场（或数小场）戏，是融编、导、演于一体的综合性程式。”[②]洪琪、洪珏《邕州老戏——邕剧》考察了“排场”在生活用语和戏曲用语中的独特含义后，进一步指出邕剧和粤剧的排场，“具有两粤皮黄戏曲的独有的特殊含义”，但该书仅是引用了洪高明的初步见解：“排场戏是邕剧的基本构件”[③]，对邕剧排场“独有的特殊含义”并未做出明确界说。

由于邕剧和粤剧的排场颇多雷同，所以对二者的定义也含糊不清，比如上述赵岚《邕剧》对邕剧排场的界定就几乎与王兆椿《论粤剧排场》一文对粤剧排场的定义如出一辙：“排场就是有相对固定的情节、人物行当和唱、白、做、打、伴奏等表导演、音乐处理的，曾套用于其他剧目的一场（或数小场）戏。它是粤剧特有的融编、导、演、奏于一体的大的程式。”[④]然则，邕剧排场与粤剧排场果能等同吗？定义的模糊自然带出了另一个问题，就是邕剧排场戏到底有多少种？

再看种类。《邕剧志（征求意见稿）》梳理了攻关破寨、回朝搬兵、招军等 63 种无争议的邕剧排场名目和收状、写状、点将、摆阵等 11 种有争议的名目（或以为这 11 种是常用的场面处理，不属于排场）[⑤]；《南宁戏曲志》简要列举了 44 种看法较为一致的邕剧排场名目[⑥]；赵岚《邕剧》基本继承了王兆椿

① 《中国戏曲志·广西卷·南宁分卷》编辑部、《邕剧志》编写组编印：《邕剧志（征求意见稿）》，1987 年 4 月，第 159 页。

② 赵岚：《邕剧》，北京科学技术出版社 2012 年版，第 68 页。

③ 洪琪口述、洪珏编撰：《邕州老戏——邕剧》，广西民族出版社 2015 年版，第 275—276 页。

④ 王兆椿：《论粤剧排场》，《南国红豆》1997 年第 6 期，第 11 页。

⑤ 《中国戏曲志·广西卷·南宁分卷》编辑部、《邕剧志》编写组编印：《邕剧志（征求意见稿）》，1987 年 4 月，第 160 页。

⑥ 南宁市文化局戏曲志编辑委员会编：《南宁戏曲志》，1987 年 12 月，第 95 页。

《论粤剧排场》中的观点，列举了44种文排场和42种武排场[①]；洪琪、洪珏继承了其父的学统，以《广西戏曲传统剧目汇编》（邕剧）为依据，一共整理出了30种邕剧常用文戏排场和30种邕剧常用武戏排场[②]。

但是对于这些无论是有争议的还是无争议的邕剧排场名目，上列各书并未展开系统、全面的研究。如《邕剧志（征求意见稿）》和赵岚《邕剧》仅对“大过山”这一排场的情节、舞台陈设、表演做了较为详细的阐述，对其他排场名目只是点到为止。不过，值得一提的是，洪琪、洪珏《邕州老戏——邕剧》对邕剧排场戏的研究较为深入，书中不仅阐述了邕剧排场戏的名称、成因和艺术特点，还对“过山”“收状”“打闭门”等排场的基本模式和应用案例进行了细致的探讨，对后人的进一步研究有一定的启发意义。

对邕剧表演特技的研究，主要有《邕剧志（征求意见稿）》《中国戏曲志·广西卷》、赵岚《邕剧》、洪琪、洪珏《邕州老戏——邕剧》。其中《邕剧志（征求意见稿）》和赵岚《邕剧》，简要介绍了吐血、变脸、飞叉、吊辫、耍獠牙、耍钹花、走火炭、老背少、抖散发、抖番帽、双人头、跳椅、铲椅、钻椅、大过山等20多种邕剧特技；《中国戏曲志·广西卷》则重点介绍了抖番帽、抖散发、耍獠牙、大吊辫、耍钹花、跳椅、铲椅等邕剧特技的表演规范。相比之下，《邕州老戏——邕剧》对邕剧表演特技的梳理更为科学严谨，该书把邕剧特技分为微型特技和大型特技两大类[③]。微型特技包括变面、耍獠牙、抖散发、抖番帽等特技，大型特技包括跳椅、铲椅、铲台、大过山等特技，跳椅下面又分出单照镜、双照镜、三照镜、五照镜、高台椅、丁字椅、法场椅、跨角椅、跨台椅等细目。某些邕剧特技和排场表演密不可分，作者也特为指出，如跳椅、铲椅、铲台等邕剧特技，是“乱府”“乱山”“乱寺”“劫法场”“打闭门”等邕剧排场必不可少的表演元素[④]。

上述对邕剧行当特色、表演程式、表演特技等方面的研究，取得了不俗

① 赵岚：《邕剧》，北京科学技术出版社2012年版，第70—75页。

② 洪琪口述、洪珏编撰：《邕州老戏——邕剧》，广西民族出版社2015年版，第288—291页。

③ 洪琪口述、洪珏编撰：《邕州老戏——邕剧》，广西民族出版社2015年版，第227—240页。

④ 同上书，第240页。

的成绩，为后人的研究奠定了学理基础，但对邕剧不同行当表演特色的深入探讨、对邕剧排场的定义与种类的科学认定、对邕剧表演艺术家舞台艺术的总结、对南派武打特技的当代传承等问题，尚需更多有识之士进一步深入探讨。

五、音乐形态研究

关于戏曲音乐形态的研究，向来是一块“难啃”的硬骨头。邕剧音乐研究亦如此。在此领域，以音乐家高文秀贡献最著。高文秀（1928—2006 年）是辽宁大连人，但他来到南宁工作后，一边克服语言障碍，一边深入到邕剧演职员中，经常看戏听戏，并积极搜集相关文献，为邕剧音乐的记录和整理研究付出了大量心血。高文秀不仅参与了《邕剧志（征求意见稿）》《南宁戏曲志》《中国戏曲志·广西卷》中邕剧音乐部分的编纂工作，还承担了《中国戏曲音乐集成·广西卷》（邕剧音乐分卷）的编写任务。

《中国戏曲音乐集成·广西卷》（邕剧音乐分卷）包括唱腔和器乐两大板块[①]：“唱腔”下分南路、北路、吹腔、昆腔、杂腔五种；“器乐”下分曲牌和锣鼓谱两大类，“曲牌”下又分丝弦曲牌、吹奏曲牌、吹打曲牌单曲、吹打曲牌套曲四种，“锣鼓谱”下又分开唱锣鼓、身段锣鼓、专用锣鼓、其它锣鼓四种。每一细目下面，均列若干音乐谱例辅以说明，如“昆腔”类例举了邕剧《碧天贺寿》《六国封相》《仙姬送子》中的二十多个唱段，以说明邕剧唱腔中吸收的昆曲元素。《中国戏曲音乐集成·广西卷》（邕剧音乐分卷）的初稿原本于 20 世纪 60 年代初就已完成，但直到 1987 年才得以刊行。迄今为止，该书依然是目前邕剧音乐研究中的一部力作。

邕剧音乐包括唱腔音乐和伴奏音乐两个部分。综观当前的邕剧音乐形态研究，主要涉及以下几个板块：

---

① 《中国戏曲音乐集成》编辑委员会、《中国戏曲音乐集成·广西卷》编辑委员会编：《中国戏曲音乐集成·广西卷》，中国 ISBN 中心 2002 年版，第 438—693 页。

1. 邕剧音乐的源头

洪琪、洪珏在《邕州老戏——邕剧》“艺术篇”之“激越悠扬的邕剧音乐”一章中，首先探讨了邕剧音乐的源头。作者认为，邕剧的源头是祁阳戏，邕剧的音乐构成至今还大体保持着最初从祁阳戏传入时的格局，同时，也表现出后来深受粤剧影响的特点。理由是：邕剧唱腔以皮黄板腔南路和北路为主，而“南路”和“北路”都是祁桂路戏曲的叫法；“南北路”之下的【首板】【二流】【滚花】等板式名称，则是粤剧的特殊叫法。可见，邕剧正是在杂学旁收祁阳戏和粤剧的音乐养分基础上，逐渐形成自己的音乐风格的①。作者结合邕剧的形成发展历史和邕剧唱腔、剧目的特色，对邕剧音乐源头的实事求是的探讨，为邕剧音乐的进一步研究奠定了理论基础。

2. 南北路唱腔特色研究

邕剧的唱腔音乐以南北路板腔体为主，辅以【安庆调】【补缸调】【海棠花】【盼郎归】等杂腔小调。洪琪、洪珏在《邕州老戏——邕剧》“艺术篇”中专列一章，结合具体的剧目唱段实例，不仅详细论述了南路唱腔的阴柔抒情之美、北路唱腔的阳刚活泼之美，还探索了邕剧让南北路唱腔音乐在自己的表演领域中占据主体地位的原因。② 由于罗列了相关音乐谱例，评论精当，令人信服。另外，《邕剧志（征求意见稿）》《南宁戏曲志》和赵岚《邕剧》亦简要阐述了邕剧南北路唱腔的特色：南路唱腔曲调流畅、平和，节奏较稳定，速度较慢，擅于表现悲伤或感叹的情绪；北路唱腔刚健有力，曲调音程跳动比南路大，节奏变化多样，擅于表现慷慨激昂或愉悦欢快的情绪。③

3. 具体剧目的唱腔音乐研究

林黛云以邕剧和粤剧共有的开台例戏《六国封相》为例，根据二者相同

① 洪琪口述、洪珏编撰：《邕州老戏——邕剧》，广西民族出版社 2015 年版，第 134—135 页。

② 洪琪口述、洪珏编撰：《邕州老戏——邕剧》，广西民族出版社 2015 年版，第 142—168 页。

③ 《中国戏曲志·广西卷·南宁分卷》编辑部、《邕剧志》编写组编印：《邕剧志（征求意见稿）》，1987 年 4 月，第 106 页；南宁市文化局戏曲志编辑委员会编：《南宁戏曲志》，1987 年 12 月，第 61 页；赵岚：《邕剧》，北京科学技术出版社 2012 年版，第 46 页。

的唱段，从旋律线、调式、腔式、速度的宏观布局等方面，一一对比了邕剧和粤剧在唱腔上的异同，得出如下结论：二者的旋律线均属于级进与跳进综合的风格，但又有细微差异；二者的调式相似性较大；二者的腔式差异最明显；二者在速度布局上也有着比较平稳与变换频繁的不同。总体上，邕剧和粤剧的唱腔呈现出“整体相似度较高，具体有细微差异”的格局。①

4. 伴奏音乐研究

邕剧的伴奏音乐包括各种曲牌和锣鼓经。高文秀在《中国戏曲音乐集成·广西卷》（邕剧音乐分卷）中把邕剧曲牌分为吹打曲牌和丝弦曲牌两种，并例举了100多首吹打曲牌和20多首丝弦曲牌；又总结了百余种邕剧常用的锣鼓点，并将其分为做功锣鼓和唱念锣鼓两大类，每类下面又分文锣鼓、武锣鼓、文武共用锣鼓三种。②赵岚《邕剧》亦沿用了这一分类法。③此外，洪琪、洪珏还对邕剧打击乐的独特记谱方法做了详细介绍，并对不同锣鼓点的使用场合进行了说明。④

5. 伴奏乐器研究

邕剧的伴奏乐器分文场乐器和武场乐器两类。文场乐器主要有二弦、古筝、月琴、喉管、笛子、琵琶、扬琴、胡琴等，武场乐器主要有谷鱼（梆子）、木鱼、沙鼓、堂鼓、马蹄鼓、大钹、高边锣鼓、小锣等。《邕剧志（征求意见稿）》《中国戏曲志·广西卷》《中国戏曲音乐集成·广西卷》（邕剧音乐分卷）、赵岚《邕剧》和洪琪、洪珏《邕州老戏——邕剧》对此都有简略介绍。其中，《邕剧志（征求意见稿）》对武场乐器的形制、用法等有较为详细的说明⑤。

上述研究厘清了邕剧音乐形态的大致轮廓，但对于邕剧代表人物的唱腔

① 林黛云：《从〈六国封相〉探寻邕剧和粤剧唱腔的异同》，《南国红豆》2015年第5期，第9—12页。

② 高文秀编撰：《中国戏曲音乐集成·广西卷》（邕剧音乐分卷），南宁市戏曲音乐集成编辑组1987年油印本，第539—659页。

③ 赵岚：《邕剧》，北京科学技术出版社2012年版，第56—57页。

④ 洪琪口述、洪珏编撰：《邕州老戏——邕剧》，广西民族出版社2015年版，第179—183页。

⑤ 《中国戏曲志·广西卷·南宁分卷》编辑部、《邕剧志》编写组编印：《邕剧志（征求意见稿）》，1987年4月，第133—135页。

风格，对于邕剧伴奏乐器的演奏特色、演奏主体、技艺传承等，尚缺乏深入的探究。所幸，随着对非物质文化遗产关注与研究的呼声越来越高，学界已注意到了这些问题，并进行了探讨，比如洪琪、洪珏在《邕州老戏——邕剧》中，引述了父亲洪高明对邕剧艺人许少康、黄少金、李名扬、蒋细增、黄芝兰、谭丽英等人演唱风格的评价，同时，不无遗憾地指出邕剧唱腔艺术方面的不足：一是尚未形成行当的特殊唱法；二是尚未形成流派；三是尚未锤炼出广为流传的经典唱腔。这些发人深省的论述，揭示的恰是制约邕剧音乐艺术发展的瓶颈问题。

六、传承保护与发展研究

中华人民共和国成立后，邕剧的命运几经沉浮。从 1951 年南宁市人民邕剧团的组建，到 1969 年邕剧团的解散，再到 2007 年邕剧团恢复成立、与南宁市粤剧团实行“一团两牌”的管理运作机制，邕剧走过了一条波折多舛的道路。直至今日，这个“天下第一团”的生存现状依然不容乐观，以至于有人对邕剧的存在都产生了质疑。随着邕剧在 2008 年被确立为第二批国家级非物质文化遗产项目和 2011 年《中华人民共和国非物质文化遗产法》的实施，邕剧的传承保护与发展，受到了更多的关注与研究。

赵岚在《邕剧》一书中，仔细梳理了中华人民共和国成立前、中华人民共和国成立后至“文化大革命”前、改革开放后、2007 年恢复邕剧团建制后这四个阶段邕剧的传承情况，包括开盘、科班、个别传授和偷师、参加土地改革运动巡回演出、上山下乡巡回演出、各种汇演和演出接待等[①]。同时，分析了邕剧发展所处的六大困境：艺术个性逐渐减弱、人才承传后继乏人、大量剧目资料散失、演出活动场所缺乏、演出市场不景气、保护经费严重不足[②]。还对中华人民共和国成立以来的邕剧保护工作，分为“1949—1969 年、1978—2006 年、2007 年至今”三个阶段一一介绍，尤其是对 21 世纪的邕剧

① 赵岚：《邕剧》，北京科学技术出版社 2012 年版，第 132—138 页。

② 同上书，第 145—147 页。

保护情况，阐述得最为详尽①。

黄伟晶在硕士论文《邕剧的传承保护与发展研究》中，主要针对当下邕剧国营专业剧团和民间业余剧团的现状、邕剧的生存方式进行了总结分析，并在此基础上，提出了“从上到下”的邕剧保护措施和“由内而外”的邕剧发展思路：政府重视做基础、“工作室”自救是关键、保护“传承人”很重要、立足国内市场、开拓国外市场②。如果说前述赵岚的《邕剧》主要偏重于对邕剧发展现状的梳理，那么，黄伟晶的硕士论文则带有更多的展望色彩和可操作性，对当前邕剧的传承与保护工作有一定的现实意义。

漆亚莉《文化产业视域下广西传统地方戏剧的发展策略：以邕剧为例》③一文，从文化产业理论与实践的视角，探讨邕剧在新的时代背景下面临的机遇与挑战，提出了文化产业视域下邕剧的发展策略：创作上，坚守传统、注重创新；运作模式上，采用现代化的大众传播渠道和市场营销手段，重点推广邕剧在青年观众群体中的影响力和受众范围；产品延伸上，通过体验式的旅游产品开发设计，营建戏剧主题旅游区，让文化与旅游相得益彰。文章强调，必须在对邕剧传统艺术保护、合理运用的基础上，进行资源整合，才能真正实现邕剧艺术的可持续发展。

另外，洪琪、洪珏在《邕州老戏——邕剧》中，对邕剧的审美价值、认识价值、文化价值进行了深入剖析，无可辩驳地论证了邕剧客观存在的价值。并且倡导：只要我们端正服务观、实事求是地看待服务问题，尊重艺术规律、尊重艺术个性，理解和悦纳邕剧为我们提供服务的方式，那么，邕剧就一定能为今天的社会生活继续服务。作者还从民族复兴的大背景下，积极瞻望邕剧发展前景，认为振兴邕剧就必须积极有效地发挥传承人的作用，希望能为目前仍然活跃在邕剧复兴第一线的传承人创造良好的条件，让他们培养出新的传承人。④

---

① 赵岚：《邕剧》，北京科学技术出版社 2012 年版，第 148—168 页。

② 黄伟晶：《邕剧的传承保护与发展研究》，广西师范学院 2012 年硕士学位论文，第 40—66 页。

③ 漆亚莉：《文化产业视域下广西传统地方戏剧的发展策略：以邕剧为例》，《广西职业技术学院学报》2013 年第 2 期，第 59—63 页。

④ 洪琪口述、洪珏编撰：《邕州老戏——邕剧》，广西民族出版社 2015 年版，第 534—541 页。

上述对邕剧发展现状的梳理和中肯的建议，都是值得珍视的。

七、其他研究

除了对邕剧的历史、剧目、语言、表演、音乐、传承与保护的探讨，前人的研究还涉及了邕剧的提纲戏、审美特质、文化内涵、邕剧与其他剧种的关系等方面。

如洪琪、洪珏《邕剧“提纲戏”初探》一文，深入剖析了提纲戏的定义、邕剧提纲戏的由来、邕剧提纲戏的演出、研究邕剧提纲戏的意义等，对戏曲剧本的编创和戏曲人才的培养都很有启发意义。① 石艺、黄斌《“非遗”视野下邕剧闹热的审美特质》一文，从邕剧的题材选择、表演特色、音乐伴奏等方面论述了邕剧闹热的审美特质，并对这一特质形成的原因及其在“非遗”视野下的价值与意义详加论述，对保护与挖掘邕剧的艺术魅力、指导邕剧的非遗保护，具有重要的导向意义。② 陈丽琴《邕剧研究与文化生态学》一文，从文化生态学的角度，倡议邕剧研究可从这些方面着手：邕剧的形成发展与地理环境的关系，邕剧与政治环境的关系，邕剧与民俗环境的关系，邕剧与族群交往的关系，邕剧与传承教育的关系。这种跨学科的研究思路是很有启发性的。洪琪、洪珏《邕剧里的壮族历史文化元素》③ 一文，从邕剧舞台语言中的壮语因素、邕剧唱腔音乐中的壮族色彩、邕剧扮相和“行头”中的壮族烙印、邕剧传统剧目中的壮族历史人物等方面，探讨了邕剧中的壮族历史文化元素，文章通过这样的分析，旨在为民族传统文化艺术的振兴提供有益的启示。方宁《广西邕剧、粤剧与壮族文化》④ 一文，从邕剧与壮族观众，邕剧与壮族上层人物，邕剧名伶中的壮族子弟，邕剧与壮族文化，邕剧舞台语言、表演程式、

---

① 洪琪、洪珏：《邕剧“提纲戏”初探》，《南宁职业技术学院学报》2012 年第 4 期，第 40—44 页。

② 石艺、黄斌：《“非遗”视野下邕剧闹热的审美特质》，《广西师范学院学报》2015 年第 2 期，第 6—10 页。

③ 洪琪、洪珏：《邕剧里的壮族历史文化元素》，《南宁职业技术学院学报》2014 年第 2 期，第 25—29 页。

④ 方宁：《广西邕剧、粤剧与壮族文化》，陆志强主编《第六届羊城国际粤剧节学术研讨会论文集》，中国戏剧出版社 2013 年版，第 77—89 页。

道具中的壮族特色，邕剧对壮乡文化的影响，邕剧与粤剧在班社和艺人方面的交往、相互影响等方面，探讨了邕剧在历史上能够蓬勃发展的秘密，就在于它善于博采众长，与壮族本土文化和外来文化一直保持着相互交流、密不可分的关系。

对于邕剧与其他剧种的关系，《邕剧志（征求意见稿）》“概述”一章论述得较为全面，对邕剧与邗剧、桂剧、丝弦戏、粤剧、壮剧、京剧、滇剧、南宁平话师公戏、彩调剧、采茶剧、文场戏的关系，都有所论及。[①] 另有刘回春《邗剧在外省的流传以及与桂、粤、邕剧的关系》，龙辛《从艺术特色论邕剧与兄弟剧种的关系》，黄鹤鸣、谢醒伯《粤剧与邕剧的交流和影响》，余慕云《我对邕剧和粤剧的关系的一点浅见——邕剧中的广戏是李文茂等传入广西的》，[②] 黄鹤鸣《邕剧粤剧结亲缘》[③] 等文章，对邕剧与粤剧、邗剧、桂剧的关系都有或深或浅的探讨。这些观点见仁见智，对廓清邕剧的历史面貌，促进邕剧的复兴，都有可资借鉴的价值。

八、小结：邕剧研究的历史反思

综上所述，半个多世纪的邕剧研究虽然取得了骄人的成绩，如基础性研究比较扎实，涌现出《邕剧志（征求意见稿）》《南宁戏曲志》《中国戏曲志·广西卷》《中国戏曲音乐集成·广西卷》（邕剧音乐分卷）《广西戏曲传统剧目汇编》（邕剧）等一批具有重要学术价值和史料价值的研究成果；多视角的研究初见成效，从文化生态学、文化地理学、文化产业理论、非物质文化遗产学、美学、语言学、民俗学、民族学等角度探讨邕剧的高水平论著相继出现。但总体而言，仍有一些不尽如人意的地方：

---

① 《中国戏曲志·广西卷·南宁分卷》编辑部、《邕剧志》编写组编印：《邕剧志（征求意见稿）》，1987 年 4 月，第 15—35 页。

② 刘回春：《邗剧在外省的流传以及与桂、粤、邕剧的关系》，龙辛：《从艺术特色论邕剧与兄弟剧种的关系》，黄鹤鸣、谢醒伯：《粤剧与邕剧的交流和影响》，余慕云：《我对邕剧和粤剧的关系的一点浅见——邕剧中的广戏是李文茂等传入广西的》，这四篇文章均出自广西艺术研究所编《两广粤剧邕剧历史讨论会论文集》（1986 年 8 月）。

③ 黄鹤鸣：《邕剧粤剧结亲缘》，《南国红豆》2004 年第 6 期。

其一，在对邕剧史与邕剧前史的认定上，不应一叶障目，罔顾其他。如有学者认为“邕剧”只是因为偶然的时代因素而被命名的，“在其发展的前史时期，前半段为湖南祁剧的衍生品，后半段主要为广府戏的邕州分支。中华人民共和国成立后才真正以‘邕剧’之名正式诞生”；由于在其形态演化过程中，始终缺乏“独属于自身的核心特征”，因此，邕剧实是一种“特殊的地方广府戏”。[①] 这种分歧的产生乃是因为忽略了孕育邕剧的文化土壤只能是在桂东南这块壮族、汉族等各族人民长期交往、生生不息的温床上，祁剧、粤剧等只不过是曾经“到此一游”或曾经“驻足良久”的“外地游客”，它们对邕剧的形成发展曾起到过重要的作用，但并不能代替邕剧这一独特个体。换言之，即邕剧的民族文化身份是无法抹去的，因为民族文化的“魂”是斩不断的。

其二，应重视对邕剧排场戏的研究。排场戏是邕剧艺人创造的既有独立欣赏价值、又可套用于含有类似情节的其他剧目中的综合性表演程式，具有高度的技巧性和浓郁的地方色彩。邕剧中许多为其他剧种所罕见的表演特技，如气功变脸、大过山、耍钹花和十八罗汉架等濒临失传的南派传统技艺，至今仍顽强地保存在排场戏中。近年来，南宁市邕剧团到国外交流演出带去的剧目，即多以富有南派特色的邕剧排场戏为基础。这种原生态的本真性使得邕剧排场戏具有重要的传承价值和开发价值。

另外，由于排场戏几乎涵盖了邕剧所有的传统表演程式，所以只要熟悉各种排场，演员便能根据提纲规定灵活发挥，将所学排场融入相应剧情。这样既有利于演员在新戏中展示熟练掌握的传统排场，又使其易于演出新意，此亦显示了传统邕剧融表演和导演于演员一身的民间演剧特点。故而，提炼邕剧排场戏塑造舞台形象的程式化规律，对今天戏曲编、导、演的启示将是多方面的。因此，对邕剧排场戏进行系统研究，不仅是对非物质文化遗产邕剧进行全面研究的重要补充，还将对其教育传承起到积极作用。但目前对邕剧排场戏的结构特色、编创模式、演出场合，以及与南派粤剧关系的深入挖掘等，都还远远不够，因此，加强对邕剧排场戏的系统研究实属必要。

---

① 简圣宇：《民国至解放初期的邕剧形态流变考》，《南方文坛》2016年第1期，第156—157页。

其三，应加强对邕剧剧目的研究。邕剧保存着许多在粤剧、京剧和其他剧种中中断了的“戏脉”，像《保国图》《玉门关》《庆顶珠》《春秋配》《玉堂春》《龙虎斗》等传统剧目的完整样本，就蕴藏在《广西戏曲传统剧目汇编》（邕剧）里。但迄今为止，对这套丛书的深入探究还远远不够，邕剧作为古代戏曲“活化石”的历史价值、文化价值和艺术价值，也远未得到重视和挖掘。因此，对《广西戏曲传统剧目汇编》（邕剧）的深入研究，是一个潜力巨大的课题。

其四，具象描述的研究偏多，理性思辨的论著较少，理论建构与田野作业的互动力度较弱，这些可能会限制邕剧研究的深入化与可持续化。在当前非物质文化遗产保护的大语境下，邕剧发展虽然有了新的机遇，但依然步履维艰，所以，不能仅仅停留在对邕剧发展历史和现状的描述上，而应该在充分占有资料的基础上，加强学术性和理论性，提倡学术争鸣，淡化浮泛学风，制定切实可行的发展、保护策略。这需要政府和学界携起手来，进一步整合和强化研究力量，共同推动21世纪的邕剧研究向纵深发展。

以上所论，只是个人浅见，敬请方家指正！

（原载《戏曲研究》第105辑，文化艺术出版社2018年版）

近现代邕剧创作的大众化追求

摘要：邕剧是皮黄腔传播到桂西南而形成的一个汉族戏曲剧种。检视现存的 402 个邕剧传统剧目，可以发现，由于受到平民大众的价值取向和审美趣味的影响，邕剧在题材选择上，既热衷于展示动荡年代英雄人物惊心动魄的历史故事，又不乏西游戏、封神戏、聊斋戏、酬神戏、传奇戏、诙谐戏等包罗万象的剧目；在主题表达上，则具有强烈的是非道德观和自强不息的进取精神，表现出迥异于文人戏曲的平等意识、功名意识、互助理念和进取精神。

关键词：邕剧；近现代；大众化

中国历史上的近现代，是一个充满了内忧外患的动荡年代，整个社会呈现出一幅民生凋敝、行将就木的凄凉图景。但这个时期的戏曲舞台，却出现了一片前所未有的繁荣景象。以京剧为代表的皮黄声腔剧种，逐渐取代了昆曲雄霸一时的主导地位，成为近代以来影响最大的剧种，它的触角甚至延伸到了遥远的西南边陲。本文要谈的邕剧就是皮黄腔传播到桂西南而形成的一个地方剧种。

邕剧，又名南宁班、本地班、广戏、五六腔等，大约形成于清代嘉庆、道光年间，主要活动于广西的左江、右江、邕江、西江一带以及滇东南部分地区，足迹遍布广东西部、越南北部和新加坡等地。邕剧是皮黄腔传到广西后，与当地语言、音乐、舞蹈、武术、杂技等文化因素汇合而产生的与壮族文化关系密切的汉族戏曲剧种。在近两百年的发展历程中，邕剧积累了大量的剧目，仅中华人民共和国成立后，就挖掘整理出了四百多个传统剧目，现都保存在《广西戏曲传统剧目汇编》（邕剧）第26—54集[①]中。

《广西戏曲传统剧目汇编》俗称“黄皮书”。据洪琪、洪珏《邕州老戏——邕剧》的记载，这套书是“发动各地邕剧艺人献出所存抄本，或由老艺人口授，略有文化的青年演员帮助笔录，汇集到广西省文化局戏曲工作室，然后组织专家进行校勘”而编成的，它汇聚了“六代人的心血”，是邕剧历史上“最值得大书特书的功业”。[②]然而，这项“功业”的创造者们的名字，如今却早已被历史的风沙所淹没。《广西戏曲传统剧目汇编》（邕剧）收录的410个邕剧剧目，仅仅保留了“发掘者”和“校勘者”的姓名。

但幸运的是，近代以来，曾经活跃在红氍毹上的大部分邕剧剧目，得以赖此长存。这些传统剧目多为邕剧戏班班主或较有经验的艺师编撰，缺少文人的介入，因此保留了民间戏曲原汁原味的精髓。从这些不知名姓的民间艺人创作的剧目中，我们看到了近现代邕剧在题材选择和主题表达上，对汉、壮等各族民众的价值观念和审美情趣的鲜活再现。略论如下：

一、题材选择：热衷历史、不拘一格

检视《广西戏曲传统剧目汇编》（邕剧）收录的410个邕剧剧目，约有四分之三的数量都是历史剧。它们涉及了从东周列国到秦汉、三国两晋、隋唐五代，直至宋元明清的历朝历代的历史故事。邕剧观众对历史剧的偏爱，由此可窥一斑。此外，还有西游戏、封神戏、聊斋戏、酬神戏、传奇戏、诙谐戏，和其他一些朝代不明、出处不详，但又为观众所熟知的剧目，可谓包罗万象。这些构成了近现代邕剧在题材选择上的两个突出特点：热衷历史、不拘一格。

先看“热衷历史”。邕剧的剧目创作始终以普通民众的欣赏趣味为取向，其中，尤以展示动荡年代英雄人物惊心动魄的历史故事最为突出。如邕剧中

---

① 广西壮族自治区戏曲工作室编：《广西戏曲传统剧目汇编》（邕剧），广西壮族自治区戏曲工作室内部资料，1960—1963年。

② 洪琪口述、洪珏编撰：《邕州老戏——邕剧》，广西民族出版社2015年版，第357—358页。

广为传颂的薛家将戏（《红绫袄》《摩天岭》《汾河湾》《樊江关》《芦花河》《反唐周》《举狮观图》）、杨家将戏（《天门阵》《北天门》《进邕州》《昙逻国》《杨八姐搬兵》《拦马过关》《玉门关》《高旺进表》）、岳家将戏（《陆文龙》《风波亭》《蛇盘寨》《疯僧扫秦》《独龙山封相》）、水浒戏（《乌龙院》《宋江起解》《庆顶珠》《征淮西》《景阳冈打虎》《狮子楼》《十字坡》《浔阳楼》《李逵闹江》）等，即是最好的说明。

身处百年乱世、饱受异族入侵和乱离之苦的西南各族人民，和所有在艰难竭蹶中挣扎的中华儿女一样，渴望有英雄们横空出世、挥刀断水，挽狂澜于既倒；希望自己也能像豪杰们一样纵横驰骋、保卫边疆，哪怕这些只是在虚幻的舞台上偶一闪现，也能略微安抚一下那些困顿不安的灵魂。于是，展现伍子胥、程婴、项羽、诸葛亮、关羽、张飞、秦琼、薛刚、樊梨花、杨六郎、穆桂英、杨八姐、孟良、武松、宋江、岳飞等历史上英雄豪杰传奇故事的剧目，接二连三地被搬上了舞台。这些历史剧带来的既新奇又陌生、既遥远又切近、近中含远、远中见近、若远若近的错觉，于普通民众而言，不失为一种精神的补偿与慰藉。

这些历史剧对老百姓的影响无疑是深远的。至今，南宁人在形容一个人能力有限时，还会说："程咬金三板斧！"就是从邕剧《程咬金劫皇杠》中习得的。程咬金于梦中得到神授三十六招板斧，可醒来后只记得前三招，其他的全忘记了，但这三招已足令他横扫千军、名留青史了。如今，南宁人就常用"程咬金三板斧"或自我解嘲，或取笑他人黔驴技穷。① 又如南宁人形容自己老了，会用官话感叹："老了老了真老了！"这里套用的则是邕剧《回笼鸽》里，王宝钏对着水缸照见自己衰老的容颜后，充满哀怨的唱词："老了老了真老了！十八年老了王宝钏！"②

"一叶落知天下秋"，从上述只言片语，不难看出桂西南广大民众对历史题材的熟悉与厚爱。对芸芸众生来说，历史是过去的生活，而生活就是历史

① 洪琪口述、洪珏编撰：《邕州老戏——邕剧》，广西民族出版社 2015 年版，第 367 页。

② 蒋少斌发掘、李荷生校勘：《回笼鸽》，《广西戏曲传统剧目汇编》（邕剧）第三十一集，广西壮族自治区戏曲工作室内部资料，1961 年，第 114 页。

的再现，他们心甘情愿地陶醉在这片虚虚实实、如梦似幻的天地里，不断汲取着鼓舞自己前行的力量。

再看“不拘一格”。戏曲的娱乐精神是与生俱来的，所谓“情动于中而形于言，言之不足，故嗟叹之；嗟叹之不足，故永歌之；永歌之不足，不知手之舞之、足之蹈之也”[①]。这使得邕剧天然地担负起娱乐大众的义务。即便是食不果腹，即便是国难当头，一年到头辛苦不已的农人、市民，也会见缝插针地在农闲之余、在劳作之余，借助观看舞台上千姿百态的戏曲故事，来抚慰自己紧张的神经、焦虑的情绪。

于是，在历史剧之外，一个个轻松、愉悦的玩笑戏便频频现身了，如邕剧《打破锅》《打面缸》《三怕妻》《张三会妻》《单眼娶妻》《骗财神》《盲仔观灯》《一枝花》《酒楼会友》《偷盗遇魔》《王小二过年》《亚懒卖猪》《大小骗》《滚水渌和尚》等，就都是由丑角担纲的剧目。比如，改编自《醒世恒言·钱秀才错占凤凰俦》的《单眼娶妻》，讲述一个有钱有势的丑公子本想骗娶一位美小姐，结果反倒促成了穷书生梅瑞乔与俊小姐周玉英的良缘，自己最终还是娶了个丑老婆。于是，不由得感叹：“千拣万拣，拣得一个烂灯盏。”[②]这句话也成了南宁人日常惯用的一句熟语，用来形容弄巧成拙、适得其反。

于是，众多蕴含着精彩的南派武打特技的剧目，如《雪仲冤》《七状纸》《碧玉离生》《浪里桃花》《荷池映美》《金兰结义》等，遂成为邕剧观众热捧的宠儿。如《金兰结义》中，由武生扮演的元帅赵霸和小武扮演的打虎英雄赵凌霄、散发旦扮演的杜月娥共同表演的“咬箭结拜”“擘网巾”等打斗激烈、扣人心弦的排场戏，就是观众的最爱，所以，在南宁戏迷们的口中，就长期流传着“武生看《金兰》（即《金兰结义》）”的口诀。

于是，西游戏如《佛祖寻母》《双猴图》《刘全进瓜》《火云洞》《三打白骨精》《孙悟空封相》等，聊斋戏如《胭脂》《王六郎》《马介甫》《崂山观》《画人皮》等，封神戏如《伯邑考》《陈塘关》《黄飞虎反五关》《比干挖心》《斩妲己》

① 《毛诗序》（节录），转引自陈多、叶长海选注《中国历代剧论选注》，上海古籍出版社2010年版，第35页。

② 陈秀娇、蒋少斌发掘，何简章校勘：《单眼娶妻》，《广西戏曲传统剧目汇编》（邕剧）第三十九集，广西壮族自治区戏曲工作室内部资料，1961年，第319页。

等，酬神戏如《仙姬送子》《观音得道》《碧天贺寿》《香山大贺寿》《八仙贺寿》《破台登殿》等，便相继登场，一起装点着汉、壮等各族民众多姿多彩的生活。

纵观近现代邕剧舞台上出现的形形色色的剧目，可以发现，它们无不呼应着当时剧烈动荡、江河日下的社会现实，凝聚着广大民众的社会理想和价值追求。呼唤英雄豪杰的历史剧的风行，改变了“十部传奇九相思”的阴柔婉丽之风，为封建末世的中华戏曲注入了诸多阳刚之气；玩笑戏、西游戏、聊斋戏、封神戏、酬神戏等的百花齐放，延续了千百年来戏曲愉情悦性的娱乐精神，它们和占据着舞台中心的黄钟大吕般的历史剧汇聚在一起，把近现代的邕剧创作推向了一个巅峰。

二、主题表达：是非分明、自强不息

20 世纪 50 年代，美国芝加哥大学的人类文化学教授芮菲德（Robert Redfield）提出了“大传统”和“小传统”的理论，类乎我们常说的上层文化与下层文化、官方文化与民间文化、精英文化与大众文化、上位文化与下位文化、雅文化与俗文化等。王元化先生认为这一理论对解决中国高层文化传统如何进入民间的问题很有帮助。他进一步阐释道：“大传统即上面说的过去思想家所产生的高层文化或高雅文化，小传统即民间文化，包括谣谚、格言、唱本、评书、传说、神话、小说、戏曲、宗教故事等。”“大传统既然有赖于小传统作为中介传播到民间去，因此它就不可能完全保持其原来面目，而是经过民间的筛选和转述。在这一过程中，不仅有取舍，也有引申、修订、加工和再创造。”①

近现代的邕剧创作，正是通过“民间的筛选和转述”，构筑了一个鲜活的“小传统”世界，恰如苏联文艺理论家巴赫金在《拉伯雷研究》中所言：“它们显示的完全是另一种强调非官方、非教会、非国家地看待世界、人与人的关系的观点；它们似乎在整个官方世界的彼岸建立了第二个世界和第二种生

① 王元化：《清园谈戏录》，上海书店出版社 2007 年版，第 5—6 页。

活。”[①] 近现代邕剧所建立的“第二个世界”，就呈现出迥异于上层精英文化的民间特质，表现在主题思想上，就是强烈的是非道德观和自强不息的进取精神。下面分论之：

1. 强烈的是非道德观

在中国传统文化中，“忠、孝、节、义”从来都是重要的伦理道德范畴。这也是历朝历代的统治者不厌其烦地向他的子民们不断灌输的教育理念，近现代的民间艺人和广大民众自然不可能脱离这样的思想体系。乾嘉年间著名的经学家焦循，对花部戏曲情有独钟，他在《花部农谭》中就曾经不无感慨地总结道：“花部原本于元剧，其事多忠、孝、节、义，足以动人。”[②] 近现代的邕剧创作也不例外，但在宣扬这些传统的伦理道德时，却天然地戴上了民间大众的“有色眼镜”，体现了广大民众质朴强烈的是非观和迥异于文人的审美情趣。

先看对“忠”的理解。在儒家文化中，“忠”的内涵有一个演变过程。“忠”的原意本是“回到自己内在生命而做的是非善恶的恰当分判”，但秦汉以来，逐渐变成了一种“绝对外化的、规约性的、命令式的伦理”，尤其是当“君臣”关系被父子化后，“忠君”更是成了一种“彻底的顺服式的伦理、奴隶式的伦理”。[③] 在封建统治者看来，只要人人做到忠，其统治就会稳固。因此，统治者特别提倡“忠”。儒家更是把“君为臣纲”作为三纲之首，举国上下都必须服从天子的统治。于是，在统治者的高压控制下，天子乃至尊、国民必须无条件服从的观念就逐渐深入每个臣民的内心。但民间艺人创作的邕剧，在书写历史上的君臣关系时，却往往从民众的生活感受出发，充分发挥民间的想象，带有浓厚的平民色彩。

比如，民众理想的君臣关系被设计为一种亲如兄弟的平等关系。邕剧《桃

---

① ［苏联］巴赫金：《拉伯雷研究》，河北教育出版社 1998 年版，第 6 页。

② （清）焦循：《花部农谭》，中国戏曲研究院编《中国古典戏曲论著集成》（八），中国戏剧出版社 1982 年版，第 225 页。

③ 林安梧：《“三纲”的哲学理解与诠释——以“血缘性纵贯轴”为核心的展开》，《中华文史论丛》第 58 辑，上海古籍出版社 1999 年版，第 218 页。

园结义》最为典型，剧中，刘备在与关羽、张飞结拜为异姓兄弟时，三人一同发誓："不求同年同月同日生，只愿同年同月同日死。"[①]在后来共建蜀汉大业的过程中，三人也确实亲如手足、互助共信，做到了同生死、共患难，堪称君臣关系的楷模。

《桃园结义》对刘备形象的塑造还颇富民间情趣，剧中的刘备不仅没有皇室后裔的贵胄风姿，还"沦落"为被店小二打趣、被张飞妻子奚落的对象。比如他在酒店长醉不醒，酒保无奈，心生一计，大声喊道："刘穷、刘穷，鸭子来了，快吃吧。"刘备这才迷迷糊糊地睁开双眼："鸭子在哪里？"酒保坏笑道："鸭子飞了。"刘备见状责怪道："哎，我睡得好好的，你何必骗我？"说罢还想大睡，却被酒保趁机骗出了店门。当他匆匆赶到桃园时，又被张飞的妻子一阵奚落："你这穷鬼，又没有那个请你，怎么闯进桃园来了？快出去！快出去！"刘备竟还颇有底气："我是你家大爷请来的，你不要阻拦我。"张妻大概见惯了吃白食的人，因而对此毫不理会："我们大爷不会请你，你不要来骗白吃。"刘备还是厚着脸皮争辩道："你不要开口伤人，你不信时去问你家的大爷。"[②]这时的刘备，哪里还有一丁点儿王侯的气象？可民众眼中未发迹时的帝王，就像他们的街坊四邻一样，是可以平视甚至俯视的。

不仅刘、关、张如此，他如刘秀与姚期（《夜探芦山》），李世民与徐懋功、魏征等（《夜探金墉》），赵匡胤与郑恩、柴荣等（《斩红袍》）之间的关系，也遵循着一定的平等原则。如《斩红袍》中的赵匡胤与郑恩、柴荣结拜时，约定了"一在三人在、一死三人亡"，但柴荣做了后周世宗后反为美色所迷，要斩赵匡胤、高怀德、高怀亮等人，因此，被耿直暴躁的郑恩指着鼻子破口大骂："我把你个卖雨伞的。""呔，你可知道，君不正，臣投别国；父不正，子走他乡。"[③]柴荣此时虽贵为天子，但在郑恩眼中，却认为他不该忘本，是兄弟就应该同生共死。这代表了普通民众对君臣关系的朴素认知，他们理想中和谐的

① 蒋少斌发掘、李墨馨校勘：《桃园结义》，《广西戏曲传统剧目汇编》（邕剧）第三十四集，广西壮族自治区戏曲工作室内部资料，1961年，第62页。

② 同上书，第57—58页。

③ 黄三顺发掘、李墨馨校勘：《斩红袍》，《广西戏曲传统剧目汇编》（邕剧）第四十九集，广西壮族自治区戏曲工作室内部资料，1962年，第63—64页。

君臣关系就应该亲如手足、同甘共苦；如果违背了，就理应受到谴责。

如果说这种君臣关系的设计理想色彩太浓的话，那么，民众也为君臣之间如何相处提出了切实可行的方案。比如《夜探金墉》就表达了这种百姓心声：君明，臣民才会如百川归海，都来依附；君昏，臣民则可弃之如敝屣，另附贤达。剧中瓦岗寨寨主李密因骄横自大，度量狭小，迫得麾下英豪如徐懋功、魏征、程咬金、秦琼、罗成等，纷纷弃他而去，转投英明的唐王，李密最终落了个身首异处的下场。这体现了民众对"明君"的基本要求：仁慈宽厚、招贤任贤、明辨是非，也反映了他们对"忠"的通达理解。

再看对"孝"的认识。孝是中华民族的传统美德，"百善孝为先"。在家国同构的中国古代社会，孝和忠密切相连。孝子和忠臣往往是"两位一体"的。聪明的统治者早就看穿了这一点，所以才会在全社会不遗余力地大力提倡孝道，甚至提出了"父要子亡，子不得不亡"的口号，培养了一代又一代的孝子贤孙。但近代以来的邕剧，在表现父子关系时，却出现了迥异于传统的新面貌。如《宝玉环》中的杨志与杨国龙父子、《陈塘关》中的李靖与哪吒父子、《双射鲤》中的蔡强与蔡良父子等，其中，身为人子的杨国龙、哪吒、蔡良等人，纷纷举起干戈，"大义灭亲"，与父为敌。

是这些为人子者忤逆不孝吗？当然不是，《宝玉环》中的驸马杨志意图篡位，逮捕太子，杀死生母和妻子公主，长子杨国龙大不以父亲为然，跪劝父亲改过自新："老爹爹，你的事情，儿早已知道，你做奸为恶，有何好处？听儿之言，改转心肠，保主江山，免生祸端。"[①] 但杨志不以亲情为念，反要剑杀亲子，逼得杨国龙只得夺剑自保，杀开一条血路，夺路而逃。

杨国龙的所作所为，显然有悖于孔夫子所说的"事父母几谏，见志不从，又敬不违，劳而不怨"（《论语·里仁篇》）。传统儒家思想认为父子关系是人类社会各种人伦关系的基础，其他一切社会秩序都由此生发，因此，特别强调儿女对父母（特别是父亲）的孝爱之情，强调子女在劝谏父母时，不能伤了感情，不要让父母在自己和家人面前丢了面子。李泽厚先生认为，这是"民

① 黄三顺发掘、李墨馨校勘：《宝玉环》，《广西戏曲传统剧目汇编》（邕剧）第三十一集，广西壮族自治区戏曲工作室内部资料，1961 年，第 300 页。

族社会父系家长制的某种心理内化”[①]。但这种心理，在民间艺人创作的邕剧中，已悄然而变。杨国龙此时如还要遵循儒家的“见志不从，又敬不违”，恐怕就早已成了剑下亡魂了。这里，民众的逻辑就是这么简单切实：背主叛国，就是“非”；为国讨逆，才是人心所向。所以，杨国龙才会成为观众心目中明辨是非的救国英雄，而非大逆不道的不孝之子。

不仅杨国龙如此，《双射鲤》中的蔡良也是这样一个坚持要把父亲送上不归路的“逆子”。蔡良之父蔡强，虽贵为宰相，却通敌谋国，事败欲投西番，被儿子蔡良拦住去路，大声斥骂：“我呸，通番卖国，罪大难辞。尽忠不能完孝，放你逃走，万万不能。人来，与爷拿下！”[②]言毕，果断地拿下蔡强，绑缚金殿。把亲生父亲送向断头台，无论怎样辩解，似乎都不符合传统的孝道。但剧中的蔡强差点就葬送了大宋江山，差点就要把亿万臣民推到流离失所的境地，他和蔡良之间的矛盾早已超越了父子之间的摩擦，这种千人恨万人骂的“国贼”，早已成为了“人民公敌”，蔡良的仗义执言，不过是道出了民众的心声而已。这里，对“孝”的演绎，再次显示了民众的豁达和智慧。

次看对“节”的体认。在中国古代，统治者把女性的贞节看得同男性的忠君一样重要。“君为臣纲”和“夫为妻纲”是纲常伦理的基本原则，女子对丈夫的贞节，男子对君王的忠诚，是维护社会正常秩序的基本原则。早在《周易》中，就对女性提出了“从一而终”的要求。宋代开始，妇女的贞节观愈演愈烈。到了清代，宋儒提出的“饿死事极小，失节事极大”（《程氏遗书》卷二十二），经过宋、元、明的极端倡导，更是逐渐被奉为金科玉律，甚至上升为一种国家意识形态。各级官府开始争先恐后地表彰节妇烈女，一座座贞节牌坊触目惊心地耸立在神州大地上，她们的名字甚至被载入正史和地方志。这样一来，宣扬贞节、崇尚烈女的风气被推演到了极致，甚至出现了因偶然与男性的肢体发生轻微碰撞，女性便毅然选择了断臂或自杀的极端现象。

而在近现代的邕剧中，我们却欣喜地听到了一丝说“不”的声音。邕剧

① 李泽厚：《论语今读》，安徽文艺出版社1998年版，第117页。

② 黄少金发掘、洪高明校勘：《双射鲤》，《广西戏曲传统剧目汇编》（邕剧）第四十七集，广西壮族自治区戏曲工作室内部资料，1962年，第202页。

表演中有一个常见的排场“擘网巾”，讲述的就是丈夫因疑心妻子与兄弟有染，而不顾情分大打出手，妻子则耐心讲述原委，以图打消丈夫疑虑。最后，大家前嫌尽释，夫妻、兄弟和好如初。《七状纸》《千斤钟》《金兰结义》等剧中都有类似的排场，其中最典型的是《金兰结义》，该剧讲述杜月娥先被许配给穷汉赵凌霄，后又许配元帅赵霸。新婚之夜，月娥才知新郎不是赵凌霄，讲明真情后，与新郎赵霸结为兄妹。后来赵凌霄在两军会战时，巧遇赵霸，两人肝胆相照，结为金兰。赵凌霄在随赵霸回营时，偶遇杜月娥，疑其不贞，留书后不辞而别。赵霸见书大惊，立携月娥追赶赵凌霄。道旁相遇，赵凌霄疑团不释，恶语相向；赵霸良言遭拒，义愤呕心；杜月娥婉言相劝，绵里藏针。看到赵凌霄固执地以为“赵霸无理，强占我妻”，杜月娥忍不住气极咒骂。最后三人竟打作一团，赵凌霄终不敌赵霸，又听赵霸对天盟誓，方才悔悟，最终跪求妻子和义兄的原谅。

这三人之间的恩恩怨怨，像极了民间常见的家长里短，所以，艺人作家本着“解铃还须系铃人”的原则，当面锣对面鼓地讲清事实，矛盾便很快得以解决。如果按照老夫子们的思路，杜月娥和赵霸的新婚之夜是她跳进黄河也洗不清的“污点”，凭着这样的“不洁之身”，她哪里还有资格对着赵凌霄说三道四；遵循烈女们的逻辑，她就是自杀也洗不净身上的“耻辱”。可是，在民间艺人的笔下，不仅堂堂正正的赵霸不能蒙受不白之冤，就是温弱善良的杜月娥也不能委曲求全，她必须释放她的怒火：“冤枉兄长，天雷诛你！”[①]所以，最终的结局是大快人心的，七尺男儿也得屈身跪拜在裙钗之下。民间的是非观简单直接，任你是谁，有错就得改，颇有一点男女平等的意味。有了这样的思想做底子，杜月娥们就自然不会像贞节牌坊下的那些冤魂们那样，不分青红皂白地一死了之了。

当然，杜月娥与赵霸结为兄妹，也是出于对自身名节的维护，出于对“从一而终”的坚持，但后来面对赵凌霄的糊涂狭隘，她的挺身而出、据理以争，又透露出一丝桀骜不驯、不甘命运摆布的意味。这正是民间理解的变通的贞

---

① 苏廉坤发掘、何简章校勘：《金兰结义》，《广西戏曲传统剧目汇编》（邕剧）第五十一集，广西壮族自治区戏曲工作室内部资料，1963 年，第 331 页。

节观。

最后看对“义”的崇尚。“义”是中国传统文化中一个包容很广的道德范畴，常和“忠”“侠”联系在一起，大之可指人伦道德的基本原则，如《淮南子·齐俗》云：“义者，所以合君臣、父子、兄弟、夫妻、朋友之际也。”小之可指人际交往原则中的某些侧面，如侠士们所讲的“义”和“义气”，即专指好汉所认可的交友之道。历代儒家无不“崇义而薄利”，孔子就把“义”视为人立身处世的根本，视为与他人交往的最高法则，把重义还是重利作为区分君子与小人的分水岭。墨家则认为“兼爱”是义的根本，主张人们尽力援助那些遇到困难的人。路见不平、拔刀相助的做法，舍生取义、守信重诺的做法，就都是墨家学派的基本功课。由墨家滋养和倡导的这种侠义精神，在民间有着十分深远的影响。

近现代的邕剧中就流传着不少宣扬侠情义概、义薄云天的剧目。前述水浒戏、杨家将戏、岳家将戏、薛家将戏等无不如此。此外，在其他演述各朝故事的历史剧中，也贯穿着一曲曲舍生取义、扶危救困、仗义疏财、除暴安良的慷慨之歌。

关羽在民间向来被奉为“义气”的化身，他不仅文武兼修，而且义勇双全。邕剧中的三国戏自然少不了对他的渲染。如《千里走单骑》就集中演述了他为了不忘桃园三结义时许下的誓言，尽管曹操“三日一小宴，五日一大宴，上马献金，下马献银”，待他“十分恩厚”[①]，但关羽一听说刘备的消息，就立刻封金挂印，不顾个人安危，护送两位嫂嫂，一路过关斩将，赶赴古城与兄弟会合。尽管在城门口被莽撞的三弟张飞无理责问，关羽纵是万般冤屈，还是怒斩蔡阳，以表心迹，践行了他“金银不能动其心，富贵不能移其志”[②]的坚定信念。这里，民间艺人津津乐道、广大观众交口称颂的正是关羽的不忘初心，为了仁义无怨无悔，宁死不改其志。关羽的重然诺、轻生死和忠勇守信、义薄云天，成了始终高扬在桂西南民众心目中的理想风帆。

① 蒋少斌发掘、李墨馨校勘：《千里走单骑》，《广西戏曲传统剧目汇编》（邕剧）第三十二集，广西壮族自治区戏曲工作室内部资料，1961 年，第 47 页。

② 同上书，第 49 页。

如果说武圣人关羽和他的理想还有点高高在上、难以触摸的话，那么邕剧《盗泉清》[①]中的赵小虫则是生活在民众身边扶危纾难的侠义英雄。剧中的赵小虫本来只是一个与寡母相依为命的无业游民，偶尔干点偷鸡摸狗的营生，但“盗亦有道”，他也有着自己的人生原则。比如赵小虫到赵知府家行窃时，在赵家后园恰好碰到正要悬梁自尽的赵妾梅氏，不由分说，急忙搭救；在河边，赵小虫碰到被员外强逼顶债做二房的弱女黄英，因走投无路，正要投河自尽，他也是奋不顾身，上前搭救，问明缘由，立即拿出身上的银子，慨然替黄英还债；在都头马标家的屋顶，赵小虫窥见马妻刁氏和牟放勾搭成奸，适逢马标返家，二人闻声欲置马标以死地，赵小虫及时“报警”，使得马标躲过一劫。这里的赵小虫，作为盗贼来说，是为人所不齿的；但他的侠义行为却也有目共睹，剧中写他的两次行窃，不仅都未得逞，相反还救了两条人命。毫无疑问，这也是桂西南民众心目中一个“水浒英雄式”的义士。

近现代的邕剧，正是在一个个“赵小虫”的身上，寄托了平民大众之间互相扶助、彼此团结的深情厚谊。这里的“义”，张扬的是民间细民或小团体的利益，是受精英文化濡染但又民间化的结晶，且常常带有与官府正统势力“不义”的抗争意味，不同于儒家所宣扬的遵从君臣长幼之序的“义”。但不可否认，它们更多地体现了“正义”之“义”，这就是民间判断是非善恶的标准。正是这种追求正义的内驱力，使得侠义精神成为近现代以来桂西南广大民众所向往的一种崇高的人生境界。

从上述忠、孝、节、义四个方面，我们看到了近现代邕剧对传统伦理道德的民间解读：君臣、父子、夫妻之间的关系，开始突破“君为臣纲、父为子纲、夫为妻纲”的教条图解，显现出一种颇具现代意味的平等意识；人际关系的交往，突出以“义”为上的互助原则。正是从广大民众的这种价值追求和人生理想出发，近现代邕剧在主题表达上形成了强烈的是非道德观。

---

① 白少山发掘、李墨馨校勘：《盗泉清》，《广西戏曲传统剧目汇编》（邕剧）第三十六集，广西壮族自治区戏曲工作室内部资料，1961年，第257—289页。

2. 自强不息的进取精神

近现代的中国饱受列强欺凌，民族内乱不断，成千上万的“小人物”共同经历着中华人民共和国诞生前最痛苦难熬的时光。在这样一个多灾多难的时期，中国传统文化中“天行健，君子以自强不息”的进取精神，始终伴随着亿万民众砥砺前行，近现代邕剧中的不少剧目就表现了杀敌立功、前赴后继、不满现状等积极进取的精神。不同于文人笔下的风流情趣和旷达情怀，民间艺人笔下的邕剧更加务实理性，毫不掩饰地表达了民众对以武立身、出人头地的人生理想的渴望，对抵御外侮、保家卫国的英雄精神的崇尚，对以智救国、运筹帷幄的杰出人物的崇拜。

首先，这种自强不息的进取精神是和民众对以武立身、出人头地的人生追求紧密相连的。近代以来，普通民众对科举的兴趣与日俱减，尤其是在战争频发、朝不保夕的动荡年代，他们更相信武功的力量，而不是文治的教化。许多下层民众把人生理想寄托在建功立业、光耀门楣上。如邕剧《西河会妻》中的赵英强原为一猎户，后因武艺高强，投军后立下战功，最终得以封侯。邕剧《雪仲冤》中的蔡兆光，也是年少艺高，决心效力疆场，报国扬名，最终得以衣锦荣归。邕剧《盗泉清》中的张廷志，学得满身武艺，自比“大鹏鸟未把翅长”“有日长翅飞上天堂”，感叹“一颗明珠土内藏，不知何日放豪光”[①]，因为偶然救下二王朱光霸，被封为殿前将军。邕剧《玉门关》中的黄明，自叹“豪杰生来武艺广，不知何日姓名扬”[②]，后来也随着杨家将奔赴前线、杀贼立功。诸如此类的勇士，都是凭借自身高超的武功改换了门庭，实现了飞黄腾达的人生理想。他如《秦琼表功》中的秦琼、《芦花河》中的樊梨花、《罗通扫北》中的罗通、《天门阵》中的穆桂英、《昙逻国》中的高旺、《王宝钏》中的薛平贵、《夜探庐山》中的姚期、《战太平》中的花云、《狄青斩蛟》中的狄青、《单刀会》中的关羽等，无不充满着勇武刚强的英雄气概，激荡着催人奋进的豪情，充分表达了民众对通过个人奋进而大展宏图的认同。

---

① 白少山发掘、李墨馨校勘：《盗泉清》，《广西戏曲传统剧目汇编》（邕剧）第三十六集，广西壮族自治区戏曲工作室内部资料，1961 年，第 263 页。

② 白少山发掘、李墨馨校勘：《玉门关》，《广西戏曲传统剧目汇编》（邕剧）第二十七集，广西壮族自治区戏曲工作室内部资料，1960 年，第 155 页。

其次，这种自强不息的进取精神是和抵御外侮、保家卫国的民族精神联系在一起的。如邕剧《玉门关》中，“番奴造反逞凶暴，声势汹汹犯天朝”，玉门关的守将呼延平和妻子张月英力拒不敌，但始终斗志昂扬：“想雄关控龙勒天险若何，断不容番奴攻破。俺怒发指怒背裂把宝剑来磨。风瑟瑟人愁愁看四山阵云封锁，听谯楼才一鼓慷慨悲歌。”①御寇保国的雄心壮志始终在剧中翻滚激荡，广大民众听了这样声情豪迈的曲调，怎能不群情激奋、万众一心、誓死卫国呢？家园是共有的，强寇是共同的，为了妻子儿女的安康，哪一个热血男儿不会奋勇向前呢？呼延平和张月英虽然势单难敌，但杨继业、杨延德、杨延昭、杨七郎、杨八顺、佘太君、杨金花、杨金春、杜金娥、黄明等杨家众将精神抖擞地相继出发了，他们一个个英姿飒爽、充满豪情，抱定了决心，要“旗开得胜转国邦”②。正是剧中洋溢的这种争先恐后、誓死捍卫家园的民族精神，使得此类剧目成为桂西南广大民众百看不厌的不二选择。

邕剧独有的剧目《进邕州》的进取精神，则是通过杨金花、狄青的英勇抗敌体现的。该剧写广源府人侬智高自立为王，率兵攻宋，邕州守将陈珙不敌，城池陷落。杨金花领旨，即刻领兵迎战：“头戴凤冠双雉飘，身穿铠甲系丝绦。跨下骑的雪花豹，手中握的定宋刀”，“大队人马虎狼样，要把蛮兵一扫光”③。就在杨金花与梁代姑敌我双方势均力敌、相持不下时，又来了狄青大元帅，只见他率领着陈曙、刘庆、焦廷贵、张忠、李义等一干众将，抱着“要成千载业，为主定家邦”的凌云壮志，雄赳赳、气昂昂地“鸣动催军鼓，狼烟一扫平”④。这一个个英雄儿女为了祖国疆土的完整，为了广大人民的安乐，奋不顾身地勇往直前，不仅大大地渲染了舞台气氛，更是把一股股昂扬进取、自强不息的不屈精神，源源不断地输送到了桂西南广大民众的血液之中。

最后，这种自强不息的进取精神是和以智救国、运筹帷幄的杰出人物联

① 白少山发掘、李墨馨校勘：《玉门关》，《广西戏曲传统剧目汇编》（邕剧）第二十七集，广西壮族自治区戏曲工作室内部资料，1960年，第140—142页。

② 同上书，第145页。

③ 蒋少佳、黄三顺发掘、余一青校勘：《进邕州》，《广西戏曲传统剧目汇编》（邕剧）第四十七集，广西壮族自治区戏曲工作室内部资料，1962年，第138—139页。

④ 蒋少佳、黄三顺发掘、余一青校勘：《进邕州》，《广西戏曲传统剧目汇编》（邕剧）第四十七集，广西壮族自治区戏曲工作室内部资料，1962年，第149页。

系在一起的。这在三国题材的诸葛戏中表现得最为充分。如邕剧《一气周瑜》《二气周瑜》《三气周瑜》《龙凤配》《七擒孟获》《六出祁山》等，就一再渲染了诸葛亮的神机妙算和鞠躬尽瘁。

《一气周瑜》中，周瑜妒忌诸葛亮的雄才大略，故意严令其三日内建造十万长箭。事态紧急，刻不容缓，孔明却不紧不慢、胸有成竹："造箭令分明是暗藏匕首，三日限必笑我自吞钓钩。怎知道测天文早已算就，自有那赠箭人一礼全收。"[①]第三天，果然大雾迷江，孔明"谈笑间十万箭顷刻到手，权当作一叶舟垂钓闲游"[②]，好不悠游自在！赤壁之战眼看在即，周瑜意欲火攻，却久盼东风不至，因而大病一场。孔明特送来"药方"，只需"在南屏山上，高搭一台，名为七星祭风台，用一百二十名小军，各执旗幡围绕。待山人披发仗剑，踏罡步斗，借来三日三夜东风"[③]。其实，孔明早已算定东风必来，如此"虚张声势"，也只为做做样子罢了。但两番斗智，周瑜早已是自觉不如，是为一气。

《二气周瑜》中，周瑜本来定下美人计，想诳刘备过江招亲，却被诸葛亮的三个锦囊妙计，以四两拨千斤之势，轻轻松松地化解了。眼看着孔明在高山之巅自饮自乐，周瑜直被气得口吐鲜血："我把你苍天、苍天！既生瑜，不可产亮。既生孔明，不可生我周公瑾。一计不成，二计不就，真真气煞我也。"[④]

《三气周瑜》中，周瑜为夺回荆州，定下"假途灭虢"之计，明攻西川，暗夺荆州。孔明调兵遣将，暗中布置。周瑜先后遭到赵云、黄忠、魏延、张飞的痛击，狼狈返吴。再三斗智，均以失败告终，周瑜不由得气急攻心，吐血而亡。孔明依礼与赵云前往柴桑吊孝后，安然离开。

在这三场智斗戏中，孔明的智量过人、运筹帷幄，在民众的想象和虚构中，被发挥得淋漓尽致。孔明的智慧形象已经转化成了一种鼓舞人心的精神力量，

---

① 蒋少斌发掘、余一青校勘：《一气周瑜》，《广西戏曲传统剧目汇编》（邕剧）第三十六集，广西壮族自治区戏曲工作室内部资料，1961年，第50—51页。

② 同上书，第53页。

③ 同上书，第61页。

④ 蒋少斌发掘、余一青校勘：《二气周瑜》，《广西戏曲传统剧目汇编》（邕剧）第三十六集，广西壮族自治区戏曲工作室内部资料，1961年，第106页。

支撑着桂西南的广大民众，在列强虎视眈眈的封建末世，发愤图强、不断进取。

综上所述，近现代的邕剧创作在题材选择和主题表达上，由于受到来自社会底层的广大民众的价值取向和审美趣味的影响，表现出不同于文人戏曲的平等意识、功名意识、互助理念、进取精神等，因而受到了桂西南广大城乡民众的热烈追捧，使得邕剧成为近代以来盛开在祖国西南广袤土地上的一朵绚丽的精神之花。

（原载《新疆艺术学院学报》2019 年第 1 期）

邕剧艺术与近代岭南文化的互融

摘要：近代岭南文化形成了迥异于中原传统文化的开放、多元、进取、务实的品格，对岭南社会的发展产生了深远的影响。广西南宁的邕剧就是在近代岭南文化的滋养下，形成了自己独特的风格和气质：从形成到发展和兴盛，邕剧都体现了岭南文化开放包容的特征；从对传统儒家思想的疏离、对世俗娱乐的强调、与民间习俗的紧密结合，可以看出邕剧的平民意识是经世致用、务实求利的岭南文化孕育的结果；从数量众多的武戏排场、惊险火爆的南派武打、以武为尚的人生追求，可以看出邕剧对开拓进取的岭南文化精神的继承；邕剧对抵御外侮、保家卫国的家国情怀的宏扬，体现了岭南文化奇伟刚烈的精神气质。

关键词：邕剧；岭南文化；平民意识；尚武传统；家国情怀

岭南是指中国南方五岭（越城岭、都庞岭、萌渚岭、骑田岭、大庾岭）以南的地区，包括广东、广西、海南、香港、澳门五省区。由于地处南疆边陲，北隔高山，南阻大海，岭南在古代一向被视为“蛮荒”之地、“瘴疠”之乡，故又有“南蛮”之称。近代以来，由于得天独厚的地理条件，“得风气之先”的岭南文化，形成了迥异于中原传统文化的开放、多元、进取、务实的品格，对岭南社会的发展产生了深远的影响。

大约形成于清代嘉庆、道光年间（1796—1850 年），盛行于清末民初，主要流行于南宁及其周边地区的皮黄声腔剧种邕剧，正是在近代岭南文化的滋养下，形成了自己独特的风格和气质，才能在中华戏曲的百花园中独树一帜、摇曳生姿。时下，人们多赋予广东粤剧以“岭南文化瑰宝”的美称。殊不知，不仅与粤剧同源相亲，而且保留了许多传统粤剧精华的广西邕剧，同样是岭南文化孕育的一颗明珠。下面，试从发展历程、平民意识、尚武传统、家国情怀四个方面，探讨邕剧艺术与近代岭南文化的交融互渗，以就教于方家。

一、众流交汇：邕剧艺术的形成与鼎盛

岭南文化有三大来源：本土的百越文化、南迁的中原文化、舶来的西洋文化。由于岭南背负五岭，远离中国的政治、经济、文化中心，所以受中原文化的影响相对较小；又因为它面临南海，近代以来，更是成为中国与世界进行经济、文化交流的要冲。这样的地理环境，使近代岭南文化体现出开放融通、博采众长的鲜明特色：既与中原正统文化血脉相连，又与外来异域文化兼容并蓄；既吸收农业文明的醇厚乳汁，又吸纳海洋文明的新鲜气息。就像孙中山先生在总结自己革命思想的渊源时所说：“余之谋中国革命，其所持主义，有因袭吾国固有之思想者，有规抚欧洲之学说事迹者，有吾所独见而创获者。”[①] 邕剧艺术从形成到兴盛的发展历程，均体现了这一开放包容的特征。

首先，邕剧之形成，得益于“南、北”之汇。邕剧不是南宁本地土生土长的剧种，而是外来汉族声腔艺术传入广西后，与本地语言和民间艺术融合而形成的皮黄剧种。邕剧的声腔以南路（二黄）、北路（西皮）为主。周贻白先生在《中国戏曲发展史纲要》中早就指出，把二黄、西皮称作南北路是湖南戏的习惯，邕剧这一声腔称谓说明了“其声调来源，并非直接出自徽、汉两调，而是通过湖南湘戏传过来的”[②]。对此，历代南宁艺人的口碑可以佐证：

> 清道光、咸丰年间，由湖南艺人玉洪官、文福彩先后来邕、桂、

① 中山大学历史系孙中山研究室等编：《孙中山全集》第7卷，中华书局1982年版，第60页。
② 周贻白：《中国戏曲发展史纲要》，上海古籍出版社1979年版，第501页。

柳各地传授。

本地戏是从湖南而来。传说南宁清军中有湘兵，常在军中唱板凳腔和小戏，复员后仍在南宁聚集玩唱，神诞时弄些收入。久而久之，便由业余班发展成专业班。①

这两种说法，不管是来自民间，还是源自军旅，总之，都与湖南戏曲有关。可见，周贻白所说邕剧是“通过湖南湘戏传过来的”，并非臆测。

另外，从邕剧的剧目构成亦可看出邕剧与湖南祁剧的密切关系。邕剧老艺人蒋细增在《邕剧是南宁戏》一文中，把邕剧剧目分为三种：“‘本地路’（老戏），即邕剧和桂剧同有的剧目较多，有些本子基本相同。‘老广路’（南宁戏），这类剧目是邕剧独有的剧目，桂剧可能也有些。‘广路’（新戏），这类剧目是和广东‘下四府班’相同。”② 祁剧研究者刘回春研究了其中 220 个“本地路”（又叫“祁桂路”）剧目后发现：除了《刘邦求雨》《韩愈得米》等 24 个剧目是祁剧没有的外，其余的 196 个剧目与祁剧大同小异③。

南下的祁剧既赋予了邕剧阴柔舒缓的南路唱腔和阳刚活泼的北路唱腔，还极大地丰富了邕剧的剧目宝库。但邕剧并非只有这些“舶来品”的元素，否则，它在戏曲百花园中将何以自立？邕剧的形成，必须有本地方言和各种民间艺术的参与。

桂西南一带流行的八音艺术，与邕剧的关系就十分密切。八音形式独特，包含有曲艺和戏曲等多种样式，既可以作为仪仗队行进中的伴奏，也可以在广场、厅堂伴奏和演述故事。八音历史悠久，早在南宋周去非《岭外代答》“平南乐”一节中就有载述：

---

① 《中国戏曲志·广西卷·南宁分卷》编辑部、《邕剧志》编写组编印：《邕剧志（征求意见稿）》，1987 年 4 月，第 4 页。

② 蒋细增：《邕剧是南宁戏》，《中国戏曲志·广西卷》编辑部编《广西地方戏曲史料汇编》第二辑，内部刊行 1985 年版，第 95 页。

③ 刘回春：《祁剧在外省的流传以及与桂、粤、邕剧的关系》，广西艺术研究所编《两广粤剧邕剧历史讨论会论文集》，内部刊行 1986 年版，第 29 页。

> 广西诸郡，人多能合乐。城郭村落祭祀、婚嫁、丧葬，无一不用乐。虽耕田亦必口乐相之，盖日闻鼓笛声也。每岁秋成，众招乐师教习子弟，听其音韵，鄙野无足听。[1]

这里提到的“乐”，可能就是早期的八音。在桂西南的南宁、宾阳、贵县、平南、玉林等城镇和村落，八音馆和八音班社可以说是星罗棋布。历史上，许多邕剧艺人都来自八音班，如邕剧早期的名艺人雷喜彩和蒋言甫，学戏前就都是“丹桂香”八音馆的成员[2]。八音赐予邕剧之养分，可谓厚矣。

到了清代，八音这种古老的艺术形式，在吸收了南下的皮黄声腔剧种的养分后，又和桂西南的舞狮、舞貔貅、绘画、雕塑、杂技、南派武技等民间技艺相交融，最终形成了邕剧迥异于京剧、湘剧、祁剧、汉剧、桂剧等剧种的身段造型和舞台特技，如邕剧特有的“大过山”“穿椅”“搭人梯”“洗面”“十八罗汉架”及“耍钹花”等表演技艺。

可见，邕剧的形成，既离不开岭南固有的民间音乐和各种技艺，又得益于“岭北”的外来艺术滋养。这种对南、北艺术的兼收并蓄，很好地体现了近代岭南文化开放包容的博大气度。

其次，邕剧之发展，依赖于“壮、汉”之融。邕剧属于汉族戏曲剧种，但主要流行于壮族聚居和壮、汉两族杂居的桂西、桂南地区，传承者和观众也多是壮族同胞，所以，它的发展中自然地融进了许多壮族或壮、汉两族共有的文化元素。在邕剧的舞台语言、舞台表演、题材选择、服饰化妆等方面，都可看到鲜明的壮族色彩。

邕剧的舞台语言包含戏棚官话（相当于京剧的中州韵）和邕州官话（相当于京剧的京白）两套音韵系统，其中夹杂着许多壮语元素。比如邕州官话里，把“杀鸡”说成“劏鸡”，称“浪费”为“嘥”，把“爬走”叫“躝”，“痒痒”

---

① （南宋）周去非：《岭外代答》，转引自《中国戏曲志·广西卷·南宁分卷》编辑部、《邕剧志》编写组编印《邕剧志（征求意见稿）》，1987 年 4 月，第 7 页。

② 《中国戏曲志·广西卷·南宁分卷》编辑部、《邕剧志》编写组编印：《邕剧志（征求意见稿》，1987 年 4 月，第 8 页。

叫"痕"，"开门"叫"开兜"，"牵连不断"叫"能"，等等，这些叫法都源自壮语。[①]《广西戏曲传统剧目汇编》（邕剧）第42集中有个剧目叫《双卖马蹄》，其中的"马蹄"是指"荸荠"，这对今天的北方人来说已经是常识了，许多酒店的菜谱中都有"马蹄"的字样。"马蹄"其实也来自于壮语，在壮语中意指"地下的果子"。

邕剧的舞台表演中，有许多技艺与壮族文化密切相关。如"跳台铲椅"来自壮族的民间体育活动"跳桌"。"跳桌"是壮族民间广为流传的一种体育运动，表演者能在八仙桌上模仿猴子、鸡、鸭、螃蟹、青蛙、乌鸦、鲤鱼等的动作，该运动以动作轻捷、形象逼真闻名。[②]在《五台会兄》《黄花山》《七状纸》等邕剧传统剧目中都有"跳椅"的特技，动作飘逸，干脆利索，当是汉、壮文化互相渗透后不断发展的结果。又如"走火炭"，表演时演员赤足走过一丈多长的炽热火炭，早期的邕剧名伶刘玉堂（1875—1939年）擅长此技。"走火炭"实际上来自壮族民间的体育项目"过火桥"（又称"过火炼"），今天的广西少数民族运动会中还有此比赛项目。再如邕剧花脸行的"洗面"程式，取自壮族民间"舞貔貅"的转头动作。从这些独特的表演中，不难看出壮族文化对邕剧的深刻影响。

邕剧在题材选择方面，也表现出对壮族文化的热切关注。在现存邕剧的传统剧目中，有两本大戏不约而同地取材于北宋时期壮族首领侬智高的故事。邕剧的独有剧目《进邕州》（《广西戏曲传统剧目汇编》（邕剧）第47集），用27场戏的篇幅着力演述宋仁宗时侬智高与狄青、杨金花大战邕州的历史传说。《五代荣》（《广西戏曲传统剧目汇编》（邕剧）第26集）长达24场，以侬智高起义为历史背景，敷演了书生艾惜一家五代光宗耀祖的故事，此剧因为热闹喜庆，"常常在贺寿庆典、逢年过节等时候演出"[③]。这两个剧目的选材取向，反映了邕剧作为"本地戏"对壮族人文历史的关注。

---

① 洪琪、洪珏：《邕剧里的壮族历史文化元素》，《南宁职业技术学院学报》2014年第2期，第25页。

② 韦丽春：《壮族传统体育文化的历史渊源及社会功能》，《体育科学研究》2008年第3期。

③ 洪琪口述、洪珏编撰：《邕州老戏——邕剧》，广西民族出版社2015年版，第102页。

邕剧艺人的服饰化妆也带有壮族的烙印。众所周知，“贴片子”是许多戏曲剧种中旦角修饰脸型、美化扮相的一种化妆方式。但早期的邕剧旦行并不“贴片子”，不同的女性角色，主要依靠“包头”的形式差异进行区分。《南宁戏曲志》对此有详细的记载：

（邕剧）旦角围发（或叫横帔包头），未婚者平眉梢，婚后无子者（一般青衣或散发）束人字形横帔；有子为官者（正旦饰）包圆形头，老旦戴白或苍色蓬头，以扎巾囊头，不露双耳。①

邕剧旦角的这种头饰装扮，其实是古代桂西南壮族妇女盘发包头习俗的真实反映。

又如邕剧小武和二花脸穿的一种富有壮族特色的“扳嘴鞋”：“鞋底长于帮面，前部尖而薄，由密针纳成，向上翻钉在鞋帮前端，帮面绣有精美图案。鞋尖特别结实，适于表演穿用。”② 这种鞋子是壮族特有的民间工艺，在邕剧舞台上已有百余年历史，只是20世纪30年代后已不多见。

从以上种种可以看出，壮族文化在邕剧这个汉族戏曲剧种获得自己独一无二的剧种身份的历史进程中占据的重要位置。邕剧就是壮、汉两族文化不断交融互渗的产物，它在中国戏曲大家族中的不可取代性，正在于此。

最后，邕剧之鼎新，仰仗于“东、西”之交。这里的“东”指广东的粤剧，“西”指广西的本土艺术。广东粤剧和广西邕剧的关系，一直是学界争论不休的话题。撇开二者的源流关系不论，粤剧和邕剧交往不断是一个不争的事实。根据广东商人在南宁建立的会馆——新会书院的记载可知，该院始建于乾隆初年，修建于道光二十三年（1843年），内有戏台，曾请广东戏班来此演出③。此后，广府戏艺人李文茂起义，于1855年进入广西，胜利后，特唱戏

---

① 南宁市文化局戏曲志编辑委员会编：《南宁戏曲志》，内部刊印1987年版，第100页。

② 同上书，第101页。

③ 中国戏曲志编辑委员会、《中国戏曲志·广西卷》编辑委员会编：《中国戏曲志·广西卷》，中国ISBN中心1995年版，第83页。

三日以酬神。这连演了三天的“戏”，有可能“是随李文茂的红船子弟搬演的粤剧”①。此后，由于广东粤剧一度被禁演，导致大量广府戏艺人涌入了广西。直至清末民初，进入广西的广东艺人呈逐年增多之势。

近代粤剧对邕剧最大的影响发生在20世纪20年代以后。此时的广东粤剧改用粤语演唱，兴起了全女班，引进了西洋乐器小提琴、吉他、小号等，在题材选择、剧本写作、音乐唱腔、服装化妆、灯光布景等方面都发生了很大的变化。这样新颖时尚、眩人耳目的省港大班进入广西南宁后，产生的轰动效应是难以想象的。此时的邕地戏班，从内容到形式纷纷仿效。邕剧也在这一革新浪潮中向前推进。比如剧目方面，此前流行的邕剧“江湖十大本”（《一捧雪》《二度梅》《三官堂》《四进士》《五岳图》《六子争》《七贤卷》《八阵图》《九莲灯》《十美图》）逐渐淡出人们的视野，以《黄花山》《雪仲冤》《西河会妻》《七状纸》为代表的邕剧剧目则成了新的宠儿。这些戏原是粤剧“新江湖十八本”中的“四大名剧”，均以武行（小武）担纲，有着强烈的视觉冲击力，比较适合南宁开埠以后逐渐发展起来的近代都市演剧环境，因而受到邕剧艺人和观众的热捧。

这一时期南宁的邕剧和粤剧处于同城竞技的状态。两广伶界数十年盛传不衰的佳话“广东有个靓元亨，广西有个小武金”可以佐证。那是1934年，广东省港大班——日月星班的小武靓元亨，与当时号称“广西第一班”的“小武金班”（即南宁班）的黄少金，在南宁商会娱乐场竞演对台戏。第一天，靓元亨演出《吕布窥妆》，小武金班的艺人全体到场观摩，表示钦佩；第二天，小武金班献演《三英战吕布》；第三天和第四天，靓元亨与黄少金分别演出“新江湖十八本”中的《黄花山》；第五天的商演，是真正的对台戏，靓元亨演《大闹石莲寺》，黄少金演《夜过平天》，两剧剧情虽不同，但都由小武担纲，且都有“卖箭”的排场戏。几天的演出，受到了南宁观众的热烈欢迎。演出结束后，黄少金带领小武金班的主要演员到后台拜访靓元亨，互相切磋技艺，

① 顾乐真：《广西戏剧史论稿》，中国戏剧出版社2002年版，第186页。

双方结下了深厚的友谊。①

黄少金与靓元亨的对台竞演，是20世纪二三十年代邕剧与粤剧互相学习、借鉴的一个经典案例。邕剧正是在这样与粤剧不断的交流中，逐渐走向了自己的巅峰状态。

综上所述，邕剧从形成到兴盛，一路走来，既有南下汉族戏曲的润泽，又有壮乡民间艺术的滋养，还有西邻广东粤剧的助益。对各种有益的艺术元素，邕剧采取了兼收并蓄、博采众长的态度。进而，在此基础上，创造出了富有壮、汉民族特色的戏曲文化。这种“大杂烩”似的样态，折射出的恰是近代岭南文化开放融通的博大胸襟。

二、平民意识

和中原儒家文化“士农工商”的正统观念不同，岭南地区自古以来重视经商。因为岭南以山地丘陵为主，不适于农耕；而地处沿海的有利条件又便于贸易，所以岭南人历来热衷于投身商业和手工业。于是，逐渐形成了岭南地区重利务实的文化传统。近代以来，由于西方列强的倾轧，许多近代岭南思想家更是大力倡导发展工商业以救亡图存。如郑观应认为：“欲制西人以自强，莫如振兴商务。”② 与商业兴盛相伴的是市井俗文化的繁荣，这种文化更关注平民阶层的喜怒哀乐和理想追求。这些进一步助长了岭南人经世致用、务实求利的思想观念。邕剧中强烈的平民意识就是这一岭南文化孕育的结果。

这种平民意识首先表现在对传统儒家思想的疏离。在中原传统文化中，“忠、孝、节、义”历来都是重要的伦理道德范畴。由于儒家伦理一向强调群体的利益大于个体的利益，于是，传统社会孕育出了大量“愚忠”“愚孝”的“楷模”。当这种强势文化辐射到岭南以后，很快就显现出了巨大的魔力。邕剧中大量的历史剧，如《汾河湾》《樊江关》《芦花河》《进邕州》《昙逻国》《杨

① 蒋细增：《邕剧是南宁戏》，《中国戏曲志·广西卷》编辑部编《广西地方戏曲史料汇编》第二辑，内部刊行1985年版，第104—105页。

② 李权时：《岭南文化》，广东人民出版社1993年版，第214页。

八姐搬兵》《拦马过关》《风波亭》《蛇盘寨》《疯僧扫秦》《宋江起解》《庆顶珠》《征淮西》《狮子楼》《李逵闹江》等，就宣扬了这种动人心魄的“忠、孝、节、义”的理念。但由于崇山峻岭的重重阻隔，岭南地区受到的传统文化的影响，毕竟不像中原地区那么深入骨髓，表现在邕剧中，就是在书写君臣、父子、夫妻、兄弟、朋友等之间的关系时，“往往从民众的生活感受出发，充分发挥民间的想象，带有浓厚的平民色彩”。

如邕剧《金兰结义》讲述杜月娥先被许配给穷汉赵凌霄，后又许配元帅赵霸。新婚之夜，月娥才知新郎不是赵凌霄，讲明真情后，与新郎赵霸结为兄妹。后来赵凌霄巧遇赵霸，二人结为金兰。赵凌霄在随赵霸回营时，偶遇杜月娥，疑其不贞，留书后不辞而别。赵霸见书大惊，立携月娥追赶赵凌霄。道旁相遇，三人言语不和，打作一团。最终，赵凌霄跪求妻子和义兄的原谅。

这三人之间的恩怨，像极了民间常见的家长里短，剧本本着“解铃还须系铃人”的原则，当面锣对面鼓地讲清事实，矛盾很快得以解决。如果按照老夫子们的思路，杜月娥和赵霸的新婚之夜是她跳进黄河也洗不清的“污点”，凭着这样的“不洁之身”，她哪里还有资格对着赵凌霄说三道四；遵循烈女们的逻辑，她就是自杀也洗不净身上的“耻辱”。可是，在民众看来，不仅堂堂正正的赵霸不能蒙受不白之冤，就是温弱善良的杜月娥也不能委曲求全，她必须释放她的怒火：“冤枉兄长，天雷诛你！”[①] 所以，最终的结局是大快人心的，七尺男儿也得屈身跪拜在裙钗之下。民众的观念就是这么简捷务实，任你是谁，有错就得改，颇有一点男女平等的意味。当然，杜月娥与赵霸结为兄妹，也是出于对自身名节的维护，出于对“从一而终”的坚持，但后来面对赵凌霄的糊涂狭隘，她的挺身而出、据理以争，又透露出一丝桀骜不驯、不甘命运摆布的意味。这正是普通民众理解的变通的贞节观。

其次，邕剧的平民意识还表现在对世俗娱乐的追求。岭南的经商传统铸就了岭南文化直观享乐的特征。邕剧《观音得道》就体现了这种鲜明的特色。观音菩萨是邕剧里出现频率最高的神灵之一，《五代荣》《贾氏扇坟》《火云洞》

---

① 苏廉坤发掘、何简章校勘：《金兰结义》，《广西戏曲传统剧目汇编》（邕剧）第五十一集，广西壮族自治区戏曲工作室内部资料，1963 年，第 331 页。

《洛阳桥》《沙滩大会》《香山大贺寿》等剧中都有她庄严的身影。《观音得道》则以妙善与韦陀的感情为线索，展现了妙善公主历尽艰险修行成佛的过程。

剧本虽描写了妙善“神性”的一面，比如誓学女娲炼石补天、铁杵磨成绣花针、麻竺挑水浇花畹、过刀峰跳火山等。但由于加入了韦陀的一片痴情，而增加了故事的世俗性，削减了人物的“神性”。试听韦陀在禅房外苦苦哀求妙善回心转意的肺腑之言：

> 三公主，为臣为你身经百战，只说得与公主同结百年。谁想我福薄，难得公主见怜，有意弃我，到此出家，把婚姻推却。你不念为臣，为臣偏要念你。你若不肯回去，为臣也不回去！
>
> 我今生与你无缘，希望来世！①

如此决绝的意念和火焰般的激情，岂不让人动容！汉乐府民歌“山无陵，江水为竭，冬雷震震，夏雨雪，天地合，乃敢与君绝”的奔放和炽烈也不过如此吧。

世俗爱情的加入，看似减弱了神灵神圣的光辉，却拉近了邕剧与平民大众的距离。不能武断地说这是一种迎合，对每一个戏曲剧种来说，这都应该是一种生存的智慧。

为了“迎合”或者说为了“生存”，《观音得道》在演出中，还增加了“芭蕉抛弓”“母牛产子”“花开花落”“过火山”等特技表演。据说在20世纪50年代初的某年观音诞（农历二月十九）前后上演该剧时，这些奇幻的情节曾“轰动一时，南宁市民传为美谈”②。虽说是在观音诞这样仪式性很强的宗教氛围中演出，邕剧依然很重视演出的娱乐性。这一点并不“违和”，佛祖倘若有灵，大概也很高兴看到这万众欢腾、激情洋溢的情景吧。如此浓郁的平民意识，呼应的正是岭南商业社会经世致用、务实重利的文化品格。

---

① 陈秀娥、蒋少斌发掘，李墨馨校勘：《观音得道》，《广西戏曲传统剧目汇编》（邕剧）第三十八集，广西壮族自治区戏曲工作室内部资料，1961年，第53页。

② 洪琪口述、洪珏编撰：《邕州老戏——邕剧》，广西民族出版社2015年版，第385页。

此外，邕剧演出与地方民俗的紧密结合，也是邕剧平民意识的典型表征。民俗文化是民间艺术滋生的温床，没有岁时节令、宗教信仰、祭祀仪式、人生礼仪等民俗活动，就不可能有民间艺术的存在和传承。邕剧在其形成、发展的过程中，就与岭南的宗教祭祀、鬼神崇拜、喜庆节日、赌场等密切相关。据《邕剧志（征求意见稿）》记载，中华人民共和国成立前桂西南各地每逢神诞，必大肆铺排，"唱戏酬神"必不可少；另外，逢年过节或开街日以及有钱人家的婚、寿喜事，为了增加喜庆的气氛，亦多请专业班或组织玩友演出。民国初年，自官方设赌收捐后，赌风日盛。许多县的赌馆、摊主，为招揽顾客博取钱财，亦常包请戏班唱戏。故有"逢节日、诞期必演戏，有赌摊的地方多请戏班"之说。①

而且，按照桂西南的民间习俗，邕剧在演出时也有诸多禁忌，哪些戏在什么场合、什么时间演出，都有一定之规。过去，每当有新戏台建成，当地乡民就会怀着敬畏之心，邀请本地班去举行隆重的破台仪式。破台仪式包含镇台、破台、扫台三种程序。破台的主角，是黄令官（《封神演义》中黄飞虎的长子黄天化）和马令官（华光大帝的化身马灵耀）。整个仪式庄严肃穆，一般没有群众敢看，没有角色的演员也不准观摩。②虽然破台仪式反映了艺人们在艰难时世祈求福荫保护的心理，但由于带有封建迷信的色彩而被逐渐摈弃，今天的我们已经无缘再见。不过，幸有《广西戏曲传统剧目汇编》（邕剧）第53集收录的《破台登殿》，可以略窥一二。

破台之后，才是献给观众的开台例戏。开台分晚场和日场。晚场的例戏剧目依次是：1.《碧天贺寿》；2.《六国封相》；3.《跳加官》；4.正本戏文（通常演出《斩妲己》，也有小型戏班上演《斩华雄》）。日场的例戏剧目依次是：1.《八仙贺寿》；2.《仙姬送子》；3.《玉皇登殿》；4.《副末开场》；5.正本戏文（通常演《斩五岳》）。开台后之所以选择《斩妲己》和《斩五岳》作为正本戏文，主要是看重剧中姜子牙率领众神将走阵的宏伟气势，认为可以压倒邪气，保

---

① 《中国戏曲志·广西卷·南宁分卷》编辑部、《邕剧志》编写组编印：《邕剧志（征求意见稿）》，1987年4月，第229页。

② 南宁市文化局戏曲志编辑委员会编：《南宁戏曲志》，内部刊印1987年版，第125—126页。

佑一方安宁。

从破台到开台的一系列演出，可以看出古老邕剧与岭南民俗水乳交融的密切关系。不仅如此，当历史进入 20 世纪 30 年代以后，邕剧还积极参与到近代南宁的都市化进程中。在南宁举办的多次游艺会上，都看到了邕剧的身影。民国期间发行的《南宁民国日报》对此有多条记录：

> 游艺会近况：红十字会南宁分会，前因筹款赈济，在商会组织游艺会，约月余之久……近以上海抗日战争之后，受灾难民，日形憔悴，非继续努力，设法筹赈，不足以遂初志，故会员一面分头募捐赈济，一面继续游艺会十五天，对于各种游艺，力加刷新，除原有邕剧古剧等之外，并派员赴港运到新影片。（《南宁民国日报》1932 年 4 月 2 日）
>
> 南宁精武体育会前为筹集会款，特筹备举行游艺大会……兹该会各会董，为贯彻筹款目的，复派员聘得粤省天仙乐全女班及租购名贵电映片，并请著名邕剧班等到会，经于昨晚在商会操场开演，观众颇形拥挤云。（《南宁民国日报》1932 年 12 月 20 日）

游艺会是清末以来在都市形成的一种娱乐集会传统。上述两条记载显示，不同行业举办的游艺会，都不约而同地邀约邕剧参会，以图吸引更多的民众。这不仅说明邕剧在当时文艺界具有举足轻重的地位，亦可看出邕剧与当地民众的亲密关系。设若邕剧一向不关注并表现平民的喜怒哀乐和人生追求，恐很难与民众产生共鸣，并在为募集捐款而举办的游艺会上现身。这些是为邕剧与近代岭南民俗文化交融互渗的又一力证。

从上述邕剧对传统儒家思想的疏离、对世俗娱乐的强调以及与民间习俗的紧密结合三个方面，不难看出，岭南经商务实的传统孕育了邕剧的平民意识。反之，亦可说是邕剧的发展适应了岭南民众的情感需求和岭南社会的现实需求。这对今天邕剧和其他地方戏的发展不无启迪意义。

三、尚武传统

近代岭南文化有一个突出的特点，就是强烈的冒险开拓精神。岭南在历史上长期被视为“蛮烟瘴疠之区、官宦贬谪之所”。长期处于这种充满毒虫猛兽、不测风云的恶劣环境，自然养成了岭南人勇猛强悍、顽强不屈、敢于冒险的性格特征。《汉书·高帝纪》曰：“越人之俗，好相攻击。”此之谓也。近代以来，在海洋文化的洗礼下，更加剧了岭南文化中冒险进取的因子。邕剧中惊险刺激、数量众多的武戏排场，就是与这种冒险开拓的文化精神交汇融合的结果。

检视《广西戏曲传统剧目汇编》（邕剧）收录的四百多个邕剧剧目，可以发现邕剧“两多一少”的显著特征：打斗多、念白多、唱词少。在现存的传统邕剧剧目中，约有四分之三为历史剧，这些历史剧大都离不了各种各样的武打场面。

以邕剧的定位剧目《马芳困城》为例。《马芳困城》具有鲜明的邕剧个性，是1950年广西进行地方戏曲剧种调查甄别时，为“邕剧”的定名立下汗马功劳的三个剧目之一（另两个分别是《骂门生祭》和《王庆卖武》）。《马芳困城》共十场戏，排场丰富，场面热烈。尤其是第十场的“困城”排场，热闹而独特。马芳率众绕场表现“困城”的场面时，有“扯浪子”“挖开门”“分两边”等队列调度表演，三上三下，载歌载舞，显示了邕剧迥别于粤剧的个性特征和由来已久的尚武传统。

类似“困城”这样的武戏排场，在邕剧中还有很多。洪琪、洪珏在《邕州老戏——邕剧》里一共梳理出“擘网巾”“打闭门”“打三山”“父子干戈”“观阵”“乱府”“卖箭”“闹殿”“水战”“杀四门”“追夫”等30个主要的武戏排场。其实，实际的数目远不止此，还有待进一步整理。这些丰富的排场，多是岭南先民现实生活的艺术再现，是对战场厮杀、翻山越岭、逃避祸患等极端情景的形象化表现，为别的剧种所罕见，对邕剧的身份识别很有意义。

在这些精彩纷呈的排场戏中，最引人注目的是别具一格的邕剧特技。如铲台、铲椅等特技，是邕剧武生和小武必备的基本功，也是“乱府”“乱山”“劫法场”“打闭门”等排场必不可少的元素。铲台，是演员经过助跑、起跳，侧身斜躺在桌面上；铲椅，是演员经过助跑、起跳，侧身斜坐在椅子上。这些技巧要求演员动作干净利索、沉稳勇猛。《黄花山》《七状纸》《西河会妻》等剧，都有铲台、铲椅等激烈火爆的大动作。

此外，在邕剧表演中最为人称道的南派武打，也是邕剧尚武传统的重要表征。《南宁戏曲志》对邕剧的南派武打有这样的概括：

> 邕剧的武打是由民间少林武技发展而来，讲究真桥实马的硬功夫。与京剧的北派武打风格迥然有别。它包括拳、棍、刀、叉（又称勒）、鐗（又称扎嘴，即枪把）、牒（即藤牌）六部分。其间可以互相开打，亦可与任何道具对打，套路十分广阔，艺人习称“六部通行”。在枪把类的使用上又分两种：一种是枪把；一种是真军器，即刀、棍、三叉、藤牌等民间武技使用的铁、木器械，俗称“五色真军器”。①

这种武打强调真实感，套路勇猛凶狠，把壮、汉两族常用的格斗器械搬上舞台，讲究“打真军器”，既惊险又刺激。如特技“飞叉”，多用于正面人物追杀反面人物时，在出场口向左台口的反面角色掷叉，反角躲闪，飞叉擦顶而过，寒光闪闪，平插于左台柱上。而今南宁市良庆区孟莲古戏台左台柱上的斑斑叉痕，即来源于此。20 世纪 50 年代，黄三顺班主演的《王庆卖武》的高潮部分——第八场就有打“五色真军器”的表演。王庆站在中间，段家父子兄妹分别站在四角，打法各不相同。开打的道具不是竹木制作的，而是真刀、真匕首、真三叉，看得人惊心动魄，叫好连连。台上、台下就在这种朴野、彪悍的狂欢里，一起感悟着岭南文化不屈不挠、强悍不驯的脉动。

即便在那些看似与武打毫不相关的酬神戏里，也能感受到刀光剑影的丰

---

① 南宁市文化局戏曲志编辑委员会编：《南宁戏曲志》，内部刊印 1987 年版，第 95 页。

神激荡。如前文提到的酬神戏《观音得道》就是以边疆战事为背景展开故事的。全剧共十四场，前七场都是在写沙陀国造反、边关告急的紧张情势，敌我双方、各路英豪，你方唱罢我登场，好不热闹炫目。可见，邕剧尚武传统的魅影几乎无处不在。

此外，邕剧的尚武传统还表现在邕剧中的许多志士豪杰以武为尚的人生追求上。“万般皆下品，唯有读书高”的传统信条对这些英雄义士好像并没有多少吸引力。他们丝毫不掩饰自己以武立身、出人头地的人生信念。如邕剧《西河会妻》中的赵英强、《雪仲冤》中的蔡兆光、《盗泉清》中的张廷志、《玉门关》中的黄明等，都是凭借自身高超的武艺改换了门庭，实现了飞黄腾达的人生理想。他们真正把对武功的崇尚内化成了自己的人生信条。

究其源，邕剧的尚武传统还是植根于古代岭南恶劣的生存环境。多山、靠海的地理环境，逼使岭南人更加相信武功的力量，而不是文治的教化。较之伦理的空洞说教，他们更相信命运掌握在自己看得见的“手”中。于是，岭南武术得以兴盛；于是，以武为尚的邕剧也得以风靡。邕剧和岭南文化的关系就是这样水乳交融、相生相伴。

四、家国情怀

岭南文化并非只是一味地崇尚勇猛豪强。打个比方，如果勇猛豪强是件外衣，那么它的底色则是一股奇伟刚烈之气。岭南文化的这种特质不仅与岭南民性自由不羁的独立精神和历代孤臣谪宦的思想影响有关，还与宋明以来的遗民思潮有关。南宋最后一个丞相陆秀夫在新会崖山负帝投海的悲壮一幕，至今还在人们的心头激荡。刻骨铭心的亡国之痛激发的民族义概，对岭南文化心理的影响是深刻的。这种忠贞不屈的刚烈之气对邕剧的直接影响，就是大量历史剧中抵御外侮、保家卫国的家国情怀的流露。

如邕剧《昙逻国》[①] 中，当北辽都督白天佐气势汹汹地“今朝兴动人和马，

① 蒋少斌发掘、余一青校勘：《昙逻国》，《广西戏曲传统剧目汇编》（邕剧）第四十一集，广西壮族自治区戏曲工作室内部资料，1961 年，第 51—81 页。

要把中原一扫平”，准备攻打三关、扫灭宋朝时，六郎杨延昭虽然承受着“七弟搬兵被暗算，老爹受困碰碑亡”的丧亲剧痛，但一听边关有难，就毫不犹豫地率军出关迎敌，纵然失利也坚守不降，并立刻派人回朝搬兵。佘太君闻报，迅即发动杨家女将带领人马、粮草前往边关解围。途中经过以绿林好汉高旺为首的黑雾山，虽一度受挫，但经过杨八姐的奋力拼杀和义正辞严的劝说，高旺不仅和八姐结拜为兄妹，还随同八姐齐奔边关，报效国家。剧本的前半部就在这同仇敌忾、荡气回肠的旋律中交代了高旺故事的前因。杨家几代忠良，备受奸臣陷害，但紧要关头，却无一人为了一己之利而怨天尤人。这正暗合了岭南人珍视和平、顾大局、识大体的理性传统。试想，国难当头的广大民众看了这样让人热血沸腾的场景，怎能不群情激奋、誓死卫国呢？正是这种不计个人得失、誓死捍卫家园的爱国精神，使得此类剧目成为桂西南广大民众百看不厌的不二选择。

又如《七星台》[①]，写汉宣帝时，北番单于王为雪前耻，“手提三尺青锋剑，要夺汉朝九龙楼”。丞相卫律建议，设下七星大会，请宣帝赴宴，伺机行刺。苏武断定此中有诈。于是，老将李广挂帅，李陵之子李云、苏武之子苏豹作为马前先行，保定太子刘常健前去赴这场“鸿门宴”。席前果然风云突变，李广被困，李云被擒，太子失散。苏豹突破重围，回朝搬兵。朝中无人，娘娘赛昭君挺身而出，慨然挂帅：“卫国卫民立帝台，数载未曾把兵排。但愿此去平北寨，凯歌齐奏回朝来。”[②] 闻听徒儿前去征剿北番，梨山老母特赐给赛昭君七星囊和打神鞭两件法宝，助她一臂之力。果不其然，在御驾亲征、国母挂帅、举国上下同仇敌忾的强大攻势下，北番就像不堪一击的肥皂泡，瞬间破灭。剧本最后在单于投降、番汉联姻的和谐气氛中落下帷幕。

如果考之于历史，此剧舛误甚多。但老百姓并不以为意，引起他们强烈共鸣、使他们感同身受的是那一个个奋不顾身、勇往直前的豪杰志士，是那一股股昂扬进取、保家卫国的精神意绪。正是这种万众一心、抵御外侮的忧患意识

① 蒋少斌、余一青发掘，李墨馨校勘：《七星台》，《广西戏曲传统剧目汇编》（邕剧）第四十集，广西壮族自治区戏曲工作室内部资料，1961年，第7—32页。

② 同上书，第8页。

和爱国情怀，在近代中国的民主主义革命中发挥了巨大的作用。邕剧用自己独特的方式把岭南文化刚烈不屈的精髓灌注到桂西南普通民众的血脉之中。

倘若把这个剧目和京剧《查头关》作一比较，邕剧的这一岭南特质会更加凸显。京剧《查头关》只是一个三小戏（由小生、小旦、小丑主演），重点演述了北番女将尤春凤夜晚查关时，偶遇汉朝太子，二人私结良缘的故事（与邕剧《七星台》第八场所述相似），并没有交代“查关”的前因后果。邕剧《七星台》不仅保留了“查关”的精彩关目，而且完整地交代了一个抗敌御侮的故事的来龙去脉。故事的完整性不仅迎合了广大民众爱看整本戏的欣赏心理，还暗合了岭南民性刚烈奇崛的一面。邕剧在20世纪上半叶的兴盛，当与此种家国情怀的彰显不无关系。

不独《昙逻国》《七星台》如是，在邕剧的许多历史剧，如《玉门关》《进邕州》《五代荣》《五郎救弟》《风波亭》《忠义烈》中，都设置有外族入侵中原的故事背景，结局无一例外的都是中原获胜、外邦臣服。其中虽不乏阿Q式的民间想象的成分，但这种浓烈的家国情怀，却在客观上汇聚成了岭南直至整个中华民族的威武不能屈的刚健之气，成为中华民族的一笔宝贵财富。

一言以蔽之，上文从发展历程、平民意识、尚武传统、家国情怀四个方面，梳理了邕剧艺术与近代岭南文化交融互渗的关系。岭南文化不是一成不变的，邕剧也是不断向前发展的。而今，鲜明的地域特征，使得邕剧已然成为南宁及其周边地区的文化名片；文化的交融，使得邕剧艺术深深浸润着岭南文化的风骨和神韵。我们今天要传承邕剧，就不仅要传承它别具一格的舞台艺术，更要传承它内在的文化品格和精神意蕴。

（本文部分内容发表于《文史知识》2020年第4期）

中国—东盟战略背景下邕剧传承与发展的 SWOT 分析及路径选择

摘要：南宁作为广西的首府，在中国—东盟自由贸易区中发挥着不可替代的重要作用，成为中国与东盟经济交流合作的重要平台。这对邕剧这一南宁特有的地方戏曲剧种的传承与发展来说，是一个千载难逢的机会。本文借鉴市场营销学中的 SWOT 战略分析法，分析了邕剧在中国—东盟战略背景下自身的优势和劣势，以及外部环境的机遇和挑战，为邕剧在这一时代背景下传承与发展的路径选择，提出了若干建议。

关键词：邕剧；中国—东盟；SWOT 分析；路径选择

随着中国—东盟博览会在广西南宁的永久落户、中国—东盟商务与投资峰会在广西南宁的长期举办以及中国—东盟自由贸易区的建立，广西已逐渐成为我国西南、中南地区开放发展的新的战略支点，在多区域合作中发挥着越来越重要的作用。而南宁作为广西的首府，更是在中国—东盟战略实施所带来的机遇中享有无与伦比的优势。

这对邕剧这一南宁特有的地方戏曲剧种的传承与发展来说，不啻一个千载难逢的机会。邕剧如何乘此“东风”，凭借广西走向东盟、走向世界的契机，在 21 世纪重新崛起、再放迷人魅力，就成为一个需要迫切关注的问题。本文欲借鉴市场营销学中的 SWOT 战略分析法，力图较为透彻地廓清邕剧在中国—东盟战略背景下所处的内外部环境，明晰其优势与不足，以期为虽被列入国家级非物质文化遗产保护名录却依然步履维艰的邕剧，探寻一条更为科学、合理的传承与发展路径。

一、中国—东盟战略背景下邕剧传承与发展的 SWOT 分析

SWOT 分析法是 20 世纪 80 年代，最早由美国旧金山大学的管理学教授海因茨·韦里克提出的关于市场营销的战略分析方法。S、W、O、T 四个英文字母分别代表：优势（Strength）、劣势（Weakness）、机会（Opportunity）和威胁（Threat）。所谓 SWOT 分析，是指在对组织内部的优势和劣势以及外部的机会和威胁进行综合分析的基础上，制定适合组织实际情况的战略方法。这种分析法最大的优点在于，运用系统的方法，通过寻找原本看似彼此间没有必然联系的各种因素之间的内在联系，并相互组合、综合分析，进而制定出科学全面的战略对策。SWOT 分析法由于分析直观、使用简单而受到普遍欢迎，并被广泛用于各个领域。

下面即以 SWOT 分析法，来具体分析中国—东盟战略背景下邕剧内部存在的优势和劣势，以及外部面临的机遇与威胁，希望在此基础上不仅要看清邕剧自身拥有的独特能力和资源以及运用它们的办法，而且还要洞悉由于目前资源的缺乏，邕剧尚不能利用的机会；力图在外部威胁和内部劣势并存的情况下，找到外部机遇与内部优势匹配的合理的战略发展机制。

（一）邕剧传承与发展的内部优势（Strength）

在戏曲艺术的百花园中，邕剧有着自己独特的魅力。尤其是闹热的审美追求和富有南派特色的武功绝技，为邕剧这张南宁独有的文化名片，增添了一抹绚丽夺目的亮色。

1. 别具一格的闹热特质

作为南宁市独有的地方戏曲剧种，邕剧具有显著的闹热特色。闹热性本是与中国传统戏曲相生相伴的一个基本特质。从远古时期宗教祭祀礼仪中原

始闹热性的萌发到后世迎神赛社节庆上的欢闹谐趣，从汉唐优戏的滑稽演绎到如今地方小戏的插科打诨，可以发现，在中国戏曲孕育、形成、发展的历程中，正是闹热的审美特质，使得芸芸众生在劳作之余得以一展欢颜，尽享闹之乐趣与生之喜悦。[①] 兴起于清代嘉庆、道光年间的邕剧，适逢中国戏曲史上“花雅之争”中的花部明显占据上风的历史阶段，所以天然地秉承了地方戏的闹热特性。邕地广为流传的俗谚“看热闹如看大戏”，即质朴而精辟地概括了邕剧的这一特性。

从现存邕剧的题材选择、表演风格、音乐伴奏等方面，也可鲜明地看到这一点。[②] 在题材选择上，邕剧最擅长表演闹热的打斗场面，如邕剧独有剧目《进邕州》（见《广西戏曲传统剧目汇编》（邕剧）第47集）的第十四场和第十五场都有热闹引人的打斗场面[③]；又如邕剧《七星台》（见《广西戏曲传统剧目汇编》（邕剧）第40集）把汉武帝时的李广、苏武与汉元帝时的毛延寿、王昭君“混搭”在一起，营造了一场神奇欢腾、引人入胜的打斗场景。

在表演风格上，重白轻唱、热衷打斗，如《广西戏曲传统剧目汇编》（邕剧）第28集收录的邕剧《芦花河》，全剧共十二场，其中一、二、五、十二这四场戏只有说白和打斗场面，三、四、八这三场戏除了龙女、薛应龙、樊梨花、薛丁山偶尔的几句唱词外主要都是念白；又如《广西戏曲传统剧目汇编》（邕剧）第40集收录的邕剧《父女响马》，从第六场到第八场几乎都是精彩的打斗设计，甚少宾白和唱词。

在音乐伴奏上，乐音粗犷雄浑、曲调诙谐跳跃。邕剧虽然也借鉴了一些婉转柔和的昆腔音乐，但吸收更多的还是轻快诙谐的吹腔音乐，更擅长营造活跃诙谐的场面。就连乐队有时也会走上前台助兴，赢得掌声阵阵。比如在早期的舞台上，“在演出小武行主演的武戏时，为了给主要演员出场制造气氛，钹手常在奏【十三锤首板】台上又无人时离开坐席，将大钹边抛边打边行至

① 王奕祯：《中国传统戏剧闹热性研究》，上海师范大学2012年博士论文。

② 石艺、黄斌：《“非遗”视野下邕剧闹热的审美特质》，《广西师范学院学报》2015年第2期，第6—10页。

③ 本文所引邕剧剧目，如无特殊说明，均出自广西壮族自治区戏曲工作室于1960年至1963年编的《广西戏曲传统剧目汇编》（邕剧），此书收录了四百多个邕剧剧目，是邕剧研究的重要参考文献。

台中，又击钹又翻筋斗‘打四门’和要‘钹花’，待最后一锤，将钹丢入装钹的草织物内，复回席位接拉二弦（兼职）。在‘擘网巾’排场中，钹手则与演员同在台上表演，边翻筋斗、抛钹要‘钹花’，边按锣鼓点击钹，气氛更加热烈。”[①] 乐队的入戏参演，显然是基于邕剧演出闹热性的审美追求。

邕剧这种热情似火、迥别于其他雅化的戏曲样式的闹热特质，保留了更多原生态的质朴和粗犷气息，这一特质使其更易被普通民众接受，尤其是更吸引青年观众的眼球。如能在中国与东盟文化交流中，充分发挥这一优势，显然可以大大加重邕剧在现代化、国际化、快节奏的市场竞争中获胜的砝码。

2. 沉稳勇猛的武功绝技

在近年来邕剧的对外交流中，最吸引观众的莫过于其迥异于轻快灵巧的北派武功的、沉稳勇猛的南派武打绝技。邕剧的武打强调扎实过硬的武功底子，用真刀真枪在舞台上短兵相接，其激烈惊险之程度是其他剧种甚为罕见的。邕剧最吸引观众的绝技有：

变脸：邕剧的变脸不同于川剧的借助脸谱来表现，而是需要演员运用内功，从丹田发气，抖动身子改变脸色，是实打实的真功夫。在邕剧《李槐卖箭》中，李槐被公孙赞戏弄后怒发冲冠，脸色瞬间由青变红，再由红泛青。功夫好的演员通过运气，可自如掌握脸红的程度，如面颊红、满脸红、红极变紫等。南宁市邕剧团第三任团长李名扬的“镇山之宝”就是变脸功。现在邕剧团的新生代演员包卓金也较好地掌握了这一绝技，在香港表演时还受到了当地观众的一致好评。

要獠牙：为了表现人物的凶狠，演员在口腔内含上由大野猪或老母猪的犬牙制成的长长的獠牙，随着角色情绪的变化，依靠牙关和舌尖的运动，将獠牙迅速推出口腔，在唇外做出各种造型：双牙或朝上或朝下，或水平交叉或左右外翻等。邕剧多在神怪戏中运用要獠牙。老艺人蒋明甫最擅长此技，李名扬的要獠牙亦出神入化，现在邕剧团的退休艺人梁志欢也能要獠牙。

---

① 中国戏曲志编辑委员会、《中国戏曲志·广西卷》编辑委员会编：《中国戏曲志·广西卷》，中国 ISBN 中心 1995 年版，第 248 页。

砸烂台：在舞台中央把三张桌子叠放在一起，上面再加一把椅子，旁边放好一张桌子。表演者爬上高椅，一个跟头翻下来，背部砸在旁边的桌子上，把桌子砸个粉碎，而人却安然无恙，此乃武戏表演中的压轴戏。老艺人刘三的“砸烂台”可谓威震“江湖”。邕剧团的新生代演员包卓金、宁靖也学习了此项绝技，但由于表演难度大，他们没能练到“把桌子砸个粉碎”的境界。

吐血：是武生的绝技，主要体现在邕剧《三气周瑜》中，周瑜受诸葛亮讽刺，气得两次吐血。这“血”是一种特殊的植物染料苏木水。演员在表演当天必须空腹，演出前喝下整整一海碗红色的“苏木水”，表演时用倒胃气功逼出“苏木水”，将“吐血”表现得淋漓尽致。老艺人“豉油三”、桂名扬都能表演此项绝技。①

阴阳眼：是丑角的绝技。表演时一眼紧闭，一眼圆睁。圆睁之眼还须上下、左右或 360 度滚动。有时一只眼顺时针旋转，一只眼逆时针旋转；或两只眼同时向外看。此技难度很大，很少有人能练成。

踩沙锅：与踩梅花桩相似，不同的是梅花桩比较坚固，而沙锅则易碎，稍有不慎就会被踩破，因此，踩沙锅要求演员有一定的轻功基础。

跳椅：包括多种表演形式，常用的有单照镜、双照镜、三照镜、五照镜、高台椅、丁字椅、法场椅、蛇吞椅、跨角椅、跨台椅等。跳椅要求演员动作干脆利索、潇洒飘逸、稳定自如，通常在“乱府”“乱山”“乱寺”“乱法场”等邕剧排场中套用。传统剧目《黄花山》《拦马过关》《雪仲冤》和新编神话剧《百鸟衣》等中都运用了跳椅特技。

铲椅：表演时台中纵置一桌，桌上、桌旁各放一把椅子，一演员站在桌上椅子上，一脚踩椅面边缘，一脚踩椅背顶端；另一演员站桌旁椅子上，提气抽身，收脚跃起，在空中上身后仰，将双脚铲入站于桌上椅子上的演员双腿之间，仰卧于桌上椅子上。“铲椅”特技要求演员配合要十分默契，动作要准确利索。传统剧目《七状纸》《黄花山》《五台会兄》和新编神话剧《百鸟衣》等中都运用了铲椅特技。

① 莫俊：《邕剧重生再续辉煌》，《南宁日报》2008 年 4 月 28 日第 12 版。

过山：用于表现翻越高山的特定排场中。表演时，舞台正中区域以三张方木桌一上两下拼叠成“品”字形，下两桌外侧各放靠椅一把，上桌面放靠椅两把，椅背相贴，其间与观众席成直角斜缚直径约七厘米的长竹竿一条，外高里低，外端伸出椅外约 180 厘米。男角背负女角做攀登状至“山顶”后，在椅背和斜竹竿上做“金鸡独立”“晒腰卧鱼”等动作。然后做失足跌下状，男背女滚落竹竿。此时，男角双手紧抱竹竿，女角双脚紧缠男角腰腹部，头朝下落腰，做左右亮相等动作，然后女角翻落台面。之后男角在竹竿上做转圈打滚、用腹部顶着竹竿头做“乌鸦晒翼”、在椅子上“起虎尾”、做空翻下椅落于台面等技巧动作。“过山”特技要求演员动作准确利索、配合默契。传统剧目《七状纸》《霸王归天》和新编神话剧《百鸟衣》等中都运用了此特技。①

这些特技表演，因其过硬的武功底子和高难度的惊险动作，使得无数观众如痴如醉，这也是邕剧最吸引人之处。尤其是在对外交流语言不通的情况下，这些动作特技的表演更能拉近不同文化背景下观众的心灵距离，赢得不同种族人们的共鸣，使得艺术的交流更加畅通无阻。

上述两方面的优势是相辅相成的，一方面，邕剧对闹热性的审美追求，天然地需要极富地方色彩的高难技艺的支撑；另一方面，惊险刺激的武功特技强化了邕剧闹热的审美特性。这两者是邕剧最为独特的地方，也是邕剧最具竞争优势之所在，如能在其传承发展与对外交流中保持并坚持这一特性，相信邕剧的再创辉煌将是指日可待的。

（二）邕剧传承与发展的内部劣势（Weakness）

邕剧自身虽然有着独特的优势，但也要清楚地看到抑制其传承与发展的内部劣势，主要表现在以下三个方面：

1. 缺乏优秀文人的参与

在邕剧的编创过程中，文化修养深厚的文人较少参与其中。这直接导致

① 中国戏曲志编辑委员会、《中国戏曲志·广西卷》编辑委员会编：《中国戏曲志·广西卷》，中国 ISBN 中心 1995 年版，第 336 页。

了邕剧剧目文学性的贫乏。是否有文人的参与，对于一个剧种的兴衰而言，关系甚为密切。

历史上这样的例子数不胜数。元杂剧因为有着大批学养丰厚的落魄文人的加入，而铸造了中国戏曲史上第一座高峰；宋元南戏也因为高则成等学富五车的传统文人的全身心投入，而变得越来越精致，并直接促成了中国戏曲史上第二座高峰——明清传奇的出现；独领风骚几百年的昆曲从文本到表演的细腻雅致，更是与一代代文人士大夫的垂青与实践息息相关；就是今天被尊为国粹的京剧在其最辉煌的四大名旦时期，也与齐如山、罗瘿公、陈墨香等文人与艺人的联袂关系甚巨；广西的桂剧能跻身“中国十大戏曲剧种”之列，也得益于20世纪三四十年代，著名戏剧家欧阳予倩的加盟，他先后为桂剧团创编了《梁红玉》《打金枝》《断桥》《桃花扇》《人面桃花》《黛玉葬花》等一系列新编桂剧，使桂剧舞台由此变得更加丰富多彩。文人知识分子的积极参与，很大程度上决定了一个剧种的品位和兴衰。这已然成为中国戏曲发展的一个内部规律。

邕剧自然也概莫能外。由于历史的原因，邕剧从诞生至今，主要是由处于社会底层的历代艺人口口相传而得以延续。从剧目的编创到舞台的演出，都是在历代艺人的经验积累和身体记忆中逐步完成的。艺人虽然深谙舞台表演的精髓，但由于自身文化素养的贫乏，势必会影响到剧目的文学性和思想性。中华人民共和国成立后艺人的生存和受教育状况虽有所改观，但长期的排练和演出，使得他们没有更多的时间和精力投入到对剧本的精雕细琢中。如此一来，由于优秀编剧人才的缺乏，使得邕剧少有高质量的经典剧目，长期处于一种低品位运作状态。这对于一个剧种的长期发展来说是致命的。20世纪50年代，昆剧《十五贯》的演出曾轰动全国，《人民日报》还为此专发了《从“一出戏救活了一个剧种”谈起》的社论。昆剧从此“柳暗花明又一村”，渐渐恢复了元气。可见，优秀剧目的编创对一个剧种的可持续发展而言，有着巨大的推动作用。邕剧在剧目创作方面，显然急缺一批文学积累深厚的编剧人才和一些文学性、艺术性俱佳的高品质剧目。这是邕剧人应该清醒认识到的自身的劣势。

2. 舞台语言的掣肘

邕剧的舞台语言以戏棚官话为主，邕州官话为辅。此外，根据剧情需要，还可能使用到“番话”“京话”和“山西话”等特殊舞台语言。[①] 南宁市邕剧团第一任团长洪高明在《邕剧音韵》书稿的“前言”中曾指出：“戏棚官话是粤语化的专用于戏曲舞台表演的西南官话，是皮黄戏曲进入两广后在本土化过程中的产物。”[②] 地处粤方言区而能大体保持原生态的特质，这是邕剧难能可贵的地方。诚然，在地方方言曲调基础上形成的地方戏，对凝聚本地域观众的文化认同感、民族认同感至关重要，毕竟，“少小离家老大回，乡音无改鬓毛衰”。

但从长远来看，却未必有利。在南北交流、中外交流日益频繁的当下，且不说外国观众如何接受，就是对广大北方观众而言，要听懂粤味浓郁的南方戏曲，也颇为不易。语言接受上的障碍直接影响到对邕剧内容韵味的理解和共鸣，对邕剧的大范围传播极为不利。历史上能够通行全国的剧种，首先都得过语言关。比如一度风靡华夏的昆剧，其所唱北曲遵照《中原音韵》，南曲依据《洪武正韵》；韵白基本遵照《中原音韵》，属于北方话系统，与后来京剧的韵白大体相同；苏白用苏州话，以丑角使用为多。总体看来，昆曲的唱念对各地观众不致造成太大的语言障碍，故而能受到南北方观众的一致欢迎。

其实，就邕剧自身发展而言，也可看到这种舞台语言变革的先例。早在20世纪30年代，随着广东商人的大量入邕，南宁不少本地班已开始逐渐改用当地观众普遍能接受的粤语来演出，而少数坚持使用戏棚官话演出的戏班，则因为观众越来越少，而渐渐淡出人们的视野。这是邕剧发展史上很有说服力的例子。如今，在南宁，邕州官话已濒临灭绝，使用人口主要分布在青秀区临江路（原下郭街）和江南区菠萝岭社区一带。而近年来随着普通话的推广，原来大量使用白话（粤语）的人口也已锐减到三成以下。因此，在语言方面顺势而变、大胆革新，才是在新时代新环境下的生存之道。如能在保留邕剧

---

① 洪琪、洪珏：《邕剧舞台语言中的“番话”研究》，《南宁职业技术学院学报》2015年第3期，第71—75页。

② 转引自洪珏：《“戏棚官话”的语言分析和文化解读》，《南宁职业技术学院学报》2009年第3期，第82页。

传统音乐唱腔基础上，在念白中加入一些《中原音韵》的成分，或能为邕剧争得更为广阔的生存空间。

3. 口头传承的局限

在当前邕剧的传承模式中，还是以口传心授为主，主要是由师傅把经过历代观众选择、认可的优秀表演技艺，以格式的方式固化，并亲身示范，以身体记忆的方式代代相传。当然，这种模式是千百年来中国民间艺人积累的一套行之有效的技艺传承方法。学者刘晓明在《杂剧形成史》一书中曾把这种方法提炼为“格式化框架内的套袭与变异”①，就是对这种传承模式的科学概括。这种传承方式最关键的就是“人”的存在，一旦没有了“人”，就岌岌可危了。当下许多小剧种都面临着人才断代的危机。邕剧也难逃此厄运，上文提到的邕剧的很多武功绝技随着老艺人的纷纷离世，而今都已成为“广陵绝响”。不能说和这种口传心授的传承方式就毫无关系。

重新思考传承的方式方法，把邕剧的表演规律、音乐规律、发声方法等，尽可能用科学的语言提炼成通俗易懂的文字，并辅之以相应的音频、视频，作为学员学习的基本教材，或许能扭转这种劣势。有些大剧种，像京剧，在关于表演技能、音乐设计、舞美设计等舞台创作规律的总结方面，已积累了不少有益的经验，都是可资借鉴的。

（三）邕剧传承与发展的外部机会（Opportunity）

以上主要从内部条件分析了邕剧的优势和劣势，限于篇幅和能力，分析可能还不够全面；另外，从外部环境看，邕剧在新世纪也迎来了难得的发展机遇，主要表现在以下两方面：

1. 入选国家级非物质文化遗产保护名录

由于种种原因，1951 年刚刚成立的南宁市邕剧团，在 1969 年就宣布正式

① 刘晓明：《杂剧形成史》，中华书局 2007 年版，第 23 页。

解散，邕剧自此进入了创作的低谷，几乎濒临消亡。值得庆幸的是，改革开放以来，在广西新老戏剧人和文化部门的齐心协力下，邕剧这支绿城奇葩终于重绽新芽。下面这份备忘录就是近年来让邕剧人倍感振奋的几件大事：

2006 年，邕剧被列入广西壮族自治区级非物质文化遗产保护名录。

2007 年，南宁市邕剧团举行挂牌仪式并向外界宣布恢复成立。

2008 年，邕剧被列入国家级非物质文化遗产保护名录。

2011 年 2 月 27 日，南宁市邕剧展示中心在新会书院正式成立。这个中心是集邕剧历史文化展示和剧目表演于一体的、以静态和动态相结合的非物质文化遗产专题展示中心。

2012 年 5 月 22 日，南宁市邕剧团与南宁市粤剧团、南宁市艺术创作研究所撤并整合，联合组建南宁市民族文化艺术研究院、南宁市戏剧院、南宁市非物质文化遗产保护中心。

2013 年，教育部人文社会科学百所重点研究基地、中山大学中国非物质文化遗产研究中心在新会书院正式挂牌建立广西工作站。

这一个个利好消息，从制度上、财政上保证了邕剧发展必需的政策上、经济上、学术上的支撑，让邕剧焕发了生机。比如 2007 年，南宁市邕剧团恢复不久，其创作的邕剧小戏《歪打正着》就在“中国戏剧奖·小戏小品奖暨第二届全国小戏小品大赛”上，勇夺“中国戏剧奖·小戏小品奖”（金奖）和“观众最喜爱的节目奖”两项大奖。这是邕剧回归全国戏剧舞台后夺得的第一个全国性大奖，给了邕剧人莫大的鼓舞。又如 2011 年，邕剧展示中心成立后，新会书院既提供了“邕剧天天演”的平台，又有了邕剧历史、行当、唱腔、服装和脸谱等文化信息的展示，不仅让更多的市民，也让广大游客近距离感受到了邕剧这一本土优秀戏曲文化的独特魅力。再如 2012 年，南宁市民族文化艺术研究院刚刚成立，就携带邕剧《芦花荡》和粤剧《老鼠嫁女》，一起参加了印尼口述传统文化艺术节、新加坡国际儿童文学节、孟加拉第二届亚洲戏剧节、土耳其奥尔杜第八届国际青年儿童艺术节等四个国际艺术节，并获得了圆满成功。这次国际交流演出，不仅在“四个国家播下了友谊种子”，更重要的是“向国际友人展现了广西粤剧、邕剧的深厚传统与创新活力”①。

上述种种有利的因素，尤其是入选国家级非物质文化遗产保护名录，使得邕剧演员的地位和待遇都今非昔比，使得曾经作为南宁地方文化符号的邕剧重又回到了人们的视野中。这是邕剧形成以来史无前例的大好机遇，更是邕剧人不应错过的大好时机。如能善用此一良机，邕剧的明天必将更加灿烂。

2. 处于中国—东盟经济、文化交流的核心地带

广西作为我国连接东盟的“桥头堡”，地处中国—东盟地理位置的接合部，在中国—东盟自由贸易区中发挥着不可替代的重要作用。而南宁作为广西的首府，更是汇聚了多种政策资源优势，成为中国与东盟经济交流合作的重要平台。从 2004 年至 2015 年年底，中国—东盟博览会和中国—东盟商务与投资峰会已在南宁成功举办了 12 届，大大促进了中国与东盟之间的经济合作，已彰显出明显的“广西效应”。

不仅如此，广西与东盟多数国家的文化交流也有着许多人文优势和地缘优势。人文方面，两者的文化观念和民族风俗有着诸多相似之处，如广西壮族与泰国泰族、老挝老龙族，以及越南的岱族、侬族、拉基族、布标族、山斋族等民族都存在一定亲缘关系，在文化、生活习惯上都有很多相似之处，这有利于超越国界的、多民族共同拥有的文化形态和文化认同理念的交流与传播；地理位置上，广西背靠大西南，面向东南亚，南临北部湾，与东南亚陆地接壤，是中国通向东南亚的重要门户。近年来中国与东盟的文化交流也日趋频繁，尤其是伴随着中国在国际舞台上影响力的日渐增强，东盟国家纷纷向中国学习。在制度保障方面，中国和东盟先后签署并制定了《中国—东盟文化合作谅解备忘录》《南宁宣言》《中国—东盟文化交流合作发展规划》《中国—东盟文化产业互动计划》等一系列文件，这些为中国与东盟的文化交流与合作提供了广阔的前景，对邕剧的走向东盟、走向世界，也是一个有力的推手。

---

① 方宁：《行万里路 传播粤剧文化——记南宁市民族文化艺术研究院亚洲四国文化交流行》，《南国红豆》2013 年第 1 期，第 23 页。

邕剧作为南宁地方文化的重要载体，其所携带的独特文化密码，是这座有着一千多年历史的古城的重要识别标志。在中国与东盟经济、文化交流的大潮中，邕剧完全有信心搭建好民族传统艺术的平台，充分发挥这一民族文化遗产的辐射功能和影响力，吸引更多东南亚的客商前来参加各种经贸活动，既为广西引进项目、利用外资服务，也有利于自身的国际化传播。

邕剧在当代面临的机遇应该不止于上文所述，这里只是根据 SWOT 分析法，按照影响程度梳理了一些主要的因素。

（四）邕剧传承与发展的外部威胁（Threat）

当下，邕剧的传承与发展，既有着上述外部环境的有利方面，也有来自外部客观环境的种种不利因素，下面择其要者简析之：

1. 桂剧、壮剧、彩调剧、粤剧等大剧种的威胁

在广西，邕剧曾与桂剧、壮剧、彩调剧并称“广西四大地方剧种”。其他三种都早于邕剧在 2006 年即被列入第一批国家非物质文化遗产保护名录。外界对其关注都远甚于邕剧，仅以笔者写作此文时在“中国知网”上，分别以“邕剧”“桂剧”“壮剧”“彩调剧”为主题词检索到的研究资料的最新数据显示，就很能说明问题，这四个数据依次为：27 条、135 条、983 条、1096 条。与后三者相比，有关邕剧的研究显然尚未引起学术界的广泛关注。这也说明邕剧自身的影响和宣传是远远不够的。

除了桂剧、壮剧、彩调剧外，主要在粤语区流传的邕剧，还面临着另一个大剧种粤剧的威胁。粤剧最初形成于广东，后来随着广东商人进入广西经商而逐渐落户广西，在南宁、梧州、柳州、玉林、百色、桂平、钦州、北海等地都建立了粤剧团，使得粤剧也成为广西的一个大剧种。上文提到 20 世纪二三十年代，南宁邕剧就因为粤剧的盛行，而被挤出城镇戏园，不得不到偏僻乡间辗转演出。现在南宁话大多已被粤语取代，年轻人大多已听不懂邕州官话了，以致不少有识之士都在感叹南宁是一座丢失了自己文化的城市。在这样的客观环境下，邕剧要想和粤剧争夺观众，确属不易。

可见，在周边大剧种的重重包围中，邕剧的弱势地位是显而易见的。这是我们应该客观正视的现实。

2. 电影、电视、网络等大众媒体的冲击

除了来自大剧种的威胁，当代电影、电视、网络等大众媒体的流行，对地方小剧种邕剧的传承和发展来说，也是一大冲击。尤其是推崇时尚、追求“视觉化”“图像化”之类的感官刺激的年轻人，对影视和网络的热衷与沉迷，远甚于对邕剧的喜爱。邕剧这一曾经作为南宁人文化娱乐生活主要支撑的传统艺术已失去了昔日的荣光，黯然徘徊在文化市场的边缘，被大部分文化消费者，尤其是青年群体所遗忘。

如果邕剧不进行适当的自我调整，做出种种吸引当代观众特别是青年观众的创新之举，要想赢得较好的市场发展空间，前景恐怕不容乐观。倘若能顺势而变，像昆曲界的“青春版《牡丹亭》现象”那样，大胆革新，一定会赢得更多的关注，并焕发出新的光芒。

笔者希望清醒地认识到邕剧在当代社会面临的挑战，能成为鞭策邕剧人积极创新的动力之源泉，而不是阻碍邕剧前进的包袱。

二、中国—东盟战略背景下邕剧传承与发展的路径选择

通过上文对邕剧在传承与发展中的内部条件与外部环境的分析，可以看出，在优势和劣势、机遇和挑战等诸多因素的共同作用下，邕剧的优势还是大于劣势，发展机遇还是远胜于遇到的困难。因此，如何充分发挥优势、把握机遇，从而弥补劣势、应对挑战，是当下邕剧传承与发展所面临的重大战略任务。对此，综合上述 SWOT 分析，为邕剧在中国—东盟战略背景下传承与发展的路径选择提出如下建议：

第一，抓住邕剧闹热的审美特质，着力发扬邕剧的南派特色，打造邕剧艺术精品。闹热性和南派武功的精彩绝技，是邕剧艺术的标志性符号，无论是编导，还是演职员，在创作过程中都应牢牢把握这一秉性。比如在剧目创

作中，既要将传统戏的悲欢离合、人情冷暖，用符合现代人审美趣味和需求的内容与形式表现出来，更要兼顾邕剧白多唱少、偏重打斗的特点，为演员表演预留足够的发挥空间。而对于演员来讲，更需苦练基本功，熟练掌握武打绝技。因为中国戏曲文化的“走出去”，仅靠语言的交流显然远远不够，而武打绝技反倒可以作为一种蕴含中国传统文化的独特的身体语言，一种提升中国软实力的“世界语言”，借助它来讲述“中国故事”，抒发中国人的国际情怀，从而打造出真正对世界产生巨大影响的戏曲精品。

第二，鼓励优秀编剧加盟剧目创作，尽快组成由编剧、老艺人、主要演员三结合的创作班子。这个班子中，熟谙邕剧表演规律且有深厚文学修养的文化人才的加入，是非常重要的，必要时邕剧团甚至应该不惜重金“抢夺”人才。总之，这个创作班子必须团结一致、勇于创新、锻造独特、彰显创意，才能与时俱进，使邕剧既不失古朴韵味，又有新颖活泼的时代特色，才有可能打造出具有国际竞争力和影响力的邕剧文化品牌。

第三，选择“政府推动，民间配合，贸易导向”模式，促使邕剧走向东盟、走向世界。选择这一模式的基本思路是：借力中国—东盟经济文化交流的平台，在文化部、教育部等官方机构的大力推动与支持下，辅以民间社团和学术机构的紧密配合与补充，通过服务贸易这一桥梁和通道，让邕剧走向世界，使海外民众、社会精英和舆论界更多、更深入地了解中国戏曲和中国文化。

第四，借助海外巡演，促进邕剧的国际化传播。2012 年，邕剧《芦花荡》在印尼、新加坡、孟加拉、土耳其这四个文化差异较大的国家的巡演，引起了热烈的反响。这次国际交流演出向海外观众展示出邕剧夸张高昂、富有表现力的艺术语言和身体语言，迎合了海外观众的需求，产生了较好的传播效果。随着中国与东盟交流的频繁，邕剧应该主动打开海外市场，用适销对路的产品让自己大胆走出国门。这方面邕剧可以以京剧为榜样。2012 年北京京剧院“唱响之旅”大型巡演活动在德国的慕尼黑，意大利的卡塔尼亚、科森扎、阿美利亚，以及包含中国的台湾、香港在内的 9 个国家和地区的 47 个城市，举行了 190 余场演出和相应的讲座、展览，深受观众的好评。他们认为只有“走出去”演出，才能深入挖掘应对国际市场的方法和积累国际演出的经验。

在中国—东盟战略背景下，邕剧不妨借鉴这种思路，进一步调整和完善自身，以适应世界文化市场的竞争，并扩大国际影响力。

第五，整合宣传资源，重点扩大邕剧在青年观众群体中的影响力和受众范围。邕剧应该整合政府、民间、学界的宣传资源，充分利用电视、网络、微媒体、报纸、图书等现代传媒手段，积极开发与邕剧相关的电视节目、广播节目、移动app，并建立邕剧文化资源数字化共享平台，对邕剧进行详细、深入的介绍。在电视、广播方面，邕剧可以借鉴广东、香港粤剧电视、广播的经验。如广东电视台的《粤韵风华》《笑话百出》《查笃撑》《孙秀才传奇》，南方电视台的《优秀粤剧粤曲艺术大观》《粤唱粤好戏》，广州电视台的《南国红豆》《红线女艺术之路》等电视节目；广东电台南方生活广播的《粤韵飘馨》，香港电台第五台的《粤曲公开进修学堂》等丰富多样的电视广播节目，满足了不同受众群体的审美需求，尤其可贵的是吸引了一些爱好粤剧的青少年观众。这也是邕剧从长远考虑需尽力做好的事。

邕剧应该意识到，抓住青年受众，就是为邕剧的未来买了一份长期保险。邕剧应该使用青年观众群体“最容易接受的术语、最方便的信息接受渠道、最易接受的广告传播方式以及最恰当的产品开发推广模式”①，力求以低投入获得高收益。另外，时机成熟时，还可制作有关邕剧的宣传片融入到东南亚国家电视频道进行播放，以加深东南亚国家人民对广西民族文化的了解和认识，使得邕剧在东南亚乃至世界范围内得到更广泛的传播。

第六，借助现代教育理念，整合教育资源，有效传承邕剧艺术。邕剧的传承除了口传心授外，必须借助于现代教育理念。现代教育发展的“逻辑”是在适应现代社会的基础上，坚持教育传统，处理好传统与现代、继承与创新的关系，使教育能够有一个持续的和常态的发展。② 邕剧的现代教育不妨从幼儿园、小学抓起，直到中学、大学，形成一个完整的持续发展的普及链条。现代教育还强调教育的科学性、系统性，这都对邕剧的教育传承提出了新问题。邕剧的区市级传承人和国家级传承人，如今都已年届古稀，充分发挥他

① 陈亚民、吕天品：《文化产业的商业属性及商业模式》，《商业研究》2009年第7期，第127页。
② 郭法奇：《杜威与现代教育：几个基本问题的探讨》，《教育研究》2014年第1期，第120页。

们的作用，及时挖掘整理排场戏，提炼排场戏的表演规律，总结科学的练习方法，使得青少年从艺者易学、爱学，对邕剧的长远发展而言，意义不言自明。除了学校教育，邕剧教育还应整合家庭和社会的教育资源，从对个人教育影响最大的原生家庭着眼，进而扩展至全社会，打造一条无缝链接的有效传承渠道。

第七，发展邕剧文化旅游产业，打造邕剧文化产业链。南宁市有着丰富的旅游文化资源，经过多年的开发建设，南宁市已形成了边关览胜游、绿城风情游、民歌节庆游、中越跨国游等一批精品旅游产品和线路。邕剧如能与旅游观光、休闲度假、生态保护相结合，用民族文化的独特内涵来提升旅游的品味，而旅游则以相应的回报反哺邕剧，必将为邕剧发展注入市场的活力。如一年一度的“中国—东盟博览会”是东南亚国家文化推广的重要平台，邕剧的表演性和娱乐性无疑很适合在这个大舞台上表演，这对邕剧的发展和东盟国家而言都是一个双赢。又如南宁新会书院的“邕剧天天演”平常会接受旅游团的包场，也是一种很好的尝试，今后这样的步伐还可以继续深入和扩大。

当今世界大多数国家都已认识到文化产业带来的巨大的经济、政治、文化利益，并纷纷把文化产业发展提升到国家战略的高度。2012 年党的十八大报告中也提出了“文化强国”战略，要努力推动文化事业全面繁荣、文化产业快速发展。走文化产业化的发展道路，也是邕剧在当代发展的必然选择。世界各国都有类似文化和产业完美结合的成功案例。比如国际上一些知名品牌经常会与芭蕾舞、歌剧等艺术形式相结合宣传推广自己的品牌形象。又如昆曲《牡丹亭》的厅堂版和实景版演出。2010 年在北京皇家粮仓、九朝会、北大百年讲堂、大观园戏楼、梅兰芳大剧院、蓬蒿剧场等场所纷纷开始了传统昆曲名篇《牡丹亭》《长生殿》等的厅堂版演出。同时，江苏省也开始了一场“人生如游园，难得一惊梦”的实景版《牡丹亭》演出，通过园林艺术与戏剧艺术的结合达到了很好的演出效果，“实景版的创意加上正宗昆曲传习所的传承，联合当地有着成功品牌运作理念的商业集团，于是一条昆曲文化产业链就初具雏形了”[①]。邕剧完全可以借鉴这种产业运作模式，乘着中国—东盟文化、经济交流的东风，吸引成熟的商业集团进行合作，对外可以到东南亚各国进行商业巡演和做讲座，借此扩大自身的国际影响力；对内则可不断积累经验，完善各种演出机制和演出形式。

以上只是笔者借鉴SWOT战略分析法，对邕剧的传承与发展所作的一个尝试性研究，不足之处，尚请方家指正！

（原载南宁市民族文化艺术研究院编《戏海扬帆——中国—东盟（南宁）戏剧周论文精粹（2013—2015年）》上卷，学苑出版社2016年版）

① 刘鎏：《论中国—东盟背景下桂剧发展的国际化创新策略》，《戏剧之家》（上半月）2013年第5期，第57页。

参与式发展视域下邕剧的数字化开发与协同创新

摘要：源自社会学和人类学领域的“参与式发展理论”，是一种自下而上式的应用性很强的理论，它强调赋权弱势群体，以尊重差异、平等协商为基础，使所有成员真正参与到发展项目的决策、评估、选择、实施、管理等每一个环节，最终实现可持续的公平发展。将“参与式发展理论”运用于邕剧的数字化开发和协同创新，对于邕剧在“互联网＋”时代的发展有多重意义：首先，“参与式发展理论”为邕剧数字化保护强调传承人和拥有者的主体性提供了理论依据；其次，通过传承人和拥有者与电脑程序员的平等协商，既可以充分发挥电脑程序员的技术优势，又可以赋予数字化保护足够的文化关照；最后，藉由自下而上的广泛参与，可以唤醒和提升更多中青年受众原本没有或遭到忽略的家园意识和主体意识。基于此，文章提出了邕剧数字化开发与协同创新的具体模式：构建邕剧数字化博物馆，构建邕剧数字化协同创新网络，开发多种类型的数字化邕剧影视及多媒体产品，让邕剧走进大、中、小学的多媒体数字教学；以期为濒危非物质文化遗产剧种的传承发展提供新的思路和方法。

关键词：参与式发展；邕剧；数字化；协同创新

近十年来，非物质文化遗产的数字化保护受到了国家和社会的广泛关注[①]。所谓“非物质文化遗产的数字化”，就是采用数字采集、数字存储、数字处理、数字展示、数字传播等数字化技术，对非物质文化遗产进行整理、归类，并将其转换、再现、复原成可共享、可再生的数字形态，以新的视角加以解读，以新的方式加以保存，以新的需求加以利用。[②]这样，可以使人们不受时空的限制，通过网络和计算机就能清晰地、全方位地感受到与观看实物（实景）极为相似的感官体验。

但通过对近年来非物质文化遗产数字化保护的审视，我们发现，非物质文化遗产的数字化保护存在着文化的风险，面临着过度娱乐化、文化碎片化、宣传表层化的生存窘境，已经有不少学者对此深表忧虑[③]。基于此，在考察濒危非物质文化遗产剧种邕剧的数字化开发与协同创新时，我们引入了源自社会学和人类学领域的“参与式发展理论”。这是一种异于传统的、自下而上式的、应用性很强的发展理论，它强调赋权弱势群体，以尊重差异、平等协商为基础，使所有成员真正参与到发展项目的决策、评估、选择、实施、管理等每一个环节，最终实现可持续的公平发展。对于邕剧而言，就是要赋予传承人和民众参与数字化保护的权利，以期真正实现数字化技术和邕剧保护与传承的有效结合。

下面，将从参与式发展理论对邕剧数字化开发和协同创新的多重意义、参与式发展视域下邕剧数字化开发与协同创新的具体模式两方面，但陈一孔

---

① 2005年国务院公布的《关于加强我国非物质文化遗产保护工作的意见》、2010年文化部启动的“中国非物质文化遗产数字化保护工程”规划项目、2011年中华人民共和国第十一届全国人民代表大会常务委员会第十九次会议通过并公布的《中华人民共和国非物质文化遗产法》、2014年在北京召开的“全国非物质文化遗产数字化保护（首批）试点工作总结会”等，这些既使得非物质文化遗产的数字化保护有法可依，又凸显了数字化保护的国家战略地位。

② 王耀希：《民族文化遗产数字化》，人民出版社2009年版，第8页。

③ 刘晓春认为：“技术复制时代的文化生产使非物质文化从其生存的文化生态环境中脱离出来，进入了一个被生产、被建构的陌生化过程，而这一过程使其越来越远离它的本真性，成为被展示、被欣赏、被塑造的对象，它的唯一性被破坏了。”（《谁的原生态？为何本真性——非物质文化遗产语境下的原生态现象分析》，《学术研究》2008年第2期），赖守亮认为，数字化技术是一把双刃剑，虽具有“逼近原物、再现真实，易于传播、方便存储”的优势，但同时也存在“过度娱乐化、显失本体；文化单极化挤压，夹缝中生存”的弊端，认为数字化技术“也会使那些弱势文化受到来自‘文化单极化’的大力挤压，进而在更大范围内影响弱势文化的生存条件”。（《数字化手段在非物质文化遗产保护中应用的多维度思辨》，《设计艺术研究》2014年第1期）宋俊华认为：“目前的数字化保护存在‘重技术、轻文化’的现象，这不仅影响了数字化保护的实际效果，甚至有可能对非物质文化遗产的保护与传承造成破坏。”（《我国非物质文化遗产数字化保护的现状与问题分析》，《文化遗产》2015年第6期）

之见，以供方家哂正。

一、参与式发展理论对邕剧数字化开发和协同创新的多重意义

参与式发展理论，是20世纪70年代以来出现的关于发展的新思维。自20世纪90年代起，我国学者开始逐步关注参与式发展理论，普遍认为，它打破了传统发展思路中不平等的管理模式，赋予地方民众更多的自主权利，化被动式参与为主动式参与。从目前的研究现状来看，参与式发展理论应用研究主要集中于农林业生产发展和乡村建设发展、社区发展与管理以及区域经济建设中，很少将其理论应用于非物质文化遗产领域，特别是濒危戏曲剧种的保护与传承中。

将“参与式发展理论”运用于濒危非物质文化遗产剧种邕剧的数字化开发和协同创新，突出和强调传承人与民众的主体性，是我们研究邕剧数字化保护的一个新视角，有利于解决数字化保护中潜在的文化与技术分离的矛盾。可以说，用“参与式发展理论”来引领邕剧的数字化保护，对于邕剧在“互联网+”时代的发展和创新助益良多。

首先，“参与式发展理论”为邕剧数字化保护强调传承人和拥有者的主体性提供了理论依据。

传统的发展理论一般是先由上级政府做出决策，再由下级部门运用行政管理手段下达指令，基层群众按部就班，被动执行命令、完成任务，走的是“以政为本”、“经济优先”、部分参与、自上而下的路子，政府和专家学者掌控着发展方向与内容设计；现代意义上的参与式发展理论，则强调自下而上的赋权，强调“以人为本”、“文化优先”、全员参与，不再以政府和专家学者为中心，而是充分发挥传承人和民众的话语权、决策权，其核心理念是赋权给民众，民众参与发展的过程就是一个不断实现赋权的过程。早在20世纪二三十年代，梁漱溟先生的“邹平实验”和晏阳初先生的“定县实验”，就在乡村建设运动中，创造和运用了大量的参与式发展的理论与方法，这被认为是参与式发展理论的

中国本土来源与贡献[①]。在邕剧的数字化保护与开发中，参与式发展理论的“赋权”理念，为邕剧的保护与发展强调传承人和拥有者的主体性提供了理论依据。

邕剧最大的特色是迥异于北派武功的、沉稳勇猛的南派武打特技，如变脸、过山、铲椅、跳椅、阴阳眼、踩沙锅等。要学习这些精彩的武打特技动作，必须花费大量的时间，付出艰辛的努力；由于练习强度大，练习过程中难免会受伤，而学员的医疗费用又难以得到保障，所以，当下愿意主动学习、钻研邕剧技艺的年轻人越来越少，这让国家级非物质文化遗产邕剧项目传承人洪琪女士倍感焦虑，她曾说：“我已经六十多岁了，如果不趁还能动的时候多传授一些技艺，以后我动不了了，邕剧就真的要跟着我走了。可是无人肯学，我纵使再有能耐也是干着急啊。”[②]这样的现状确实不利于传承人积极能动性的发挥。如果真的出现邕剧与老艺术家一起消逝的局面，那我们这代人就真的成了历史的罪人了。

所以，一方面要趁着老艺人还健在的时候，将这些高难度绝技的练习、排练和演出场面，用现代数字技术，及时地进行记录、分类、编辑、储存、管理、展示、传播，将其转换、再现、复原为可共享、可再生的数字形态。另一方面，在艺术与科技的联袂中，尤其要重视传承人与拥有者主体性的发挥。因为只有传承人和拥有者自身的文化技能和专业知识受到充分的尊重，只有确立了传承人和拥有者在邕剧创作领域的主导作用，并凸显其在数字化保护工作中的主体地位，变“要我参与”为“我要参与”，使他们的话语权得以保护，使其在参与过程中感受和体会到“我要参与”带来的动力感和愉悦感，以及保护成果带给他们的满足感和成就感，他们因此不再是被动服从“上级”的指令，而是热情洋溢、兴致勃勃地大显身手，尽情发挥自己的才能。这样，他们的积极性才能得到最大限度的激发，也才有可能为邕剧的数字化开发与协同创新提供更有效的资源。

其次，通过邕剧传承人和拥有者与电脑程序员的平等协商，既可以充分

---

① 崔效辉：《乡村建设运动：参与式发展理论的本土来源与贡献》，《南京人口管理干部学院学报》2005年第2期。

② 转引自黄伟晶：《邕剧的传承保护与发展研究》，广西师范学院2012年硕士学位论文。

发挥电脑程序员的技术优势，又可以赋予邕剧数字化保护足够的文化关照。

在当前非物质文化遗产的数字化保护中，如何保持非物质文化遗产的本真性、活态性、地方性，是一个很大的问题。如何借助冰冷的科技手段，传达出闹热的邕剧内涵，实际上是作为主体的“人”，如何“参与”邕剧数字化保护的问题。这里，我们采信朱晓阳教授提出的“根本的参与式发展路径”①，倡导一种邕剧传承人、拥有者与外来者自由协商和讨论的对话情境，进而在此沟通中达到视野融合或导出发展的真理。

由于邕剧的传承人与拥有者大多不具备专业的、精深的计算机技能，大多数时候难以按照自己的想法独立完成数字化生产，通常只是被动接受电脑程序员的安排，这样，彼此之间缺乏必要的沟通与交流，传承人与拥有者的主体地位和主动参与权就容易被忽视。将“根本的参与式发展”理念应用到邕剧的数字化保护中，可以从根本上扭转传承人与拥有者在邕剧数字化保护中的被动地位，使传承人、地方民众与电脑程序员等的参与建立在平等协商的基础之上。这样，既能保证以邕剧传承人为代表的参与者充分发挥自己的专业技能和文化优势，充分表达自己文化评价的权利，使其能够以主人翁的意识把数字技术融入到非物质文化遗产的保护和传承中，使非物质文化遗产保护的活态性名至实归；也“利于电脑程序员与传承人和拥有者在非物质文化遗产的文化意义、分类体系等方面达成协议，使数字化保护更加符合非物质文化遗产的内在要求”②。

最后，藉由自下而上的广泛参与，可以唤醒和提升更多中青年群体原本没有或遭到忽略的家园意识和主体意识。

在邕剧的传承发展中，优秀中青年人才的流失和后备人才的补给不足，已经成了制约其发展的瓶颈。“参与式发展理论”的导入，有望吸引更多的年轻人加入邕剧的数字化开发与协同创新中来。

① 朱晓阳教授在《在参与式时代谈建构“性别主体”的困境》（《开放时代》2005年第1期）一文中，针对参与式发展的困境，提出“根本的参与式发展路径”，它以承认任何人、社区或族群的日常生活世界的真理性为出发点，提供的是一种自由协商和讨论的对话情境，从而在这种协商中达到视野融合或者导出真理。

② 宋俊华、王明月：《我国非物质文化遗产数字化保护的现状与问题分析》，《文化遗产》2015年第6期。

由于“参与式发展”的理论基础是整体的宇宙观，它把发展看作是所有主体的事，强调“全员参与”，尤其强调赋权给弱势成员，使他们能主动地、全身心地投入目标活动中，和其他成员一起共同制订有效的发展计划，实现社区的公平发展。这一理论如果能够落实到邕剧的数字化保护工作中，那么，就有可能挽留和培养更多的青年人才，使其积极主动地投入到邕剧的传承和保护中来，充分发挥自己的光和热，充分发挥个人的自主权，逐渐强化自己的文化认同，形成文化传承的主体意识。

邕剧优秀人才的流失主要是由拮据的经济状况引起的。比如迫于生活压力，一些演职员不得不离开剧团另谋出路：有的功底好的加入了普通演艺团体从事通俗文艺表演，有的能力强的到艺术培训机构担任培训教师，甚至有的有潜质的青年演员离开剧团到公司给人当了保安[①]。他们的改行虽说是迫于无奈，但也和责任感、使命感、自信心的缺失不无关系。而藉由“参与式发展理论”的“赋权”和“参与”，使他们能充分展示自己的优势，充分表达自己的艺术见解，共同参与决策，由此可以帮助他们重建邕剧人的责任意识和主人翁意识，这对邕剧的长远发展而言，意义是不可估量的。

除了演艺成员，广大受众也是“参与式发展”强调的“全员参与”中的一个不容忽视的组成部分。如能通过动画、动漫、游戏、微博、微信、虚拟体验等方式，为邕剧与受众提供一个直接、互动、便捷、自由的传播与交流平台，比如邕剧的当前演出信息和最新动态，都可在这个平台上展示并方便检索；邕剧演员及其排演花絮、生活感悟，都可借此发布；还可把邕剧的经典故事、音乐和相关常识融入网络游戏中，增添其趣味性和知识性，在潜移默化中把邕剧文化植入玩家脑海。同时，结合新会书院“邕剧天天演”的平台，为观众提供立体的现场邕剧展演。这样，把虚拟和现实有机地联系在一起，让观众真正参与到邕剧的传播活动中，将会唤醒和提升更多中青年受众原本没有或遭到忽略的家园意识和主体意识。

总之，通过主动参与和视、听、触等各种人性化的切身体验，让更多邕

① 黄伟晶：《邕剧的传承保护与发展研究》，广西师范学院2012年硕士学位论文。

剧“粉丝”（尤其是中青年观众）在参与和互动中亲近邕剧艺术，把邕剧文化变成其日常生活的一部分，这样不但可以加深对非物质文化遗产的理解，还可以不断强化其文化认同感和民族自豪感。

二、参与式发展视域下邕剧数字化开发与协同创新的具体模式

当下，随着互联网技术和多媒体技术的飞速发展，数字化逐渐成为戏曲类非物质文化遗产保护、传承与开发的重要环节。受“参与式发展理论”的启示，邕剧的数字化开发与协同创新，不应该只是几个圈内人或专家学者的“游戏”，而应该是一个更大范围的社区居民参与的过程，是一个居民能以主体身份介入决策的过程，是一个不同行动者进行博弈的过程，是一个既充满争议又激发认同的过程[①]。

邕剧在2008年被列入国家级非物质文化遗产保护名录，但由于舞台语言的掣肘、口头传承的局限、优秀人才的流失、保护经费严重不足等原因，邕剧的生存和发展正陷入重重困境之中，“出现了剧目失传、人才断档、技艺失传、民间演出艰难的濒危状况”[②]。虽然2011年成立的南宁市邕剧展示中心以及新会书院“邕剧天天演”的平台，一定程度上起到了保护和宣传邕剧的作用，但偏于静态的单一形式和相对狭小的空间，还是难以提升人们对邕剧的兴趣，不利于邕剧的保护和传承。而通过传承人、拥有者、电脑程序员和其他社区居民的广泛参与和平等协商，采用多种数字化开发模式，或可走出一条协同创新的发展路径。

1. 构建邕剧数字化博物馆

数字化博物馆可以突破实体博物馆或展示中心的时空限制，避免空气、水分、温度等外在环境对邕剧文物造成的破坏，还可以满足不同类型的参观

① 杨敏：《作为国家治理单元的社区——对城市社区建设运动过程中居民社区参与和社区认知的个案研究》，《社会学研究》2007年第4期。

② 赵岚：《邕剧》，北京科学技术出版社2012年版，第145页。

者，随时随地利用网络平台来了解邕剧、走进邕剧，这是信息时代下邕剧数字化开发的一种便捷有效的尝试。

邕剧数字化博物馆内的展品可以分四类进行：一是平面文物资料，包括邕剧剧本、服饰、道具、舞台设置、面具、脸谱、图片、碑刻等；二是三维文物资料，包括邕剧舞台、剧场、雕塑、工艺品等；三是已消失文物资料，可以利用数字技术制作三维或四维动画模型，生成虚拟场景，呈现其鼎盛时期的辉煌效果；四是动态实践资料，对重要的邕剧活动进行动态、立体、清晰的记录和数字化存储。

另外，可利用地理信息系统（GIS），将邕剧分散的资料进行大规模的数字化集成、发布和地图展示，建立多功能的邕剧数字化地图资源共享平台。同时，建立邕剧信息网络互动展示平台，以供传承人、拥有者与异文化群体的良性互动，达成文化的相互理解。

展览中可同时配合声乐模拟和动态实景模拟，如同当前盛行的在线实景模拟游戏一样，带给参与者身临其境的体验。这样的举措，或可在热衷网络的青少年群体中引起较大反响，吸引他们的注意力，有利于扩大邕剧的传播范围。

2. 构建邕剧数字化协同创新网络

随着知识经济时代的到来和科技的飞速发展，市场对创新的要求越来越高，创新的难度和复杂度也愈来愈大。单一主体的创新活动，甚至小范围、单层次的合作创新已很难满足技术创新的需要，不同主体间的广泛交流、深层合作越来越迫切。基于信息网络环境中的多主体间的协同创新，正是在此背景下应运而生的。

21 世纪的邕剧要想适应这个变幻多姿的世界，仅凭单打独斗是远远不够的。从长远发展来讲，邕剧应该构建一个涉及多个层次、多个组织、多个阶段、多种创新要素的动态的、复杂的数字化协同创新网络，充分发挥技术、战略、制度、组织、管理、市场等创新要素的合力作用，构建灵活多变的协同创新网络服务模式，从而使各要素彼此耦合，获得整体放大效应。在创建邕剧的数字化协同创新网络过程中，既要充分发挥政府的主导作用，为各创新主体提供安全、稳定的网络创新空间；又要充分发挥其他创新主体的协同效应，共同营造健康、有序的协同创新生态系统。

3. 开发多种类型的数字化邕剧影视及多媒体产品

影视产品包括电视台播映、网络播映、音像制品和在线服务、广告等。邕剧可以尝试将传统剧目中的人物设计成卡通动漫形象，制作成音像产品，增强邕剧的趣味性和时代感，以获取更多的市场认可；同时，提供免费下载和在线观看等功能，进一步扩大受众范围。

此外，还可尝试在公共活动区域，如公园、广场、购物中心、车站、站台等人口稠密区域对邕剧进行专项数字媒体宣传，用虚拟现实、全息投影等数字技术，打造出隔空体验、亦真亦幻的舞台效果，给受众带来强烈的视听冲击，引导人们主动去关注邕剧，吸引更多的年轻人走进剧院一看究竟。

4. 让邕剧走进大、中、小学的多媒体数字教学

一个剧种的生命力能延续多久，主要应该看看“黑发人”的反映。邕剧和其他非物质文化遗产项目一样，也应该尽力争取青年人的关注。当前，已经有许多非物质文化遗产项目陆续走进大、中、小学的课堂和课外活动中，并受到大、中、小学生们的喜爱。为了方便更多的青少年了解邕剧、关注邕剧，也为了便于青少年学习邕剧、传承邕剧，可以由政府或民间组织牵头，打造邕剧多媒体数字教学平台。在开发过程中，可以根据不同年龄段学生的身心特点，或制作相应的邕剧动漫、邕剧童话剧，或将邕剧音乐、武打特技等融入相应的文化选修课中，或播放通俗易懂、引人入胜的邕剧视频，力图通过声音和画面的完美结合，激发更多青少年朋友的兴趣，在他们的心田中播下邕剧艺术的种子。

值得注意的是，在整个规划过程中，应该赋予邕剧传承人和拥有者充分的话语权，使他们参与到有关决策、实施、管理和利益分享的全过程，使他们能够运用自己的文化逻辑和知识体系，进行合理的数字化设计，赋予邕剧

数字化开发与协同创新以足够的文化关怀。

以上所论，只是笔者学习和研究邕剧的一点粗浅心得，不足之处，敬请大家指正！

（原载侯克明、吴冠平主编《面向当代的艺术理论与批评》，
中国文联出版社 2017 年版）

背靠古典，面向当下

——广西南宁大型传统邕剧《三进士》晋京演出有感

2016年9月28日、29日，广西南宁带来的大型传统邕剧《三进士》在北京天桥艺术中心连演两场，被媒体纷纷赞为“惊艳亮相北京”。邕剧是最具南宁地方特色的皮黄剧种，但是，“养在深闺人不识”，这次参加由中共北京市委宣传部、北京市文化局主办的“南方戏曲汇演活动”，是半个多世纪以来邕剧在京城的首次亮相。不少观众也正是抱着一睹为快的“猎奇”心理前来观看的。所幸，邕剧《三进士》不负众望，以其端庄齐整的阵容，“惊艳”了金秋时节的首都舞台。

《三进士》是一部由老旦担纲的剧目，又名《八珍汤》，在京剧、豫剧、晋剧、越剧、淮剧、蒲剧、眉户剧等剧种中都有演出。传统的《三进士》表面上演述的是孙淑林的坎坷遭遇，实质上要写的则是传统儒士对家庭伦常与皇权官位的不同态度。此次晋京演出的邕剧《三进士》是在同名传统邕剧的基础上，由国家级非物质文化遗产邕剧项目代表性传承人洪琪女士整理、著名撰曲家陈锦荣女士移植改编。经过二人的整理，剧情更为凝练紧凑，讲述了穷书生张文达为求功名而抛妻别子，孤苦无依的张妻孙淑林被前来讨债的周、常两家抢去两子。二十年后，为寻夫觅儿，孙淑林流落街头，自卖其身，被不知情的长媳买回为奴，备受摧残。小儿闻讯，劝兄认母；长子不从，兄弟反目，状告至巡抚衙门。不料巡按竟是亲生父亲，经过审问，一家骨肉终得团圆。

这样，经由南宁市戏剧院（原南宁市粤剧邕剧团）的复排，这个传统老戏重又散发出迷人的馨香，旨在弘扬传统的孝道伦理，而非对科举和官场的抨击。该剧之所以能获得首都观众的交口称赞，和它对融贯古今的孝道之美、善恶妍媸的映衬之美、圆熟精湛的技艺之美的演绎是密不可分的。下面分论之：

一、融贯古今的孝道之美

俗语说："百善孝为先。"孝道是中华民族自古以来最为重视的传统美德。众所周知，农业文明的发达孕育了中华民族务实理性的禀赋，这种务实理性的禀赋又使得我们的中华先民尤为珍视前辈祖先遗留下来的宝贵经验，在这种经验认识的基础上遂自然而然地形成了祖先崇拜意识。在家国同构的中国古代社会，上至皇族，下至庶民，几乎每个家庭都供奉有各自的祖宗牌位，正是这种祖先崇拜意识的渗透。这种对祖先长辈的敬畏之情代代相传，遂渐渐形成了弥漫全社会的对孝道伦理的重视。于是乎，在血亲关系的基础上，"孝"就成了全社会共同遵奉的伦理美德。

虽然在不同时期，"孝"的内涵各不相同，但子女对父母的孝敬，无疑是放之四海而皆准的一种美德。尤其是在物欲横流金钱当道、传统道德备受考验的当下，重举"孝道"的大旗，应该更能激起人们对传统伦理美德的追忆和憧憬。邕剧《三进士》正是选择了"孝"这个切入口，为我们呈现了一幅穿透时空、感人至深的孝亲画卷。这一孝道思想主要是在剧中周子卿、周秀琴夫妇身上体现出来的。

周子卿本是张文达和孙淑林的次子孔凤缨，襁褓之中就被周家抢去做了义子并从此改名，因此，亲生父母对他并无多少养育之恩，但他一听说亲生母亲还在人世，且正在兄长常天保家中受苦，就迫不及待地来到常家认母。不料却迎来兄长"你我生身父母已经亡故，那贱妇冒认官亲，分明是居心不良施伎俩"的当头棒喝。面对长兄，周子卿先是耐着性子娓娓劝之："兄长啊，你我饱读圣贤之书，水有源树有根，不认亲娘岂非禽兽一样。”在遭到常天保的无情拒绝之后，他断然回击：“不孝之人身不正，枉为官宦损清名，你不认娘我来认！”没想到的是，天子门生常天保竟然蛮横地要起了“家长”威风：“我不认时也不许你认，更不准接她到你门庭！”这又引出了兄弟俩一番激烈的唇枪舌战：“你买母为奴，全无人性！我还你银两，赎亲情！”“已卖身为奴，今生奴才做定，你休想误我大好前程！”争吵无果后，周子卿断然决定：即便撕破兄弟情面，也一定要把老娘亲来认。于是又有了接下来状告至八府巡按的精彩一幕：

公堂之上，面对兄长强加给自己的“莫须有”的罪名：“钱粮仓库不严紧，漏落皇粮非少事”，周子卿毫不畏惧、据理力争：“知府买母为奴用，上欺天理下灭人伦。白天挑水，晚来磨豆，浆洗衣裳，入厨生火，无时不尽。桩桩大罪，望求大人做主！”虽然，这个最终为自己“做主”的“大人”竟是自己的亲生父亲，这样的巧合未免太多艺术策略的成分；但是周子卿侍亲爱亲的拳拳之心和铮铮言词，不时赢得现场观众阵阵雷鸣般的掌声，还是道出了这一不争的事实：孝敬双亲永远是天地之间最为感佩人心的善举。

邕剧《三进士》这个传统的老戏，能在21世纪的繁华闹市中心，给予当代观众如许深刻的感动，可能正是由于其对于孝道之美“润物细无声”似的描摹，才又让深秋时节的首都观众重温了一把春日般的温情和喜悦。

二、善恶妍媸的映衬之美

“不见高山，不显平地”，高明的艺术家大多懂得陪衬的艺术魅力。邕剧《三进士》在人物塑造方面就成功地运用了对比手法，产生了强烈的戏剧性。这方面最典型的代表是常月娥和周秀琴这一对妯娌。

常月娥是长子常天保之妻，她刁蛮、狠毒、毫无人情味的恶劣品性，在剧中得到了集中刻画。比如，一听买来的老妈妈自称“孙淑林”，她就厉声责骂：“刚进得府来，谁人问你名姓，真真是没有规矩！”“你卖身到我府中，从今后，就叫做老奴！”命令孙淑林做汤时，听闻孙淑林说“这八珍汤需要慢火炖熬，是快不得的”，她竟蛮横地粗声斥责：“多嘴！我说得就得，不得也要得！”品尝八珍汤时不慎烫了嘴，就故意打泼汤碗，并拿起鞭子怒打孙淑林；看到孙淑林误收了周家送来的贺礼，又是大发淫威，鞭打得孙淑林体无完肤，打完还责令孙淑林速速退回礼物，倘若违时，又要家法伺候。就是这样一个动辄对下人大打出手的恶人，竟还口口声声地大念“阿弥陀佛”，真是令人绝倒！这些细节的提炼和运用，把一个官太太残忍暴虐、刻薄寡情的伪善本性，描画得活灵活现。

同样是官宦人家，次子周子卿之妻周秀琴却是那么仁厚善良、善解人意，与常月娥形成了鲜明对比。剧本通过“三坐”的层层演绎，集中描摹了人物的这一特性。且看：孙淑林初到周府，听闻丫鬟春梅介绍夫人也是个吃斋的大善人，因为心有余悸，她不禁打了一个冷战：“怎么又是一个吃斋的么？”观众也被勾起了同样的疑虑。但接下来，略为寒暄之后，周秀琴因为听到老妈妈亲切的乡音，便命春梅赏她一个矮座；细问姓名之后，又命春梅快赏老妈妈一个高座；得知老妈妈竟是秀才夫人后，又要请她上座。这里，从矮座到高座，再到上座的“座座高升”，已初步勾勒了一个敬老乐善的“真善人”的轮廓，这与常月娥听闻孙淑林自报姓名后，竟对其恶语相向、家法相加，形成了强烈的反差。及至问清原委，确信老妈妈正是自己的婆母，并且得知其在常府被毒打的遭遇后，周秀琴更是坐立不安、几欲认亲；但考虑到老爷尚未回府，恐有不妥，遂安慰老妈妈，要她暂回常府，待老爷回府后再差人接她过来吃口安乐茶饭。至此，一个仁慈善良、敬老爱老的贤媳形象已跃然而出。

这样，通过善与恶的对照、妍与媸的反衬，周秀琴和常月娥这两个虽同是吃斋念佛，却性格迥异的人物形象在观众心中留下了难以磨灭的印象。此外，常天保和周子卿这兄弟俩也具有鲜明的对比色彩。通过这两组人物的对比，剧作对不孝的谴责和对敬老的赞扬，倾向鲜明地呈现在了观众面前。

三、圆熟精湛的技艺之美

曾几何时，戏曲舞台上的大投入、大制作，一度取代了“一桌二椅”的传统设置，光怪陆离的灯光设计和新奇夺目的舞美造型，几至“乱花渐欲迷人眼”的境地。孰是孰非、孰美孰丑，自有公论。但无论怎样演进，舞台的外在光环都不应该也不能够遮蔽演员的光彩。戏曲的美主要还是靠演员的表演来体现的。邕剧《三进士》的孝道之美和映衬之美，正是在演员圆熟精湛的技艺之美的烘托下，才得以尽情展现的。如果离开了后者，前者将如鱼儿离开水一样而不复存在。

邕剧向来是以火爆热烈、粗犷豪放的表演赢得南疆人民的厚爱的，重做打而轻唱功。此次晋京演出的《三进士》却一改往昔的邕剧风格，重点展示其丰富、优美的唱腔。

孙淑林的扮演者梁素梅，这位“第十九届中国戏剧梅花奖”的获得者，以其婉转细腻的声腔、优美流畅的身段，把人物二十年来寻夫觅子的辛酸苦楚和饱尝人情冷暖、世事沧桑的五味杂陈，演绎得惟妙惟肖、动人心魄。如第三场“卖身路遇”开始时，孙淑林手持卖身草标、蹒跚上场后的一段唱腔：“二十年，春来冬去，受尽饥寒。不见夫，不见儿，已是愁侵鬓上。夜听邻儿叫，似儿来数回望，才知虚似梦，染襟泪已干。唯愿苍天怜念，有朝合家欢聚一堂。”这段唱腔声情并茂、如泣如诉，把一位多年来苦苦寻觅丈夫和儿子而不得的老妇人的无限凄凉与悲痛，展示得淋漓尽致。又如“大审”一场厉声斥责常天保：“骂一声不孝人狠毒性，顺妻虐母太不应，枉食俸禄管黎民，我不认你作亲生！”这段铿锵有力、饱满炽热的唱腔，既唱出了一位历尽磨难的老母亲的满腔怒火，又曲折地传达出芸芸众生对此类恶劣行径的无比愤慨。类似这些触动观众心扉的唱段，让现场不时响起阵阵热烈的掌声。

常天保的扮演者黄俊成，这位被誉为“广西粤剧第一小生”的优秀青年演员，一向饰演正面角色，这次却颠覆性地扮演只认皇权、不认母亲的长子常天保，把这个不孝之子的嚣张狠毒、忘本负义的心性展示得纤毫毕现、如在眼前。如在新官赴任途中路遇孙淑林挡道，不问青红皂白，就怒声呵斥，并挥鞭打人：“挡街道，几番张望，扫我官威真狂妄，真狂妄。火冲天，重重鞭笞将她赶。”这里，高亢激越的唱腔配以策马扬鞭的身段，活画出一副不可一世、骄横狂妄的官僚嘴脸。又如“争母”一场对弟弟的蛮横指责和无理干涉：

“奴才说话大不敬，藐视王法辱官声。”“我不认时也不许你认，更不准接她到你门庭！”用铿锵有力、抑扬顿挫的演唱，栩栩如生地刻画出一个忘恩负义的逆子形象，展示出这个当家文武生深厚的表演功力。

张文达的扮演者何惠临，出场时间虽不多，却把这位抛妻弃子、饱受科场折磨的读书人的心底波澜演绎得跌宕有致。如张文达在视察民情途中的边走边唱：“山西地，逢干旱，田地荒芜。四顾而视，见灾民流落在洛阳古道，不由人，想起妻和子，泪洒襟袍。二十年，影迹沉，案牍劳形难兼顾。如今又肩承皇命，唯有悲怀暂放再登途。”这一大段声情并茂的唱腔，把人物触景生情、强压悲痛的难言心绪表达得酣畅淋漓。又如大堂之上与孙淑林意外相逢的一刹那，张文达的一段唱：“二十载，朝思暮想寻无踪影。谁料今朝，相见在院庭！张文达愧于心，忙把妻认。”健捷激枭、饱含深情的演唱，把人物内心由大悲到大喜的情绪突变，传达得淋漓尽致。

此外，常月娥的扮演者国家二级演员姚艳、周秀琴的扮演者优秀青年演员刘希瑛、周子卿的扮演者优秀青年演员梁伟达等，均以其丝丝入扣的精湛表演，恰到好处地展示了不同人物的性格特点，并且彼此之间互为照应、相得益彰，共同促成了邕剧《三进士》的完美舞台呈现，让京城观众领略到了古老邕剧的别样风采。

当然，邕剧《三进士》的精彩看点远不止上述三方面，邕剧《三进士》晋京演出的意义也远不止于“惊艳亮相”，邕剧《三进士》唤醒的也不仅仅是人们对传统伦理美德的向往和对古老剧种邕剧的敬意。由邕剧《三进士》引发的思考更应该延伸到我们对古典与现代化的良性嫁接上。《三进士》的题材是传统的，邕剧这个古老剧种又是极度濒危的，但两者叠加在一起产生的“化合效应”却是惊人的。从现场观众的热烈掌声中，我们已经看到了这种尝试的良好效果。我们对“传统”或“古典”的每一次回望，应该都不仅是一种简单的恢复，而是一种再生和创新。邕剧《三进士》做到了，尽管还有不完美的地方，但既然起步不凡，那就总会有希望。期待着邕剧有更多精品涌现！

（原载《中国演员》2016年第6期）

第四编　现状观察

京剧如何“走出去”

——梅兰芳首次访日公演的启示

20 世纪前期（从 1919 年到 1937 年），是中国戏曲进行海外公演和交流的第一个高潮阶段。开启这一高潮的标志性事件，就是 1919 年 4 月 25 日至 5 月 27 日，梅兰芳的首次赴日演出，这既是中国京剧在海外的首次亮相，也是中日民间文化交流的成功范例。彼时至今，已近百年，但梅兰芳首次访日公演在当时产生的轰动效应及其对后世的深远影响，随着时间的推进，将愈加彰显。尤其在中外戏剧文化交流更为密切、频繁的当下，重温梅兰芳首次访日公演的光华以及对其褒贬不一的各种言说，对京剧怎样更好地走出国门，依然启示良多。下面笔者不揣谫陋，试简析之：

一、练就过硬本领　树立艺术自信

1919 年梅兰芳访日公演时的国际形势是严峻的，中日两国在意识形态领域有着尖锐的矛盾。“一战”期间，袁世凯政府与日本公使签订的保证日本在华特权的丧权辱国的“二十一条”，引发了大规模的爱国运动，5 月 7 日被爱国民众定为“国耻日”。“一战”结束后，战胜国之一的中国要求列强放弃在华特权的合理要求，却横遭拒绝；以此为导火索，1919 年 5 月 4 日，在北京爆发了震惊全国的“五四”运动。梅兰芳在东京演出期间，又适逢中国留学生举行的“国耻日”纪念游行。在这样的非常时期，梅兰芳访日公演遇到的阻力是可想而知的。

尽管梅兰芳第一次访日公演的目的无关经济或政治，而不过是“想传播中国的传统艺术”[①]，却无法不被卷入政治运动的潮流。在1919年5月8日的《东京朝日新闻》中，就有这样一则题为《恐吓信惊现在梅兰芳面前·威胁说给日本人演出是何居心·摘掉中日友好的匾额继续演出》的报道，恐吓信中写道：

在山东的主权问题上使我国越来越陷入困境，此时为取悦日本人而满不在乎地登台演出是何居心？如果今天（即“国耻日”）出演的话，做好回国后死路一条的思想准备吧！

在这样的恐吓面前，梅兰芳虽也曾有过退缩的想法，但最终考虑到观众的热情和有关方面的愿望，考虑到“艺术无国境”，梅兰芳在东京的演出不仅没有受阻，反倒延长了两天。

在这样毅然“走出去”的决断背后，显然有着饱满的艺术自信在支撑着。梅兰芳一定相信凭借自己精湛的演技，中国戏曲的大美必能照亮那些阴暗的角落。日本观众的热情反映，已经给了他最满意的答案：“梅兰芳被邀请到帝国剧场，夹在女演员剧目中演出……即便如此，还是场场爆满。”[②]

梅兰芳的首次访日公演，最终能超越政治而达到传播艺术之美、展现中国形象的目的，与其自身卓越的艺术造诣、深厚的艺术修养，以及由此带来的艺术自信，是密不可分的，这对当今中国京剧的“走出去”不无启迪。我们的京剧演员唯有练就扎实过硬的基本功，才能把栩栩如生、美轮美奂的“中国形象”全面深刻地展现在世界观众面前，才能在世界艺术之林中傲然挺立。

① 梅兰芳著、冈崎俊夫译：《东游记》，朝日新闻社1959年版，第69页。

② 大仓高等商业学校编：《诞辰一百周年纪念鹤彦翁回顾录》，三昌堂印刷所1940年版，第330—331页。

二、坚持中国特色 借鉴不可盲目

梅兰芳在首次访日公演回国前，曾发表过如下感想：

对我们来说，这次访日受到了各方面的刺激。首先我觉得以往的京剧不但跟时代没有联系，而且在布景、服装方面考虑得不够，应该从这些方面加以改良，否则京剧不能进步。另外，日本戏剧尽管有旧剧、新派剧、喜剧的区别，但在艺术上同我们的比较起来，更注重技巧。我们则只用身段来表示喜怒哀乐，所以看了他们精致巧妙的表情，使我们惊诧不已。①

梅兰芳在此提到了“布景”和“表情”的问题，对此，当时的日本学界早已做出了反驳，落叶庵在《观赏梅兰芳的戏》中就直言不讳地说道：

新闻报刊登载了梅兰芳的谈话，他说中国剧只有身体动作，缺乏表情，他赞扬日本剧的表情技巧。在我看来，他说得并不准确。我觉得梅及其他演员有着巧妙的表情，这是那些夸张、假惺惺的日本剧所远不能及的，他们没有刻意去表现神态和表情，似乎是通过科、白、唱等内容自然而然地在面部流露出情绪来的。②

梅兰芳发表谈话说，中国剧不足之处是缺乏舞台布景。我看了梅剧，反而觉得背景这样的东西是可有可无的。像京都艺伎舞蹈那样的表演的话，有布景是不错的；但如果是表现一个个具体生动的人物的戏，没有布景，反而使观众将注意力集中在人物身上，能起

---

① 《梅兰芳发表讲话》，《大阪朝日新闻》1919 年 5 月 27 日晚刊，转引自吉田登志子著、细井尚子译《梅兰芳 1919、1924 年来日公演的报告（续）》，《戏曲艺术》1987 年第 2 期，第 93 页。

② 落叶庵：《观赏梅兰芳的戏》，转引自青木正儿等著、李玲译《品梅记》，文化艺术出版社 2015 年版，第 66 页。

到很好的效果。[①]

落叶庵，即日本芭蕉研究的翘楚樋口功。樋口功并非戏剧研究专家，但此处所言一语中的。相形之下，梅兰芳则显出了几分彷徨和不自信。1919 年在东京帝国剧场演出《天女散花》时，因为刚巧有前面一场歌舞伎《一之谷》演出时用过的熊谷的扭打场面的布景挂在那，便“原封不动地使用了那个海的布景”，而不管是否与剧情相合。事后观众觉得没有看到“地道的中国戏曲”的误会，以及认为帝国剧场“白花了许多钱，做了些很不像话的事”的埋怨[②]，已经对这样的“任性”改良作出了评价。

千百年来，中国戏曲早已积累了丰富多样的虚拟手法和自己一套独特的演剧理念，从而在一方小小的舞台上能够演绎出宇宙乾坤的气象万千。西方戏剧的布景纵然新潮时尚，却未必适合中国戏曲的演剧原则。中国戏曲虽然自古就有着兼容并包的胸怀，但并非囫囵吞枣、不加思考地照搬和沿用。这样的教训值得今天的京剧在锐意革新时认真吸取。“走出去”并不意味着趋同和迎合，保持自身的美学特色和民族风貌，才能成为永久的赢家。

三、剧目内涵丰厚　唱念做打兼备

在世界舞台上，凭借什么样的京剧剧目，才能够取得最大的传播效应？是以歌舞为主的折子小戏，还是唱念做打兼备的传统大戏？考虑到语言的隔阂和翻译的困难，前者似乎能够获得更大范围更大程度的欣赏和理解，后者则面临文化背景和语言翻译的重重障碍。回头看看梅兰芳一行首次访日公演的剧目及其反响，或许答案就不辩自明了。

1919年5月1日至12日，梅兰芳等在东京帝国剧场上演了《天女散花》《御碑亭》《黛玉葬花》《虹霓关》《贵妃醉酒》五个剧目；5 月 19、20 日，在大阪

① 落叶庵：《观赏梅兰芳的戏》，转引自青木正儿等著、李玲译《品梅记》，文化艺术出版社 2015 年版，第 68 页。

② 《演剧新潮》1924 年 12 月，转引自吉田登志子著、细井尚子译《梅兰芳 1919、1924 年来日公演的报告（再续）》，《戏曲艺术》1987 年第 3 期，第 82 页。

中央公堂演出了《孽海记·思凡》《空城计》《御碑亭》《玉簪记·琴挑》《乌龙院》《天女散花》等剧；5月23日至25日，在神户聚乐馆演出了《鸿鸾禧》《游龙戏凤》《武家坡》《嫦娥奔月》《洪洋洞》《监酒令》《春香闹学》《乌盆记》《游园惊梦》《玉簪记·琴挑》《乌龙院》《举鼎观画》《天女散花》等剧。

其中仅在东京一地，情节单一、歌舞为主的《天女散花》，就由于帝国剧场董事长大仓喜八郎男爵的喜爱，而一连演了五天。这出戏，也是梅兰芳当时自认为最富于创新精神的得意之作。观众的评价也不乏赞美之词，如：

> 肩膀、腰肢、脚下的动作却非常美妙而富于韵味，有着日本男旦难以模仿的妙趣。①
>
> 第二场天女踏上云路的表演是很有味道的。梅兰芳扮演的天女把两条表示云霭的绸带拖起，飘然若画，表演着有节奏的舞蹈。有的时候定型亮相，有的时候眼神献媚，节奏由慢变快的地方特别好看。②
>
> 云上舞蹈没有丝毫凡间俗气，在漫无边际的空中翱翔的天女似真似幻，似乎是优雅，似乎是轻灵，高低起伏的曲调中舞姿总是那么楚楚动人。眉目间转瞬变化出无限的情波，让人不觉一丝俗气……此剧……是带给所有人一种普遍美感的艺术。③

但赞扬之外，也有观众对“云路”一场的布景提出批评，认为不合适；也有人认为《天女散花》“随从龙套太多了些……以至于使场面散漫”④。

相较于《天女散花》的略有瑕疵，《御碑亭》可以说是梅兰芳访日演出中

---

① 《东京日日新闻》1919年5月3日，转引自吉田登志子著、细井尚子译《梅兰芳1919、1924年来日公演的报告》，《戏曲艺术》1987年第1期，第83页。

② ［日］中内蝶二：《看梅兰芳》，《万朝报》1919年5月2日，转引自吉田登志子著、细井尚子译《梅兰芳1919、1924年来日公演的报告》，《戏曲艺术》1987年第1期，第83页。

③ ［日］冈崎文夫：《观梅剧记》，转引自青木正儿等著、李玲译《品梅记》，文化艺术出版社2015年版，第26—27页。

④ ［日］丰冈圭资：《观中国剧》，转引自青木正儿等著、李玲译《品梅记》，文化艺术出版社2015年版，第57页。

最受欢迎的戏了。对此，梅兰芳曾回忆：“当时我演出的剧目除了《天女散花》以外，上演最多、最受欢迎的是《御碑亭》。”[①] 有当时学界评论可以佐证：

> 只用一幅中国幕布，幕布上有十分好看的图案，演出就开始了……这回比上次舒服得多，而且充满了中国剧的情趣……梅扮的孟夫人很美，很温柔，能表现出贞淑的女性特征，特别好的是姿容清秀而可爱……看了这出戏才体会到中国剧的特点和兴味所在。[②]
>
> 《御碑亭》是一出唱功戏，和侧重于舞蹈、身段的其他剧目相比，这出戏的唱念较多，最富戏剧性，也是此次节目中最有意思的一出。[③]
>
> 第三出是好评如潮的《御碑亭》，这是梅郎的拿手好戏……梅郎所扮演的孟月华款步出场时，观众齐声喝彩鼓掌，更甚的是，每当梅郎美貌的脸庞转向观众席时都会爆发一阵骤雨般的掌声，这大概是他的人气和美貌使然。[④]

除了学界评价，另有一组调查数据可以看出《天女散花》与《御碑亭》在当时受众中的不同反映。据访日公演随同及引导村田乌江对一般观众及后台人员的调查，打分如下：《天女散花》60 分、《黛玉葬花》70 分、《虹霓关》80 分、《贵妃醉酒》90 分、《御碑亭》100 分[⑤]。《天女散花》和《御碑亭》各以 60 分和 100 分，分列榜尾与榜首。推测个中原因，当主要是因为歌舞戏缺乏情节与冲突，观众还是倾向于看有头有尾的完整故事。

而《御碑亭》之所以能成为“最受欢迎的”公演剧目，除了梅兰芳高超绝伦的演技外，该剧戏剧冲突的严谨紧凑、情感抒发的酣畅淋漓、主题思想的婉转动人、故事情节的跌宕起伏、表演形式的丰富多样等，都让它无法不

---

① 梅兰芳：《日本人民珍贵的艺术结晶——歌舞伎》，《世界知识》1955 年总第 20 期。

② ［日］仲木贞一：《梅的〈御碑亭〉》，《读卖新闻》1919 年 5 月 14 日，转引自吉田登志子著、细井尚子译《梅兰芳 1919、1924 年来日公演的报告》，《戏曲艺术》1987 年第 1 期，第 84 页。

③ 《梅兰芳剧见物》，载《大阪朝日新闻》晚刊，1919 年 5 月 27 日第 3 版。

④ 洪羊盦：《梅剧一瞥记》，转引自青木正儿等著、李玲译《品梅记》，文化艺术出版社 2015 年版，第 77 页。

⑤ 辻听花：《日本对于梅剧之月旦》，《顺天时报》1919 年 5 月 24 日。

令人心动神摇，让许多女观众热泪盈眶也就尽在意料之中了①。

这对当今京剧走出国门的最大启示，就是不要以为不懂汉语的外国观众就只能或只爱欣赏有歌有舞、场面热烈的歌舞戏或武打戏，动不动就是《秋江》《三岔口》《闹天宫》等“老三篇”，而应该把更富中华文化底蕴、思想内涵深厚、唱念做打俱佳的传统大戏，丰富立体地展示在异国观众面前，让中华艺术的流光溢彩辉映寰宇、照亮全球。

四、巧用舆论造势　宣传手段多样

前文提及，梅兰芳首次访日公演时的国际环境是极为沉重的。但梅兰芳在日本却受到了异乎寻常的“优待”：

据载，梅兰芳1919年4月25日抵达东京站，一下火车即被围得水泄不通，“梅兰芳是被中国留学生抬起，高举过头才冲出人群的”②。在东京举办的欢迎梅兰芳一行的宴会更是盛况空前，各国驻日大使、日本原敬首相及大臣们全都出席了。连当时中国驻日本的代理公使庄璟珂都说：“这次连首相都史无前例地参加，梅兰芳真是天大的面子。”③

民国初期的梅兰芳在国内虽可谓家喻户晓，但在1919年之前日本人对“梅兰芳”三个字可并不熟悉。梅兰芳之能成为一时宠儿，要归功于财阀大仓喜八郎的热心筹备和中日报界的大力宣传。大仓喜八郎在亲眼目睹梅兰芳的出色演技后，遂即决定邀请梅兰芳赴日公演京剧。大仓喜八郎不仅是东京帝国剧场的董事长，更是当时日本政界、军界、官界、商界、文化界举足轻重的人物，由这样的要员亲自出面，梅兰芳能迅速引起公众的关注，也就在情理之中了。

另一个不能不提及的人物，是《顺天时报》文艺副刊的主持人——日本

---

① 许姬传、许源来：《忆艺术大师梅兰芳》，中国戏剧出版社1986年版，第18页。

② 《都新闻》1919年4月26日，转引自马明捷《中日戏剧交流的伟大先驱——梅兰芳首次访日演出》，《大舞台》1998年第5期。

③ 齐如山：《齐如山回忆录》，中国戏剧出版社1998年版，第129页。

京剧评论家辻听花。辻听花旅居中国多年，在戏曲界颇有影响。从 1919 年 2 月开始，辻听花就开始在《顺天时报》上陆续报道梅兰芳即将赴日公演的各种消息，比如梅兰芳访日公演上演的剧目、东渡所带的场面、为配合东渡而拍的照片、剧界为其饯行之事、为配合访日公演所著剧本即将出版、访日公演的文化意义等一系列介绍、评论，大大吸引了公众的注意力。这些宣传和造势，为梅兰芳一踏上日本的土地，即受到“史无前例”的隆重接待，无疑奠定了深厚的舆论基调。

在日本，则有《都新闻》《东京日日新闻》《万朝报》《国民新闻》《读卖新闻》《东京朝日新闻》《中央公论》《演艺画报》《新演艺》《关西日报》《大阪朝日新闻》《神户新闻》等报刊杂志，争相报道梅兰芳访日演出的盛况和观众的各种评论。更有热心者，如京都汇文堂书店的老板大岛友直，亲自购得梅兰芳大阪演出的戏票若干，安排一众学者前往观剧后，撰写系列剧评，最后结集为评论集《品梅记》出版发行。这些，无疑大大提高了梅兰芳在日本的知名度和关注度。

在那样一个没有电视、网络、微信等高科技传播渠道的时代，能通过各种纸媒，把一个异国“明星”宣传得如此波澜壮阔、深入人心，褒贬兼有的各种话题把梅兰芳访日公演的文化意义和历史意义不断向纵深推进，这不能不说是梅兰芳首次访日公演带给我们的一个重要启示：巧用各种宣传手段，制造大众关注的话题，尽可能为国外公演营造浓郁热烈的演出氛围，这是演出成功的一个重要保障。因为，往往是那些貌似“八卦”和微不足道的报道评论，点燃了公众关注的星星之火，最终汇聚成不可遏抑的燎原之势。其“见微知著”之巨大能量，诚不可小觑。当前科学技术的发展，使得文化交流和传播渠道更为通畅、多样、便利，我们没有理由不好好利用网络、电视、报刊等各种宣传手段，增强开放发展的中国对世界的强大吸引力，为京剧走出国门营造良好的国际氛围。

梅兰芳首次访日演出所产生的影响力，不仅波及演员自身，而且早已载入史册，是中外文化交流的重要篇章。它对当今京剧“走出去”的启示意义当是多方面的，上文仅从艺术修养、民族特色、剧目选择、舆论宣传四个方面，粗浅地探讨了梅兰芳首次访日公演的经验和教训，希望能对当前京剧的海外交流和传播有所助益。不足之处，敬请方家指正！

（原载刘祯、秦华生主编《梅兰芳精神及传播国际学术研讨会论文集》，学苑出版社 2018 年版）

从《舞台生活四十年》看梅兰芳的京剧革新精神

摘要：《舞台生活四十年》既是梅兰芳戏曲艺术实践的真实记录，也是他对戏曲表演理论的思考和总结。通览全书可以发现，贯穿其中的永不停歇的革新精神，是梅兰芳践行多年的一个重要原则。本文从对剧目的选择与改编、对人物心理的深层挖掘、对表演节奏的准确把握、对观众审美喜好的揣度等方面，论述了梅兰芳是如何在遵循舞台艺术规律的基础上不断推陈出新的，借此希望对梅派艺术的当代传承有所助益。

关键词：梅兰芳；《舞台生活四十年》；革新精神

梅兰芳无疑是20世纪的中国最为卓越、影响最大的京剧表演艺术家。虽然从他离世至今，梅派艺术一直传承不衰，但他创立的艺术楷模，至今却依然无人能够企及，其原因何在？在瞬息万变的21世纪，当我们重新思索该如何传承梅派艺术时，似乎不应该只着眼于模仿的逼似与否，而更应该多思考思考梅兰芳表演艺术的精髓到底是什么。如果把目光移向梅兰芳的《舞台生活四十年》，似乎能够发现一些蛛丝马迹。

《舞台生活四十年》共三集，由梅兰芳口述，许姬传、许源来、朱家溍整理记录。对于这份梅兰芳回忆自己演艺生涯的宝贵资料，戏曲界早有评论，认为它“反映出梅兰芳的成长过程和艺术经历，对于提高戏曲演员的艺术修养和指导创作实践，有重要的参考价值，同时也为中国戏曲表演体系和近代戏曲史的研究，提供了比较丰富的资料”①。然而，如果仅仅把这部回忆录当作一般的演员生平行状来看，于普通读者尚可，于研究和传承梅派艺术而言，却是远远不够的。这本书不仅是梅兰芳戏曲艺术实践的真实记录，更是他对戏曲表演理论的思考和总结。只不过，他的表达方式没有采用西式论文的表述规范，而是从一个艺术实践者的观察角度来客观地描述与评判的。

细阅《舞台生活四十年》，不难发现，贯穿梅兰芳一生的永不停歇的革新精神，是他的表演艺术能够炉火纯青、日臻佳境的重要原因，也是他践行多年的重要理论原则。梅兰芳在《舞台生活四十年》中曾说道：“我在艺术上，向来喜欢做种种的尝试。”②这种种“尝试”，从他对剧目的选择与改编、对人物心理的深层挖掘、对表演节奏的准确把握、对观众审美喜好的揣度等方面都可看出，下面简析之。

一、对剧目的选择与改编

在剧目方面，梅兰芳的革新精神主要表现在他对旧剧的改动和对新戏的创编上。

年代久远的传统剧目经过历代艺人的精雕细琢，大多已形成了比较完美的表现形态，即便偶有瑕疵，大度的观众似乎也能慨然包容。梅兰芳并非一位学养精深的剧作家，但凭着一股认真负责、字斟句酌的精神，往往能把旧戏中一些不合理的地方改得入情入理，使得人物形象和剧情发展更加吻合。试看其对《金山寺》的改动。

梅兰芳和梅葆玖父子曾在1950年合演过《金山寺》与《断桥》这两出戏。演毕有人提意见说，在白蛇和青蛇在金山寺前哀求和叫骂一场中，白蛇在唱完“休得把胡言乱饶，只为俺美郎君把命轻抛”后，就要拔剑自刎，青蛇上前

① 朱家溍：《舞台生活四十年》（辞条），《中国大百科全书·戏曲 曲艺》，中国大百科全书出版社1983年版，第421页。

② 梅兰芳：《梅兰芳回忆录》（上），东方出版社2013年版，第262页。

拦阻后念道："娘娘还是好好地去求他，或者肯放俺官人，也未可知。"白蛇接念："这也说得是，吓，老禅师，你是佛门弟子，岂无菩萨心肠……"这里，白蛇与青蛇的两句念白和人物性格不太相符。梅兰芳听后觉得很有道理，后来再演出《金山寺》时，就做了这样的修改：

白蛇做出拔剑自刎的样子后，青蛇拦住她念道："娘娘不必如此，待俺结果这秃驴的性命，搭救俺官人。"念完，拔出宝剑就冲向法海，白蛇拦住她念道："青儿休得鲁莽，还是好好地去求他，或者肯放俺官人，也未可知。"青蛇念："这也说得是。"白蛇接念："吓，老禅师……"①

这样稍稍一改，不仅更加吻合青蛇冲动易怒、敢作敢为的性格特征，也更能引起观众的共鸣。对于《金山寺》这样流传久远的经典剧目，观众对它早已有了固定的印象。如何既不伤害观众的审美习惯，又把剧本文词改得更加完美，梅兰芳也曾感叹"并不是一件很容易的事"，"如果大刀阔斧地把它改得面目全非，台下看了一时未必就能够接受的"。但梅兰芳又从不惮于此，只要发现问题，他就"总想用很简练的手法，把内容的错误纠正过来"②。有时自己一个人解决不了的问题，他还很善于调动身边所有的力量，大家一起动手动脑来解决。《断桥》就是一个例子。

梅兰芳认为《断桥》一场中的法海是个"赘瘤"，有损剧情的连贯与流畅，就和许姬传商议去掉这个形象，建议把法海的唱词放在许仙口里。许姬传仔细琢磨后，把法海的原词"锦层层足踏翠云，虚飘飘飞下琼瑶境"，改成"锦层层过眼云烟，虚飘飘魂断蓝桥境"，由许仙唱出。许仙的道白，也由扮演者俞振飞花了一晚上的工夫才把它改为："我许仙，适才法海禅师对我言讲，我与白氏娘子孽缘未

① 梅兰芳：《梅兰芳回忆录》（上），东方出版社 2013 年版，第 79、80 页。
② 同上书，第 80 页。

满，绝无害我之心。况且她又身怀有孕，故此劝我来到钱塘，与她相会。只是我已知道她们是妖怪，怎敢前去与她见面。咳，想起我与娘子恩情非浅，平日待我，又非常体贴，心中嘛，有些难以割舍。如今倒教我犹豫不定，进退两难。这便怎么处！喔，我想起来了，记得临行之时，那禅师再三嘱咐，说道此去钱塘倘若见她二人啊"，念完接唱"须要秘密音，你休得恋此情"，这两句曲词本是法海所唱，改由许仙唱后，观众不仅不觉得突兀，相反还觉得情节更加紧凑。①

对传统戏如此，对新编戏剧本的编写，梅兰芳更是集思广益，尽可能地发挥各人的专长。梅兰芳曾这样总结他和朋友们一同编写新剧本的过程：

先由几位爱好戏剧的外界朋友，随时留意把比较有点意义、可以编制剧本的材料，收集好了。再由一位担任起草，分场打提纲，先大略地写了出来，然后大家再来共同商讨。有的对于掌握剧本的内容意识方面是素有心得的，有的对于音韵方面是擅长的，有的熟悉戏里的关子和穿插，能在新戏里善于采择运用老戏的优点，有的对于服装的设计、颜色的配合、道具的式样这几方面，都能够推陈出新，长于变化……一个新剧本起草以后，讨论的情形，倒有点像现在的座谈会。在座的都可以发表意见，而且常常会很不客气地激辩起来，有时还会争论得面红耳赤。可是他们没有丝毫成见，都是为了想要找出一个最后的真理来搞好这出新的剧本。②

采用这种集体编制剧本的方法，梅兰芳在民国初年编演了一批轰动南北的时装新戏和古装新戏，如《孽海波澜》《一缕麻》《牢狱鸳鸯》《宦海潮》《邓霞姑》《嫦娥奔月》《黛玉葬花》《千金一笑》等，在北京、天津、上海等地留

① 梅兰芳：《梅兰芳回忆录》（上），东方出版社 2013 年版，第 74 页。
② 同上书，第 225 页。

下了很好的口碑。虽然今天看来，这些剧本并非个个出色，但在当时不仅新人耳目，一度让戏园老板们赚得“盆满钵满”；而且影响深远，颇受观众欢迎。尤其是《一缕麻》，据说还影响了当时天津的一桩婚姻纠纷。这样合作编戏的最大好处就是，剧本给演员提供了再创造的空间，演员则充分领会了剧本的意图，结果自然是文学剧本和舞台表演的“双赢”。

从上述对旧戏的改动和新戏的编制方法，可以看出，梅兰芳对待剧目的态度并非一味求新求异，而是为了让人物和剧情更加合乎人情物理，更加符合舞台表演的规律。这些对今天的编剧均不无启迪。

二、对人物心理的深层挖掘

中国戏曲是最擅长演绎人物内心百转千回的细腻情怀的。作为一位卓有成效的艺术家，梅兰芳当然深谙此道。他留给后人的经典剧目，无不是对人物的内心世界进行了无数次的探秘，并且把这种难为人察的隐微心思，井然有序地展露于外，从而铸就了一个个崭新的梅派剧目。这是梅兰芳革新精神的第二要义。

《宇宙锋》是梅兰芳最喜欢演唱的一出戏，也是他钻研最深的一出戏。起初这出戏上座的成绩并不理想，但梅兰芳没有气馁，几十年间反反复复地对它做了无数次的修改，终于把这出纯粹的唱功戏扮得摇曳多姿、顾盼生辉。其中，赵女的心理世界得到了淋漓尽致的展现。

赵女，一个名不见经传的人物，一个“富贵不能淫，威武不能屈”的奇女子，一个挣扎于父权和皇权中的弱女子，一个因环境所迫而被迫装疯的贵族女性，她的悲喜苦乐和内心波澜，究竟该如何展现？试采撷两个片段，来看看大师的创新。

片段一：

赵女在听到赵高分别念完“明日早朝送进宫去”“你敢违抗父命么”“你敢违抗圣旨么”三句后，都用“爹爹呀”叫起锣鼓，表达抗拒。但三次表演各异，情感一次比一次强烈，赵女坚强不屈的个性得到了层层深入的揭示。

对此，许姬传有详细的分析：第一次念完“连这羞恶之心，你……都无有了么”后，赵女用手指向赵高，左脚微顿，露出凛然难犯的神态；第二次念完“此事只怕就由不得你了哇”后，赵女左手甩袖，情绪比刚才又紧张了一步；第三次念完“也是断断不能依从的呀”后，赵女用双袖向赵高摔去，表达了誓死不从的决心。[①] 通过这样层次分明的刻画，女儿和父亲之间的矛盾就一步步攀升到了最高峰，为后面赵女的“装疯”做了充分的注脚。

片段二：

赵女在“三笑”后，有这样一个身段：双手捧住赵高的胡子，用兰花式的指法，假意抽出几根胡须，一面向外还有表情。每当梅兰芳演到这里，台下总会发出一阵轻松的笑声。

赵女装疯以后的戏，如果按照前辈的做法按部就班地唱，是最容易唱“瘟”的。为避免枯燥乏味，梅兰芳尤其注意做工表情的提炼。这在传统的青衣行是从不讲究的，而善于革新的梅兰芳在结合剧情仔细分析赵女性格特征的基础上，把赵女装疯后的表情细分为三种：（一）对哑奴是接受她暗示的真面目；（二）对赵高是装疯的假面具；（三）自己则要在沉吟思索中露出进退两难的神气。这样，才能使同台的赵高觉得赵女是“真疯”了，而台下的观众却有赵女在“装疯”的感觉。而且，这种种“变脸”又要求演员在极短的时间内变化出来，没有设身处地的内在体会是绝难做到的。梅兰芳正是在深入体验赵女的内心世界后，才把这种“假戏真做”和“真戏假做”的微妙心理，刻画得如此细腻深刻的。

晚年在总结《宇宙锋》这出戏时，梅兰芳曾道出他对此戏“情有独钟”的缘由：“那时候我已经不愿意再被圈在这个狭小的圈子里，不重做工表情，专讲傻唱，受它紧紧的束缚。我决心想冲破这个藩篱，更钻研出一条新的途径，来打开这个无尽的艺术宝藏。于是就选择这一出戏，认真体会，做我改革的对象。因为这里的身段、表情、唱腔三方面，都大有发挥的余地。只要肯下功夫，就能想法使它得到平均的发展。”[②] 正是这种时刻“想冲破藩篱”的

① 梅兰芳：《梅兰芳回忆录》（上），东方出版社 2013 年版，第 138 页。

② 同上书，第 142 页。

意念，使得梅兰芳扮演的人物形象，无论是新的，还是旧的，都以其鲜活生动、细腻丰富的姿态，永远地定格在了历史的记忆中。

三、对表演节奏的准确把握

张弛有度的节奏感，是一台演出能否引人入胜、能否让观众葆有持续兴味的关键要素。梅兰芳在排戏时就非常注重这种浓淡相宜、跌宕有致的艺术效果。这也是他的作品总能常演常新、引人入胜的一个秘诀。以梅兰芳最喜欢的昆曲《思凡》为例：

《思凡》的第一支曲牌【诵子】是比较平淡的，但在快唱完时，梅兰芳加了一副微皱眉头、面露怨色的不耐烦的神情，初步透露了小尼姑的烦恼。第二支曲牌【山坡羊】交代自己想逃的原因以及内心的焦虑和动摇，是一个缓慢的过渡。从第三支曲牌【采茶歌】开始，节奏逐渐加快，心绪激荡不已，终于走出禅房，迈向回廊。第四支曲牌【哭皇天】宕开一笔，从众罗汉的角度进一步烘托小尼姑不甘枯坐孤灯的怨愤心绪。第五支曲牌【香雪灯】，把青灯念佛的无趣和世俗男女的喜乐两相对比，更突出了小尼姑的满腹怨言和烦躁不安。至此，人物的感情已从“怨”上升到了“怒”，节奏也更加激烈。最后一支曲牌【风吹荷叶煞】表现小尼姑在紧张和惊恐中，终于逃下山去。在唱这支曲牌的第一句“奴把袈裟扯破，埋了藏经，弃了木鱼，丢了铙钹”时，要同时完成扯袈裟、埋藏经、弃木鱼、出门、关门、走圆场六种动作，身段要快又不能慌张，还要有条不紊地配合音乐，是最考验演员的关节。在这六支曲牌的演唱中，正因为把握了这种快慢相间、冷热交织、松紧有序的内在节奏，“一个人”的表演才不显得单调乏味，而是妙趣横生。

但要把《思凡》这样的独角戏演得从容合度、松紧相宜，确非易事。梅兰芳曾坦言这出戏的“姿势是容易学着摆的，要做得从容自然、合乎音节，那就要靠平时的熟练，再加上多年的功夫与火候了”①。在几十年的舞台历练

① 梅兰芳：《梅兰芳回忆录》（上），东方出版社 2013 年版，第 308、309 页。

中，梅兰芳总结了这样一条规律：“哪一出戏的情节都离不了先平淡、后紧张，逐步发展的原则。尤其是《思凡》头尾的快慢，简直不能比。”[①] 平实的语言道出了戏曲表演节奏的真谛。

对任何一个剧目的创新，都离不了对其表演节奏的精准把握。这是梅兰芳的《思凡》给予后人的深刻启示。

四、对观众审美喜好的揣度

梅兰芳对观众向来怀有很深的感情。他曾说过，正是观众“对我的期望”，“不断地鼓励着我向新的更完美的途径上走”[②]。他对剧目进行创新的一个重要标尺就是观众的审美。

比如传统的《枪挑穆天王》，在演到杨六郎被挑下马后，还有穆桂英带了杨宗保回山见穆天王，宗保再下山回营，桂英也带了降龙木下山投送。但梅兰芳发现每次唱到枪挑杨六郎后，观众就开始陆续离座了。仔细思考后，他发现后面的场子确实不够紧凑，就在后来的演出中，果断地删掉了后面部分，唱到杨六郎被挑下马就结束，反倒有意犹未尽的韵味。这是在细心观察观众的反映后，反过来修改剧情的例子。

另外，考虑到观众看戏的目的，一来是出于内心的喜欢；二来是想舒散一下脑筋的，所以，梅兰芳认为，在适当的地方穿插科诨非常重要，因为它可以让观众的紧张情绪得到松弛的机会。比如《嫦娥奔月》的第六场，有兔儿爷和兔儿奶奶的一大段科诨对白，很受观众欢迎。两口子一个说你这模样哪配成仙，一个说你的扮相也不见得够上资格；最后还借用“长耳朵”和“三片嘴”来讥讽当时社会各界的丑陋现象。像这样调剂气氛的场子是很具有“醒酒汤”的功效的，但还要注意用得不留痕迹，不能脱离剧情、纯为逗乐。这都是梅兰芳在剧目创新时总结的经验之谈。

充分尊重观众在欣赏戏曲时的审美心理和审美情感，和一味迎合观众的

① 梅兰芳：《梅兰芳回忆录》（上），东方出版社2013年版，第309页。

② 同上书，第128页。

喜好是两码事。为此，梅兰芳借金秀山讲的票友“灯笼王”的典故，生动地告诫演员们在台上要懂得“善用其长，不可过火”的道理。“灯笼王”是专学程长庚的，有次表演《文昭关》，使了一个程大老板的腔，台底下叫了一个满堂好，都说真像程大老板唱的。而“灯笼王”一高兴，又用了两次这个腔，这下观众不买账了，纷纷离座散去。“灯笼王”的“失算”，正是低估了观众的审美期待和审美判断。

梅兰芳还非常注意来自观众的批评与建议，如在武汉演出《女起解》时，有观众来信说“到洪洞见大人也好申冤”中的“洪洞”应改为“太原”，梅兰芳认为很有道理，因为洪洞是苏三出事与初审的地方，起解以后就到了太原省城，不能再用洪洞了。他还非常感谢细心观众的提议，并感叹“如果真能做到台上台下打成一片，共同推进，我相信戏改的前途，必定会有很理想的效果的”[①]。

意识到观众在戏曲活动中的重要作用，应该是每一个戏曲创作者，包括作家和演员的一个基本常识，可在现实创作中，漠视观众、忽略其需求的例子并不少见。演员、作家与观众如何保持一种融洽和谐的关系，进而推进戏曲的革新与发展，梅兰芳所树立的榜样值得我们深长思之。

以上，从剧本内容、人物心理、表演节奏、观众喜好等方面，我们看到了梅兰芳一贯秉持的锐意创新、不断开拓的气度，并希望在梅派艺术的当代传承中，能够继续发扬这种永不满足、不断进取的精神。当然，梅兰芳能在20世纪的戏曲舞台上脱颖而出，开创一个流派，并把旦行艺术推进到一个崭新的高度，其革新精神的表现绝不仅仅止于上文所述。本文仅从《舞台生活四十年》中截取了一小部分，他如对表演美感分寸的拿捏、对文戏武演和武戏文演的辩证解读、对戏曲教育传承的思考等方面，均无不体现出梅兰芳力图打破窠臼、推陈出新的精神。《舞台生活四十年》是一座丰富的宝藏，曾有学者将其和德国莱辛的《汉堡剧评》相提并论[②]，实不为过。本文只是分析了

---

① 梅兰芳：《梅兰芳回忆录》（上），东方出版社2013年版，第365页。

② 刘祯：《论梅兰芳表演理论及体系——〈舞台生活四十年〉个案研究》，《民族艺术研究》2015年第1期。

这座宝藏之冰山一角，更深研究，尚待来哲。

（原载秦华生、刘祯主编《梅兰芳艺术的传承与发展——梅兰芳先生暨梅派艺术传承与发展研讨会文集》，知识产权出版社 2019 年版）

别具一格，自成体系

——试论阿甲的京剧批评观

摘要：阿甲是在戏曲创作实践和理论研究方面都颇有建树的一位卓越艺术家，尤其是他为继承、发展和革新京剧艺术所做的突出贡献更是有目共睹。本文从京剧本体论、京剧导演论、京剧革新论、京剧观众论四方面对阿甲的京剧批评观进行了探讨，认为阿甲的京剧批评有着一套成熟的独立的体系：批评的起点是对京剧艺术的程式和生活、表现和体验等独特关系的理解；继之，在把握了京剧艺术的基本特性，并适当借鉴西方戏剧理论的基础上，进行导演构思；而无论是对京剧特性还是对京剧表导演体系的研究，都非常注意传统艺术形式和现代生活内容的和谐统一；最后，批评的终点是以能否满足观众的审美需求，作为京剧创作成功与否的标尺。

关键词：阿甲；京剧；批评

阿甲先生（1907—1994年）是我国戏曲界少有的一位既长期从事艺术创作实践，又不断探索戏曲艺术表导演规律的卓越艺术家，尤其是他为继承、发展和革新京剧艺术所做的突出贡献更是有目共睹。他在半个多世纪的艺术生涯中，一直从事着以京剧为主的戏曲艺术的创作实践和理论研究工作，对京剧的基本特性、导演手法、观众欣赏、继承创新等提出了一系列深刻、独到的观点，至今还散发着启人深省的魅力。今天，重温这些宝贵的批评文字，对当下的京剧发展与革新仍不无启迪。

需要指出的是，阿甲的许多论著并未特别注明是在谈论京剧的相关问题，但他在戏曲理论上的许多真知灼见却是主要建立在其京剧创作实践和艺术研究的基础上的；即便是一些在题目中明确标出“京戏”字眼的论文，在具体的行文中，他也多言“戏曲”，而不专称“京戏”，如《谈谈京戏艺术的基本特点及其相互关系——为了研究现代京戏的改革》。所以，阿甲有些关于一般“戏曲”艺术的批评文字，也在本文考察范围之内。

下面，本文将从京剧本体论、京剧导演论、京剧革新论、京剧观众论四方面对阿甲的京剧批评观进行探讨。

一、京剧本体论

对任何一种艺术进行客观、公正的批评研究的前提应该首先是对该艺术“是什么”的回答。阿甲的京剧批评正是建立在对京剧艺术基本特性准确把握的基础上的。早在 20 世纪 40 年代初，阿甲在《关于平剧的接受遗产与服务政治问题》一文中，就有感于抗战初期延安演出的京剧存在着“旧瓶装新酒”的不协调的矛盾，而极力倡导：“利用旧形式，必先费一番工夫去理解它，掌握它。”[①] 这里的“理解它，掌握它”，实际上就是在呼吁要加强对京剧艺术本体特征的深入研究。那么，对于京剧艺术不同于其他剧种的独特属性，阿甲是怎么“理解”和“掌握”的呢？

从《生活的真实和戏曲表演艺术的真实——谈舞台程式中关于分场、时间空间的特殊处理等问题》《再论生活的真实和戏曲表演艺术的真实——关于现代戏继承传统和发扬传统的问题》《谈谈京戏艺术的基本特点及其相互关系——为了研究现代京戏的改革》《无穷物化时空过，不断人流上下场——虚拟的时空，严格的程式，写意的境界》《戏曲艺术最高的美学原则——戏曲程式的间离性和传神的幻觉感的结合》等不同时期的论文，我们可以看到阿甲

---

① 阿甲：《关于平剧的接受遗产与服务政治问题》，原载 1943 年 4 月 18 日《解放日报》，转引自李春熹选编《阿甲戏剧论集》（上），中国戏剧出版社 2005 年版，第 15 页。

对这个问题的持续关注和深入探讨。下面分两个方面简析之：

1. 程式和生活

阿甲曾在1956年10月为文化部第二届戏曲演员讲习会所作的专题报告《生活的真实和戏曲表演艺术的真实——谈舞台程式中关于分场、时间空间的特殊处理等问题》中说道："从事戏曲实践的人不研究戏曲艺术的特殊手段，只抽象地讲从生活出发，抽象地讲斯氏体系的科学理论，那都要坏事的。在戏曲舞台上，脱离开戏曲表演的特殊手段，就没有戏曲艺术的真实，因而也不能反映生活的真实。"①那么，阿甲在这里反复强调的"戏曲艺术（主要指京剧艺术）的特殊手段"究竟是什么呢？——这就是"贯穿在极为复杂的戏曲的综合艺术中所有的方面"②的程式。

程式是阿甲先生一生研究最多，也是理论含量最高的一个核心命题。在《谈谈京戏艺术的基本特点及其相互关系——为了研究现代京戏的改革》一文中，他从内涵和外延两方面对程式作了科学的阐释：从内涵来考察，程式具有夸张性、鲜明性、规范性以及相对的稳定性等内在属性；从外延来看，行当、唱、做、念、打、空间、时间的处理、以及脸谱、服饰、曲牌、锣鼓点子、布景道具、剧本创作等等，都是程式的属性表现。这样，阿甲就找到了京剧艺术超强表现力的根源："戏曲程式是创造戏曲形象表现力很强的一种特殊形式。它管束表演的随意性并放纵它有规律的自由；戏曲的强大表现力，戏曲美的感染力，戏曲形象的思想性（包括剧本），就寓于这种既有规律又十分自由的程式之中。"③这些对京剧程式特性的精辟概括可谓切中肯綮。

值得一提的是，阿甲先生的程式理论是在不断地与"程式无用论"和"程式万能论"作斗争的过程中建立起来的。"程式无用论"和"程式万能论"这

① 阿甲：《生活的真实和戏曲表演艺术的真实——谈舞台程式中关于分场、时间空间的特殊处理等问题》，原载《戏曲研究》1957年第1期，转引自李春熹选编《阿甲戏剧论集》（上），中国戏剧出版社2005年版，第105页。

② 阿甲：《谈谈京戏艺术的基本特点及其相互关系——为了研究现代京戏的改革》，原载《文艺研究》1981年第6期，转引自李春熹选编《阿甲戏剧论集》（上），中国戏剧出版社2005年版，第244页。

③ 同上书，第244页。

两种倾向的理论根源，就在于没有正确把握程式和生活的关系。早在20世纪50年代，阿甲就在“两论”（《生活的真实和戏曲表演艺术的真实》《再论生活的真实和戏曲表演艺术的真实》）中对程式和生活的关系下过“是对头又是一家”的科学论断。在此后的研究中，对程式的认识又不断深入。

首先，阿甲认为，生活是京剧程式的来源，但“来源于生活不等于生活，也不是对生活的简单模仿”，而是“要从生活中广泛地吸取材料，不仅要从社会生活中吸取材料，还要在自然领域中吸取材料”①。比如摹仿鹞子翻身，表现身体的灵活；摹仿虎啸狮吼，表现声音的雄壮；摹仿兰花开放的样子，表现女性手指的秀美；摹仿柳条的摆动，表现腰肢的婀娜。这些表演程式因为有生活作为依据，又经过了不同程度的变形处理，所以极富表现力和艺术美感。这些充分强调了京剧程式的生活来源的广泛性。

其次，在提炼程式时，不能仅仅停留在对生活的模拟上，因为“戏曲程式，其来源虽出自生活，但绝不是生活原型的再现，它是把生活的原型经过敲打、捣碎，然后再重新熔铸成另外一种形式结构去表现生活的”②。如果说前述认为京剧程式来源于生活，尚未摆脱一般的艺术原则的话，那么这里对如何从生活中提炼出表演程式的探讨，则是阿甲对程式理论的独特贡献。阿甲认为，从生活到程式，必须经过一个从想象、夸张、省略、装饰，到变形的“萃取”过程。比如《秋江》里的行船，在现实生活中，行船的路线应该是直的，但在京剧舞台上却可以用跑圆场的方法，同样给人以妙趣横生的美感享受；又如京剧的趟马，“不是直接去摹拟，因为直接摹拟不如真的好。而是用踢脚、耍鞭、翻身、打转、蹉步、圆场等程式来表达感情。这样，骑马的真实性差了，但在神似上、在全身线条韵律上却更见意境了。这种舞姿好比书法一样，运

---

① 阿甲：《谈谈京戏艺术的基本特点及其相互关系——为了研究现代京戏的改革》，原载《文艺研究》1981年第6期，转引自李春熹选编《阿甲戏剧论集》（上），中国戏剧出版社2005年版，第245页。

② 阿甲：《无穷物化时空过，不断人流上下场——虚拟人的时空，严格的程式，写意的境界》，原载《文艺研究》1987年第4期，转引自李春熹选编《阿甲戏剧论集》（上），中国戏剧出版社2005年版，第376页。

腕捉笔挥洒自如，表现刚劲挺秀之美。”[①] 阿甲把京剧艺术中这种处理手法称为“变形的方法”。他还借鉴清人吴乔对诗文的比喻，把话剧和戏曲在处理艺术和生活关系上的区别，用通俗易懂的文字表述如下：“话剧就好比米做饭，戏曲就好比米酿酒。饭以养身，酒以动情。”[②] 这些形象的论述对于如何从生活中提炼出优美的程式，是很有启迪意义的。

最后，程式源于生活却又规范着生活。阿甲在指出程式和生活是“一家”的亲密关系的同时，也看到了“程式和生活总是有矛盾的”[③]。他用深入浅出的文字写道：

> 从生活的观点来看，生活是自自然然的，是方的就是方的，是长的就是长的，天真无邪，无拘无束，它要求保持自然形态的真实，它反对舞台程式的“清规戒律”。从程式的观点来看，它要求舞台生活有严格的规格，循规蹈矩，一举一动，丝丝入扣；出场要用音乐引出来，进场要用音乐送进去；开口要合节拍，举动要合锣鼓。生活总是有血有肉的，程式总是比较定型的；生活总是要冲破程式，程式总是要规范生活。这两者之间，老是打不清的官司。[④]

那么，怎么解决这对矛盾呢？阿甲认为，就程式而言，是要发挥生活的积极性，答应生活的合理要求，修改自己不合理的规矩，克服自己的凝固性；就生活而言，则既要克服自己散漫无组织的、不突出的自然形态，又要发展自己生动活泼的天性，不受程式的强制压迫，“既要冲破程式的樊笼，又要受

① 阿甲：《谈谈京戏艺术的基本特点及其相互关系——为了研究现代京戏的改革》，原载《文艺研究》1981 年第 6 期，转引自李春熹选编《阿甲戏剧论集》（上），中国戏剧出版社 2005 年版，第 255 页。

② 阿甲：《谈谈京戏艺术的基本特点及其相互关系——为了研究现代京戏的改革》，原载《文艺研究》1981 年第 6 期，转引自李春熹选编《阿甲戏剧论集》（上），中国戏剧出版社 2005 年版，第 255 页。

③ 阿甲：《生活的真实和戏曲表演艺术的真实——谈舞台程式中关于分场、时间空间的特殊处理等问题》，原载《戏曲研究》1957 年第 1 期，转引自李春熹选编《阿甲戏剧论集》（上），中国戏剧出版社 2005 年版，第 116 页。

④ 同上。

它的规范”[1]。程式和生活就是这样既对立又统一，而且在这对矛盾中，生活始终处于主导地位。而生活又总是灵动多变的，它总在想方设法突破旧有的程式；程式虽有一定的稳定性和凝固性，却也要随着生活的律动而不断革新。这就自然引出了在戏曲表演艺术上，必然有一个继承和发展的关系，有一个推陈出新的问题。

这里对程式和生活既对立又统一的关系的阐释，“从根本上解决了长期纠缠不清的程式和生活之间的‘争吵’”[2]，也再次体现了阿甲的理论批评中“无时不具有、无文不存在的辩证灵魂”[3]。同时，也为我们在京剧创新中，既要耐心学习借鉴传统戏曲艺术，又要勇于创作紧跟时代的现代戏，从艺术批评上指明了航向。

值得注意的是，阿甲关于程式理论的积极意义，不仅在于他对生活和程式的关系作了科学、审慎的判断，更在于他把握住了戏曲艺术形式的特殊性，即“程式”这一戏曲反映生活的独特手法。抓住了这个主要矛盾，也就找到了戏曲之为戏曲、京剧之为京剧的独特个性。这为阿甲的京剧理论批评打下了厚实的基础。

2. 表现和体验

李春熹在《阿甲戏曲理论初探》一文中指出：“阿甲戏曲理论大厦的支柱，其中有两个是最为重要的，一个是他关于程式和生活的关系的思想，一个是他关于体验与表现的关系的思想。”[4] 如果说对程式和生活关系的探讨，主要是着眼于京剧艺术的内部规律；那么，对体验与表现关系的揭示，则是从艺术形态比较学的角度，为厘清戏曲和话剧等其他姊妹艺术的界限而作的清晰界定。

---

① 阿甲：《生活的真实和戏曲表演艺术的真实——谈舞台程式中关于分场、时间空间的特殊处理等问题》，原载《戏曲研究》1957 年第 1 期，转引自李春熹选编《阿甲戏剧论集》（上），中国戏剧出版社 2005 年版，第 116—117 页。

② 林真、李春熹：《实践中产生的真知灼见——评介阿甲戏曲理论的主要成就》，转引自朱文相等主编《阿甲戏曲艺术理论研究文集》，北京燕山出版社 2012 年版，第 74 页。

③ 丁道希：《辩证的灵魂，实践的品格——论阿甲的“程式”理论研究》，转引自刘祯主编《百年之祀——阿甲先生百年诞辰学术研讨会文集》，文化艺术出版社 2008 年版，第 49 页。

④ 李春熹：《阿甲戏曲理论初探》，李春熹选编《阿甲戏剧论集》（下），中国戏剧出版社 2005 年版，第 753 页。

下面，综合阿甲先生关于表现和体验的相关论述，大致归纳如下：

首先，戏曲的体验是一种诗化的情感体验。

阿甲认为，“只要是搞文艺的，只要是创造人物的”①，就都需要体验，戏剧更是直接用演员的身体、思想感情来体验。但戏曲和话剧的体验却迥然相异，因为戏曲是以歌舞化的唱、念、做、打的形式来塑造人物的，所以，“戏曲舞台的情感，绝不等于生活的情感，它是生活情感经过彩色渲染、音乐弹奏过的东西，它是生活情感的诗化”②。舞台感情是自然形态的生活情感的浓缩、集中、强化甚至变形，是演员从对角色的理解出发，根据自己的情绪记忆所创造的作品。它既具有生活感情的真实性，又具有艺术的美的形式。阿甲曾经以周信芳扮演的《打渔杀家》中的萧恩为例，说明优秀的京剧演员必须先具体分析角色的行动逻辑，体验角色的心理特征，再选择最有效的形体动作去表现它。阿甲曾这样描述周信芳扮演的萧恩告官不准，挨打回家的一段戏：

> 他从出场到回家，绕了一个很饱满的圆场。他在“乱锤”的舞台气氛里踉踉跄跄“洒”出来，到舞台中间摔了一个“抢背”，一时挣扎不起，只能膝行前进，一条腿跪着，一条腿弓着，哒……骨节里装有铜质弹簧似的一口气弹到下场门台口，似乎已经精疲力竭了，可是，他把无比的仇恨和强烈的创痛拧在一起，用全身的气力挣扎了起来。这个起立动作，好像两肩套着绞索将自己的身子一下一下地绞起来的。这时，只看到周信芳两个肩头随着锣鼓的节拍像反拧螺旋那样向上伸拔。既然起来了，稍稍顿歇，随即一鼓作气，迈开大步走回家去，再不是狼狈的样儿了。③

---

① 阿甲：《斯坦尼斯拉夫斯基体系与中国的戏曲表演》，原载《戏剧艺术》1980年第2期，转引自李春熹选编《阿甲戏剧论集》（上），中国戏剧出版社2005年版，第232页。

② 阿甲：《关于戏曲舞台艺术的一些探索》，原载《人民日报》1959年12月9日，转引自李春熹选编《阿甲戏剧论集》（上），中国戏剧出版社2005年版，第174页。

③ 阿甲：《体验和技巧》，原载《戏剧报》1962年第2期，转引自李春熹选编《阿甲戏剧论集》（上），中国戏剧出版社2005年版，第215页。

透过这段对演员动作的生动描写，我们仿佛能感觉到周信芳扮演的萧恩满腔的激愤与昂扬，仿佛听到了周信芳那铿锵有力的脚步声，相信周信芳那一刻所体验到的舞台感情，绝对是远比生活中的情感更为浓烈、复杂的诗化的情感。

其次，戏曲的体验离不开扎实的基本功训练。

戏曲体验与过硬的基本功训练密切相关。早在20世纪50年代末，阿甲就提出："先把演员基本的身段工架训练好，甚至要把基本的表情形式和语言形式训练好，然后再深入角色的体验，再从角色的个性去融化这些东西，这是中国戏曲表演艺术独特的体验方法。"[①] 后来，在《谈谈京戏艺术的基本特点及其相互关系——为了研究现代京戏的改革》一文中又再次指出："戏曲和话剧不同，戏曲的体验也和话剧不同。戏曲体验要和技术的表演结合起来。"[②] 他还用形象的比喻，来进一步说明戏曲体验与技术表演的关系："戏曲演员，应具有这样两种材料，一种是自己的情感，这是铸造角色的燃料；一种是基本的舞台技术（唱、做、念、打的基本功夫），这是铸造角色的钢材；演员，在规定情境的烘炉中，燃烧自己的热情，将这些钢材熔解在角色之中。这就是戏曲表演艺术独特的体验方法和性质。"[③] 这种体验必须和技巧、技术相结合的原理，阿甲后来把它叫做"技巧的体验"或"审美的心理体验"[④]。

戏曲表演有一套严格的程式语汇。没有大量程式技术的积累，是很难想象戏曲演员可以在戏曲舞台上塑造出千姿百态的人物形象的。"一个戏曲演员，如果他的情感还没有转化成一种技术时，那他一上台去，情感越是丰富，洋相就越要出足。"[⑤] 只有熟练地掌握程式技术，才能进入体验人物、创造舞台形象的过程。而要想掌握这些塑造戏曲人物的独特"语言"，就离不开扎实的

① 阿甲：《关于戏曲舞台艺术的一些探索》，原载《人民日报》1959年12月9日，转引自李春熹选编《阿甲戏剧论集》（上），中国戏剧出版社2005年版，第173页。

② 阿甲：《谈谈京戏艺术的基本特点及其相互关系——为了研究现代京戏的改革》，原载《文艺研究》1981年第6期，转引自李春熹选编《阿甲戏剧论集》（上），中国戏剧出版社2005年版，第251页。

③ 阿甲：《戏曲表演论集》，上海文艺出版社1962年版，第10—11页。

④ 阿甲：《戏剧审美心理及其他——在全国话剧座谈会上的发言》，《戏剧报》1984年第9期。

⑤ 阿甲：《戏曲表演论集》，上海文艺出版社1962年版，第10页。

基本功训练。阿甲也反复强调：“戏曲演员不掌握技术，单靠生活激情的奔放那是不行的。应当经常训练自己的感觉器官，训练成乐器那样，然后始能利用自己的激情，奏出角色的心曲。”[①] 历史上那些著名的戏曲演员，无不是经过长期刻苦的技术训练，才达到得心应手、出神入化的境界的。

再次，戏曲的体验既受程式制约，又推动着程式的革新和发展。

由于戏曲的舞台体验必须转化为程式技术，每个动作和表情都要有美的姿态，所以它就必然受到程式的制约。比如生活中再莽撞的汉子，他生气的表情也不过是“吹胡子瞪眼”，但在京剧舞台上的表演却必须随着规定的锣鼓点子的节奏，藉由一定的程式动作，完成对角色心理的体验与表现。阿甲曾讲到杨小楼演的西楚霸王，感到四面楚歌，万分焦急，因而咆哮起来，一声“哇呀呀”，“颤抖的声浪，从鼻腔里、胸膛里、喉管里、上腭的舌根上，一阵阵地发出来，像马叫，又比马有气势，似乎有些声嘶力竭的沙沙之声，却又有雄壮的美感。前辈艺人叫它‘龙吟’。这种东西练得好并不容易，气要足，胸腔、喉头又要放松，要虚实结合，不然就叫不起来，或叫得不好听，不像‘龙吟’”。[②] 他如用帽翅的振动来表现内心的极度矛盾，用甩发来表现内心的满腔悲愤，用翎子的抖动来表现内心的得意洋洋等，都说明戏曲的体验不可能像生活那样自然而然，它不仅要服从心理节奏，还不得不接受规格化的、富有技术性的程式的制约。

程式虽然制约着戏曲的舞台体验，但体验反过来又推动着程式的革新和发展。因为程式是生活体验的结果，而生活总是千变万化、不断向前发展的，那么，在表现新的生活、塑造新的形象时，就总会有一些内容是旧程式无法完全表现出来的，而为了更传神地塑造人物，就不能总是因循守旧、故步自封，就必须对程式不断地革新和创造，使其适应时代的发展。阿甲曾说：“既然具体去体验这个人物，就必有新的思想内容为旧技术规律所不能表达的，这就必须有创造，必须吸收新的艺术经验，这种创造就使旧的技术规律逐渐突破，

① 阿甲：《戏曲表演论集》，上海文艺出版社1962年版，第11页。

② 阿甲：《戏剧审美心理及其他——在全国话剧座谈会上的发言》，《戏剧报》1984年第9期。

在表现形式上逐渐增加新的东西，产生新的形式。”[①] 阿甲导演的《红灯记》在这方面就有很多突破，比如李玉和喝壮别酒时，用“大丁字步”站在舞台中心，面向观众，双手捧碗，两膀平抬，把酒在面前先转一下，再端起来仰头一饮而尽。对此，焦菊隐这样评价：“这是中国艺术的独特手法，它用较远于生活表面现象的真实的形式，揭示较近于生活内在世界的真实的内容。导演掌握了这种艺术手法的规律，运用它来表现革命斗争生活，创造性地发挥了京剧传统的特色。”[②] 这再次证明，历代演员总是在传统基础上，根据生活的体验，不断突破原有的程式，创造出新的程式，赋予舞台形象以新的面貌，从而不断丰富着戏曲舞台艺术。

第四，戏曲的体验具有强烈的表现性质。

阿甲明确提出戏曲表演的表现性，是在《戏曲表演论集》再版时所作的《再版后记》（作于 1978 年 11 月 28 日）中：“如果要把中外戏剧表演艺术大体分为‘体验’和‘表现’两派的话，我认为中国的戏曲表演应属于‘表现’的一派。”[③] 这一判断既是阿甲一系列反对生搬硬套斯坦尼斯拉夫斯基体系来改造中国戏曲的论述的延续，又是对中国戏曲表演艺术基本特性的科学归纳。

斯坦尼斯拉夫斯基的“体验派”理论反对外部动作的设计，认为外部动作是由内在的“体验”自然而然地“表现”出来的；倘若外部动作是事先设计出来的，就会显得虚假做作。阿甲虽然承认戏曲也需要“体验”，但更强调戏曲的“表现性很强烈，它不限于生活的再现，而强调对生活的表现……斯坦尼斯拉夫斯基是最反对表现感情的，但戏曲非要表现不可，而且感情还要有形式，这种形式还要经过严格的训练，要把这种情绪变成一种高度的技术”[④]。他曾以盖叫天演的《武松打店》为例来详细说明这一特性：

---

① 转引自林真、李春熹：《实践中产生的真知灼见——评介阿甲戏曲理论的主要成就》，《戏剧论丛》1983 年第 1 期。

② 焦菊隐：《〈红灯记〉导演的艺术》，原载焦菊隐著《焦菊隐文集》第四卷，转引自朱文相等主编《阿甲戏曲艺术理论研究文集》，北京燕山出版社 2012 年版，第 13 页。

③ 阿甲：《戏曲表演论集·再版后记》，上海文艺出版社 1979 年版，第 287 页。

④ 阿甲：《斯坦尼斯拉夫斯基体系与中国的戏曲表演》，原载《戏剧艺术》1980 年第 2 期，转引自李春熹选编《阿甲戏剧论集》（上），中国戏剧出版社 2005 年版，第 234—235 页。

> 当孙二娘拿匕首刺武松的时候，匕首给武松夺过去了，打着打着，孙二娘跌仆在地，武松拿匕首对准二娘的颈脖嚓的一声，一把明亮亮的匕首扎在台板，离孙二娘的颈脖子只二寸来许，还在摇晃……这时，盖老当然就不能深入在武松的感情之中，但又要表现得有武松的强烈激情。这种激情显然是假的，是装出来的，实在是一种有情节而无真实感情的技术表演，拿我们的行话说叫做“表现”。①

中国戏曲的情感体验，为何具有如此强烈的表现性？阿甲有过深入的探讨。他认为，戏曲情感的表现性之所以那么强烈，是因为戏曲表现生活的独特手段——音乐和舞蹈本身就是“表现性”艺术，是最能唤起情感的艺术；台词则是偏重于传达思想意志的“再现性”艺术。剧词（或剧诗）、声腔、舞蹈结合起来一起表演戏剧，就必然使戏剧的情节、事件、人物性格具有歌舞的特征，也就使得戏曲的生活体验不是“现实生活”直接的体验，而是戏曲的“歌舞生活”的体验，因此戏曲的体验富有强烈的表现性质。②

正是在这种横向对比、纵向挖掘的深入分析中，阿甲找到了中国戏曲表演体系在世界剧坛中的位置，他认为：戏曲“是中国气派的富有特殊表现力的一种综合性的舞台艺术”，“如一定要说派，说它是表现派较合适”③。

第五，戏曲的体验和表现具有双重性。

这个观点是阿甲先生晚年提出的。在阿甲先生的最后一篇文章，即他1994年为全国梨园杯戏曲现代戏教学剧目展演文集《戏曲现代戏研究》（中国美术学院出版社1994年版）所作的序中，在谈到戏曲艺术的特点时写道：

---

① 阿甲：《谈谈京戏艺术的基本特点及其相互关系——为了研究现代京戏的改革》，原载《文艺研究》1981年第6期，转引自李春熹选编《阿甲戏剧论集》（上），中国戏剧出版社2005年版，第251页。

② 阿甲：《戏曲艺术最高的美学原则——戏曲程式的间离性和传神的幻觉感的结合》，转引自李春熹选编《阿甲戏剧论集》（上），中国戏剧出版社2005年版，第420—422页。

③ 阿甲：《斯坦尼斯拉夫斯基体系与中国的戏曲表演》，原载《戏剧艺术》1980年第2期，转引自李春熹选编《阿甲戏剧论集》（上），中国戏剧出版社2005年版，第236页。

戏曲艺术则不然，它在舞台上以歌舞的形式来表演人物，但它的歌舞表演，不仅要使观众听到看到，还要使表演者知道观众的反映，知道观众当场感情的强烈交流。所以，戏曲表演的体验和表现都有双重性。它既要体验和表现生活情理的真实，又要体验表现歌舞特色的审美真实，要使歌舞和生活结合。这种真实，归根到底还是为了表达人物的感情和动作的意志。因为它是以歌舞来表达生活，因而它的欣赏性和感染力的强度是生活所赶不上的。①

显然，相较于话剧，戏曲（包括京剧）的体验和表现内涵更为丰富，它不仅要求要体验和表现"生活情理的真实"，还要体验和表现"歌舞特色的审美真实"。这是一种更高、更规范的格式要求。阿甲认为戏曲舞台上表现生活的歌舞具有三个基本特点：1. 强调和观众的交流。2. 在鲜明的形象里，又隐藏着不鲜明的意象。3. 戏曲程式问题，"是在歌舞动作的基础上，综合各种有表现性质的东西组合在一起，成为一种完整的规范化戏曲艺术的表演"②。因此，戏曲的体验是在掌握高度表演技巧基础上的一种技术体验，它既包含演员从生活逻辑出发的心理体验，又包括按照戏曲舞台逻辑去深入角色内心世界的体验，这就是阿甲所说的"体验的两重性"③。而戏曲的表现则是既要具有鲜明生动的外在形象，又要具有含蓄隽永的内在意蕴的传神表演。这就对京剧演员的理解力和感悟力提出了更高的要求："必须有深入的心理的体验，然后才能有五官、四肢形体的准确而又自由的表现。"④

对戏曲体验和表现的双重特性的把握，可以说是对戏曲表演本质特征的深刻认识，是阿甲晚年对京剧批评理论的又一重要贡献。

---

① 阿甲:《关于戏曲现代戏》,原是为中华人民共和国文化部教育司编《戏曲现代戏研究》所作的序，转引自李春熹选编《阿甲戏剧论集》（上），中国戏剧出版社 2005 年版，第 455 页。

② 同上书，第 457 页。

③ 阿甲：《戏曲艺术最高的美学原则——戏曲程式的间离性和传神的幻觉感的结合》，转引自李春熹选编《阿甲戏剧论集》（上），中国戏剧出版社 2005 年版，第 423 页。

④ 阿甲：《戏曲表演论集·再版后记》，上海文艺出版社 1979 年版，第 287 页。

上述关于程式和生活、体验和表现两对关系的研究，是阿甲在长期的京剧表导演实践基础上，从个性和共性两方面坚持不懈地探索京剧艺术基本特征的结晶。阿甲清醒地认识到，戏曲不仅具有与其他戏剧门类作为戏剧艺术的共同规律，更有着自己特殊的、鲜明的个性。理解和掌握这种独有的个性特征，是保持戏曲艺术自身特性所不可逾越的，对此，阿甲曾论述道："任何事物只看它共性的一面，不看它个性的一面，就要解决问题总是要犯错误的，对戏曲艺术也是一样。戏曲，特别是京戏的舞台艺术，有它自己独特的历史地位。"[①] 正是在把握了戏曲艺术不同于话剧等其他戏剧门类的"个性"的基础上，阿甲进一步对京剧的导演艺术、革新问题、观众问题展开了客观冷静的批判和分析，努力建立起京剧艺术独特的批评体系。

二、京剧导演论

阿甲的导演艺术生涯是从解放后开始的。延安时期，他虽然协助导演过《三打祝家庄》等剧目，但主要还是以演出和研究京剧为主。到北京以后，他曾导演了京剧《宋景诗》《火烧望海楼》《赤壁之战》《摘星楼》《凤凰二乔》《智斩鲁斋郎》《回春记》《浔阳楼》《李慧娘》《百花公主・赠剑》《斩经堂》《改容战父》《战昆阳》《白毛女》《柯山红日》《恩仇恋》《洪湖赤卫队》《红灯记》《平原游击队》《刘志丹》等，为继承和发展京剧的表导演艺术，做出了重要的实验和探索。尤其是 1964 年导演的京剧现代戏《红灯记》，是阿甲导演的京剧现代戏中最成功、最为广大观众称颂的一个优秀剧目。当时舆论界一致认为《红灯记》是京剧革命的样板，广大观众赞誉它是"一盏革命的红灯"，使古老的京剧焕发出崭新的容颜，提高了京剧表现现代生活的审美价值，把京剧艺术推到了一个新的高度。

在这样日复一日的舞台实践中，阿甲对京剧导演的体认越来越深刻。他逐渐意识到："建立自己的导演的科学体系，是发展中国戏曲艺术的重大任务

① 阿甲：《戏曲表演论集・再版后记》，上海文艺出版社 1979 年版，第 287 页。

之一。”[①] 他既反对不加选择地一味继承传统，又反对教条主义的“话剧加唱”，先后撰写了《戏曲建立新的导演制度问题》《戏曲导演工作中的几个问题》《关于戏曲表导演的一些问题》《论中国戏曲导演》等文章，为建立具有中国特色的京剧导演体系奠定了理论基石。概而言之，其京剧导演理论主要有以下两大特点：

1. 根据京剧的舞台逻辑和美学原则进行导演构思

京剧艺术有着自己独特的表现方法，阿甲在《再论生活的真实和戏曲表演艺术的真实——关于现代戏继承传统和发扬传统的问题》一文中曾将其概括为：“中国戏曲的表现特点是：它主要是用分场和虚拟的舞台方法，通过唱、做、念、打，作为自己艺术手段的一种特殊的戏剧表现方法。”[②] 全面了解和掌握戏曲“特殊的戏剧表现方法”，是导演进行整体构思的前提。对此，阿甲曾在不同场合多次呼吁：

做一个戏曲工作者，特别是导演工作者，不管你谈生活体验也罢，谈现实主义创作方法也罢，应该要求你懂得这一门艺术的特殊规律。绘画、音乐、舞蹈、文学、戏剧，都要体验生活，也都要学习现实主义的创作方法，这是共同的真理。但是当它创作时，是按照自己的特殊规律运用自己的特殊手段来完成的，不然还有什么艺术形式呢？世界上没有一种创作方法可以脱离具体的艺术实践的，也没有一种艺术实践可以脱离它自己的表现手段的。[③]

不然的话，不管在表演、导演上搬出斯坦尼斯拉夫斯基也罢，

① 阿甲：《论中国戏曲导演》，原载《文艺研究》1983 年第 2 期，转引自李春熹选编《阿甲戏剧论集》（上），中国戏剧出版社 2005 年版，第 296 页。

② 阿甲：《再论生活的真实和戏曲表演艺术的真实——关于现代戏继承传统和发扬传统的问题》，原载《戏曲研究》1958 年第 4 期，转引自李春熹选编《阿甲戏剧论集》（上），中国戏剧出版社 2005 年版，第 129 页。

③ 阿甲：《生活的真实和戏曲表演艺术的真实——谈舞台程式中关于分场、时间空间的特殊处理等问题》，原载《戏曲研究》1957 年第 1 期，转引自李春熹选编《阿甲戏剧论集》（上），中国戏剧出版社 2005 年版，第 104—105 页。

在音乐作曲上搬出柴可夫斯基也罢，都要出毛病——脱离传统、脱离人民的。①

作为一个戏曲导演，必须学习戏曲舞台规律，不仅要学会它，而且还要理解它，运用这些规律，使它成为创作手段。②

这些论述都是在强调要根据戏曲的舞台逻辑和美学特征进行导演构思。这就要求京剧导演既要精通唱、念、做、打的各种程式，了解音乐曲牌和锣鼓经的功能，熟悉人物化妆和服装道具，把握戏曲表演的分场体制，又要使它们有组织、有纪律地遵守舞台规律的约束，为塑造人物形象发挥各自的优势。

《红灯记》这部现代京剧演剧史上里程碑式的作品，就是阿甲这种导演理念的成功实践。如铁梅从刑场释放回家的过程中，“先是用【乱锤】锣表现铁梅震荡不安、怅然若失的情状。稍停，猝然跑圆场，赶到家中，把门一推，靠着门背喘息不定。然后茫茫四顾，四壁空空，她转了一个圈，看到奶奶的针线篮，看到爹的酒瓶，回忆他生前的神情，这里的动作情绪都是与【回头】和【撞金钟】的那种锣鼓点子结合起来表演的，没有什么复杂的丝竹和管弦的伴奏，声调虽然单纯，而它概括的情感色彩却很广泛多义，是悲哀、凄惨、仇恨、愤怒、恐惧、寂寞、惆怅、失落……都说不出来，要说也不能尽意，但能使你共鸣、感动。突然，她看到墙上挂着的一盏红灯，一个停顿，马上把红灯摘了下来，在一种叫【冲头】的锣鼓声中跑到台前，在音乐的【叫头】里喊了一声奶奶，又在一个【叫头】里喊了一声爹，遂将红灯搁在桌上，两臂落在案头，把头埋在两臂之间，耸动着双肩大声抽泣。观众也在流泪。（其实铁梅在抽泣的时候，正是休息的时候，好养神再唱）接下来唱那段激动人心的‘提起鸠山心肺炸’的【娃娃腔】。这一场戏，除这段唱外都是表演，是

① 阿甲：《生活的真实和戏曲表演艺术的真实——谈舞台程式中关于分场、时间空间的特殊处理等问题》，原载《戏曲研究》1957年第1期，转引自李春熹选编《阿甲戏剧论集》（上），中国戏剧出版社2005年版，第104—105页。

② 阿甲：《关于戏曲表导演的一些问题》，原载《安徽戏剧》1960年第5期，转引自李春熹选编《阿甲戏剧论集》（上），中国戏剧出版社2005年版，第188页。

把极为复杂的心理活动渗透在极为单纯的音乐里的表演。假使不用这种锣鼓点子，就不会给演员相应的情绪刺激”①。这里正是遵循了戏曲表演特殊的体验与表现的原则，创造性地运用传统程式，生动揭示了人物内心情感的细腻变化。又如听完奶奶讲述家史后，导演让铁梅先举着红灯在【急急风】的锣鼓伴奏中跑圆场，然后到台口“举灯”“亮相”，很好地衬托了铁梅继承前辈理想继续战斗的决心。

从具体形象出发，从规定情境出发，灵活运用传统程式，以表现新的生活和新的人物，正是阿甲遵循京剧的舞台逻辑和美学原则成功导演现代戏的个中三昧。

2. 借鉴斯氏体系，丰富京剧导演艺术

20世纪50年代，全国文艺界掀起了一个学习苏联戏剧大师斯坦尼斯拉夫斯基艺术体系的活动。当时的戏曲界曾出现了教条主义和自然主义的倾向：

> 他们往往将自然主义的东西拼命向戏曲的舞台艺术里塞进去，理论根据自然是现成的，就是任何人也不敢反对的那两条铁打的原则，一叫“内容决定形式”，一叫“从生活出发”。这两句放之四海而皆准的普遍真理，一经教条主义者的理解，具体运用在戏曲艺术上，就要求演员在排戏、在表演的时候，反对运用“程式”，认为一个戏的形式，一个角色的性格外形，只能在排演场中在导演的启发下，根据角色的体会而后自自然然地产生出来。这叫“从内心到外形”，有了“内心活动”自然产生完美“外形动作”的说法。如果演员先掌握一套表演技术即我们所谓“程式”的东西，那就是在创作上犯了原则错误，那就不是“先内而后外”，不是“有内然后有外”，不是“从生活出发”，不是“内容决定形式”的观点，而是从形式出

---

① 阿甲：《戏曲艺术最高的美学原则——戏曲程式的间离性和传神的幻觉感的结合》，转引自李春熹选编《阿甲戏剧论集》（上），中国戏剧出版社2005年版，第412页。

发，成为典型的形式主义了。[①]

对此，阿甲有辩证的思考：

> 借鉴国外先进理论来研究民族戏曲也是十分重要的，但更重要的是以马克思主义的美学观和文艺理论为指针，在自己民族的文艺理论中寻求与它有联系的有规律的东西，在不断地实践中建立自己的导演科学。[②]

斯氏体系主要是针对西方话剧而言的，它关于塑造人物性格、揭示人物内心生活，表演不仅要有深刻的人物情感体验，还要有鲜明的外在体现，以及有关规定情境的理论，都有其合理的内核。但戏曲的体验不同于话剧的体验，“戏曲演员的心理体验要把严格训练过的歌唱、舞台的程式材料和自己的全部心理机能结合在一起，才能自由地潜入角色的体验”[③]，所以京剧的导演必须根据戏曲的特点，灵活化用斯氏体系的创作方法，以充分发挥演员的才能。阿甲在排《红灯记》时，就借鉴了斯氏体系的创作方法，在研究了剧本的主题思想、规定情境、人物性格的基础上，选择了“痛说革命家史”这一重要场面来重点刻画人物，“不但给整个演出的戏剧气氛定了一个高度壮烈的基调，而且给塑造英雄形象的高度定下了基调，从而给表现主题思想的高度定下了基调”[④]。在刻画人物形象时，则创造性地运用京剧传统程式技巧，突出了人物的独特个性。如李玉和第一次出场，是在敌人严密布防的局势下，迎接交通员。阿甲不用表现紧张、踉跄的【扑灯蛾】，而以表现警惕和矫健步伐的【丝鞭】，

① 阿甲：《生活的真实和戏曲表演艺术的真实——谈舞台程式中关于分场、时间空间的特殊处理等问题》，原载《戏曲研究》1957年第1期，转引自李春熹选编《阿甲戏剧论集》（上），中国戏剧出版社2005年版，第103—104页。

② 阿甲：《论中国戏曲导演》，原载《文艺研究》1983年第2期，转引自李春熹选编《阿甲戏剧论集》（上），中国戏剧出版社2005年版，第278页。。

③ 同上，第283—284页。

④ 焦菊隐：《〈红灯记〉导演的艺术》，原载焦菊隐著《焦菊隐文集》第四卷，转引自朱文相等主编《阿甲戏曲艺术理论研究文集》，北京燕山出版社2012年版，第9页。

用锣鼓加上风声效果，来伴奏他生活化了的“走边”和“亮相”动作。“这种节奏的处理，既表现了他的满怀激动，又表现了他的胸有成竹。”①

这样，有选择地吸收斯氏体系的合理内核，而不是生搬硬套西方理论，并与戏曲特殊的表现方法结合起来，融化在京剧的导演创作中，从而丰富和发展了京剧的导演艺术。

正是在上述纵向继承和横向借鉴的基础上，阿甲建立起了初步的京剧导演体系的框架。时至今日，其对戏曲表演特征的坚持、对戏曲美学精神的坚守等真知灼见，仍是我们建立具有中国特色的京剧导演体系必须认真思考和汲取的。

三、京剧革新论

阿甲不仅是一位卓越的京剧表导演理论家，还是一位杰出的京剧改革家。从一开始投身到京剧事业，直至生命的灯油枯竭，他都一直在中国共产党的领导下，孜孜矻矻地从事着京剧改革的理论探讨和实践探索。因此，称他是“一位一生都是在继承优秀传统的基础上努力革新，坚持京剧表演艺术的现实主义创作方法的战士”②，赞他是“京剧革命的火炬手”③等，都毫不为过。阿甲的京剧革新理论，一方面集中见于他专门论述京剧改革的论著，另一方面散见于他的表导演理论和其他文章。现将其主要观点归纳如下：

1. 京剧改革的总方针——“推陈出新”

早在1942年，毛泽东就对延安的文艺工作者提出了“推陈出新”的要求；中华人民共和国成立初期又在广泛征求意见的基础上，提出了“百花齐

---

① 焦菊隐：《〈红灯记〉导演的艺术》，原载焦菊隐著《焦菊隐文集》第四卷，转引自朱文相等主编《阿甲戏曲艺术理论研究文集》，北京燕山出版社2012年版，第12页。

② 刘厚生：《阿甲的艺术革新精神》，转引自朱文相等主编《阿甲戏曲艺术理论研究文集》，北京燕山出版社2012年版，第133页。

③ 任葆琦：《京剧革命的火炬手——阿甲》，转引自刘祯主编《百年之祀——阿甲先生百年诞辰学术研讨会文集》，文化艺术出版社2008年版，第62页。

放，推陈出新”的八字方针。阿甲的京剧改革理论正是在这一总方针的指引下，不断深化和丰富。

在1942年为延安平剧研究院成立而写的论文《平剧研究院和平剧工作》中，阿甲根据“推陈出新”的方针，阐述了建立延安平剧研究院的重要意义：

> 这样的平剧研究院，我看也只有作为全国模范的民主根据地的边区，才能发展得起来。因为平剧这个东西，产生在满清三百年的反动时代，在意识上受了些统治阶级的毒素，如果没有这样进步的思想方法、正确的文艺政策，便很难去搞。①

这里所提到的“进步的思想方法、正确的文艺政策”，就是指当时毛泽东在共产主义思想指导下提出的“推陈出新”的方针。对于平剧的“推陈出新”，阿甲有自己的理解：

> 它和过去以旧的意味来提倡，在本质上是不同的，在形式问题上不是“保存国粹”，在内容问题上，不是什么“劝善惩恶”。而是如何在中国的戏剧遗产上，发掘一些东西来，作为真正民族歌剧创造的材料。②

这样的阐述就不是早期“旧瓶装新酒”式的机械地沿用旧技术，表现新生活；而是有选择地剔除封建性的糟粕，吸取民主性的精华，从而更好地发展和革新京剧。

在另一篇论文《关于平剧的接受遗产与服务政治问题》中，阿甲更加明确地提出：“平剧艺术的‘推陈出新’，其中说明了两个问题：一是服务政治，一是接受遗产。”“把接受遗产与服务政治连结起来，是我们实际工作的态度，

① 阿甲：《平剧研究院和平剧工作》，原载1942年“延安平剧研究院成立特刊”，转引自李春熹选编《阿甲戏剧论集》（上），中国戏剧出版社2005年版，第3页。

② 同上书，第4页。

这样才能真正达到‘推陈出新’的目的。”[①] 这里的“服务政治”是就京剧的内容而言，“接受遗产”是就京剧的形式而言，把两者结合，就是要合理利用京剧的旧形式，把它的艺术性提高到和政治现实充分结合的境界。

为此，阿甲非常强调“出新”的前提是要有克服一切困难的决心和勇气，要先花一番工夫辨别出哪些是“陈”，否则便没法去“推”，“新”也就无从可“出”。他指出：“由于这种旧剧的一定的程式、一定的风格套在一个演员的身段上、歌唱上，使这种外形，和他在心理上所要传达的新的思想感情，是对立着的”，因而，“平剧和一切地方剧，发展到新的歌剧，达到艺术性革命性和谐的程度，并不是不可能，只是要经过一个艰苦的‘扬弃’的过程”。[②]

他还提出三个办法来具体实践“推陈出新”的方针：

（一）选择比较好的剧本，或部分的修改剧本，在一定的标准上创作新的历史剧本演出。

（二）以平剧中组成部分的民间形式，反映边区的生产、生活。

（三）为了研究上的便利，必要时可以把许多技术完整的旧剧本，演给少数有批判能力的同志们参考。[③]

这些办法正是逐步地从扬弃批判过渡到真正改造，并藉由观众的检验，真正达到“推陈出新”的目的。

中华人民共和国成立以后，在学习和对比了中外各种学派的表导演理论后，阿甲的京剧革新理论又向更高的层次发展。在1960年发表的论文《伟大的时代，必然产生崭新的戏曲——论戏曲艺术革新的几个基本问题》中，他对“百花齐放”和“推陈出新”的关系有了更为深刻的认识。

---

① 阿甲：《关于平剧的接受遗产与服务政治问题》，原载延安《解放日报》1943年4月18日，转引自李春熹选编《阿甲戏剧论集》（上），中国戏剧出版社2005年版，第15、17页。

② 阿甲：《平剧研究院和平剧工作》，原载1942年“延安平剧研究院成立特刊”，转引自李春熹选编《阿甲戏剧论集》（上），中国戏剧出版社2005年版，第5、6页。

③ 阿甲：《关于平剧的接受遗产与服务政治问题》，原载延安《解放日报》1943年4月18日，转引自李春熹选编《阿甲戏剧论集》（上），中国戏剧出版社2005年版，第17页。

阿甲先指出，“推陈出新”是“戏曲发展的客观规律，其实也是一切事物发展的客观规律……从戏曲文化的发展观点来说，就是要我们既不能割断历史，要尊重优秀传统，承继遗产；同时又必须批判它，改造它，使之不断革新……戏曲处于我们的时代，要求它为新时代的群众服务，为社会主义服务，就必须在共产主义思想的指导下向前发展。我们所要理解的‘推陈出新’不是过去任何时期的，而是具有这个历史特点的‘推陈出新’”①。这样的理解是符合毛泽东在《新民主主义论》中提出的“清理古文化，发展新文化”的辩证思想的。

紧接着，针对中华人民共和国成立后十年的戏曲改革经验，阿甲明确提出当时“推陈出新”的主要任务：“它所着重的，已不止是对旧剧目的整理，对旧舞台形象的澄清，而是要使它全面革新，以工人阶级的思想观点和丰富多彩的民族形式，来反映现代的生活题材和历史的生活题材。”②同时，还必须注意“粗暴”和“保守”两种错误倾向：“不研究剧种的特殊规律而空谈革新，这是脱离基础的粗暴的革新。只强调一个剧种的特点，不批判、不吸收、不积极去‘推陈出新’，这是对待传统的保守主义的态度。”③

阿甲在半个多世纪前提出的这些观点，直至今天，还值得我们深思和反省。“推陈出新”是一切事物发展的客观规律，京剧也不例外。漠不重视或者过于强调一个剧种的特点都是极端的做法，如何拿捏好两者之间的分寸，对于京剧能否在新的时代阔步前进极为重要。京剧既要在“百花齐放”中放出自己独有的特色，又要通过“推陈出新”改变自己、发展自己，同时还要吸收其他剧种的经验来丰富自己。只有用这种观点来看待现实生活和艺术形式的关系，才能更好地革新和发展京剧艺术。这就是阿甲关于“百花齐放”和“推陈出新”的阐述给我们的最大启示。

---

① 阿甲：《伟大的时代，必然产生崭新的戏曲——论戏曲艺术革新的几个基本问题》，原载《北京戏剧》1960年7月，转引自李春熹选编《阿甲戏剧论集》（上），中国戏剧出版社2005年版，第195—196页。

② 同上书，第197页。

③ 同上书，第198页。

2. 京剧改革的核心内容——传统形式与现代生活要和谐统一

阿甲京剧革新论的核心思想，是对京剧的传统形式和现代生活如何统一的辩证思考。由于戏曲是封建时代产生的艺术，所以，“不可能不受封建统治阶级思想的影响，其中虽有人民性，不等于说那已经是人民的立场、观点自觉的表现……在戏曲里面，自然有歌颂封建道德和丑化人民形象的那些歪曲历史现实的东西……封建统治阶级的美学观点，不能不起作用”①。而经历了翻天覆地的政治、思想变革的广大群众，对这种千百年来喜闻乐见的艺术形式，不可能不提出新的要求，因此，“旧有的一套戏曲形式，要表达我们所要求的那种深刻的思想内容，就会感到困难”②。这是京剧传统形式的局限性。另一方面，从艺术自身发展来看，京剧如果不紧跟时代步伐，努力表现新生活，那它的发展是有限的。所以，如何处理京剧技术和现实生活的矛盾，就不仅是现代戏首要关注的话题，也是关涉戏曲发展前景的重大问题。

在这个问题上，阿甲是立足于马克思主义的唯物论来讨论的。他认为：“马克思主义的美学原则不是离开生活去审美的……任何艺术形式的特殊性，它是既决定于特殊的艺术手段更决定于生活的……接受传统形式，首先是从具体生活出发，是生活的特点决定艺术的特点。”③这就明确了在形式和内容，或曰技术和生活这对矛盾中，生活内容是第一位的，起主导作用，也即“戏曲技术和生活发生矛盾时，要依着生活而转化……这是内容决定形式的原则”④。这就是说，京剧舞台在表现现代生活时，虽也要学习传统，但决不能离开现实生活去理解继承和发展传统的关系，否则就容易犯形式主义的错误。对此，阿甲在论著中反复强调：“谈发展传统，创造新的戏曲艺术，不从生活出发就不是唯物主义的态度。”⑤

---

① 阿甲：《伟大的时代，必然产生崭新的戏曲——论戏曲艺术革新的几个基本问题》，原载《北京戏剧》1960年7月，转引自李春熹选编《阿甲戏剧论集》（上），中国戏剧出版社2005年版，第199页。

② 同上书，第201页。

③ 阿甲：《关于戏曲舞台艺术的一些探索》，原载《人民日报》1959年12月9日，转引自李春熹选编《阿甲戏剧论集》（上），中国戏剧出版社2005年版，第175页。

④ 阿甲：《伟大的时代，必然产生崭新的戏曲——论戏曲艺术革新的几个基本问题》，原载《北京戏剧》1960年7月，转引自李春熹选编《阿甲戏剧论集》（上），中国戏剧出版社2005年版，第202页。

⑤ 同上。

强调从生活出发，强调内容决定形式，是否就可以取消形式的特征呢？当然不是，因为特殊的形式是艺术的标志，没有了独特的形式，就意味着泯灭了不同艺术种类之间的界限，那革新也就无从谈起了。因此，阿甲运用辩证法科学地回答了这个问题：

> 对戏曲反映新的生活，我们就不能只看到内容决定形式的一面，而看不到以什么形式来体现内容的一面。片面强调前者会取消形式，片面强调后者会脱离内容……任何艺术总是既决定于形式的特点，更决定于内容的特点以引导形式的变化和发展的。这种发展，永远不会消灭形式的特殊意义。[①]

在内容和形式的关系中，形式虽然是第二性的，但又有其特殊的能动性。阿甲对形式的制约作用有着恰如其分的表述：

> 绝不可拒绝向遗产去继承和借鉴。[②]
>
> 必须承认每种艺术形式又总是限制在自己的特殊手段去反映生活的。[③]

形式既然有着如此重要的“限制”作用，那么，如何批判地继承它呢？阿甲认为，一是依据体验的原则去接受，这样，“就能理解旧技术中哪些东西和生活的矛盾是不能调和的……虽也有些技术和新内容的关系比较调和，两者可以互相适应，但是，我们对这种适应的看法，不只要求它是外部的，而是内部的，即是要求以演员的具体感情，以及一系列的心理活动在具体体现

① 阿甲：《伟大的时代，必然产生崭新的戏曲——论戏曲艺术革新的几个基本问题》，原载《北京戏剧》1960年7月，转引自李春熹选编《阿甲戏剧论集》(上)，中国戏剧出版社2005年版，第204页。

② 同上书，第203页。

③ 阿甲：《关于戏曲舞台艺术的一些探索》，原载《人民日报》1959年12月9日，转引自李春熹选编《阿甲戏剧论集》（上），中国戏剧出版社2005年版，第175页。

角色形象时去消化这种技术的”[①]。二是美学的评价的原则。根据对生活的体验去消化技术，运用正确的美学观点作为评价生活的原则，从而达到剔除糟粕、汲取精华的目的，这样，才有可能正确地继承遗产。

当然，京剧用自己独特的表现形式来反映现代生活，也不能走极端，不能过分地夸大形式的作用，否则有可能陷入唯心主义的泥淖。阿甲对此有清醒的认识：

由于为了解释艺术形式的特点、表现手法的特点，把它讲得很神秘，使人莫测高深，这也是不对的。因此，在继承戏曲遗产，研究它的表现手法时，要注意由于不恰当地强调它那特殊意义的解释以导致对内容的歪曲和对形式的破坏。[②]

为提醒广大戏曲工作者注意这个问题，阿甲还专门写了一篇研究周信芳表演艺术的论文：《从〈四进士〉谈周信芳先生的舞台艺术》，文章的副标题就是“为反对京戏中的形式主义而作”。虽然周信芳的表演中有些形式主义的东西并没有完全克服，但总体上，“他对旧技术的磨练的功夫是深厚的，能把吸取来的东西溶解在一起，很自由地表现自己在角色创作上所要求的思想和感情”，正是在这个意义上，阿甲提倡大家要学习周信芳“向传统刻苦学习的精神，大胆改革的精神”，[③]这些对京剧的革新是大有裨益的。

由此可见，阿甲对京剧传统形式与现代生活关系的辩证思考，是全面、客观的，他既强调了生活内容的决定作用，又注意到了艺术形式的独特意义。可以说，对形式与内容关系的准确阐述，是其京剧革新论的一个丰硕成果。

从上述阿甲对“推陈出新”和形式与内容关系的理解，可以看出：阿甲的京剧革新论是在辩证唯物论的基础上，在准确把握京剧艺术基本特性的基础上，为京剧的发展、创新指出了一条切实可行的科学之路。这对我们今天的

① 阿甲：《伟大的时代，必然产生崭新的戏曲——论戏曲艺术革新的几个基本问题》，原载《北京戏剧》1960年7月，转引自李春熹选编《阿甲戏剧论集》（上），中国戏剧出版社2005年版，第203页。

② 同上书，第204—205页。

③ 阿甲：《从〈四进士〉谈周信芳先生的舞台艺术——为反对京戏中的形式主义而作》，原载《人民戏剧》1951年第3卷第3期，转引自李春熹选编《阿甲戏剧论集》（下），中国戏剧出版社2005年版，第468页。

戏曲革新仍有着重要的指导意义。

四、京剧观众论

观众对于京剧艺术的重要性，阿甲早在20世纪40年代，在论及延安早期平剧“旧瓶装新酒”的问题时，就专门强调过：

> 平剧和一切地方剧，发展到新的歌剧，达到艺术性革命性和谐的程度，并不是不可能，只是要经过一个艰苦的“扬弃”的过程，这个扬弃，藉新的技术来提高，那是必要的，而到实际生活中在老百姓跟前的锻炼，更是必要的。①
>
> “旧瓶装新酒”的不合理，作为形式与内容的对立的看法，艺术性与革命性对立的看法，要老百姓帮助解决。这是从实际出发的办法，空谈什么艺术性革命性，那是无济于事的。②

这两段话中所提到的“老百姓”其实就是京剧观众。由于阿甲在这里主要是讨论延安早期平剧内容和形式的矛盾，所以对“老百姓”的问题没有深入展开。但在中华人民共和国成立后的研究工作中，他对京剧表演和现场观众的关系进行了更为深刻的探讨，极大地丰富了京剧观众学的理论。

李春熹曾在《阿甲戏曲理论初探》中，把阿甲的戏曲理论比作“一座巍峨的大厦”：有宽厚的基座，有强劲的梁柱，有永远翘首蓝天的穹顶；而这穹顶就是阿甲“整个戏曲理论的出发点和归宿”——观众。这样的评价是中肯的。如果说京剧艺术是让阿甲为之倾倒，为其灌注了毕生心血的女神，那么，观众就是这女神头顶光彩熠熠的金冠。观众在京剧的编剧、导演、表演等一系列活动中，有着不容忽视的重要地位。可以说，没有观众，京剧就没有了生命，

① 阿甲：《平剧研究院和平剧工作》，原载1942年“延安平剧研究院成立特刊”，转引自李春熹选编《阿甲戏剧论集》（上），中国戏剧出版社2005年版，第6页。

② 同上书，第7页。

没有了存在的价值。阿甲的京剧批评正是以观众为重要标尺，来衡量京剧创作的成功与否的。具体而言，阿甲的京剧观众论主要涉及以下四方面内容：

1. 京剧与观众打交道的独特方法——“和群众打成一片”

关于京剧用什么方法与观众交流的问题，阿甲是把它当作京剧的基本特性之一来讨论的。在《谈谈京戏艺术的基本特点及其相互关系——为了研究现代京戏的改革》一文中，他通过对“三大体系”的比较，揭示了京剧艺术与观众打交道的独特方法。

阿甲指出，斯坦尼斯拉夫斯基“要求观众在剧场里使理智休息，以他的情感体验去感受剧情的悲哀和喜悦，在不知不觉中受到教育”；布莱希特则“要求观众在剧场中使感情休息，很理智地对舞台上发生的事情评判是非”；而中国戏曲的“观众看戏是有理智的批判，有感情上的共鸣，还有美的欣赏”。[①]这个观点准确地概括了中国戏曲体系的独特性：不同于斯氏体系和布氏体系主张的间接交流，戏曲表演和观众之间的关系是亲密无间的。

京剧舞台上有许多演员和观众直接打交道的方式，如通过脸谱、旁白、独白、旁唱、独唱、自报家门、打背拱、虚拟动作等直接告诉观众人物形象的性格特征、内心隐秘、情绪变化、事态发展等，甚至直接告诉观众角色是假的，我是在演戏。因此，京剧的假定性程度是很高的，但这并不妨碍观众获得赏心悦目的美感享受。因为“观众既看角色在戏境中的活动，也看演员的高明表演或流派艺术的独创风格”[②]，所以随着情节的进展，观众或喜或悲，更重要的是，通过演员悦耳的唱念、悦目的表演，观众获得了心理上的满足。

这又带出了另一个问题：京剧表演既要“开门见山”，又要“曲径通幽”，为的是让观众获得一种味之不尽、隽永绵长的情感体验。观众虽然知道了故事梗概，了解了每个角色的内心和彼此的矛盾，但还要通过情节观察他们的

---

① 阿甲：《谈谈京戏艺术的基本特点及其相互关系——为了研究现代京戏的改革》，原载《文艺研究》1981年第6期，转引自李春熹选编《阿甲戏剧论集》（上），中国戏剧出版社2005年版，第257—258页。

② 阿甲：《论中国戏曲导演》，原载《文艺研究》1983年第2期，转引自李春熹选编《阿甲戏剧论集》（上），中国戏剧出版社2005年版，第290页。

活动心理。阿甲以《群英会》为例形象地说明了这一问题：

> 《群英会》这出戏表现三个政治集团的复杂斗争，其中两个集团是联盟的，但内部摩擦十分剧烈，手段毒辣，权术阴险。这三个方面的将领和谋士以及他们的挂帅人物，对这种诡谲多变的斗争策略，有人是了如指掌的，有人是疑信参半的，有人是信以为真的，有人是莫名其妙的，但是观众心里都明白。因为观众了解了他们的矛盾，还要进一步看他们矛盾的发展；再进一步看他们矛盾的解决。最终一切的一切都清楚了，下次还要看——不止十次百次的看。这就不是要理解它的内容了，而还要品尝那艺术珍馐的滋味。”①

京剧正是这样在观演的直接交流中，让观众无形中获得了一种情、理、美交织的综合的审美感受。许多优秀的传统剧目，历经几百年的淘洗，至今仍有着广泛的群众基础，奥妙即在于此。总之，京剧强调与观众的直接交流，不仅没有显得浅薄媚俗，反而因其易懂、易解，使观众既受到了情感上的教育，又获得了审美的陶冶。可以说，京剧正是以它的真诚、坦率、无私，真正俘获了观众的心灵。

2. 京剧带给观众的观赏效果——“共鸣而能识辨，感染不失是非”

阿甲根据戏曲舞台“两路出入，三面开放”的形式特征，根据戏曲演员、角色、观众之间既密切又间离的关系，提出戏曲艺术带给观众的观赏效果应该是“共鸣而能识辨，感染不失是非”②。让感性和理性得以沟通，间离和体验得以相通，观众既能热情地潜入角色心理，深入体验人物的感情；又能超然地出乎其外，通过自己的想象、理解、思维，进行客观、理性地评判。京剧独特的体验方法，使得优秀的演员和有一定欣赏水平的观众都能“入乎其内，

---

① 阿甲：《论中国戏曲导演》，原载《文艺研究》1983年第2期，转引自李春熹选编《阿甲戏剧论集》（上），中国戏剧出版社2005年版，第257—258页。

② 同上。

出乎其外”。正是在“内、外”之间的自由出入，京剧艺术才产生了强大、持久的感染力。

对此，阿甲以一个浅显的例子，对这个舞台创作和观众欣赏的复杂问题，进行了深入浅出的分析：

> 《群英会》中“周瑜打盖”一折，周瑜的动机是要杀害孔明，但无机可乘，又誓不罢休，只得怒气冲冲地下场。因为戏演三面，周瑜的下场就有三个变势：他在台中，先是在帽盔上掏下两根雉尾打了两个环轮咬在嘴里，再飞起双袖向舞台的里侧转身，然后亮相在台前；继而拎起锦袍的下摆再向舞台的外侧转身亮相；再是扭转身来返回舞台里侧乘势下场。只见肩背稍有耸动，脚跟一颠，张口吐翎，两条环套雉尾直挺挺地向左右弹出，然后飞步进场。以三个变势，来表演周瑜妒贤谋杀的激情，三面台口的观众都看得清清楚楚。这种表演就有“间离”的道理在内，演员在体验角色的同时又十分清醒、十分准确地表现了自己高超的表演才能。这个双重身份的转化，体验和表现的转化，自然地要产生“间离”的过程；观众既不满意周郎嫉贤妒能的阴险态度，又赞赏演员琢磨的神情姿态。
>
> 体验既深刻又间离始能使演员和观众皆能“入乎其内，出乎其外”。如果只有演员的“入乎其内”而表现出来，观众看不明白，就感受不到你的“内”“入”在哪里，当然也就很难共鸣。只有当演员的表演做到“出乎其外”时才能叫观众和你共鸣。[①]

这样，从观众欣赏的角度，既对戏曲表演提出“入乎其内，出乎其外”的要求；又从根本上区别了京剧观众学与西方戏剧观众学的本质差异：斯氏体系要求观众摒弃理性，布氏体系要求观众放弃感性，而京剧则让观众在感性和理性的对立统一中，既有情感的共鸣，又不失理智的批判。

---

① 阿甲：《论中国戏曲导演》，原载《文艺研究》1983 年第 2 期，，转引自李春熹选编《阿甲戏剧论集》（上），中国戏剧出版社 2005 年版，第 209—291、293 页。

3. 要研究观众的审美心理

审美心理是人的生理机能在特定审美观念支配下的一种独特的心理状态。观众的审美心理是其能够观照美、审视美的心理基础。为什么有些优秀的剧目，专家、内行喜欢看，观众却不大喜欢？为什么广大青年对几百年来老百姓喜闻乐见的戏曲艺术越来越陌生？个中原因是多方面的。其中，忽视观众的审美感知、审美情感、审美想象、审美理解等心理机能问题，就是不可小觑的一大因素。

阿甲在谈及戏曲创作和观众的关系时，就大力呼吁要研究观众的心理：

> 从创作和观众的关系来说，要解决两个问题：一个是根据不同的观众对象，演什么戏给他们看的问题。所谓不同对象只能大体上划分。观众花钱看戏，看得满意便看下去，不满意就退场，他们的行动是听戏的指挥，不是听某种强制形式的指挥。因而戏曲工作者就有一个研究观众的心理、观众的欣赏水平，演什么戏给他们看的问题。我们要理解观众的心理，并不是一味迎合观众的心理，投其所好。一句话，我们的戏既要合乎他们的胃口，又要给他们以良好的营养；也就是既要有丰富多彩的形式美，又必须有健康的内容。形式和内容两者都是美的。①

阿甲在这里辩证地指出，戏曲工作者既要研究观众的心理，又不能一味地投其所好，是很有道理的。戏曲表演的虚拟性和假定性，使得舞台上不少形象，需要观众发挥主观能动性，通过感知、想象、联想、理解、判断等，对其进行补充、丰富或再创造。所以，戏曲创作要对应观众的情感情绪，要与观众的思想情趣息息相通，要给观众留出适当的联想、想象空间，这样，才能创作出形式、内容俱佳的观众喜闻乐见的作品。

---

① 阿甲：《戏曲创作·观众·社会效果及其他》，原载《戏剧论丛》1984年第1辑，转引自李春熹选编《阿甲戏剧论集》（上），中国戏剧出版社2005年版。

4. 观众的欣赏水平需要正确引导

观众对于京剧艺术的欣赏能力和水平是参差不齐的。由于京剧艺术有着独特的程式技巧性，不论是唱念做打，还是音乐伴奏、舞美灯光、服饰装扮等，都各有“门道”，要全面理解其丰富的审美内涵，成为一个“内行”的观众，不是一朝一夕可以达到的。在长期的看戏实践中，观众会逐步形成对美丑、善恶、是非、真假的区分，会逐渐懂得看门道，而不是看热闹。这就对京剧演出提出了一个庄严的任务，就是要尽可能为观众提供高品位、正能量的艺术品，引导观众学会欣赏真正的艺术精品。阿甲在《戏曲创作·观众·社会效果及其他》一文中，就明确提出，要“引导和教会观众欣赏戏曲，从而促进我们的工作前进”。对此，他在文中有着明白晓畅的论述：

> 有的东西并不是一看一听便喜欢，要有点训练，对戏曲便是如此……中国人看戏曲是有历史传统的，在潜移默化中受到教育，对不好的戏也受到污染……经常欣赏戏曲的音乐声腔，便把欣赏戏曲音乐的耳朵训练出来了；经常欣赏戏曲表演的身段动作，便把欣赏戏曲造型的眼睛训练出来了。从而他们便能比较正确地去赞扬以及批评演员的是非。从演员来说，在观众的反应下教会演员能够分析自己的表演，从而提高自己的创作……一方面引导教会观众看戏，一方面继承遗产，两者是相辅相成的。
>
> 因此，戏曲演什么戏给观众看，戏曲的创作者应当考虑、选择，不是观众欢迎就行……观众欢迎的戏，要以美的形式和有一定教育意义的内容取得一致。①

阿甲在这里从演员与观众的相互关系出发，论述了“教会观众看戏”，引导观众正确欣赏艺术的重要性。在娱乐中陶冶观众的情操，使其受到教育，充分发挥戏曲“寓教于乐”的特性。这样，观众在激动人心的佳作的指引下，

---

① 阿甲：《戏曲创作·观众·社会效果及其他》，原载《戏剧论丛》1984 年第 1 辑，转引自李春熹选编《阿甲戏剧论集》（上），中国戏剧出版社 2005 年版，第 320—323 页。

才会不断获得前行的动力；演员在观众的反馈中，也会逐步提高自己的舞台表现能力。

通过以上从如何与观众打交道、京剧带给观众的观赏效果以及观众的审美心理、欣赏水平四方面对阿甲京剧观众论的阐述，我们看到，“观众”始终是阿甲思考的轴心，从对京剧本体特征的探讨，到文学剧本的创作，再到京剧表导演的研究，无不贯穿着对观众的审美心理、审美意识、审美观念等的重视。可以说，正是为了满足观众独特的审美需求，京剧艺术才确立了自己独特的艺术真实观，并通过带有技巧性、程式性的独特体验方法，去表现森罗万象的现实生活。

综上所述，通过从京剧本体论、京剧导演论、京剧革新论、京剧观众论四方面对阿甲京剧批评观的粗浅探讨，可以看出：阿甲的京剧批评有着一套成熟的独立的体系。批评的起点是对京剧艺术的程式和生活、表现和体验等独特关系的理解；继之，在把握了京剧艺术的基本特性，并适当借鉴西方戏剧理论的基础上，进行导演构思；而无论是对京剧特性还是对京剧表导演体系的研究，都非常注意传统艺术形式和现代生活内容的和谐统一；最后，批评的终点是以能否满足观众的审美需求，作为京剧创作成功与否的标尺。这样，从作品本身，到创作主体，再到接受主体，就使其京剧批评观照了整个演出活动，便于更为科学、更为全面地把握京剧现象、评判作品价值。综观阿甲的理论著述，他从没有提出过京剧批评的明确范式，但他从长期的京剧艺术实践中总结出的一系列严谨而具体的原则、方法、途径等，已形成了一种别具一格的批评体系，并有力地推进了创作实践和欣赏实践，这些是我们应该认真学习和总结的。本文只是一个粗浅的尝试，更加系统深入的研究，尚期盼来哲。

（本文为2010年北京市哲社项目《中国京剧批评史》阶段性成果之一）

强化与创新

——从文学角度论传统粤剧与现代社会的接轨

摘要：粤剧剧本创作总体上萎靡不振的边缘化状况，已成为制约粤剧艺术向新的艺术高度冲刺的“瓶颈”。本文主要从近年来粤剧剧本创作在题材、主题、结构模式、人物形象等方面出现的新变，论述了强化和提高粤剧剧本创作的文学性，可以更好地促进传统粤剧与现代社会的接轨。

关键词：文学性；传统粤剧；现代社会；接轨

有着“南国红豆”美誉的粤剧是岭南文化中的一朵奇葩，但在现代都市文化的强烈冲击下，粤剧的生存空间却越来越狭小。各种相关言论此起彼伏，或曰粤剧是“夕阳艺术”，前途岌岌可危；或曰粤剧与当代快节奏的生活格格不入；或曰粤剧亟待革故鼎新。从曾经的辉煌夺目，到当下的低迷徘徊、高呼振兴，个中原因不一而足。本文拟从文学性的角度，试对传统粤剧与现代社会接轨的问题，发表一孔之见。

一、对传统粤剧的审视

1. 粤剧是岭南文化的瑰宝

粤剧是中国戏曲中源远流长、地域色彩极其浓厚的一个剧种。它发源流行于五岭以南的广东、广西、香港、澳门等粤语流行的地区。由于独特的地理环境和历史条件等因素，岭南地区逐渐形成了既与中原文化相联，又有自己独有特点的文化；特别是形成了读音、语调都与中原地区迥然相异的粤语方言。粤剧就是使用粤语方言并在粤语族群中流布最广的戏曲剧种，在东南亚、美洲、澳洲、欧洲等粤籍华侨、华人聚居的地方，都有粤剧的演出。而今，它已成为传承岭南文化的最重要的载体，成为最能反映粤语族群群众生活和思想感情的戏剧样式。

和京剧、昆剧、越剧、川剧等著名戏曲剧种一样，粤剧在几百年的历史传承中，经过一代又一代的艺术家的精心耕耘、反复雕琢，终于水乳交融地把文学、音乐、舞蹈、美术、武术、杂技、魔术等艺术元素兼容并包地融汇于一体，发展成为一种高度综合的艺术形式，成为中华民族引以为傲的戏曲艺术精华之一。它不仅在世界民族艺术之林中独树一帜，还因其广泛吸收了广东音乐、广绣、牙雕、陶瓷、灰塑等地方艺术样式，而充分体现了鲜明的岭南文化特色，成为岭南文化的突出代表，在世界华人中具有极强的文化凝聚力。

2. 粤剧形成了别具一格的审美体系

传统粤剧发展至今，已形成了自身别具地方特色的审美体系。主要表现在：

（1）浓郁的岭南风味。粤剧在大量吸收了木鱼、南音、粤讴、龙舟、板眼、咸水歌等岭南流行的民间曲调后，其乡土气息更为浓厚。说唱体的木鱼本是最早在广东生根，最具有广东地方色彩的曲调，后来逐渐被粤剧吸收，成为粤剧声腔的一个组成部分。南音、粤讴、龙舟、板眼等是由木鱼发展起来的说唱曲调，这些曲调被粤剧吸收后，不仅形成了粤剧委婉缠绵、纤巧细腻的声腔体系，而且形成了其舒展柔媚、轻快流畅的独特形式美。这种形式美是在粤语流行的地区孕育产生的，因而又带着珠江流水的清雅典丽和广府田园的春光翠色，具有浓郁的岭南风韵。

（2）南派武技的独特表演。传统的粤剧武打自成体系，与京剧等其他剧种的武打套路、程式、舞台形态都迥然相异。如大刀、双刀、单刀、枪棍等的表演套路和技法都与京剧等北派武技完全不同。从整体表演风格看，北派武技追求轻灵飘逸的身段美，而传统粤剧的南派武技则讲求雄浑有力的实用性、技击性。民国初年以前，粤剧舞台上的武打，全是真刀真枪的器械，有行话曰“打真军”。当然，这种过于追求强烈感官刺激的特技性表演自有其精华与糟粕。但其浓郁的南派特色和以威武与力度著称的审美风范，在众多地方戏曲中确是独树一帜的，是值得认真汲取和发扬的。

总之，传统粤剧在长期的辗转演变过程中，形成了一套别具岭南特色的唱念做打的审美体系，其间融汇着岭南秀美多姿的风土人情，交织着岭南闲适散淡的生活节拍，也铸造着粤剧受众独特的审美定势。几百年来，粤剧以其特有的南国文化和海洋文化的气息感染、熏陶、滋润、吸引着一代代岭南人，成为粤族粤音的社会群体将本土的民族意识情感化的寄托，以及唤起民族文化认同感的载体。

作为岭南文化的瑰宝，作为一种独立完美和高度综合的戏剧样式，粤剧早已是一种成熟的艺术。而艺术史告诉我们，一种成熟的艺术是不会轻易消亡的。因为“艺术一旦成熟，就成为一种不可替代的审美载体，成为可以跨时空地被人们反复欣赏的特殊审美品种，更成为人类的一种创造智慧和精神财富而被珍视、保存和传播，而不管它是产生于农业社会、工业社会或后工业社会”①。像西方的油画，我国的国画、唐诗、宋词等的千古流传，都是艺术史上难以磨灭的事实。所以，当前粤剧的困境只是暂时的，只是尚未找到一种更好的与时代接轨的途径。而近年来在粤剧剧本创作方面出现的新变，可以说是让粤剧更好地贴近当代生活的一种有益尝试。下文就主要从剧本文学性的角度来论述传统粤剧与现代社会接轨的问题。

二、当代文化语境下粤剧文学性的强化

英国著名戏剧家彼得·布鲁克有句名言：“戏剧需要永恒的革命。”② 虽然，

① 吴世枫：《从艺术和审美规律谈粤剧的若干问题》，《南国红豆》2001 年第 2 期。

② ［英］彼得·布鲁克、邢历等译：《空的空间》，中国戏剧出版社 1988 年版，第 105 页。

粤剧有着深厚的文化传统和丰富的审美积淀，但由于当代人的生产生活、娱乐休闲、价值观念、审美风尚等已随着社会现代化的进程而发生了根本性的转变，这就使得粤剧作为古老艺术和传统文化的固有局限性愈来愈突出，它与当代人的价值观和审美追求也愈来愈格格不入。因此粤剧必须通过改革创新来获得新生。审视近年来粤剧产生的新变，其中尤以剧本文学性的强化最为引人注目。这里所说的文学性，主要指剧本创作的各种因素，包括题材、主题、结构、人物等。下面就依次从这四个方面展开论述：

1. 题材的拓展

顺应时代潮流、配合社会改革创演新剧目，是粤剧的一大优良传统，也是粤剧较之其他地方剧种更能与时俱进的一大特色。如辛亥革命时期，根据历史与现实题材创作的《文天祥殉国》《熊飞起义》《火烧大沙头》《辛亥革命党人碑》《秋瑾》《云南起义师》等剧，无不与时事紧密相连；其后，根据《巴格达大盗》改编的《贼王子》、依据《威尼斯商人》改编的《半磅肉》、由《驯悍记》改编的《刁蛮公主戆驸马》、由话剧《不如归》改编的《胡不归》等等，虽良莠不齐，但却充满了现代文化色彩。据相关资料统计，从清末到广东解放的30多年当中，新编的粤剧剧本竟多达一千多本。① 其中就有大量以移风易俗、激励爱国为宗旨的改良新戏。这种推陈出新、与时俱进的改革创新，堪称粤剧改革史的不朽篇章。

在广州粤剧一团20世纪末推出的反映当代农村改革、富有南国田园特色的粤剧现代戏《土缘》中，我们看到了这种传统的延续和发扬。《土缘》以新时期广东某地农村的改革为背景，围绕着公开投标养殖场引发人物的矛盾冲突，生动地描绘了以阿凤为代表的新一代农民，先是弃土进城打工，后又返乡建设社会主义新农村，浓墨重彩地表现了新时期农民对家乡的诚挚情结、对土地的深切眷恋。

传统粤剧大多表现也最擅长演绎才子佳人之类的爱情剧，而《土缘》的

① 欧阳予倩：《试谈粤剧》，广东省戏剧研究室编《粤剧研究资料选》，1983年版，第45页。

成功上演，既说明粤剧的创作空间被大大地拓展了，也彰显着粤剧的艺术表现力在不断增强，作家创作的自由心态和艺术想象力在不断提升，说明粤剧能更好地反映当代生活，能更好地为广大观众服务，从而实现与现代社会的接轨。

2. 主题的深化

由于得天独厚的地理条件，岭南地区的商品经济尤为发达。而商品经济的发展，铸造了岭南文化讲求实利实惠、偏重商业的倾向。这种倾向使得岭南文化更多注重的是对现实人生的直观体验和感性把握，而不太注重形而上的哲理思辨和理性探讨。在这种文化氛围中孕育的传统粤剧，较之其他地方戏曲，在思想内涵的深刻性上就显得略为缺乏。而近年来的一些新作，在主题的挖掘上则比较深入，在表现人与社会的关系上带有更多理性的思索和现代的精神。

比如《三脱状元袍》，这是一部根据元人郑廷玉的杂剧《宋上皇御断金凤钗》改编的粤剧，它一改原作写主人公被平反冤狱、加官赐赏并上朝谢恩的情节，而是写落魄秀才赵天颖高中状元、被招为驸马后，“三脱状元袍”，毅然携妻女返回家乡。剧本突出了知识分子的凛然傲骨，表现了对理想人格的憧憬。如“二脱”一场，赵天颖对自己一会儿沦为阶下囚，一会儿又状元袍加身，感慨万千，不由唱道：

> 三更捉人四更放，走出了阎王殿，登上天子堂。官袍加在囚衣上，官官贼贼一身当。一本糊涂公案，我这头名状元郎，棍棒交加打上龙虎榜！——真稀罕！昨日这玉带蓝袍映眼亮，今宵这蓝袍玉带闪寒光。只怕这官袍，好比烟云荡，罡风起，未知吹去何方？

这段既富哲理又极有讽刺意味的犀利语言，不仅把风云变幻、捉摸不定的官场怪状描绘得淋漓尽致，也深入解剖了传统知识分子的复杂精神世界，同时还揭示出这一题材所蕴藏的丰富社会内涵。

又如有“先锋粤剧”之称的《红雪》，讲述了三个女人在封建道德束缚下的悲惨命运：明末的一名寡妇和石匠在贞节牌坊下做了一回夫妻，就不断责怪自己的不贞，在迷乱中举起铁锤砸向了石匠；清朝的一位母亲与和尚续了一段缘，儿子发现后，母亲不堪精神重负，在内心的矛盾与痛苦中，离开了充满是非的人世；民国的一位姑娘和天正拜堂后，一个外国人送来了姑娘的裸画，姑娘欲辩不能、万念俱灰，最后跳进江水。这个剧本的题材并不新鲜，表面上看似乎是对封建礼教压抑和摧残女性的批判，但通过这三个不同朝代不同女人的故事，剧本大胆肯定了女性本能欲望的合理性，强调了男女主人公作为饮食男女的自然本能，这样对人性的深刻挖掘在粤剧舞台上确乎是史无前例的。

再如《风雪夜归人》，改编自著名剧作家吴祖光的同名话剧，讲述了一代名伶魏莲生和出身青楼的官僚姨太太玉春，不甘屈辱与束缚，追求自由与理想的一段生死不渝、凄美动人的爱情故事。剧本通过描写魏莲生与玉春对人生的回顾与总结，表现了他们为争得做人的尊严而吃苦受累，甚至不惜付出生命作为代价，最终完成了“一个人应该怎么活着”的重大主题。

这些创作都能够对原有题材进行深入挖掘，并赋予作品的主题意蕴以丰富的时代性，从而赢得今天观众的青睐。

3. 结构模式的突破

传统粤剧在情节结撰上形成了一种类型化的“公子落难、小姐赠银、状元及第、阖家团圆”的固定模式。而近年来的粤剧创作则有意突破这种窠臼，表现出一往无前的锐意革新精神。

如广州粤剧团在新世纪的得意之作《花月影》，故事讲述的是戏子杜采薇和青年军官林园生的悲剧爱情，二人相知相恋却无法相守，最后只能是人鬼殊途：在粤州总兵何镇南的逼迫下，林园生送杜采薇服侍海盗，采薇自杀于送亲的路上；林园生被削去官职，恍惚间采薇如在眼前。初看起来，这个悲剧故事有些类似“多情女子负心汉”的传统模式，但人物的悲剧结局却不是由于男子的负心所致，而是由于黑暗势力的强大和男主人公隐忍平庸的人格缺陷所致。

又如《红雪》的三个故事不仅都以悲剧收场，而且剧本在叙述故事的时候，没有采取传统的“一人一事”“一线到底，并无旁见侧出之情”① 的戏曲结构模式，而是用一种复调结构构筑了一部中国传统妇女共同悲剧命运的交响曲。剧本借鉴电影蒙太奇的手法，采用时空交错的方式，把三个不同朝代的独立故事剪接在同一舞台空间，交互映衬，反映一个共同的主题，显示出一种强烈的创新意识。

再如《梦惊邯郸》，在基本忠实于汤显祖原著《邯郸记》的精神实质和整体风格的基础上，根据时代的发展和表现的需要，做了很大的改动。通过“入梦—历尽荣辱—梦醒”的情节来“观照现实社会的荒诞，透视人生自我的虚无，从而召唤精神幻想的永恒”②，也是传统戏曲常见的模式，汤显祖的《邯郸记》和《南柯记》都是这种模式的形象展示。而粤剧《梦惊邯郸》则打破了原著首尾照应以表现人生如梦寓意的结构，而是采用了倒叙手法——从法场行刑开始讲述故事，以电影蒙太奇的手法，力图展现一种如梦如幻的氛围，这在戏曲中也是较为罕见的。

以上这些作品在情节设置和结构模式上，都力图打破传统，自出机杼，进一步强化了粤剧剧本的文学性。

4. 人物形象的复杂化

传统戏曲中的人物形象容易出现脸谱化、类型化、性格单一的流弊，这种脸谱化、类型化虽然便于观众把握人物的主要性格特征，却牺牲了人物形象的生动复杂和丰富多样性，不利于人物性格的深层挖掘。近年来的粤剧创作在刻画人物形象时开始注意人物性格的多样性和矛盾性，使人物形象呈现出个性化、立体化的倾向，在艺术上达到了一个新的高度，也更加契合了当代观众的审美趣味。

如深圳市粤剧团推出的《驼哥的旗》，该剧讲述了一个生性懦弱、外貌丑陋、在夹缝中求生存的小人物驼哥，在国、共和日伪的拉锯战中，从起初为了生存，而不得不用三面不同的旗帜左右逢源，到最终坚定地站到共产党的

---

① （清）李渔：《闲情偶记·词曲部·结构第一·减头绪》，浙江古籍出版社 1985 年版，第 11 页。
② 郭英德：《明清传奇史》，江苏古籍出版社 2001 年版，第 167 页。

东江纵队一边的质的变化，生动地体现了中华民族的觉醒和中国共产党的巨大感召力。主人公驼哥本是一个因先天残疾而自卑胆怯、忍辱负重、苟且偷安的下层小商贩："身材矮，背如锅，从小生下是驼驼。爹娘教我应知短，遇事忍让避风波。好似灶膛泼湿熄了火，忍来忍去背更驼。"但他善良中又不乏自私，正直里又时显懦弱，朴实中又透着圆滑世故，是一个性格复杂、充满矛盾的人物。

作品还注意展现驼哥思想性格发展变化的过程，表现了他经过血与火的洗礼，在金兰的影响下，终于烧掉了青天白日旗和膏药旗，坚定地举起了大红旗，思想境界升华到一个新的高度："送走金兰和两小仔，心静万事想得开，人生自古谁无死，除死也就无大灾……"

此外，驼哥形象的出现，在广东粤剧发展史中也具有重要的意义。传统粤剧向来给了文武生和花旦以大多数戏份，丑角在舞台表演中得不到应有的重视。著名的粤剧演员罗品超曾说："长期不变以生旦戏为主会影响观众的兴趣，其他行当好的演员退下来以后新秀跟不上，如果再不引起各方面的重视，一些行当到一定时候可能会消亡。"①《驼哥的旗》以丑角饰演驼哥，从而"取代文武生成为全剧的主角，大大拓展了粤剧的表现领域和表现形式"②。同时，驼哥不同于传统粤剧丑角的是，在他的喜剧色彩里多了一份深沉和凝重，比如他举三面旗，既是对其胆小怕事、要小聪明的嘲讽，又使观众笑了以后不禁心酸，产生对普通中国老百姓生存状态的同情，和对日本军国主义侵略、国民党消极抗日的愤慨。这样一来就既赋予这一市井小民以深沉的历史文化感，也表现出对人物的理解、同情和宽容，从而极大地丰富了这一人物形象。

又如佛山青年粤剧团的力作《佛山黄飞鸿》为我们塑造了一个独特的市民化的英雄形象。在一般的作品中，大多强化黄飞鸿对社会的责任感和道义感，强调其"我不下地狱谁下地狱"的崇高悲壮。而该剧中，编剧对这一人物进行了贴近现代生活的大幅度的改革，主人公黄飞鸿的是非观念、价值取

---

① 罗品超：《粤剧行当生旦太滥》，《广州日报》2003 年 3 月 14 日。

② 杨凡周：《粤剧"变脸"——从文学角度看新世纪广东粤剧》，《佛山科学技术学院学报》2004 年第 2 期，第 15 页。

向、思维方式、行为方式等都被市民化了，他的侠义行为充满了市民的狡黠机智甚至刁钻。

再如《花月影》中的林园生也不仅仅是一个单纯的负心汉的形象。他对杜采薇的爱情是发自内心的，只是在仕途与爱情的抉择面前，由于传统知识分子的性格缺陷，他选择了牺牲爱情和尊严，屈从权力的淫威。但从此以后他也就行尸走肉般的生活在不断的痛苦和自责中。剧本在他的“薄”情中，糅进了绵绵不绝的“悔”意，正是因为“悔”得真诚痛苦、“悔”得撕心裂肺，才让这个人物显得更加复杂和立体。

上述粤剧在题材、主题、结构、人物形象等方面的新变，既是粤剧剧本创作在文学性上不断提高的表现，也说明粤剧可以以一种崭新的姿态融入当代的文化思潮，并赢得当代观众的认可。当然这不是一种简单的媚俗，而是基于粤剧传统艺术自身特性之上的一种文学性的强化。

尽管自20世纪以来，一种贬斥文学的戏剧思潮就在流行，如英国著名戏剧理论家戈登·克雷曾提出：“诗人不是属于剧场的，他从来也不是出身于剧场，将来也不可能是属于剧场的。”[①]法国戏剧大师安托南·阿尔托也认为：“戏剧是门独立自主的艺术，如果它想复活或者仅仅生存下去，就必须显示其与剧本有所区别，与纯话语、文学及其他一切固定的文字手段有所区别。”[②]但是，这些理论并不适合中国戏曲包括粤剧发生发展的史实。剧本文学性的增强，对粤剧的发展、对传统粤剧与现代社会的接轨有着重大的意义，特别是在当前粤剧创作不景气的情况下。这里，有些认识上的误区需要首先澄清：

三、澄清传统粤剧与现代社会接轨的误区

1. 形式主义的倾向

在戏剧创作和理论方面都颇有功绩的著名戏剧家焦菊隐先生曾有过这样

① ［英］爱德华·戈登·克雷著、李醒译：《论剧场艺术》，文化艺术出版社1986年版，第4页。

② ［法］安托南·阿尔托著、桂裕芳译：《残酷戏剧——戏剧及其重影》，中国戏剧出版社1993年版，第105页。

一段著名的见解："戏曲却是时代的美学观点支配着表演形式，表演形式主要地支配着剧本写作形式。"①

著名的京剧表演艺术家梅兰芳先生也曾有言："人们在欣赏戏曲时，除去要看剧中的故事内容而外，更着重看表演。"②

这些观点都不约而同地道出了戏曲艺术中令人赏心悦目的形式美的重要性。当然，不独戏曲如此，任何艺术作品都必须讲究形式美。没有形式美作为媒介，内容再好的作品也无法得到欣赏者的青睐；没有多姿多彩的形式美，不同种类的艺术品种将无法区分。

形式美在戏曲艺术中的功用尤为突出，历来都得到很大的重视。著名戏曲史论家陈多先生在其《戏曲美学》一书中更是把戏曲的形式美上升到特征论的高度："以丰富的外在美的形式取胜，是戏曲必须具有的艺术特征。"③粤剧也不例外。回顾粤剧发展史上的辉煌阶段，特别是民国以后的粤剧，可以看到，在表演艺术、舞台美术、服装、音乐、化妆等形式方面都有很大的变化。特别值得一提的是，当时粤剧舞台上机关布景的频繁运用，还掀起了20世纪二三十年代上海机关布景戏的高潮。直到今天，一谈到粤剧的改革，还是形式美先行。

但是，如果对形式美过度追求，又极易滑向形式主义的泥淖。当前业界曾有一种比较偏激的批评："一流的舞美、二流的表导、三流的编剧"，就是指的粤剧在舞美等方面的形式主义倾向。纯粹玩弄技术，在灯光布景、服饰装扮等方面不惜代价，营造所谓的戏剧环境和氛围，并且以为，这就是粤剧的现代化，这就是粤剧与现代社会的接轨，而忽略作为戏曲艺术大厦根基的剧本内容的精神建设，就很有可能出现像宁宗一先生在《蜕变的中国戏曲和中国戏曲自身的蜕变》一文中所不幸言中的情况："当文艺在形式上脱离内容的要求，仅以某种'横移'的方式孤立地'自我律动'时，这有可能造成文艺

① 焦菊隐：《〈武则天〉导演杂记》，《焦菊隐文集》第四卷，文化艺术出版社1988年版，第106页。

② 梅兰芳：《中国京剧的表演艺术》，《梅兰芳文集》，中国戏剧出版社1962年版，第31页。

③ 陈多：《戏曲美学》，四川人民出版社2001年版，第355页。

的萎靡不振。”① 因此，在粤剧的革新中，作为看不见的地基的剧本的创作还是应该先行，并应给予应有的重视，就像宁宗一先生在同一篇文章中所言：“只有当形式的自我律动与相应的文艺内容取得协调，它才能以新的存在方式显示出文艺的发展。”② 粤剧的真正发展，同样需要在剧本的文学性上更上一层楼，以真正适应新的形式、新的时代审美需求。

2. 创新与传统

在强化剧本的文学性时，要避免一味地迎合大众，尤其是涉及传统题材和历史人物时，更要避免纯粹用今人的价值观和审美观去衡量古人，而出现矫枉过正的弊端。不能把观念的前卫简单等同于艺术的创新。

在主题的确定和形象的设计上，应该首先考虑的是，如何拉近粤剧与现代生活的距离，如何使粤剧获得一种当代生活的感性形式和艺术表达方式，诸如对人性与社会性的剖析，对当代理想人格的重塑，对人与社会的关系的思考，对当代人的生存状态的反思，等等。当然，这一切的创新必须以粤剧的传统为依托，必须突出粤剧的艺术特征，不能失去粤剧特有的韵味。既不随便放弃传统，也不执意守旧，努力编演观众喜闻乐见的高品质剧目，这是剧种与剧团充满活力、持续发展的有力保证。

四、接轨的意义

提高粤剧剧本的文学性，强化它的当代色彩，对促进传统粤剧与现代社会的接轨有着重大的意义。

和众多地方戏曲一样，粤剧也是一个地域文化色彩十分浓厚的剧种。而剧本文学性的加强，有助于粤剧突破它的地域性，走向全中国乃至全世界；有助于提高粤剧的现代文化品位和审美情趣。同时，赋予剧本一种当代的精神，让它介入对现实生活的审美认识，密切关注并表现当代人的生存环境和精神

① 宁宋一：《蜕变的中国戏曲和中国戏曲自身的蜕变》，《戏剧文学》2001 年第 8 期，第 55 页。
② 同上书。

状态，才能让粤剧这种古老的艺术紧跟世界潮流和生活步伐，从容适应当代人的审美需求。正像王岳川教授在《发现东方与人文知识分子立场》一文中指出的："这种兼容当代性与地域性的创新的艺术作品，既具有时代精神的震撼力，又具有民族独特的表现力，才能满足当代人类多方面的审美需求，唤起人类普遍的情感共鸣。"[①] 如此，可为传统粤剧与现代社会的接轨搭建一座很好的桥梁。这也是粤剧在全球化文化语境中的一种生存策略，对粤剧的延续和发展至关重要。

通过以上主要从剧本创作的文学性角度对传统粤剧与时代接轨的阐述，旨在为粤剧在全球化文化语境中如何生存与传播交流提供一种发展理路。虽然中华人民共和国以来的粤剧创作在半个多世纪里谱写了粤剧史上从未有过的亮丽风景，特别是近年来粤剧剧本在题材、主题、结构、人物形象等方面都有了较大的突破，但当我们把目光投放到新世纪全国戏曲创作的整体格局中，就会发现粤剧的剧本创作总体上还是比较薄弱的，这和它的文学性相对较弱是密切相关的。

剧本是戏曲之树赖以成长的根基，而粤剧剧本创作总体上的边缘化状况，显然已成为制约粤剧艺术向新的艺术高度冲刺的"瓶颈"。所以，强化和提高粤剧剧本创作的文学性，应是走出粤剧发展"瓶颈"的肯綮，也是粤剧在当代社会扩大影响，并与不同阶层不同国度的人们互相交流、发生共鸣的关键。从当前粤剧剧本创作所取得的成绩来看，粤剧还是有着足够的信心融入现代文化的滚滚洪流之中的，只是它对当代生活审美冲击力的增强还有待时日，还需要更多有识之士建言献策，不懈奋斗。

（原载《戏曲研究》第 83 辑，文化艺术出版社 2011 年版）

① 王岳川：《发现东方与人文知识分子立场》，《文艺报》2004 年第 17 期。

共生视域下“中国—东盟戏剧命运共同体”的建构

摘要：共生论主张多元主体间共生共存、互补互促，与中国传统文化特色暗合。中国与东盟各国在政治、经济、文化等领域形成的紧密共生关系，是构建“中国—东盟戏剧命运共同体”的有利因素；但双方在戏剧观、语言、价值观、意识形态等方面的差异，则是构建“中国—东盟戏剧命运共同体”的制约因素。依据共生论，转变观念、制定规则、多方联动，逐步建构“中国—东盟戏剧命运共同体”，实现中国与东盟戏剧的合作发展。

关键词：共生论；中国；东盟；戏剧命运共同体

2013年10月3日，习近平主席发表了题为《携手建设中国—东盟命运共同体》的演讲，强调中国“愿同印尼和其他东盟国家共同努力，使双方成为兴衰相伴、安危与共、同舟共济的好邻居、好朋友、好伙伴，携手建设更为紧密的中国—东盟命运共同体，为双方和本地区人民带来更多福祉”。此后，“命运共同体”作为一个屡屡见诸报刊杂志的“高频词”，时常出现在人们的视野中。当今社会，不同民族与国家之间的交往日趋频繁，彼此休戚与共、命运攸关，“地球村”和国际共生论的呼声愈来愈高，中国戏剧的发展同样不能故步自封，而应乘着“携手建设更为紧密的中国—东盟命运共同体”的东风，与东盟各国携起手来，共商发展大计，努力建构“中国—东盟戏剧命运共同体”。下文尝试从“共生论”的视角，探讨“中国—东盟戏剧命运共同体”建立的动因、条件、途径等，以此与大家商榷。

一、“共生论”的演变与发展

“共生”的概念源自生物学，最早由德国生物学家德贝里在1879年提出，指“不同生物密切生活在一起”[①]。后来，共生的理念在生物学界得到了进一步发展。美国生物学家玛格丽斯在1970年进而提出了生物界的共生进化观，“共生学说”由此盛极一时。1981年，玛格丽斯又指出：“共生是不同生物种类成员在不同生活周期中重要组成部分的联合。”[②]

此后，共生的概念和理念逐渐走进各个学科并取得很大发展。经济学、文学、社会学、哲学、国际关系学、生态学、医学、农学等领域都收获了相应的共生理论研究成果。如1998年，袁纯清用共生理论研究小型经济[③]。2001年，金华将共生概念引入文学史研究，在《文学共生论》中指出，“共生”对于文学共时性、文学多元化、文化全球化可以做出新的解说，具有重要的理论价值[④]。2009年，袁年兴在《共生哲学的基本理念》中指出，共生是一个有着丰富内涵的哲学概念，它蕴涵着进化、共同、合作等理念[⑤]。2006年，胡守钧在《社会共生论》中提出要以共生论来指导社会，走向呼唤和谐的社会共生论[⑥]。2012年，胡守钧又提出了“国际共生论”，认为国际体系是个共生系统，各个国际行为体之间存在共生关系[⑦]。胡守钧的“社会共生论”以及“国际共生论”提出之后，在中国学界引起了很大反响，在国际关系研究领域涌现了相当多的研究成果，较著者有金应忠、任晓、苏长和等。如金应忠在《国际社会的共生论——和平发展时代的国际关系理论》一文中指出，“‘共生’不

---

① 洪黎民：《共生概念发展的历史、现状及展望》，《中国微生态学杂志》1996年第4期，第50页。

② 胡守钧：《社会共生论》，《社会科学论坛》2001年第1期，第20页。

③ 袁纯清、谢锐：《共生理论——兼论小型经济》，经济科学出版社1998年版，第16页。

④ 金华、王黎明：《文学共生论》，《贵州工业大学学报》（社会科学版）2001年第4期，第41页。

⑤ 袁年兴：《共生哲学的基本理念》，《湖北社会科学》2009年第2期，第100页。

⑥ 胡守钧：《社会共生论》，复旦大学出版社2006年版，第21页。

⑦ 胡守钧：《国际共生论》，《国际观察》2012年第4期，第35—42页。

仅是国际社会的一种客观存在，而且是国际社会发展的基本途径”①。

从生物学的“共生”概念，到经济学、文学、社会学、国际关系学等的共生理论，表明人们对共生关系的认识逐渐深化，也表明人们逐渐意识到共生理念的潜在价值，并希望借助它来解决人类面临的困境。

笔者理解的“共生”，不是优胜劣汰、物竞天择的自然进化论，而是自然界和人类社会进化发展的一个普遍规律，兼有遵守契约、平等竞争、合作共赢、共同发展之意；共生的各主体间的关系是辩证统一的，它们既相互影响又对立竞争，既彼此包容又互相排斥。中国和东盟各国的戏剧，在影视、网络等新型娱乐方式的冲击下，都面临着观众萎缩、演员断层、人才流失等问题，迫切需要大家联合起来，践行共生理念，重塑戏剧发展的共生环境。

二、共生性日益增强的国际形势呼唤新型的戏剧合作发展机制

全球化时代，世界各国的政治、经济、文化等的交往愈来愈密切，愈来愈形成你中有我、我中有你、一荣俱荣、一损俱损的“共同体”格局。国家间的相互依存和依赖达到了前所未有的程度，任何国家的发展都离不开与其他国家间的共同发展，世界各国只有扩大共识、缩小分歧、携手合作，才能实现共赢。

2015 年 3 月 28 日，中国国家发展改革委等部门联合发布的《推动共建丝绸之路经济带和 21 世纪海上丝绸之路的愿景与行动》，就是应对这种共生性日益增强的国际形势，经过 20 多年的深思熟虑而产生的宏大发展战略。该文件指出中国与沿线各国合作的重点领域在于“五通”，即政策沟通、设施联通、贸易畅通、资金融通和民心相通。从此，“各施所长、平等互利、和谐包容、合作开发”等词汇频频进入我们的视野。由此可见，中国倡导的“一带一路”，就是要和沿线国家共同建设、共同发展、共同进步，最终建成合作共赢的“命运共同体”。如今，“一带一路”建设正如火如荼地进行着，中华民族正和包括东盟国家在内的世界各国，共襄“一带一路”建设的盛举，共同谱写着当

① 金应忠：《国际社会的共生论——和平发展时代的国际关系理论》，《社会科学》2011 年第 10 期，第 13 页。

代人类社会发展的新篇章。

不仅中国在积极响应共生性日益增强的国际形势，欧洲、美洲、亚洲其他地方也已经或正在进行不同形式的区域内合作，形成了各具特色的共同体或者共同体雏形。这形形色色的“共同体”，正是国际共生关系愈趋紧密的表征。在这样的时代大潮中，“中国—东盟戏剧命运共同体”似乎不该缺席。

当下世界各国面临着许多共同或相似的挑战，如环境污染、恐怖主义、毒品走私、跨国犯罪、艾滋病、埃博拉病毒等。这些共同的难题，让人们逐渐认识到：共同生活在“地球村”中，没有一个民族或国家还能够自给自足、独善其身；我们只有通力合作，才能应对这些时代的挑战；只有开放包容，才能共生共赢。

中国和东盟的戏剧发展也出现了一些共同的世纪性难题，比如青年观众越来越多地被网络、影视等新兴传媒所吸引，而与传统戏剧渐行渐远；年轻人主动从事戏剧表演与学习的数量与日俱减；戏剧的营销手段和传播范围由于各种因素而受到这样那样的限制。中国的一些地方剧种甚至陷入了“天下第一团”的尴尬处境，更甚者，近三四十年来，竟有 100 多个地方剧种相继消亡。这些，都需要我们转变观念、更新思路，站在“中国—东盟戏剧命运共同体”的高度，用共生的视角，建立新型的戏剧合作发展机制。

三、构建“中国—东盟戏剧命运共同体”的现实因素

20 多年来，中国与东盟的国际关系获得了飞速发展。从 1992 年中国成为东盟的“磋商伙伴”至今，中国与东盟的关系已迈入“钻石十年”，东盟已经成为“一带一路”建设的示范区。这是构建“中国—东盟戏剧命运共同体”的有利的外部因素，但同时，中国与东盟戏剧发展中的不利因素也不容忽视。下面分论之：

1. 构建“中国—东盟戏剧命运共同体”的有利因素

中国与东盟山水相连，血脉相依，文化相通。自 1991 年中国与东盟正式

建立对话关系以来，中国与东盟各国在诸多领域已经形成了紧密的共生关系，已经搭建了中国—东盟博览会、中国—东盟商务与投资峰会、中国—东盟文化论坛等重要区域性合作平台。这是构建“中国—东盟戏剧命运共同体”的一大有利因素。

2013 年中国倡议建立“中国—东盟命运共同体”，是中国—东盟关系发展的最高阶段。“命运共同体”首度出现在 2011 年《中国的和平发展》白皮书中，是近年来中国政府倡导的关于人类社会发展的新理念。白皮书明确提出“不同制度、不同类型、不同发展阶段的国家相互依存、利益交融，形成‘你中有我、我中有你’的命运共同体”[①]，这一利好的倡议和实践，既为中国与东盟戏剧的联合发展奠定了良好的政治、经济、文化基础，又为“中国—东盟戏剧命运共同体”的构建作了示范。

“共同体”的概念源自政治学，最早可以追溯到亚里士多德的《政治学》，指的是古希腊特定的政治生活单位或者古希腊城邦，它是城邦成员追求共同目标、共有共享的政治实体[②]。后来，“共同体”走出了政治学的范畴，逐渐被社会学等其他学科广泛运用。德国社会学家滕尼斯是其杰出代表。滕尼斯在 1887 年出版的《共同体与社会》中，将“共同体”划分为血缘共同体、地缘共同体和精神共同体三个阶段，强调精神共同体存在具有约束性的思想情感，是真正的人类最高形式的“共同体”。

中国政府倡导的“命运共同体”与滕尼斯的“精神共同体”有密切联系。“命运共同体”强调在心灵层面建立精神共同体，是一种以应对人类共同挑战为目的的全球价值观和共生理念，更多强调的是共同利益而非差异。其核心特征是“同舟共济”“合作共赢”，包含共同目标、认同感与归属感这三个基本要素。

我们倡导建立“中国—东盟戏剧命运共同体”，就是要倡导中国与东盟各国携起手来，共同应对当代戏剧日益受到冲击并呈现衰退的局面；就是要倡导

---

① 国务院新闻办公室：《中国的和平发展》，《人民日报》2011 年 9 月 7 日。

② 赵铁、林昆勇、何玉珍：《中国—东盟命运共同体的共同体诠释》，《广西民族研究》2016 年第 1 期，第 150 页。

一种风雨同舟、荣辱与共的更加紧密的伙伴关系、朋友关系；倡导成员之间通过充分沟通、密切交流和长期合作，逐步加强彼此的认同感与归属感，最终促使中国和东盟的戏剧融合在一起，真正建成命运攸关、利益相连的“戏剧命运共同体”。

另外，从2013年开始，每年一届的“中国—东盟（南宁）戏剧周”活动，“致力于携手东盟，共同打造一个多元文化、释放活力、传播友谊、互相借鉴的交流平台”[①]，四年来，该活动已经吸引了我国和东盟60多个艺术团体参与，举办活动百余场；自2015年起，它还被纳入由文化部、广西壮族自治区人民政府主办的中国—东盟文化论坛活动范畴，逐步成为享誉国内和东南亚戏剧界的艺术盛典。这一成功的文化品牌，以其连接中国与东盟戏剧的桥梁作用，增进了双方对彼此戏剧发展现状的了解，掀起了席卷中国与东南亚的戏剧风暴，在中国与东盟的人文交流中，正发挥着越来越重要的作用。此为构建“中国—东盟戏剧命运共同体”的又一有利因素。

2. 构建“中国—东盟戏剧命运共同体”的不利因素

虽然，中国与东盟在政治、经济、文化等方面达成了不少共识，双方越来越休戚与共，正逐渐结成互利共赢的利益共同体、命运共同体、责任共同体，但双方在戏剧观、语言、价值观、意识形态等方面的差异仍不容忽视，这些成为构建“中国—东盟戏剧命运共同体”的制约因素。

首先是戏剧观的差异。从在“中国—东盟（南宁）戏剧周”期间展演的东盟戏剧来看，有些剧目更像是单纯的歌舞，有的剧目还保留了远古祭祀仪式的质素，这与中国戏曲“以歌舞演故事”的综合特性显然有着不小的差距。什么样的艺术形式才属于戏剧范畴，显然是我们建立“中国—东盟戏剧命运共同体”时，必须首先取得共识的问题。

其次是语言的障碍。由于东盟各国都有自己独特的民族语言，语言不通直接影响着戏剧交流功能的发挥。虽然通过演员的表情、动作和乐队的伴奏，

---

① 简圣宇：《2015年中国东盟戏剧周“东南亚部分”述评》，《高校社科动态》2016年第1期，第4页。

以及演出前的宣传、讲解，中国观众也大致能看懂泰国、柬埔寨、印尼、越南等东盟国家的戏剧演出，但台词的模糊还是让异国观众对剧情的理解大打折扣。

最后是意识形态和价值观的差异。东盟国家在历史上曾长期受到西方殖民主义的奴役，西方文化对其民众的影响，远甚东方文化对其的濡染。再加上一些强权国家的染指，导致有些东盟国家对中国的猜忌和不信任。这自然会影响到这些国家参与建立"中国—东盟戏剧命运共同体"的步伐和力度。

构建"中国—东盟戏剧命运共同体"的现实因素，当然不止上文所述，但管中窥豹，从上文所述可知中国与东盟之间尚未形成全面的、足够紧密的共生关系，现有的共生关系还不足以消弭双方在戏剧观和价值观等方面的差异和歧见，还不足以消除东盟在社会制度和意识形态方面对中国的偏见。这使得我们在构建"中国—东盟戏剧命运共同体"时，既要充满信心，又要保持清醒的头脑，意识到可能出现的问题。

四、用共生论推进"中国—东盟戏剧命运共同体"的建构

从世界潮流来看，构建"中国—东盟戏剧命运共同体"，是共生性国际社会的内在要求。共生论尊重世界文化的多样性和多元价值，主张多元主体间共生共存、互补互促，崇尚"各美其美，美人之美，美美与共，天下大同"①。因此，可依据共生论推进"中国—东盟戏剧命运共同体"的建构，力图为中国与东盟戏剧的合作共赢，提供一套具有东盟特色并包含中国智慧的发展方案。

1. 转变观念，和谐共生

从共生视角看，"中国—东盟戏剧命运共同体"是一个相互依存、命运攸关的共生系统。因此，需要我们树立共生思维，将中国与东盟的戏剧作为一

① 1990 年 12 月，日本社会学家中根千枝与乔健在东京召开"东亚社会研究国际研讨会"，为费孝通 80 岁寿辰祝寿时，费孝通在做《人的研究在中国——个人的经历》主题演讲时所说。

个整体来推进。

共生论认为，任何个体的自我存在、自我组织、自我发展都要依赖与其他成员的交往互动，才能达到“自我实现”的目标。除了自身条件和个体努力，任何个体的“自我实现”所能达到的程度、所能上升的高度，不仅离不开其他成员“自我实现”的成果，而且只能在其他成员“自我实现”的过程中才能实现。[①] 大至国家，小到个人，莫不如此。中国和东盟戏剧的发展同样不能独善其身。以中国为例，千百年的艺术积淀，使我们的传统戏曲艺术发展到了美轮美奂的地步，精美的形式、丰厚的内涵，似乎足以使其傲视东盟剧坛。但这些并非我们炫耀的资本，也不应以自己的戏剧观和价值观来评判别人，不应用自己的文化观念来“一统天下”，而应秉持平等相处、相生相伴的多元共生思维，尊重东盟各国戏剧的文化个性，以包容互鉴的文化观鼓励、接纳不同剧种个体差异性的存在，在整体观照中达到和谐共生。

2. 制定规则，竞争有度

共生的基本机制是斗争和妥协的相互作用、相互制约。个体为了生存和发展而寻求资源，并与其他个体发生联系；为了获得更多资源，个体间又必然会产生斗争；为了各自利益的最大化，又达成妥协；以此类推，循环不止。但斗争和妥协都不是目的，而是为了划分出权利和义务的合理边界，以求共生共赢。斗争也不会导致“独生”，因为根据“共生”理论，共同生活在一个大环境中的不同个体需要遵守共同的契约，否则，共生就难以实现，而只能是“你死我活”的无序竞争。

这就需要建立和完善与“中国—东盟戏剧命运共同体”配套的制度和法规，使各利益主体在合理的“度”的范围内分享资源。比如建立健全戏剧沟通交流机制，将其纳入中国—东盟文化合作交流的常规议程，以增进双方的互相了解，加深民众认同感，进而实现互相尊重和互相包容；健全优惠政策，加大财政金融的扶持力度；制定鼓励戏剧走出国门的扶持政策、制定各部门之

---

① 苏长和：《共生型国际体系的可能——在一个多极世界中如何构建新型大国关系》，《世界经济与政治》2013 年第 9 期，第 11 页。

间相关的支持政策；制定针对弱势剧种的保护和扶持政策等。有了规则的支撑和约束，各剧种之间的竞争才能有序进行，中国与东盟戏剧的共生关系也才会得到改善。

3. 多方联动，全面优化

建构“中国—东盟戏剧命运共同体”，最根本的是要努力加深和优化中国与东盟戏剧的全面共生关系，呼吁各国文化部门加大重视力度。这需要推动中国和东盟之间包括戏剧展演、剧目创作、戏剧翻译、戏剧评论、戏剧教育、戏剧营销、戏剧衍生品、戏剧文化产业等方面全方面、多层次的交流与合作。通过多方联动，加深双方的相互依存关系，使更多的团体和个人从戏剧产业合作中获益，以物质利益带动精神利益，促进各国人民感情的交流，使心与心更加贴近，形成“心心相印”的情感皈依和强有力的命运共同体观念，加强彼此休戚与共的集体认同感，源源不断地为“中国—东盟戏剧命运共同体”的建立与发展提供精神支撑。只要民相亲、心相通，“中国—东盟戏剧命运共同体”的建立就具备了社会根基和民意基础，就有可能走向共生关系的全面优化。

4. 放眼世界，统筹规划

构建“中国—东盟戏剧命运共同体”，还要拓展与世界各国戏剧的交流与合作，不能把目光仅仅局限于中国与东盟的戏剧交流，还要着眼于多边层面，布局全球，整体谋划。要把世界各国的戏剧看成一个共生的整体系统，“如果这一整体系统的共生性得到增强，那么系统内部个体之间的共生性也会因系统的联动性而相应增强”①。因此要努力增强中国戏剧与世界各国戏剧之间的共生性，以此来带动中国和东盟戏剧走向共生共赢，共同打造互利共生的利益共同体、命运共同体。

① 杨庆龙：《构建中美新型大国关系——国际共生论的视角》，《国际展望》2017年第1期，第121页。

构建“中国—东盟戏剧命运共同体”的长期目标，是要建立合作共赢的戏剧共生系统，这是一项复杂而艰巨的工程，并非一蹴而就即能建成的。因为“中国—东盟戏剧命运共同体”的建立，不是中国单方面的一厢情愿，还需得到东盟国家的认可与接受。如何跨越语言和文化的障碍，还有一个不断磨合的过程。但相信随着“一带一路”建设的深入和推进，“中国—东盟戏剧命运共同体”的美好前景必将一片灿烂！

（原载《新疆艺术学院学报》2018 年第 1 期）

德艺双馨，继往开来

——论高等戏曲教育与人文精神的传承

摘要：高等戏曲教育对戏曲演艺人才的培养和京剧等民族艺术传承的重要性不言而喻。本文结合高等戏曲教育的目的与任务，论述了在高等戏曲院校，由于人文精神的缺失已经导致了严重的后果：传统戏曲文化的认同危机、学生创作能力的萎缩、缺乏起码的戏曲文化常识等；并认为强化高等戏曲院校的人文教育色彩，不仅对学生的成长有着重要的精神导引功能，而且有助于培养“德艺双馨，继往开来”的高素质戏曲人才。最后探索了强化高等戏曲院校人文教育色彩的举措：调整课程内容、提高教师道德水准、采取各种活泼多样的形式。

关键词：高等戏曲教育；人文精神；人才培养

高等戏曲教育的出现，是我国经济、政治、文化、教育等发展到一定程度的必然产物。高等戏曲教育对戏曲演艺人才的培养和京剧等民族艺术传承的重要性是不言而喻的。而以京剧为代表的中国传统戏曲艺术之所以能享誉海内外，根源正在其深厚的文化底蕴和强烈的人文情怀。但是，随着近年来高等戏曲院校的扩招和社会对文凭学历的片面看重，京剧等传统戏曲艺术内含的丰富的人文理念，在高等戏曲教育的格局中却呈愈来愈淡之势，这不能不说是一种令人堪忧的现象。本文拟结合高等戏曲教育的目的与任务，谈谈人文精神在高等戏曲教育中的淡化及其重要性，进而探索强化高等戏曲院校人文教育色彩的举措。

一、高等戏曲教育的目的与任务

高等戏曲教育作为我国高等教育的一个重要组成部分，具有着与中国社会主义高等教育体系相同的目的与任务。1998 年第九届全国人民代表大会常务委员会第四次会议通过的《中华人民共和国高等教育法》，对高等教育的目的和任务作了如下规定："高等教育必须贯彻国家的教育方针，为社会主义现代化建设服务，与生产劳动相结合，使受教育者成为德、智、体等方面全面发展的社会主义事业的建设者和接班人。""高等教育的任务是培养具有创新精神和实践能力的高级专门人才，发展科学技术文化，促进社会主义现代化建设。"

当然，肩负着培养高层次戏曲艺术专门人才的高等戏曲教育，其主要任务是培养具有创新精神和实践能力的高级的戏曲艺术创作人才和表演人才。但随着时代的发展，社会对高等教育提出了越来越多、越来越高的要求。特别是由于伴随着市场经济而来的实用主义、急功近利的价值取向，严重阻碍了高规格人才的成长。鉴于此，原国家教委副主任周远清于 1994 年就提出在教学思想改革中的三个"注重"：注重素质教育，注视能力培养，注意个性发展，全面实行因材施教。近年来，全国各高等院校逐渐开始重视学生的人文素质教育，并采取各种丰富多彩的形式对大学生进行人文素质教育。

因此，高等戏曲院校对戏曲艺术人才的培养，也不能仅仅满足于单纯的技能传授，而是要着眼于培养学生传播优秀传统文化与人文精神的良好素养，使学生成为品德高尚、富有情趣和创新能力的复合型人才。

正如十分关注民族艺术振兴和戏曲教育发展的江泽民同志，在 1994 年年底纪念梅兰芳、周信芳诞辰 100 周年座谈会上的讲话中所说："振兴京剧和民族艺术，需要有一大批立志献身于这一事业的优秀人才。我们要有战略眼光，努力造就 21 世纪的京剧人才、民族艺术人才，要办好戏曲和艺术院校。""戏曲学院的工作重点，是全面提高青年人材的品德和艺术修养。”① 这实际上是对整个高等戏曲教育提出的具体要求。次年，他还亲自为中国戏曲学院题词：“德艺双馨，继往开来”。从这些讲话和题词可以看出，高等戏曲教育和人文精神的传承是密不可分的。顾此失彼或只重一端，都是对现代高等戏曲教育理念的歪曲。

二、当代高等戏曲教育中人文精神的淡化

人文精神，是整个人类文化所体现的最根本的精神，是充分肯定人的自由自觉的创造的价值观念和人生态度。它以人为本，以追求真善美等价值理想为核心，以人的自由和全面发展为终极目标。中国传统文化中的人文精神源远流长，早在两千多年前的儒家经典《易经·贲卦·彖传》中，就出现了“人文”二字：“刚柔交错，天文也；文明以止，人文也。观乎天文，以察时变；观乎人文，以化成天下。”② 这里的“人文”是指人类精神生活的各种形式，反映了我们的先民对人的生存和价值、对人类命运的思考和探索。当代著名哲学家庞朴在《中国文化的人文主义精神（论纲）》中曾说道：“放眼整个世界，拿希腊、印度、中国这三大古老文明做比较，人们会承认，以伦理、政治为轴心，不甚追求自然之所以，缺乏神学宗教体系的中国文化，倒是更为富有人文精神的。”③ 这一论断充分肯定了中国传统文化丰富的人文内涵。

我国传统文化的瑰宝——戏曲，作为一种独特的精神现象，凝结了几千年的华夏文明，蕴含了千百年来人们对人生观、社会观、价值观、宇宙观的深层思考，它不仅仅是一种机械的肢体运动和单纯的行为模仿，而是一座含蕴着丰富人文精神的艺术宝藏。在戏曲舞台上一轮轮精妙绝伦的唱念做打中，展现的既是对珠圆玉润、行云流水的美的追求，更是对人类自身创造能力的

---

① 江泽民：《弘扬民族艺术　振奋民族精神——1994 年 12 月 27 日纪念梅兰芳、周信芳诞辰 100 周年时在中南海怀仁堂举行的座谈会上的讲话》，《人民日报》1995 年 5 月 23 日。

② 梁海明译注：《易经》，山西古籍出版社 1999 年版，第 75 页。

③ 庞朴：《中国文化的人文主义精神（论纲）》，张岱年等著《中国知识分子的人文精神》，河南人民出版社 1994 年版，第 9 页。

赞叹；在大小戏场上一个个感人心扉的故事情节中，既有着真善美与假恶丑的对立，更有着人的价值和尊严的幡然显现。总之，在高等戏曲教育中弘扬人文精神，是每一个戏曲教育者责无旁贷的义务。

然而，在近年来的高等戏曲教育中，文化素养、理论修养却被无意或人为地忽略掉了，由此导致的一个严重后果就是学习舞台表演和剧本创作的学生学“艺”不精，成“家”无望，不能持之以恒、坚持不懈，更不用说勤学苦练、修成绝技了。具体而言，由于当代高等戏曲教育中人文精神的淡化而导致的后果，主要表现在以下三个方面：

1. 传统戏曲文化的认同危机

文化是一个民族和国家区别于其他民族和国家的基本特质和身份象征。文化认同既是一个民族对自身文化的强烈认同，也是一种个体被群体的文化影响的感觉。它既是该民族自立于世界民族之林的伟大精神力量，又能使该民族在激烈的国际竞争中立于不败之地。中华文化是中华民族身份认同的基本依据，而当今中国正面临着强烈的文化认同危机，道德的沦丧、信仰的缺失，几乎成了一些中国人论中国人的一个论断，甚至有论者称“中国文化正前所未有地‘不属于’中国人”。

这也同样波及高等戏曲教育领域。多年以来，以京剧为代表的戏曲的振兴和改革，每每产生对戏曲本质及其存在价值的质疑。这种质疑无疑也影响到了正在接受高等戏曲教育的学生，毕业后的就业问题成了困扰他们的最大难题。将来是否还要继续坚守戏曲文化的阵营？信心不足者在动摇怀疑中荒废了宝贵的学习时光，未雨绸缪者却于在校期间就已开始多方“充电”，以备不时之需。本来旨在培养专业的戏曲艺术人才的高等戏曲教育正逐渐异化为一般的文凭教育。而那些依然在坚守的戏曲人，有的由于自身缺乏必要的人文修养，无法把握戏曲自然演进中的变革与对其本质的破坏之间的差别，从而自觉不自觉地加速了戏曲的衰落进程。

与此相反，以京剧为代表的中国传统的戏曲文化却在西方世界激起了阵阵涟漪，西方人突然发现中国戏曲这种“古老而新鲜的艺术”，正是他们梦寐以求的理想，将会给他们带来“戏剧形式的革命”。这和国内戏曲发展的萧条黯淡判若霄壤，这其间固然有着各种经济的、文化的因素，但担当着传承民族优秀戏曲文化重任的高等戏曲院校也是难辞其咎的。近年来从高等戏曲院校毕业的优秀演员和优秀编剧屈指可数，就是一个明证。为何招生规模远非昔日可比，而优秀的人才却乏善可陈？由于人文素养的缺失而导致的对传统戏曲文化的认同危机，应是根源所在。

2. 创作能力的萎缩

高等戏曲教育的任务之一是要培养具有创新精神的高层次戏曲人才。1978 年至今的高等戏曲院校在戏曲人才培养方面确实成绩斐然，可近年来培养的演员在新剧目的创作上却捉襟见肘。这固然和高校专业的细化有关，如中国戏曲学院现有京剧系、表演系、导演系、舞美系、音乐系、戏文系、新媒体艺术系等部门，其中京剧系和表演系以培养演员为主，戏文系主要培养编剧。但学生自身文化素养的缺乏也是一个不争的事实。

虽然，“戏曲表演与演奏人才的培养，具有与普通人文教育殊异的方式与内涵，因此，表演演奏人才的培养，必不可免地要成为我们建构现代戏曲教育体系时关注的焦点”①，而且中国戏曲学院在近几十年来，也逐渐摸索出了较为切实可行的培养戏曲表演与演奏人才的教育路径，但是整体上学生创作能力的下滑也是有目共睹的。学习表演的学生由于无力把握剧目的文化内涵，同时缺乏恰当运用技术手段的能力，唯有把创作的主动权拱手出让。“整个京剧界在新剧目创作与旧剧目整理、改编中，对于外来编导以其他艺术理念改造京剧的实践的抵抗力衰弱得令人吃惊。”②

学习戏曲剧本创作的学生，对剧中人物未能倾注深切的人文关怀，无力深刻揭示人性的觉醒，因此，鲜有能够独立写作、为剧团提供有价值的新剧目的，这让我们不能不感叹戏曲创作专业为何不能多培养几个魏明伦？这里，就不能不提到学生人文素养的缺乏。二十多年前，祝肇年先生就在《建立以

① 傅谨：《现代戏曲教育体系的建构及其内涵》，《戏曲艺术》2010 年第 4 期，第 28 页。
② 张伟品：《晚近戏曲教育中人文精神的缺失》，《上海戏剧》2003 年第 21 期，第 57 页。

人为主体的戏剧观念》一文中敏锐地发现了问题症结之所在："为什么戏曲会陷入现代困境？什么审美节奏太慢啦！审美情趣陈旧啦！不能表现现实生活啦！诸如此类，恐怕都不是根本原因吧？！戏曲的内在弱点，是它在人的观念上脱离了我们时代精神的追求。应该看到，当前在我们的现实世界中人的自我解放要求何等强烈，要求从我们的社会弊端和封建幽灵造成的人性的压抑，人的创造性、主动性的遏制中解放出来，要求对人的尊严和价值给予最崇高的肯定。举凡构成人的价值的一切历史内容都已成为人的自我解放的精神追求。这已成为一种群体心态，成为觉醒和时代精神的标志。这是大势所趋，因为只有人的解放才是一切创造力的真正源泉。在这个基础上找到我们的美学思想的走向。"[①] 戏曲剧本创作中这种人性弱化的现象至今依然大量存在，尤其是初学戏曲剧本写作的大学生，由于其思想的贫乏和精神的萎缩，无形中加剧了这一弱化的趋势。

因此，高等戏曲教育不仅要向学生传授戏曲表演的动作技巧和音乐节奏等外在的形式内容，还需要通过传统戏曲文化的教学引发大学生内在的情感回应，从而使学生在学习美、感受美的过程中学会如何欣赏美和享受美。进而，通过对美的理解和感受，培养学生对真善美的追求，对彼岸理想世界的向往与想象，对人类、自然、宇宙的大关怀，对未知事物的好奇心，以及不屈不挠的意志力、永不停息的探索精神、永不满足于现状的批判与创造的欲求。而这些无疑会催生学生创演新剧目的巨大热情和锲而不舍的毅力。所以，学生总体上创作能力的衰退，和高等戏曲教育中人文精神的淡化是息息相关的。

3. 缺乏起码的戏曲文化常识

高等戏曲教育已经实施了几十年，可培养出的演员仍然以文化水平普遍较低为特点。"以目前社会整体进步程度衡量，戏曲演员、演奏员的总体文化水平与社会总体教育水平的距离，并不比科班时代提高多少。"[②] 不少演员缺乏

---

① 祝肇年：《建立以人为主体的戏剧观念》，《祝肇年戏曲论文选》，文化艺术出版社 1998 年版，第 244—245 页。

② 张伟品：《晚近戏曲教育中人文精神的缺失》，《上海戏剧》2003 年第 21 期，第 57 页。

起码的戏曲文化常识，对中国戏曲史以及各个剧种的历史认识模糊，对于本身从事的行当规范也认识不足，更不用说对艺术史、文化史的了解了。

以笔者对中国戏曲学院开设的公共基础课“中国戏曲史”的了解，可以说明这一问题。除了戏文系之外的大部分学生，对这门非常重要的基础课大多抱着一种敷衍了事的态度。课程结束后，不要说每个学生都对中国戏曲史的发展脉络有一个清晰的认识，就是能有人完整看过元杂剧或者明清传奇中的一二名篇，也是较为罕见的。这倒不是责怪我们的教师缺乏能力，更多的还要归咎于学生对这类文化课程重要性的认识。“演员演技很重要，理论水平低无关紧要”，似乎是长久以来戏曲界已然习以为常的一个共识。殊不知，这实在是对演员的一种轻视。

早在元代，弘才博识的大儒虞集在给周德清的《中原音韵》作序时就不胜感慨：“尝恨世之儒者，薄其事而不究心，俗工执其艺而不知理。由是文律二者，不能兼美。”[①] 虽然称“演员”为“俗工”，并对其“执其艺而不知理”深表遗憾，其中不乏贬抑的成分，但虞集这里实际上已奏响了要加强演员理论修养的时代音符。衡之当代，由高等戏曲院校的现有教育模式培养出来的戏曲演员，其总体文化修养水平实在是不容乐观。

人文精神本是传统戏曲艺术的内在精华，也是高等戏曲教育的应有之义，却没有引起足够的注意，以致在戏曲人才培养上出现了令人遗憾的漏洞，这些，不能不引起每一个富有时代责任感的戏曲教育者的深思和警醒。

三、强化高等戏曲教育中的人文精神的重要意义

从上文所述由于当代高等戏曲教育中人文精神的淡化而导致的后果，可以看出，高等戏曲院校人文教育色彩的淡化，已经影响到以京剧为代表的传统戏曲艺术的传承和发展等严肃的命题，强化高等戏曲教育中的人文精神，应该是刻不容缓的一件大事，其重要意义如下：

① （元）周德涛：《中原音韵》，中国戏曲研究院编：《中国古典戏曲论著集成》（一），中国戏剧出版社 1959 年版，第 174 页。

1. 对学生成长的精神导引功能

中华戏曲传承至今的魅力源泉不仅在于其美轮美奂的精湛技艺，更源于其悠远深邃打动人心的强烈的人文内涵，它既关注外在的形式美，更注重内在的精神美，熏陶着一代又一代的华夏儿女，鼓舞着他们坚持不懈、脚踏实地、奋力前行。我们的先民很早就开始重视文艺的“载道”功能，认为“诗可以兴，可以观，可以群，可以怨。迩之事父，远之事君”①，认为“正得失，动天地，感鬼神，莫近于诗。先王以是经夫妇，成孝敬，厚人伦，美教化，移风俗”②。

戏曲亦莫不如是，其中蕴含的“道”可以给学生的心灵留下难以磨灭的印象，产生不可估量的影响。如《赵氏孤儿》《清忠谱》中涌现出的鉏麑、提弥明、灵辄、韩厥、公孙杵臼、程婴、周顺昌、颜佩韦、周文元等一位位侠肝义胆、视死如归的仁人义士，至今仍然有着动人心魄的震慑力和感奋力，并激发着人们强烈的民族自豪感和自信力；《桃花扇》中李香君和侯方域凄美的爱情故事，折射着深沉的历史兴亡之叹，也因此不断激励着人们憧憬和追求新的时代和新的生活；《西厢记》中对张生和莺莺这对痴情男女的善意戏谑，显示了中华民族达观冲淡的人生态度；《牡丹亭》中杜丽娘出生入死的浪漫情缘，看似荒诞不经，实则昭示着人们对自由幸福和人生理想的执着追求。可以说每一个经典剧目都承“德”载“道”，有着深刻的思想和崇高的精神。

这些丰富的人文内涵，是中华戏曲文化所体现的最根本的精神，是对人的价值和生存意义的关注与思考，它们在学生的心灵中慢慢沉淀、渐渐萌芽，使学生的思想在“润物细无声”中得到熏陶和升华，有助于学生形成正确的艺术观、人生观、道德观、价值观以及宽容乐观的个性和健全完善的人格，并激发起学生对戏曲艺术的热爱，甚至能促使其把毕生的心血都投入其中。因此，强化高等戏曲教育中的人文精神，对学生来说，有着重要的精神导引功能。

2. 有助于培养高质量的戏曲人才

我国高等教育的基本方针是要培养具有中国特色的社会主义事业的建设

① 杨伯峻编著：《论语译注》，中华书局 1958 年版，第 192 页。
② 张少康主编：《中国历代文论精品·毛诗大序》，时代文艺出版社 1995 年版，第 65 页。

者和接班人。这里有两种内涵：一是高等教育培养的人才必须是高素质、高质量、强能力，具有服务国家的能力和品质；二是培养的学生要忠实并服务于自己的国家和民族。而高等戏曲教育是秉承着保护国家艺术精粹、提高发展戏曲艺术、弘扬民族优秀文化的需要应运而生的，其主要任务是要培养高质量的戏曲创作人才和表演人才，把我们宝贵的民族戏曲文化传承下去。

然而，伴随着经济全球化和高等教育国际化的进程，特别是在高校就业压力的影响下，高等戏曲教育培养出的不少学生却流向其他更具诱惑力的行业，有的甚至去服务发达国家。只有培养出像钱学森等前辈科学家那样具有献身精神的高级人才，我们的国家和民族才有希望。如果在高等戏曲教育领域，加强对学生世界观、人生观、价值观等的精神引导，树立其民族责任感和自信心，而不仅仅是单纯传授戏曲的表演技能、写作技能，这样，或能真正培养出德才兼备的高层次戏曲人才，真正为社会主义现代化服务，也从而真正与国际高等教育接轨。

老一辈戏曲教育家史若虚先生曾经说过："那些文化水平较差的学生，其舞台表现力就是差一些。这些同学的技术技巧有的也不错，但给人的印象是在演程式而不是演人物。这再一次证明，不上文化课和文艺史论课是不行的，高标准的戏曲工作者是培养不出来的……一个戏曲演员，只有具备较高的文化和文艺史论修养，才能为极大地提高中华民族的科学文化水平作出应有的贡献。"[①] 这种经验是从几十年的教育实践中总结出来的，在 21 世纪的今天仍然值得我们仔细回味。

总之，在高等戏曲院校中加强人文精神的熏陶，将会使学生逐渐形成崇高的历史责任感，更加热爱我们的国家，更加热爱并忠实于我们的传统民族艺术。也只有这样，才能真正培育出德艺双馨的高素质人才，曾被称为"夕阳艺术"的戏曲也才能重焕生机、枝繁叶茂。

---

① 史若虚：《三十年戏曲教育工作散忆》，《戏曲艺术》1980 年第 3 期，第 6 页。

四、强化高等戏曲院校人文教育色彩的举措

虽然早在 20 世纪 90 年代，国家教委就提出了倡导人文素质教育的口号；但由于高等戏曲教育的特殊性，在高等戏曲院校，人文精神的宣传和教育并未得到有力地实施，也因此影响到了高级戏曲艺术人才的培育，对戏曲艺术的传承和发展产生了不良的影响。有鉴于此，笔者拟就如何强化高等戏曲院校人文教育色彩的问题，斗胆建言如下：

1. 在课程内容和具体培养目标上进行适当的调整。如对中国戏曲史、中国文化史、中国近代史等公共基础课，在授课过程中，可以尝试以弘扬人文精神、训练学生思维能力为主要目的的教学模式，使学生受到人文精神的熏陶，沐浴着前贤的智慧之光，认识社会、思考人生，进而提高认识事物、辨别事物的能力。如此，可避免仅仅把素质教育当做口号挂在嘴边，真正培养出人格健全的学生。

2. 提高师资队伍的道德水准。唐代著名的文学家韩愈早就提出教师的职责在于“传道、授业、解惑”。“传道”是被其放在“授业”和“解惑”之前的，这个“道”，实质上正是蕴涵于各类艺术中的人文关怀。一个合格的教师要想“为人师表”，首先要正其身，只有自身具备了崇高的精神境界，然后才能去化育他人。而目前在高等戏曲院校，还残留着科班时代的某些气息。有的教师过于看重小团体的利益；有的教师是从演员转型而来，或有的课程就是聘用某些著名的演员授课，这些演员有的艺术成就很高，但未必善于教学，他们缺乏教师所必需的教育心理学和课堂教学的组织能力，对学生的约束力较差，授课文件也不规范。如果任凭这种散漫思想和功利主义的毒素自由蔓延，不仅有损教师的形象，而且更不利于人文素质教育的推行。

3. 采取各种活泼多样的形式加强对大学生的人文素质教育。比如，可以开设人文素质选修课；定期举办课外人文讲坛，邀请国内外专家学者登坛演讲；举办各种旨在弘扬人文精神的辩论赛、体育比赛、文娱晚会等，让学生充分感受到中华人文精神的源远流长，引导学生善待自己、善待他人、善待自然，

学会合作共事，对集体和社会富有责任感，在潜移默化中养成良好的人生态度，实现人文素质和专业素养的协调发展。

以上仅是个人的一些浅见，以期抛砖引玉，引起大家对在高等戏曲教育中强化人文精神的思考和重视。时值京剧被联合国教科文组织遴选为人类非物质文化遗产代表作，如何培养出新一代的京剧事业的优秀接班人，是高等戏曲院校不得不慎重考虑的问题。在现行的高等戏曲教育体制下，要想真正培养出“德艺双馨，继往开来”的优秀戏曲人才，除了重点关注外在的技能传授之外，内在的人文修养也应是戏曲教育者不容忽视的一个关键问题。让传承和发展戏曲艺术的学子们浸淫在以人为本的阳光雨露中，人文的光辉才会不断绽放，我们的戏曲艺术才会永葆生机、魅力四射！

（原载杜长胜主编《京剧表演理论体系建构：第四届京剧学国际学术研讨会论文集》（下），文化艺术出版社 2013 年版）

山水相连的戏剧舞台

在丹桂飘香的金秋九月，“绿城”南宁张开热情的双臂，迎来了“2015 中国—东盟（南宁）戏剧周”。自 2013 年以来，南宁已成功举办了三届这样的戏剧周活动。2015 年的“中国—东盟（南宁）戏剧周”，还首度被列入由国家文化部、广西壮族自治区人民政府主办的“2015 中国—东盟文化论坛”范畴，旨在进一步促进中国—东盟命运共同体的建立。

南宁与东盟山水相连，有着相似的文化背景和共同的发展愿望。随着中国—东盟博览会在广西南宁的永久落户、中国—东盟商务与投资峰会在广西南宁的长期举办以及中国—东盟自由贸易区的建立，广西已逐渐成为我国西南、中南地区开放发展的新的战略支点，在多区域合作中发挥着越来越重要的作用。而南宁作为广西的首府，在中国—东盟自由贸易区中更是有着举足轻重的地位，成为中国与东盟经济、文化交流合作的重要平台。中国—东盟（南宁）戏剧周，正是乘此“东风”，搭建了一座中国与新加坡、马来西亚、泰国、印度尼西亚、越南、柬埔寨、菲律宾等东盟各国戏剧交流的津梁，开启了又一个中国与东盟文化交流展示的新窗口。而今，“中国—东盟（南宁）戏剧周”已然成为南宁市重要的对外文化交流品牌。

本届戏剧周活动共设置了“中国与东盟优秀剧目展演、国际学术研讨会、中国与东盟微电影展览、中国与东盟传统戏曲演唱比赛、戏剧工作坊、艺术展览、戏剧大讲堂”七大板块，并且按戏剧类（优秀剧目、最佳表演、优秀演唱等）、学术类（优秀论文等）、新媒体类（最佳微电影等）三大类分别设计奖项、奖品和证书，最终评选出了粤剧《璎珞传》、花灯戏《枫染秋渡》、粤剧《驼哥的旗》、新编高甲戏《范进中举》、壮剧《第一书记》、话剧《圣女妮萨》、话剧《捕鼠器》、话剧《抉择》和新加坡舞剧《马来魅影——传统马来舞剧展演》、新加坡独角戏《新小红帽》、马来西亚儿童剧《灵鹿 & 马来貘》、泰国舞剧《舞境——泰国传统民族舞剧展演》、菲律宾木偶剧《黑幕光影——技巧木偶艺术展演》、越南 Tuong 剧《传统之魅——越南 Tuong 剧经典剧目展演》、柬埔寨舞蹈《吴哥之光——柬埔寨传统舞蹈展演》、印度尼西亚舞剧《梁祝舞曲漂移》等一系列中外优秀剧目，并授予宋俊华、陈建平、许燕宾、周俊洁、廖华、沈勇、李宜、王红、Pudentia Mpss、Le Thi Hoai Phuong 十位中外学者“朱槿花奖 · 优秀论文奖”。

本届戏剧周中，最让人心旌摇荡、念念不忘的恐怕就是那一场场美轮美奂的戏剧演出了，其中既有中国的粤剧、壮剧、高甲戏、花灯戏、话剧等，也有东盟的舞剧、木偶剧、儿童剧、传统剧等。

首先拉开“2015 中国—东盟（南宁）戏剧周”大幕的，是由毛小雨、王彤担任编剧的大型粤剧《璎珞传》。《璎珞传》是我国第一部根据梵语戏剧改编的粤剧剧目。梵语戏剧大约产生于公元前 2 世纪的古印度，至今还在印度西南部的喀拉拉邦有遗存，2001 年被列入联合国公布的第一批人类口头与非物质文化遗产名录。梵剧《璎珞传》是古印度一位雄才大略的君主——戒日王（公元 590—647 年）创作的。戒日王和唐代高僧玄奘有着深厚的友谊，两人的会面促成了中印的官方交流。戒日王的生平事迹通过波那的《戒日王传》、玄奘的《大唐西域记》以及相关史书流传至今，戒日王对推动中印交流做出了突出的贡献。戒日王不仅是一位杰出的政治家，还是一位优秀的剧作家。但他的戏剧作品很少进入中国读者的视野，其代表作《璎珞传》在 2014 年才有了第一个中译本（见《剧本》2014 年第 1 期）。梵剧《璎珞传》情节紧凑、结构严谨，有着很强的戏剧性和舞台性，尽管历经千年风霜，至今仍以其生动的语言和浓郁的印度风情散发出迷人的魅力。

粤剧《璎珞传》把这部湮没已久的梵剧经典之作，用南派粤剧的曼妙形式展现在舞台之上，对促进中印文化交流的积极意义是不言而喻的。但梵剧的剧情冗长复杂，往往要几天才能演完，如何将其浓缩为两个小时左右的舞台演出？还有如何使传统的粤剧表演在唱腔、音乐、舞蹈等方面，尽量保持原作的印度风味？这些都是困扰编导和演员的难题。所幸，该剧的艺术总监和编剧之一毛小雨早年有过在印度访学的切身经历，回国后又一直从事传统戏曲和印度戏剧的研究，由于其长时间研究印度文化，对印度的风俗民情和山川地理都十分熟悉，因此在把握该剧的整体风格时，比较准确到位；而且，该剧的舞蹈编导金珊珊女士，也是目前国内水平最高的印度舞专家，这保证了演员在经过一番刻苦训练后，能将印度婆罗多舞跳得“有模有样”；同时，考虑到剧情的整体需要以及戏剧情境的真实性，剧中几十套群众演员的服装都是从印度定制的，这既调动了群众演员的精、气、神，更体现了戏曲舞台表演的“一棵菜”精神。在诸多有利因素的保驾护航下，粤剧《璎珞传》终于以其浓郁的印度风情和崭新的舞台面貌，屹立在中国的戏剧舞台上。

改编后的粤剧《璎珞传》，写狮子国公主璎珞，远嫁犊子国国王优填王，由于船只中途失事，璎珞被救起后成为犊子国王后仙赐的侍女。一个偶然的机会，璎珞与优填王相遇，二人一见钟情，却遭王后阻隔。后逢宫中大火，璎珞不顾自身安危，冒险救出王后；又逢狮子国宰相赶来，才终于真相大白，有情人终成眷属。剧情一波三折、跌宕起伏、扣人心弦。从2014年10月的首演，到本届戏剧周的第二次上演，粤剧《璎珞传》的每次演出都获得了不俗的剧场效果。那袅袅不绝的印度音乐、婀娜多姿的异域舞蹈、顾盼神飞的撩人眼波、华丽炫目的印度服饰，配合着抑扬顿挫的粤剧唱腔，让在座的每一位观众都品尝了一道融汇着中印文化精髓的艺术大餐。尤其是台词中引用了“恋爱虽易，婚姻不易，且行且珍惜”“珍珠都没有那么真”等当代中国观众的流行语，更是让剧场不时爆发出阵阵掌声和笑声，引发了中国观众极大的共鸣。

粤剧《璎珞传》能赢得广大观众的认同，更深层次的原因是它暗合了东方民族的思维模式和审美习惯。著名的东方学家季羡林教授曾说，东西两大文化最基本的差异在于思维模式不同，东方文化是综合的，讲“和而不同”；西方文化是分析的，讲“同而不和”。中国与印度同属东方国家，都是东方文化的创造者。所以，古老的粤剧和梵剧在《璎珞传》中交融，有先天的机缘。粤剧《璎珞传》的成功编创不仅促进了传统文化的现代传承，而且有利于中国戏曲和其他东方剧种的交流与合作，在中印文化交流史上、在中国当代戏曲发展史上都有着重要的意义。

本届戏剧周的重头戏还有曾荣获第十四届“文华奖”的贵州经典花灯戏《枫染秋渡》和曾获第七届中国戏剧节多项大奖、国家舞台艺术精品工程剧目提名奖的现代粤剧《驼哥的旗》，以及泉州市高甲戏传承中心（泉州市高甲戏剧团）的新编喜剧《范进中举》。

花灯戏《枫染秋渡》是由国家一级演员、第二十三届“梅花奖”获得者、花灯戏传承人邵志庆领衔主演的。该剧以颇具贵州特色的酒文化为背景，讲述了两家酒坊从竞争到合作的过程以及两代人之间的情感纠葛，弘扬了“以和为贵”的传统美德与真、善、美的主题，主演邵志庆的出色表演再次给观众留下了深刻的美好印象。

现代粤剧《驼哥的旗》虽然不是2001年的原班人马所演，但新生代演员的精彩演绎，使得驼哥这个在乱世中委曲求全、貌丑心善、机智幽默的小人物，再次给观众带来了巨大的审美愉悦。该剧的主题是凝练严肃的，但形式却是轻松幽默的，就连投河自尽这样凄惨的场景都能用喜剧的手法来表现。试看：金兰在走投无路正要投水时，被驼哥一把拉住。金兰执意要亡，埋怨驼哥不该救人，驼哥说“你靓我丑，不如我死”，说着就要投江。金兰赶紧拉住驼哥，阻止其跳水。驼哥反问“为何救我”，金兰说“不能见死不救”。驼哥抓住此理，回答了金兰刚才的埋怨：“我也不能见死不救呀。”驼哥式的幽默缓解了金兰的一念之差。这样的表演让我们在会心微笑的同时也难免会感到丝丝酸涩，但正是这种乱世中顽强的生存意志和底层民众惺惺相惜的互相扶持，恰恰是中华民族永远屹立、不屈不挠的根源。从一个微小的断面，熏染出一个宏大的主题——《驼哥的旗》为现代戏的创新做出了成功的尝试。

新编高甲戏《范进中举》主要是由一群志同道合的年轻人共同编创的一出讽刺喜剧。编剧陈云升是中国戏曲学院戏文系戏曲文学创作专业教师。导演周杰俊是泉州市高甲戏传承中心（泉州市高甲戏剧团）副团长，2011年至

2013年在中国戏曲学院进修戏曲导演专业，2013年至2015年在上海戏剧学院攻读戏曲导演专业MFA艺术硕士学位。此外，该剧的灯光、舞美、人物造型设计等都由上海戏剧学院的毕业生承担。该剧用高甲戏最有特色的丑角艺术，在悲喜交织的氛围中，全新演绎了一个封建时代的读书人痴迷科举、喜极而疯的故事。这既是该剧的一大亮点，也是高甲戏的一大创新。

高甲戏在闽南地区的盛行流传，不过百年的历史，但在这不长的时段中却积累了独特鲜明的丑行艺术。高甲戏的丑有公子丑、傻丑、袍带丑、家丁丑、布袋丑、傀儡丑、家婆丑、媒婆丑、夫人丑、大服丑等等，名目繁多，不一而足。《范进中举》中除了范妻以外，范进、范母、胡屠户、张二狗、报子等皆由丑角担纲，可谓高甲戏丑行的一次集中展示。以褚育江、李伟强、陈凤英等为代表的演员们诙谐机趣的表演、夸张滑稽的动作，尤其是其对木偶戏、布袋戏动作的模仿，给了观众强烈、新颖的视觉冲击，使剧场到处充满了欢声笑语。

20世纪60年代，泉州市高甲戏剧团创排的《连升三级》曾得到全国专家和观众的普遍好评，郭沫若、田汉、老舍、邓拓等文学大师纷纷提笔撰文，誉称其为“南海明珠”，该剧于1993年又被评为“中国当代十大喜剧”之一。《范进中举》的导演周杰俊也一直希望剧团能够再创作出一部像《连升三级》这样，既有高甲戏剧种特色，又在全国范围具有一定知名度和影响力的剧种招牌戏。这也正是泉州市高甲戏传承中心倾力打造《范进中举》这个剧目的初衷和追求。我们也衷心希望这个新创剧目在经过继续打磨之后，能成为传承和弘扬高甲戏艺术的新名片，成为集中展示高甲戏丑行艺术的新成果。

本届戏剧周不仅展示了中国戏剧的当代风采，更让人欣喜的是，看到了来自泰国洛坤府戏剧学院和博塔伦戏剧学院、新加坡南洋艺术学院、新加坡Sriwana、马来西亚造心厂剧坊、菲律宾Teatro Itim、越南国家Tuong剧院、柬埔寨民族舞蹈团、印度尼西亚Bengkel Tari Ayu Bulan等东盟国家的传统戏剧和民族舞蹈的精彩表演。这些表演异彩纷呈，充满异国情调和民族特色，像越南传统Tuong剧的精妙传神、泰国民间舞的曼妙优雅、印尼黎弓舞的神秘优美、新加坡马来舞的欢快华美、柬埔寨传统舞的华丽典雅等，都给观众留下了难以磨灭的美好回忆。

越南国家Tuong剧院为中国观众带来了四个素有“越南京剧”之称的Tuong剧经典剧目:《老人带年轻妻子过节》演述了一位老人在节日庆典上如何保护自己年轻貌美的妻子免受纨绔子弟的侮辱，其中老人和妻子两个角色是由一个女演员分饰的，该演员在胸前系了一个老人的偶形，腰间绑缚两只女性小脚，“老人”做背负妻子状，与纨绔子弟周旋搏斗，演出妙趣横生、引人入胜;《Chau Sang过河》描绘了一位侠肝义胆的农民如何渡河解救妻子的朋友，其中农民急中生智、把竹篓当船成功渡河的演绎尤为细腻传神，与中国传统戏曲中虚拟的乘船表演，有异曲同工之妙;《Ho Nguyet Co变身狐狸》演绎了一个痴情的狐狸精被爱所伤的故事，尤其是变成美女的狐狸精在失去法力、即将恢复原形的一刹那，圆睁双目、怒视不公的上苍，时而匍匐在地，时而艰难地伸出弯曲变形的十指，时而迸发出悲苦无告的凄厉呐喊:“千年的修行灰飞烟灭，我的生活毁于一旦”，那一刻似乎被定格成了永远，永久地刻印在了观众的心头;《五张面孔》描述了一位女性为了给丈夫报仇，先后伪装成放牛女、疯女人、伐木工、乞丐和占卜者等不同的形象来迷惑敌人，其中由女演员一人分饰的五个角色惟妙惟肖，生动地描摹了不同性格、不同职业的形象特点，既“迷惑”了敌人，也“迷惑”了观众，展现了越南艺术家高超的表演技巧。

印度尼西亚万隆的剧团Bengkel Tari Ayu Bulan展演的《梁祝舞曲漂移》，是一个根据在中国妇孺皆知的梁山伯与祝英台的故事改编的舞剧。该剧用巴厘岛传统的黎弓舞来演绎，舞蹈以节奏分明的加麦兰音乐为伴奏，舞步有约定俗成的复杂格式。最令人称奇的是，在每一位舞者的头顶都插有一支飘着袅袅白烟的香，配合着在演出开始前分别放置于舞台前方左右两侧的两盆香，整个演出就一直弥漫在这种空灵缥缈、如梦似幻的宗教气氛中，令观众宛然置身于安详和睦的天国一般。

越南、印度尼西亚等东盟国家的精彩演出，不仅展示了各自的民族风采，更让足不出“国”的中国观众领略了一道道亮丽的异国风景。

每场演出结束后的戏剧工作坊环节，也是尤其让大家回味无穷的。演出完毕，东盟的艺术家们总是热情邀请台下的观众上台学习、模仿一些经典的舞蹈动作。每每这时，台下的中青年观众和一些可爱的小观众总是纷纷抢着上台，大家跟在东盟艺术家的身后，亦步亦趋，或灵巧或笨拙地模仿着一个个优美的动作；东盟艺术家则总是面带微笑、耐心细致地重复着一个个优雅的姿势。此时此刻，不分你我，大手小手，交相挽结，怎一个“乐”字表得！虽然学习的时间只有短短的几十分钟，但这段有限的互动时光，却让在场的每个人都久久地沉浸、陶醉在中国和东盟人民醇香绵长的深情厚谊中。

除了演出的互相交流，中国和东盟的学者、艺术家还就各国的戏剧现状，在研讨会上畅所欲言。比如新加坡南洋艺术学院的学者郑星，对新加坡单人表演技巧的演员训练和该学院相关课程的设置做了详尽的阐述。马来西亚造心厂剧坊的领队陈福庆，介绍了马来西亚政府为推动传统表演，而在中学生中所做的种种努力，以及槟城民间艺术团体对传统表演如何走进年轻人的空间所做的各种当代化的尝试。越南国家文化艺术研究院的 Le Thi Hoai Phuong 教授，就越南戏剧和中国戏剧的关系与相互交流做了深入的阐释。新加坡新跃大学的蔡曙鹏博士，还补充介绍了越南、泰国、印度尼西亚等国家的剧目创作以及相关戏剧活动。东盟戏剧专家的发言为我们打开了一个了解东盟、展望未来的新窗口。

对一些共同的戏剧难题，比如继承和创新的问题，中国学者以中国艺术研究院贾志刚研究员和毛小雨研究员、中央戏剧学院麻国钧教授、中山大学宋俊华教授、中国戏曲学院冉常建教授等为代表，纷纷为当代戏剧如何传承与变异建言献策。比如贾志刚研究员呼吁要做传统文化的维护者；毛小雨研究员倡议要学习美、英等西方国家戏剧院团的成功做法；宋俊华教授提出戏曲遗产的传承应在社会传承与学校教育间寻找新的平衡点和突破口，把戏曲传承与普及、演员培养与观众培育相结合，民俗戏曲、艺术戏曲与遗产戏曲相结合，才可能真正走向创新和可持续发展的道路；冉常建教授认为无论是传统剧目还是新编剧目的创新，都要注意主题的凝练和情节的合理，并对本届戏剧周期间展演的相关剧目做了发人深省的反思和评述。

此外，与会的中国学者还交流了粤剧、邕剧、藏戏、杭剧、动漫传播、水墨戏画等相关问题。中外学者、艺术家们角度各异的讨论，让研讨会的场面既热烈又充满生机，把中国与东盟戏剧的跨界交流推向了一个新的高度。

艺术没有国界之分，友谊亦无民族之别。“2015 中国—东盟（南宁）戏剧周”以其“满园春色、姹紫嫣红”的瑰丽景观，为中国和东盟戏剧跨越国界的深度交流、为中国和东盟民众的友好往来，架起了一座亮丽的彩虹之桥。我们相信并祝福这座彩虹之桥，不仅会继续而且会永远散发着迷人夺目的光辉。

（原载《中华文化画报》2015 年第 10 期）

坚守传统戏曲的美学品性

——小剧场戏曲“创新”之我见

摘要：近些年上演的小剧场戏曲，不乏上乘之作。但有些所谓“创新”，却因缺乏浓郁的“戏味儿”，而经不起细细咀嚼。舞容歌声、动人以情、遗貌取神等是传统戏曲的重要美学特征，这是我们在进行小剧场戏曲的创新时必须坚守的底线。否则，小剧场戏曲丧失的就不是一个简单的程式，而是自己赖以立身的根本。

关键词：小剧场；创新；舞容歌声；动人以情；遗貌取神

如果说，自1919年宋春舫先生发表《小戏院的意义、由来及现状》一文，向国人首次介绍西方小剧场运动以来，“小剧场戏剧”到达中国，也有近百年的历史了。但小剧场话剧的火爆，却要从1982年林兆华导演的话剧《绝对信号》打响头炮开始。三十多年来，以前卫时尚、特立独行为创新旗帜的小剧场话剧进行得如火如荼，越来越得到青年观众的青睐。

而戏曲与小剧场的联姻，则始自2000年北京京剧院推出的小剧场京剧《马前泼水》。此后北京京剧院又相继推出了小剧场京剧《阎惜姣》《玉簪记》《浮生六记》《昭王渡》等。内地其他院团和剧种也纷纷进行了小剧场的实验和尝试，如小剧场京剧《红拂》《青凤与婴宁》《樱桃园》《祝福》《李渔与三姬》，小剧场昆曲《陶然情》《偶人记》《伤逝》，小剧场越剧《牡丹亭》《琴：棋书画》；

还有中国戏曲学院颜全毅、周龙等人编导的综合了京剧、昆曲和越剧三重唱念系统的小剧场戏曲《还魂三叠》等。港台的小剧场戏曲声势更大，如香港有荣念曾导演的小剧场京剧《荒山泪》《挑滑车》，小剧场昆曲《夜奔》《宫祭》等；台湾郭小庄的“雅音小集”、吴兴国的“当代传奇剧场”、王安祈的国光京剧团等，对传统京剧的革新，也大都带有小剧场戏曲的诸多特质。这些古典戏曲的小剧场实验和探索，引发了我们对小剧场戏曲编创和发展的诸多思考，比如：“小剧场戏曲的概念究竟该怎样厘定？”“小剧场戏曲如何凸显自己的民族文化身份？”等等。这些对于尚处于筚路蓝缕、草莱开辟之中，尚未形成自己独特的剧种形态和品格意义的“小剧场戏曲”而言，是至关重要的。

纵览这十几年的小剧场戏曲，不乏上乘之作。但有些所谓“创新”，新则新矣，奇亦够奇，看似也引起了一时的轰动，却终究是昙花一现，草草收场，并未引起太大的反响。总的感觉就是它们缺乏持久浓郁的“戏味儿”，经不起细细咀嚼。但是，类似的实验却从未停止过。

毋庸置疑，小剧场戏曲的灵魂是创新。由于剧场演出物理空间的改变，不仅拉近了观演的距离，也让编创者在表演、舞美、音乐、服装、道具等方面有了更多新的灵感和创意，从而有可能让小剧场戏曲成为顺应时代、引导潮流、发人深省，并赢得更多“黑头发”观众的时尚艺术。但仅仅为了出风头而哗众取宠、为了讨好观众而轻描淡写或花里胡哨，甚至模糊了戏曲和话剧的界限，则是要毫不犹豫地摒弃的。笔者以为，对于小剧场戏曲而言，创新的底线是必须坚守传统戏曲的美学品性。像舞容歌声、动人以情、遗貌取神等传统戏曲的美学特征，都是我们在进行小剧场戏曲的创新时应该牢记于心的。下面简论之：

一、舞容歌声

戏曲的精华在于歌和舞。齐如山先生在谈到国剧的原理时，曾提炼出“无声不歌，无动不舞”八个字，并解释为：“凡有一点声音，就得有歌唱的韵味，凡有一点动作，就得有舞蹈的意义。”[①] 而且，这里的“歌”和“舞”，不是单纯独立的技术展示，而是在音乐的密切配合下，和演述故事息息相关的。对于小剧场戏曲而言，这也是一个颠扑不破的真理。小剧场戏曲尽可以标新立异，但如果不再用，或不完全用歌和舞的形式来演述故事，则难免会沦为“话剧加唱”的“四不像”。

有些小剧场戏曲似乎生怕年轻观众听不懂，或者是为了所谓的“新人耳目”吧，让剧中人物反复穿梭在古代和今天、艺术与现实之中。表现古代的艺术情境时，就尽可能用原汁原味的戏曲唱腔、舞蹈身段；表现当下的生活场景时，就用上了标准的普通话，举手投足酷似生活原貌。与其说这是对西方话剧艺术的灵活借鉴，倒不如说，这是一种缺乏文化自信心的自卑心理在作怪，抑或真的搞不懂戏曲艺术的美学精髓到底是什么。

早在两千多年前，亚里士多德就曾提出不同艺术之间的区别主要在于三个方面：“或为不同种类的媒介物，或为不同的对象，或为不同的模拟的样式。”[②] 陈多先生对这三者的关系有过深入的阐释，认为模拟的“对象”或“样式”可由艺术家自由选取，对艺术家没有必须依从的约束力；而“媒介物”，或曰“工具、材料与手段”，则具有不以艺术家主观意志为转移的客观规定性，从而对人的意志所能选择、掌握的模拟的对象、模拟的样式有着决定性的作用，并由此形成该艺术的特殊属性。[③] 由此，陈多先生提炼出：“舞容歌声”是戏曲艺术最基本的特征。

戏曲艺术赖以传情达意的“媒介物”或曰“工具”，正是音乐化的唱和韵律化的舞。这是中华民族千百年来积累起来的一套行之有效，并代代相传的艺术表达方式。戏曲演员只要出现在舞台上，并开始表演，他就得运用这套特殊的歌舞工具，把心中所想，把举手投足，都纳入一种优美的旋律之中。历史上，不同剧种、不同流派，尽管音乐唱腔、表演程式各异，但发声则歌、身动则舞的特性是相通的，这也是它们得以跻身戏曲家族的资本所在。

---

① 齐如山：《齐如山回忆录》，辽宁教育出版社 2005 年版，第 101 页。

② ［古希腊］亚里士多德著、姚一苇译注：《诗学笺注》，台湾中华书局 1986 年版，第 31 页。

③ 陈多：《戏曲美学》，四川人民出版社 2001 年版，第 63、64 页。

而源自西方的话剧艺术则承继了欧美戏剧的再现原则，舞台上的演员可以旁若无人地像在自己家里一样再现生活、体验感情。这和戏曲艺术用歌、舞的变形、夸张方式来反映生活，是有着霄壤之别的。但今天，在一些锐意进取、勇往直前的戏曲改革家那里，小剧场戏曲可以随意与话剧嫁接，至于嫁接之后是否会产生不良反应，则是他们无暇或不屑考虑的。于是乎，舞台上就出现了不少颇能眩人耳目、也颇为“新颖别致”的小剧场实验戏曲，一会儿是咿咿呀呀的戏曲唱腔，一会儿又是字正腔圆的话剧朗诵；一会儿是长袂翻旋的美妙舞姿，一会儿又是短袖紧身的健步如飞。观众刚刚还沉浸在怡人悦耳的声腔艺术里，突然就被强行拉入影视剧般的现实情境里。两种艺术媒介的频繁转换，的确让人眼花缭乱，如果两者能够交融互渗，倒也勉强凑合。偏偏一个追求逼真形似的效果，一个则向往略貌传神的境界，泾渭分明的两者，岂能机械地使用“拉郎配”的武断之举？

也难怪，盖叫天的二公子，与其父同为著名京剧表演艺术家的张二鹏先生，常愤而慨叹：“创新多容易啊，越是身上没玩意儿的人越能创新，除了创新啥都不会。成天创新，喊戏剧改革，我看那该叫戏剧宰割。”[①] 这些话尤其值得那些勇往直前、不思后果的革新者们深长思之。对于小剧场戏曲这样的新生事物，我们除了要有一种“初生牛犊不怕虎”的闯劲外，是否还应该有一种更长远的持续发展眼光？倡导小剧场戏曲，志在创新，但根在歌舞。

二、动人以情

由上述“无声不歌，无动不舞”的独特表达方式，直接派生出了戏曲艺术的另一美学特性，即动人以情。众所周知，抒情性是中国古典诗歌最显著的一个特征，宋代的严羽在《沧浪诗话》中早就总结出“诗有别趣，非关理也”的论断；饱受古典诗词滋养的戏曲艺术，更是天然地继承了这种母体文化的特质。千百年来，在一遍遍的浅吟低唱、丝弦相合中，宣泄的是或豪迈或细腻

① 傅谨：《向“创新”泼一瓢冷水——一个保守主义者的自言自语》，《文艺争鸣》2001年第1期，第34页。

或昂扬或沉郁的百转情怀；让一代代民众流连忘返、乐此不疲的，也正是其中让人牵肠挂肚、回味不尽的情思意蕴。戏谚所云“戏无情不感人”，此之谓也。很难想象，没有了“情”的滋润，我们的戏曲艺术将以什么样的身份、标志独立于世界剧坛之上。

西方戏剧自有其叙事、说理的悠远传统，这是从古希腊发达的史诗和雄辩的艺术开始，就已经奠定了的。今天小剧场话剧对哲理性、思辨性的空前关注，正是秉承了其先祖的这一特质。最近几年，很多在中国戏剧舞台上上演的外国小剧场戏剧，如《等待戈多》《纪念碑》《哥本哈根》《死无葬身之地》《死亡与少女》《青春禁忌游戏》《勃朗宁译本》《捕鼠器》《一个无政府主义者的意外死亡》等，都具有浓厚的哲理色彩，这些反映的是小剧场话剧突显理性的重要美学特征。

但小剧场戏曲却不能盲目跟风！否则，你还能以“戏曲”相称吗？当然，这样并非说小剧场戏曲就不能阐发哲理，就不可问鼎人性。小剧场戏曲同样需要思索，需要深刻，这是戏剧的共同品格；只是，戏曲的哲思是内敛的，是深沉的，是在抑扬起伏的声腔演绎中，在裙袂翻飞的身段演示里，在曲折多变的音乐伴奏下，在旖旎情思的“糖衣”包裹中，弥漫到剧场的角角落落的。赤裸裸的心理告白，或突兀地走到观众席中，妄图以一种居高临下或谄媚迎合的姿态，来达到说理的目的，都是徒劳无功的。淡化情感、强于说理，是有悖戏曲长于情而疏于理的本质的。

和红火发展的小剧场话剧相比，相对冷清的小剧场戏曲，如果只为了迎合一小部分观众“玩深沉”“装高雅”的所谓“时尚”趣味，而去拷问社会、鞭挞灵魂，也许能赚得一时的盆钵满盈，却终究不能赢得长久的胜利。因为长此以往，泯灭的是戏曲的个性。而没有了独特的个性，逐渐消亡的将是这个物种本身。这是自然界和人类社会的一个普遍规律。小剧场戏曲又焉能置身事外？

音乐和舞蹈是人类在意识到用语言无法更好地传情达意时，创造出的更利于抒情、也最善于抒情的一种艺术样式。对此，古人早有所云：“情动于中而形于言，言之不足故嗟叹之，嗟叹之不足故咏歌之，咏歌之不足，不知手之舞之、足之蹈之也。”（《毛诗序（节录）》）[①]那么，用诗、歌、舞这样的主要手段来演述故事的中国戏曲，当然也是最擅长抒情的了。小剧场戏曲如果想真正打造出一种具有中国民族特色、具有独特文化身份的艺术样态，就不能头脑发热、追随话剧、一味创新，而丢掉了自己本身最具有身份标识意义的东西。应该认识到，在本质上，小剧场戏曲和传统大剧场戏曲是没有什么两样的。把国家大义、文化自省、生存法则、人生理想等，化为情感的涓涓细流，在载歌载舞中，来融化、唤醒人们或封闭或麻木的心理，这样，才能真正动人心弦、撼人心魄。

有些小剧场戏曲看后，觉得寡淡无味，甚至有矫揉造作、生拉硬扯之嫌，很大程度上是因为没有把人物的心理波澜变化尽情演绎之故。或者是在应该放大人物的内心情感时，没有细腻的唱段来尽情抒发；或者是表演者拙于积累，找不到适宜的舞蹈身段来辅助宣泄人物的内心情绪。这样，自然大大降低了一出戏的感人程度。故事尚且不感人，却还想以理服人，何异于痴人说梦？

所以，小剧场戏曲在创新时，不能盲目地跟风说理，而是应该多考虑考虑，如何用我们特有的声腔、韵文、身段等，架起一座情感的津梁，联系你、我、他，真正拉近观演的距离。而不是说演员站在观众身边，观众就觉得自己入戏了，就被你打动了。元末戏剧家高明早就说过“论传奇，乐人易，动人难”的肺腑之言，对此，勇于创新的戏曲改革者们，还是应该有一丝敬畏之心的。

三、遗貌取神

传神是我国古典文艺的共同特色。在形、神二极中，中国传统艺术历来注重“神”，所谓“遗貌取神”“离形得似”“得意忘象”是也。以传神为贵，已然成为中华民族的审美崇尚。植根于丰厚的传统文化土壤中的戏曲，也极为重视“神似”，并将其视作最高的艺术境界和重要的美学特征。在戏剧领域，

---

① 陈多、叶长海选注：《中国历代剧论选注》，上海古籍出版社2010年版，第35页。

苏轼是较早把传神理论引进来的，他在《传神记》一文中写道："优孟学孙叔敖抵掌谈笑，至使人谓死者复生，此岂举体皆似，亦得其意思所在而已。"[①]"得其意思所在"，正简明扼要地指出了中国戏剧表演贵在传神这一特征。戏谚"不像不成戏，真像不算艺，悟得情和理，是戏又是艺"，揭示的也正是这一美学特质。小剧场戏曲当然不能忘了老祖宗的这些宝贵经验。

从20世纪80年代至今，"小剧场"越来越受到青年观众的追捧。在话剧界，它俨然成了先锋时尚、特立独行的代名词。这股浪潮也逐渐波及戏曲领域。受其影响，小剧场戏曲和生活的距离也有渐行渐近之势。在内容上，贴近现实、反映当代人的生活是无可厚非的；但是在涉及现代题材时，有的人物对白像极了生活化的口语，全然没有了形式上的韵律感、节奏感，而偏于肤浅化、游戏化；有的表演投入到伤心大哭、咧嘴大笑的境地。这样一来，观众倒是马上能看明白，却未必会受到感染和感动。

戏曲是最讲究虚拟传神的艺术。在物质条件极其简陋的年代，一代代艺术家积累了一系列虚实相生而又精妙绝伦的表演程式，即使在空无所有的舞台上，他们也能用自己训练有素的手势、眼神、身法、步法，并结合示意性的简单道具，创造出一个个虚拟的楼台、闺房、厅堂、战船、园林，演绎出种种千姿百态、变幻莫测的人生场景。这都得益于其遗貌传神的独特美学追求。这些宝贵的经验，在科技发达的今天，似乎有渐被屏蔽之险。

小剧场戏曲因为低成本、小场地，使得大剧场戏曲某些为人诟病的豪华设计没有了用武之地，这恰似返璞归真，又回到了物质贫乏的年代，不是更应该从戏曲的程式宝库中虚心提取、反哺当下吗？可是除了表演上的直白、写实，有的舞美设计也忽略了"留白"的艺术。过于直观的表达，不仅无法让人产生空灵悠远的联想，甚至有"纯设计""碍手脚"之嫌。戏曲的时空观是最为自由流转的，一个圆场，一回趟马，便可能已经"人行千里路，马过万重山"。但舞台依旧，过于写实的舞美设计自然会与不断变化的剧情龃龉不合。

---

① 陈多、叶长海选注：《中国历代剧论选注》，上海古籍出版社2010年版，第58页。

除了表演和舞美，小剧场戏曲在文本的诗意表达上，也亟待提升。当然由于戏曲剧本创作难度大、回报低，参与创作的人员少，且几乎是以一种奉献的精神在支撑着。剧本质量的提升还有待时日，但当前文本创作上出现的肤浅化、游戏化的误区则是应予警醒的。

所以，在小剧场戏曲的表演呈现、舞美设计、文本创作等整个流水线上，我们不该忘记给忙碌、焦虑的现代观众一丝清凉的诗意和值得慢慢品尝的韵味。小剧场戏曲的“快速”运转，绝不意味着它可以像抛弃型隐形眼镜一样，使用一次就寿终正寝了。如果我们的主创人员只抱着迎合观众、新鲜刺激、追求短期效益的目的，而对戏曲的主题、结构、舞台表现方式等，不进行更深层次的思考和探索，那么，小剧场戏曲就只能沦为快餐文化时代的一个牺牲品。时下有些小剧场戏曲演不了几场就偃旗息鼓，有的只能靠一点可怜的赠票勉强支撑着门面，根本经不起反复咀嚼，更遑论意味深长、影响深远了。长此以往，小剧场戏曲又能靠什么来吸引不同年龄、不同层次的观众呢?

外表的光鲜只能赢得一时的喝彩，内在的神韵才是魅力长存的法宝。小剧场戏曲在创新时，应该牢牢记住意蕴的深厚隽永才是保持旺盛生命力的关键。这是中国戏曲艺术独立于世界戏剧之林的一个通行证。

以上，从舞容歌声、动人以情、遗貌取神三方面简述了小剧场戏曲在创新时应该把守的底线，也是笔者对当下小剧场戏曲现状的一点感悟。在这个艺术多元化、选择多样化、消费自由化的时代，观众的欣赏趣味不仅需要迎合，更需要引导。尤其是在与话剧、影视剧等其他现代艺术博弈的时候，小剧场戏曲更不能丢失了先辈们流传下来的宝贵财富，不能丢了自己赖以立身的根本。这个根本就是传统戏曲的美学品格，坚守并坚决地维护它，才能使这个蹒跚的“幼童”茁壮成长，也才能在全球化进程中始终保持自己独立的品行。这应是我们当仁不让的历史责任!

（本文为 2014 年 11 月 14 日《第五届海峡两岸戏曲编剧高峰论坛：小剧场戏曲起源与现状学术研讨会》参会论文）

一则“旧”闻引发的思考

——兼论戏文专业本科毕业论文质量的提升对策

一、一则“旧”闻：一石激起千层浪

2009年10月11日，四川新闻网发布了一则题为《四川大学新闻系拟取消本科毕业论文》的报道，核心内容是四川大学文学与新闻学院新闻系拟从2010年起在教学计划中删除毕业论文，而以在报上发表新闻作品、评论等有具体篇目及质量要求的毕业设计来代替。此文一出，可谓一石激起千层浪，各大网络媒体纷纷转发，引起了一场关于本科毕业论文取消还是保留的热烈讨论：

“取消派”认为，当前本科毕业论文“掺水”现象严重、答辩形同虚设、质量一落千丈，与其滥竽充数、东拼西凑，不如干脆取消；“保留派”认为，本科毕业论文虽然存在抄袭造假严重、水准普遍下降等问题，但正如不能因为“三鹿”奶粉有毒就废弃奶粉这种食品一样，我们不应在复杂问题面前束手无策、轻言放弃，而应从教学质量入手，从各方面提高本科生论文写作的能力；“中间派”则认为，本科毕业论文的存废，应视学校具体专业培养目标而定，不能简单地“一刀切”。

由于外界的广泛关注，川大新闻系毕业论文改革方案延期公布，后来表示，学校不会取消毕业论文，只会优化毕业论文设计。时至今日，这场讨论

早已告一段落，而本科毕业论文也终究未被取消，但由此引发的对当下高等院校本科教育模式和人才培养模式的反思并未终结。在此，引用德国著名思想家雅斯贝尔斯关于大学教育的一段话：

> 大学是研究和传授科学的殿堂，是教育新人成长的世界，是个体间富有生命的交往，是学术勃发的领地。每一项任务借助参与其他任务，而变得更有意义和更加清晰。按大学的理想，这四项任务缺一不可，否则大学的质量就会下降。①

本科毕业论文作为大学本科教育成果的重要表现，其关乎“大学质量”的重要性不言而喻。本科毕业论文质量的严重“缩水”，不能不引发人们对大学教育的思索，本科生专业论文写作能力的提高至今仍是一个亟待解决的问题。下面，将针对戏剧影视文学专业（以下简称“戏文专业”）本科毕业论文写作存在的问题，探讨本科毕业论文质量下降的原因，并就如何提升本科毕业论文质量提出一孔之见。

二、戏文专业本科毕业论文写作存在的问题

本科毕业设计（论文）是本科生培养过程中一个非常重要的教学环节。它要求学生综合运用所学专业知识，运用正确的方法和观点深入分析自己感兴趣的选题，通过科学思辨和研讨论证，尽可能提出新的观点。教育部办公厅在《关于加强普通高等学校毕业设计（论文）工作的通知》（教高厅〔2004〕14号）中明确指出：“毕业设计（论文）的质量是衡量教学水平、学生毕业与学位资格认证的重要依据。”但近年来，由于诸多因素的影响，本科毕业论文质量逐年下滑已成为一个不争的事实。

从近些年戏文专业的培养情况来看，本科毕业论文的质量让人颇为担忧。

① ［德］雅斯贝尔斯著、邹进译：《什么是教育》，生活·读书·新知三联书店1991年版，第150页。

在毕业论文的写作中暴露出诸多问题，主要集中在以下几个方面：

1. 学术品质上，缺乏诚信，抄袭、拼凑现象十分严重。学生中广为流传的“天下文章一大抄，只有会抄不会抄”就是形象的注脚。很多学生没有进行第一手资料的搜集和考证，没有对所选题目的研究现状进行系统的学术梳理，有的甚至没有阅读所要研究的作品原著，仅仅通过网络上的相关信息，东拼西凑、复制粘贴，无丝毫学术原创可言。再加上个人基础知识和语言表达能力的欠缺，在“转引”他人语句时，不经过大脑的认真思考，囫囵吞枣、牵强附会之处比比皆是，往往漏洞百出而不自知，论文之粗制滥造由此可窥一斑。

2. 选题不当。有以下几种情况：要么选题过大，缺乏合理引导；要么选题陈旧，较少联系现实；要么初始草率定题，稍遇困难，就另觅新题；要么简单模仿，千篇一律。选题是毕业论文写作的开端，也是选择和确定研究方向的过程。本科毕业论文的选题应该遵循创新性、学术性和可操作性原则。从选题来看，学生的创新精神和理论联系实际的能力较为薄弱，很少有学生通过自觉的社会调查发现问题，进而选题并完成论文。大多数选题集中于古代戏曲作家、作品或戏曲现象的研究，比如关汉卿、白朴、汤显祖、李渔、洪昇等作家及其作品研究，因为这类选题资料易找，观点容易拼凑。偶有涉及现当代戏曲作品、表演艺术家的选题，也往往流于感悟式的泛泛而谈，大多言不及义、无法深入，因为这类选题少有人研究，自然就无所依傍，而自己又能力有限，挖掘不深似乎也在情理之中。还有的选题过大，和本科生的学情不符，比如《论梅兰芳“男旦”表演艺术的特点》，这样的标题要在几千字的篇幅里论述清楚是不可能的。

3. 缺少文献综述。文献综述是学位论文撰写的核心内容之一，是保证学位论文质量的一个重要手段，更是帮助、促进乃至迫使学生把握研究现状、掌握学科前沿成果的重要方式。文献综述的目的是通过对论文研究对象的学术史的梳理与评价，来交代选题的前因后果，即为什么要做这个研究，以及本研究与此前同类研究的关系，进而确定自己研究的逻辑起点。文献综述一般放在引言部分。学士学位论文对文献综述的要求并不高，只要简略述及重要的代表性的研究即可，但标准低并不意味着可以忽略不要。从戏文专业历届本科毕业论文的情况看，大多数论文没有对相关研究现状的简单述评，有的虽然略有提及，惜乎过于简略，三言两语、一带而过。研究现状评述不当，是学生的水平问题；而压根没有，就可能是指导老师的学养问题了。

4. 摘要不规范。摘要是对论文内容的高度精炼、准确的概括，它能使读者不阅读全文就可以获得论文的主要观点和结论，可分为报道性摘要和指示性摘要两种。学士学位论文的摘要属报道性摘要，一般字数在两三百字即可。从现有状况看，不少学生对摘要的撰写不太重视，或者过于啰嗦，展开分析太多；或者过于简略，仅仅用几十个字来概括研究范围，而无主要观点的提炼；或者把正文的“导语”拿来，误当做“摘要”。这反映了部分学生对何为摘要以及怎样撰写摘要，依然是懵懂无知的状态。

5. 论点不清晰，缺乏新意和深度，学术价值、应用价值较低。论点是本科毕业论文的核心观点和主张，它在论文写作中起着动态的支配作用，论据取舍、整体框架、论证方式、遣词造句等，都要围绕这一核心展开，都要服务于中心论点。①论点尚且没考虑好，就要动手写作论文，简直是无法想象的。可“奇葩”的事年年都有。比如有篇论述当代两岸三地甲申题材新编戏的本科毕业论文，作者的初衷是想总结几部甲申题材新编戏的成功经验，可是从摘要，到目录，再到正文，均无对其成功经验的具体概括，正文也只是对几部作品剧情和人物形象的简要介绍和感性分析。该论文的选题本来是很新颖的，乍一看，对当下的戏曲创作实践还颇有指导意义，但由于学生的概括能力较弱，文中始终没有提炼出此类新编戏对当下创作实践的有益“经验”，并加以简洁地表述，最终使得该选题仅仅沦为一个吸引眼球的噱头而已。类似这样观点含混、表述不清的现象，几乎已成为本科毕业论文的“痼疾”了，这一点值得本科教育的管理者和实施者们深长思之。

6. 论据方面，存在论据陈旧、数量偏少、与论点无关或不符等问题。

与现状联系比较紧密的选题，应尽量使用新事实、新数据来反映该领域

① 周水涛：《新编文科毕业论文写作教程》，甘肃教育出版社2007年版，第65—66页。

的状况和存在的问题，但有些论文在选择论据时却忽略了这一“时效性”，往往选择了五年前甚至十年前的数据或事例。比如论述当代戏曲电视节目的发展现状，借用了他人 2005 年的统计数据；分析濒危剧种的发展现状，使用的是 2004 年的事例。如此得出的结论，与现实情况当然会存在差距。

论文中重要的观点，需要强有力的论据来支撑。但有些学生在论证重要观点时，往往论据偏少，甚至只有一个例证。比如有篇论述越剧《王子复仇记》对《哈姆雷特》的中国化改编的论文，其中有一章专门阐述越剧《王子复仇记》的语言翻译问题，但该章在论述时，只列举了王子“生存还是毁灭”这段独白的例子，那么，由此分析得出的结论究竟是特例，还是普遍现象呢？所以，仅用一个例证，却欲说明整个剧本的翻译特色，是行不通的。

还有的论据与论点不相符合。比如有篇分析郑大圣电影艺术中戏曲元素的独特运用的论文，其中有一章论述郑大圣电影《天津闲人》中的戏曲元素，但文中却举了一个说书人角色的例子，作者还明确指出说书人用地道的天津快板曲艺进行解说。很明显，说书属于曲艺，而非戏曲。因为概念混淆，而误选论据，显然无法说明电影《天津闲人》借鉴了哪些“戏曲元素”。像这样风马牛不相及的现象，暴露出某些学生的基础知识是多么薄弱。

7. 论证方面，主要表现为缺乏推理过程、论证不充分、语意模糊、判断失误、逻辑混乱等。

有的学生分析资料的能力较差，在论述某个观点时，罗列了相应剧本中的某些曲词作为论据，但对这些论据不予评价和分析，没有挑明论据和论点之间的关系。金岳霖先生早就有言：“有了论题（指论点）和论据，并不等于已作出了论证。论证还必须有一个从论据到论题的推理过程。”[①] 推理过程的缺失，使得论据和论点之间的关系模糊不清。

也有的学生在引用曲文之后倒是有些许分析，可往往又失之简略，三言两语之后就无话可说了。比如有篇论文在分析范紫东剧作的语言特色时，引用了范紫东《黑暗衙门・吊影》一场中陈秋香的一大段唱念，但引用完之后

---

① 金岳霖：《形式逻辑》，中国人民解放军炮兵学院马列主义基础教研室翻印，1981 年，第 168 页。

仅有“语言优美，同时使用白话进行对白，简单易懂”这十几个字的评析，使人对范紫东语言特色之“特”依然是一头雾水。

还有的学生在论证过程中思路混乱、逻辑颠倒。比如在比较不同戏曲作品中同一人物形象的差异及其原因这类论文中，有学生在论述两个人物形象差异的表现时，忍不住讲一条差异就紧接着分析一下原因，而后文还有专章论述“为什么”，这样把“是什么”和“为什么”混在一起、不加分辨，就像是把整篇文章揉成了一团乱麻，结果只能是让读者不知所云、莫名其妙。

也有些问题反映出学生因专业知识不扎实而出现论证过程中的判断失误。比如有篇比较《宝剑记》与《水浒传》中林冲形象的论文，在写到《水浒传》和《宝剑记》在体裁上的区别时说二者“一部是话本小说，另一部是戏曲剧本”。《水浒传》是长篇章回体小说，并非短篇话本小说，这是属于文学常识的失误。还有的论文中出现“宋代是戏曲最繁荣的时期”之类的观点，都是经不起推敲、更无法达到论证说明目的的错误判断。

论证过程是本科生的一个软肋，本科生在论证方面的问题远不止上述，还有不会运用论证方法、因论据偏少而影响结论的可靠性、以偏概全、牵强附会等。

8. 注释与参考文献方面，不懂标注规范，随意著录。有的学生不懂什么地方需要做注以及为什么要做注，有的学生不懂哪些参考文献应该罗列出来，有的学生不知道引用原话和转述他人观点应该怎么标注，由此种种导致了论文中注释与参考文献的不规范。比如有些对引自专著的内容的注释中缺少引文所在页码，有的在文献著录中随意使用标点符号，有的因原始文献难以寻找而伪造文献页码。还有的对一些重要的数据和事例没有标注参考文献，而对一些熟知的人物和现象却标注了，如对朱权、关汉卿、汤显祖等戏曲史上常见的人物也不厌其烦地进行注释。

9. 语言表述方面，常见的问题主要表现为成分残缺、搭配不当、结构混乱、成分杂糅等。比如以下四句话：

（1）莎士比亚《第十二夜》与吴炳《绿牡丹》中的薇奥拉与车静芳都是为了同一理想而不懈努力。

（2）（车静芳）大多情况下则需要钱妈的帮助，或者帘试这样的方法才能袒露心声。

（3）在《典妻》中的秀才就是这种迂腐型的人物。

（4）《宝剑记》中张贞娘形象一改《水浒传》中单纯软弱而最后无奈中自缢身亡的结局，而是将其设计成了一个贞洁烈女式的鲜活人物。

这四句话分别犯了上文所提到的四个错误：第一句缺少宾语，在句子最后加上“的人”即可；第二句中的状语“帘试这样的方法”应该是一个介宾结构，补上介词“通过”或“借助”即搭配得当了；第三句错在将介宾短语中的宾语当作句子的主语，去掉“在”字就通顺了；第四句中的“张贞娘”在第一个分句里充当主语，在第二个分句里又充当宾语，犯了成分杂糅的语病，把“将其”换成“被”字即可避免这样的毛病。

除了常见的语病，有些学生的毕业论文还暴露出语言口语化、表述感性化等问题。论文的语言要求准确、平实、客观，有些学生对这样的语体规范没有概念，平时也没有看过几篇正规专业的学术论文，拿起笔来，就是“我认为”“我觉得”“我喜欢”“我心目中”之类的主观化很强的词句，试看下面这段话（摘自一篇分析新编历史剧《袁崇焕》中人物形象的本科毕业论文）：

> 我喜欢英雄，但不是清泉般的英雄。在我脑海中可以呈现到舞台上的袁崇焕，是那个亲自跳上房顶为百姓救火的年轻知县，是那个挑灯夜读兵书，冒着危险熟悉地形，用天生的聪明才智努力向老师学习战术的年轻将领，是那个被权力吸引犯下错误认知，并因为自己的固执和冲动犯下错误的莽撞男人，是那个血染疆场无怨无悔，与同袍兄弟同生共死，可以在最后一搏反败为胜的血性斗士，是那个面对深入大海风云诡谲政治斗争毫无头绪，为了保护自己的军事驻防而走了许多弯路结交许多损友，忠君爱国，看到君王对自己赏识且信任就冲动说大话的官场白痴，是那个面对污蔑，满腹冤屈，面对死亡也感到愤怒害怕的普通凡人……

暂且撇开这段话中语句与标点符号的毛病，单说一连六句“是那个”的排比结构，读起来貌似酣畅淋漓，但这种修辞手法运用在以议论分析为主的学术论文中，实在是不伦不类，不仅无助于对袁崇焕形象特点的概括提炼，还给人啰嗦、拖沓、凑字数之嫌。

以上从形式到内容，从逻辑到语法，列举了戏文专业本科毕业论文中常见的一些问题，其中既有表层次的语句表达问题，也有深层次的知识和能力问题。表层问题反映出学生语文素养的不足；深层问题说明学生搜集、分析资料的能力较弱，逻辑思维能力有待提高，学术规范意识和创新意识都有待增强。

三、戏文专业本科毕业论文质量下降的原因分析

戏文专业本科毕业论文质量下降的原因是多方面的，归纳而言，主要有学生、教师和管理体制三方面的因素。

1. 学生自身方面，是导致戏文专业本科毕业论文质量下降的主要原因。

一是学生整体文化素质不高。戏文专业虽然一向强调扎实的文字基本功，但综合来看，能完全做到文从字顺的学生毕竟是少数，以致每年都不乏让答辩老师们“无语”至极的语病和错别字问题。比如很少有学生会正确使用“的、地、得”三个助词，文中混用、乱用“的、地、得”的情况不胜枚举。至于其他诸如不善于搜集和运用资料、发现和独立思考问题的能力较弱、理论联系实际的能力不足、归纳及演绎思维能力不强等素质的欠缺，均直接影响到毕业论文的撰写。

二是思想上不重视，写作态度不端正。有些学生认为论文就是“剪刀＋糨糊”，临时抱抱佛脚，东抄西拼、凑够字数就行了。君不见，何时有过因为毕业论文不合格而无法毕业的先例？神态之中，大有一种“论文写得再差又有什么关系，你还能不让我毕业吗”的挑衅之意。由于这种思想作祟而导致的敷衍了事、一拖再拖，企图蒙混过关的恶劣现象一年胜似一年。学校规定的开题报告和毕业论文初稿与定稿的写作时间，对大多数学生而言，简直就是一纸空文。大四的学生（除了少数考研的几位）基本上难觅踪迹，常见的

情况是，老师们“厚着脸皮”一再催促那些“难得一见”的学生，有的学生竟还爱理不理，俨然一副“忙着呢！少来烦我”的神情。本来应该是“我要毕业”的主动行为，在年复一年的恶性循环中，竟变成了“要我毕业”的被动局面，追根溯源就是思想上的轻视所致。

三是投入的时间和精力严重不足。近年来，大学生就业和考研的压力都在逐年增加。大四学生在就业和考研的双重压力下疲于应付。有的学生为了找工作或四处应聘、考试或忙着实习，有的学生埋头备考“两耳不闻窗外事”。相比之下，毕业论文就完全被置之脑后了，每年四五月份，甚至是答辩前一两周才交来论文初稿的情况屡见不鲜。有的学生对于毕业论文从选题到查阅资料、写作初稿、反复修改直至定稿的困难性和严肃性认识不足，没有合理的时间规划，只是想当然地以为自己可以在一两周的时间内写出一篇合格的毕业论文。没有了充足的时间和精力的保障，仅凭突击就想写出高质量的论文，只能是痴人说梦。

四是知识和能力储备不足，缺乏扎实的理论和实践基础。由于戏文专业的培养目标主要是戏曲编剧人才的培养，所以课程设置上向剧本创作大大倾斜，戏曲理论课被删掉，论文写作课也只有一个学期，学生很少有机会参与实际的科研工作，专业知识的讲授与实践是脱节的。而且学生自觉学习中国传统戏曲文化的能动性不够，很少有学生主动去了解戏曲专业的发展状况和前沿信息。毕业论文本来是对大学四年所学知识的一个大检阅，但由于学生的专业基础知识根基不牢，对各门专业课所学知识的综合运用能力又较弱，论文中暴露出各种各样的问题就在所难免。

2. 教师指导方面，精力不足，经验缺乏。由于本科毕业论文没有足够的教学条件来保障，论文指导不计入课时，都是教师利用业余时间见缝插针地进行的，很大程度上是一种“良心活”。有的教师由于既要承担繁重的教学任务，还有紧迫的科研任务和繁杂的行政琐事，所以腾不出太多时间和精力指导毕业生的论文写作；有些教师由于指导的学生过多，难免精力不足，指导的效果自然会大打折扣；有些教师自身缺乏规范的学术意识，指导起来难免力不从心，这就很难给予学生科学、规范的论文指导；有些教师主要通过电子邮件、微信、短信、电话等方式与学生交流，而大多数学生很难通过这种“隔空”指导，意识到自己论文存在的问题，由于极度缺乏面对面的深入指导，毕业论文的质量自然会受到影响；也有些教师出于功利心，责任心不强，不愿在本科生论文指导上付出太多，对学生不管不问、放任自流，放松了对毕业论文质量的要求；还有的教师关注的专业领域较窄，对一些较为新颖、较为少见的选题无法驾驭，只能凭着感觉进行指导，缺乏科学性和严谨性。上述这些存在于指导教师身上的因素，都会影响到学生毕业论文的写作。

3. 管理体制方面，本科毕业论文教学管理制度难以有效落实，缺乏严格的监管制度和落到实处的奖惩措施，毕业论文与其他教学环节的有机互补功能没能得到有效发挥。比如戏文专业在 2015 年 7 月份就公布了 2016 届本科毕业论文指导时间安排表，具体要求如下：

2015 年 9 月的前两周讨论选题并要求学生做好素材准备工作，9 月下旬（30 日前）确定选题，10 月中旬（20 日前）讨论开题报告，11 月上旬提交开题报告定稿，期末（2016 年 1 月 10 日）完成初稿；2016 年 2 月至 4 月下旬改稿，4 月底（30 日前）上交毕业答辩稿，5 月中下旬（26 日前）答辩，6 月 10 日上交定稿、存档。

这个时间安排表发给了每一位指导老师和大四学生。可实际情况是，2016 年 4 月 30 日以前，没有一个学生按时上交毕业论文答辩稿；更有甚者，是在答辩前一天才把答辩稿送到答辩老师手上。开题报告和交初稿的时间一拖再拖者，也比比皆是。这样仓促上交的论文质量究竟如何，可想而知！对于这些“不守约”的学生，管理层没有任何监管、惩罚举措。

答辩过程的徒具形式更是人尽皆知，评审老师因为有领导频频暗示的就业率和考研率的顾虑，大多数情况下不会太“为难”学生，最终都会给予合格以上的成绩。答辩环节在大家的心目中，不过是“走走过场”而已，没有真正发挥检验学生论文是否符合规范的关卡作用，学校缺乏相应的监督与管理。

笔者从 2006 年至今，每年都会承担戏文专业几名本科生毕业论文的指导工作，像这样的状况每年都存在，且大有愈演愈烈之势。因为缺乏过硬的监督体制和惩罚措施，加之师兄师姐与师弟师妹之间的口耳相传，遂使得学生之间产生了一种“论文写得再烂也能顺利通过”的惰性认识。既然大家都知道毕业论文不过是走个过场而已，试问还有多少学生会静下心来认真完成一篇毕业论文呢？这种状况迫切需要管理层拿出足够的气魄和杜绝一切利益纠缠的决心，制定严格的监督、奖惩措施，并坚决执行、说到做到。否则，仅有雷声而无雨点，则只会助长学生敷衍塞责、急功近利的不良风气。长此以往，毕业论文恐怕真要成为大学本科教育永难医治的“癌症”了。

此外，社会不良学术环境的消极影响也是个不容忽视的因素。近年来，各种急功近利、道德滑坡、学术造假、学术腐败等学术不端行为不时见诸报端，有些甚至发生在一些名校名师身上。在这样的学术背景下，不要说缺乏对学术的敬畏之心和最起码的尊重，就连最基本的诚信、求实、科学、严谨等学术道德，都会在学生心目中产生动摇。这种不良风气的恶劣影响早已显现，学生论文造假和粗制滥造现象的频发就是其直接后果。那么，学术研究的道德底线究竟是什么？史学家顾颉刚先生曾说：“宁可劳而不获，不可不劳而获。以此存心，乃有事业可言。”[①] 这里的“劳而不获”就是一种治学境界，也是我们应该提倡的一种学术研究的道德底线；“不劳而获”则是必须摈弃的学术“痼疾”。可惜的是，当下的学术环境却与此背道而驰，本科毕业论文质量的滑坡与此不能说毫无干系。

上述来自学生、指导教师、管理者和社会等方面的各种因素，共同造成了本科毕业论文质量普遍下降的局面。其中，来自学生本身的内因起着主导作用，外在的指导教师、管理阶层和社会环境也有不容推卸的责任。

四、提升戏文专业本科毕业论文质量的对策

从以上对戏文专业本科毕业论文存在的问题及其质量下降原因的分析可

① 史念海：《史念海自传》，晋阳学刊编辑部编《中国现代科学家传略》（第一辑），山西人民出版社1982年版，第48页。

知，本科毕业论文质量的下降，是由多方面的合力造成的。因此，问题的解决就需要多管齐下，上至管理者，中至教师，下至学生，必须“管”“教”“学”三方齐抓，对症下药，才能从根本上解决戏文专业本科毕业论文面临的种种问题。循此思路，笔者提出以下管见：

1. 建立严格的毕业论文甄别和评判机制

以往学生对毕业论文消极应付、不够重视，很大程度上与毕业论文评价模糊、标准不一密不可分。既然写好写坏一样能够通过，都能拿到学士学位证书，而且没有相应的激励机制，那还有多少人会在就业、实习、考研等多重现实压力下，尽心尽力地完成毕业论文呢？因此，作为管理者，制定严格、客观、公正的论文评判机制和严厉的奖惩条例，并坚决地贯彻下去，对弄虚作假者严厉惩处，对脚踏实地者大力表扬，对毕业论文进行严格的甄别，如果确有不合格者，也不能因为顾及所谓的就业率、考研率或其他人为因素而轻易放行。唯其如此，才有可能扭转毕业论文写作中的不良风气，促进毕业论文质量的提升。

有了科学合理的制度，若不能坚决执行，学生就不会再有敬畏之心，投机者就可能更加肆无忌惮。因此，毕业论文的甄别和评判机制重在落到实处、奖罚分明。

2. 建立完善有效的毕业论文质量监控体系

制度的制定，既是对人们行为的约束，也是能够达到预期目的的保障。如果没有对论文写作、论文指导、论文评审、论文答辩等环节的制度约束，毕业论文对大学生就失去了最基本的约束力，毕业论文的检验和考核功能就无法真正发挥。为此，必须建立完善有效的毕业论文质量监控体系，具体包括对学生写作、教师指导、系部监管三个层次的监控。比如论文写作中，导师和学生必须多见面，从选题、查资料、撰写开题报告，到写作初稿、反复修改直至定稿，师生每次商讨的问题都要记录在案，最终师生互相评分、双向督促。教务处和系部也要定期检查论文指导情况，发现问题及时补救，这样才能防止学生出现到了论文答辩的紧要关头才手忙脚乱、四处求援的情况。

为了保证监管措施的有效实施，如能在有条件的情况下，建立本科生导师制，并将指导本科毕业论文的能力和水平作为评价教师的主要指标之一，且与评优晋级、津贴补助挂钩，或能更加有效地促使教师加强对本科生论文写作的指导；同时，管理者务必切实肩负起对毕业论文全过程、无死角的监控，如此或能扭转学风不正、师德不高、学纪不严的不良倾向。

3. 整合教学内容，把毕业论文环节延伸到专业课程的教学中

要想写出高质量的毕业论文，不是短时间的突击就能奏效的。在当前本科毕业论文教学条件严重不足的情况下，应该对现有的教学资源进行整合，改变各门专业课程各自为政、不相往来的传统模式，打通课程之间的内在联系，从低年级的专业课程开始，就有意强化学生的学术意识、创新意识、问题意识。为此，增加专业课教学的学术含量、增强其他教学环节的研究性是个行之有效的办法。具体地，可以采用课堂互质、师生研讨、科研参与等方法来提升本科生的学术研究水平。

除了整合教学内容，还可以探索课程论文写作训练模块、《戏曲论文写作指导》课程模块、毕业论文写作过程指导模块“三位一体”的质量保障模式①，把毕业论文环节延伸到专业课教学中。首先，从大一开始，就可以在各专业课中加强学术小论文撰写的系统训练，各专业课老师对课程论文的写作进行规范要求，并全程指导，为后期的论文写作储备能力。其次，为了弥补学生在课程论文写作中对学术论文写作规范掌握和运用能力的不足，专门开设《戏曲论文写作指导》课程，对本科生学术论文写作的全过程进行系统的辅导训练。最后，在前两个阶段的基础上，再进行本科毕业论文的指导工作，就会轻松很多。这样，借助于“三位一体”的质量保障模式，既可以有效缓解毕业论文写作与考研就业之间的矛盾，还对本科毕业论文质量的提升有很大助益。

---

① 张振国：《本科毕业论文写作“三位一体”质量保障模式探索》，《文教资料》2010年第6期，第174—175页。

4. 提高教师素质，加强教师的学术素养和责任意识

在本科毕业论文的写作中，指导教师对学生而言，有着很重要的指点迷津、启发思路的作用。教师学术素养的高低直接影响到被指导论文的水平高低。本科毕业论文的指导教师原则上应选派学术严谨、思想端正、认真负责、业务精湛、素质良好的老师来担任，但在“僧多粥少”的情况下，有时难免饥不择食。因此，针对现有的师资，第一要加强对教师学术行为的规范，坚决杜绝学术不端行为，使教师认识到自身行为对学校和学生的影响，以此敦促教师养成良好的学术品质；第二要提升教师的科研水平，加强教师自身的学术素养，鼓励和资助教师参加相关学术研讨会，开拓自己的学术视野，掌握学术前沿信息；第三要加强教师的责任感和道德修养，不能凡事以“利益”为准则决定取舍。指导教师的水平提高了，本科毕业论文的质量也就有望得到提升。

5. 注重培养学生良好的学术道德，建立本科毕业论文写作诚信档案

创新是学术研究的生命力所在。在平时的教学中要有意识地培养学生独立思考、发现和解决问题的能力，做到不抄袭他人，不人云亦云，竭尽所能、有所发现，要让学生认识到抄袭是一种不道德的行为。毕业论文写作，考验的不仅是个人综合运用所学知识的能力，更是对个人诚信品质的检验。应该像顾颉刚先生倡导的那样，宁可“劳而不获”，也不能“不劳而获”，引导学生养成良好的治学品格，培养其对学术的敬畏之心。在制度层面上，如能建立本科毕业论文写作诚信档案，伴随其人生的成长，将会让上述泛泛的口头说教收到更为显著的成效，也能更进一步促进毕业论文质量的提升。

6. 引导学生端正对毕业论文的态度，合理安排论文写作时段，解决时间矛盾

认识是行动的向导。学生对毕业论文的忽视归根到底是思想认识问题，在教学中不仅要让学生充分意识到毕业论文是大学人才培养的重要部分，是大学四年学习和教育成果的重要表现，是对四年学习水平的综合测试，是其他教学环节无法取代的；还要让学生明确毕业论文绝非短期培训的速成品，从选题到

定稿不是三两天、熬熬夜就能完成的，必须有个明确的时间规划。为了避免与考研、就业、实习发生时间上的冲突，要提早确定选题、查阅资料，保证充足的写作时间和修改、完善时间。在时间规划方面，教师一定要定时检查、随时督促，杜绝学生的侥幸心理和偷懒心理。总之，提早准备，协调好毕业论文写作时间与实习、就业、考研时间的冲突，不仅有利于提升毕业论文的质量，还有利于提高实习质量、就业率和考研率，可谓一举多得，何乐而不为呢？

以上所述，只是本人结合多年教学科研实践和论文指导实践的一孔之见，不足之处，还请方家指正。总之，本科毕业论文作为大学人才培养的重要环节，需要学生、教师和管理层各方面的重视和努力，才能不断得以提升和完善。

（原载冉常建主编《高等院校戏曲教育改革研究》，学苑出版社 2020 年版）

第五编　观剧随感

疏狂不羁见真情

——谈北昆《宦门子弟错立身》对经典的成功解读

宋元南戏是我国古代戏曲艺术发展成熟的重要标志，可由于种种原因被保留下来的南戏资料却甚为罕见，所以现今仅存的《永乐大典戏文三种》(《张协状元》《宦门子弟错立身》《小孙屠》)，虽然有着残篇断简散佚不全的缺憾，却又有着不可替代的经典意义与珍贵价值。因此，北方昆曲剧院的艺术家们将其中的《宦门子弟错立身》，以接近于本源状态而又经过现代“包装”的精彩形式搬上昆曲舞台，堪称对梨园的一大贡献。

看过北昆《宦门子弟错立身》的人，大概都会为男主人公完颜寿马对理想与爱情的执着追求而震撼。改编本在完颜寿马的一“错”再“错”中，再现了远离官方世界和主流文化之外的第二世界、第二种生活，反映出呼应时代社会脉动的现代审美意识，兼备了赏心悦目的观赏乐趣，可以说是继永昆《张协状元》之后对经典的又一次成功解读。

北昆的编导准确把握了原著作为喜剧的精神内核，抓住“错”这一戏眼，从现在时的角度，对贵胄子弟完颜寿马与勾栏女伶王金榜的爱情传奇给以新的诠释。首先，作为世代簪缨之裔的完颜寿马不仅不听父训，丢弃诗书礼乐，沉溺于被正统社会鄙视的下里巴人的戏曲艺术的海洋，还爱上一个地位卑贱、供人取乐的女艺人。如果说同戏子相恋只是完颜寿马走向人生歧路的肇始，那么离家出走就开始了这一“错误”的无限延伸。在被父亲发现私情并生生逼散鸳鸯后，完颜寿马毅然选择了逃出家门、追寻爱情的不归路，这一选择不仅是对爱情的痴迷，更是对自由人格的追求。正是对艺术和真爱的不懈追求，使得完颜寿马在历尽千辛万苦，即使身无分文时也没有丝毫重返豪门的动摇之意。并且终于顺利通过了岳父的严格测试，投身于他所酷爱的艺术海洋，与心爱的人喜结连理。

从与艺人相恋，到离家出走，到投身艺门，直至结亲艺人，完颜寿马在背离传统的轨道上越走越远，一“错”再“错”，但却始终精神昂扬，矢志不渝，在疏狂不羁中尽显浪子情性。在他一路追随恋人的跌爬滚打中，是人的情感、人的意志、人的智慧主宰着他的精神世界，一切权威、权力、暴力都相形见绌。他与艺人王金榜的爱情，已不仅仅是郎才女貌的两情相悦，而是真正建立在人格平等、文化认同、志趣同一的坚实基础上的具有现代意义的纯情挚爱。这种爱情是对“门当户对”“媒妁之言”等传统观念的全方位的挑战。

人类的婚姻总伴随着太多的附加成分，这使得爱情有时并不那么纯粹。完颜寿马与王金榜爱情的可贵之处正在于，一切因血统、权势、地位、名誉给予人的附加物，对其都既无震慑力，也无诱惑力：我为我在，我求我爱。江苏省昆剧院的柯军，以其对剧情的准确理解，出色地完成了完颜寿马这一舞台形象的塑造，充分展现了传统与现代的双重艺术感染力。

中国古代戏曲史上的婚恋剧，如《张协状元》《西厢记》《墙头马上》《秋胡戏妻》《牡丹亭》等的大团圆结局无不是对权势的趋同或迎合，而完颜寿马与王金榜的结合则是一种挣脱了传统束缚的人性的伟大胜利。连完颜寿马的父亲最后也不仅回心转意，还替亲家母一家出谋划策、畅想未来：“亲家，亲家母。当今圣上深爱杂剧、院本，要在中都燕京卢沟桥东，丽泽门内开办礼乐院，待老夫公务完毕，我们一同晋京，再保举你们担任这礼乐院教坊邑长。”在这个喜剧的巅峰，人们“首先从虔诚和严肃性（从‘对神祇的敬畏的不断发酵’）的沉重羁绊中，从诸如‘永恒的’‘稳固的’‘绝对的’‘不可变更的’这样一些阴暗的范畴的压迫下解放出来。与之相对立的是欢快而自由的看待世界的诙谐观点及其未完成性、开放性以及对交替和更新的愉悦。”[①] 北昆《宦门子弟错立身》通过完颜寿马这一形象张扬的正是这种人性的自由和开放，它在把握原著戏核精髓的前提下，重新构思予以整体提升，向更久远更真实的传统再发现再回归，散发出沁人心脾的精品神韵。也正是在此意义上，经典得以复活，传统得到延伸。由此，或许能把经典理解为可以不断与时俱进的优秀作品。北昆《宦门子弟错立身》不愧为这类优秀作品的成功范例。

（原载刘祯主编《古腔新韵——北昆〈宦门子弟错立身〉评论文集》，中国戏剧出版社 2006 年版）

① ［苏］巴赫金著，李兆林、夏忠宪等译：《拉伯雷研究》，河北教育出版社 1998 年版，第 97 页。

刚柔相济，撼人心魄

——评剧《窦娥冤》的编导艺术

关汉卿的元杂剧《窦娥冤》是中国戏曲史上著名的经典之作。尤其是中华人民共和国成立以来，随着元杂剧《窦娥冤》被收入人教版高中语文教材，《窦娥冤》的“知名度”更远非其他古典名剧可比。《窦娥冤》在当代的这种“殊荣”，固然不乏意识形态的因素，但其本身蕴含的艺术价值，应是铸就其经典地位的主要因素。如何既不违背关汉卿原著的精神内蕴，又能融入新的时代精神，就成为当代戏曲编导在对这部经典之作“动刀”之前必须考虑的问题。

由陈牧改编、胡芝风导演、袁淑梅主演的评剧《窦娥冤》，即是改革开放以来较有代表性的一部改编之作。改编本基本保留了关汉卿原著的情节和人物，也汲取了传奇《金锁记》和京剧《六月雪》的某些长处，并遵循“有戏则长，无戏则短”的原则适当增删，使人物形象更为丰满，情感传达更为有力。

众所周知，元杂剧《窦娥冤》是以“激愤”和“反抗”著称的，这样的主题，在民族矛盾和阶级矛盾异常激烈的元代历史场域中，可以成为引领时代的号角；在新的时期，却未必会得到广泛的理解和赞赏。所以，胡芝风在导演评剧《窦娥冤》时，没有一味地宣扬“反抗”的论调，而是充分调动各种艺术手段，着重刻画了人性的善恶与人情的冷暖，并“体现出一定的平等意识和民主精神”①，

① 李晓彬：《〈窦娥冤〉：文学经典与舞台经典的遇合》，《长江学术》2012年第1期，第50页。

从而使《窦娥冤》在当代舞台上散发出刚柔相济、撼人心魄的艺术魅力。下面分别从营造重点场次、突出观赏效果、追求舞美意象化、合理增设人物四方面简析之：

一、营造重点场次

胡芝风在《〈双玉蝉〉编、导思考》一文中曾写道："我很希望一出戏排成后，至少要有一两场戏以后能作为折子戏保留，并且能传授给下一代。因此，从剧本到舞台处理都格外下力气选择和营造重点场子。"[①] 可见，营造重点场子并且能传承下去，是胡芝风导戏的一个理想。可以说，这个理想在《窦娥冤·法场》一场戏中得到了一定程度的实现。

《法场》是窦娥悲剧命运和全剧矛盾最集中、最激烈的表现，也是胡芝风着力营造的一场戏。这场戏实际包括"押赴刑场"和"法场誓愿"两段情节，一般演法是分两场来演，胡芝风通过巧妙的舞台调度，把它们合并成了一场戏。具体做法是：窦娥与婆婆诀别后晕倒在台侧，此时，县令桃杌从侧幕上场，中间的黑幕被抽去，露出事先放在里幕后的椅子和黄罗伞。这样，转瞬之际，舞台空间就完成了从押赴刑场途中到法场的自由变换，衔接自然，紧凑流畅。

这场戏有两大感人的看点：一是对婆媳情的渲染；二是对三桩誓愿的铺排。

先看对婆媳情的渲染。一出戏要想感人，是离不了动人的情感的。胡芝风抓住了这个肯綮，在剧中一直努力挖掘窦娥和蔡婆两人之间的"戏"。在前面的"逼供"和"探监"中，对蔡婆和窦娥不是母女却胜似亲生的婆媳深情已经有了铺垫。到了《法场》中，这份相依为命的婆媳情更是被推向了巅峰。先是在窦娥被押赴刑场的路上，快到前街关帝庙时，只因"婆婆就借住在前街关帝庙内"，"走前街怕的是婆婆看见，吓煞了年迈人我心怎安"[②]，所以，窦

① 胡芝风：《〈双玉蝉〉编、导思考》，《戏文》2001年第6期，第33页。

② 陈牧改编，胡芝风导演，石家庄市评剧院一团演出：评剧《窦娥冤》（VCD），河北百灵音像出版社1999年版。下文所引《窦娥冤》唱词均出于此。

娥一再恳求刽子手绕道后街而行，被拒后又央求里正代为讲情。接下来，通过几个细节，层层渲染蔡婆的慈爱和窦娥的善良孝顺：蔡婆为窦娥端来茶饭，并为其梳理头发；窦娥说想为婆婆做双新鞋，嘱咐婆婆清明时节点炷清香，让她冥冥之中得知婆婆平安，自己也就心安了。其间，加上演员的蹦跪、跪步等舞蹈动作和抑扬顿挫的念白、如泣如诉的唱腔，这对婆媳临刑前的生离死别被表现得低回哀婉、痛入骨髓，深深地触动着观众的心扉。

再看对三桩誓愿的铺排。“三桩誓愿”是表现窦娥刚强不屈的性格的重要关目，编剧陈牧对此有具体细腻的描摹。胡芝风在导演时，根据人物性格和唱词内容，把三桩誓愿安排得波澜起伏、各有千秋。

第一桩誓愿“血溅白练”，是通过窦娥的四句唱词来表现：“三尺白练高杆悬，一腔鲜血红天帘；不为尘世添污染，一身清白在人间。”演员演唱时，昂首直面高高端坐的县令桃杌，唱得铿锵有力、掷地有声。

第二桩誓愿“大旱三年”，是先念“窦娥含冤而死，山阳大旱三年”，后唱：“天公怜我泪哭干，山阳无雨旱三年！自古冤案生异灾，罪孽是你山阳县官！”因为大旱三年，百姓必然遭殃，而“自古冤案生异灾”，清楚地说明罪责在“冤案”，这里字字如刀，直刺贪官。表演时，窦娥一念到“山阳大旱三年”，居高临下的桃杌就如坐针毡，惊惧而立，后随着窦娥的演唱慢慢走下高台；虽与窦娥相对而平视，却早已是外强中干，与窦娥的满腔正气形成鲜明对照。

第三桩誓愿“六月飞雪”，铺排得最为委曲尽情。首先是窦娥直视桃杌，朗声大念：“你且听了！上天念我窦娥有冤，天降三尺大雪，掩埋我窦娥的尸体！”接着用一大段唱词，让窦娥跪对苍穹，把自己的身世和羊肚汤案的根源始末，一一道来。演员在演唱时结合人物内心的情感波澜，充分发挥了声情的感染力。比如前两句唱：“休道是一介草民命就贱，草民的生死也关天”，高亢有力，句末用长长的高音拖腔来表达人物内心的无比悲愤。当回忆往事，唱到“小女子三岁丧母与爹相依伴，父求功名七岁将我许配蔡家小儿男，从此一去十三载，杳无音信双眼望穿”时，又转入哀婉低沉的旋律，让观众的思绪随之缥缥缈缈，时光仿佛倒流到了十几年前。至此，中间插入风声和众衙役与县令随风摇摆的身段，以及里正向桃杌报告起风的念白。接着，窦娥的思绪一点点往回拉：从三年前的丧夫，到不久前的祸从天降。伴随着演员一声高似一声的唱腔，南风也转为北风，且越刮越大。看到老天似乎也在为自己鸣冤，窦娥的精神也为之一振，接下来对赛卢医和张驴儿父子罪行的控诉，语气愈来愈急，节奏越来越快，唱到“山阳县严刑拷打来审判”时，情不自禁地愤然起立。此时，虽然桃杌不住地叫嚷着“住口”，众衙役也举棍威吓，但窦娥的控诉并未停止：“一杖下，一道血，一层皮，我宁死不招他把婆婆来摧残。为救婆婆我屈招被判死囚犯，这就是一碗羊肚汤，羊肚汤一碗，命案一桩根和源。”在最后一个“源”字的高音拖腔唱完时，窦娥虽被众衙役强行按下了头颅，但她的怨气却直冲九天。面对湛湛青天，她喊出了一介草民最响亮的心声：“天地啊！非是我窦娥发下这三愿，委实我冤深似海，一腔怨气冲九天！愿感得六月冰花滚似棉，把我的尸骸掩。”至此，漫天大雪从天而降！大雪虽然未能挽回窦娥的生命，却把冰清玉洁和善良美好永远地留在了人间。

“三桩誓愿”虽是以窦娥的演唱为主，但县令、里正和衙役、刽子手的配合无间，让这一大段唱并不沉闷，而是跌宕有致、缓急相间，收到了很好的视听效果。

总之，《法场》这折戏，以其酣畅淋漓的情感宣泄和紧凑流畅的戏剧节奏，让人物的内心情绪和性格特征都得以凸显，堪称一出精心打造的好戏。

二、突出观赏效果

戏曲的观赏性集中体现在演员的歌和舞上。胡芝风在导演《窦娥冤》时，就非常注意演员歌舞的优美性。但排此戏时，有一个难点：就是在重头戏《法场》中，传统演法是用绸条将演员双手捆绑于后，背插死刑犯标牌。这很不利于表演时舞蹈身段的发挥，而且，整场戏都绑着手，既呆板又不好看。那么，怎么处理窦娥在《法场》一折中的舞台形象呢？

胡芝风在为不同剧团导演此戏时，先后有过不同的尝试。在评剧《窦娥冤》中，窦娥的双手不再用绸条捆缚，而是反剪做被缚状。这样虚拟地反绑双手，不仅赋予身段一种象征性，而且让演员的表演更加自如、流畅。到了为洪湖市荆州实验花鼓剧院排的《六月雪》中，胡芝风的想法更为大胆，她让演员双手在前做捆缚状，由一个衙役用一根长长的铁链在前面牵着，后面紧跟两个刀斧手，通过舞台调度，让四人之间的舞姿交错配合，画面更加丰富多彩。胡芝风还给演员设计了甩发、拖步、云步、踮步、跪步、趋步、雀步、蹉步、小碎步、单腿跷步、蹦步、蹦跪、飞跪、僵尸、大下腰等身段动作，追求点线搭配、动静相宜的视觉效果，再配以声情并茂的唱词，和刀斧手押解窦娥的斜线、横线、直场、圆场等舞台调度，组成各种艺术造型，构成了一幅幅赏心悦目的优美画面。

三、追求舞美意象化

胡芝风一向追求戏曲舞美的写意和精练，对当下过于写实的布景颇有微词，认为"片面追求大场面、大实景、高台阶等'大制作'，这样的景物造型往往缩小了演员的表演区，妨碍表演技艺的发挥"，主张"立足于'虚实相生'，用景简约，要最大限度地给表演空间自由"。[①] 这一主张在《窦娥冤》中得到了体现。

比如"血溅白练"的舞台呈现，在评剧《窦娥冤》中，是在舞台后中央上方悬挂一匹白布，当窦娥被斩首时，同时降下一匹同样大小的红布，将原来的白布遮住，然后一身素衣的窦娥"冉冉升起"至红布下方，定格不动。血淋淋的屠杀场景，就这样被简约的布景呈现在观众面前。然而对此，胡芝风似乎还不满足，总觉得这样的表现还不够优美。于是，在为洪湖市荆州实验花鼓剧院排的《六月雪》中，我们看到了一幅意蕴更加隽永的画面：当窦娥被斩首后，随着一束红光，舞台前方突然降下一大片红纱，仿佛窦娥那比海还深的冤情，刹那间弥漫于宇宙的每个角落，这是对"血溅白练"的意象化处理；紧接着，在"感天动地六月雪，日月同悲窦娥冤"的伴唱声中，大幕缓缓合上，但震撼人心的旋律却余音绕梁，久久不绝。

---

① 胡芝风：《戏曲舞台艺术创作规律》，文化艺术出版社 2005 年版，第 262 页。

又如最后一场《昭雪申冤》，一身银装的鬼魂窦娥在一片轻薄的白雾中翩然出场，舞台另一侧摆放一桌两椅。两把椅子精心而放：一把在桌后，一把在桌侧。这样，就把舞台空间自然地隔成两个区域，桌前是为父女相见预留的大片空地，椅后是父亲入梦时，未敢贸然现身的窦娥灵魂活动之处。看似一椅之隔，咫尺之间，却是阴阳殊途，永难相见。简洁的桌椅设置，既写意化地传达出亲生父女天各一方的特殊情境，又为人物的表演预留了足够的空间。

通观《窦娥冤》的舞美设计，简约而不失情趣，通过有限的"象"，传达出悠远深邃的意境，有力地烘托了人物形象的塑造和主题意蕴的传达。

四、合理增设人物

评剧《窦娥冤》中的里正是原著所没有的人物，这个人物增设得恰到好处。里正既是窦娥冤案的见证者，也是为窦娥申冤的一个关键人物，更是社会良心、草民心愿的代表。

平日里，里正对没有男性当家的蔡家婆媳就格外关照，试看其刚出场的念白：

> 里正官不大，只管几十家；上有楚州府，下有山阳县衙；没事我串串门，有事就敲它；不管吉和凶，上传我下达。哎，这不是蔡婆婆家吗，这门怎么开着呢？屋里头有人吗？

寥寥数语就让我们看到了一个极富责任心和同情心的公仆形象，与其说这是一位基层小"官"，不如说他更像蔡婆的街坊邻居。接下来他对张驴儿"看不顺眼"的态度，除了其高度的职业敏感外，更有对蔡氏婆媳的关心。当窦娥含冤入狱后，他还亲自陪着蔡婆去探监。这位亲民、爱民的小"官"，无形中也成了贪官桃杌的鲜明对照。

里正的善良和正义感，在《法场》一折表现得最为突出。这场戏一开始就是里正的几句念白："窦娥押法场，大伙听端详：要问什么罪，唉！一碗羊肚汤。汤内有毒药，你别管是谁放。冤？有理不许讲，你白白地喊冤枉。闲人快闪开，众人你莫嚷嚷……”言语之间，对窦娥冤情的愤愤不平跃然而出。紧接着，两次代窦娥向刽子手讲情，一是请求绕道而行，二是请求允许婆媳一见，充分体现了里正的善良和同情心。当窦娥发第三桩誓愿时，看到南风转为北风，又转为大雪纷飞，正应了窦娥以“六月飞雪”印证自己的冤屈，里正兴奋得手舞足蹈，并急忙向桃杌报告；虽然昏聩的贪官一意孤行，里正不得不挥泪下场，但里正看似“可笑”的执着，却正代表了民心所向，民众所望。在里正身上，寄托了普通民众顽强的生存观：休道草民命就贱，草民生死亦关天。另外，这个角色由丑行扮演，也起到了调剂气氛的作用。

总之，里正这个形象的增设，既活跃了气氛，也扩大了主题的社会内涵，是古典名著与时代精神融合的一个产物。

以上从营造重点场次、突出观赏效果、追求舞美意象化、合理增设人物四方面，对胡芝风导演的评剧《窦娥冤》作了一个简单的梳理。当然，这一切都是为主题和主要人物服务的，它们或从正面，或从侧面，把窦娥的刚烈与柔情、孝顺与不屈细细演绎，共同营造出刚柔相济、撼人心魄的艺术魅力。

（原载《新戏剧》2017 年秋·冬卷，黄山书社 2017 年版）

戏推物理，曲尽人情

——河北梆子《梦蝶劈棺》的编导艺术

胡芝风于 2003 年导演的大型河北梆子《梦蝶劈棺》，是又一次对传统戏的革新与舞台搬演的积极尝试。《梦蝶劈棺》的故事取材于明代冯梦龙编选的话本《警世通言》中的《庄子休鼓盆成大道》。传统戏曲舞台上多有演出，如京剧有《大劈棺》《蝴蝶梦》，川剧有《南华堂》，湘剧、徽剧、秦腔都有《蝴蝶梦》，河北梆子也有《庄子扇坟》等。

该剧由陈牧先生改编、保定市河北梆子剧团演员李玉梅主演。全剧分为“扇坟”“说梦”“访师”“守灵”“情真”“劈棺”六场，缓中有急、急中有缓、跌宕有致地上演了一出耐人寻味的悲剧，有着超越时空的感人力量。创作者摒弃了传统老戏陈腐的伦理观念，在对人性鞭辟入里的揭露中，寄予着深厚的悲剧意蕴，肯定了女性追求自由爱情的婚姻理想，引发人文精神的思考。

该剧排成演出后，受到了观众和专家的一致好评。《中国戏剧》2004 年第 8 期分别发表了马明杰、刘仲武的《燕赵剧坛一颗星——感受李玉梅〈梦蝶劈棺〉的艺术魅力》和李玉梅的《准确把握人物　精心塑造形象——我对〈梦蝶劈棺〉田氏的理解与把握》，前者称 2004 年《梦蝶劈棺》在保定和北京的“两场演出均受到广大观众和专家的一致好评”[①]，后者称“《梦》剧从去年排成演

① 马明杰、刘仲武：《燕赵剧坛一颗星——感受李玉梅〈梦蝶劈棺〉的艺术魅力》，《中国戏剧》2004 年第 8 期。

出后，在观众中产生了很好的效果……成就的取得，首先需要感谢的是该剧的导演胡芝风老师……”[①] 的确，该剧正是凭借胡芝风独特的导演手法，委婉细腻地展示了人物的内心世界，从而将河北梆子推上了一个新的高度。

戏曲导演对剧本的认识程度如何，是其二度创作能否成功的基础。该剧的情节并不复杂，主要事件就是庄周试妻，主要人物只有田氏与庄周以及庄周幻化成的楚王孙。对于寡妇再嫁，当代人也许不难理解；而即将再嫁的寡妇竟然要劈棺取出亡夫的脑髓以救自己的新欢，不管从伦理还是道义上，恐怕都是件让人切齿的事情。因此，如何看待田氏的劈棺取脑，是重塑这一人物的关键。

对于田氏，剧作者是渗透着深沉的人文关怀的。从庄周出游修道后三年的独守空房、朝思暮想，到丈夫归家后的喜不自禁、忙前忙后，又到丈夫突然离世的夫妻永别、悲恸坚贞，又到王孙守灵、隔窗相对的循规蹈矩、谨守大防，再到经不住王孙的一再挑逗、反复示爱，终于意乱情迷，接纳了风度翩翩、屈尊降贵的楚王孙；而为了再试田氏对庄周与王孙究竟孰真孰假，庄周竟然设计逼迫田氏劈棺取脑，以看清田氏的真实内心。田氏的“劈棺”之举似乎就这样一步步水到渠成、顺“理”成章。从外部环境看，田氏“劈棺”有着庄周的刻意捉弄之嫌，是不得已而为之的被迫之举，甚或有着对庄周狭隘多疑的嘲讽之意。但如果仅止于此，此剧或许也就只是一个意味深长的寓言故事罢了，离戏曲艺术“动人”的审美追求恐怕还有段距离。

导演正是深入开掘了主人公田氏的内心世界，才使得这出传统戏格外动人心扉。她给田氏形象定了这样一个基调：贤淑忠贞、敢爱敢恨，温柔善良却不软弱可欺，婉媚多情而不水性杨花，循规蹈矩又不逆来顺受。扮演田氏的演员李玉梅也很好地把握了这一特性，细腻地展现了人物的内心世界。下面依次从唱词、念白、身段三方面看看导演在剧中独到的艺术处理。

首先是对唱词的处理。有情则长，无情则短，是胡芝风排戏的一个准则。在安排唱段时，她同样遵循着这一定律。既要考虑到发挥演员的特长，还要

---

① 李玉梅：《准确把握人物 精心塑造形象——我对〈梦蝶劈棺〉田氏的理解与把握》，《中国戏剧》2004年第8期。

根据剧情灵活处理。第一场“扇坟”简洁明快，而第二场田氏甫一出场，导演就安排了一大段刻意延长、舒缓悠扬的唱腔：

> 蝴蝶纷飞秋风起，思夫切切制寒衣。庄周修道三年整，朝思暮想盼归期。自从庄周离家去修道，田氏我竹篱茅舍度寂寥。怕看落霞树梢染，孤雁失群难归巢。怕听暮鼓晨钟响，漫漫长夜无良宵。一心一意守妇道，心如止水万念消。昨夜一梦特蹊跷，一群蝴蝶随风飘。白蝴蝶风姿翩翩舞窈窕，黑蝴蝶缠绵缭绕逃云霄。清晨湖畔影儿照，人影消瘦面容憔，用手儿拂碎溪中水，人影面影随波飘。忽见鲜花草丛冒，清香扑鼻嫩又娇。摘花祛邪求吉兆，但愿得梦是梦我是我。盼庄周早回，夫妻们哪团圆乐陶陶。①

这段畅诉情怀、声情并茂、载歌载舞的表演栩栩如生地展示了一个恬淡娴静、恪守妇道的闺中思妇的形象：丈夫虽不在家，她依然“切切”地为他制作“寒衣”；独守竹篱茅舍虽然寂寥清苦，她却始终“一心一意”“心如止水”；令她魂牵梦萦的唯有“庄周早回，夫妻团圆”。这段表演既为田氏形象奠定了一个总的基调，也使得舞台节奏急中有缓、缓中有急，强化了剧作的诗意色彩。

这样一个温婉深情的少妇，如何发展到移情别恋，乃至劈棺取脑呢？于是，庄周一手炮制的“试妻”恶作剧拉开帷幕——

从第三场到第五场，田氏先是经历了突然丧夫的无尽悲痛，接着是王孙守灵的些许温暖，再进一步是王孙的送花示情、跪地求爱，到后来“面热心跳情难禁”，接受了王孙的感情。这样一个转变过程，对田氏来说是极其困难的。尤其是对王孙送来的花接还是不接，她的内心斗争得很激烈：“我若来把花接取，愧对先生道严森；我若不把花来接，遗憾终生失去知音。”这里，“知音”两字用了河北梆子特有的大拖腔，委婉地传达了人物此时的两难处境。

第六场“劈棺”是全剧的高潮，也是田氏内心斗争白热化的至高点。一

① 根据河北省保定市艺术剧院、河北梆子剧团演出的河北梆子经典剧目《梦蝶劈棺》（广东唱金影音公司发行）整理。下同。

边是王孙的阵阵呼救，一边是亡夫的尸骨未寒，田氏内心正经历着冰火两重天的严酷考验。她本来已下定决心劈棺取脑，但又念及“庄周他在世时对我情虽淡，也曾同栖一屋檐，也曾关心问冷暖，也曾同饮同进餐。如今棺中已长眠，劈棺取脑心不安”而徘徊不定，而“王孙相交时虽短，情相近来心相连。公子呼痛声声喊，好似利剑把我的心刺。如今他生死系一线，不救公子心不甘”，又逼使她必须尽快做出选择。这样的左右为难似乎还没有全盘托出人物的深邃内心，田氏似乎又听到了喋喋不休的飞短流长：“似听邻里道长短，纲常礼法词正严。寡妇改嫁本受谴，劈夫棺柩更犯天。”导演在这里为田氏特意安排了长达四十多句的整套唱腔，并配以恰到好处的舞蹈身段，把田氏的痴情果敢、进退两难、千回百转淋漓尽致地展现在观众面前。

其次是念白与塑造田氏形象的关系。胡芝风在《戏曲演员创造角色论》中曾写道：“在戏曲舞台上，念白要为塑造人物性格服务，要根据剧本的规定情境和人物的思想感情，讲究什么人物念什么味道，什么感情念什么语气，在高低紧慢、抑扬顿挫和音色的宽窄粗细、音量的大小轻重等变化中传神达意，让听者‘闻其声便知其人，聆其语如见其态’。”① 在《梦蝶劈棺》中，田氏的念白就达到了这种“闻其声便知其人，聆其语如见其态”的境界。

如第二场结尾庄周假死时，舞台切光，田氏在黑暗中喊了两声“先生”。这两次喊叫时人物的内心情绪是不同的：第一次是惶恐中的试探，因为不相信庄周会死去，所以要求演员轻声地呼唤；第二次是确信庄周已亡后的大声哭喊，蕴含着悲痛凄凉、辛酸苦涩的味道，且“先”字要拉得很长。这样一来，就把田氏从丈夫终于回家的欢愉不尽，到夫君突然亡故的莫大悲伤，这种巨大的心理落差导致的痛楚难耐传神地演绎了出来，而观众的心也随之波澜起伏。

再如剧末在得知庄周即是王孙、王孙就是庄周后，田氏有段较长的念白：

想我田氏嫁你庄周并无他求，只望夫唱妇随百年恩爱。这敬爱

① 胡芝风：《戏曲演员创造角色论》，上海文艺出版社2000年版，第84页。

之情你应知晓。你口口声声说的是真情，讲的是自然。如今，你这样的折磨于我。你的真情在哪里？你的自然又在何方？

这段念白可谓是百感交集、五味杂陈，导演把它分成了三个层次：开始是缓慢温和、情真意切的回忆——“想我田氏嫁你庄周并无他求，只望夫唱妇随百年恩爱。这敬爱之情你应知晓。”接着是平静中带着蔑视与憎恶的指责——“你口口声声说的是真情，讲的是自然。如今，你这样的折磨于我。”最后是用哭腔对无义之人庄周的愤怒拷问——“你的真情在哪里？你的自然又在何方？”其中“自”字和“何方”二字都拖得很长，且“何方”二字音调渐高，大有冲云裂帛之势，使观众感到田氏在对庄周厉声责怪背后那深深的无助绝望和无可奈何。

《梦蝶劈棺》中虽无大段的成套念白，但对每个细节，每句台词，导演和演员都精心设计，字斟句酌，几臻完美。

最后是表演语汇的恰当运用。剧中在唱念的同时，综合运用了各种手势、眼神、水袖、步法，增添了表演的情趣，强化了人物内在心理的变化。如第五场“情真”在决定是否接受王孙鲜花的摇摆过程中，面对王孙送出的鲜花，田氏一边唱着“鲜花纯净可人意，无缘相携送花人”，一边含情脉脉地望着王孙慢慢摆手，缓缓后退，背转身去；当王孙唱到“此花独为师娘开，此心独为师娘倾”时，田氏的心扉骤然被打开，她激动得不断翻身、上抛水袖；但突然面对庄周的棺柩，田氏又用了“摇头”“颤双袖”“后碎步”等动作，流露出对庄周的愧疚不舍之情；面对王孙的步步紧逼，又用“抛袖”“甩袖”“转身”“平步”等动作，含蓄地表达了欲说还休却又压抑不住的羞涩、兴奋之情。

又如第六场“劈棺”中，用了大幅度的舞蹈动作和水袖功来展示人物内心翻江倒海的情绪变化。如唱完“王孙呼救声声不断”，田氏在锣鼓声的配合下走了一串蹉步后，双手先后向前抛出长达两米的水袖，同时一个翻身，宛若一条白色的蛟龙正要腾空而起，让观众感觉到她内心的急切焦虑和进退两难。伴随着“谁料想救公子竟要劈棺”，先是往上同时抛出两条水袖，然后左右手交替挥舞水袖，继之左手拖着一条水袖，右手反举着另一条水袖慢慢转身走向棺柩，突然一怔，再转身面对观众，缓慢深情地唱道“庄周他在世时对我情虽淡”，把为救王孙痛下决心的果敢和面对亡夫尸骨未寒的于心不忍准确地传达了出来。当唱到“不救公子心不甘”时，右手迅速将水袖从身后抛到左臂，左手向后上方抛出水袖后平伸，做了一个造型，紧接着又是一系列精湛的水袖表演，把田氏的一片痴心和柔肠全盘托出。

除了上述对戏曲程式的巧妙运用之外，导演还在演员的表演中融入了其他艺术种类的表现形式。如第五场当田氏接受了王孙的求爱，为表现二人共浴爱河的两情相悦，除了传统的水袖功，还把交谊舞交流情感的优势和芭蕾舞形体雕塑的魅力一同融进戏曲的表演程式中，使剧情一下子从晦涩压抑转入明朗欢快，也恰当地展现了人物的情感变化。

以上，只是择其要者对《梦蝶劈棺》中的导演艺术作了简要分析。另外，此剧在音乐、灯光、舞台调度、舞美等方面也都处理得恰到好处，共同烘托了人物的情绪，凸显了贯穿千古的人情物理。

总之，《梦蝶劈棺》以其清新流畅、细腻婉转的特色，重塑了一个丰满独特、敢爱敢恨、追求自由的田氏形象。该剧既保留了河北梆子的地方特色，又丰富了河北梆子的剧目宝库，还调动了诸多艺术手段，对河北梆子进行了一定的革新，产生了让人赏心悦目的良好效果。

（原载《中国演员》2017 年第 1 期）

寻觅舞台和荧幕的最佳契合点

——京剧电影《李慧娘》的美学意蕴

戏曲电影《李慧娘》是由已故著名电影艺术家刘琼导演、京剧表演艺术家胡芝风主演的一部京剧电影。该片曾先后荣获文化部 1981 年“最佳戏曲电影片奖”、上海电影制片厂 1982 年首届“百花奖”之“最佳影片奖”。电影放映后，深受广大观众的喜爱，同时掀起了一股席卷中华大地和欧洲大陆的胡芝风“旋风”①；直到今天，这部电影的某些镜头还不时出现在中央电视台戏曲频道（CCTV-11）的“片头”中。

京剧电影《李慧娘》的成功，不仅来自于舞台艺术精妙绝伦的迷人魅力，还来自于电影镜头语汇对戏曲表演的提升。正是舞台和荧幕的完美结合，赋予戏曲电影《李慧娘》穿透时空、绵延不绝的中华传统美学神韵。本文拟从虚实之趣、诗化之魂、传神之韵、中和之美四个方面探讨京剧电影《李慧娘》所蕴含的传统美学精神，以期对京剧的传承和发展有所裨益。

一、虚实之趣

虚实论是中国传统艺术美学的一个重要范畴。其根源来自于老庄哲学的

① 早在电影拍摄前，胡芝风主演的京剧《李慧娘》就在苏州、上海、北京、天津、大连、青岛、济南、常熟、昆山等地获得了热烈欢迎；电影拍摄完后，胡芝风又受邀先后在香港、威尼斯、佛罗伦萨、那不勒斯、罗马等地演出了数十场京剧《李慧娘》，她被热情的香港观众誉为“胡旋风”，被意大利报界赞为“震动了意大利和欧洲的明星”。

崇无论。老子从最高哲学范畴“道”出发，认为“无”是“有”的根本：“天下万物生于有，有生于无。”① 也就是说，万物产生于“无”，世界是“有”和“无”、“虚”和“实”的统一，有了这种统一，万物才得以生生不息。这种“有”与“无”、“虚”与“实”的哲学思想在中国传统艺术中的体现就是“虚实相生”的艺术原则。这条原则认为，艺术形象必须虚实结合，才能灵动地反映有生命的世界。

举凡文学、书法、绘画、音乐、舞蹈、建筑、石刻、园林等中华传统艺术门类，虚实相生都在其中起着重要的作用。戏曲艺术也不例外，“剧戏之道，出之贵实，而用之贵虚”——这是明代著名剧论家王骥德在其理论专著《曲律》中对戏曲三昧的深刻阐释。数百年来，从剧本创作到舞台表演，戏曲艺术形成了其独特的“用虚出实”的艺术个性。在舞台呈现上，虚拟表演成为戏曲的一大特征。如一个圆场、一回趟马，便是“人行千里路、马过万重山”。戏谚“三五步行遍天下，六七人百万雄兵”，正是对这种虚实互衬、妙趣横生的艺术佳境的生动概括。戏曲观众对这种以虚运实的表演也是心领神会、欣然纳之。

而电影这种依靠现代工业技术而形成的娱乐形式，则以逼真性见长，它要求表演、布景、服装、化妆的每一个细节都要与现实生活酷似，属于再现生活的写实艺术。所以，要用电影的方式来拍摄戏曲艺术片，面临的最大难题就是如何处理戏曲虚拟写意与电影逼真写实的关系。电影大师崔嵬曾主张：“我认为主要的应该是电影服从戏曲。虽然戏曲片是以电影的形式出现，但它是以戏曲为内容，它必须建立在戏曲传统规律的程式基础上，保持并发扬戏曲的特点。”② 笔者深以为然。

京剧电影《李慧娘》的成功正是导演刘琼在充分尊重了京剧艺术家胡芝风的舞台表演基础上，巧妙运用电影镜头技巧和蒙太奇优势进行再创造的结晶。深谙戏曲艺术规律的导演刘琼在拍戏前，曾与胡芝风等演员和蔼地商榷：“电影与舞台表演虽艺术相通，但存在着审美差异，各有特点。你们要撇开舞

① （魏）王弼注：《老子》（第四十章），上海古籍出版社 1996 年版，第 24 页。
② 崔嵬：《拍摄戏曲电影的体会》，《崔嵬的艺术世界》，中国电影出版社 1982 年版，第 86 页。

台面向一方观众的习惯，依照剧中人身处的环境、当时的情感，发挥自己的演技，供我们选择全景或特定的镜头，多方位地进行拍摄。我不是京剧演员，不知意见对否？”[①] 正是在充分把握戏曲和电影美学特质的前提下，京剧电影《李慧娘》把戏曲舞台上的贵“虚”与电影艺术的崇“实”完美地结合在一起，奉献给观众一道回味无穷的艺术大餐。

例如，在“见判”这场戏中，李慧娘闯出地府去搭救裴生时，戏曲舞台是用三圈“圆场”来表现她急于救裴的迫切心情的。剧场观众在演员“圆场”技艺美的享受中，感受到人物在不顾一切地向前闯行，这是戏曲舞台虚拟表演的美学特征与观众审美联想的契合。但如果从剧场观众席的方位来拍摄这三圈“圆场”，就将使荧幕前的观众感到李慧娘在原地“团团转”，这不符合观众对荧幕的审美需求。可是，如果放弃“圆场”这个优美传神的程式语汇，又将成为戏曲表演艺术的损失。如何既保持这三圈“圆场”的技巧，又造成李慧娘不断向前奔跑的意象？刘琼想方设法寻找着舞台与荧幕的最佳契合点。终于，他想出了一个两全其美的办法——把摄影机放在摄影棚的中央，让李慧娘以摄影机为圆心跑大“圆场”，同时镜头一直跟随着李慧娘的“圆场”转动，并穿插李慧娘脚步的特写，再加上缥缈朦胧的烟雾衬托地府的规定情境，就形成了李慧娘在扑朔迷离的地府勇往直前的意象化效果。[②] 这样，既保留了戏曲“圆场”的技艺，又巧妙解决了戏曲虚拟表演与电影追求真实感的矛盾，提升了这段表演的魅力，从而铸造了戏曲电影史上一个“虚实结合”的完美典范。

又如，舞台上“追杀”这场戏中，李慧娘掩护裴生逃避刺客追杀的三人舞蹈，是通过三人在同一韵律节奏中疏密相间、动静有致的画面造型美，表现李慧娘和裴生面对刺客且驱且逃的紧张情势，从而引起观众的审美想象，推动剧情的发展。电影中，这场戏是在一堂后花园的实景中发生的。如果从一个角度来拍摄，会让观众感觉这三个人的群舞是在一个地方打转。为解决这个难题，导演和摄影师从不同角度，把这堂景分割为许多不同画面做背景，把三人的优美舞姿分别镶嵌在这些不同的画面背景中进行，让观众从不断变

① 金扬：《刘琼与〈李慧娘〉》，《大众电影》2002年第17期。

② 胡芝风：《感念刘琼为我导演戏曲影片〈李慧娘〉》，《中国戏剧》2002年第8期。

化的背景中，感受到剧中人物在花园中不断地变换位置，左躲右闪地潜逃。[①]这样，人随景动，景随身变，在荧幕时空的流动感中，无形中化解了戏曲虚拟程式与电影实景的矛盾。这是京剧电影《李慧娘》对戏曲虚拟时空与电影真实景物完美结合的又一亮点。

当然，尊重戏曲的艺术规律，并不是说电影要一味地“迁就”戏曲。在京剧电影《李慧娘》中，为适应荧幕美感和电影观众的需要，有时适当地舍弃了戏曲的虚拟动作，以“实”代“虚”。如红梅阁“访裴”这场戏，有个开门的动作。是保留虚拟的开门程式动作，还是代之以真实的门？周信芳先生主演的戏曲电影《宋士杰》曾有过大胆的改造。“盗书”一场，舞台上原本没有门，经过电影分镜头的排练，发现虚拟动作的一双手在镜头前摸来摸去实在不对劲，于是周信芳提出要用真实的门，这样使演员的动作目的更为明确，也强烈渲染了黑夜盗书的紧张气氛。京剧电影《李慧娘》中红梅阁的门也采用了实景，而且，通过电影特技的处理，使李慧娘隐身进门的动作更富于神奇色彩。这样，看似违背了戏曲舞台的美学规律，但在戏曲电影中，却达到了传统戏曲与现代电影蒙太奇手法相结合的两全其美的艺术佳境。

如上所述，京剧电影《李慧娘》因为充分协调了戏曲表演的“虚”和电影艺术的“实”的关系，使两种具有迥然相异的审美倾向的艺术形式水乳交融地结合在一起，以虚代实，以实运虚，虚实相生，散发着既空灵又充实的美学趣味。

二、诗化之魂

张庚先生早在20世纪40年代就提出过“剧诗”这个概念，60年代又撰写了《关于剧诗》和《再谈剧诗》两篇论文，对剧诗作了全面精到的阐述，在戏剧界影响甚巨。张庚先生当年所说的“剧诗”包括戏曲、歌剧、话剧。而今，再言及“剧诗”，已约定俗成地专指“戏曲”了。“剧诗”一称，道出

① 胡芝风：《戏曲影视片的实践与思考》，《戏剧艺术》1992年第1期。

了戏曲与诗歌血脉相连的特殊关系。古典诗歌的滋养，使得中国戏曲从剧本文学到舞台艺术，直至观众的审美观照，都带着浓郁的诗意。这使得戏曲艺术成为一种遵循诗化原则侧重表现的艺术。京剧电影《李慧娘》在尊重戏曲艺术诗化节奏的基础上，又融进电影的镜头语汇和特技表现，给全剧笼罩上一层悠远含蓄的意境美。下面从大段唱腔、情绪表演、镜头处理三方面看看京剧电影《李慧娘》对诗化原则的运用。

首先，在对大段唱腔的处理上，遵循戏曲艺术“有情则长，无情则短”的诗化节奏原则，力求跌宕有致。如“救裴”一场中，裴生不愿连累李慧娘，宁死也不肯随其逃走；李慧娘眼看刺客将至，想告之真相又怕惊吓了他，焦急万分。这里，传统剧本的四句唱词不足以揭示人物此时复杂的内心矛盾，主演胡芝风便重新写了十二句唱词：

> 脱口道出难言隐，他愿将死来换我生。难得他言真切意重情深，倒叫我心如麻有口难云。我若对他吐真情，岂不痛煞我裴郎君；我若不把真情讲，他定然不肯随我行。眼看三更已临近，漏声滴滴逼煞人。罢罢罢，燃眉之急情势紧，裴相公，说出口来你心莫惊。[1]

增加的这一大段唱腔，看似与当时千钧一发的紧张情势不太相符，但由于使用“快—慢—快”的节奏对比，烘托出李慧娘心潮起伏的内心变化，不仅真切反映了她对裴生的真挚情感，还升华了人物的内心世界和精神情操；所以，电影导演采纳了胡芝风的大胆创新，并适时配以李慧娘面部神情的特写镜头，不仅没让观众感到拖沓呆板、节奏缓慢，反而愈增节奏紧凑之妙，收到了良好的荧幕效果。

为了避免大段唱腔可能引起的观众的不耐烦，京剧电影《李慧娘》还做了多种尝试。如在李慧娘自述身世的“避战祸中途丧母异乡卖唱，被掳抢爹惨死。我坠入了阴风飒飒的半闲堂……”唱段中，插入李慧娘和父亲逃难、

① 本文引用的所有唱词，均根据上海电影制片厂 1981 年拍摄的戏曲电影《李慧娘》整理。

卖唱以及被抢的镜头；在“贾似道他将我……他将我……百般拷打”的唱段中，插入贾似道残忍杀死李慧娘的镜头；在“惊闻鸡鸣痛断了肝肠，自恨已是黄泉客，难效人间凤求凰”的拖腔中，插入红梅阁夜景的空镜头。这些通过电影蒙太奇的优势穿插在唱段中的镜头，不仅赋予戏曲抽象的唱词以形象化的画面，还使剧情错落有致，别具一番感人心扉、引人入胜的美感。

其次，在情绪表演上，导演不要求演员自然主义的逼真再现，而是要求既要恰到好处地表演感情，还要保持形式美，符合戏曲诗化的审美节奏。在诗化原则的统领下，戏曲舞台上人物内心的喜怒哀乐都要转化为诗韵的节奏；眨眼、抽泣、呼吸、拭泪等外部情状，都要提炼加工为有韵律感的身段和有美感的面部表情，而不能像生活中真正的咧嘴大笑、涕泗滂沱一样。

如“访裴”一场中，裴舜卿有感于李慧娘冒死相救，而表示愿做一个“患难知己”，李慧娘听闻后百感交集，伴随着富有韵律感的“羞答答情怯怯心意彷徨”的内心体验，她用舞蹈化的身段将手帕先是无意识地缠绕，继而又轻轻地扯开，面部神情也配以相应的节奏感，把初恋少女的羞赧、兴奋、喜悦、激动含蓄微妙地传达出来。

又如，李慧娘正欲和裴生从红梅阁逃走时，惊闻一声鸡鸣，猛然醒悟自己与裴郎已然分隔阴阳，永无完好之望，不禁悲从中来，怨恨不已，此时荧幕上交替出现了李慧娘恐慌的面部表情、与裴生短暂对视的忧虑眼神和左手下意识地攥紧手帕的动作特写；紧接着，是在一阵急促的锣鼓伴奏声中，李慧娘转身奔向窗棂，留给观众的，只是一个伴随音乐响起而有节奏地起伏的悲痛的背影。这里，没有过多语言的烘托，但人物内心翻江倒海的巨变，却在演员优美的程式动作和电影多变的镜头语汇中跃然而出，使得观众也不由得被这个多情、忘我、勇敢、怨愤的女鬼所深深感染。

最后，是对镜头的诗化处理。它包含单一镜头画面构图的诗化和不同镜头组合剪接的诗化。京剧电影《李慧娘》把镜头语汇也当成一种节奏化、韵律化的手段，与音乐、表演有机地融合在一起。如“见判”中，对李慧娘在地府闯行和参见判官的表演，采用了全景、中景、慢镜头、俯拍、仰拍、移拍等镜头技术，使舞蹈姿态得到多角度的展示。像李慧娘旋下地府时的“快转卧云”和观看阴阳宝扇的“探海”等动作，导演采用“快拍慢放”的办法，使舞蹈身段的美感在“慢镜头”的展示中得到韵律化地显现。又如李慧娘初见小鬼有一个下腰的动作，同时小鬼有一个从她身上“窜毛”而过的身段，导演让三架摄影机同时从上方、前方、侧面三个方向拍摄，剪接时把三个方向拍摄的镜头连接起来①，整个表演身段就以清晰、流畅的画面有节奏地展现在观众面前。

又如对李慧娘夸赞裴生的细节，导演是这样处理的：当裴生唱到“理正辞严将贼骂”时，给了李慧娘一个“回头”的特写；接着是裴生斥责贾似道的镜头和贾似道的一个面部特写；然后才是李慧娘双眸痴痴凝视并情不自禁地念叨“美哉呀！少年！”的特写。对贾似道听闻李慧娘对裴生的赞美后，与李慧娘瞬间的眼神接触则分为一系列的特写镜头：贾似道猛然起身→一步一步缓慢地走下台阶→李慧娘听到脚步声惊恐地回头→贾似道凶恶的眼神→李慧娘惊恐地不敢正视贾似道→贾似道的逼视→李慧娘恐惧地低头并后退。这样通过近景、特写、俯拍等方式层次分明地外化出人物的内心变化，恰到好处地凸显了贾似道的凶残和李慧娘悲剧的社会内涵，产生了强烈的艺术感染力。

以上，仅从大段唱腔、情绪表演、镜头处理三方面探讨了京剧电影《李慧娘》对诗化原则的自觉运用。实际上，京剧电影《李慧娘》在布景、音响、灯光、气氛、特技等方面，都贯穿着对诗意美感的追求。这也是它直到今天仍为人称道的原因之一。其实，早在20世纪60年代，刘琼就导演了以格高趣雅的诗意境界著称，将歌舞、音乐、神话、自然美景融为一体的电影《阿诗玛》，可以说京剧电影《李慧娘》正延续了他一贯的典雅、含蓄、深长思之的诗意风格。

三、传神之韵

传神是我国古典文艺的共同特色，也是戏曲艺术重要的美学特征。戏曲

① 胡芝风：《戏曲美学精神的新载体——探索戏曲与荧屏的契合点》，《戏曲研究》第75辑，文化艺术出版社2008年版，第300页。

传神特色之显著，是因为它植根于丰厚的传统文化土壤中。其形成要追溯到贵无轻有的老庄哲学和形神二元、重神轻形的宗教思想。最早在艺术领域明确提出这一思想的是东晋画家顾恺之，他提出了“以形写神”的说法。顾恺之画人物重在传其神韵，向来被传为美谈。据《世说新语》记载，他画人“或数年不点目睛。人问其故，顾曰：‘四体妍蚩，本无关于妙处；传神写照，正在阿堵中’”。在戏剧领域，苏轼是较早把传神理论引进来的，他在《传神记》一文中写道：“优孟学孙叔敖抵掌谈笑，至使人谓死者复生，此岂举体皆似，亦得其意思所在而已。”① “得其意思所在”，简明扼要地指出了中国戏剧表演贵在传神这一特征。

除了传神，中国传统艺术亦强调形神兼备，但在形、神二极中，更看重的还是“神”，所谓“遗貌取神”“离形得似”“得意忘象”是也。以传神为贵，已然成为中华民族的审美崇尚。戏曲表演固然也要求人物形象的形神兼备，但更侧重于揭示人物的精神意绪、性格特征，把握特定情境中人物的神情、意态。戏谚“不像不成戏，真像不算艺，悟得情和理，是戏又是艺”，正准确揭示了这一美学特质。京剧电影《李慧娘》恰是在充分尊重戏曲表演与现实生活“若即若离”的基础上，运用独特的电影化手法，通过美丽多情、傲岸不屈的李慧娘的典型形象塑造传达着芸芸众生对真善美的向往，使观众在一种氤氲迷离的气韵中感受到“境外之境”的审美愉悦。

首先，在舞蹈身段方面，主演胡芝风做了一些大胆的创新，对传达人物的神韵起到了良好的效果。如在表现鬼魂的行走时，胡芝风借鉴非戏曲舞蹈的姿态，改变了手势过“圆”的传统程式，把手臂与手膀间的夹角适当放大，膀臂姿态呈长弧形，使李慧娘的鬼魂姿体显得舒展、轻盈，有助于抒发她奔放的情感，构成一种坦荡、飘逸的意象，给人高洁清雅的美感。

又如“见判”中，李慧娘出场后有段快速圆场的舞蹈，行走时除脚步像白莲一样轻轻浮动外，全身纹丝不动，只见衣袖、裙袂、绸带不断地随风飘扬。这里，胡芝风把一般花旦的脚跟着地改为前脚掌着地，使得鬼魂的形象既柔

① 陈多、叶长海选注：《中国历代剧论选注》，上海古籍出版社2010年版，第58页。

美又挺拔，构成一种昂扬、轻柔的意象，使李慧娘义无反顾、急于救裴的心情跃然而出。

再如，李慧娘面对判官倾诉自己“怨气冲天，阴魂不散”，一定要去红梅阁搭救裴生时，有个踢腿的动作，传统的程式是勾脚面踢向鼻尖，这样显得比较生硬、滞钝，不足以抒发人物的激愤心情。胡芝风把芭蕾舞绷脚面、抬向额前方的姿态糅化在戏曲踢腿的节奏和力度中，与李慧娘身穿的长腰包裙、长水袖、白绸带，构成一个激越飞扬的意象，强烈地抒发了不惧千难万险，一定要去搭救裴生的决心。在得到判官赐予的宝扇后，李慧娘兴奋地展扇起舞，背身从上场门用直腿横错的蹦步以逐渐扩大的“Z”字形移向下场门台口。这是胡芝风在京剧花旦、武旦的蹦步基础上，吸收芭蕾舞的“脚尖小碎步”加以创造的。这样一来，不仅使得步伐更加轻快、柔美，形成一种神出鬼没的缥缈意象，还凸显了李慧娘在得到宝扇后的喜不自禁和此行必胜的坚定信念。

还如“追杀”中，李慧娘驱赶刺客时，运用了一个“串跪转”的身段，这是借鉴了苏联红军舞中用机枪向周围扫射的动作。胡芝风把这个动作改进后规范在戏曲锣鼓节奏中，舞姿急遽强烈，强化了李慧娘救裴时心急如焚的心绪，观众看来也是痛快淋漓。①

胡芝风在表演身段上的创新，既符合戏曲的表演规律，又契合人物纯洁高尚的内在情操。透过这些优美的身段，李慧娘的坚强、不屈、柔弱、哀怨、高昂、坦荡……一点点烙印在观众的心田。

其次，在气氛效果上，推崇朦胧美。导演刘琼在拍摄前就对各部门明确提出以“朦胧美”作为创作总纲②。现在看来，刘导的愿望的确是实现了。试采撷一二观之——

影片开场：黑片后空无一人，烟云飞动，伴随着阵阵喊冤声，一袭白衣的李慧娘的身影逐渐由小变大，又从大变小，同时画面呈现出烟云汹涌浮动状，

---

① 胡芝风：《艺海风帆——我的艺术道路》，中国国学出版社2009年版，第89页。

② 蒋伯玲：《出情入景意求新——〈李慧娘〉的气氛效果与美学的关系》，《电影艺术》1985年第10期，第52页。

烘托出沉郁、阴森、激越、顿挫的地府情境。这既引起观众的好奇心，又让人产生隐隐的担忧和恐惧。为全片奠定了一个悲而不恸的情感基调。紧接着，是李慧娘的长袖翻飞、上下盘旋，众小鬼的飘忽灵动、时隐时现，在灯光和烟雾的衬托下，显得既空灵旷远又诡异莫测，给人一种虚无缥缈的朦胧联想。

影片结尾：伴随着余音绕梁的画外音“一缕青烟恨无限，三杯淡酒意绵绵。半闲堂从此成粪土，美哉慧娘话人间”，在裴舜卿祭奠李慧娘的袅袅青烟中，出现了含笑凝视的慧娘的倩影。这一特技的使用，使得这段阴阳两隔的“人鬼情未了”的诗意爱情，久久萦绕在观众心头，挥之不去，意犹未尽。

第三，善于捕捉人物瞬间的情状，通过镜头对其强化，以达到传其神韵的效果。比如“见判”中对明镜判官出场以及听到李慧娘连呼“冤枉”时的两次面部造型和眼冒金光的大特写，既让观众领略到戏曲脸谱的夸张魅力，又让人看到一位长相虽凶恶丑陋，内心却善良鲠直、不容私情的地府“清官”形象。

又如在李慧娘出场唱到“仰面我把苍天怨，把苍天怨。天哪……天！因何人间苦断肠”时，有一个泪光闪烁、形容悲怨的面部特写，给李慧娘的复仇铺垫了因冤生怨、因怨生恨的情感力量，为这一形象的塑造奠定了基础。

再如“杀姬”中，当李慧娘回答“启禀相爷，适才在西湖，是我有失检点，还望相爷恕罪”时，贾似道目露凶光，一边发出“哼……哼……”的鼻音，一边步步紧逼，地面上只见他的影子一步步逼近李慧娘，而俯首请罪的李慧娘则是双袖不停地颤抖。通过无声的影子和颤抖的双袖的镜头特写，贾似道的凶狠残暴和李慧娘的恐惧无助一泻无余。

第四，在舞台布景方面，追求“境生象外”“得意忘象”的美学韵味。如“杀姬”中贾府半闲堂的设计：“半闲堂”的横匾，青松屏风，一桌一椅，尚方宝剑和安放它的坐架，香炉。此外，没有其他渲染贾府豪华奢靡的陈设。这样，看似“虚”去了贾似道豪奢生活的自然景状，“却在观众心中补充和完成了寓意深邃的‘象外之境’：金碧辉煌的‘半闲堂’横匾与尚方宝剑上下呼应，蕴藏着贾似道的杀机和李慧娘的悲剧命运”[1]。

为了深化主题，京剧电影《李慧娘》还运用了机关布景。如“闹府”中，贾似道手中的尚方宝剑和头上的盔帽被李慧娘的阴阳宝扇突然扇走，“半闲堂”横匾在烈火中焚裂，李慧娘在四卫士的夹击下突然隐身不见，等等，这些借助现代科技的处理，使观众在这场善与恶的交锋中获得了一种精神上的快慰和胜利者的喜悦，也使舞台布景达到了“得意忘象”的艺术境界。

以上，从舞蹈身段、气氛效果、瞬间情状、舞台布景四方面，对京剧电影《李慧娘》营造的“象外之象”“境外之境”“言外之意”进行了简单的分析。正因其重视对人物内心情感世界的揭示和烘托，所以影片形成了一种情景交融的艺术境界。观众真切感受到的并不仅仅是肉眼直观看到的“象”和“境”，而是“象外之象”“境外之境”，是剧中人物真挚情感的强烈波动，因而获得了一种扑朔迷离、朦胧缥缈的审美愉悦。

四、中和之美

中和之美，是指符合无过无不及的适中原则的和谐美。它的哲学基础是“中和”思想。“中和”思想是我国传统美学思想的精髓之一。《礼记·中庸》对“中和”的概念作了以下的解释：“喜怒哀乐之未发，谓之中；发而皆中节，谓之和。中也者，天下之大本也；和也者，天下之达道也。致中和，天地位焉，万物育焉。”[2] 由于历代哲人、学者、艺术家的提倡，中和精神已根深蒂固地成为中国文化艺术的基本精神，中和境界也成为理想的艺术境界。京剧电影《李慧娘》在情感对比、情节安排、舞台调度、灯光设置等方面，都着意按照适中平和、乐而不淫、哀而不伤的原则来安排，散发着畅快淋漓与温柔敦厚交织的和谐美。下面分论之：

情感对比上，注意刚柔相济、冷热相调。如“见判”中，李慧娘在“怨气冲天三千丈”的唱腔中出场后，有个转身双袖直垂的亮相动作。胡芝风借

---

① 胡芝风：《艺海风帆——我的艺术道路》，中国国学出版社 2009 年版，第 99 页。

② 陈戍国点校：《周礼·仪礼·礼记》，岳麓书社 1995 年版，第 494 页。

鉴了非戏曲舞蹈的转身法，后腿并不高抬，而是臂膀上抬带动身体，绷脚面擦地，这样一来，“转身”轻盈柔美，“亮相”干脆爽利，呈现出柔中带刚的精神气韵，既展示了李慧娘的满腔怨气，又表现出她急于救裴的坚毅意愿。又如“访裴”中，裴生和李慧娘互吐衷情后，两人的爱情渐至幸福的巅峰，可突然一声鸡鸣，使痴迷的李慧娘顿时跌入冰冷的地窖，甜蜜美好的爱情即将转瞬消失！以鸡鸣为界，一前一后，一热一冷，情感分明，愈让人心生对这段恋情的遗憾和对残暴势力的痛恨。

情节安排上，悲喜苦乐、舒展简洁，错杂交织，构成一种跌宕起伏的和谐美。电影从鬼魂李慧娘在地府闯行开始，依次分为：见判、访裴、救裴、追杀、闹府。“见判”和“访裴”分别以悲愤激越与温情浪漫相映衬，“救裴”和“追杀”逐步由舒缓转入紧张，最后是“闹府”的惩恶扬善、大快人心，这样起承转合，悲喜交织，形成了一种张弛有度的平和美。即使在一场戏中，电影也注意不同情调的搭配。如“见判”虽以阴森可怖的地府为背景，但由于把“抢女”“游湖”“杀姬”的情节穿插其中，反使得人间的冷酷无情与地府的温情友善形成了强烈的对比，李慧娘得到宝扇后的欢快欣喜与之前地府闯行的怨气冲天也形成鲜明的对照。对于偏重抒情的戏，如“访裴”“救裴”，适当放慢节奏，细腻刻画人物的内心情感；对于交代性的戏，如“抢女”和“裴生被囚禁”，则简单地一带而过，这样既显得主次分明，又缓急有致，避免了“一道汤”的审美疲劳。

舞台调度上，突破“角儿中心制”的影响，主演胡芝风并非时时刻刻都处在舞台正中央。表现在荧幕上，是把近景和特写镜头适时分给了配角演员。如“见判”中，判官在审问李慧娘时，为了突出和强调判官的反应，判官与小鬼的群体造型亮相被安置在舞台中央，并分别给以全景和近景、特写镜头，使得观众对判官的善良、正直和富于同情心有了更深的认识，使得李慧娘的复仇具有了更强有力的支撑，同时对李慧娘在人间与地府遭受的截然不同的境遇也进行了鲜明的对比。又如“杀姬”一场中，贾似道的位置几乎都处于舞台中心，对他的狰狞面容也有多次镜头特写，而李慧娘则处于舞台旁侧。这样的处理不仅无损主人公的形象，反而因为强化了贾似道的强势蛮横，更加激起观众对弱女子李慧娘的同情，同时还扩大了李慧娘顽强复仇的社会内涵。这样的舞台调度，无关乎艺术家的身份、地位，一切以舞台中和美为宗旨，取得了良好的效果。

灯光设置上，注意明暗对比、色调搭配，构成气氛节奏的互相协调，为剧情营造了谐和的意境。如影片开场，先是黑片，然后是白色冷光下烟云飞动、鬼火点点，衬托愁云密布的情境；李慧娘得扇后，光色由冷转暖，灯光顿时大亮，漆黑的舞台立刻满台生辉，人物在暖光照射下仿佛披上了彩色的云霞，地面同时掺入淡蓝色的烟雾，与此前鬼魂出场的情境对照鲜明。这样强烈的明暗对比，既淋漓尽致地表现了李慧娘此时能返回人间救裴的无限喜悦，还营造了一种出神入化的蓬莱般的仙境，把舞台气氛推向高潮。

此外，在布景、伴奏、服饰等方面，京剧电影《李慧娘》也无不遵循着"和顺积中"的美学原则。它"通过使残酷不再显得那么残酷，使人们因命运不公带来的损失得到弥补的戏剧手段"①，使这部以血腥复仇为宗旨的经典剧目，呈现出迥异于西方悲剧的美学风貌；使观众在悲喜交织、善恶相承的谐和美中获得"一定程度上的心理抚慰，而不是因观赏戏剧作品接受强烈的心理刺激"②。

上面，本文依次从虚实相生、诗化原则、重在传神、中和之美四方面论述了京剧电影《李慧娘》所展示的中华传统美学神韵。当然这些并不能涵盖这部优秀戏曲电影所蕴含的全部美学趣味，这只是笔者的个人管见。我们今天再次回顾京剧电影《李慧娘》所取得的成绩，对于思考如何通过荧屏来扩大京剧艺术的传播，思考京剧艺术与中华传统美学精神如何更好地结合，还是很有借鉴意义的。

（原载傅谨主编《梅兰芳与京剧的传播：第五届京剧学国际学术研讨会论文集》（下），文化艺术出版社 2015 年版）

① 傅谨：《中国戏剧艺术论》，山西教育出版社 2003 年版，第 186 页。
② 同上。

由解构到重构

——从《疯娘》的改编看彝剧的发展

摘要：在当今多元化的社会结构中，年轻的彝剧如何既保持自己的民族艺术个性，又健康地向前发展至关重要。本文以彝剧《疯娘》为例，从其对小说神韵的发扬、对戏剧节奏的把握、对彝剧彝味的坚守三方面探讨了彝剧《疯娘》的改编经验；并得出关于彝剧发展的两点启示：一是彝剧创作可以以小说为第二源泉拓宽思路；二是彝剧表演可以走歌、舞、剧有机结合的民族歌舞剧的路径。

关键词：《疯娘》；改编；彝剧；发展

彝剧，是盛开在滇中高原的一朵美丽的马缨花。虽然从1958年诞生至今，不过五十多年的历史，但彝剧却以其"贴近群众、贴近生活，朴实风趣、清新活泼的艺术特征深受广大彝族群众的喜爱，成为'彝家喜爱的一朵马缨花'"①。在当前这个饱受影视剧冲击和流行歌曲、交响乐等西方娱乐形式影响的多元社会中，彝剧这个年轻的少数民族剧种，既受到汉族戏曲的影响，又面临异域文化的诱惑。在这个生机无限而又变幻莫测的复杂环境中，年轻的彝剧如何既保持自己的民族艺术个性，又快乐无忧地向前发展，是一个至关

① 刘佳云：《走向文化自觉——试论对彝剧的保护与发展》，《中国戏剧》2009年第2期，第48页。

重要的大问题。本文拟就结合曾在第一届中国少数民族戏剧会演中捧得多项大奖的彝剧《疯娘》的改编，谈谈对彝剧发展的粗浅认识。

一、彝剧《疯娘》的改编

何谓"改编"？《汉语大词典》解释为："根据原著重新构思。"这一释义可谓言简意赅。对原著的"重新构思"即"重构"。根据结构主义的理论，"重构"的前提是"解构"。对于戏剧改编艺术来说，"解构"就是对原著"全面深入的结构性的解析与发现"[①]。彝剧《疯娘》正是在充分理解、把握同名小说主题意蕴的基础上，运用戏剧化的手段重新构思，将一部短篇小说改编为一部优秀大戏。下面主要从对原著神韵的发扬、对戏剧节奏的把握、对彝剧彝味的坚守三方面来探讨彝剧《疯娘》的改编经验。

1. 对原著神韵的发扬

彝剧《疯娘》改编自王恒绩于2004年创作的五千多字的同名小说。小说《疯娘》以第一人称的角度回忆了"我"的疯子娘凄惨悲凉的一生。主人公疯娘原是一个无名无姓四处流浪的疯子。精明的奶奶在残疾父亲极不情愿的情况下坚持收留了她，但在生下孙子后不久，又狠心赶走了不仅在家吃"闲饭"而且时常惹是生非的疯娘。五年后，疯娘又奇迹般地出现在了家门口，而"我"却碍于脸面从不主动跟她说话。疯娘虽然很听奶奶的话，但割猪草却割了人家的稻苗，给儿子送伞却又打伤了欺负儿子的同学。在奶奶去世后，疯娘还坚持每周翻越二十公里的山路为住校的儿子送菜，却不幸在一次送菜时为给儿子摘野桃吃而摔下了百丈深渊。悲痛的"我"最终以一纸大学录取通知书告慰了疯娘的亡灵。

小说发表后影响很大，不仅被评为全国"敬老好文章"，还被一万多家网站和四十多家报刊疯狂转载，并有数十家影视公司与作者联系，要求拍成影

---

① 森茂芳：《戏剧改编艺术论——兼论繁荣云南戏剧创作的艺术之路》，《民族艺术研究》1998年第5期，第15页。

视作品。小说的成功源自它发掘了一个“非常人”身上天然的母爱情怀。母爱是女子的天性。只要是正常的女性，不管她是邪恶还是善良，舐犊情深都潜伏在她人性深处最温暖的角落。历来歌颂母爱的作品层出不穷，小说《疯娘》选择了一个全新的角度，借一个疯子的悲惨人生诠释了母爱的无私无畏、包容深厚。除了感叹母爱的伟大，小说还有一个重要的启示，就是正常人该如何面对类似疯子这样易被忽略的社会弱势群体。他们的疯病可能是天生遗传的，也可能是社会造成的，但他们本身是没有罪过的。社会不应该遗弃他们，更不应该别有用心地利用他们。疯娘最初被收留，不是出于同情，而是她还有能传宗接代的利用价值；一旦这点价值被榨取后，她很快就被扫地出门了；而后来再次被收留，则是由于奶奶良心的谴责和舆论的压力。最终疯娘用自己源源不断的母爱一点点瓦解了年幼无知的儿子对她的抵触和反感，而她的生命也终究被这母爱的洪流所吞噬。但那个破衣烂衫、头发上带着碎草末的疯娘形象却永远清晰地定格在了人们的记忆中……

彝剧《疯娘》正是在充分把握小说这一人性化内涵的基础上，把一个外来题材重构成反映彝家人审美情趣、道德规范的戏剧文本的。剧本写了一个流落到彝家山寨的疯女子荞子，在和瓦苦结婚生子后，却遭到了婆婆的驱逐；出于对儿子的思念，流浪多年后又返回这个穷苦的家庭，而无知的儿子却不愿相认，但荞子对儿子的爱始终如一，最终在为儿子摘仙人桃时命丧悬崖。剧本的成功主要得益于编剧为小说的叙事形式找到了一种合理的戏剧样式，充分发挥了戏剧代言体的优势。

如剧本往往在人物情绪饱满的时候，穿插一些抒发人物内心或欢愉或哀伤的唱段。即便是小说中常常傻笑、口齿不清的疯娘，编剧也让她在好不容易才拥儿子入怀后情不自禁地唱道：“小宝贝不像我，像只毛毛虫。小宝贝不像你，像只小狗熊。妈妈的宝贝小狗熊，小虫虫吃奶了。妈妈的宝贝小狗熊，小虫虫吃奶了。石头，阿妈给你喂奶奶。”把一个既疯言疯语又爱心恣意的疯娘形象刻画得极为传神。

有时还用梦境的方式表达人物的情感渴盼，如疯娘在被赶出家门与儿子分离后，舞台上用荞子在蓝色的灯光下抱着儿子翩翩起舞的画面，把一个母亲的刻骨相思传达得惟妙惟肖。

不仅是对荞子这个人物，对阿奶、瓦苦、石头等形象，彝剧《疯娘》都着力凸显人物的精神世界。如阿奶下决心为了孙子要赶走疯儿媳时，她的内心进行了激烈的挣扎：“白天找来她晚上喊，喊得人心直发慌。荞子盯着就不放，要是偷走怎么办？前也难来后也难，左思右想无主张。总不能把香火断……”剧本没有简单地把这个当家婆婆处理成蛮横自私、无情无义的封建式家长，而是尽量开掘她内心深处的无奈和支撑穷家的不易：“媳妇本是疯叫花，一年来从未亏待她。可是她又是疯来又是傻，日子长了会伤害娃娃。不如叫她别处去，再去找个好人家。”在赶走儿媳忍受多年的内心煎熬后，面对突然归来的荞子，她大胆直接地倾诉了自己的愧疚之情：“荞子，是阿妈对不起你！走，跟阿妈回家！”在演员李光秀的出色演绎下，阿奶这一形象的感人力度并不亚于主人公荞子。

对小说中着墨不多的父亲，剧本也强化了他憨厚、真诚的一面，如荞子流浪多年突然返家后他抑制不住满心的喜悦：“年年把荞子盼，年年把荞子想，荞子去流浪，想想心也寒。荞子回来了，我全家团圆了。荞子回来我心里好喜欢，荞子回来心里好喜欢。”尽管有些唱段是否符合人物的身份和戏剧情境还值得斟酌，但总体上，彝剧《疯娘》还是将小说的神韵成功地呈现在了舞台之上。

2. 对戏剧节奏的把握

节奏是戏剧舞台打开观众欣赏心理的钥匙。彝剧《疯娘》没有异常激烈紧张的矛盾冲突，只是集中表现了疯娘一生中几个重要的事件：结婚生子、被逐离家、拔苗闯祸、送伞打人、摘桃丧命。剧中也没有与疯娘刻意作对的反面人物，阿奶对荞子的防范，石头对荞子的抵触，都是家庭成员间一时的误解。那么如何把这样一台看似会很“闷”的戏打造得跌宕多姿、引人入胜呢？编导通过舞台节奏的对比，对情节的张弛、气氛的冷暖、表演的篇幅等做了恰到好处的安排，获得了醇厚隽永、引人入胜的审美效果。

首先是情节安排，注重悲喜交融、错落有致。比如结婚生子的欢庆场面刚过，荞子对新生儿潜在的威胁就像阴云一样笼罩在这个贫苦家庭的上方。容忍荞子，就意味着既要“白养”一个闲人，而且要时刻提防着她，不能让她接触孩子，更不能让她给孩子喂奶；否则，就是不客气地将她驱出门外。瓦苦母子犹豫再三后，考虑到孩子的安危，还是忍痛赶走了荞子。荞子走后，这个家庭看似减轻了一点负担，但每个人的内心都不轻松：婆婆不断忍受着良心的谴责和舆论的指责，瓦苦从没停止对流浪妻子的思念，荞子虽精神错乱却也备受思子之痛的折磨。剧情从欢悦的巅峰一下子跌到了悲伤的低谷。但紧接着是依旧疯疯癫癫的荞子几年后突然出现在村口，虽然年幼的儿子对这个神志不清的母亲充满抵触和怨恨，可瓦苦母子却无比欢欣，剧情再次进入一个喜乐融融的团圆氛围之中。但好景不长，荞子又屡屡闯祸：先是代儿子割草却误割了村民的苞谷苗，后是为保护儿子而误伤了儿子的同学。于是不断有人找上门来，甚至把家里打砸得稀巴烂。就在这样的一波三折中，观众的心情也时悲时喜。所幸的是，在荞子“非常”的呵护下，石头越来越懂事，越来越理解母亲的苦衷。剧情也逐渐沉浸在温馨的爱的暖流中，但马上又急转直下——荞子在为儿子摘桃时不慎命丧悬崖。至此，疯娘终于走完了她悲情的一生。为了达到“悲而不伤”的效果，剧终石头用一纸大学录取通知书告慰了疯娘的亡灵，也让观众在为疯娘惋惜的同时获得些许安慰。彝剧《疯娘》就这样通过情节安排上的悲喜交织，使戏剧节奏张弛有致，让人物的情感和命运在跌宕起伏中层层显现，言已尽而意无穷。

另外，为了服从戏剧节奏张弛有度的需要，剧本还删除了小说中疯娘产子和被逐时分饭、瓦苦看守鱼池养家等情节；增加了人物（如瓦苦、荞子、石头等）的内心独白、瓦苦弹弦思妻、荞子梦中寻子等细节和场面，使得舞台演出更加紧凑流畅、跌宕有致。

其次是舞台气氛，注重冷热交替，使人物形象更为细腻丰满。疯娘就是在这样热中有冷、冷中有热的气氛中出场的。演出伊始先是彝族火把节上男女老少载歌载舞的欢庆场面；接着，一曲“山上有棵麻栗树，树上有个喜鹊窝”的悦耳清亮的女声独唱让喧嚣的场面戛然而止：主人公荞子突然出现，她捡起地上的东西就啃，这种反常的举止引得大家窃窃私语；主任的话证实了人们的猜想，淳朴的乡民马上为这个疯女子的命运担忧起来；然后，主任提议瓦苦娶疯女子为妻，瓦苦母子思虑再三后答应亲事，众人齐声欢呼，在欢快的音乐伴奏声中，舞台又转入兴高采烈的婚庆气氛。这样的冷热交织、一波三折，既使戏剧情节摇曳多姿，也使人物形象轮廓鲜明。

最后是表演的篇幅，注重歌（唱、念）与舞（做、打）的有机配合，使观众既欣赏到彝族独特的舞姿风韵，又深入人物的内心世界，感知其喜怒哀乐的细微变化。为了配合戏剧的舞蹈身段，彝剧《疯娘》适当地增加了一些唱词来烘托人物的心情。如荞子生产后，婆婆喜不自胜，一边唱着“树木开了花，草也开了花，荞麦开了花，荞子生了娃。我有大孙子大孙子，笑颜像朵花像朵花”，一边伴随着彝剧特有的跌脚、摇摆的身段，尽情展现内心的喜悦。又如在家人的“严密监视”下，荞子始终无法和孩子亲近，为了表现这个神志不清的母亲对儿子的思念，舞台上用舞蹈加伴唱，以及荞子时不时呓语似的呼唤，来展示这个特殊人物的特殊心境：荞子把衣服当成小婴儿，百般爱怜地搂在怀中，随着轻柔的乐曲又亲又拍；后台同时响起柔和的女声伴唱：“阿妈的眼睛珠，阿妈的小星星，阿妈的小心肝，阿妈的心头肉，阿妈想你在梦里，阿妈爱你在心里。”在伴唱声中，荞子的舞姿虽疯癫却不失韵律美，一个爱子心切、如痴如醉的疯娘形象，在这段唱念与舞蹈疏密相间的表演中跃然而出。

当然，戏剧的舞台节奏不仅仅表现在上述情节、气氛、表演等方面，伴奏、灯光、布景等的综合变化，也能起到很好的烘托气氛和外化人物心理的作用。彝剧《疯娘》在这些方面处理得都比较妥当，使得舞台节奏跌宕有致、浓淡相宜，获得了赏心悦目的艺术效果。

3. 对彝剧彝味的坚守

彝剧作为植根于彝族传统文化而成长起来的少数民族戏剧，在半个多世纪的发展中，以其清新怡人的“松毛味”“羊膻味”，赢得了广大汉族和彝族等少数民族观众的赞誉和爱戴。《疯娘》正坚持和发扬了彝剧的这种民族个性，在剧本文学和舞台表演等方面，充分展示了彝族民间民俗文化的魅力，把一个异族文学题材改编成了“彝味”十足的精美大戏。下面试从对彝族风俗人情的描摹，对彝族民间俗语、民歌童谣的运用两方面分论之：

先看对彝族风俗人情的描摹。大幕一拉开，《疯娘》就在观众面前展开了一幅热情洋溢的彝族火把节欢庆图，先是身着各色服装的青年男女怀抱乐器、载歌载舞；接着在一句“对调子啦”的高呼声中，男女分成两列，一边舞蹈一边对唱：“弹起弦子对起歌，弦索弹断换皮索”“哥唱调子妹来和，越唱心里越快活”“哥是钥匙妹是锁，钥匙连着锁心窝”“瓦苦哪时找老婆，小妹嫁给情哥哥”。在热闹的民族歌舞中，顺带述及瓦苦一家的辛酸往事。紧接着，当疯疯癫癫的外来妹突然出现在大家面前时，村民们表现出了彝家人特有的淳朴实诚和豪放爽快。见小二憨对疯姑娘不怀好意，仗义执言的普大爹上前一把揪住他的耳朵就大声喝斥：“小二憨，你可是想打哪样歪主意？小心我告诉你婆娘，叫她来收拾你”；看到疯姑娘捡起地上的东西就往嘴里放，善良的阿奶赶紧塞给她一个果腹的荞粑粑：“姑娘拿着，吃这个荞粑粑”；听说这个疯姑娘四处流浪后，大家马上又为她的命运忧心忡忡；后来在主任的提议下，阿奶略经思索后毅然劝说儿子瓦苦答应了和疯姑娘的亲事。通过火把节对歌和接纳异乡人这两个场面，彝剧《疯娘》既自然而然地推出了主人公荞子，又让观众触摸到了彝族人特有的文化传统和个性魅力。

再看对民间俗语、民歌童谣的合理运用。彝剧《疯娘》在人物的念白和演唱中，增加了很多彝族人民生动跳脱的口语、俗语、歌谣，使得演出既生趣盎然，又别开生面，就像彝家人在娓娓讲述自己的生活情事。比如阿奶在描述自己的家境时，用“现在我们这个家，是耗子笑着进来都哭着出去的”“黄连树下种苦瓜，日子过得苦巴巴”等俗语形象地勾勒了穷家破户的贫寒没落和辛酸不易；在要赶走荞子时，用“阿妈的心也是像鸡啄一样的痛，马踢着一样的痛”生动地描摹了一个婆婆左右为难的矛盾心情。又如瓦苦用“多依果下肚，是心酸哪”的歇后语道出母亲坚持要赶走媳妇，自己却无力阻挡的万般无奈和无比心痛；用“一日想你十二时，一月想你三十天。白日想你满山跑，夜晚想你我蹲墙根。头上青霜三尺厚，地上石板蹲出坑”的深情演唱把对荞子的思念演绎得入木三分。再如疯娘的取名，是阿奶看到满坡的荞花，想到

“荞子开花就结果果”，而灵机一动想出“荞子”这一极富彝族生活生产气息的名字的。还如，用儿歌“斑鸠菜箐里长，斑鸠咕咕抬头看。牛奶菜树上爬，树丫丫上毛虫大。蕨菜秆荒坡长，兔子见人四处窜。弓着腰腰弓着，找着一棵菠萝菜”，把彝族孩童上山挖野菜的天真烂漫、活泼可爱描画得惟妙惟肖；用幕后伴唱“风啊你静一静，水啊你停一停。天上飞过的鸟啊，你替家人传个信。荞子呀你在哪里，阿妈也想你。荞子呀你在哪里，瓦苦也想你。悲伤的泪水不住地流，星星伤心月亮也伤心。悔恨的歌声不停地唱，月亮不听星星也不忍听”，伴随着人们四处奔走、寻找荞子的舞蹈，来烘托赶走荞子后，瓦苦母子内心的愧疚和思念，收到了催人泪下的感人效果。这些极富民族味道的民歌、俗语都是小说所没有的，增加了这些元素后，《疯娘》恰到好处地凸显了彝剧稚拙、淳朴的艺术个性。

除了上述对彝族风俗人情的描摹，对彝族民间俗语、民歌童谣的运用外，彝剧《疯娘》还吸收了彝族的跌脚、摔跤等民间舞蹈的养分，这使得它的表演甚少固定程式的羁绊，而是歌、舞、剧有机结合，共同营造了一种异质文化的新奇格调。

总之，彝剧《疯娘》在发扬原著神韵的基础上，结合本民族的传统文化，对小说做了戏剧化的改编，才使得这台大戏在重构的过程中取得了新的突破，从而为我们展示了一条彝剧发展的创新之路。下面就来具体看看彝剧《疯娘》带给我们的启示。

二、《疯娘》对彝剧发展的启示

《疯娘》上演后屡获好评，当然不止上述几个方面的原因。它从对小说的解构到戏剧的重构的再创造过程，至少给了我们以下两方面有益的启示：

第一，拓宽了彝剧的创作思路。根据郭思九先生在《彝剧简论》中的统计，彝剧剧目的题材主要有三类：一是以反映彝族现实生活为主的剧目；二是从本民族的神话、传说、故事和叙事诗中吸取素材、题材进行改编和创作的剧目；

三是移植剧目。[1]纵观以往的彝剧剧目，虽不乏改编和移植之作，如《曼嫫与玛若》《带血的马缨花》《追报表》《双抠门》等，但像《疯娘》这样把一部异族的当代小说改编为彝剧的，还不多见。在改编的过程中，如何把这一小说题材内化为彝族人自己的故事，如何避免彝族文化符号的生硬叠加，《疯娘》的处理还是颇具创新意义的，如上文所述对彝族民间俗语、民歌童谣、民间舞蹈的化用等，都较为妥帖地烘托了人物形象和戏剧情境。这为彝剧的剧目创作提供了一个可行的实践范式。

第二，对彝剧表演走向的启示。当前少数民族戏剧的发展主要有两种倾向：一种是"戏曲化"，即向汉族戏曲靠拢；另一种是歌剧化、歌舞化。以第一种倾向来反观《疯娘》，可能会苛责该剧没有提炼出一整套规范、成熟的表演程式，"在戏曲化的程度上也有着相当大的距离"[2]；以第二种倾向来论，《疯娘》"在歌唱音乐方面，美声、歌剧化味道很浓、很系统"[3]，似乎又有点舍本逐末。这主要是针对彝剧《疯娘》的缺憾而言的。从《疯娘》取得的成效来看，笔者倾向于彝剧应该走民族歌舞剧的表演路径。理由如下：

首先，如果一味地模仿其他剧种的表演方式，就会使属于彝剧原生态的、本色的内容被割弃，最终走向戏曲剧种的趋同化，其实质则是该剧种的消亡。所以，千篇一律的"戏曲化"是不可取的。

其次，彝族有着丰富的民间音乐、舞蹈、文学的传统，民间有各种宗教祭祀、传统节日、民俗活动。在彝族人民中，"歌声就像盐巴一样离不开每个人的生活"；彝族最有代表性的民间舞蹈"跳脚"更是花样百出、变化多端，这些都是彝剧取之不尽、用之不竭的宝贵资源。所以，结合本民族的歌舞传统，使其与"剧"有机融合，不失为彝剧发展的一条可行之路。彝剧《疯娘》就不仅融入了彝族火把节、迎娶新娘等民俗活动，还用彝族的跳脚来贯穿演员的舞台行动，并吸收了本民族的山歌小调，运用独唱、对唱、轮唱、伴唱、

---

① 郭思九：《彝剧简论》，薛若邻、荆文礼主编《新剧种论》，时代文艺出版社 1993 年版，第 360—361 页。

② 包钢：《彝剧——现代民族歌舞剧》，楚雄彝族自治州民族艺术剧院编《2009 中国·楚雄首届彝剧国际学术研讨会专家论文汇编》，2009 年 8 月，第 6 页。

③ 刘祯：《中国少数民族戏剧创作观念与发展模式》，《民族艺术》2009 年第 4 期。

唱白相间等多种演唱形式，不仅实现了多种艺术元素的有机融合，而且散发着浓郁的民族气息。

当然在彝剧尝试走民族歌舞剧的方向时，应该警惕出现像上文所说的“歌剧化”的误区，应该像有的学者所提倡的那样，“一些新型的、正在走向成熟的剧种，则需要眼观六路、耳听八方，无论面对历史积淀深厚的戏曲，还是颇富时代气息的现代艺术、外来艺术，都应该立足民族戏剧的本体，从建立真正属于民族戏剧的高度去审视和研究，可以吸收和借鉴，但不能搬用和替代”①。

综上所述，彝剧《疯娘》对小说从解构到重构的改编经验，既为我们提供了一种彝剧剧本创作的崭新模式，又为彝剧的发展避免过分“戏曲化”和过度“歌剧化”敲响了警钟，探索了一条歌、舞、剧有机结合的创新之路。相信只要在以民族为本、兼收并蓄的原则下，彝剧一定会“彝味”十足、充满活力地奔向灿烂的明天。

（原载吴卫民主编《声腔、表演与戏剧版图——中国少数民族戏剧研讨会文集》，云南大学出版社2014年版）

① 刘祯：《中国少数民族戏剧创作观念与发展模式》，《民族艺术》2009年第4期。

坎坎联姻路　殷殷中印情

——南派粤剧《璎珞传》观后

2015年9月11日晚，邕城的南宁剧场不时响起阵阵轻快婉转的印度舞曲。原来，这里正在上演大型南派粤剧《璎珞传》。

《璎珞传》是我国第一部根据梵语戏剧改编的粤剧剧目，由毛小雨、王彤担任编剧。梵语戏剧大约产生于公元前2世纪的古印度，至今还在印度西南部的喀拉拉邦有遗存，2001年被列入联合国公布的第一批人类口头与非物质文化遗产名录。梵剧《璎珞传》是古印度一位雄才大略的君主——戒日王（公元590—647年）创作的。戒日王和唐代高僧玄奘有着深厚的友谊，两人的会面促成了中印的官方交流。戒日王的生平事迹通过波那的《戒日王传》、玄奘的《大唐西域记》以及相关史书流传至今，戒日王对推动中印交流做出了突出的贡献。戒日王不仅是一位杰出的政治家，还是一位优秀的剧作家。但他的戏剧作品很少进入中国读者的视野，其代表作《璎珞传》在2014年才有了第一个中译本（见《剧本》2014年第1期）。梵剧《璎珞传》情节紧凑、结构严谨，有着很强的戏剧性和舞台性，尽管历经千年风霜，至今仍以其生动的语言和浓郁的印度风情散发出迷人的魅力。《璎珞传》的男主人公优填王在印度可谓家喻户晓，相传他是公元前6世纪古印度一位伟大的君王，一生南征北战、风流倜傥，是印度文学艺术作品中津津乐道的题材。

把这部湮没已久的梵剧经典之作，用南派粤剧的曼妙形式展现在舞台之上，其实颇为不易。一则，梵剧剧情冗长复杂，往往要几天才能演完，如何将其浓缩为两个小时左右的舞台演出？二则，如何将粤剧的传统表演与印度戏剧的歌舞形式有机结合？这些都是困扰编导和演员的难题。

所幸，该剧的艺术总监和编剧之一毛小雨早年有过在印度访学的切身经历，回国后又一直从事传统戏曲和印度戏剧的研究，由于其长时间研究印度文化，对印度的风俗民情和山川地理都十分熟悉，因此在把握该剧的整体风格时，比较准确到位。该剧在 2014 年第二届中国—东盟（南宁）戏剧周首演后，即获得各界好评；今年又在第三届中国—东盟（南宁）戏剧周开幕式上再度上演，编剧在原来的基础上进行了再次加工，使得中印艺术更加融合无间，达到了一个更高的艺术层面。笔者有幸观看了今年的演出，感觉确实是一出美听美视的新编粤剧。该剧有三个鲜明的特色给笔者留下了深刻的印象：

一是“悬念”的运用。

为了照顾中国当代观众的欣赏习惯，编剧采取了设置多个“悬念”、层层推进剧情的手法，使得改编后的故事跌宕起伏、扣人心弦。粤剧《璎珞传》在“序幕”后，分为六场：祭神、钟情、绘像、园遇、密会、圆情。

“序幕”中删去了梵剧由舞台监督叙述故事梗概的开场惯例，先以一曲欢快的“送亲音乐”开场，继而便是突发的海难和璎珞公主生死未卜的消息，观众的心弦一下子就紧绷起来。紧接着在第一场中，悬念初步解除，璎珞流落到了犊子国，被王后收留在宫中；但碍于后宫凶险，璎珞未敢言明身份。接下来的“钟情”“绘像”“园遇”三场，写璎珞偶然中看见英俊潇洒的优填王后，念念不忘，遂手绘优填王画像，以慰相思。而画像又被优填王意外拾得，有情人才终于相见。可是一波未平，一波又起，短暂的相会竟被多心的王后撞破了。能否冲破王后的无情屏障，再次成为观众的一大担忧。第五场“密会”，写璎珞的密友精心安排了凉亭相会的计谋，不料被王后的贴身侍女听见，王后遂假扮璎珞赴会，使国王无地自容，二人不欢而散；而璎珞久等国王不至，又担心被王后发现，正羞愧难当、意欲自尽时，被碰巧赶来的国王救下。二人情话不长，王后突然返回，见状怒火中烧，立即下令囚禁了璎珞。璎珞的性命再次命悬一线。第六场“圆情”设置了一场突发的大火，熊熊火光中，国王奋不顾身去寻找心爱的人儿，善良的璎珞则在危急关头推开了王后，而自己却被烧损的屋梁砸晕了。劫后余生的璎珞，又恰逢狮子国宰相赶来，公主身份终于言明。一段联姻御敌的佳话由此传诵不衰。这种环环相扣的“悬念”设置，既保留了梵剧故事原型的精华，又使得情节更加流畅、紧凑。

二是诙谐欢快的地方特色。

璎珞远嫁犊子国的联姻路虽然坎坷不平、充满磨难，而该剧却始终洋溢着南派粤剧欢快戏谑的地方特色，这主要是通过“一生二旦一丑”的行当设置来体现的。其中优填王由有着“广西粤剧第一小生”之誉的黄俊成扮演。多次得到红线女指点并且颇得其赏识的黄俊成，在此剧中表演不俗，他扮演的优填王既风流倜傥又重情尚义，既有帝王风范又有凡夫情怀。璎珞和王后分别由优秀青年演员刘希瑛和马英扮演，璎珞的扮演者刘希瑛已是一个九岁孩子的妈妈，却将豆蔻年华的芳龄少女对于爱情的憧憬、痴迷与怀疑演得惟妙惟肖；王后的扮演者马英，把后宫之主的骄横、妒忌、愤怒、隐忍都表现得恰如其分，让观众对这个横亘在男女主人公之间的“绊脚石”多了一份同情和理解。

和优填王几乎寸步不离的侍从森德迦由丑行应工。森德迦在剧中扮演了一个重要的穿针引线的角色。陪国王散心解闷的是他，发现璎珞画像的是他，为优填王和璎珞密谋相会的是他，因计划泄露而惨遭王后毒打的也是他，但这个小人物只要一出场，就给观众带来了数不尽的欢声笑语。这不仅是由于他滑稽的扮相和令人捧腹的举止，更由于他的台词中诸如“恋爱虽易，婚姻不易，且行且珍惜”等当下中国观众流行语的使用，引发了中国观众极大的共鸣。

生、旦的设置可以尽情发挥粤剧擅演儿女风情剧的特长，丑的设置则为悲欢离合的情节增添了许多活泼欢畅的成分，三者交相辉映，喜乐交错，赋予这个看似缥缈遥远的宫廷爱情传奇以更接地气的情味。

三是浓郁的印度风情。

粤剧和梵剧如何嫁接才不显生硬？添加了印度舞曲的粤剧还姓不姓“粤”？这种担忧在看了现场演出后，已然完全消解。粤剧《璎珞传》充满着浓郁的印度风情：那华丽炫目的印度服饰、袅娜柔美的翩跹舞姿、顾盼神飞的撩人眼波、充满异域风情的印度乐曲，配合着抑扬顿挫的粤剧唱腔，使得观众耳目一新、大为赞叹，时有穿越之感。但这些舞蹈场面又并非一味炫技，而是配合剧情适时出现的，如开场送亲时的欢快舞曲和“爱神节”上的载歌载舞，以及终场“宝莱坞”式的舞蹈联欢，都让人情思荡漾，忍不住要翩翩起舞。

这种极富印度风情的舞台效果，和舞蹈编导金珊珊女士以及演员们的辛苦排练是密不可分的。金珊珊女士是目前国内水平最高的印度舞专家，即便如此，她也觉得这次排练难度很大。为了把印度舞蹈很好地融入粤剧唱腔里，她和导演做过很多次尝试；为了对粤剧演员进行印度舞的基础训练，她往返南宁北京四次，每次都待一个月，每天早上都要加强演员们的基本功训练；为了呈现更好的舞台效果，她还亲自前往印度定制了几十套群众演员的服装。经过这番努力，这些地地道道的粤剧演员终于也能将印度的婆罗多舞跳得“有模有样”，给粤剧增添了一抹别样的风情。对此，南宁观众给了粤剧《璎珞传》“咖喱伴着老友粉”的亲切评价。

粤剧《璎珞传》之所以能轻易俘获广大观众的心灵，更深层次的原因是它暗合了东方民族的思维模式和审美习惯。著名的东方学家季羡林教授曾说，东西两大文化最基本的差异在于思维模式不同，东方文化是综合的，讲“和而不同”；西方文化是分析的，讲“同而不和”。中国与印度同属东方国家，都是东方文化的创造者。所以，粤剧和梵剧藉由《璎珞传》的“联姻”，有着先天的合理机缘。

粤剧《璎珞传》以其充满异域情调的跨文化改编，奏响了粤剧改革的新号角。虽然当前的版本未必尽善尽美，比如璎珞的内心情感似乎还应该再深入拓展，王后的戏份则可以适当减少。但瑕不掩瑜，粤剧《璎珞传》毕竟为当代戏曲的革新开辟了一条新路，它既是中印文化的一次亲密接触，又是传统粤剧与当代文化的一次无缝链接；不仅促进了传统文化的现代传承，而且有利于中国戏曲和其他东方剧种的交流与合作，在中印文化交流史上、在中国当代戏曲发展史上都有着不可磨灭的重要意义。

（原载《中国演员》2015 年第 5 期）

第六编　读书断想

戏曲文献学研究的开拓之作

——孙崇涛先生《戏曲文献学》的学术贡献

摘要：近百年来，从中国戏曲文献学学科本身发展的角度进行系统全面的理论阐述鲜见出现，而孙崇涛先生的新著《戏曲文献学》不仅开创了中国戏曲文献学研究的格局和方向，也为我们提供了一个良好的治学模式和一种良好的治学风范。本文主要从容量包含、治学态度、表述方式和学术信息四个方面论述孙崇涛先生《戏曲文献学》对学术界的贡献。

关键词：孙崇涛；戏曲文献学；学术贡献

20世纪初叶国学大师王国维《宋元戏曲史》的问世，使得戏曲终于摆脱了对传统曲学的依附，作为一门新兴而独立的学科，跨进了近代学术研究的殿堂。王国维曾经讲过，一代学术的发展有赖于两个前提的开掘：一是观点；二是材料。材料又分为文献与文物。这部被公认为中国近代戏曲史学的奠基之作，正是建立在作者先前对大量丰富翔实的戏曲史料的钩稽考察基础上完成的。从《曲录》《戏曲考原》《录鬼簿校注》到《优语录》《唐宋大曲考》《古剧脚色考》等，正是王国维痛感于“一代文献，郁堙沈晦者且数百年”（《宋元戏曲史·自序》），而致力搜集研究的，《宋元戏曲史》在此基础上，“以三月之力”（《宋元戏曲史·自序》），水到渠成，迅即完成问世。可见，对中国戏曲史学的研究，从一开始就同戏曲文献的搜集、整理、编辑、考订等密不可分。

然而，近百年来，对构成中国戏曲学基本板块的戏曲史学、戏曲理论学的研究蔚为可观，而对作为两者基础的戏曲文献学的研究却寥若晨星。从郑振铎的《中国戏曲史资料的新损失与新发现》《记一九三三年间的古籍发现》《三十年来中国文学新资料发现记》[①] 到叶德均的《十年来中国戏曲小说的发现》[②]，从俞琳的《简述三十年来的戏曲文献资料工作》[③] 到吴书荫的《论二十世纪戏曲文献的整理和研究》[④]，再到苗怀明的《二十世纪戏曲文献学述略》[⑤]，多是对不同时期戏曲文献工作的归纳和总结，而从中国戏曲文献学学科本身发展的角度进行系统全面的理论阐述却鲜见出现，正如吴书荫所言："至今还没有一部像戏曲文献史或戏曲文献论的专著，对已经取得的成果进行总结。"[⑥]

孙崇涛先生的新著《戏曲文献学》（山西教育出版社，2008 年 2 月初版）的问世可以说改变了这一研究格局。尽管孙先生在该书"自序"中很谦虚地称这"是本人从事戏曲文献学教学形成的一本教材"，"只能说聊胜于无而已"，但该书以戏曲目录学、戏曲版本学、戏曲校勘学、戏曲编纂学四大板块构成的洋洋洒洒五十余万字的宏篇，对戏曲文献的历史、特征、种类、意义、传播以及收集、整理、鉴别、保管、编校、解释、准确使用等方方面面的问题，进行了通俗易懂而又条分缕析的科学阐释，在戏曲文献学领域无疑具有"筚路蓝缕，以启山林"的重要意义。通观全书，它的学术贡献是多方面的。

首先，从容量包含来看，该书囊括了戏曲目录学、戏曲版本学、戏曲校勘学、戏曲编纂学四大部分的内容。这四个部分，实际上构成了戏曲文献学的基本学科框架，勾画了一个独立的学科门类最基本的研究方向。诚如孙崇涛先生在"自序"中所言："中国戏曲学，大而言之，系由戏曲理论、戏曲历

① 郑振铎：《中国戏曲史资料的新损失与新发现》《记一九三三年间的古籍发现》《三十年来中国文学新资料发现记》，《郑振铎文集》（第 5、6 卷），人民文学出版社 1988 年版。

② 叶德均：《十年来中国戏曲小说的发现》，《东方杂志》43 卷 7 期（1947 年）。

③ 俞琳：《简述三十年来的戏曲文献资料工作》，《戏曲研究》（第 4 辑），文化艺术出版社 1981 年版。

④ 吴书荫：《论二十世纪戏曲文献的整理和研究》，《中国文化研究》2000 年第 4 期。

⑤ 苗怀明：《二十世纪戏曲文献学述略》，中华书局 2005 年版。

⑥ 吴书荫：《论二十世纪戏曲文献的整理和研究》，《中国文化研究》2000 年第 4 期。

史和戏曲文献学三个基本部分构成……总结无数前辈学者的成功经验和自己多年从事戏曲研究、教学的切身体会，使我深刻领悟到，我们的戏曲学应该尽快建立起可与戏曲史学、戏曲理论学鼎足而立的‘中国戏曲文献学’。”① 该书正是孙先生在戏曲文献学研究领域躬耕多年的学术结晶，实现了作者“归纳中国戏曲文献门类，评析戏曲文献遗产，阐述戏曲文献特征，总结戏曲文献收集、整理、鉴别、存储、使用、传布的方法与经验，整合中国戏曲学的完整体系，以推动中国戏曲研究与教学的顺利发展”② 的宏愿。该书四编内容，由浅入深，环环相扣，依次对戏曲目录的分类、演化、特点，戏曲版本的类别、分布、流变、特点和版本鉴定的原则、手段、方法，戏曲校勘的目的、方法、类别、原则、体例及辨伪方法，各种戏曲文本的编纂原则、方法、体例等，展开了有条不紊的全面阐述。这样的结构安排，既是对戏曲文献学各个分支内容的清晰展示，又对初学者和研究者有着很强的指引作用，体现了著者构建一门学科框架的宏大气魄和高瞻远瞩的学术胸怀，为我国戏曲文献学学科建设起着奠基的意义。

其次，从治学态度来看，全书处处流淌的严谨求实、无征不信的学术风范堪称我们治学的楷模。由于孙先生在戏曲研究领域常年辛勤耕耘，造诣颇高，不仅通晓戏曲文献知识，而且深谙戏曲研究现状，对许多学术问题都了然于心，故能驾轻就熟，对涉及的学术分歧问题的见解，多有论据充分的个人创见。

比如该书“导论”开篇，为了说明研究戏曲文献是“从事一切真正戏曲研究所不可逾越的起步”③，作者令人信服地引证了从王国维、王季思、赵景深、钱南扬、冯沅君，到孙楷第、叶德均、周贻白、青木正儿、任二北、徐朔方等在近现代戏曲史学研究方面卓有成绩的专家、学者的治学道路，论述了他们取得丰硕而坚实的学术研究成果的基础无不都是他们十分重视并致力于戏曲文献的搜集、考订、整理和研究工作。

---

① 孙崇涛：《戏曲文献学·自序》，山西教育出版社 2008 年版，第 1 页。

② 同上。

③ 孙崇涛：《戏曲文献学·导论》，山西教育出版社 2008 年版，第 1 页。

又如，在论述建立戏曲文献学的意义时，作者以《录鬼簿》为例，说明仅凭钟嗣成《录鬼簿》的记载来总括元剧历史，有很大的片面性，理由有三：一是从《录鬼簿》的著述年代来看，它无法概括终元一代近百年的杂剧发展全貌；二是从作者钟嗣成的生活经历来看，他的见闻具有很大的局限性；三是从《录鬼簿》本身的内容来看，对于作者不相知、不相闻的杂剧作家，均未收录。由此得出结论，《录鬼簿》的记载具有明显的个体色彩，仅以它作为研究、概括整个元代杂剧发展历史全貌的材料依据是不充分的，中间必然存在偏差，可见充分掌握和准确使用戏曲文献对戏曲研究的重要性。

再如，在论述“两地书法、版刻形式十分接近，如不仔细研究鉴别，容易造成张冠李戴的版别误断现象”[①]时，作者以《风月（全家）锦囊》刊刻地的鉴定为例说明了戏曲版本流变的复杂性。海外学者多认为《风月（全家）锦囊》是福建建阳刻本；而作者认为确定其版本是否为建阳本，仅凭上图下文的版式远远不够。为此，作者经过对南京图书馆的实地考察和对多方专家的请教，加之个人的仔细辨别，费时多年，终于得出结论：《风月（全家）锦囊》应是赣本，而不是建阳本。由此说明戏曲版本的鉴定，涉及的问题甚多，应该审慎为之。

还如，对院本名目“拴搐艳段”的研究。作者从陶宗仪《南村辍耕录·院本名目》所录“拴搐艳段”之“诸宫调”一目，论证“诸宫调”可以在宋金杂剧院本里作为开场即“艳段”演出的事实，再对照戏文《张协状元》以“诸宫调”开场，二者互证，说明宋金杂剧院本对早期戏文的影响，并反证上述对院本“拴搐艳段”性质的正确理解。

像这样言之凿凿的例证在书中随处可见，纵观全书各编内容，无不是建立在对大量戏曲文献深入研究的基础之上的，可以说达到了无文献为据不能成论的学术水平。这种严谨扎实的治学态度，对当前学术界的学术启示意义是耐人寻味的。

再次，从学术表述方式上看，该书沿袭了作者一贯倡导的通俗晓畅而又

① 孙崇涛：《戏曲文献学》，山西教育出版社2008年版，第116页。

灵活多变的语言风格。作者在《我与南戏研究》一文中曾说："学术表达者的本事，我以为是把作者经过研究而明白的原本复杂、深奥的道理，尽可能地简单化、浅显化，使更多不明白的他人也同样明白；而不是相反，把原本简单、浅显的道理，有意变得玄虚和深奥，去吓跑别人。""我很赞赏香港一位散文家的提法：学术研究文章写法，不应该形成定式，也应该像散文一样自由变通，为了提高可读性，甚至还可以采用叙事体。"[①] 戏曲文献学的内容本来较为刻板枯燥，但孙崇涛先生的这部专著不仅通俗、易懂、可读，而且因为作者对各编内容精心组织、系统分类、深入浅出，见解常常别出机杼，令人耳目一新，为之振奋；语句表述方式灵动多样，或娓娓道来，或宏括精要，读者完全可以纵览全编而不会感到冗赘、沉闷。

比如，在介绍古籍装帧的不同形制与版本鉴定的常用术语时，对旋风装、蝴蝶装、象鼻、鱼尾、耳子、金镶玉等专业名词，作者常用形象的比喻手法来解释，诸如："状如旋风""如蝴蝶展翅""好似大象的鼻子垂在胸前""形状如同鱼尾巴""像只贴在脸庞边的耳朵""原书纸旧色黄，喻之为金；衬纸崭新洁白，喻之为玉"等等。如此一来，原本生僻晦涩的科学术语变得形象生动，读者的阅读兴趣也会盎然而生。

又如，在总结戏曲文献与戏曲研究之间的关系时，作者连用八个句式一致的小标题清晰而醒目地揭示了两者之间的复杂关系："文献对象错位，一切研究变成徒劳"；"文献对象出入，一切推断偏离真实"；"文献材料挂漏，一切见解势必动摇"；"文献材料新生，一切定见必须修正"；"文献材料误读，一切推导必致失误"；"文献材料歧解，一切见解无法统一"；"文献版本不一，一切判断必将不同"；"文献句读差异，一切解释肯定不一"。一气读来，颇有汉魏辞赋的余风逸气，准确、到位而具有语式美感。

再如，对戏曲编纂原则的阐述："尊重原著，力求存真"；"严谨科学，精审翔实"；"面向读者，便于取用"；"古今兼顾，谨慎取舍"。整齐凝练，一目了然。

---

① 孙崇涛：《我与南戏研究》，《南戏论丛》，中华书局 2001 年版，第 12 页。

无疑，这些精心结撰的语言表述方式是和著者深厚的文学修养密不可分的，它启示我们，学术表达也应该跟学术争鸣、艺术百花齐放一样更加多样化和个性化。

最后，从论述中提供的学术信息看，该书不仅涉及了戏曲文献学和戏曲史学的广博内容，还为戏曲文献和戏曲史的深入研究提供了有益的启示。

比如，在介绍宋金杂剧目录时，作者指出《武林旧事·官本杂剧段数》和《南村辍耕录·院本名目》“中间包含着对宋金杂剧、院本内容、题材、艺术形式、曲调运用等各方面的探索”①；并且在提供了其他有关宋金杂剧院本名目的参考资料后，满怀信心地展望：“我们现在有条件可以编著一种《宋金元杂剧院本名目》，以完成傅惜华先生生前计划完成的‘中国古典戏曲总录’八种之‘全目’中尚未及完成的任务。”②

又如，对院本名目之“冲撞引首”的解释：“引首”，即开场开篇；“冲撞”，说明这种开场戏一定很热闹，具有闹剧、喜剧性质。并启发读者：“像这样的分类研究非常重要，它直接涉及对每一类具体院本名目具体内容及表演形式的考察，并对后世戏曲历史研究提供了重要的参考依据。”③

再如，在论述戏曲写本的利弊时，作者对现存的艺人手写台本，如“四大徽班”之“三庆班”抄录的《翡翠园全本》、“春台班”抄录的《火焰山总讲》，以及谭鑫培、时小福、鲍福山、孙怡云、王楞仙、陈德霖等著名艺人的演出本，既肯定了它们珍贵的文物价值，又敏锐地注意到其不可替代的研究价值：“这些写本揭示了从清乾隆徽班进京始至清末皮黄称盛间京都剧坛班社、演员的活动情形，是我们研究京剧形成、发展历史的可靠凭据。”④

还如，戏曲目录的分类方式如何与高度综合的、拥有多种创作途径与方式的中国戏曲相适应；某些戏曲部类，如宫廷承应戏、目连戏、傩戏、车王府曲本、升平署剧本等该如何归类编排，诸如此类的问题的提出，不仅对研究

① 孙崇涛：《戏曲文献学》，山西教育出版社2008年版，第33页。
② 同上书，第34页。
③ 同上书，第32页。
④ 同上书，第183页。

的拓展和深化有很大启示作用，也使我们深感戏曲文献学学科建设之任重道远。同时，我们从中既可看出作者敏锐的学术眼光，还可感知作者那宽广的学术胸怀，这都会使初学者和研究者倍受启迪，并从中找到自己感兴趣的学术据点。

总之，《戏曲文献学》是作者多年学术积累的一个成果总结，它不仅开创了中国戏曲文献学研究的格局和方向，也为我们提供了一个良好的治学模式和一种良好的治学风范。它的学术贡献，正如王国维《宋元戏曲史》开创了中国近代戏曲史学新时代一样，为中国戏曲学开辟了另一个新的天地。

（原载《戏曲艺术》2009 年第 2 期）

用散文写历史，以自述表学术

——《戏缘——孙崇涛自述》读后

摘要：中国历代的文史、学术，向来具有多样化、散文化、形象化的优良传统。如何把这一优良传统与现代学术研究结合起来，著名戏曲史家孙崇涛先生的新著《戏缘——孙崇涛自述》，为我们做出了一个很好的表率。本书至少表现出如下特点：一、用散文的外壳来包装学术的内核；二、通俗生动、深入浅出的行文风格；三、勤勉治学、澹泊处事的人生态度。本书既是孙先生结缘戏曲七十多年的人生沉淀，又是作者改变传统戏曲史著写法的一次成功尝试，为学术专著的别样书写开辟了一条崭新的途径。

关键词：孙崇涛；戏缘；散文；学术

学术研究的成果该如何表述？自 20 世纪 90 年代以来，西式论文的写作格范逐渐成为中国当代的学术主流。时至今日，西式论文已然牢牢占据了独步天下的学界“霸主”地位。近年来，曾有学者质疑过“西式论文的负面影响”，但应者寥寥。而学界的一大“怪状”则是：

> 写的人和读的人全是同样的那几个人；甚至读的人还不如写的人多。[①]

① 孙崇涛：《戏缘——孙崇涛自述·题记》，山西教育出版社 2015 年版，第 1 页。

要想让学术专著成为赢得不同阶层、不同背景读者的畅销书，更不啻“天方夜谭”。造成这种虚假“繁荣”表象的原因当是多方面的。其中，学术著作自身的表达方式和语言风格应该是个重要的制约因素。我国古人历来倡导义理、考据、辞章三者统一的好文章，而中国历代的文史、学术，也向来具有多样化、散文化、形象化的优良传统。如何把这一优良传统与现代学术研究结合起来，著名戏曲史家孙崇涛先生的新著《戏缘——孙崇涛自述》(山西教育出版社 2015 年 7 月版，以下简称《戏缘》)，为我们做出了一个很好的表率。

该书引人入胜的阅读效果，在成书出版之前，已得到广大读者朋友的证实。因为该书的主要章节从 2011 年起，曾历时三年，陆续在《剧作家》双月刊上连载。读者阅后，好评不断。是以才有了后来山西教育出版社的“抢占商机”、予以结集出版之举。细加揣摩，《戏缘》一书嘉惠后学之处颇多，仅择其中最感人心者，略述一二。

一、用散文的外壳来包装学术的内核

孙先生素来不喜重复前人，《戏缘》的写作模式，为学界提供了一种书写戏曲史的新思路。《戏缘》虽是一部类似于自传式的专书，但它与一般传记又不可同日而语。正如“题记”中先生所言：“用散文写历史，以自述表学术”，这是作者写作的“宗旨”，也是他探索新学术书写方式的“尝试”。作者不仅用行云流水般的散文笔法，串连起自己七十多年的戏缘人生；而且站在宏观的历史大舞台上，来审视一己的人生小舞台，用细腻生动的笔墨，娓娓道出 20 世纪 40 年代至 21 世纪的今天中国戏曲发展的局部历史。

全书分为“家乡戏缘”“省城戏缘”“小城戏缘”“京城戏缘”“海外戏缘”五个部分，以时间为经，以空间为纬，编织起作者与戏曲结缘的人生画卷。与一般自传不同的是，作者在书中并未过多讲述自己的人生事迹、情感经历，而是精心选择了和戏曲相关的草台、看棚、地方戏院、省市与京都大剧场、观众、戏迷、演员、琴师、剧目、表演以及个人求学、治学、讲学等素材，既使我们看到了一代戏曲学人虽历经艰辛却矢志不渝的执着追求，又为我们展开了一幅幅现当代戏曲发展的鲜活画面。比如第一部分“家乡戏缘”，就堪称一部20世纪四五十年代的温州戏剧发展史：

在作者家乡温州瑞安的“仲容文化馆”，我们看到了浙江嵊县女子越剧团的最初演出；在瑞安城内城外的大小寺庙，既有熙熙攘攘、川流不息的人流，又有各种各样的庙戏在上演；在瑞安城郊的空旷地面，有着更为壮观的“草台戏”，常演的是今称“瓯剧”的温州乱弹和京剧，还有昆腔班的演出。

瑞安城内唯一的一家剧场——瑞安戏院（后称“瑞安剧院”），则是另一番风光：温州历史最长的京班“金福连”，在此演过《斩颜良》《打擂台》《战宛城》《打焦赞》《虹霓关》《大闹天宫》《水漫金山》《三盗九龙杯》《狮子楼》《金钱豹》《蜈蚣岭》等武戏，隶属军队的京班“二二剧团”，在此演过《火烧红莲寺》《狸猫换太子》《七侠五义》《荒江女侠》《封神榜》《粉妆楼》等连台本戏；除了演戏，戏院还有茶水、零食、毛巾、坐垫等有趣的有偿服务；瑞安戏院的宣传策略，更令人叹为观止：不仅有人肩扛广告牌，敲锣打鼓、走街串巷地满城吆喝，还有各大店铺橱窗里挂满名演员生活照和演出照的商业宣传——作者就生长在这样经常挂满此类照片的店铺之家。曾在此做场的名伶，既有本地的丑角陈哈哈、文武生张春来、老生望江涛；又有外地的武生张二鹏、筱高雪樵，名旦曹婉秋，越剧皇后姚水娟，等等。

温州市内的戏院更是常有名角光临：高百岁、宋宝罗、童寿苓、徐宗尚、徐鸿培、李瑞来、李如春、张翼鹏、李慧芳、王玉蓉、王吟秋、刘云兰、海碧霞、刘美君、班世超等，都是在此演出过的京剧名伶。作者儿时印象最深的是看过李桐森、李秋森兄弟的《明末遗恨》和上海“苓剧团”的《四郎探母》。

这些看似被作者无意采撷、分散在不同场所的戏曲演出，共同组成了20世纪四五十年代温州地区戏曲发展的辉煌局面。南戏故乡源远流长的演剧风习，不仅孕育了作者儿时的邻居池鸿铨这样常年为人跑路送信的邮差兼戏迷与票友，也吸引了出自书香门第、琴棋书画兼擅的陈小鲁、郑剑西、许达初等“京胡才子”，更培育了像作者这样驰名中外的戏曲史论专家。

正是在这些拉家常似的闲叙中，我们似乎明白了：为何温州地区自高明《琵琶记》诞生迄今，戏曲文化传统一直绵延不绝。其实，恰是民间和文人的共同参与，才使得雅、俗得以融合，礼、野能够共存；谁离开谁，都难以长久，这正是戏曲发展的内在规律。《戏缘》就是在这样“形”散而“神”不散的漫谈中，含而不露地渗透着作者精研多年的思考所得。

二、通俗生动、深入浅出的行文风格

孙先生一向主张，学术表达应该尽量通俗易懂，面向大多数读者，应设法让更多的人去关注它、读懂它，甚至喜欢它。《戏缘》的出版，正是这一学术理念的践行。

比如，关于样板戏《红灯记》的创作者，一度争议很大。对此，作者以一段平实的叙述，并附以清晰的实物照片，言之凿凿地表达了自己鲜明的立场：

> 正好我购有“文化大革命”前出版的《红灯记》总谱。里头还附有对白台词和舞台动作提示。封面人物画为阿甲所绘。扉页上署：剧本改编，翁偶虹、阿甲；导演，阿甲；音乐设计，刘吉典；唱腔设计，李金泉、刘吉典、李少春等。京剧《红灯记》原创者为谁，一目了然；后来生出的有关《红灯记》创作者的种种是非争议，都没法抵赖这原始文物的可靠依据。①

寥寥数语之间，就给这场曾经闹得沸沸扬扬的“样板戏”作者权的笔墨官司，写上了有力的“判词”。

有时，对于一些严肃、深奥的学术问题，作者并不马上给出研究的结论，而是在今昔对比中，发人深省，让历史来作答。比如，在讲完温州地区的国有京剧团经过十年浩劫、逐渐被摧毁殆尽后，作者追加了这样一段话：

---

① 孙崇涛：《戏缘——孙崇涛自述》，山西教育出版社 2015 年版，第 155 页。

温州毕竟是南戏故乡，中国成熟戏曲的摇篮，近现代戏曲的重镇，温州群众对京剧的热爱，并不因为公有剧团解体而终止。没有了公有剧团，温州民间业余京剧社团风生水起，私营京剧社团遍地开花，数量之多，难以计数，连北京、上海、山东等地在大剧团演不上戏的京剧演员，也纷纷跑到温州讨生活。这种现象，不能不引起我们深思：我们现在的戏曲艺术体制，究竟出了什么问题？什么才是戏曲艺术的“生产规律”？戏曲人才培养，该采用什么正确途径与方式？①

在公有与私营的两相对照中，在连珠炮似的发问中，不难看出：“历史老人”给当代戏曲的发展，开出了什么样的“药方”。作者就这样在看似不经意的叙述中，“润物细无声”地道出了一个个令普通读者都能理解的高难命题的答案。

除了对学术观点的表达注重通俗易懂、深入浅出外，作者对其曾经生活过的各地风光的生动描绘，更让人神往不已。如对孩提时代家乡的母亲河——“塘河”的回忆：

河中波光粼粼，两岸青山叠翠。坐在船中，遥望窗外湖光山色、稻田茶园、房舍石桥、行人走兽，就像一幅幅活动的风光图片，镶嵌在船厢窗口。河中大小船只，频频往来其间。还时常见到河岸渔翁撒网、浣女涤衣，河中鹅鸭嬉水、鱼鹰扑腾，这是水乡风光，更是家乡民生活态。岸边要经过许多繁华小乡镇，它们网织起鱼米之乡经济活力的动脉。投入眼帘的一幅幅岸上百姓忙碌的场景，是这动脉的搏动。船中一路有许多有趣玩意儿：唱花鼓的，拉琴唱戏的，数快板的，变戏法的，讲新闻、讲笑话的，还有船过三十六桥、

① 孙崇涛：《戏缘——孙崇涛自述》，山西教育出版社2015年版，第159页。

> 七十里埠头送进兜售的各地美食：瑞安双炊糕，莘塍五香干，塘下甘蔗白象橘，梧田雪梨永嘉柑……①

旖旎的江南风情、淳朴的乡民厚谊、繁华的乡间小镇、多彩的消闲方式、诱人的地方美食……都在作者充满深情的细腻描摹中扑面而来，让人念念不忘。

又如对平阳城郊那座作者曾居住了十五年的“实践楼”的描述：

> 我多年所住的“实践楼”，在校园尽头。一座二层洋楼，贴山而建，拾级而上，显得突兀而高耸。清晨，窗口最早拾取朝霞；晚间，房檐挑起半空新月。我长年枕山而卧，与松涛、蛙声、虫鸣、泉音为伴，还时时听到鸡啼狗吠，牛哞羊叫，乃至狼嚎。推窗眺望，可见花木扶疏，鸟雀攀枝，塔影绰约，村烟袅袅……如置身于桃源世界。楼旁淌着一泓山泉，日夜淙淙作响，学校用竹筒将它引灌到远处的厨房，供师生饮用。②

由于组织的“器重”，1961 年大学毕业后，作者被分配到平阳第一中学工作，就是上述“实践楼”所在的校园。平阳虽远不如自己的家乡，但这样清幽的环境正好为潜心读书提供了一个绝佳的场所：早晨与朝霞作伴，晚上与新月为伍，眼前有花鸟塔影，耳畔有松泉蛙鸣……从作者充满禅趣、生机盎然的描绘中，不难看出，这是一个多么令人心醉和神往的世外桃源。然而，也只有热爱读书、暗藏怀抱的人，才能真正领略并爱上这种虽孤独却并不寂寞的静谧所在。

《戏缘》中类似上文简约古朴却充满情趣的景物描摹不一而足，作者用生动圆润、细腻形象的笔墨，打开了一扇扇尘封已久的大门，让读者沿着他与戏曲结缘的每一个足迹，且行且思……

---

① 孙崇涛：《戏缘——孙崇涛自述》，山西教育出版社 2015 年版，第 30 页。

② 同上书，第 138 页。

可以说，正是这种通俗生动、深入浅出的语言风格，打破了读者与学术的隔膜，构筑起现代与传统的津梁。或者说，这正是作者的叙述策略，藉由细腻、周详、朴实的描摹，先让人感同身受，进而深长思之，尔后恍然领悟。

三、勤勉治学、澹泊处事的人生态度

作为晚辈的笔者，读完《戏缘》后，有一种深深的感动，就是先生一生勤勉治学、澹泊处事的人生态度。

孙先生在20世纪80年代初硕士刚毕业，就爆发式地在国家顶尖学术刊物上连连发表长篇论文，一时间惊为“天人”。这也曾被人误以为是他的天分所致。殊不知，这一切，却是先生二十多年的辛勤积累换来的。有读书笔记为证：

早在读大学期间，孙先生就按照浙大夏承焘老师的治学经验传授，对课余研读的许多杂剧、南戏，一一作了读书札记。这种习惯一直延续到后来任教“平中”期间。“实践楼”见证了先生无数个灯下苦读的日日夜夜。在那个“读书无用论”泛滥的喧嚣岁月，先生居然能在繁忙的工作间隙，坚持不懈、心无旁骛地阅读自己深爱的古典戏曲，这不能不令今天条件无比优越的学子们倍感汗颜。

据先生自述，有些读书笔记，他一直保留至今。如1960年6月22日的《关于〈荆钗记〉》、1960年10月的《关于两个本子的〈白兔记〉》、1962年4月16日的《说南戏的人民性》、1962年4月18日的阅读札记《从〈南词叙录〉看徐渭的戏剧观念》、1978年8月21日的《〈赵贞女〉戏文衍变与〈琵琶记〉评价问题》等，这些内容共同构成了先生日后有关南戏的论著成分。除了戏曲方面，阅读古典小说也是先生的一大爱好，在“实践楼”的数年时间里，他竟积累了十余万字的《中国小说史札记》和数册有关四大名著等的专辑札记。

先生曾把自己治学半生的经验总结为六个字：兴趣、坚持、创新。数十年从不间断的读书笔记正是他“坚持”的最好注脚。坚持到底，就一定会学有所获。这应该是《戏缘》给予青年学子最大的启迪。

除了勤勉治学，澹泊处事是先生的又一人格魅力。先生晚年的书房名曰“宁澹轩”，正取自先贤“静以修身，俭以养德，非澹泊无以明志，非宁静无以致远”的教诲。“宁澹轩”是在先生退休以后，国家按照职称级别给他补发的一套二居室。此前，一家三口加上小保姆四个人，一直挤在一个狭小的二居室内。这在国外同行看来，几乎是无法想象的。但就是这陋室中的笔耕不辍，成就了一位享誉国内外的南戏研究专家。姗姗来迟的“宁澹轩”稍稍缓解了这种居住环境的尴尬，但凡有国内外友人或学者、学生来访，这里就又成了招待宾客的“会客厅”。

而“宁澹轩”最主要的功能还是著书立说。异于有些人退休后爱犯的“退休症”，先生退休后的生活从容淡定、简朴充实、低调却不自馁。有感于自己专业出道较晚，待想有一番作为时，却已老之将至，所以，先生把“宁澹轩”当作自己退休以后的“补课”场所，先生晚年著述中的绝大多数都出自于此。试想，身处繁华喧嚣的时代，倘若没有一种宁静淡然、安之若素的心态，焉能“两耳不闻窗外事，一心只读圣贤书”？正因为先生向来淡泊名利、洁身自好、不喜张扬，故能成就一片夕阳灿烂。唐人刘禹锡曾宣称自己的住处“斯是陋室，惟吾德馨”；“宁澹轩”之于孙先生，又何尝不是如此？若不然，便无今日情趣横生、生机跃动之《戏缘》矣！

上述点滴，当不能尽述《戏缘》之妙。《戏缘》的出版，实为专业与非专业读者的一大幸事！专业的，可以从中思考戏曲史的奥秘和戏曲发展的前景；非专业的，可以尽享散文之优美与情境之馨香。

总之，该书既是孙先生结缘戏曲七十多年的人生沉淀，又是作者改变传统戏曲史著写法的一次成功尝试，为学术专著的别样书写开辟了一条崭新的途径。作者曾在《“咬文嚼字”与“唱念做打”——研治戏曲史学断想》一文中说过：“戏曲史学，作为与文学、艺术学、史学等相交结的边缘学科，它既具备又不完全相同于文学、艺术学、史学的独特的学科特性与研究方式。文学的感性与理性思维，艺术的感悟与把握，史学的翔实与缜密，对于一位戏曲史学者来说，都是不能缺一的研究素质。真正好看的戏曲史论著，我认为应该是作者这些多方面素质的全面展示并做到水乳交融的作品。”[①]《戏缘》堪称作者“言必信，行必果”的一个有力见证。

期待学术界能够出现更多类似《戏缘》的著作！

（原载《戏曲艺术》2016年第2期）

① 孙崇涛：《“咬文嚼字”与“唱念做打”——研治戏曲史学断想》，孙崇涛：《回眸集》，北京时代华文书局2016年版，第318页。

开拓戏曲史研究的新视野

——读朱伟明等著《汉剧史论稿》

摘要：朱伟明等著《汉剧史论稿》与同类剧种史研究专著相比，有着鲜明的特色：（一）文本与舞台兼顾的立体剧史观；（二）研究方法多样；（三）对汉剧文化身份的认同。因此，《汉剧史论稿》的出版，对戏曲史、汉剧和其他地方戏的研究，具有重要的意义：首先是在学术视野上，作者始终把汉剧的发展演变，放在中国戏曲史的宏阔视野下深挖细掘，力图给予汉剧在中国戏曲版图中以恰当的位置描述；其次是在剧种史研究领域，对其他地方戏的研究具有示范和导引的意义；最后是朱伟明教授及其团队重视资料搜集与文献分析的严谨态度，尤令人感佩。

关键词：汉剧；戏曲史；新视野

清代中叶以来勃兴起来的地方戏，构成了中国戏曲史上继元杂剧和明清传奇之后的第三个黄金时期。但对这一时期涌现的形形色色的地方剧种，尤其是除了京剧之外的一些地方剧种，学界的关注度远不如前者。比如汉剧这一直接孕育了京剧、并最早实现皮黄合流的古老剧种，从其形成发展，再到剧目特征、表演形态、音乐结构等，无不体现出一种以俗为雅、雅俗相长的审美特质，堪称“中国戏剧史上雅俗之变的经典个案”①。但对这样一个不仅催生了京剧，而且对粤剧、湘剧、川剧、赣剧、桂剧、滇剧等剧种的形成发展都有重要影响的剧种，以往的研究却不够充分，湖北大学朱伟明教授等学者撰写的《汉剧史论稿》（人民出版社 2016 年版），有望扭转这一局面。该书为朱伟明教授主持的国家社科基金（艺术类）项目“汉剧的发展历史与艺术形态研究”的最终成果②。

《汉剧史论稿》共计十章，分别为：汉剧形成前湖北地区的戏剧活动，汉剧艺术发展历史（上、下），“楚曲 29 种”与汉剧早期艺术形态，汉剧表演形态与主要艺术流派，汉剧剧目、剧本与经典个案研究，汉剧艺术与近代汉口都市文化，近现代汉剧对外重大演出与流播，汉调、汉剧与其他剧种的关系，汉剧的剧史定位与传承保护。这样一种兼具理论考察与实践分析、兼顾历史溯源与现状保护、兼论艺术本体与生态环境的框架设计，彰显了研究者戏曲史研究的新理路，概而言之，该书有如下三个特色：

一、文本与舞台兼顾的立体剧史观

1915 年王国维《宋元戏曲史》的出版，开创了中国戏曲史的现代学术研究体系。王著在嘉惠学林的同时，也不断引起人们的反思。早在 1986 年，陈多先生就提出了重修戏曲史的“非主流派”说③，主张重视戏曲表演及舞台方面的研究。但长期以来，由于各种条件的限制，高等院校的戏曲研究，在某种程度上依然呈现着以文本为中心的格局，这不能说不是一种缺憾。

朱伟明教授领导的课题组，则在披沙沥金地广搜各种史料、严密考证的基础上，不仅对汉剧艺术的发展轨迹、剧本形态进行了客观、清晰的描述，

① 朱伟明、陈志勇、孙向峰：《汉剧史论稿》，人民出版社 2016 年版，第 462 页。

② 据作者朱伟明教授自述，《汉剧史论稿》原来还有一个附录《汉剧十大行著名艺人访谈录》，因为篇幅原因，并且由于两个行当的演员访谈一直没有找到合适的人选，尚未完成，故准备另外结集出版。因此，国家社科基金项目“汉剧的发展历史与艺术形态研究”的最终成果应是三本书：《汉剧研究资料汇编》《汉剧史论稿》和《汉剧十大行著名艺人访谈录》。

③ 陈多：《戏史何以需辨》，胡忌主编《戏史辨》，中国戏剧出版社 1999 年版，第 1 页。

还对其角色体制、音乐体制、表演形态等进行了深入、系统的探讨，最终形成了这部洋洋洒洒近 50 万字的周详完备、论证谨严的汉剧研究专著，值得学界重视。

比如在论述汉剧发展的黄金期、低谷期、复兴期时，不仅概述了不同历史时期的发展特色，还分别结合余洪元、吴天保、陈伯华等汉剧名伶的表演生涯及其对汉剧艺术发展的历史贡献，和茶园戏院、科班教育、专业院团、革新举措等不同方面，尽可能如实、全面地勾勒了汉剧在不同发展阶段的历史面貌。又如"汉剧'三国戏'的特色与影响"一节，作者既从文本的角度，论述了汉剧"三国戏"的艺术特色；又从舞台的角度，结合米应先、余三胜、余洪元、胡桂林、钱文奎、陈春芳、董金林、李春森等擅演"三国戏"的汉剧名家的舞台实践，立体、全面地阐述了汉剧"三国戏"的艺术形态。

正如作者在该书"后记"中所说："本书的写作便是建立在从文献、文本到舞台的全方位、多层次考察基础上的。"① 这种综合、全面的剧史观，贯穿在该书从"史"到"论"的每一章节的阐述中，为地方戏乃至戏曲史的研究开辟了一种新的理路。

二、研究方法的多样性

当前剧种史研究的一个突出问题是研究方法的单一。诚然，对地方戏历史面貌的还原，主要依赖于文献资料的记录，但戏曲艺术的舞台性和活态性，赋予了其迥异于文学艺术的"场上"特质。于是，文献史料与口述史料的并重、文本分析与活态演剧的结合，便成了《汉剧史论稿》的一大特色。

在文献史料的印证上，从该书脚注和参考文献广泛涉及的《四库全书存目丛书》《负苞堂集》《珂雪斋集》《容美纪游》《汉口丛谈校释》《武汉竹枝词》《中华竹枝词全编》《湖北文史资料》《武汉文史文丛》《中国近代史资料丛刊》《武汉市志》《湖广武昌府志（康熙）》《江夏县志（乾隆）》《燕兰小谱》《清代

---

① 朱伟明、陈志勇、孙向峰：《汉剧史论稿》，人民出版社 2016 年版，第 518—519 页。

燕都梨园史料》《湖北地方戏曲史料》《湖北戏曲声腔剧种研究》《汉剧志》《汉剧丛谈与续汉剧丛谈》《汉剧传统剧目考证》《汉剧表演艺术》《陈伯华表演艺术文集》《汉剧音乐漫谈》《汉剧史研究》《罗宾汉报》《江声日刊》《太阳灯》《镜报》《汉口导报》《上海民国日报》《顺天时报》等文献资料，即可以看出研究者所下的功夫的确非同一般。除了纸本的资料，作者还极为重视口述资料的佐证，比如在研究汉剧旦行“陈派”艺术特征时，采访了胡和颜等“陈派”传人，对一些有争议的问题，如汉剧表演艺术大师陈伯华的生年、武汉汉剧院的建院时间等，都给出了令人信服的答案。

另外，宏观描述与微观考据相结合、比较研究和综合研究相结合，也是《汉剧史论稿》在研究方法上的一大特点。如在论述汉剧剧目概况时，精心选择了《群英会》《辕门射戟》《甘露寺》等三国戏、《二度梅》《打花鼓》等经典个案，点面结合、经纬交织，展示了汉剧剧目的独特风貌和演变规律。又如，为了彰显汉剧艺术形态之独特，作者还把它放在全国剧种发展的大背景下，考察了汉调对京剧形成的独特贡献、汉调南传与广东汉剧的生成、汉剧与楚剧的艺术交流与竞争、汉剧对明清传奇的继承与发展、汉剧与中国戏剧史的雅俗之变等。这样，既有剧种间的横向比较，又有全国性的纵深视野，汉剧独有的“这一个”特色，得到了鲜明的印证，而著者所推崇的“志（材料）、史（轨迹）、论（结论）有机结合”的研究理念也得以彰显。

三、剧种文化身份的认同

汉剧在 2006 年就被列入了第一批国家级非物质文化遗产名录。那么，作为一种“文化遗产”，汉剧在中国戏曲文化园林，乃至整部中华文化史中，究竟有着怎样的身份和地位？《汉剧史论稿》从文化的两个层次——儒家大传统的雅文化与民间小传统的俗文化进行剖析，并结合汉口经济的发展、商人阶层的壮大、大众文化的兴起，深入、准确地揭示了汉剧在中国文化史和中国戏曲文化框架中的地位：汉剧既是“汉派文化”风骨神韵的集中体现，又是中国戏曲雅俗审美观念变迁的经典个案，是中国文化的重要组成部分。

汉剧向来被武汉人认为是最能代表“汉派文化”的文化遗产，汉派文化“既与中原正统文化血脉一系，又具有与外来异域文化保持一线联系的天然孔道，既感受东南一带先进文化信息，又不断接受西北一带古老纯朴的农业文化的熏染”[①]，汉剧在发展革新过程中，正体现了这一特征。对此，该书分别从汉剧之形成，仰“皮、黄”之汇；汉剧之鼎盛，总襄河派、荆河派、府河派、汉河派“四派”之汇；汉剧之鼎革，成中西之汇三方面，深入论述了汉剧的文化品格。此外，还从汉剧剧目的“崇汉”精神、汉剧舞台表演的浓郁“汉味”、汉剧与汉镇习俗的融合、汉剧人敢于担当的集体意识等维度着眼，令人信服地推论出“传承汉剧，既是传承其舞台表演艺术，更是传承其内在的文化品质”[②]。

由此，也深化了对包括汉剧在内的民间戏曲的文化身份和审美价值的认识。有鉴于斯，出于对剧种种类多样性和文化生态多样性的考虑，汉剧的保护和传承自然就具有了无法替代的文化意义。

此外，《汉剧史论稿》的出版，对戏曲史、汉剧和其他地方戏的研究，具有重要的意义：

首先是在学术视野上。作者始终把汉剧的发展演变，放在中国戏曲史的宏阔视野下，放在中国雅俗文化的变迁、近代都市文化的濡染中，深挖细掘、孜孜以求，力图给予汉剧在中国戏曲版图中以恰当的位置描述。

众所周知，元杂剧和明清传奇是中国戏曲史上两座不朽的高峰，历来受到学人的广泛关注；而对第三座高峰——清代乾隆以后地方戏的繁荣，则关注甚少。这种理论研究的贫乏与地方戏繁盛的局面是极不相称的。近来，北京大学的廖可斌教授，在《文学遗产》（2016 年第 6 期）上发表了《向后、向下、向外——关于古典戏曲研究的重心转移》一文，主要探讨突破戏曲研究瓶颈的问题，文章重点论述了“向后”，呼吁将“研究重心由宋代至清初戏曲，转移到清中叶至民国初戏曲”[③]，要重点研究“清中叶至民国初年的民间戏曲”，

① 涂文学：《文化汉口》，武汉出版社 2006 年版，第 341 页。

② 朱伟明、陈志勇、孙向峰：《汉剧史论稿》，人民出版社 2016 年版，第 340—341 页。

③ 廖可斌：《向后、向下、向外——关于古典戏曲研究的重心转移》，《文学遗产》2016 年第 6 期，第 22 页。

因为它“不仅是当时戏曲艺术的主体，而且在整个中国戏曲史上占有重要地位”[①]。从某种意义上来说，这正与《汉剧史论稿》的研究思路不谋而合。同时，这一时期也正是中国戏曲转型与重构的关键时期，戏曲剧本与音乐体制由曲牌联套体向板式变化体转变，戏曲创作体制从以作家、作品为中心转向以演员（表演）为中心，这些重大变化与转折，在汉剧中均有明显的体现。也恰是在此意义上，《汉剧史论稿》对汉剧史的研究，开拓了戏曲史研究的新视野。

以上力图打破传统戏曲研究偏重文本和文人戏曲的格局，兼顾文献分析与演剧形态研究的宏阔视域，正显示了《汉剧史论稿》作者的学术眼光。

其次是在剧种史研究领域，对其他地方戏的研究具有示范和导引的意义。剧种史该如何书写，才更符合地方戏曲的艺术特质，才能准确揭示其对戏曲艺术历时的承继性和不同剧种之间共时的差异性？《汉剧史论稿》既从文集、方志、史书等文献中爬梳相关资料，全面描述了汉剧形成前湖北地区的戏剧活动，为汉剧的孕育、形成提供了清晰的历史背景；又分别考述了乾嘉时期汉调的兴起与汉剧的形成、道咸时期“四大河派”的繁荣局面、同光时期汉剧“四派”在武汉合流的新格局，以及汉剧发展的黄金期、低谷期、复兴期、变革期，纵向深描出汉剧发展演变的基本脉络；还从宏观与微观结合的角度，对汉剧“十大行”的艺术规范、汉剧经典剧目形成的路径与文化内涵等，进行了细致入微的辨析考证。概而言之，全书既有对汉剧发展历史的纵向钩稽，又有对汉剧艺术形态、文化品格、演出传播的横向探查，还从文化、方言、现状等角度，对汉剧剧史定位与传承保护进行了深入的思考。

这种开阔的视野和完备的体系，在当前的剧种史研究中是难能可贵的；相较于其他地方戏的研究，也显得尤为厚重。这些，对于相对边缘化的地方剧种研究而言，有着特殊的启示意义。

近年来，高校系统与文化系统间的交往渐趋频繁，其间虽难免尚有隔膜，但合作交流已是大势所趋。《汉剧史论稿》就是高等院校与文化部门精心合作的结晶，它启发我们如何把高校的优质资源和文化系统的研究更好地结合起

① 廖可斌：《向后、向下、向外——关于古典戏曲研究的重心转移》，《文学遗产》2016年第6期，第23页。

来，如何打破不同学科间壁垒森严的闭塞现象，营造一种更有朝气、更有活力的戏曲研究新局面。以笔者正从事的文化部文化艺术研究项目《排场戏与戏曲编创模式研究——以邕剧为例》而言，就深感地方剧团与文化部门的支撑非常重要，没有实地调研和剧目观摩的一手资料，仅凭纸本文献、闭门造车，就想做到对汉剧、邕剧这样处境艰难的国家级非物质文化遗产的准确、客观的形态描述与策略分析，是很难想象的。

另外，值得一提的是，朱伟明教授和她的团队重视资料搜集与文献分析的严谨态度，尤令人感佩。早在该书出版之前的 2012 年，朱伟明教授和陈志勇博士主编的 96 万字的《汉剧研究资料汇编（1822—1949）》[①]，就由武汉出版社出版了。正是在这样坚实的前期研究成果基础上，作者秉承其一贯的严密考证的学术理性，完成了这部有理有据、论证公允、史论结合的厚重之作。对于一个只有 8 万元资助的国家社科基金一般项目来说，朱伟明教授和她的团队历时八年，坚持不懈，埋头苦干，终于拿出了这两部史料价值和科研价值都极高的著作，实属不易。这也是在 2017 年初由湖北大学文学院主办的“中国戏曲史视野下的汉剧史书写”研讨会上，与会专家对朱教授及其团队严肃认真做课题的态度给予肯定和褒扬之处，与会专家纷纷赞扬朱教授是把这个“一般项目”当作“重大项目”来做。这种脚踏实地搞科研、既不浮躁也不随流的精神，确实值得学习和提倡。

总之，《汉剧史论稿》以其翔实的资料、富赡的内容、周密的体系，成为朱伟明教授和她的团队贡献给学界的一部创获颇多的学术著作。康保成先生赞誉它“是一部集大成的厚重的学术成果，在汉剧研究史上具有里程碑式的意义”[②]，诚不谬也！

然而，毋庸讳言，《汉剧史论稿》虽然经历了长达八年的打磨，也难免有不周之处，比如对汉剧舞美艺术、汉剧导演艺术、汉剧服饰装扮等，尚未涉

① 《汉剧研究资料汇编（1822—1949）》由朱伟明教授和陈志勇博士共同主编，2012 年 6 月由武汉出版社出版。该书是朱伟明教授主持的国家社科基金项目“汉剧的发展历史与艺术形态研究”的阶段性成果，出版后受到学术界的普遍关注，并荣获湖北省第七届优秀社科成果三等奖和武汉市第十四届优秀社科成果二等奖。

② 朱伟明、陈志勇、孙向峰：《汉剧史论稿》，人民出版社 2016 年版，第 5 页。

及；对“文化大革命”时期“四人帮”的迫害如何摧残了汉剧艺术，也未及深入展开；对汉剧剧目的个案解读亦不够充分。尽管如此，该书把文献、文本与舞台紧密结合起来，论述地方剧种整体面貌的写法，仍是它最有价值的地方。当然，以上“白璧微瑕”，也说明汉剧或者其他地方戏的研究，还有很广阔的天地，值得广大学界同仁共同探讨、齐力耕耘！

（原载《戏剧艺术》2017 年第 6 期）

感自己之感，言自己之言

——朱伟明《中国古典戏曲论稿》评介

近年来，台北国家出版社推出了一套由著名学者曾永义先生主编、融汇海峡两岸戏曲研究学术交流最新成果的“国家戏曲研究丛书”。《中国古典戏曲论稿》就是该丛书中的一部，著者是湖北大学文学院的朱伟明教授。该书由“综论”“剧论”“曲论”“余论”四个部分组成，收录了作者二十多年来从事戏曲研究的主要论文，对中国古典喜剧的发展演变、古典戏曲的经典作品、古典戏曲的相关理论以及20世纪戏曲学术史等都有自己深刻的理性阐释。兹不揣谫陋，勉为评介之。

梁启超在《学与术》一文中曾经有过这样独到的解说：“学也者，观察事物而发明其真理者也；术也者，取所发明之真理而致诸用者也。”简言之，“学”即真理的探求；“术”即真理的运用。这种解说无疑抓住了“学术”的精髓之处，它强调的是学术的创造品位，学术的创造品位关乎人的创新意识和创新思维，是对理智的开掘、精神的提升和文化的超越。一个真正的学者只有注重了学术品位，才能具备开拓者的胸怀和气质，具备思想者的胆识和勇气，才能使其学术研究不致流于浮泛和人云亦云。细阅《中国古典戏曲论稿》诸多篇章，会深切地感受到作者笔下流淌的开拓者与思想者的气度，及其严谨执着的治学风范。现试将该书的主要特点作一介绍：

一、宏观把握，视野开阔。该书在论证时注重宏观把握、视野开阔、立意深远，使得学术研究不致堕入管窥蠡测、坐井观天的狭隘境地，也充分显示了作者卓然不群的学术品位和境界。比如对中国古典喜剧独特面貌与价值的阐述，作者先从中国古典戏曲的分类方法、分类标准与近代悲、喜剧观念的介入谈起，并把中国古典喜剧放在中国戏剧发展史与中国古代文化的宏大背景中，运用戏曲史学、戏曲文学、戏曲美学、戏曲文化学等方法重新审视，勾勒出从先秦俳优，到秦汉角抵戏，到唐代参军戏，再到宋代滑稽戏的发展历程中喜剧因素与喜剧意识的逐步丰富、明确的轨迹；并从农耕文化传统中的安土乐天观念、中国戏剧的民间传统、中国人的独特生存方式等方面深入论述了喜剧传统之悠久深厚的渊源所在。

即使是对具体作品的个案分析，作者也时刻不忘将其放在历史的纵坐标上加以考察，如对《西厢记》典范意义的阐释，作者在勾勒出明清文人对其从曲学到文章学，再到戏剧学的评论逐步成熟与完善的轨迹的同时，进一步指出这种研究重心的转移，是与明清文学思潮的发展、文学观念的变化，以及传统文学由抒情文学向叙事文学转换的整体走向息息相关的，这就使得文章的论述既水到渠成，又高屋建瓴，也使得读者在作品游刃有余的宏阔视野中得以涵养升华。再如，向国人介绍英国学者杜为廉博士的中国戏剧研究概况，也是作者多年来形成的良好学术习惯的写照。

二、抉择辨析，阐发精细。除了宏观上的整体把握外，对一些具体的学术问题和经典作品，作者也进行了鞭辟入里、细致入微的深层挖掘。如对阮大铖作品的研究，长期未能走出“以人废言”的误区，作者却独辟蹊径，对阮大铖的《燕子笺》，从功名与风情、偶然与错位、出色与逊色三个方面逐层展开具体论证，从容不迫地推导出：《燕子笺》也是明代喜剧的成功之作，其得失俱已成为古典喜剧珍贵遗产的一部分。

又如在从艺术创新、戏剧作用、戏剧特点、戏剧创作方法等方面详细比较了李渔和孔尚任戏剧理论的异同之后，进一步指出，李渔的剧论主要侧重从艺人的角度来论述，体现的是“封建社会末期由商品经济的冲击带来的远离传统的艺术价值观的变化”；而孔尚任的剧论则主要以诗人的眼光来论述，其观点“既是中国古典戏曲的总结，也是中国古典戏曲的终结”，论述精辟，发人深省。

三、持论公允，见解独到。作者潜心古典戏曲研究多年，积淀了深厚的理论素养，论述公允精确、别开生面。如在论述古典喜剧的悠久传统与特殊地位时，从追溯喜剧因素的萌芽入手，得出“先秦时期活跃在宫廷中的以‘滑稽调笑’为主的俳优，是中国最早的职业演员，也是最早的喜剧演员”，“秦汉时期在民间出现的角抵戏，则可视作中国较早的喜剧雏形”等结论，这些论断在给人颇多启示的同时也显示了作者学养之丰厚与考证之严密。

再如《〈宋元戏曲考〉的学术贡献与影响》一文，从戏曲史学框架的完整构建、新的学术话语的运用、来自传统又超越传统的研究方法等方面进行定性归纳，认为《宋元戏曲考》“不仅标志着其喜剧史观、戏剧美学思想及戏剧研究方法的成熟，同时也建构了中国戏曲史学的完整框架，开创了中国戏曲研究的新时代”，使读者充分了解这部戏曲史开山之作的价值和意义。

作者还每每从历史发展的必然性入手，来探讨一种戏曲现象出现的必然性。如认为阮大铖作品表现出的偶然、错位、奇巧等特征，不仅是一种个人的风格，也是“明代中后期传奇创作中尚奇逐异、逞奇争巧的时代审美风尚的产物”，这样得出的结论就相当翔实可靠，且令人耳目一新。

总之，《中国古典戏曲论稿》一书对我国古典戏曲研究的启示是多方面的。正如王国维《文学小言》所推崇的“感自己之感，言自己之言”一样，这部书稿也是作者二十年如一日默默耕耘、矻矻以求，将自己的宝贵生命与学术研究紧密结合的丰硕结晶。在此，也衷心地祝愿伟明教授学术之树常青，为读者、为社会奉献出更多的学术成果。

（原载《文艺报》2007 年 11 月 3 日“理论与争鸣”版）

锐意创新　钩深致远

——叶长海、张福海《插图本中国戏剧史》述评

我国著名戏剧家叶长海教授及其弟子张福海博士撰著的《插图本中国戏剧史》一书，于2004年4月由上海古籍出版社正式出版。该书20余万言，配图600多幅，考述精当，资料充实，可读性强，具有较高的学术研究价值。此书的问世是学术界的一大喜事，它不仅弥补了以往戏剧史研究中的若干不足，而且拓展了中国戏剧史的研究领域。该书的撰写具有较高的戏曲史论水平，又建立在近年来各种新的研究成果和文献资料发现的基础之上，起点较高，且新见迭出，敢于涉足一些前人略而不述或语焉不详的领域，大胆发表己见，可谓一部成绩斐然、真正"当行"的戏曲史著作，有着许多新的特点。

一、敢于突破，锐意创新

作为一部通史性质的戏剧史著，该书较之以往的戏剧史，在内容结构上有了新的突破与充实。从时序上讲，该书概括了中国戏剧自古迄今，即从先秦到近现代，自产生到繁荣发展的基本面貌。全书共分十二章。第一章《戏剧的始源》扼要地论述了中国戏剧孕育并诞生的母体——原始歌舞的概况，认为原始歌舞已属戏剧的前期形态，并获得了"有戏剧意味的形式"。第二章《早期戏剧》分别论述了先秦、秦汉、魏晋南北朝、隋唐五代各个时期的戏剧状况，以及西域乐舞、域外表演艺术、印度梵剧的传入，认为中国戏剧始终

走着自己的发展道路，对任何域外的表演艺术只能是吸收，不可能照搬。第三章《宋金戏剧》分三节依次论述了宋杂剧、金院本、南宋永嘉杂剧的概况。第四章《元杂剧》主要论述了元杂剧的生存环境、体制特征、作家作品、舞台艺术等方面的概况及其衰落的原因。第五章《南戏的发展》着重阐述了南戏在元代的发展概况，并对现存的两个元代南戏剧本（《宦门子弟错立身》《小孙屠》）以及《琵琶记》、明改本“四大南戏”作了详尽的介绍。第六章《明前期戏文》对明代前期，即从明代建元至嘉靖末长达两百年的戏文的分类、存目、作品作了客观明确的介绍。第七章《明清传奇》详细论述了从明后期嘉靖末到清乾隆末近两个半世纪的传奇的发展概况，其中对某些具体作家作品的分析新颖独特，尤见功力。第八章《明清杂剧》详尽地论述了明清两代杂剧的艺术特点、作家作品状况。第九章《清代地方戏的崛起》主要论述了地方戏的勃兴与花雅之争，以及地方戏的剧目概况、思想性和艺术性。第十章《京剧的形成》重点论述了京剧从诞生、兴盛到在全国范围内广泛流布的状况。第十一章《戏剧组织和舞台艺术建设》主要介绍了清代的戏班组织、舞台艺术、剧场建筑的发展状况。最后一章《近、现代戏剧》分别论述了清末民初戏剧改良的理论和实践、文明戏的兴起、“京派”与“海派”京剧的繁荣以及近代以来新剧种的产生和形成的历史情形。该书涉及范围囊括从先秦至近现代各阶段戏曲概况，内容全面，资料翔实。每章之中，又条分缕析，层层划分，大体上抓住了各个阶段戏剧存在状态的特点。

尤为值得一提的是，该书善于吸纳学术界的新观点，对中国戏曲发展历史段落的划分作了新的尝试，提出了一些新观点，对“早期戏剧”“宋金戏剧”“明前期戏文”“明清杂剧”“近、现代戏剧”这些在现有通史性质的戏剧史著作中着墨不多、或颇有争议的内容，都分别给以专门的章节凸显之，进行了大胆而深入的探讨，较为客观地展示了我国戏曲发展历史的实际情形，同时也展现出这部戏剧史著的新风貌。因而对戏剧史有所拾遗补罅，这也正是《插图本中国戏剧史》一书的主要成就和价值所在。

如第二章对“早期戏剧”的具体提出和专章论述，就是为一般戏剧史所少见的。作者把中国戏剧的发生上溯到公元前11世纪上半期，认为它一直持续了两千年，结束于公元10世纪中期，并对该期有代表性的戏剧作品如《大武》《九歌》《总会仙倡》《东海黄公》《大面》《拨头》《踏谣娘》《辽东妖妇》《弄周延》《许胡克伐》等作了深入独特的阐释。这种归纳与界定是否科学暂且不论，但作为学术探索还是极为可贵的。

现行的教科书和通常的研究多认为，明清传奇是宋元南戏的直接继承和发展。这种认识实际上忽视了宋元南戏与明清传奇之间一个相当重要的中间环节，那就是从明代初年到嘉靖、隆庆之交约两百年的戏曲历史状况。该书对此没有回避，而是特辟专章详加诠释。在第六章《明前期戏文》中，作者主要借鉴孙崇涛教授关于"明人改本戏文"的研究成果，对从宋元南戏到明清传奇的戏曲发展过程，给以明确的历史定位以及合理的推断，认为它是中国戏剧史上前结宋元南戏之局、下开明清传奇之端，具有自身形态且相对独立的一个发展阶段。

又如在研究明清杂剧时，作者充分注意到元杂剧对后世戏剧的影响，认为明代杂剧是以元代杂剧为衣钵，并有所开创和发挥的艺术作品，是元代南北文化隔断局面结束后实现了以南方文化为主导的汉文化一统的一个结果。除了汲取元杂剧的营养之外，明杂剧还广泛吸收了包括宋金杂剧、院本在内的多种戏剧的艺术成就。因此，较之元杂剧，明杂剧的表现形式更加不拘一格、生动灵活且多种多样。而清代杂剧又承继了明代杂剧的余绪，经过发展、创造，自具规模。总体上，明清杂剧都是仿拟元杂剧而来，但较为机动灵活。在这种一脉相承的论述中，作者对明清戏剧创作中"杂剧"这一不可忽视的重要现象及其艺术成就，给予了客观且令人信服的评价。而这点多为以前的戏剧通史所忽略。

此外，该书摒弃了严格按照朝代来分期的文学史的惯例，力图按戏剧史内部发展规律予以分期，也是值得称道的。比如对于中国近代戏剧的发生问题，作者认为它并不与中国近代史的开端同步（中国近代史开端于1840年的鸦片战争），而是始于20世纪初。这种分期方法是否完全符合实际还有值得商榷的地方，但它体现了作者在掌握戏剧史的实际情况后，努力准确把握戏剧史发展大致趋势的意图。

作者在纷繁复杂的中国戏剧史现象中，力图勾勒出大致的发展轨迹，寻找到一些基本规律，以之作为全书的基本构架。这种努力的意图是值得肯定的。略感遗憾的是，该书各个戏剧段落之间的内在联系似尚不太突出和明晰，整个戏剧史发展的内部线索使人有雾里看花之感。

二、辨析细致，钩深致远

该书既充分吸收了前人的长处，又有着自己独特的地方，对于材料和前人的不同说法，抉择辨析，阐述精深，择善而从，不良莠杂糅。例如通常认为，南北朝时期的歌舞戏《踏谣娘》是反映民间现实生活中一桩普通的家庭故事，即妻子受丈夫虐待的不幸遭遇。但该书作者结合段安节《乐府杂录》中所说“苏中郎，后周士人苏葩，嗜酒落魄，自号‘中郎’。每有歌场，辄入独舞”判定，剧中人苏某本是个落魄“士子”，如此一来，《踏谣娘》一剧的主旨，便是表现士子的孤愤了，而这种读书人的仕途困顿、壮志难酬，个人价值无法实现，又是时代和社会使然，因此这种孤愤已远远超越了对个人命运的感慨，而具有更广阔的时代意义。这样得出的结论就显得水到渠成，顺理成章。

对戏剧史上历来是引而不释、“述而不作”的一些内容，如《大面》一剧的题旨，作者也作了精细的探索，认为南北朝时代频繁的改朝换代和战乱、杀戮不断的社会现实，迫使人们把真实隐去，代之以虚假（或是近于恶的）才能保护住自己。而《大面》托之以战争，演的却是人生于乱世的哀音，从深层的个体存在言之，表现的是人的生存被扭曲，不能或无法面对自我本真的险恶处境。真假、美恶才是全戏环绕的核心，此即《大面》寄寓深隐之处。这种解释遂打通了今人与古人的隔阂。

同样，对中国戏剧发生的起点——西周宫廷大戏《大武》的理解，作者也没有停留在文本的浅层次上，而是从对作成《易经》与有功焉的周公旦创作《大武》所必然渗透的《易经》意识这个层面去深入阐释，在人类学的意义上与此剧的本义沟通，认为该剧的内容、场面调度、表演等恰暗合了《周易》卦象图式的某些重要信息。周公旦作此剧，正是在超验的神秘主义观念的思考下，凸显出符合天道的人的精神，进而认识戏剧作为周人的一种存在方式所蕴涵的精神意向。这些见解不仅别开生面，而且也向读者提供了进一步研究的线索。

此外，作者在行文中对各个阶段的戏剧名目总是先辨析和解释原意，然后再加以谨慎地发挥。比如对“金院本”的考证，根据元陶宗仪《南村辍耕录·院本名目》中的解释，我们知道在金代，杂剧、院本是一回事，只是叫法不同，到了元代才有所区分。然则，金代杂剧为何又称为院本呢？作者穷追不舍，通过多方面考察金内地时期的戏剧存在状况，谨慎地推测到：称杂剧是因循宋人的旧称；而称院本，则是金人自己的创造，所以同一事物才有了两种不同的名称。这样得出的结论就比较翔实可靠。

在对“明前期戏文”的界定中，作者先考察了“戏文”一词的渊源，又根据孙崇涛教授在《明人改本戏文通论》一文中的观点，进一步思考：这一时期的“改本”，是明代人站在自己所生活的时代去审视、取舍前朝剧作而改编的，因此，其表达的是明代人的思想和心情，演剧形态当然也是明代的，在此意义上，改本的性质即是重新创作或再度编写。据此，把明前期的戏剧历史称为“明前期戏文”，以与宋元南戏和明清传奇相区别。这让读者对明代的戏剧历史状况有了较为清晰的认识。

对京剧繁荣时期“海派”京剧的阐述，作者同样先考察了“海派”一词的缘起，即缘于上海京剧舞台上“刀剑击刺之术”的“特别武打”，即真刀真枪的武打。接着进一步论述“海派”出现的深意，乃是戏剧从古典形态向近代化过渡时显现的叛离和挣扎，是对中国戏剧舞台的发挥和创造，是戏剧改良即戏剧近代化的直接成果。由此，“海派”与“京派”的根本不同，便是古典与近代的分野：“海派”代表的是京剧的现代化，“京派”代表的则是京剧的古典主义。这种论述既精辟深刻，又使人耳目一新。

总之，该书对每一个具体问题的探讨都是多方观照，仔细辨别，深入挖掘，给人启迪，耐人寻味，体现出一种严肃认真、钩深致远的科学研究精神。

三、图文并茂，相得益彰

该书是插图本的戏剧史著，因此，较之以往的戏剧史著，它的一个突出特点就是图文并茂，相得益彰。全书共配图662幅，其中大约2/3的图片是明清时期戏剧作品中的插图，也有相当数量世不多见的地下出土文物的照片，十分精美，有一定的观赏价值和收藏价值。这些图片不是与论述内容脱离的纯粹的插图，而是与之紧密相连。每幅图片均配以生动形象的文字说明，图片与文字诠解相辅相成，增强了文章的说服力。

例如在论述金内地时期的戏剧风貌时，由于现有资料的匮乏，作者便独辟蹊径地以东北地区地下出土文物的图像资料为证，来阐述其时的戏剧存在状况。文章列举了黑龙江阿城金故地出土的带柄仙人故事铜镜、八角形人物故事铜镜，黑龙江伊春金山屯区金代墓中出土的八面体的乐舞浮雕石幢，海伦、牡丹江等地出土的铸有“天眷元年”字样的演出铜镜等的图片来印证金内地时期戏剧演出活动的繁荣，较有说服力。

在阐述宋杂剧中滑稽戏的面貌时，作者又配以河南偃师出土的北宋杂剧砖雕图、河南温县宋墓出土的杂剧砖雕图、浙江黄岩灵石寺塔的吴越戏剧砖雕图，通过这些形象逼真的表演场面，勾勒出宋代滑稽戏的独特风貌。在讲述京剧的历史时，更是通过大量的剧照，如余洪元、余三胜、程长庚、谭鑫培、杨小楼、俞菊笙、王楞仙、汪桂芬、杨月楼、汪笑侬、夏月珊、夏月润、王瑶卿、梅兰芳、程砚秋、荀慧生、尚小云、余叔岩、言菊朋、高庆奎、马连良、欧阳予倩、赵君玉、周信芳、盖叫天等人在不同时期的舞台演出照片，为读者生动地展开了一幅京剧发展全貌图。

该书在每一章节的撰写中均配以相应的图片辅助佐证，这使得整部著作既通俗易懂、妙趣横生，又阐述得体、充满新意。但美中不足的是，没有指出图片的版本出处，有白璧微瑕之感。

总而言之，《插图本中国戏剧史》一书既勇于突破传统、锐意创新，又把握分寸、论述得体，而且辨析细致、考释精深，对一些前人甚少涉猎的问题比如金院本、明前期戏文等作了深入严谨的探讨，具有相当的学术高度，堪称中国戏剧史学科建设又一新的学术成果。

（原载《中华戏曲》第33辑，文化艺术出版社2006年版）

莆仙戏研究的新进展

——马建华《莆仙戏与宋元南戏、明清传奇》一书评析

南戏是我国戏曲的最早成熟形式，但由于年代久远、鲜有文人参与和资料散佚等先天性的因素，今人对南戏的研究受到了诸多限制。福建莆仙戏作为我国早期南戏的一支，历史悠久，拥有五千多个传统剧目、八千多册古抄本，素有宋元南戏"活化石"、南戏"遗响"之美称，刘念兹先生更是把它誉为"迄今收藏世界戏剧艺术作品最丰富的一个图书馆和博物馆"①。它与梨园戏同为福建南戏的代表剧种，但较之梨园戏，莆仙戏的研究范围和研究力度均显不足，少有将其作为专题深入展开探讨的。令人欣喜的是，福建省艺术研究所马建华同志的学术专著《莆仙戏与宋元南戏、明清传奇》（中国戏剧出版社 2004 年 6 月版）适时地出版了，这正是研究领域迫切需要的一部全面系统地深入研究莆仙戏的力作。该书首次将莆仙戏置于中原文化南移和中国戏曲发展史的宏大背景中，来确定其历史地位和文化艺术价值，是对莆仙戏进行系统研究的一个重大突破。细阅此书，颇多启悟，兹不揣谫陋，勉为评析之。

学术的生命在于创新。这部著作充分地体现了创新精神。作者以其敏锐的学术眼光和扎实的学术功底，在占有大量珍贵的第一手资料基础上，结合文献学、文艺学、人类学、语言学、宗教学、文化学、民俗学等多种学科的

① 刘念兹：《南戏新证》，文化艺术出版社 2014 年版，第 92 页。

研究成果，旗帜鲜明地提出自己的论点，多有创见，并且以严谨审慎的考论使这种创新建立在坚实可靠的学术基础上。通观全书，发现其在以下几方面显示出新的跃进：

首先，作者一改传统戏曲史研究主要注目于文人戏曲的“单视角”倾向，将视点投向莆仙戏，对莆仙戏与文人戏曲的差异进行历史的还原研究和比较的文化阐释，旨在建立一种兼顾文人戏曲与民间戏曲的“双视角”的崭新的戏曲史观。该书通过仔细辨别莆仙戏与明代南戏、明清传奇大量相关剧目，在关键情节、人物形象、主题内容、结构安排、场次调整、情节增删、出数多寡、曲牌用量、雅俗语言的运用、抒情与叙事的比重，甚至某一细节、某一句话、某一名字、某个封号等方面的不同，以凸现民间戏曲与文人戏曲在文化观念与审美意识上的差异，新见迭出。如莆仙戏《勾践》的结局是让范蠡与西施一人道成仙一养闲到老，而不同于传奇《浣纱记》的泛湖归隐和《倒浣纱》的沉西施于湖，作者认为这是一种质朴善良的民间道德观的表现，是对女人亡国论的否定，代表了民间世俗文化的价值取向。又如只有九出的莆仙戏《牡丹亭》删掉了长达五十五出的汤显祖《牡丹亭》中以抒情为主的场次，如“惊梦”“寻梦”等，只基本保留了杜丽娘“为情而死”“为情而生”的主要情节，书中强调指出，这种删改是地方文化观念及民间审美观念选择的结果，表现了民间戏曲偏重于“事”的情节审美趣味。此外，该书还通过莆仙戏与苏州派传奇、李渔戏曲在重视舞台演出、精简剧本结构、增强情节趣味、加重叙事成分、崇尚以俗为美等方面共同特征的阐释，揭示了清初戏曲回归民间、贴近民间的历史走向，而这种选择的结果就是文人戏曲与民间戏曲的合流——清中叶花部的兴起，文人戏曲向民间戏曲的靠拢最终使传奇体制消解，而民间戏曲却存活至今。并由此启示人们，对戏曲的研究，不能只注目于案头剧本，而应重点研究至今仍然存活的剧种及其民间演出本。

其次，肯定了民间抄本资料对于南戏研究具有文献学上不可取代的独特价值和作用。书中通过抄本与刊刻本的详细对比，论证了抄本与刊刻本的“变与不变”都是相对的，力图恢复早期南戏的某些原貌，从而将早期南戏“山穷水尽疑无路”的文献研究，导向“柳暗花明又一村”的民间活态的艺术探讨。

如把莆仙戏《目连救母》和郑之珍《目连救母劝善记》以及其他民间诸本相比，通过莆本的“有情目连”形象、傅相一家的佛教归属、刘贾形象的悭贪性格，与郑本等的“无情目连”形象、傅相一家的道教归属、刘贾形象的欺骗性格等的仔细对比，以及莆本中大量佛教术语及其时代特征的考察，充分说明了莆仙戏目连故事系承唐变文衍变而来，比郑本《目连救母劝善记》更接近宋元期间目连戏的原貌。其中，对莆仙目连戏与《血盆经》密切关系的详细考证，尤其具有填补空白的独特学术意义。又如莆仙戏《王魁与桂英》《敫桂英》都保留了桂英活捉王魁的关键情节，与宋代有关王魁故事的笔记小说基本相似；而明传奇《焚香记》则以王魁不负桂英的大团圆来结局，与南戏原貌相去甚远。通过两者的比较，该书认为，莆本王魁故事更可凸现早期南戏的原貌。最终，通过诸如此类的抄本与刊刻本的一系列的对比，作者得出结论：莆仙戏的珍贵抄本，补充了南戏某些缺失的环节，重现了南戏某些剧目的原貌、全貌，对于全面深入地了解中国戏曲发展史，具有重大的学术价值。

其三，该书对莆仙戏所用莆仙方言的研究拓展了戏曲史研究的道路。莆仙方言于宋初从闽南方言中分化出来，由古闽越语、吴楚语、上古汉语、中古汉语层层积淀而成。莆仙方言在学界有“超广韵”的“口中文物”之称，正是这种“超广韵”的莆仙方言，使得莆仙戏回荡着宋元南戏的“遗响”。书中通过莆仙戏用韵的入声独用、平上去入四声混押，以及杂韵混押的大量例证，有力地论证了周德清《中原音韵》所说的早期南戏皆用闽浙之音，即用福建、浙江的方言来演唱，而非中原音韵。由此，作者遂纠正了以《中原音韵》来批评宋元南戏不合音律的错误做法。书中还认为闽浙之音可谓上古音韵与中古音韵的“交响曲”，而莆仙戏至今仍保留着古音，所以可以说，莆仙戏是宋元南戏和中古音韵的“双遗响”。此外，作者还详细地比较了闽之音与浙之音的异同，指出二者的区别在于莆仙戏保留了上古音韵的某些特征，书中对闽之音的研究可谓填补了学界的又一空白。另外，该书由对莆仙戏方言的研究，进而就学界争议不定的南戏与传奇的界定问题，提出了新的标准，即应从剧本产生的年代、剧本体制和音韵三方面综合判断。

其四，在研究方法上，该书运用文本研究与田野调查、文献文物互相佐证的“三重证据法”，并从宗教、民俗、历史、文化、文学、美学、艺术、音乐、语言等方面进行立体交叉的阐述，力戒单纯依靠文本或文物的片面性，故能使书中的见解具有坚实的基础，言之有据，论不虚发。如对目连戏所体现的灵魂与地狱信仰的研究，书中广泛联系到1995年10月莆田凤山寺出土的北宋淳化三年（公元992年）的“无量寿佛宝塔碑”体现的佛顶尊胜信仰、莆田南山广化寺东侧的释迦文佛塔上的超度铭文和佛塔上目连与狗的浮雕、民俗中转藏（莆仙方言又称“牵塔”）的佛教仪式、《血盆经》超度妇女的宗教仪式、唐变文《大目乾连冥间救母》中关于目连在佛塔前超度母亲的文献记载等相关内容，相互印证，补缺释疑。又如对莆仙戏《似道被贬》的研究，作者采用“瞻前顾后”的方法，来推论其产生的年代。“瞻前”，即追溯故事情节的来源，《似道被贬》的细节大都可在《宋史》和宋人周密《齐东野语》、宋末元初人蒋正子《山房随笔》中得到印证；“顾后”，即检索后代同类情节的记载是否有类似的情况，《似道被贬》中贾似道的死法与明人田汝成《西湖游览志余》、冯梦龙《古今小说·木绵庵郑虎臣报冤》等文献所记相异。由此基本推论出《似道被贬》保持了宋元南戏的某些原貌。书中对莆仙戏与宋元南戏、明清传奇相关剧目之差异的比较，都是从文本细节入手，并力求以文献资料佐证之。

最后值得一提的是，这部著作结构严谨、逻辑严密、叙述平实、学风端正；尤其是考证、辨析与研究的功力，深厚扎实且别开生面。总之，该书有着极强的专业性和学术性，是著者对莆仙戏研究和中国戏曲史研究的重要贡献，与前之吴捷秋先生的专著《梨园戏艺术史论》相互辉映，对研究宋元南戏有着极大的参考价值。

（原载《戏曲研究》第69辑，文化艺术出版社2005年版）

刘晓明：《杂剧形成史》

自从20世纪初王国维《宋元戏曲史》展开对中国传统戏剧的研究以来，踵武者不绝如缕，相关著作纷纷问世。其中，有关我国古代戏剧史上最早成熟的艺术样式——杂剧的发生、形成、演变、体制、形态等一系列问题，一直是备受关注的一个焦点，王国维、郑振铎、冯沅君、胡忌、任半塘、戴不凡、谭正璧、赵山林、黄天冀、曾永义、黄竹三等前贤时俊在相关问题上，均有相当深入的研究。但由于年代久远、资料散佚、理论视角等原因，历来是众说纷纭，莫衷一是。

刘晓明的《杂剧形成史》（中华书局2007年版），在前人研究基础上，结合新发现的材料和大量已知的材料，运用类群理论对杂剧的发生、发展、表演形态等问题进行了全面系统的细致研究，对戏曲史中的一些难题作出了新的诠释，为杂剧研究开辟了一方新天地，为我们提供了新的研究理路。以笔者管见，发现该书有如下两大鲜明的特色：

一、突出的创新意识

学术的生命贵在创新。诚如作者在该书“后记”中的感言：“作为一本研究性的著述，创新是最基本的要求”（第509页），这部著作充分地体现了创新精神。作者以其敏锐的学术眼光和扎实的学术功底，在新发现的材料和已有资料基础上，结合文献学、文艺学、文化学、民俗学、语言学、历史学、社会学等领域的研究成果，发现、分析并重新审视杂剧研究中的各种问题，多有创见，并且以严谨审慎的考论使这种创新建立在坚实可靠的学术基础上。具体而言，该书的创新主要体现在以下四个方面：

1. 类群理论的提出

该书通过对中国传统戏剧理论的现代省思，提出了一种新的理论——类群理论，并借此对杂剧的发生和发展作出了新的形态描述和理论阐释，为中国戏剧史的研究提供了一个新的思路。

类群理论是从“类”也即与之有亲缘关系的群体来研究该对象的一种理论。与一般孤立研究不同的是，该理论着力于被研究对象与其同类因子间聚合关系的探讨，即从聚合的视域来考察被研究对象的发生、发展、变异与萎缩。类群理论尤其适合对综合性艺术品种的分析。作者认为，杂剧作为一种综合艺术，是建立在与之有亲缘关系的类群基础上的，亦即杂剧是通过对唐宋说唱艺术、俗乐艺伎、剧谈诨话、戏弄杂技等亲缘因子的汲取生长起来的，因此需要以类群理论的观点来考察杂剧的发生与发展。

以该书第二章第三节所考察的“合生”及其体制的演变为例。按照类群理论的观点，作者认为，唐代最初的“合生”作为一种伎艺，属于娱乐性的“类群因子”，而当其以“唱题目”的方式成为用“胡乐”配合的韵语嘲谑，就具有了表演的性质，成为唐代杂剧的形态之一，也即成为杂剧的“类簇因子”。不过，唐代的杂剧还不是一个有机的整体，还只是一种技艺拼盘。但当“合生”作为杂剧的“类簇因子”进入整体化的“杂剧”之后，以对抗性的戏谑科白为特征的“类核”就会按照自身的模式改造作为“类簇因子”的“合生”，使其原来所有的【合生】或【乔合生】之曲逐渐从“合生”中剥离，成为杂剧的一种曲牌，这种剥离后的音乐形式已经和“合生”的嘲谑的性质相分离；而“合生”中原来的“题目人”的韵语则和酒令令格合并，使其戏谑科白的表演形式得到强化。如此，不仅唐代杂剧的历史形态更为清晰，而且对探究整个中国戏剧的演进规律，也提供了一个新的思考进路。

2. 新的研究视角

从类群理论出发，该书提出了两个新的研究视角：

其一，从杂剧的相关群落来研究杂剧。

这是由杂剧的综合性艺术特点决定的。杂剧的诸种亲缘因子构成了其所处的生态环境，决定着杂剧的生成形态。杂剧对其相关群落的依赖比其他文学艺术样式更为强烈，相关群落所构成的生态环境不仅孕育了杂剧，而且历史地规定了杂剧的未来走向及其演变形态。"这就需要以文化生态的视角来考察杂剧的发生与发展，也即以群体结构中的关联——互为因果、相互依存、变异消亡及其演化规则作为研究对象。"（第 180 页）

并且，作者还以为，杂剧这种综合性艺术中还存在着某种偶然形成的关联，这种关联甚至可以追溯到某个个人或一个很小很小的群体。因为杂剧的基因显示，其中的某些具有遗传特征的东西最初只发生在某个个体的某次偶然事件上。当然事物发展的偶然性关联中也蕴含着必然性。但这种必然性的获得并非由于该事物的不可战胜，而是得益于某种发展方式。某种后世具有巨大影响力的事物，最初可能仅仅起于青蘋之末，更重要的是，其生发壮大并非由于自身拥有的强大生命力，而是由于其起跑优势和路径依赖。也就是说，艺术这一动态系统，一旦受到某种偶然事件所影响，就会依其惯性沿着一条固定的路径一直演化下去。而中国古代伎艺的传承方式，更进一步强化了这种既定路径的前行惯性，使事物发展的偶然性关联在此路径上获得延展。

比如，对宋代杂剧的发展过程中谐剧与大曲的结合究竟是必然的还是偶然的这一问题，作者就是将其置于整个文化生态环境中来考察的。从《宋会要辑稿》《宋史》的相关记载，作者判断，杂剧之所以走上一条超出常规的道路，实际上是来自于外部政治文化的干扰。由于统治者的阻挠，人为地阻断了宋代杂剧与民间曲子结合的正常道路。又如，对宋代杂剧类群的相关群落的研究，作者分别从杂戏类簇、说唱类簇、戏谑类簇、歌舞类簇四大亲缘类簇详细论述了其对后世戏曲的影响。

其二，从民间表演伎艺的方法和规律来研究杂剧。

这是由杂剧作为表演艺术的特点所决定的。该视角是从民间表演伎艺的角度考察戏曲发生与发展的内在理路，它着重研究的是掌握与传承民间表演伎艺的方法和规律，以及这些方法对中国戏曲的形成、发展所带来的影响和对中国戏曲诸种形态的规定。作者认为，中国民间表演伎艺的方法和规律就是"格式化框架内的套袭与变异"，也即伶人通过"格范""框格""戏式"之类的方法将经过观众选择的优秀民间表演伎艺以格式的方式固定化，从而将那些偶然出现的、或由天才创造的卓越表演艺术转化为一种可以传承的民间表演伎艺基因，产生以简驭难、化个别为一般的效果，也使杂剧由仅可"施于一时一地"的临场表演进化成一种可以由不同演员在不同场合演出的重复表演。

比如，从伎艺传承的角度考察脚色的起源与脚色制的问题，就可以发现中国戏曲程式化的独特路径在于：它先发展出脚色，再由脚色去套演故事剧中的各类人物，而脚色的本身就是程式化的产物。西方则是由演员直接扮演剧中人物，与中国相比，缺少了程式化脚色制这一中介。

再如，从民间表演伎艺的"格式化框架内的套袭与变异"的角度考察金元院本中的"拴搐艳段"和"打略拴搐"两类名目，就很容易解释长期悬而未解的"拴搐"之谜。作者认为，所谓"拴搐"，是一剧中可供随时加入的插演片段，这类片段作为一种固定的表演套路，因其具有很好的戏剧效果而被提炼成随时等待"拴搐"的段落，当某剧遇到相似的情境时，便可被"绑缚"进去。院本中这两类剧目的出现，说明当时的民间表演伎艺中盛行着一种"拴搐式的结构内容的方法"。这种方法不仅将某个小剧目转化为一种可以随时插入到一个大整体中的可以不断重复的表演，而且意味着北宋流行的短杂剧已经可以整合成为一种具有相当长度的杂剧。同时还解开了金院本的消失之谜：大多数金院本被整合进或随时准备作为插件"拴搐"到后世的南戏和杂剧中。

3. 新材料的挖掘

陈寅恪先生在《陈垣敦煌劫余录序》中曰："一时代之学术，必有其新材料与新问题。取用此材料，以研求问题，则为此时代学术之新潮流。治学之士，得预于此潮流者，谓之预流；其未得预者，谓之未入流。此古今学术史之通义，非彼闭门造车之徒，所能同喻者也。”[①] 有价值的学术研究需要的是用新材料去解决问题，从而得出新的观点。戏曲史上对唐宋杂剧的研究相对薄弱，很大程度上就是受制于材料的缺乏。该书作者尤为重视依据新发现的史料，对杂剧作出尽可能全面的描述与分析。该书新发现的资料计有：

有关唐代杂剧的三条：初唐佛教史料《量处轻重仪》本中的“杂剧戏具”、盛唐《教坊记》(《古今图书集成》本）中的“杂剧”、《俄藏黑水城文献》所收唐五代时期《蒙学字书·音乐》中的“杂剧”。

有关北宋杂剧的十九条：该书在前贤基础上从《宋会要辑稿》《续资治通鉴长编》《太平治迹统类》《江南野史》《新雕文酒清话》《圆悟佛果禅师语录》《杨文公谈苑》《古今事文类聚前集》《丞相魏公谭训》《龟山集》等文献中新钩稽出十九条有关北宋杂剧的珍贵资料。

有关“末”的最早资料：该书发现了出自宋人龙衮《江南野史》中关于“末”的最早记载。

金元院本两种：见于孟称舜《新镌古今名剧柳枝集》本《张生煮海》第二折中的《四道姑》院本、见于朱有燉杂剧《李亚仙花酒曲江池》第四折的《呆秀才》院本。

有关元代以前的杂剧资料散见于各种正史、野史、笔记、序跋、奏章和各种古典戏曲文本等文献中，将其一一钩稽并呈现出来，不仅需要大量披沙拣金式的深入阅读和敏锐精准的辨识能力，更需要丰富深厚的学识修养和秉笔直书的史家风范。该书不仅提供了大量充分的第一手资料，而且在钩沉新史料并梳理旧史料的基础上，对诸如杂剧得名的原因、杂剧产生于唐代的原因、北宋杂剧的表演形态与演化机理、戏曲脚色的得名及缘起、金元院本的表演形态和具体内容等问题都提出了独特新颖的看法，显示了作者“大师级”的史识和史笔。

4. 独特的研究方法

在研究方法上，该书不仅采用了学术界通常使用的“四重证据法”：文献

① 陈寅恪：《陈垣敦煌劫余录序》，《金明馆丛稿二编》，上海古籍出版社1982年版，第236页。

资料的搜集与考证、文物资料的辨析与参证、田野调查资料的比附与旁证、理论的推引与阐发，而且根据特定的研究对象，作者还采取了一些具有针对性的研究方法。

比如“伎艺谱序考察法”。这是从类群理论出发采取的一种特殊方法。由于任何生物体的基因都具有遗传性特点，据此，该方法认为，如果将类群因子看做该类群中具有遗传特征的基因，就可以采用类群基因演化谱序的方法进行研究。而杂剧及其所属的民间表演类群作为一种文化生物体，同样具有生物体所负载的遗传密码信息。有效地分析这些信息，有助于对杂剧形成的认识与研究。该书采用的具体方法是：第一，确定伎艺基因在文化生物体中演化的时间序列；第二，析出共性伎艺基因与个性伎艺基因；第三，考察伎艺基因的相关性。

再如，该书在考察金元院本时所采用的七种方法：根据后世保存的金元院本进行考释、根据文献对院本的直接记载来考释、根据后世同名剧本剧目确立金元院本的内容、根据伎艺传承与发展的谱序确立金元院本的内容和形态、根据院本名目中的剧名和类名确定其内容和形态、根据相关艺术品种的题材确定院本的内容、根据题材来源的倾向性确定院本的内容。

通过这些根据具体研究对象提炼的独特方法，对南戏与北杂剧的关系、对宋杂剧与金院本的关系、对院本的得名和缘起、对院本的内容与形态等争论不休的学术公案，该书都给予了新颖中肯的论述与出色的解读。

二、强烈的问题意识

所谓问题意识，是指人们在认识活动中，经常意识到一些难以解决或疑惑的实际问题及理论问题，并产生一种怀疑、困惑、焦虑、探索的心理状态，这种心理又驱使个体积极思维，不断提出问题和解决问题。思维的这种问题性心理品质，称为问题意识。问题意识是思维的动力、创新的基石。问题意识不仅体现了个体思维品质的活跃性和深刻性，也反映了思维的独立性和创造性。强烈的问题意识，作为思维的动力，促使人们去发现问题、解决问题，直至进行新的发现与创新。该书作者就具有鲜明、强烈的问题意识，行文中往往伴随着一连串的问题，既组成研究探讨的核心，也引导读者深入思索，并一步步解决问题，使全书翔实的史料和深入的理论有机结合，拓展了研究深度。

比如，仅在“前言”中，作者就抛出了几十个问题。首先，该书的基本框架即是在十九个问题的连续“发射”中确立的，诸如“中国戏曲为何有如此多的剧种？行当为何要以净、末、旦……这种怪异的名称命名？为什么先有‘副净’而后有‘净’？院本是怎样消失的？……”对戏曲史上这一系列显而易见却不易求解的现象的追问，既勾画出了该书鲜明的脉络，也显示了一个学者研究的气魄和胆识。其次，在阐述该书独特的研究视角时，也伴随着一系列相应的问题。如从杂剧的相关群落这一视角来研究杂剧，作者产生了这些疑惑：“为什么在中国会形成杂剧，而不是其他戏剧形式？中国何以未有正剧先有杂剧？杂剧的原生点在哪里？杂剧何以在唐代发生？杂剧何以由杂戏到谐剧再到戏曲渐次演进？杂剧何以未发展为话剧或歌剧？为什么古代戏曲会有副末开场、间场戏、夹杂伎艺表演的演出形态？……”从民间表演伎艺的方法和规律这一视角来研究杂剧，作者又提出了“为什么中国戏剧会有脚色制，脚色制是如何形成的？杂剧为何要发展为四折一楔子的结构体制？杂剧何以要一人主唱？杂剧的曲腔何以有固定的套式？为什么中国戏剧到宋元之际才真正成熟？”等若干问题，其中既有需要重新审视的旧问题，也有更多新的问题。

针对具体的研究对象，也是问题先行，逐渐引人入胜。这已形成了该书一种别致的论述风格。如在“‘斫拨’与唐代杂剧形态”一节中，首先指出下文需要澄清的几个问题：“斫拨”的本义是什么？“斫拨”有何基本形态与特性？“斫拨”与杂剧究竟有什么关系？然后循此线脉，娓娓道来，依次给出了“装痴、嘲拨、作语、口号、捷讥”等言简意赅的答案。又如在“新发现的北宋杂剧史料及其分析”一节中，首先在回顾学界研究成果的基础上，提出一些前人未曾触及的关键问题：唐代含有大量杂戏的杂剧是怎样演变成以谐剧为主体的北宋杂剧的？北宋杂剧是怎样演变成“以歌舞演故事”的真戏剧的？上述演变的机理是什么？是否存在某种规律？除了中国戏曲自身的演进理路外，在其演化的过程中有无受到其他外在因素的影响？如果有，这种影响是如何作用于杂剧形态的？紧接着便是对宋代杂剧演化机理及其规律的鞭辟入里的逐层考察与论证。

类似这样的“问题”在行文中随处可见，且都发人深省。正如该书开篇所言：“对于学术研究来说，最重要的可能不是能否发现问题，而是发现什么问题，只有从新的材料和新的向度出发，才可能发现新的问题。”（第 1 页）作者在行文中提出的一系列问题之所以新人耳目，正是建立在其披沙拣金所发现的新材料和新的研究视角基础之上的。

作者这种强烈的问题意识和该书突出的创新意识是息息相关的。正是这一个个问题最终的“豁然开朗”，使得该书对杂剧形成的研究达到了一个新的理论高度。可以说，该书突出的创新意识正是建立在这种强烈的问题意识之上的。这也是该书给予鄙人的最大启示。

不过，该书也有让人略感遗憾的地方。第一，在行文中有些重复之处过于明显：如第 4 页和第 15 页有关“类群理论”的大段描述，第 5 页和第 180 页有关杂剧形成的大段论述，第 6 页和第 183 页有关“剧核”理论的阐述等，都几乎完全一致；第二，行文中的脚注似乎不太规范，均未注明出版单位与出版日期，不太便于检索。

这里似有吹毛求疵、求全责备之意，但毕竟瑕不掩瑜，该书无论在理论阐释、材料发现，还是在研究视角、研究方法等方面都有突出的创新，尤其是运用类群理论来阐释杂剧的形成与演变，往往发前人所未言，有着相当的理论深度。总之，在戏曲史研究领域，尤其是杂剧研究方面，该书无疑是继王国维《宋元戏曲史》之后又一部颇有建树的里程碑式的学术著作，它以新颖的理论和独特的视域把中国戏曲史的研究带进了一个崭新的世界。

（原载《中国学术》第 30 辑，商务印书馆 2011 年版）

宋俊华:《中国古代戏剧服饰研究》

戏剧是一种综合了文学、音乐、说唱、舞蹈、美术、杂技、服饰、化妆、道具等因素的立体的表演艺术。其中，服饰在戏剧表演中发挥着不可忽视的重要作用，所以考察中国古代戏剧的服饰对研究中国古代戏剧的本质及形态问题都有着重大的意义。但长期以来，由于对戏剧形态问题缺乏重视，中国古代戏剧服饰一直是古代戏剧研究中的薄弱环节，除了冯沅君、齐如山、董每戡、黎新、龚和德、任半塘、王安祈等学者对其做过研究外，一般人甚少给予关注。即使在古代戏剧形态的许多问题（诸如音乐、演员、舞蹈、舞台、面具等）都相继引起学界重视、并不断有专论或专著出现的今天，古代戏剧服饰研究的许多领域还几乎无人涉猎，这与我国古代戏剧形态研究日益兴盛的趋势是极不相称的。

令人欣喜的是，宋俊华的学术专著《中国古代戏剧服饰研究》（广东高等教育出版社 2003 年版）适时地出版了，这正是戏剧研究领域迫切需要的一部详细探讨戏剧服饰的力作。该书是从服饰角度对戏剧本体进行研究的一个尝试，它在广泛占有现存文献和文物资料的基础上，结合服饰学、表演学、颜色学、语言学、符号学、考古学、人类学、民俗学、文化学、美学等学科的研究成果，对中国古代戏剧服饰的历史流变和审美特征进行了科学的梳理和精当的分析，是目前国内第一部较为全面、系统、深入地研究中国古代戏剧服饰的专著。通观全书，发现在以下三方面显示了其独特价值。

首先，作者以其敏锐的学术眼光和扎实的学术功底，从戏剧剧本、戏剧文物、戏剧图像、历史文献、宗教文献、民俗文献、岩画、舞蹈、剪纸、小说等方面，对中国古代戏剧服饰资料进行了全面系统地钩稽整理，在此基础上详细勾勒了中国古代戏剧服饰的历史面貌，为今后的学习者和研究者提供了极大的便利。由于中国古代戏剧服饰领域里的许多问题都悬而未决，就连最基本的戏剧服饰资料都尚未整理出来，所以要想准确阐述中国古代戏剧服饰的历史真相和演变轨迹，首先就必须下“考”的功夫。该书上编题曰《中国古代戏剧服饰史考述》，极为确切。“考”的前提是要充分占有资料，作者不仅在前人基础上，分类整理了《脉望馆钞校本古今杂剧·穿关》《穿戴题纲》《审音鉴古录》中许多珍贵的古代戏剧服饰资料，还对《元刊杂剧三十种》《全明杂剧》《劝善金科》《封神天榜》《古本戏曲丛刊》中部分剧本的提示、曲白中包含的戏衣资料也进行了分门别类地归整，而且对于关涉古代戏剧服饰的其他材料如出土文物、舞蹈、绘画、剪纸、小说等也都广泛搜罗，并且形成了大量翔实的戏剧服饰资料附表和附图，这使得该书成为目前汇集中国古代戏剧服饰资料最为完备的著述。如据《脉望馆钞校本古今杂剧·穿关》整理出了男扮、女扮、动物装共 247 种服饰名目（附表 7）和仙怪、武将、文官、女性、衙内、员外、儒士、兵卒、探子、乡民、市民、商贾、僧道、囚犯的服饰共 367 套（附表 8—20），据《劝善金科》整理出了头服和体服共计 248 种大戏服饰名目（第 138—139 页，表 5-1）和俗将、神将、文神、文官、鬼魂、平民、女性、兵卒、差役的服饰共 368 套（附表 24—31），据《封神天榜》整理出了 325 套大戏服饰（附表 32—41）等。由于戏剧服饰研究领域前人积累不多，所以随手翻阅，即可感觉该书作为学术专著之扎实和厚重，决非一蹴可就、一日之功可奏效也。作者数年来孜孜矻矻、日积月累、剔抉爬梳，终成此编，为中国古代戏剧形态的研究提供了一份宝贵的资料。

其次，该书并非“述而不作”，而是在尽可能全面搜集资料和总汇百家的同时，充分表述了作者本人的研究心得与独特见解。如对于戏剧服饰的特性，学界向来关注较多的是京剧等现代戏剧服饰的程式性、符号性、可舞性、装饰性问题，对古代戏剧服饰的特征则重视不够。作者却勇于啃这块“没人啃过的硬骨头”（“后记”中廖奔先生语），在该书下编结合舞台演出实际，利用表演学、服饰学、符号学、美学等学科方法，系统分析了古代戏剧服饰的四大审美特征。这里既有综述百家歧见基础上的精深阐述，也有力排众议的抉择辨析；既有对旧说的重新诠释，也有对新材料的发掘引证。如古代戏剧服饰是否具有程式性及其演变过程如何，前人未予足够重视，该书不仅从纵向的时间形态，还从横向的空间形态，仔细考察了古代戏剧服饰程式性的表现，并从生活程式的反映、戏班条件的限制、“假戏真做”的要求三方面深入辨析了程式性存在的理由（第163—179页）。又如对戏剧服饰的符号性问题，有学者认为程式就是符号，该书对此进行了认真细致的微观辨析，认为二者是有区别的，“程式”侧重于穿着服饰的行为，揭示的是演员怎样穿的问题；“符号”侧重于穿着服饰的意义，揭示的是演员为何要这样穿而不那样穿的问题，故符号性研究是程式性研究的深化；同时二者也有联系，符号性是程式性的前提，程式性又是符号性的体现（第183—184页）。再如仅从《脉望馆钞校本古今杂剧・穿关》提供的服饰名目，很难判断明杂剧生活服饰是否具有可舞性，该书则另辟蹊径，将“穿关”中所记载的武将戎服与明代生活中武将所穿的戎服加以比较，从“穿关”中的武将多改穿明代宦官质地柔软、款式宽松的常服（如曳撒、贴里）而极少采用厚实笨重的盔甲，推断明杂剧服饰也是讲究可舞性的（第214页）。总之，该书对古代戏剧服饰特征的阐述既辨析细致又明朗得体，把重点放在他人所忽略或尚有争议之处，详人之所略，略人之所详；对一些尚属探索性的问题，既大胆提出见解，又把握分寸，不遽下结论，体现了实事求是的学术品格和严谨朴实的文风。

其三，在研究方法上，该书运用文献与文物互相参证，也即王国维先生所提出的要把“纸上之材料”与“地下之材料”相互验证的“二重证据法”，并从宗教、民俗、历史、考古、文化、文学、美学、艺术、舞蹈、语言等方面进行立体交叉的阐述，力戒单纯依靠文本或文物的片面性，故能使书中的见解具有坚实的基础，言之有据，论不虚发。如对水袖的渊源及其出现时间的考证，在现存戏剧文献缺乏确切记载的情况下，作者广泛联系考古发现的甘肃黑山岩画中的操练舞蹈服饰图、河南信阳楚墓出土的漆瑟彩绘、战国琉璃阁墓出土的舞女图壶、徐州铜山县出土的陶女舞俑、四川成都汉墓画像砖、河南荥阳县出土的彩绘陶楼舞女、浙江绍兴出土的铜镜舞女像、敦煌壁画中的民间舞者、唐代李寿墓线刻舞伎（附图 13）等中与戏衣密切相关的舞蹈服饰，推测明传奇的舞衣吸收并发展了汉唐舞衣的构思技巧，采用合二衣为一衣的手法形成了戏剧的水袖；并进一步根据《小栖霞说稗》和《陶庵梦忆》所记推断，水袖应在明代传奇《浣纱记》的舞衣中已经出现了。又如用高山族美农支系的男子至今仍在帽子上插雉羽为饰、景颇族每年的“目脑节”上舞者头饰上插孔雀翎、贵州台江县龙舟赛的参赛者斗笠上插两根雉鸡尾羽、阿昌族男子以雉尾为顶饰、哈尼族人有头插羽毛的习俗以及黑脚苗、白马藏人喜欢头插白翎等这些少数民族插鸟翎的习俗，来佐证戏剧翎子的渊源久远。此外，书中对宋金杂剧、元明杂剧、明清传奇的服饰名目、穿戴类型、服饰特性等问题，都是从文献、文物入手，并运用了民俗学、语言学、文学、考古学等方法去考察、研究、分析、论证中国古代戏剧服饰的历史面貌及审美特征，考而有据，述而精当。

当然，作为一部完整地研究中国古代戏剧服饰的开拓性著作，该书也难免存在一些值得进一步推敲和完善的地方。比如对古代戏剧服饰程式性的理由的探讨，作者仅从中国古代戏剧的表演及其文化背景着手分析，而没有从中国古代服饰文化的历史背景去考察，难免有遗珠之憾。因为古代戏剧服饰也是中国古代服饰文化的一部分，而中国古代的服饰文化不仅体现着华夏民族有关服饰的知识和技巧，还灌注着中国古代“天人合一”的哲学和美学的深刻精髓，这就使得中国古代的服饰形成了等级森严的形制，一方面标志着自然界井然的秩序，同时还表征着伦理制度的等级规范，正是这种亲疏有别的严格的等级秩序形成了服饰穿戴的规范性（程式性），这里的“序”本质上就是中国古代“天人合一”思想的体现。中国古代戏剧服饰的程式性的根源似乎与此不无关系，谨此提出与作者商榷。

次如该书结论部分只阐述了宫廷演剧服饰与民间演剧服饰、戏剧服饰与生活常服、戏剧服饰研究与戏剧文学研究这三组关系，对戏剧服饰与舞蹈服饰的关系则未予论述。而舞蹈表演在戏剧艺术演变历程中的作用是不言而喻的，舞蹈服饰对戏剧服饰的影响自然也极为深远，那么二者之间究竟是如何相互作用、相互促进的，应是戏剧服饰研究中不该忽略的一个问题，作者在此有所忽视，愚以为是不应该也无须回避的。

再如在论述元明杂剧的民间演出活动时，作者首先指出主要有“勾栏演出、路歧演出和神庙演出”三种情形（第70页），但在后文只重点介绍了勾栏演出和神庙演出两种类型，对路歧演出则只字不提，似有前后照顾不周之嫌。又如在论述宋金戏剧的“副末、副净的服饰”时讲：“副末来自苍鹘，副净来自参军”（第52页），后文小结时却说“副末和副净服饰就是唐代参军和苍鹘的滑稽服饰传统的继承和发展”（第55页），使人感觉作者在表述上自相矛盾。

还如对《脉望馆钞校本古今杂剧》中“穿关”的理解，作者在行文中提到“钱南扬、曾永义等有不同的理解”（第75页），但在页脚的注释1中只提到冯沅君、孙楷第、曾永义、王安祈、黄天骥的观点，并无钱氏见解，且此页的长篇注释与绪论第6页的注释3完全重复，应为作者疏漏之处。

这里似有吹毛求疵、求全责备之意，但毕竟瑕不掩瑜，该书以其翔实的资料和审慎的论断不仅填补了中国古代戏剧服饰研究缺乏专著的学术空白，为戏剧服饰的进一步研究打下了坚实的基础，而且为戏剧形态乃至戏剧本体的研究开辟了新的途径。对戏剧研究者来说，这是一本便于大家检索资料、深入思索相关问题的重要参考书；对戏剧爱好者来说，是引导其入门径、窥堂奥的指南；对戏剧艺术工作者来说，能为其排演戏剧提供有益的借鉴。无论如何，这都是一部颇具学术魅力的著作。

（原载《中国学术》第28辑，商务印书馆2011年版）

后 记

自从 2000 年有幸忝列于湖北大学朱师伟明先生门下，攻读元明清戏曲方向的硕士研究生以来，我与戏曲结缘已整整二十年。其时，本科阶段主攻中国古代文学的我，对戏曲并没有多么深入的了解。印象中的老戏，还是儿时在乡下舞台上看到的口挂长髯、身穿长袍、咿咿呀呀地不知说些什么的“玩意儿”（后来才知道那是家乡流行的戏曲剧种——越调）。

想来，当年我这个一如“白纸”的“笨鸟”，一定让伟明师操碎了心吧。在恩师的带领下，我开始接触《元曲选》《元曲选外编》《元代文学史》等前贤时俊的著作，也尝试着拿起稚嫩的笔写下了我戏曲生涯的第一篇论文：《困惑与觉醒——< 老生儿 > 与 < 东堂老 > 商人形象之比较》。现在回看学生时代的这篇习作，虽然青涩，但当年恩师手把手地带着我三易其稿的情景，至今还历历在目！所以，敝帚自珍，还是把它列在了文集之中，权作对这段难忘经历的一点纪念。后来，我的硕士毕业论文《元杂剧商人形象研究》（发表于《戏曲研究》第 65 辑的《元杂剧商人形象浅论》，即其部分内容的节选），就是在此基础上逐渐扩充、完成的。感谢伟明师，就这样把天分不高但还算勤奋的我，一步步引进了戏曲研究的广阔天地。

在伟明师的指引下，我在研三时报考了中国艺术研究院戏曲史论方向的博士研究生。2003 年的金秋时节，我如愿以偿地来到了向往已久的中国艺术研究院，拜于刘师荫柏先生门下，专攻元杂剧研究。中国艺术研究院大师云集，张庚、郭汉城等先生倡导的理论联系实际、史论结合、论从史出、史从文献出的学风，影响了一代又一代的学者。予生也晚，未能赶上亲聆张庚老先生的教诲，但从刘荫柏师（张庚先生最后一届学生）的言传身教中，从吴毓华先生、黄克先生、孙崇涛先生、刘祯先生等的讲述和垂范中，我也深切地感受到了前海学风传承不竭的魅力，也为自己能忝为其中的一员而自豪。

鉴于我在本科和硕士阶段对古代小说领域略有涉猎，刘先生遂建议我选择水浒戏作为博士论文的研究方向。于是，就有了《元杂剧中的李逵形象探析——兼论元代水浒戏与＜水浒传＞人物描写的演变发展关系》《明清传奇中林冲形象的文化意蕴》《漠视与异化——男权强势话语支配下的元明清水浒戏女侠形象》等一系列研究水浒戏的论文，相继发表。广博精深的学识、开阔融通的视野、一丝不苟的写作、耿直磊落的品性，向来是刘先生最让我感佩的地方，也极大地影响了我后来的治学和为人。

博士毕业后，我有幸来到了中国戏曲学院戏文系，继续从事我越来越喜爱的戏曲研究和教学工作。十多年来，我长期担任着《中国戏曲史》《戏曲论文写作》《戏曲美学》《中国戏曲批评史》《古典戏曲理论名著导读》等课程的教学工作，这使我对戏曲与话剧、歌剧、舞剧、电影、电视等姊妹艺术的区别体认得越来越深刻，戏曲“无声不歌、无动不舞”的独有神韵也让我愈来愈着迷。我不仅在三尺讲堂上与学生一起分享着对戏曲美的认识，还断断续续地写下了自己一路磕磕绊绊地走来的点滴思考。这些一得之见可能大都逃不脱“浅薄”之议，有的甚至还要加上“粗疏”二字，却也是我竭心尽力、辛勤耕耘的结晶。如果其中能有一二引起大家深思和继续探讨的地方，则更是鄙人莫大的荣耀了。

为了便于读者诸君的阅读，同时也算是对自己多年的学习和研究进行一个梳理，我把这些论文分为了六个板块：

一是“文本发微”。收录了 10 篇探析元明清水浒戏和元杂剧商人形象等的论文。这组论文大多完成于读研期间，是我在恩师刘荫柏、朱伟明等先生的指导下，挖掘水浒戏蕴含的丰富意蕴及其体现的全民族共同的文化心理和审美理想，以及元杂剧商人形象的时代特征和独特价值。在中国文化中，儒释道主要是高层文化圈内的东西，下层的民间文化主要是通过侠义精神来吸收和把握儒释道思想的。在每个热爱自由、追求平等、忠诚守信、讲求义气的中国人的灵魂中，都有侠义文化的精魂。正是在这一点上，水浒戏才得到了千百年来广大民众的认可与欢迎。《士人儒意识与平民侠意识的交融——元代水浒戏的文化透视》《士人意识与平民意识对侠意识的重新编码——明清水浒戏的文化透视》等论文，就是遵循着这样的思路完成的。

二是“剧学探胜”。收录了 7 篇阐述戏曲剧本在人物、结构、主题等创作方面的审美追求的论文。由于我所在的戏文系主要是培养戏曲编剧人才的，所以在平日的教学和研究中，我都特别留意与戏曲创作相关的美学探讨，力图让自己的理论研究能对我们的剧本创作有所裨益。我向来以为，中国文学的诗化传统深深地影响和制约着中国戏曲的发展轨迹，这一点早已被元杂剧、明清传奇的辉煌成就所证实，但“我们现在写戏，对‘戏曲实际是诗’的这一概念比较模糊，所以往往写不出好的戏曲文学剧本来”（张庚《中国戏曲的美学特点——在全国中青年戏曲作者读书会上的讲话》）。而戏曲创作的“诗性精神”，不仅包括戏曲剧本的语言形态，还应指剧本立意、剧作结构、表演形态、导演艺术、舞美艺术等方面所蕴育的诗意内涵，是对戏曲文本创作规律和舞台创作规律的总概括。《呼唤戏曲创作的诗性精神》《整一・中和・意境——明清戏曲创作结构论的美学追求摭谈》等论文就是这种思考的成果。

三是“邕剧管窥”。收录了 6 篇探讨广西南宁的濒危剧种——邕剧的研究现状、文化气质、价值取向、发展路径等问题的论文。这组论文是近年来我关注地方戏发展的部分研究成果。广西邕剧是由汉族和西南各少数民族共同创造的皮黄声腔剧种，它与粤剧同源相亲，保留了许多传统粤剧的原貌，被誉为传统粤剧的“活化石”。1951 年，它被正式定名为邕剧；2008 年，被列为国家级非物质文化遗产项目。在中华人民共和国成立后的几十年中，邕剧的发展几起几落，在濒临灭绝的“天下第一团”中颇有代表性。对这一濒危个案的研究，有助于深化我们对新时期戏剧类非物质文化遗产保护的新思考，故专立一个板块。

四是“现状观察”。收录了 9 篇探讨京剧、粤剧等地方戏和高等戏曲教育如何与时代发展同步的论文。戏曲史论的研究最终还是要落脚到戏曲实践上，中国戏曲在几百年的发展历程中积累的成功经验和失败教训，对当下戏曲的发展与传承都有启迪意义。这组论文就是我对此的思考和总结。

五是“观剧随感”。收录了6篇对北昆《宦门子弟错立身》、评剧《窦娥冤》、河北梆子《梦蝶劈棺》、京剧电影《李慧娘》、彝剧《疯娘》、南派粤剧《璎珞传》等戏曲演出的评论文章。在张庚先生“资料、志书、历史、理论研究、评论”五个层次的戏曲理论体系中，评论是最高级别的一个层次，因为，它是用来解决戏曲创作中的实际问题的。这组文章正是我运用“理论武器”来观照戏曲舞台的一点尝试，也反映了我对戏曲舞台现状的直观感受。

六是“读书断想”。收录了8篇研读《戏曲文献学》《汉剧史论稿》《中国古典戏曲论稿》《插图本中国戏剧史》《莆仙戏与宋元南戏、明清传奇》《杂剧形成史》《中国古代戏剧服饰研究》等戏曲史论专著后的心得。这组书评虽多半是受人之托而作，却着实让我受益匪浅，不仅对书评的写作积累了一点经验，更让我在对这些佳作的认真拜读中，获得了继续前行的勇气和力量。因此，不揣谫陋，把这些习作拿出来与大家一起分享。

集中所收文章，除了少数几篇是会议论文或相关课题研究成果外，大部分已经在《戏曲研究》《中华戏曲》《戏曲艺术》《戏剧艺术》《文艺理论与批评》《文艺报》等期刊上正式发表，特此说明，并致谢忱。为保留原貌，一般尽量少做改动，只在个别文字与体例上做些修改、订正与统一。各文出处及发表情况，都在文末予以说明。

这本论文集能够结集出版，实属不易。首先要感谢中国戏曲学院尤其是戏文系的领导！表演向来是中国戏曲学院的中流砥柱，戏文则是默默的奠基者，戏文中的“史论”就更要靠边站了。这次学院能为普通的一线教师出版论著，展现我院的研究力量和科研成果，可谓用心良苦。还要感谢我的研究生范博，他在文本转换、文章搜集、文字校对等方面贡献良多。最后还要感谢中国戏剧出版社的领导和编辑，是他们的辛勤工作，让本书得以顺利出版。

文章千古事，得失寸心知。集中所收论文，虽然都是笔者的用心之作，但限于个人才力，舛误与不当之处在所难免，还请读者朋友多多包涵，不吝赐教！

2021年2月27日